Frank Littek

Botin der Götter

Die Sachsen-Saga

Ullstein

Ullstein Taschenbuchverlag
Der Ullstein Taschenbuchverlag ist ein Unternehmen der Econ Ullstein List
Verlag GmbH & Co. KG, München
1. Auflage 2001

Umschlagkonzept: Lohmüller Werbeagentur GmbH & Co. KG, Berlin
Umschlaggestaltung: Bezaubernde GINI, München
Titelabbildung: Michael Keller, München, unter Verwendung
einer Illustration von Michael Whelan
Satz: Franzis print & media GmbH, München
Druck und Bindearbeiten: Elsnerdruck, Berlin
Printed in Germany
ISBN 3-548-25013-0

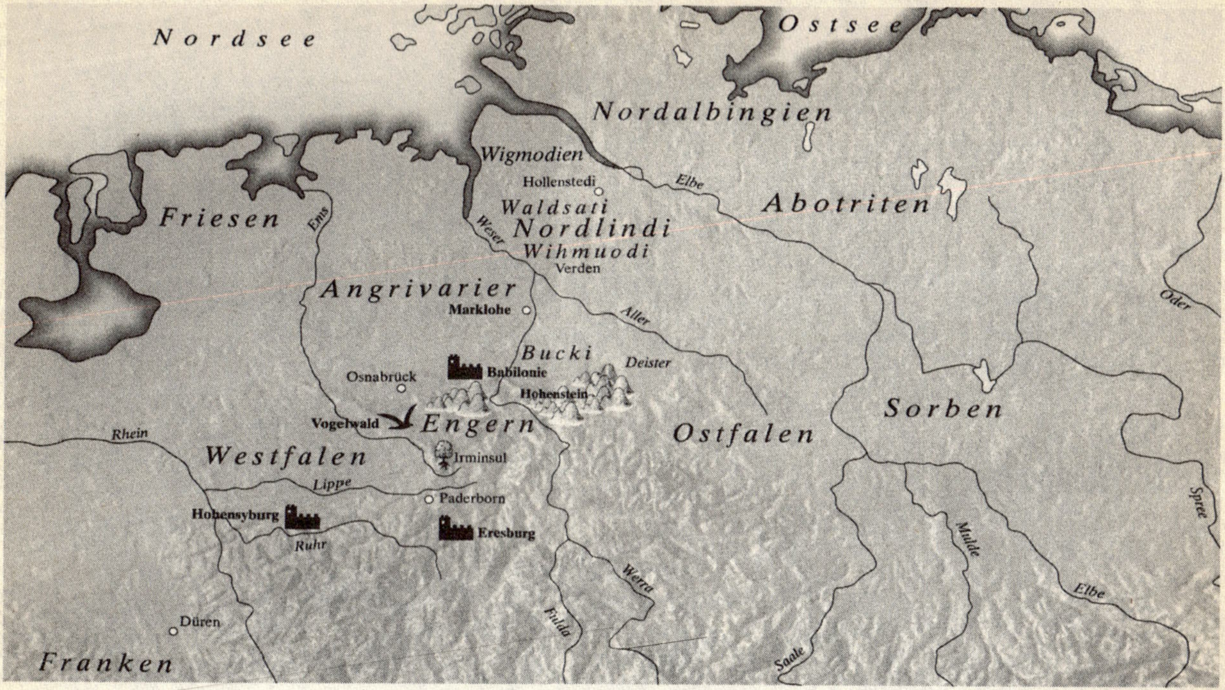
Nordsee
Ostsee
Nordalbingien
Wigmodien
Hollenstedi
Elbe
Abotriten
Friesen
Ems
Weser
Waldsati
Nordlindi
Wihmuodi
Verden
Angrivarier
Marklohe
Aller
Oder
Bucki
Deister
Osnabrück
Babilonie
Hohenstein
Sorben
Vogelwald
Engern
Ostfalen
Rhein
Westfalen
Irminsul
Lippe
Paderborn
Hohensyburg
Eresburg
Ruhr
Spree
Mulde
Werra
Elbe
Fulda
Düren
Saale
Franken

DAEG

Wie schlafend saß der alte Rabe hoch über dem Erdboden auf dem Ast einer dicken Eiche. Mit geschlossenen Augen lauschte er, seine faltigen Krallen umklammerten den bemoosten Ast, auf dem sein Körper ruhte. Um ihn herum dehnte sich endlos der grüne Urwald – Äste quietschten, Vögel zwitscherten, und das vielfache Gezirpe und Gebrumm von Insekten erfüllte die Luft.

Ein leichtes Zittern durchlief das Gefieder des Tieres, als es langsam seine Augen öffnete. Kehlig krächzend breitete der Rabe seine Flügel aus und erhob sich in die Luft. Mit jedem seiner ruhigen Flügelschläge schraubte er sich höher und höher in den blauen Himmel.

Er hatte den Ruf vernommen.

Suchend spähte der Rabe über das tiefe Grün, das sich unter ihm bis zum Horizont erstreckte. Plötzlich verharrte sein Blick: Im Osten, kaum zu erkennen, hob sich ein grauer Schleier vom Boden ab und schwebte über den Bäumen. Wie eine Schlange wand sich der feine Dunst durch den Wald.

Der alte Vogel wendete in diese Richtung. Immer näher kam er der grauen Schlange, immer größer wurde sie vor seinen Augen. Innerlich pulsierend kroch der graue Nebel wie ein lebendes Tier durch den Wald.

Jetzt konnte der Rabe den Dunst auch schon riechen. Feinster Staub war von den Winden bis auf seine Höhe getragen worden.

Langsam flog er tiefer. Knapp über den Wipfeln der stämmigen Eichen und Buchen drehte er seine Kreise. Dann sahen es seine scharfen Augen deutlich: Dicht an dicht rumpelten langsam Wagen über einen schmalen Pfad. Die mächtigen Räder polterten und knirschten, wenn sie in eines der unzähligen Löcher des Weges krachten. Und jedesmal schnaubten die Ochsen auf, wenn sie sich in die Deichseln stemmten, um die Wagen aus den Wegvertiefungen herauszuziehen.

Über den Karren schwebte schwer der dichte Staub, von den Ochsen und Rädern aufgewirbelt. Die Kolonne war von einem starken Getöse, gemischt aus hellen, dunklen, schrillen und dumpfen Tönen umgeben. Und überall waren Menschen: Zumeist gebückt, mit gesenkten Köpfen, saßen sie auf den Wagen, oder dicht gedrängt zwischen all der Last, die sie auf die Karren geladen hatten.

An einigen Stellen trabten Pferde mit bewaffneten Reitern. Unruhig sprengten immer wieder einige von ihnen jäh zwischen den Karren hervor und überholten die Kolonne auf dem schmalen Saum, den der Weg zwischen Wald und Wagen ließ, um anderswo wieder in einen ruhigen Trab zu fallen.

An einem Ort verschob sich die Linie der Gefährte plötzlich. Ganz langsam neigte sich ein brauner schwerer Wagen immer stärker zur Seite und geriet vom Pfad ab. Die beiden Räder auf der rechten Seite gruben sich tief in den Waldboden. Mit einem Krachen legte sich der Karren auf die Seite. Die Ochsen brüllten, mühten sich, nicht von den Beinen gerissen zu werden. Die Wagen dahinter blieben stehen, mehr von den Ochsen gehalten, die aus ihrem Trott kamen, als vom Zügelzug der gebückten Menschen, von denen nur wenige auch nur den Kopf hoben, um einen leeren Blick auf die Unglücksstelle zu werfen. Immer mehr Reiter galoppierten jetzt zu dem Unfall, stießen einige Menschen von den umstehenden Karren und trieben sie zum Wagenwrack. Während viele Arme unter den Kommandos der Bewaffneten zupackten und versuchten, den umgekippten Karren vom Pfad zu schieben, sprangen hinter ihrem Rücken zwei Männer und zwei Frauen in die andere Richtung – in das dichte und schützende Grün des Waldes. Sofort preschten zwei Reiter, die zuvor etwas abseits in den Sätteln gesessen hatten, hinter der kleinen Gruppe her. Die vier kamen bis zu den ersten Bäumen, als die Reiter über ihnen waren und mit großen, schweren Äxten auf sie einschlugen.

Nachdem sie ihr blutiges Handwerk beendet hatten, wendeten sie ihre Rösser und ritten zur Wagenkolonne zurück.

Ein alter Mann war etwas abseits des Menschenknäuels von seinem Wagen gestiegen. Mit würdevollen, ruhigen Schritten näherte er sich aufrecht den vier gekrümmten Gestalten, die nun am Rand des Weges lagen. Niemand beachtete ihn.

Er wirkte älter, als er war. Sicher hatte er viele Sommer erlebt, aber längst nicht so viele wie ein Greis. Zwar fehlte seinen Haaren die Farbe, doch seine Haut zeigte nicht so viele Falten, wie der graue Bart vermuten ließ. Sein Gang war stolz und voller Würde, doch ein wenig zu aufrecht, zu geschmeidig die Schritte, als daß es seinem scheinbaren Alter entsprochen hätte. In seinen Augen blitzten Erfahrung und Wissen, doch ruhte darin noch zu wenig weise Gelassenheit der alten Tage.

Der Mann hatte sein Ziel bald erreicht.

Inmitten des aufgewirbelten Staubes blieb er ruhig stehen und beugte sich langsam über die Toten. Seine Hände strichen zart über die Stirn einer jungen Frau und kämmten eine blonde Strähne ihres Haares zurück. Mit einer sanften Bewegung schloß er die Lider der Erschlagenen. Dann wandte er sich den anderen Toten zu und schloß auch ihre Augen. Bei einem jedem verharrte er eine Weile, als versuche er, sich noch einmal ihr Gesicht einzuprägen, sich an ihr Lachen, ihre Worte und Taten zu erinnern. Dann senkte er seinen Kopf und seine Lippen formten stille Worte, die außer ihm und vielleicht den Toten niemand verstand. Über seine schmutzigen Wangen liefen Tränen.

Für einen kurzen Moment verharrte für seine Seele die Sonne in ihrem Lauf. Es gab keine Zeit mehr, keinen Wagenzug und keine fremden Reiter.

Dann hörte er das rhythmische Stampfen von Pferdehufen in seinem Rücken.

Abrupt nahm die Sonne wieder ihre Bahn auf – der Zauber war gebrochen. Die Pferdehufe näherten sich, und schon kam ein Reiter auf einem mächtigen Roß neben dem grauhaarigen Mann zu stehen. Sand spritzte auf, als sich die Hufe des Pferdes auf den Zügelzug des Reiters hin in den Erdboden stemmten. Für einen winzigen Moment traf sich der Blick des Reiters mit dem des Mannes, der sich langsam aufrichtete – immer noch ruhig und gelassen. Er blickte in kleine kalte Augen, die in einem harten, kantigen, doch dabei noch jungem Gesicht lagen. Es waren die Augen eines Kriegers, schon in jungen Jahren durch Krieg und Töten hart geworden. Blondes Haar wallte unter dem festen Lederhelm hervor, und über dem kräftigen Brustkorb wölbte sich ein stumpf gewordenes Kettenhemd. Langsam und drohend hob der Ritter die rechte Hand, in der er eine mächtige Axt als Waffe trug.

Sein Gegenüber ging zögernd einen Schritt zurück, stolperte fast.

Jetzt drückte der Reiter seine Schenkel fest in die Seiten des Pferdes. Das Tier riß gequält den Kopf in die Luft und machte einen Satz nach vorn.

Der grauhaarige Mann fing an zu laufen. Hinter ihm donnerten die Hufe über den Boden. Nach wenigen Sekunden war der Reiter neben ihm. Der Flüchtende spürte einen Luftzug an seinen Haaren. Die Axt sauste über seinen Kopf. Der Krieger lachte rauh und war auch schon an ihm vorbei geprescht. Staub wallte seinem Opfer entgegen, drang in seine Augen und seinen Mund. Durch den Dunst erkannte er die schwarzen Balken des Kreuzes, die den Schild des Ritters auf dessen Rücken zierten. Der Krieger wendete. Die Pferdehufe kamen wieder näher, der Mann sah das Pferd direkt auf sich zukommen. Fast schon zu spät. Groß und schwarz ragte der Pferdeleib jetzt vor ihm auf. Wie ein Stein ließ er sich fallen, die Hände schützend vor das Gesicht gerissen. Schon knallten neben ihm die Hufe des Pferdes in den Boden – ohne ihn aber auch nur zu streifen. Kaum war der Reiter über ihn hinweg, stand er auch schon wieder auf den Beinen, bereit einen neuen Angriff des Kriegers zu erwarten. Aber auch der Ritter war zum Stehen gekommen. Für einen kurzen Moment trafen sich wieder die Blicke der beiden so verschiedenen Männer. Die kleinen Augen des Ritters funkelten wütend. Wieder ritt er sein Pferd an. Erst langsam, dann immer schneller werdend. Drohend hielt der Krieger die Axt empor. Der Mann begann wieder zu laufen. Schneller, immer schneller, trugen ihn seine Füße. Hinter seinem Rücken hörte er den trabenden Schritt des Pferdes. Dieses Mal – das wußte der Mann – würde ihn die Axt treffen, wenn der Krieger ihn erreichte. Und so lief er, um seinen Wagen zu erreichen, lief, um zu leben. Er lief immer noch, als das Trampeln des Pferdes verebbte und er statt dessen das höhnische Lachen des Ritters hörte.

Der Triumph des Reiters war ihm egal. Seinen Stolz hatten die fremden Ritter oft genug versucht zu brechen. Doch es war ihnen nie gelungen. Denn ob er lief oder nicht, hatte nichts mit seinem Stolz zu tun. Dessen Quelle war sein Herz. Das aber vermochten die Reiter nie und nimmer zu verletzen, was sie auch taten. Er aber durfte noch nicht sterben. Nicht bevor er Gewißheit hatte, nicht bevor die Aufgabe beendet war. Noch einmal, ein letztes Mal, hatte er in der Nacht des Vollmondes den heiligen Kreis bei den alten Steinen der Vorfahren gezogen. Es war eine der letzten Nächte vor dem Marsch der Kolonne gewesen. In dieser Nacht hatte er die Götter angerufen, sie mit all seiner Kraft um einen Rat und Hilfe gebeten. Auf diese Hilfe wartete er seit einigen Nächten. Er wußte plötzlich, daß es in dieser Nacht soweit sein würde.

Schon bald nachdem er auf seinem Wagen saß, setzte sich die Kolonne wieder staubend und krachend in Bewegung. Aber die Fahrt dauerte nicht lange. Nach kurzer Zeit verschwand die Sonne hinter den Bäumen. Es dämmerte, und der Himmel färbte sich rot. Der Wagenzug stockte. Die Schlange aus Staub verwandelte sich in ein Band aus Licht.

Der alte Rabe ließ sich durch die Luft fallen und landete mit einem letzten Flügelschlag auf dem Wagen des alten Mannes. Allein, mit gesenktem Haupt, saß er an einem Feuer und starrte in die Glut. Der Rabe krächzte.

»Bist du endlich gekommen? Ich habe es gewußt«, sagte der graubärtige Mann und sah dabei auf.

Sein Blick irrte erst unsicher in die Dunkelheit, fiel dann auf das schwarze Tier, das sich nur wenige Meter vor ihm und dem Feuer auf dem Holz des Karrens niedergelassen hatte. Stumm sah ihn der Vogel an.

»Es gab Stunden, da habe ich daran gezweifelt, daß du kommen würdest. Und ich hatte Grund dazu.«

Der Mann schaute wieder ins Feuer und schwieg. Der flackernde Schein der Flammen spiegelte sich in seinen Augen, in denen nicht nur das Feuer glomm, sondern auch längst vergessen geglaubte Erinnerungen, die jetzt an seiner Seele zerrten. Es waren Bilder von großen Schlachten, tapferen Helden und mutigen Frauen, die sich wie Schleier über das Feuer legten, nur für ihn sichtbar. Ganz leise vernahm er die Stimmen einstiger Gefährten, die längst nicht mehr auf der Erde weilten, hörte ihr Lachen, spürte noch einmal ihre Nähe. Sein Herz zerbrach ihm fast, als er an die Frau dachte, die er liebte und die ihm der Krieg so plötzlich fortgerissen hatte.

»Unser Kampf ist verloren«, fuhr er nach einer Weile leise fort. »Und er ist verloren, obwohl er gerecht war. Wir haben stets nur für unsere Freiheit, unsere Erde und unsere Kinder gefochten. Und wir haben für unsere Götter gestritten. Wir sind ihnen stets treu geblieben, haben an sie geglaubt und zu ihnen gebetet. Aber Schlacht um Schlacht ging verloren, und Wald um Wald, Lichtung um Lichtung mußten wir aufgeben. Unsere Kinder wurden getötet, unsere Hütten gingen in Flammen auf. Aber die Götter müssen sehr ferne gewesen sein, denn nun ist alles verloren. Stets haben wir sie um Rat gefragt. Aber immer schwiegen die Zeichen, oder, schlimmer noch, wir handelten nach dem gaukelnden Schein der eigenen Gedanken und dachten, dabei nach der Götter Ratschluß unserer Wege zu ziehen.«

Der Rabe sah den Menschen still an.

Für einen Moment trafen sich wieder die Blicke des Menschen und des Vogels. Langsam setzte der Mann erneut zu sprechen an.

»Ich frage mich oft, warum die Götter uns verlassen haben. Daß wir den Kampf verloren haben, kann doch nicht in ihrem Sinne sein. Es sind immer weniger, die mit dem Raben sprechen können, die in sturmgepeitschter Nacht das wilde Heer am Himmel zu erkennen vermögen. Es wird die Zeit kommen, da niemand mehr in Not um der Asen Beistand fleht und die Wanen um die Fruchtbarkeit der Felder bittet. Das können sie doch nicht wollen. Jetzt, wo alles verloren ist, werden schon bald keine Menschen mehr einander die wohlklingenden Namen der Götter am abendlichen Feuer zuraunen, werden schon bald die Heldentaten der Großen in Vergessenheit geraten und niemand mehr an den Quellen und Tümpeln, in den Wäldern und Auen bei nächtlicher Wanderung auf die kleinen Wesen der Dunkelheit, die Kobolde und Elfen, die Feen und Erdmännchen treffen. Auch die kleinen Helfer und Dämonen werden in der Vergessenheit einer neuen Welt versinken.

Wir Alten können die Götter nicht vergessen. Wir beten zu ihnen, auch wenn sie uns verlassen haben. Aber es werden Kinder geboren. Sie wachsen in eine neue Welt hinein. Zunächst werden sie noch aus unserem Mund die Geschichten über den ewigen Kampf der Riesen und der Asen hören. Wir werden ihnen von den schicksalsspinnenden Nornen und vom Weltenbrand erzählen, davon, wie Baldur durch Heimtücke starb und von der furchtbaren Gestalt des Fenriswolfes, der – noch gefesselt – doch irgendwann die Ketten sprengt. Aber es werden Geschichten bleiben. Geschichten zwar, denen man mit Andacht lauscht, die aber keine Kraft zum Leben und keine Hilfe bei Kummer mehr geben.

Und auch die Kinder werden wieder Kinder haben. Und aus der Weisheit unserer Lehre werden Geschichten, die nur noch der Kurzweil dienen, die die Menschen sich abends am Feuer erzählen, um des Tages Arbeit zu vergessen.«

Der Mann hatte seinen Kopf gesenkt und hob die Hände vor das Gesicht.

Er weinte.

Die Tränen liefen über seine Wangen.

Der Rabe saß auf dem Wagen und schaute ihn an. Nur das Feuer loderte zwischen ihnen. Sein flackerndes Licht fiel auf den Vogel und die gebeugte Gestalt. Seine Glut wärmte Mensch und Tier. Das Knistern und Knacken der brennenden Zweige war das einzige Geräusch in ihrer Nähe. Nur von Ferne klangen Worte, die an vielen anderen Feuern gesprochen wurden, gedämpft herüber. Langsam schaute der Mann wieder auf und sah den Raben an.

»Du bist Munir, die Erinnerung. Und die Gedanken an das Erlebte haben mich dich rufen lassen.«

Der Blick des Menschen ruhte lange auf der Gestalt des Raben, bevor er ins Feuer blickte und ein Stück Brot aß. Dann sah er den Raben wieder an.

»Ich brauche den Rat deines Herrn. Du bist Wotans Bote und Ohr. Überbringe dem Gott meine Geschichte, und erzähle ihm hiervon.«

Er zog einen Stein aus seinem Umhang und hielt ihn dem Vogel offen hin. Der Rabe wurde unruhig. Mehrmals schlug er mit den Flügeln, so als wolle er wegfliegen. Aber er blieb auf dem Wagen sitzen.

»Ich sehe, du weißt, was ich hier in den Händen halte«, sagte der Mann und beobachtete den Raben.

»Er ist älter als du, älter selbst als die Asen und Wanen.«

Immer noch unruhig schlug der Rabe mit den Flügeln und krächzte laut, so daß es bis weit in den Wald hinein zu hören war. Ein leichter Wind war aufgekommen und strich um den Wagen. Das Feuer flammte auf und brannte jetzt höher und kräftiger. Der Stein lag in den Händen des Mannes. Das Feuer und das Mondlicht spiegelten sich auf seiner glatten Oberfläche. Fast unbemerkt vollzog sich eine Wandlung. Der Stein begann von innen heraus zu leuchten. Ganz leicht und zart glänzte der Stein. Als ob er lebte, wurde er allmählich warm.

»Ich habe ihn lange bei mir getragen«, sagte der Mann. »Es war eine Zeit, die nun zu Ende gehen soll. Doch dafür brauche ich die Hilfe der Götter.«

Der Rabe senkte den Blick. Für einen kurzen Moment spiegelte sich der Stein in den Augen des Tieres und die Augen des Raben in dem geheimnisvollen Stein.

»Ja, schau nur hinein«, raunte sein Gegenüber. »Schau nur hinein, wie ich es getan habe, und du wirst viele Tränen sehen und viel Blut. Große Schlachten werden vor deinem inneren Auge erscheinen, Helden und weise Frauen. Und wenn du alles gesehen hast, wirst du verstehen, was geschehen ist. Dann hast du das Ende meines Volkes gesehen.

Siehst du ihn, siehst du den Baum, die riesige Esche auf dem Berg – siehst du die Irminsul? Und siehst du das Land, das sich friedlich unter seinem Schutz bis zum Horizont erstreckt? Hier begann vor ungezählten Monden das Unheil. Die Tage wurden wärmer, die Bäume wieder grün. Die ersten morgendlichen Strahlen der Sonne schienen durch den Wald.«

ETHEL

Nur zögernd durchdrang das warme Licht den dichten Nebel, der sich langsam vom Boden hob und an den Stämmen der Bäume emporkletterte. Jeder Sonnenstrahl zeichnete sich in der feuchten Luft ab. Unzählige kleine Wassertropfen begannen, vom Sonnenlicht getroffen, zu leuchten und gaben diesen Glanz wie Perlen einer Kette, die sich gegenseitig anstoßen, weiter, so daß sich das Licht schließlich zaghaft den dunklen Waldboden ertastete. Wie ein schräger Fächer aus Licht schossen immer mehr Sonnenstrahlen durch den Nebel.

Das kleine Mädchen kam nur langsam voran. Wieder und wieder zerrten die Dornen an ihren Kleidern, umklammerten Äste ihre zierlichen Füße und hielten ihren Schritt auf.

Groß und gewaltig ragten die bemoosten Stämme von uralten Eichen und Buchen aus dem Gestrüpp von Sträuchern und Farnen am Boden empor und verschwanden in einem Dach aus Blättern, durch das jäh grelle Lichtstrahlen fielen, wenn die Wipfel der Bäume in einem leichten Wind wogten und dem Blick ein kleines Stück des Himmels freigaben.

Mit den Knien stieß das Mädchen jetzt an die Wurzeln einer alten Eiche. Sie kletterte hinüber und hob den Blick. Über ihrem Kopf rankte sich ein dicker Wurzeltrieb, der am Fuß der Eiche entsprang und sich im Gestrüpp zu ihrer Rechten wieder zu Boden senkte.

Ihre Angst wuchs. Wieviel Zeit mochte wohl vergangen sein, seit sie den Hof der Eltern verlassen hatte und im Wald wanderte?

Es kam ihr vor wie eine Ewigkeit.

Gleich nach Sonnenaufgang war sie aus dem Haus gegangen und hatte nach den Gänsen gesehen, wie ihr Vater es ihr aufgetragen hatte. Die Tiere waren friedlich am Ufer des kleinen Baches, der aus dem Wald kommend über die kleine Lichtung mit dem Bauernhaus sprudelte, entlanggewatschelt. Aber eine Gans fehlte. Als Syd die Augen gehoben hatte, um nach dem Tier zu suchen, war ihr Blick über den Wald geschweift, hatte sie gesehen, wie der Bach aus dem grünen Gestrüpp hervorsprudelte und wie der Nebel an den Stämmen der Bäume emporstieg. Und mit einem Mal war sie sich sicher gewesen: Hier, im dichten Gestrüpp, würde sich die Gans verlaufen haben.

Sie hatte mit der Suche begonnen.

Ein leichter Schauer war beim Eintauchen in das Dunkel des Waldes über ihren Rücken gelaufen. Sie spürte, daß der Wald an diesem Tag anders war als sie ihn kannte. Es war stiller zwischen den Büschen und Sträuchern – geheimnisvoll ruhig. Und genau diese Stille hatte sie immer tiefer zwischen die Bäume gesogen.

Das Mädchen fror. Obwohl sie schon häufig in diesem Teil des Waldes gegangen war, hatte sie sich verirrt, wußte zwischen all den Stämmen nicht mehr, wo der elterliche Hof lag, wohin sie sich wenden sollte. Die Bäume und Büsche – alles sah im morgendlichen Dunst so verändert aus. Das Herz schlug ihr bis zum Hals, als sie merkte, daß sie allein nicht mehr aus dem Dickicht herausfinden würde. Immer noch stolperte sie über Wurzeln und Äste. Dann blieb sie stehen.

Vor ihr breitete sich eine kleine Wiese aus, die sie niemals zuvor gesehen hatte.

Nebelschwaden wallten über dem Gras, und das Licht der Sonne blendete sie zunächst. Verwirrt lauschte sie in die Stille. Hatte sie da nicht ganz leise eine Stimme gehört, die ihren Namen rief?

»Komm Syd, komm näher.«

Da war es wieder.

Ganz leise, das Mädchen hörte es jetzt deutlich, rief eine Frauenstimme nach ihr.

Unendlich sanft – unendlich süß.

»Worauf wartest du noch, Syd«, rief die Stimme.

Sie konnte nicht mehr stehenbleiben. Langsam setzte sie Fuß vor Fuß und schritt auf die Lichtung zu. Die alten Bäume säumten das Rund, und Syd war, als ob sie lebten, sich wie Zuschauer versammelt hatten, um einem Ereignis beizuwohnen.

Langsam schritt Syd weiter, ihre Augen sahen nur noch den Nebel. Kleine Lichtfunken glommen nun darin auf, verbanden sich erst in langsamem, schließlich rasendem Wechsel zu immer neuen Mustern. Es schien, als ob der Nebel lebte. Das funkelnde Leuchten pulsierte vor Syds Augen, bildete glitzernde Bänder aus Licht, die schemenhafte Umrisse formten.

»Syd, komm zu uns«, hörte sie wieder die sanfte Frauenstimme.

Mit einem Mal sah das kleine Mädchen, wie sich die Lichtschwaden zu Gestalten formten, sah sie, wie zierliche Frauengestalten im Nebel tanzen.

»Die Alben«, dachte Syd entsetzt.

Die Gedanken rasten durch ihren Kopf. Und mit den Gedanken jagte die Angst durch ihre Adern. Hatte sie davor nicht der Vater gewarnt? Geschichten fielen ihr ein, die sich die Menschen an den langen Winterabenden am Feuer erzählten und denen sie heimlich gelauscht hatte. Jetzt, mit der Angst, fiel der Bann der sanften Stimme von ihr, sie drehte sich um und lief, so schnell sie laufen konnte, zurück in den Wald. Sie hetzte zwischen den Bäumen hindurch, nicht darauf achtend, wie ihr Dornen und Sträucher Kleider und Haut zerrissen und hörte erst auf zu laufen, als sie gegen einen weichen Körper prallte und zu Boden stürzte.

»Mir scheint«, lachte eine bekannte Stimme, »ich habe Glück gehabt und nicht umsonst nach meiner Schwester gesucht.«

Syd hob den Kopf und schaute in das lachende Gesicht und die braunen Augen von Böer, ihrem Bruder. Zwei starke Arme hoben sie empor und preßten sie an eine warme Brust.

Syd fühlte sich geborgen und sicher. Erst jetzt, wo mit ihrem schnellen Atem auch die Angst aus ihrem Körper wich, spürte sie, wie erschöpft sie war, begannen die von den Dornen gerissenen Wunden zu brennen. Sie war ihrem Bruder dankbar. Böer war immer für sie da – ganz gleich, was sie anstellte. Er machte ihr keine Vorwürfe und lachte sie nicht aus. Böer nahm sie in die Arme und sie fühlte sich geborgen. Er war anders als Brul und Bart, seine Brüder. Er war schon immer anders gewesen – dunkler und stiller. Seine braunen Haare hoben sich gegen die Blondschöpfe seiner Brüder ab, und gegen ihre stämmigen Körper wirkte seine Gestalt fein gegliedert, so wie sich die Birke von den Eichen abhebt. Was Brul und Bart an Kraft auszeichnete, machte er durch Geschicklichkeit wett.

Wie oft hatte sich Syd schon gefragt, warum große Brüder so entsetzlich plump und ungeschickt sein mußten. Auch Söhne der Nachbarn waren so. Nicht aber Böer. Hinter vorgehaltener Hand oder im Scherz hatten Besucher des Hofes gesagt, Böer sei vielleicht ein Kind Baldurs, des lichten Gottes. So nannten die Erwachsenen einen Menschen, der wie Böer war. Syd hatte dabei ganz genau die verborgene Bewunderung gespürt, die darin mitschwang.

Mit diesem Bruder verband sie eine ganz besondere Liebe. Vielleicht auch, weil er so war wie sie. Oft, wenn sie bei der Arbeit den Vögeln lauschte, war ihr, als hörte sie ein Lied, dessen Sinn ihr seltsam bekannt vorkam, oder sie sah in die Wolken und staunte über die wundersamen Wesen, die sich da im Winde jagten. Häufig genug wurden dabei ihre Hände langsam, und die Arbeit blieb liegen. Die Brüder grinsten sie dann an und machten ihre Späße. Böer aber lächelte, und sie wußte, daß er sie verstand. Schon oft hatte sie ihn allein am Bach sitzen sehen und gespürt, daß auch seine Gedanken davonschweiften und auch er versuchte, die Sprache der Vögel zu verstehen. Böer arbeitete hart wie seine Brüder und ging auf die Jagd mit ihnen. Er nahm die Pflichten des Hofes ernst, aber er war mit leichterem Herzen dabei. Doch erreichte er damit häufig mehr als Brul und Bart, denn neben seiner Geschicklichkeit gesellte sich oft das Glück zu ihm. Die Brüder drückte unter dem Mantel der Witze und des Spotts schon früh die

Last der Arbeit. Sie taten, was getan werden mußte. Böer aber schien auf etwas zu vertrauen, das durch die Träume zu ihm kam und dessen Kraft auch Syds Gedanken immer wieder abschweifen ließ.

Mit sicherem Schritt fand Böer den Weg aus dem Wald. Schon bald trat er aus dem Dickicht heraus auf die Lichtung, auf der die Hütten des Hofes standen.

»So, nun habe ich dich genug getragen«, sagte er sanft zu Syd, die er immer noch in den Armen hielt und stellte sie auf den Boden.

Vor den Hütten erblickte er seine Eltern und Brüder, die ihre Arbeit unterbrachen, um ihn und seine Schwester zu begrüßen.

»Syd hatte sich tatsächlich im Wald verlaufen«, rief Böer ihnen zu.

»Dann tatest du gut daran, sie zu suchen«, erwiderte Bentan, sein Vater, und legte die Axt, mit der er gerade Holz für das Feuer spaltete, auf eine Bank. Erleichtert blickte ihn Halde, seine Frau, an. Gemeinsam gingen sie ihren beiden Kindern entgegen, gefolgt von Bart und Brul, ihren anderen beiden Söhnen.

Als sie beisammen standen, nahm Halde ihre Tochter auf den Arm, strich ihr über das blonde Haar und pustete sanft über die Wunden, die die Dornen dem Mädchen gerissen hatten.

»Wotan gab den Menschen mit seinem Atem Leben. Nun soll meine Luft deine Wunden schnell heilen lassen«, lächelte sie.

Dann sah sie Syd vorwurfsvoll in die Augen.

»Warum läufst du so früh am Morgen durch den Wald?« fragte sie ihr jüngstes Kind, und Syd erzählte die Geschichte.

»Die Gans hatte sich im Speicher verirrt«, erklärte Brul, ihr ältester Bruder, der das Tier gefunden hatte, grinsend.

»Auch verstehe ich nicht, daß du dich verlaufen hast. So geheimnisvoll habe ich die Wiesen inmitten des Waldes nicht in Erinnerung.«

Bentan dagegen blickte nachdenklich auf seinen ältesten Sohn.

»Manche Dinge wandeln sich, wenn die Alben zum Leben erwachen.« Damit beendete er das Gespräch, drehte sich um und ging zu seiner Axt zurück.

Die anderen folgten.

Schon bald klang wieder der Lärm der täglichen Arbeit über den Hof. Bentan schlug große Holzklötze entzwei, um daraus Brennholz für das Feuer zu gewinnen, Halde wusch Wäsche im nahen Bach. Brul und Bart gingen auf die Jagd, um die karge Kost zu verbessern. Denn der Winter war lang gewesen und die Vorräte dahingeschmolzen. Die Familie hatte Glück gehabt. Sie konnte auf fruchtbare Felder vertrauen, auf saftige Wiesen, und die Sonne schien im vergangenen Sommer warm, so daß genug Vorräte für den langen Winter im Speicher lagerten. Viele Bauern, denen es nicht so gut ging, litten nun Hunger, und das Vieh in ihren Ställen konnte sich kaum noch auf den Beinen halten. Aber auch Bentan wartete auf die Tage, wo die Sonne warm genug scheinen würde, um die Tiere wieder auf den Wiesen grasen zu lassen. Denn auch seine Vorräte schrumpften zusammen, zumal er einen Teil an die Nachbarn, die Not litten, abgegeben hatte. Aber lange würde der Frühling nicht mehr auf sich warten lassen, stellte er zufrieden fest, als ihm beim Holzhacken der Schweiß über die Stirn lief.

Im Umland nannten ihn die Leute auch den Richter. Denn seine Weisheit und sein Rat wurden schon seit langem bei den Menschen geschätzt, und schon seit vielen Sommern sprach er auf dem Allthing, der Versammlung von Abgeordneten des ganzen Stammes, für die Bauern aus dem Waldsatiland, seiner Heimat, und versah damit das Amt des Satrapen.

Trotz seines fortgeschrittenen Alters war er immer noch ein stattlicher Mann von kräftiger Statur. Seine ehemals blonden Haare und sein Bart hatten sich mit dem Alter grau gefärbt. Bentans Blick war klar, und aus seinen blauen Augen sprach die Weisheit vieler Jahre. Er trug die typische einfache Tracht der Sachsen: Hose und Kittel aus Wolle, leichte Schuhe aus Leder und einen ledernen, um die Taille gebundenen Gürtel, an dem ein Dolch hing.

Während Syd ihrer Mutter bei der Arbeit half, nahm sich Böer eine Axt, um mit seinem Vater Holz zu hacken.

Als der Abend heraufdämmerte, versammelte sich die Familie in der Halle des Hauses. Würziger Bratengeruch zog durch den Raum, und ein offenes Feuer wärmte die Menschen. Es war noch früh im Jahr. Mit der Dunkelheit hatte sich auch wieder die Kälte über das Land gelegt. Leise raschelte das Vieh in den Stallungen, die sich gleich an die Wohnhalle anschlossen. Jetzt lagen sie im Dunkeln. Brul und Bart erzählten von der Jagd. Uller, der Gott der Jagd, war ihnen an diesem Tag wohlgesonnen gewesen, und sie hatten zwei Kaninchen gefangen.

An der Tür klopfte es. Die beiden Brüder verstummten in ihrer Erzählung.

Bentan erhob sich und öffnete. Drei Männer warteten draußen.

»Friede«, grüßte einer von ihnen.

»Jöllund, Lüdegast und Gimberich, eure Nachbarn, stehen auf der Schwelle und bitten um Gastfreundschaft für diesen Abend.«

»Die sollt ihr haben«, erwiderte Bentan und lachte. »Nun kommt schon rein.«

Die drei Männer betraten den Raum. Nun stand auch Halde auf und begrüßte jeden mit einem fröhlichen Händedruck. Die Nachbarn legten ihre Umhänge und Schwerter ab und gaben sie Halde. Dann setzten sie sich an den Tisch.

»Ihr seid gerade rechtzeitig gekommen, denn wir haben noch nicht mit dem Essen angefangen«, sagte Bentan.

Gemeinsam mit Halde stellte er die ersten Teller auf den Tisch. Schon bald dampften die Speisen und schäumte das Bier in der Halle. Gemeinsam aßen die Menschen. Den Nachbarn mundete es so sehr, daß sie mehrfach das Eßbesteck zur Rune des Gebens auf den Tellern kreuzten und damit einen Nachschlag verlangten. Dann stand Bentan auf, hob seinen Trinkbecher, schlug mit den Fingern darüber das Zeichen vom Hammer Donars, und gemeinsam tranken die Menschen auf den mächtigen Gott. Anschließend mußten Brul und Bart noch einmal von der Jagd berichten, denn der Winter war lang und die Neuigkeiten an den langen Abenden rar geworden.

»Vielleicht wird euch jetzt Syd eine Geschichte erzählen«, spottete Brul am Ende seiner Erzählung.

»Sie hat sich heute im Wald verlaufen und will Alben gesehen haben.«

»Spotte nicht, Bruder«, sagte Böer. »Ich will ihr die Geschichte wohl glauben.«

»Das kann ich mir denken. Du träumst ja auch nur allzuoft. Ich jedenfalls habe noch nie Alben oder andere sonderbare Wesen gesehen.«

»Aber es kommt mir schon sonderbar vor, daß Syd sich in unserem Wald verläuft«, mischte sich Jöllund ein und blickte in die Runde. Er war ein schlanker, drahtiger Mann mit scharf geschnittenen Gesichtszügen und bekannt dafür, Entscheidungen gut abzuwägen. So hörte er sich gerne alle Seiten einer Geschichte an.

»Syd kennt sich doch sonst recht gut aus. Wie oft hat sie schon mit meinen Töchtern im Wald gespielt? Was ist, Syd, erzähl uns ruhig, was passiert ist.«

»Sie waren da und haben meinen Namen gerufen«, erwiderte das Mädchen stolz. Brul grinste.

»Weibergeschichten«, brummte Gimberich und beugte seinen schweren Körper nach vorne über den Tisch.

»Ich jedenfalls habe schon viele Geschichten über solch sonderbare Wesen gehört aber auch noch nie einen Alben oder Zwerg gesehen. Es sind Geschichten für alte Weiber und zum Zeitvertreib im Winter ganz schön. Ein Krieger und Bauer wird sich doch nicht vor Geschichten fürchten.«

»Und warum sehe ich dich dann immer schnell am Wald vorbeihuschen, wenn es dunkel wird und der Nebel aufzieht?« mischte sich Lüdegast in das Gespräch ein.

Alle lachten – bis auf Gimberich.

»Ich husche nicht am Wald vorbei«, knurrte er ärgerlich. »Du mußt dich täuschen. Vermutlich siehst du eine deiner

Kühe, die wieder einmal herrenlos über das Land irrt, während du faul vor dem Haus liegst und es dir gutgehen läßt.«

»Ja«, grummelte Lüdegast mit einem Gesichtsausdruck, als überlege er angestrengt. »Könnte natürlich sein. Die Körpermaße würden wohl stimmen.«

Gimberich brauste auf.

»Was willst du damit sagen? Willst du mich beleidigen?«

Er schlug mit der Faust auf den Tisch. Augenblicklich wurde es still in der Halle und die Gesichter ernst. Gimberichs aufbrausende Art war bekannt ebenso wie Lüdegasts Spott. Schon oft waren die beiden aneinander geraten. Aber diesmal schien Gimberich besonders verärgert zu sein.

»Ich habe es satt«, brüllte er und sprang auf. »Kaum sitze ich mit dir an einer Tafel, versuchst du deinen Spott mit mir zu treiben, so wie Loki stets mit seinen Neidreden die wohlmeinenden Götter reizt. Bin ich nicht Gimberich, reichster Bauer im Waldsatiland? Mit mir soll niemand seine Scherze treiben.«

»Setzt dich«, fuhr Bentan mit ruhiger Stimme dazwischen. »Und du, Lüdegast, paß auf deine Worte auf. In meiner Hütte gibt es keinen Streit.«

Knurrend ließ Gimberich seinen fetten Körper wieder auf den Stuhl plumpsen. Lüdegast hatte sich nicht einmal vorgebeugt. Auch jetzt noch lehnte er ruhig im Stuhl, der unter seinem großen Körper irgendwie zu klein wirkte. Die langen Beine hatte Lüdegast weit unter den Tisch ausgestreckt, und seine riesigen Hände lagen gemütlich gefaltet neben dem Trinkbecher. Trotz seiner Kraft und Größe bewegte er sich langsam und behäbig. Unnötige Bewegung haßte er. Wild wallten lange blonde Haare von seinem kräftigen Schädel herab, und unter seiner Nase schob sich ein breiter buschiger Schnauzbart durch das Gesicht.

»Wann wirst du zum Allthing gehen?« fragte Gimberich ohne Übergang. Sein Kopf war rot geworden. Erste Schweißperlen bildeten sich auf der kahlen Stirn.

»Wenn der Mond wieder zunimmt«, erwiderte Bentan.

»Und welchen Sohn wirst du mitnehmen?«

»Böer.«

Wieder war es still in der Halle.

Lüdegast beugte sich überrascht vor und Gimberich grinste.

»Vergangenes Jahr ging Brul mit dir. Und im Jahr davor auch.«

»Eben«, entgegnete Bentan knapp.

»Böer ist dem Kindesalter entwachsen, und es ist an der Zeit, ihn in die Reihen der Krieger aufzunehmen. Deshalb nehme ich ihn mit zum Thing. Er wird dort vor der Versammlung aus meinen Händen sein Schwert erhalten.«

Böer konnte es nicht fassen. In seinem Kopf jagten sich die Gedanken. Es war soweit. Es war klar, daß es irgendwann geschehen mußte, aber daß sein Vater ihn schon in diesem Jahr mitnehmen würde, erstaunte ihn. Vor Freude schlug sein Herz schneller, und er fühlte sich stolz. Gleichzeitig wußte Böer, daß er jetzt seine Freude nicht zu stark zeigen durfte. Sein Bruder Brul war schon in die Reihen der Krieger aufgenommen worden.

Böer ahnte, daß er zu gerne wieder mit dem Vater nach Marklohe gegangen wäre – und daß zumindest er Böer für diese Ehre noch nicht für würdig hielt. Ein Blick auf Brul genügte. Sein älterer Bruder sah überrascht zuerst zu Böer, dann zu seinem Vater hinüber. Es schien, als ob er etwas sagen wollte, den Satz dann aber herunterschluckte. Und so blieb er still. Es wäre nicht statthaft gewesen, wenn Brul die Entscheidung des Vaters vor dem Besuch kritisiert hätte.

»Es ziehen seltsame Geschichten über das Land«, wechselte Jöllund das Thema und lächelte Böer kurz zu.

Auch er hatte die beiden Brüder sehr genau beobachtet und wußte nur zu gut von ihrer Verschiedenartigkeit.

»Im Süden an den Grenzen zu den Franken werden wieder Höfe überfallen und niedergebrannt, greifen die Bauern auf beiden Seiten zu den Waffen. Ich denke, daß ihr auf dem Thing darüber sprechen werdet.«

»Ja, ich habe davon gehört«, antwortete Bentan.

»Aber erinnert euch: Schon zu Zeiten unserer Väter und Großväter gab es Berichte von Kämpfen im Süden gegen fränkische Bauern. Mein Vater ...«, er machte eine kurze Pause,

»und meine Mutter starben im Kampf gegen die Franken. Niemand weiß mehr, wann es anfing und worum es ging. Aber viele Familien – auf beiden Seiten – luden sich Blutschuld auf. Daraus ergeben sich immer neue Kämpfe. Ich bin froh, daß wir keine solchen Zwistigkeiten mehr zu klären haben.«

»Ja, es ist gut, daß wir so weit im Norden wohnen und unseren Frieden haben«, sagte Gimberich. »Nur dann gedeiht das Vieh und wachsen die Früchte auf den Feldern.«

»Da will ich dir wohl zustimmen«, nickte Lüdegast behäbig. Gimberich warf ihm einen scheelen Blick zu.

»Aber die Gerüchte, die ich im Herbst vernommen habe, klangen schlimmer als sonst«, hakte Jöllund noch einmal nach. Bentan nickte nachdenklich. »Ja, es ist wohl wahr. Auch mir erscheint es so. Trotzdem will ich nicht das Schlimmste befürchten und annehmen, daß es zu einem Krieg zwischen uns und dem Stamm der Franken kommt.«

»Unsinn«, lachte Gimberich, »warum sollte es? Selbst wenn die Kämpfe ein wenig heftiger ausgetragen werden, so sind Streitigkeiten in den Grenzgauen zweier mächtiger Stämme doch völlig normal. So war es immer, und so wird es immer sein.«

»So war es immer.« Jöllund sprach leise und betonte jedes Wort. »Aber bedenkt: Die Franken beten zu einem neuen Gott. Hat sich nicht schon immer das Denken der Stämme über Recht und Unrecht aus dem Handeln der Götter abgeleitet? Vielleicht denken die Franken nun anders als wir es gewohnt sind.«

»Dann dürften sie sich aber gar nicht wehren«, brummte Lüdegast. »Ich habe gehört, sie beten mit gefalteten Händen, als wären sie wie Knechte gefesselt. Ihr Gott braucht Knechte und keine Krieger.«

Außerhalb des Hauses rumpelte es und krachte. Dann brüllte ein Ochse.

»Mir scheint, daß wir noch mehr Besuch bekommen«, sagte Halde.

Bentan stand auf. Auch Brul, Bart und Böer erhoben sich und gingen zur Tür. Das Krachen und Poltern war jetzt verstummt. Dafür stapften Schritte über den Hof. Alle in der Halle lauschten gespannt. Bentan öffnete die Tür.

»Wer ist da«, rief er in die Dunkelheit.

Die Schritte kamen näher, und ein Schatten tauchte aus der Dunkelheit auf.

»Keine Angst«, rief der Schatten beschwichtigend.

»Mein Name ist Riedwiesel. Ich komme aus dem Land der Schwaben. Ihr könnt bei mir Waren kaufen und verkaufen oder auch Geschichten hören. Im Moment aber wäre ich für eine Mahlzeit und ein Bett dankbar.«

»Dann seid uns willkommen«, entgegnete Bentan.

»Ohne Geschichten wirst du mir aber nicht ins Bett fallen.«

Der Händler hatte die Tür erreicht und schüttelte Bentan die Hand. Er bekam einen Platz am Tisch zugewiesen. Bald aß und trank er gierig.

»Es war wirklich sehr gut«, lobte er die Mahlzeit, als er sie beendet hatte und Halde ihm noch ein Bier eingoß.

»Vor allem hat es satt gemacht. Seit Tagen habe ich nichts mehr gegessen.«

»Na, so schlimm kann es aber nicht gewesen sein. Verhungert sahst du eigentlich nicht aus, und die Bauern im Waldsatiland sind großzügige Gastgeber«, sagte Bentan ernst.

Die anderen schmunzelten. Der Händler sah wirklich gut genährt aus. Er war klein und schob einen kugelrunden Bauch vor sich her. In seinem runden Gesicht verzogen sich zwei listige Augen zu einem Grinsen.

»Ein bißchen klagen werde ich ja wohl noch dürfen. Sitzt ihr mal den ganzen Tag auf einem hölzernen Karren und ärgert euch mit diesen sturen Ochsen herum.«

»Was für Waren hast du dabei?« fragte Gimberich.

»Gewürze aus südlichen Ländern, Salz aus eurer Heimat, eine reiche Auswahl an Schmuck und Bernstein von den Meeresküsten. Nicht zu vergessen die schönen Töpfe und Schalen, die ich von den Sorben mitbringe.«

»Hast du nur etwas für die Halle oder auch etwas für den Hof?« fragte Brul.

»O natürlich, ihr hättet mich nur meine Aufzählung beenden lassen müssen«, erwiderte Riedwiesel.

»Ich habe etwas für eure Pferde. Etwas, das ihr noch nicht kennt. Warum bin ich da nur nicht gleich darauf gekommen?«

»Für die Pferde?« wunderte sich Bentan. Selbst Lüdegast hob interessiert den Kopf.

»Es sind zwei Schlaufen aus Leder. Ihr befestigt sie am Sattel oder der Satteldecke und laßt die Schlaufen am Pferd herunterbaumeln. Beim Reiten könnt ihr dann eure Füße in die Schlaufen stecken.«

Alle sahen sich an. Ganz langsam verzog sich Lüdegasts Mund zu einem Grinsen. Dann konnte er sich nicht mehr beherrschen und prustete los. Erleichtert fielen alle anderen – bis auf den Händler – ein. Riedwiesel sah sie an wie jemand, der einer Herde Schafe das Sprechen beibringen will.

»Probiert es morgen aus. Es kostet euch nichts. Ihr werdet sehen, es reitet sich besser damit.«

Lüdegast grinste wieder breit.

»Wenn es euch nicht gefällt, dann habt ihr zumindest eine Abwechslung gehabt.«

»Gut, so soll es sein«, sagte Bentan. Böer sah, daß die Augen seines Vaters immer noch lachten.

»Ich will euch nicht verschweigen, daß Karl, König der Franken, seine berittenen Krieger schon seit längerem mit diesen Schlaufen ausrüstet«, fügte Riedwiesel seinen Erklärungen noch hinzu.

»Und was soll ihm das nützen?« wollte Jöllund kopfschüttelnd wissen.

»Ha«, triumphierte der Händler. »Ihr lacht und spottet, ohne die Sache recht bedacht zu haben.«

»Nun, man wird doch mal ...«

»Ach was«, unterbrach Riedwiesel den Einwand.

»Die Vorteile gerade für die Krieger liegen doch auf der Hand.«

»So?« mischte sich Lüdegast streitlustig ein.

»Wo sollen denn die zu finden sein? Wir reiten auf den Gegner zu, ziehen das Schwert oder greifen den Speer und messen unsere Kräfte mit ihm.«

»Und euer Pferd kommt zum Stehen?« wollte Riedwiesel wissen. Seine Augen funkelten listig.

»Natürlich.« Lüdegast zuckte mit den Achseln.

»Wie kann man sonst den Gegner treffen. Möglichst ruhig sollte sich das Pferd halten.«

»Die Franken werden nicht mehr zum Stehen kommen«, kündigte Riedwiesel an. »Sie werden durch eure Reihen hindurchbrausen wie ein Sturm.«

»Wie das?« stutzte Jöllund.

»Ich habe es gesehen, einmal bei Worms, wo sie es geübt haben.

Sie greifen an im vollen Galopp, stützen ihre Lanzen am Körper ab, so daß die Waffe den Gegner mit der ganzen Wucht des schnellen Rittes trifft.«

»Und sie fallen nicht vom Pferd, weil sie mit den Füßen fest in den Bügeln stehend die Wucht des Aufpralles abstützen können«, schloß Jöllund.

Er lachte bitter und nickte.

»Das ist wahrlich neu. Und es ist gut, sehr gut sogar.«

Einen Moment lang sahen sich die Sachsen betroffen an. Dann nahm Bentan das Gespräch wieder auf.

»Du bist viel herumgekommen«, wandte er sich an den Händler. »Was gibt es sonst Neues zu berichten?«

Riedwiesel lehnte sich im Stuhl zurück und blickte angestrengt und bedeutungsvoll über den Tisch. Sie waren wirklich alle gleich, diese Händler, dachte Böer. Ihre Nachrichten öffneten ihnen Tür und Tor im ganzen Land. Und diesen Vorteil wußten sie weidlich auszunutzen. Er hatte noch keinen Händler gesehen, der nicht äußerst bedeutungsvoll in die Runde geschaut hatte, bevor er mit seinen Geschichten anfing. Riedwiesel wartete, bis es völlig still in der Halle geworden war und sich wirklich alle gespannt auf ihn konzentrierten. Gerade als er zu sprechen beginnen wollte, wieherte eines der Pferde lauthals im Stall. Stampfende Hufe waren zu hören. Riedwiesel klappte den Mund, den er schon zum Sprechen geöffnet hatte, wieder zu und schloß kurz die Augen.

»Manchmal geraten die Hengste aneinander. Es wird gleich wieder still sein«, wandte sich Bentan an den Händler.

»Nun spannt uns nicht auf die Folter und erzählt endlich.«

»Eigentlich bin ich wirklich müde und gehöre ins Bett«,

maulte Riedwiesel. Alle am Tisch sahen ihn vorwurfsvoll an. »Schon gut, ich erzähle ja schon. Ich komme aus dem Süden und habe zuvor bei den Engern Handel getrieben. Davor war ich bei den Franken, wo ich auch den Winter verbracht habe. Als ich nach Norden aufgebrochen bin, trieb es die fränkischen Edlen in den Süden nach Worms. Dort wollten sie sich mit ihrem König zum Reichstag treffen. Gerade jetzt, zu dieser Stunde, dürften die Krieger der Franken dort beisammen sitzen. Was sie dort beschließen, werden sie in diesem Sommer durchführen.«

»Sie haben doch sicher den Winter über beratschlagt, was auf dem Reichstag besprochen werden soll«, forschte Bentan weiter.

»Ja, einiges ist mir wohl zu Ohren gekommen. Es betrifft euch. Die Franken sind des Streits mit euren Bauern an den Grenzen müde. Ihre Krieger sind jung und ehrgeizig. Sie sind keine Bauern wie ihr, die nur in Zeiten der Bedrohung zu den Waffen greifen. Viele Soldaten der Franken leben vom Krieg und können nur im Kampf zu Ehren und Besitz kommen. Die Zahl dieser Krieger steigt, und sie wollen sich bewähren. Sie drängen darauf, euch eine Lehre zu erteilen. Das kommt ihren Priestern sehr gelegen. Diese würden gerne die Worte ihres Gottes weiter in den Norden tragen und heizen die Krieger noch an. Ihr wißt ja, daß ihre Gottesdiener schon vereinzelt in euren Gauen und auch bei den Friesen aufgetaucht sind, um für ihren Gott zu werben. Allerdings haben sie dabei nicht viel Erfolg gehabt. Sie dulden keine anderen Götter und haben nur Schmähreden für Wotan und Donar übrig. Wenn die Priester in den Gauen bei Versammlungen sprechen durften – was ihnen oft gewährt wurde –, spotteten sie euren Göttern und drohten den Kriegern. Viele verloren ihren Kopf dafür. Außerdem ist der König machthungrig. Der friedliche Handel reicht ihm nicht. Er versucht, sein Reich an allen Grenzen zu erweitern.«

»Er könnte also wie sein Vater einen großen Angriff gegen unseren Stamm planen«, überlegte Bentan. »Wir werden auf dem Allthing darüber sprechen müssen.«

»Das würden sie nie wagen«, polterte Gimberich los. »Unser Stamm ist zu stark, als daß sie einen offenen Krieg riskieren würden.«

»Auf jeden Fall könnten wir ihn uns nicht leisten«, sagte Jöllund.

»Unsere Frauen und Männer müssen die Felder bestellen und sich um das Vieh kümmern. Immer wenn die Bauern kämpfen müssen, bleibt die Arbeit liegen. Im Winter dann hungert das Volk. So war es auch nach dem Feldzug von Karls Vater.«

»Diesen Nachteil haben die Franken nicht«, stellte Riedwiesel fest.

»Das haben wir schon öfter gehört«, fügte Bentan ein. »Auch du sprachst eben davon, daß ihre Krieger keine Bauern mehr sind ...«

»Sie leben anders als ihr«, erklärte der Händler. Er schwieg einen Moment und blickte nachdenklich in die Runde. Dann sprach er weiter, leise, fast beschwörend fielen seine Worte, sorgsam gewählt und langsam gesprochen: »Ja, sie sind anders geworden. Anders als ihr es euch vorstellen könnt. Und darum fürchtet ihren Angriff. Denn gerade weil das Leben der Franken nun in anderen Bahnen läuft, wird auch der Kampf mit ihnen nicht mehr so sein, wie noch eure Väter ihn erlebten. Betet zu euren Göttern, daß die Christenritter euch nicht überrollen. Sie könnten euch die Knechtschaft bringen.«

»Da kennst du wohl uns Sachsen schlecht«, erwiderte Lüdegast mit donnernder Stimme. »Uns die Knechtschaft bringen ...«, er lachte laut auf. »Auch wenn sie anders geworden sind. Um ein Schwert zu führen, bedarf es immer noch des starken Armes. Wenn ich so manchen Sachsenarm sehe, kann ich mir keinen stärkeren fränkischen vorstellen, so anders das Leben der Menschen im Süden auch geworden sein mag.«

Er blickte auf Zustimmung wartend in die Runde. Kopfschüttelnd setzte Riedwiesel wieder zu sprechen an. »Unterschätzt die Neuerungen nicht. Ihr seid freie Bauern und habt keinen König. Beschlüsse, die euch alle betreffen, werden auf dem Allthing getroffen. Ansonsten seid ihr eure eigenen Herren und könnt tun und lassen, was ihr wollt. Aber dafür müßt ihr auch eure Felder selbst bestellen. Es gibt im Land der Sachsen nur wenige Edelinge, für die Knechte arbeiten oder die Gefolgsleute um sich scharren.«

»Und in den meisten Gauen gehen diese Edelinge zum Allthing«, dröhnte Gimberich zornig über den Tisch. Sein Kopf war wieder rot angelaufen, und seine kleinen Augen funkelten angriffslustig in die Runde.

»Ja, aber nur wenn die freien Bauern sie wählen und ihrer Vertretung für würdig befinden«, gähnte Lüdegast betont gelangweilt.

Der erneute Ausbruch seines Nachbarn schien ihn nicht im mindesten zu verunsichern.

»Gimberich ist stolz darauf, ein Edeling zu sein«, erklärte Jöllund dem Händler sachlich.

»Er ist reich und blickt auf eine Reihe stattlicher Ahnen zurück.«

»Ja, ich bin ein Adeliger«, brüllte jetzt Gimberich herausfordernd. »Und es wäre mein Vorrecht, euch beim Thing zu vertreten.«

»Aber wir haben Bentan gewählt«, bemerkte Lüdegast immer noch gelangweilt. »Und nun schweig still, du hast dich schon zu oft darüber beschwert.«

»Es tut mir leid, ich konnte es nicht wissen«, beeilte sich Riedwiesel zu erklären. »Ich hatte nicht im Sinn, für Zank zu sorgen.«

»Schon gut«, beschwichtigte ihn Bentan. »Das Thema wurde wirklich schon oft besprochen, und Gimberich hat Gelegenheit, sich der nächsten Wahl in unserem Gau zu stellen. Du aber hast uns noch nicht von den Franken zu Ende erzählt.«

»Richtig«, fuhr Riedwiesel fort.

»Immer mehr Bauern bei den Franken müssen sich den adeligen Grafen verpflichten. Sie können nicht gleichzeitig die Felder bestellen und in den Krieg ziehen – wie ihr. Da Karl dauernd Kriege führt, könnten sie nicht existieren. Die Grafen nehmen ihnen die Verpflichtung zum Kriegsdienst ab. Dafür wollen sie allerdings einen Teil der Ernte von den Bauern und deren völlige Unterwerfung unter ihre Entschlüsse. Diese Bauern sind so nicht mehr frei und Knechte geworden. Der Adel hingegen kann sich ganz dem Waffendienst widmen. Allerdings sind auch die Grafen nicht mehr frei. Auch sie müssen den Befehlen des Königs gehorchen. Tun sie es nicht, verlieren sie ihre Rechte. Befolgen sie seine Weisungen allerdings gut, schenkt Karl ihnen Grund und Boden. Der aber muß vorher erobert werden. Vielen jungen Adeligen reicht der Hof ihres Vaters nicht mehr, ist er auch noch so groß. Besonders die Zweitgeborenen drängen. Sie wollen eine eigene Scholle und eigene Bauern. Deshalb brennen sie so darauf, sich im Krieg zu bewähren, deshalb brauchen die Franken neues Land. Viele der Grafen können sich zudem Gefolgsleute leisten, die sie in Krieg und Frieden ernähren und die ihnen dafür in völliger Treue ergeben sind. Auch diese Männer trainieren den ganzen Tag nur den Umgang mit den Waffen. Ihr könnt mir glauben: Sie verstehen damit umzugehen.«

»Unsere Nachbarn sind dabei, ein Volk von Knechten zu werden«, knurrte Brul, nachdem Riedwiesel geendet hatte.

»Euch mag es so erscheinen«, erwiderte Riedwiesel. »Aber seit ich Handel treibe, sind sie zu immer größerem Wohlstand gekommen. Die meisten Stämme respektieren sie.«

»Auch bei uns wird es so kommen«, mischte sich Gimberich wieder ein. »Vor allem die Grafen scheinen mir für den Wohlstand verantwortlich zu sein. Nur wenn sie das Wort führen, können sie mit eiserner Hand den Stamm zum besten bringen.«

»Eisern sehen deine Hände aber nicht gerade aus«, neckte Lüdegast Gimberich, dessen Kopf daraufhin wieder eine rote Färbung bekam.

»Wir brauchen niemanden, der uns führt«, stellte Bentan fest. »Wir sind frei und fällen unsere Entscheidungen für uns selbst. Und was den Wohlstand betrifft, scheinen mir die hörigen Bauern nicht gerade reich zu sein. Sie haben ihre Kriegerehre verloren und sind arm. Lieber wäre ich tot, als so zu leben.«

Lüdegast und Jöllund nickten. So stritten sie noch eine Weile fort. Aber das Gespräch wurde ruhiger, denn die Nachbarn kannten ihre gegenseitigen Standpunkte seit langem. Und so erzählte Riedwiesel noch von seinen Fahrten, bis auch seine Erzähllust erlahmte und er sanft darauf hinwies, schlafen gehen zu wollen.

Das Pferd tänzelte unruhig auf der kleinen Wiese vor dem Bauernhaus hin und her. Nervös beäugte es den kleinen Mann mit dem dicken Bauch, der dicht neben ihm aufgeregt in einem Karren wühlte.

»Ich hab sie«, brüllte Riedwiesel plötzlich aufgeregt. »Ganz zu unterst lagen die Reiterschlaufen. Im Frankenland konnte ich sie halt nicht mehr anbieten. Dort hat sie schon jedermann.«

Mit triumphierendem Blick näherte er sich der kleinen Gruppe von Sachsen, die ihm neugierig zusah. Bentan legte dem Hengst beruhigend die Hand auf den Rücken. Ein langes Lederband baumelte aus Riedwiesels hoch erhobener Hand. An den beiden Enden befanden sich zwei Laschen, gerade groß genug, um den Fuß hineinzustecken.

»Reitet ihr mit Sattel oder ohne?« fragte der Händler.

»Der Sattel ist uns durchaus schon bekannt«, erwiderte Bentan und grinste. »Geh einen holen«, forderte er Böer auf, der neben seinem Vater stand. Nach wenigen Minuten war Böer wieder da – mit einem Sattel auf dem Arm. Das Pferd wurde unter Riedwiesels Anweisungen aufgezäumt, und schon bald baumelten die beiden Schlaufen an den Seiten des Tieres herunter. Die Tür des Hauses öffnete sich wieder: Zwei Gestalten torkelten blinzelnd ins helle Morgenlicht.

»Guten Morgen, Lüdegast, guten Morgen, Gimberich«, trompetete Bentan den beiden Männern fröhlich entgegen. »Wenn ihr auch noch so verschieden seid, im Trinken und Schlafen ähnelt ihr euch.«

Gimberich brummelte etwas Unverständliches vor sich hin, das wie eine Verwünschung klang. Lüdegast warf ihm einen fragenden Blick zu.

»Das also ist die Neuheit aus dem Frankenland«, murmelte Gimberich, jetzt etwas deutlicher zu verstehen.

»Es sieht so aus«, bestätigte Jöllund, der schon zeitig mit der Familie aufgestanden war. Nun kam auch Halde aus dem Haus, einen neugierigen Blick auf die kleine Gruppe werfend.

»Wer reitet als erster«, forschte Riedwiesel in die Runde. Auch das Pferd warf einen interessierten Blick auf die Menschen. »Der Gastgeber vielleicht«, fragte Riedwiesel weiter. Das Pferd schnaubte zufrieden.

»Ach Unsinn«, mischte sich jetzt Gimberich mit überraschend klarer Stimme ein. »Er würde sie doch sowieso nicht kaufen wollen. Ich bin interessiert.«

Der Hengst legte die Ohren zurück und fixierte Gimberich mißtrauisch.

»Nun, das ist eine Sache des Preises. Wenn er zu hoch ist, fällt meine Absicht tatsächlich weg«, sagte Bentan offen. Riedwiesel verzog sein Gesicht grübelnd.

»Egal, wie ihr bezahlt, ob mit Münzen, Gold oder Waren. Den Preis einer Kuh müßte ich schon von euch verlangen.«

»Also Gimberich, ich trete zurück. Dann seid ihr jetzt an der Reihe«, stellte Bentan nüchtern fest.

»Na also, so einfach läßt sich so etwas klären«, betonte dieser forsch. »Dann mal los.«

Er wollte sich gerade auf das Pferd schwingen, als Riedwiesel ihn aufhielt. »Halt, halt, auch beim Aufsteigen machen die Schlaufen Sinn. Du mußt den Fuß reinstecken und dich dann auf den Pferderücken schwingen.«

Gimberich grunzte mißgelaunt. »Sag einem Sachsen nicht, wie er auf ein Pferd steigt. Aber gut, es gehört wohl dazu, und so will ich es probieren.«

Unbeholfen winkelte er sein Bein an, steckte es in die Schlaufe, holte Schwung und hing wie ein nasser Sack an der Seite des Tieres, das sofort einige schnelle Schritte über den Hof machte. Es wieherte unheilverkündend.

»Und nun? Wie komme ich da rauf?« brüllte Gimberich über den Hof.

»Schwung holen, ihr müßt schwingen – und dann auf den Rücken«, brüllte Riedwiesel zurück.

Das Pferd trabte mit seinem Ballast weiter.

Halde beobachtete Gimberichs Reitversuch mit einem skeptischen Blick. Sie war in der sächsischen Frauentracht gekleidet und trug ein langes schlichtes Gewand, das von einer Fibel an der Schulter zusammengehalten wurde und bis zu den Füßen reichte. Um die Taille hatte sie einen ledernen Gürtel, an dem ein Dolch hing, gebunden. Die Arme vor der Brust verschränkt, war sie im Türrahmen stehengeblieben. Zuweilen blinzelten ihre Augen spöttisch.

»Hilf ihm«, wandte sich Bentan, der sich bemühte, würdig stehenzubleiben, an Brul, der Schwierigkeiten hatte, sein Lachen zurückzuhalten. Völlig ungeniert saß Lüdegast am Boden und hielt sich vor Lachen den Bauch. Brul spurtete los. Mit sicherem Griff packte er das Pferd am Zügel und stoppte es. Gimberich zog unbeholfen seinen Fuß wieder aus der Schlaufe und schwang sich nach alter Sachsenart auf das Roß. Der Hengst wieherte zufrieden, drehte aber irritiert den Kopf, als Gimberich mit seinen Füßen in die Schlaufen glitt. Er ritt das Pferd an. Im Trab kam er auf die Gruppe zu. »Tolles Gefühl«, brüllte er freudig. »Das Aufsteigen werde ich später üben. Wirklich tolles Gefühl.«

Dann rutschte ihm der Fuß aus dem Bügel. Er versuchte, wieder hereinzuschlüpfen, verfehlte die Öffnung und senkte nun Oberkörper und Kopf, um genau Maß zu nehmen. Währenddessen stieß sein Fuß einige Male unruhig gegen die Seite des Tieres. Mehrfach klatschte das Schlaufenband gegen das Fell. Gimberich wurde nervös, und der Schritt des Tieres geriet aus dem Takt. Der Hengst drehte sich im Kreis und tänzelte unruhig hin und her. Gimberich hatte mittlerweile seinen Fuß wieder in die Schlaufe bekommen. Er hob seinen Hintern aus dem Sattel und stand allein in den Schlaufen.

»Wenn das mal gut geht«, murmelte Jöllund zweifelnd.

»Sehr entspannend, wirklich, sehr gut«, rief Gimberich begeistert herüber. Dann gab es einen leisen Knall und das Schlaufenband war gerissen. Gimberich krachte auf den Sattel, schrie und das Pferd schnaubte böse.

Brul lief zu dem Reiter und half ihm, vom Pferd zu rutschen.

»Tut es sehr weh?« fragte Brul betont mitfühlend. Gimberich murmelte etwas Unverständliches, und Lüdegast bog sich immer noch vor Lachen.

»Dafür den Preis einer Kuh«, war Halde zu hören. »Unsinn.«

Sie drehte sich kopfschüttelnd um und ging zurück ins Haus. Halde war bekannt dafür, schnelle Entscheidungen zu treffen. Sie besah sich eine Sache, untersuchte sie nach ihrem Nutzen und fällte dann ihr Urteil. Damit hatte eine Angelegenheit sich für sie erledigt. Trotzdem besaß sie ein warmes Herz. Wer sie gut kannte, lernte bald den feinen Humor hinter ihrer trockenen Art zu schätzen. Vom Aussehen her ähnelte sie Böer. Auch sie war zierlicher als Bentan, Brul und Bart und teilte mit Böer die dunklen Augen und Haare.

Gimberich erreichte, auf Brul gestützt, wieder die kleine Gruppe.

»Beim Reiten waren sie zu gebrauchen. Aber die Schlaufen scheinen mir noch nicht ganz durchdacht zu sein«, schnaubte er verächtlich. »Ich werde wohl mit dem Kauf noch ein paar Jahre warten.«

»Ihr habt sie mir kaputtgemacht und müßt sie ersetzen«, schnaubte Riedwiesel aufgebracht. »Den Preis habe ich euch genannt.«

»Nun mal ganz langsam«, mischte sich Bentan ein. »Auch wenn die Vorstellung noch so lustig war, meine ich doch, Vorteile in den Schlaufen erkannt zu haben. Sie geben wohl zusätzliche Sicherheit auf dem Pferderücken, wenn der Reiter damit erfahren ist. Gerade im Kampf könnte das von Nutzen sein. Der Sinn scheint mir, daß ein Krieger sich bei Bedarf darin abstützen kann. Was Gimberich zum Schluß tat, kann also durchaus einmal vorkommen. Wenn die Schlaufen gerissen sind, dann nur deshalb, weil eure alt und brüchig waren.«

»Ich verkaufe nur gute Waren«, warf Riedwiesel eilig ein.

»Nun, dann wollen wir uns die Schlaufen einmal genauer ansehen. Von der Qualität des Leders verstehen wir hier eine ganze Menge.«

»Halt!« rief Riedwiesel, »ich gebe zu, sie lagen schon etwas länger auf meinem Wagen. Wie ich schon sagte, bei den Franken konnte ich sie nicht verkaufen.«

»Sagen wir«, er kratzte sich am Kopf, »ihr zahlt mir den Gegenwert eines Schafes für sie.«

Bentan blickte zu Gimberich herüber, der völlig unbeteiligt in die Runde schaute.

»Ja – zahlst du diesen Betrag?« fragte ihn Bentan. »Mich geht die ganze Sache eigentlich nichts an, ich verhandele hier in deinem Namen.«

Aufgeschreckt blickte Gimberich den Händler an.

»Was zahlst du mir für meine Schmerzen?« fragte er lauernd.

»Eine Unverschämtheit«, wandte sich Riedwiesel an Bentan. »Du bist hier der Thingsprecher. Sag ihm, daß er mir was zahlen muß.«

»Das müßt ihr unter euch ausmachen. Natürlich können wir die Sache auch auf dem nächsten Thing besprechen. Aber ob das so gut für euren Ruf wäre? Und das Urteil ist auch unsicher. Ich will euch einen Vorschlag machen: Deine Schlaufen sind gerissen, und damit hast du einen Verlust. Gimberich hat Schmerzen, die auch er einklagen kann. Ich meine, die Sache zwischen euch ist ausgeglichen und keiner ist dem anderen etwas schuldig.«

»Ich bin einverstanden«, beeilte sich Gimberich zu sagen. Auch Riedwiesel willigte widerstrebend ein. Gemeinsam gingen sie ins Haus. Böer, Brul und Bart blieben draußen, um das Pferd abzusatteln.

»Was sagt ihr zu den Reitschlaufen?« fragte Bart seine Brüder.

»Vater hat recht«, erwiderte Brul.

»Ich würde sie gerne einmal probieren und damit reiten«, sagte Bart. »Am Anfang sind sie sicher ungewohnt, aber nach einer Weile könnten die Schlaufen gerade beim Kampf auf dem Pferd helfen.«

»Was weißt du schon vom Kampf auf dem Pferd«, wies Brul seinen jüngeren Bruder zurück. »Du wirst der letzte von uns dreien sein, der das Schwert aus Vaters Händen entgegennimmt.«

»Böer wird auch schneller ein Krieger sein, als wir alle es gedacht haben«, verteidigte sich Bart. »Vielleicht bin ich schon im nächsten Jahr soweit.«

»Da werden Vater und ich dir aber noch sehr viel beibringen müssen«, gab Brul betont gelassen zurück.

»Spiel nicht den erfahrenen Krieger vor uns«, mischte sich Böer ein. »Du darfst ein Schwert tragen, aber vom Kampf weißt auch du nichts. Oder hast du deine Waffe schon einmal einsetzen können?«

»Er sieht sie sich gerne an«, spottete Bart.

»Jetzt reicht es mir aber«, brüllte Brul und stieß Bart grob mit der flachen Hand vor die Brust, so daß dieser ein paar Schritte zurücktaumelte. »Ihr wißt genau, daß ich das Schwert wohl zu führen vermag. Uns allen hat Vater es von klein auf beigebracht.«

»Böer hat dich immer geschlagen, auch wenn es Spiel war«, schrie Bart zurück. Der jüngste Bruder ballte die Fäuste und ging langsam auf Brul zu. »Und noch einmal schlägst du mich nicht.«

»Komm her – du Kind«, forderte Brul nun seinen jüngeren Bruder auf.

»Es ist gut«, mischte sich Böer ein. »Niemand zweifelt daran, Brul, daß du mit einer Waffe umzugehen verstehst. Aber ein Kampf auf Leben und Tod ist etwas anderes als unser Spiel. Für dich ist es doch keine Schande, das Schwert noch nicht im Ernstfall gezogen zu haben. Sei doch froh darüber.«

»Sehr weise gesprochen«, war plötzlich eine tiefe Stimme aus dem Hintergrund zu hören. Sie gehörte Bentan, der auf seine Söhne zuschritt und ihren Streit verfolgt hatte.

»Nun begrabt euren Streit, sattelt endlich das Pferd zu Ende ab und kommt rein. Wir warten schon auf euch. Und Brul: Ich werde jeden meiner Söhne mit zum Allthing nehmen. Du hast doch nicht ernsthaft gedacht, daß du der einzige bleibst. Was regst du dich also auf? Und noch etwas wollte ich euch sagen: Die Pferdeschlaufen wollen wir natürlich haben – aber nicht zum Preis einer Kuh und derart brüchig. Wenn der Händler weg ist, werden wir uns selber welche machen. Ich habe mir die Form recht gut gemerkt.«

Bentan nahm das nun abgesattelte Pferd am Halfter, drehte sich um und ging ins Haus zurück. Bart und Brul folgten, Böer blieb stehen.

»Brul«, sagte er gerade so laut, daß sein Bruder ihn verstehen konnte.

Der Bruder hielt an.

»Was willst du noch«, erwiderte er kühl.

»Mit dir reden.«

»Ich wüßte nicht, worüber wir jetzt reden sollten. Du hast doch gehört, Vater hat uns gerufen.«

»Brul, tu mir den Gefallen – komm her.«

Auch Bart war stehengeblieben und verfolgte unsicher das Gespräch.

»Geh ruhig schon rein und sag Vater, daß wir noch miteinander sprechen«, sagte Böer zu ihm, als Brul langsam näher kam. Die beiden gingen ein Stück und ließen sich auf einen Baumstamm nieder.

»Was also sollten wir besprechen«, fragte Brul immer noch unwillig.

»Das, was zwischen uns steht«, antwortete Böer ruhig.

Brul sah ihn an. »Ich wüßte nicht, was zwischen uns steht. Es ist nur oft so schwierig mit dir. Du bist häufig mit deinen Gedanken so weit weg.«

»Was ist schlecht daran«, fragte Böer.

»Es ist die Arbeit, Böer, unser Leben. Da bleibt keine Zeit zum Träumen. Sicher, auch du gibst deinen Teil, und der ist auch wichtig. Aber ich habe immer das Gefühl, dich an das Leben erinnern zu müssen, daran, wie es wirklich ist: hart und voller Schmerz und Arbeit.«

»Aber es macht das Leben leichter, die Gedanken schweifen zu lassen. Brul, es gibt mir Kraft, wenn ich die Sterne sehe, wenn ich alleine durch den Wald spazierengehe – Kraft, um arbeiten zu können.«

»Ja, aber du darfst dabei das Leben selbst nicht vergessen – du mußt es annehmen, sonst wirst du auf lange Sicht noch sehr darunter leiden. Deine Träume sind Schleier, die dir die Wahrheit des Lebens vernebeln. Irgendwann werden diese Schleier zerreißen. Und dieser Moment wird grausam sein. Davor Böer, möchte ich dich bewahren.«

»Hast du denn nie Träume gehabt?«

Brul sah ihn nachdenklich an.

»Es ist lange her, als kleiner Junge. Wir hatten Radbod, den berühmten Krieger aus Friesland, mit seinen Gefährten zu Gast. Mit ihren schwarzen Rössern, ihren bunten Schilden und blitzenden Schwertern sahen sie aus wie die Götter selbst. Ich wäre gerne auch so ein Krieger geworden. Aber sie ritten fort, der Traum verblaßte, und ich spürte, daß ich nie ein solcher Krieger sein würde. Aber um mich herum gab es den Hof, die Eltern, die Felder und Tiere. Und ich verstand, daß ich hier meinen Platz habe und gebraucht werde. Je älter du bist, wenn dieser Traum zerfällt, um so schmerzhafter wird es für dich.«

»Aber fühltest du nicht diese Sehnsucht nach mehr in dir, das Gefühl, daß Kühe, Felder und der Hof nicht alles sein können, was es in diesem Leben für uns gibt, das Gefühl hinter den Träumen?«

»Nein, Böer, das habe ich nie verspürt. Hier ist mein Zuhause – und ich wüßte nicht, wozu es sich mehr lohnen würde zu leben. Du hast recht. Es sind bei dir mehr als nur die Träume. Gerade diese Sehnsucht ist es, die ich nicht verstehe, die mir Sorgen macht. Damit wirst du nie zufrieden sein, nie auf eigenen Füßen stehen können, und eines Tages wirst du daran zerbrechen.«

»Und wenn es wahr ist, wenn das Gefühl nicht trügt und mich wirklich ein anderes Leben erwartet«, fragte Böer.

Brul starrte zu Boden.

»Du bist noch nicht reif genug, um ein Krieger zu werden«, sagte er leise und schüttelte den Kopf.

»Es ist Vaters Entscheidung«, erinnerte ihn Böer vorsichtig.

»Ja, Vater – natürlich ist es seine Entscheidung. Aber so weise er auch sonst urteilt, bei dir macht er sich etwas vor.«

»Warum, Brul?«

»Du bist noch nicht soweit. Und Vater weiß das auch, will es aber nicht zugeben oder dir eine Freude machen. Ja, vermutlich will er das. Wie oft habe ich schon bemerkt, daß Vater dich besonders wohlwollend betrachtet, seine Augen bei deinem Anblick besonders lachen.«

»Du tust ihm Unrecht. Vater ist gerecht, und das weißt du auch.«

»Ja, gerecht«, wurde Brul mit einem Mal lauter. Er sah seinen Bruder mit zornigen Augen an. »Ich habe immer versucht, ihn zu erfreuen, immer ein bißchen mehr gearbeitet, als ich mußte, immer versucht, alles besser zu machen als nötig, und mich stets bemüht, kluge Entscheidungen zu treffen ...«

»Und du hast dafür deine Träume aufgegeben«, unterbrach ihn Böer. »Sie sind nicht von alleine gegangen, nicht wahr, Brul?«

»Ja, du hast recht. Ich habe sie vergessen, und ich habe versucht, alles besonders gut zu machen, alles nur, damit er mich auch einmal so ansieht wie dich – so wohlwollend.«

Brul senkte den Kopf wieder und starrte zu Boden.

»Ich spüre Vaters Wohlwollen nicht so, wie du sagst«, antwortete Böer leise. »Und noch nie habe ich darüber nachgedacht. Aber jeder von uns ist anders. Vielleicht mag Vater jeden auf seine Weise – und das ist es, was du spürst. Ich habe seine Blicke nie bemerkt, aber vielleicht passen sie einfach zu mir, zu der Art, wie er mich sieht, vielleicht drückt er sein Wohlwollen dir gegenüber anders aus.«

»Mag sein«, erwiderte Brul und stand langsam auf. »Wollen wir zu den anderen gehen?«

Böer nickte. Gemeinsam schritten sie zum Haus zurück.

Die Familie aß mit den Gästen. Nach dem Essen ließ sich Halde noch die Waren des Händler vorführen. Sie kaufte zwei Tonkrüge. Dann spannte Riedwiesel seine Ochsen wieder vor den Karren und fuhr weiter. Auch Jöllund, Lüdegast und Gimberich brachen bald danach auf.

PEORDH

Die Tage vergingen. Die Nächte wurden immer dunkler, der Mond nahm ab. Es war die Zeit der Besinnung, in der die Menschen auf dem Hof oft in sich hineinhorchten. Nach der dunklen Nacht des Mondwechsels nahm die Sichel am Himmel wieder zu. Damit kam der Tag des Aufbruchs für Bentan und seinen Sohn Böer, denn das Allthing fand in jedem Jahr an den Tagen um den Vollmond statt.

Mit der aufgehenden Sonne schnürten Vater und Sohn ihre Bündel und ritten nach Süden davon. Ihre Füße steckten in den neuen Steigbügeln, die Bentan angefertigt hatte. Er wollte sie beim Allthing den anderen Sachsen vorführen. Der Pfad führte sie zunächst durch wohlbekanntes Land. Noch bevor die Sonne ihren höchsten Punkt erreicht hatte, verließen sie das Gebiet von Waldsati und ritten durch Wihmuodi. Immer noch schlängelte sich der Weg durch dichten Wald, gerade so breit, daß ein Karren darauf fahren konnte.

Um die Mittagszeit wurde der Wald spärlicher. Grüne, feuchte Wiesen glänzten in der Sonne. Es dauerte nicht mehr lange, und der Blick der beiden reichte bis zum Horizont. Böer blickte staunend auf die Landschaft. Noch nie war er über die Grenzen des Waldsatilandes hinausgekommen. Nun ritt er durch Wihmuodi, und bald würden sie Lari erreichen. Wie oft hatte er den Erzählungen des Vaters gelauscht, wenn dieser vom Allthing wiedergekommen war. Und wie schön waren die Abende gewesen, an denen Händler auf dem Hof gerastet und von fernen Gauen berichtet hatten. Seine Gedanken hatten sich dann auf die Reise gemacht, und während die Menschen in der Halle erzählten, war er durch fremde Wälder, über unbekannte Pfade galoppiert. Jetzt ritt er selbst nach Süden, nach Marklohe. In der Ferne sah er nun das glitzernde Band eines Flusses inmitten der Wiesen. Bald hatten sie das Wasser erreicht. Ruhig und stark floß ein Strom, wie Böer ihn noch nie gesehen hatte, von Süden nach Norden. Auf einer kleinen Anhöhe machten die beiden Reiter halt und ließen ihren Blick schweifen.

»Wir haben die Weser erreicht«, brach Bentan nach einer Weile das Schweigen. »Der Weg folgt dem Lauf des Flusses nach Süden. Er wird uns bis Marklohe begleiten. An seinen Ufern findet das Thing statt. Wenn wir uns beeilen würden, könnten wir Marklohe noch bis zur Nacht erreichen.«

Da es keine Grund zur Eile gab, rasteten sie noch eine Nacht, bevor sie Marklohe erreichten.

In einem sanften Bogen wellten sich die Wiesen bei Marklohe bis zur Weser. Schon von weitem erkannte Böer den Thingplatz im klaren Licht des Morgens auf einer Anhöhe, nicht weit vom Fluß. Strahlend blau wölbte sich der Himmel über dem Land. Zahlreiche Zelte bedeckten die Wiesen, die an den heiligen Ort grenzten, überall brannten kleine Feuer, und schon aus der Entfernung erkannte Böer, daß für das Allthing bereits viele Menschen eingetroffen waren. Zufrieden schaute Bentan auf das lebhafte Bild, und gemeinsam ritten Vater und Sohn Seite an Seite auf den Ort des Things. An einer ruhigen Stelle hielten sie an und errichteten ihr Zelt. Erstaunt blickte Böer immer wieder auf das geschäftige Treiben. Er wußte nicht, ob er überhaupt schon einmal so viele Menschen an einem Ort gesehen hatte. Er mußte daran denken, daß sich hier die edelsten Frauen und Männer ganz Sachsens versammelten. In bunten Gewändern schritten prachtvolle Krieger an ihrem Zelt vorbei, behängt mit kostbar geschmiedeten Waffen. Grell bemalte

Schilde leuchteten im Sonnenlicht, und stolze Rosse grasten zwischen den Zelten. Nachdem sie das Zelt aufgebaut hatten, brachen beide auf, um sich auf den Wiesen umzusehen. Ab und zu hielten sie an, um Hände zu schütteln und bekannte Thingbesucher zu grüßen. Dann näherte sich die Sonne im Westen dem Horizont, und Böer spürte die erwartungsvolle Spannung, die sich über die kleine Zeltstadt legte. Mit seinem Vater war er nach dem Rundgang zum Zelt zurückgekehrt. Nun saßen sie an einem Feuer. Immer mehr Menschen gingen zu der Anhöhe, die über den Wiesen thronte. Bentan nickte seinem Sohn zu.

»Es ist soweit: Laß uns zum Allthing aufbrechen«, sagte er würdevoll.

Böer folgte seinem Vater. Gemeinsam schlenderten sie langsam inmitten der immer dichter werdenden Menschenkette auf die Anhöhe zu. Die Sonne war hinter dem Horizont versunken, der Himmel färbte sich im Westen rot. In der beginnenden Dunkelheit schimmerte die volle Mondscheibe hell am Himmel. Fackeln flackerten auf der Anhöhe. Je näher Böer und Bentan dem Thingplatz kamen, um so leiser sprachen die Menschen miteinander, bis sie schließlich ganz verstummten. Auf der Anhöhe breitete sich, leicht gewellt und von frischem Gras bewachsen, der Thingplatz aus. Böer bemerkte, daß niemand das Innere der Wiesenfläche betrat. Die Menschen setzten sich an den Rand, bis sich schließlich ein großer Kreis bildete, unterbrochen nur von einigen schmalen Durchgängen. Böer und Bentan kamen fast am Rand der freien Wiesenfläche zum Sitzen, und Böer erkannte, daß ausgestreute Blumen die Grenze zwischen den Sitzflächen und der Wiese markierten. Genau in der Mitte der freien Fläche steckte ein Speer im Boden. Die Spitze wies in den Himmel.

Die Menschen schwiegen nun erwartungsvoll. Ein leichter Wind war aufgekommen und strich über die Grashalme. Das flackernde Licht der Fackeln warf zuckende Schatten über den Platz.

Rechts von Böer und seinem Vater wichen die Sachsen, die an einem Durchgang saßen, plötzlich zurück. Einige Männer und Frauen traten durch die Menge in das Innere des Kreises.

Es waren die Goden, die heiligen Männer und Frauen des Stammes. In langen weißen Gewändern, die von bunten Gürteln zusammengehalten wurden, schritten sie hintereinander aus den vier Himmelsrichtungen durch den Kreis auf die Wiese. In der Mitte des Platzes vereinigten sich die Gruppen und setzen sich in einem Kreis um den Speer.

Die Goden strahlten Ruhe und Frieden aus, Gefühle, die sich auf die Menschen in der Versammlung übertrugen.

Böer versuchte, im schwankenden Licht der Fackeln einen Blick auf die heiligen Gestalten zu werfen. Es waren dreizehn, und die meisten im Alter seines Vaters.

Langsam stand eine Frau auf, stellte sich direkt vor den Speer und breitete die Arme aus. Sie hatte lange blonde Haare, die sich über ihr weißes Gewand wellten. Mit einer warmen und klaren Stimme eröffnete sie das Allthing:

»Ich gebiete Frieden und verbiete Unfrieden. Frieden gebiete ich allen heiligen Kindern. Hohen und Niedern von Heimdalls Geschlecht.

Hiermit verbürge ich einem jeden Frieden und Sicherheit, und hierin sind inbegriffen alle Goden und angesehenen Bauern und der ganze Gau, die wackeren Mannen, die Waffen führen, und alle Bezirksleute im Thing und endlich jedermann, wo er auch hergekommen sein mag. Ein Neiding ist, der den Frieden bricht und die Treue nicht hält, verstört und verstoßen von Wotan und guten Menschen von Mittelerde und von allen heiligen Asen, und niemals und nirgends habe ein Heim er; von allen Menschen sei er gemieden soweit Felder bestellt und Wölfe gejagt werden.«

Die Godin ließ die Arme wieder sinken. Ihr Blick war in die Ferne, nach Norden, gerichtet, und ihr Haar wehte leicht im sanften Wind. Langsam wendete sie, und es sah aus, als ob ihr Körper über den Boden glitt, so leicht und fließend waren ihre Bewegungen. Sie schaute nun nach Osten. Still und nach innen gekehrt folgten die Menschen ihrem Blick, ließen sich von der heiligen Frau auch nach Süden, Westen und schließlich zurück nach Norden führen.

»Morgen werden wir uns wieder treffen, Recht sprechen und die Geschicke unseres Stammes regeln – so ist es Brauch, so war es immer«, sprach die Godin mit klarer Stimme weiter. »Heute aber ist die Nacht des Mondes, und wir wollen die Götter anrufen, damit ihre Kraft in uns fließt und wir Ruhe in unseren Herzen finden, denn heute nacht werden die Wände zwischen den Welten fallen.«

Prasselnd flammten mit ihren letzten Worten Feuer außerhalb des menschlichen Rundes auf, und rhythmisch begannen Trommeln zu klingen.

Die Frau begann zu singen. Die anderen Goden fielen leise ein.

»Ziu, einhändiger Ase,
Hüter dieses heiligen Festes,
Gott der Kämpfe, kühner Vater des Sieges,
segne das Volk der Sachsen,
segne diese Frauen und Männer,
damit aus den hier gesprochenen Worten,
Gutes erwächst.«

Die Goden wiederholten die Strophe. Zögernd fielen die umsitzenden Menschen mit ein. Dann sang sie wieder allein, nur leise von den anderen Goden unterstützt.

»Wotan, einäugiger Ase,
der du alles siehst, was auf Mittelerde geschieht,
der du den Lauf der Zeiten durchschaust
und den Sinn in unserem Weg zu ergründen vermagst,
segne auch du unser Fest,
und lasse dein Heil über unsere Wälder wehen.«

Auch diese Strophe wurde wiederholt, sicherer sangen jetzt die Thingbesucher mit. Böer ließ nun seine Stimme erklingen. Neben ihm brummte der dunkle Baß seines Vaters.

»Donar, du Streiter wider die Riesen,
ewiger Kämpfer für das Gute,
laß ein wenig von deiner gewaltigen Kraft
in unsere Herzen fließen,

laß den Zermalmer, den mächtigen Hammer
auch weiter für unser Recht
durch den Himmel fliegen.«

Nachdem der Chor die Strophe wiederholt hatte, folgten die anderen Götter. Die Menschen beschworen die Schönheit und das Licht Baldurs, die Fruchtbarkeit Friggs und den Liebreiz und die Schönheit Frouvas. Auch Heimdall, Bragi, Fosite und die anderen Götter wurden angerufen. Als die Goden den Gesang gerade beenden wollte, erhoben sich unsicher einige Stimmen in der Menge.

Ein Mann stand auf, hob die Arme und sang:

»Loki, Herr des Feuers,
listiger Ase,
auch dich wollen wir hier anrufen,
auch wenn es manchem nicht behagt,
so manchen Betrug hast du geführt,
doch an Schlauheit kommt dir keiner nach,
darum segne auch du diese Menschen
und dieses Thing.«

Böer sah zu der Godin herüber. Aber die Frau fühlte sich von dem Lied nicht gestört. Sie lachte dem Mann zu. Zunächst mochten nur die wenigsten das Lied mitsingen, denn der Gott Loki war vielen nicht geheuer. Als aber die Godin die Menschen mit ihren Armen zum Singen aufforderte, fielen schließlich alle ein.

»Gut, dann wollen wir auch Nerthus ehren, die Göttin, die in diesem Land war, bevor Sachsen es durchstreiften und zu der immer noch treu die südlichen Stämme beten.«

Zustimmendes Murmeln war aus der Menge zu hören. Böer sah, daß sein Vater lächelte. Eine junge Godin stellte sich jetzt neben die ältere weise Frau. Einen kurzen Moment lang glaubte Böer ihren Blick auf sich zu spüren. Aber er wischte den Gedanken fort: Für die Godin war er nur ein Teil der Menge. Böer konnte ihr Gesicht im flackernden Schein der Fackeln nur schemenhaft sehen. Um so deutlicher fielen ihm die rotbraunen Locken auf, deren wilde Pracht mit jeder Bewegung, jedem Windzug wogte, die an einigen Stellen keck vom Kopf abstanden und ungebändigt über die Schultern auf den Rücken fielen.

Böer war klar, daß kein Kamm sie jemals würde bändigen können.

»Nerthus, immerwährende Mutter allen Lebens,
die du uns alle durchfließt
und wachsen läßt,
segne auch du unser Volk
und laß es auch in Zukunft fröhlich sein
und weise Entscheidungen treffen.«

Wieder begleiteten die Menschen das Lied. Während Böers Lippen die Worte formten, lauschten seine Ohren verzaubert der warmen Stimme, die jene fremde Göttin anrief, die er nur aus Erzählungen kannte.

Ein sanfter Stoß seines Vater riß ihn aus seinen Gedanken. Verwirrt schaute er Bentan an.

»Hast du noch nie eine Godin gesehen?« raunte Bentan ihm zu.

»Starr sie nicht so an. Sie wird es noch merken – trotz der Distanz.«

Tatsächlich hatte Böer wieder das Gefühl, daß die junge Frau ihn ansah. Er schaute auf und versuchte die Richtung ihrer Augen zu erkennen.

Ihr Blick traf ihn wie ein Schlag, für einen Moment meinte er sogar, ein fröhliches Aufblitzen in ihren Augen gesehen zu haben. Abrupt schaute er erst zu Boden, dann zu seinem Vater, der nur den Kopf schüttelte. Als Böer wieder nach vorne spähte, waren die Goden aufgestanden und umkreisten langsam den Speer. Einzelne Menschen in der Menge standen auf, weitere folgten. Schließlich erhoben sich auch Bentan und Böer. Böer beobachtete, wie die Goden in einer Spirale den Kreis vergrößerten. Unwillkürlich setzten sich die Zuschauer in entgegengesetzter Richtung in Bewegung. Der stampfende Takt der

Trommeln tönte lauter. Rhythmisch paßten die Menschen ihren Schritt den Instrumenten an. Böer spürte, wie die Musik seine Gedanken durchdrang, bis diese nur noch aus ihrem Takt bestanden. Um den Kreis herum begann die Luft zu flimmern. Das Gefühl einer ungeheuren Kraft und Lebensfreude schoß durch Böers Körper. Die Kreise der Goden und Thingbesucher wälzten sich im Takt der Trommeln gegeneinander. Der helle Schein in der Luft war zu einem flimmernden Lichtband geworden, das nun das Rund umschloß. Auch die Mitte strahlte in hellem Licht, das sich in einem dritten Kreis um den heiligen Speer drehte. Das Licht pulsierte, und Böer bemerkte, daß sich darin Gestalten abzeichneten.

Er dachte nicht mehr – er war.

Fortgetragen von den Menschen, dem Feuer und der Musik trugen seine Augen das Bild direkt zu seinem Herzen. Je stärker er sich in die Musik fallen ließ, um so deutlicher sah er, wie sich die Grenzen der Welten öffneten. Ein mächtiger Krieger stand jetzt direkt neben dem Speer. Böer glaubte die Kraft dieses Mannes fühlen zu können, sie durchdrang seinen Körper und gab ihm ein Gefühl von Stärke, wie er es noch nie verspürt hatte. Ein blauer Schimmer umhüllte den gewaltigen Recken. Auf seinem Schild glühte die Rune Tir. Nur einer durfte diese Rune als sein Zeichen führen: der Gott Ziu selbst. Andere Menschen schoben sich vor das Bild, und Böer wurde im Kreise fortgerissen. Schon lange hatte er seinen Vater aus den Augen verloren, aber es kümmerte ihn nicht. Böer fühlte sich sicher und geborgen. Es wußte, daß er eins war mit den Göttern und der Erde. Schließlich geriet er an den Rand des Kreises und sank erschöpft zu Boden. Geheimnisvolle Bilder erschienen in seinem Kopf. Er glaubte zu fliegen, über die Wälder und Wiesen des Sachsenlandes, immer weiter und weiter zog es ihn durch die Luft. Unter ihm glänzte ein schwarzer Fluß inmitten einer grünen Landschaft. Böer sah, wie Menschen versuchten, ihn zu überqueren. Viele scheiterten daran: Sie riefen ihn um Hilfe an, doch er konnte nicht herunter zu dem Fluß fliegen.

Dann überquerte er das jenseitige Land.

Es war fruchtbar, voller saftiger Wiesen und tiefer Wälder,

in denen er ab und zu kräftiges Wild erspähte. Vereinzelt erblickte er fröhliche Menschen vor ihren Hütten, dann spürte er einen Ruck und wurde zurückgerissen. Er raste durch die Luft, immer schneller und schneller, bis er wieder den Thingplatz erreichte.

Als er die Augen öffnete, war es heller Tag, und die Sonne schien bereits warm vom Himmel. Er mußte die Lider sogleich wieder schließen, so sehr blendete ihn das Licht. Ganz dicht neben sich hatte er undeutlich eine Gestalt wahrgenommen. Er öffnete die Augen wieder und sah erst ein weißes Gewand und dann einen wilden Lockenschopf. Er hob den Kopf und blickte in zwei fröhliche Augen, die in der Farbe des Bernsteins funkelten.

Mit einem Mal war er wach. Er wußte, wer da neben ihm saß.

»Wer...? Du bist eine der Godinnen... Was machst du hier...?« stammelte er ehrfürchtig.

»Im Moment sitze ich im Gras und genieße die warmen Strahlen der Sonne«, stellte sie sachlich fest.

»Du sitzt hier im Gras...?« wiederholte Böer, immer noch benommen.

»Natürlich. Das siehst du doch. Schließlich hat die Sonne am Mittag schon sehr viel Kraft. Es ist schön, daß du auch aufwachst und dich jetzt daran erfreuen kannst. Ich hatte schon befürchtet, du würdest bis zum Abend weiterschlafen wollen. Bis auf dich sind alle Thingbesucher schon wach, überall herrscht reges Treiben.«

»Reges Treiben... Warum hast du mich nicht geweckt? Wo ist eigentlich mein Vater?« plapperte Böer unbeholfen.

»Ich dich wecken? Wie komme ich dazu?« stellte die Godin klar. »Gerade die Langschläfer sind doch besonders schwer zu ertragen, wenn man sie zu – für sie – so ›früher‹ Stunde weckt.«

Böer richtete sich ein wenig auf und blinzelte verschlafen. Erst jetzt bemerkte er die Decke, die über ihm ausgebreitet war. Er blickte die junge Frau dankbar an.

»Von deinem Vater«, bemerkte sie trocken. »Manchmal sorge ich mich wirklich um die Zukunft des Stammes. Was soll nur werden, wenn einmal die Alten nicht mehr sind und ihr Jungen das Allthing bestimmt. Dann werden wohl recht lockere Sitten herrschen. Vielleicht erwachen dann alle erst gegen Mittag, und wir müssen den Beginn der Beratungen auf den Abend verschieben.«

Ihre Augen verengten sich kritisch, auf der Stirn erschien eine senkrechte Falte, die strenges Mißfallen zum Ausdruck brachte.

»Ich weiß nicht ... Es muß gestern spät geworden sein«, setzte Böer zu seiner Rechtfertigung an.

Jetzt blitzten die Augen der jungen Frau spöttisch, ein schelmischer Zug umspielte ihren Mund.

»Ich hatte einen Traum«, begann Böer weiter mit ernster Stimme zu erklären. »Aber es war auch wieder nicht wie ein Traum. Es schien so wirklich, als hätte ich es tatsächlich erlebt und wäre letzte Nacht wach gewesen.«

»Einen Traum?« wog die Godin leicht abwägend den Kopf. »Nein, ein Traum war es nicht.«

Ihre Züge wurden nachdenklich.

»Du warst auf einer langen Reise«, eröffnete sie ihm.

»Ja, ich habe geträumt zu fliegen«, erwiderte Böer eifrig, froh darüber, nun von der Godin ernst genommen zu werden.

»Hast du den schwarzen Fluß gesehen?«

»Ich bin über ihn hinweggeflogen. Aber woher kennst du meine Träume?«

»Wenn du über den schwarzen Fluß geflogen bist, hast du nicht geträumt«, erklärte sie. »Du bist in einer anderen Welt gewesen.«

»Aber doch nur Goden, wie du, können die anderen Welten kennenlernen – dachte ich bisher wenigstens.«

»Du hast recht. Die meisten normalen Menschen können es nicht. Und doch finden immer wieder wenige den Weg, auch ohne das Wissen darum zu haben. Dieses geschieht manchmal bei Festen wie dem Allthing gestern abend. Hättest du das Land hinter dem Fluß näher erkundet, wärst du verloren gewesen und nie wiedergekommen.«

»Nie wieder ...«, stammelte Böer verwirrt.

»Du wärst tot gewesen«, stellte die junge Frau fest. »Das ist alles.«

»Das ist alles?« fragte Böer entsetzt.

»Ich habe dich zurückgeholt, bevor dir Gefahr drohte«, führte die Godin weiter aus.

»Wir hatten gestern abend ein Auge auf euch. Aber du warst, glaube ich, der einzige, der auf die Reise ging.«

»Wie konntet ihr uns alle beobachten?«

»Wir haben auf unser Gefühl gehört. Als ich deinen Blick spürte und dich ansah, wußte ich, daß du möglicherweise auf die Reise gehen würdest.«

»Du hast mich angesehen?« fragte Böer erstaunt.

»Das weißt du doch. Du warst es doch, der seinen Blick nicht von mir reißen konnte.«

»Ich habe nur ...«

»Du brauchst nichts zu erklären«, betonte die junge Godin. »Mir macht es nichts aus, angestarrt zu werden.«

»Angestarrt? Ich habe zugeschaut wie alle Thingbesucher, wie mein Vater auch.«

Ihre Augen funkelten spöttisch.

»Hat es dir gefallen?«

»Ja«, murmelte er verlegen, »... natürlich. Ich weiß gar nicht, wie ich es beschreiben soll: Du sahst stolz aus, wie eine Godin eben. Und deine Haare wehten im Wind. Du warst wunderschön ...«

»Gut«, bemerkte sie. »Das freut mich. Aber eigentlich meinte ich das Thing, die Menschen, die ganze Feier ...«

»Das Allthing?« fragte Böer und wäre am liebsten im Boden versunken. »Ja – das Allthing ...«, überlegte er kurz, bis er die Bilder wieder vor seinem inneren Augen sah. »Ich werde es nie vergessen. Ich habe Ziu gesehen inmitten des Kreises. Konnten ihn alle Thingbesucher erkennen?«

»Nicht alle, aber sehr viele – die, deren Herzen dafür offen waren. So wie deines.« Sie blickte ihn kurz prüfend an. »Daß du Böer heißt, habe ich schon von deinem Vater erfahren. Willst du meinen Namen gar nicht wissen? Ich bin Lif.«

»Doch natürlich«, beeilte sich Böer zu sagen, »ich hätte sowieso gleich danach gefragt. Hast du schon lange neben mir gesessen?«

»Fast die ganze Nacht.«

Überrascht sah Böer sie an.

»Niemand, der auf die Reise geht, darf geweckt werden. Es war schön, dir zuzuschauen. Du hast gelächelt.«

Verlegen blickte Böer zu Boden.

»Trotzdem bin ich nun froh, daß du zurückgekehrt bist und in die Sonne blinzelst – spät genug ist es ja auch.«

Wieder blitzte es spöttisch in ihren Augen.

Böer fiel es tatsächlich immer noch schwer, seine Augen ganz zu öffnen. Er tat es aber sogleich, um Lif zu beweisen, daß genau das für ihn überhaupt kein Problem war. Er hob den Kopf und betrachtete die junge Frau genauer. Sie war sehr schön. Sein Blick fiel auf ihre Augen, ihr Gesicht.

Einzelne winzige Sommersprossen lachten ihn frech von ihren Wangen an. Ein leichter Windzug fuhr durch Lifs Haare und wehte einige Locken vor ihre ebene Stirn. Sie hob die Hand, um sie zurückzustreichen. Plötzlich bemerkte Böer, daß auch die junge Frau ihn beobachtete. Er erschrak. Beinahe gleichzeitig fühlte er sich von ihren Augen angezogen, spürte einen Sog, dem er sich nicht entziehen konnte. Für Sekunden trafen sich ihre Blicke. Böer sah in kraftvolle, klare Augen, die ihn ruhig anschauten. Eine ganz leichte Bewegung ließ die bernsteinfarbenen Pupillen in winzigen Schritten seitlich hin- und herspringen, so als prüften und musterten sie in diesem Augenblick jede Faser seiner Seele, seines Wesens ganz genau. Böer war unbehaglich zumute. Dann füllten sich ihre Augen mit wohltuender Wärme, und einen Moment später sprang ein Funke von ihr zu ihm über. Sein Herz fing schneller an zu schlagen. Er wandte den Blick ab und war froh, in einiger Entfernung die Zelte der Thingbesucher zu entdecken. Überall schlenderten Männer und Frauen umher, in kleinen oder großen Gruppen. Manche Menschen arbeiteten, andere musizierten.

»Ich sollte vielleicht zu meinem Vater gehen«, bemerkte er. »Er wird sich sicher schon Sorgen um mich machen.«

»Er hat dich heute nacht und in der Früh hier besucht«, erwiderte Lif. »Ich habe mit ihm gesprochen, und er weiß, daß es dir gutgeht. Um ihn brauchst du dir keine Gedanken zu machen. Ich sah ihn vorhin mit einigen Bekannten lachend zum

Fluß hinuntergehen. Willst du dich eigentlich heute auch noch bewegen, oder möchtest du bis zum Abend hier auf der Wiese liegenbleiben?«

»Natürlich stehe ich auf«, kündigte Böer an.

»Wir sollten einige Schritte zum Fluß gehen, damit du richtig wach wirst«, meinte Lif mit kritischem Blick auf Böer, der sich jetzt leicht schwankend auf die Beine stellte, drehte sich auch schon um und ging los.

»Also gut, laufen wir«, murmelte Böer und hatte Mühe, ihr zu folgen.

»Ich wußte nicht, daß du schon zu solch schnellen Bewegungen fähig bist«, hörte er sie spotten, »von ›laufen‹ würde ich deshalb aber noch nicht unbedingt sprechen. Kommst du noch näher heran, oder soll ich einen Moment warten?«

»Schnelle Bewegungen ...«, brummte Böer kopfschüttelnd und straffte sich. Seine Schritte wurden schneller. »Als langsam bin ich jedenfalls bei Freunden und Familie nicht bekannt. Auf jeden Fall muß niemand auf mich warten.«

»Gut zu wissen, daß du mich nicht zu deinen Freunden zählst. Vielleicht ist denen aber nur noch nicht aufgefallen, wie lästig es ist, mit jemandem zu sprechen, der ständig hinter einem läuft.«

In diesem Moment hatte Böer sie erreicht.

»Auch wenn es dir seltsam erscheinen mag: Bisher bin ich noch nie in diese Situation gekommen.«

Er ließ seinen Blick in die Ferne schweifen.

»Laufen würde ich das, was wir jetzt tun, aber auch nicht nennen. Um richtig wach zu werden, müßte ich die Strecke zum Fluß wirklich laufen. Das wäre dann allerdings etwas schneller als das, was wir hier tun. Wenn du mitkommst, verspreche ich, auch nicht die volle Kraft einzusetzten.«

Verdutzt blickte ihn Lif an.

»Was ...? Natürlich komme ich mit«, stellte sie klar, und schon rannte er los.

Einen Moment später folgte sie.

Erst jetzt sah Böer, daß der Fluß weiter entfernt lag, als er zunächst geschätzt hatte. Überraschend schnell wurde ihm die Luft knapp, er bekam Seitenstechen und bereute seine vorschnelle Aktion gerade in dem Moment, als Lif ihn mit leicht federnden Schritten überholte und dabei geradezu unverschämt herausfordernd grinste. Die junge Godin schien über dem Boden zu schweben.

Als er schnaufend das Ufer der Weser erreichte, saß sie bereits entspannt im Gras.

»Am frühen Morgen sind solche Anstrengungen wahrlich ein bißchen hart«, lachte sie schadenfroh, als er sich erschöpft neben ihr auf die Wiese plumpsen ließ.

»Nun ja, einer mußte ja zuerst ankommen«, schnaufte er, immer noch um Luft kämpfend. Der Schmerz in seiner Seite war kaum noch zu ertragen, aber er versuchte sich nichts anmerken zu lassen.

»Da unten ist dein Vater«, stellte Lif fest und betrachtete kritisch seine Gesichtszüge.

Böer sah in die Richtung, in die ihre Hand wies und erkannte Bentan zusammen mit anderen Männern in einiger Entfernung am Ufer des Flusses stehen. Auch Bentan blickte herüber, und Böer hob seine Hand zum Gruß. Sein Vater winkte zurück. Böer wandte sich wieder Lif zu.

»Ich werde heute abend das Schwert des Kriegers aus den Händen meines Vaters entgegennehmen. Es ist vielleicht der wichtigste Tag in meinem Leben. Es ist seltsam, ich fühle mich überhaupt nicht aufgeregt«, betonte er stolz und atmete tief durch.

»Das wird sich heute abend noch ändern, dann, wenn du vor die Versammlung trittst«, kündigte Lif an. »Alle werden dich genau beobachten«, grinste sie.

Dann wurden ihre Züge nachdenklich.

»Aber der wichtigste Moment in deinem Leben könnte auch ein anderer sein.«

Böer wußte, daß die Goden einen Blick in die Seele und die Zukunft eines Menschen werfen konnten. Er ahnte, daß Lif mehr über sein Schicksal wußte, als sie bisher ausgesprochen hatte.

»Welcher Moment?« fragte er zögernd. »Weißt du etwas über mein Schicksal?«

»Ich habe gestern nacht verschwommene Bilder gesehen, als

ich bei dir wachte. Schon beim Allthing stieg eine Ahnung in mir auf, als sich unsere Blicke trafen. Aber ich konnte die Bilder nicht deuten. Vielleicht ist es noch zu früh, darüber zu sprechen. Dein Schicksal wird dich nun auf neue Pfade führen. Du hast bereits begonnen, sie zu beschreiten. Und ich fühle, daß sich unsere Wege wieder kreuzen werden.«

»Was genau hast du gesehen?«

Sie stockte. Es fiel ihr schwer, die Worte auszusprechen.

»Ich sah Feuer – und ich sah dich im Rauch. Mehr kann ich nicht sagen.«

Böer schwieg. Er fühlte Lifs Unbehagen und wollte nicht mehr weiterfragen. Aber plötzlich wußte er ganz deutlich, was er unterschwellig schon lange gespürt hatte: Die Zeit seiner Jugend ging nun ihrem Ende entgegen. Es war ein Wissen, das über die bloße Übergabe des Schwertes aus den Händen seines Vaters hinausging.

»Warum erzählst du mir nicht, wo du herkommst und wie ihr lebt?« forderte Lif ihn auf.

Böer berichtete ihr vom Leben auf dem Hof – erst zurückhaltend, denn sein bisheriges Leben kam ihm viel zu farblos, langweilig und eintönig vor, um es einer Godin zu erzählen, die im Mittelpunkt des Stammes an der Irminsul lebte. Dann hörte er sie immer öfter über seine Geschichten lachen, selbst bei Kleinigkeiten fragte sie interessiert nach, und schon bald erzählte Böer freiheraus von Bentan, seinen Brüdern, der Schwester und dem Leben auf dem Hof. Noch während er über eine seiner erzählten Begebenheiten selber schmunzelte, wurde ihm schlagartig die Veränderung bewußt: Vor sich sah er Lif lachen. Fröhlich warf sie den Kopf zurück – eine junge, vergnügte Frau und keine weise, unnahbare Godin. Für einen Moment war er verwirrt, dann hätte er jubeln können vor Freude.

»Und du, bist du bei den Goden, bei dem heiligen Baum aufgewachsen?« fragte Böer.

»Ich kam als kleines Mädchen zur Irminsul«, erzählte Lif. Sie blickte zu Boden und Böer konnte förmlich sehen, wie die Geschehnisse vor ihren Augen wieder lebendig wurden.

»Meine Eltern starben und die Goden nahmen mich auf. Es

leben viele Menschen an der Irminsul, in einem kleinen Dorf. Es gibt viele Goden dort, die die höchsten Stufen nicht erklimmen können, Bauern und auch die Berserker, die den Ort bewachen. Sie alle leben dort, dürfen aber den heiligen Bezirk direkt um den Baum nicht betreten. Das ist nur den dreizehn Goden und den fortgeschrittenen Schülern in ihrer Begleitung erlaubt. In den Hütten des Dorfes aber wohnen viele Menschen, junge und alte, streitbare und lustige – wie überall. Es gibt etliche Kinder dort. Ich hatte zahlreiche Spielgefährten, denn viele Jungen und Mädchen leben bei den Goden, wenn ihre Eltern gestorben sind. Nicht alle werden selbst zu Goden. Eines Nachts bin ich zum ersten Mal über den schwarzen Fluß geflogen, und da wußten die Goden, daß ich zu ihnen gekommen war, um von ihnen zu lernen. So wurde ich in die Geheimnisse eingewiesen. Auch du hast die Begabung dafür«, stellte sie fest. »Aber die Nornen haben dir ein anderes Schicksal bestimmt.«

Böer blickte Lif an und sah, wie das Licht in ihren bernsteinfarbenen Augen funkelte, ihre Sommersprossen und Locken, auf denen sich das Sonnenlicht spiegelte. Die junge Frau saß aufrecht vor ihm im Gras. Plötzlich änderte sie ihre Haltung. Als sie sich seitlich mit einem Arm abstützte, rückte sie näher an Böer heran. Ihre Hand lag jetzt ganz dicht neben seiner. Böer bemerkte es und erschrak. Noch einmal rückte sie ein kleines Stück näher, und er wagte kaum noch zu atmen. Ihre Finger berührten sich. Beinahe im selben Augenblick war sich Böer sicher, daß sie ihre Hand sofort zurückziehen würde – was ihn seltsam enttäuschte. Aber nichts dergleichen geschah. Sie blickte über die Wiese. In ihren Zügen meinte er plötzlich ein feines Lächeln im Wissen um die Berührung zu erkennen. Das aber schien ihm unmöglich. Er wischte den Gedanken fort.

»Wir wollten uns doch eigentlich bewegen«, forderte Lif ihn auf. »Laß uns ein wenig am Wasser spazieren.«

»Ist es weit von hier bis zur Irminsul?« fragte Böer, als sie am Fluß entlangschlenderten.

»Wir sind drei Tage geritten. Sie liegt im Süden nicht weit von der Grenze zu den Franken. Das Land ist dort nicht so flach wie hier, die Wälder dehnen sich auf sanften Hügeln aus. Es ist schön dort. Und über allem steht die Irminsul, umgeben von den heiligen Felsen, zu denen schon die Stämme vor Urzeiten beteten, lange bevor die Sachsen diese Erde betraten. Die Kraft der heiligen Esche erhält das ganze Land, und direkt an dem heiligen Ort spürst du sie am stärksten.« Sie lächelte unsicher. »Vielleicht kannst du uns einmal besuchen. Ich möchte dir gerne alles zeigen.«

»Und ich würde mir gerne die Irminsul ansehen«, freute sich Böer. »Mein Vater erzählte mir von der Esche. Aber er selbst war, glaube ich, noch nie dort. Er sagte, daß sie seit uralten Zeiten vor den heiligen Felsen steht und ein Sinnbild unseres Stammes ist.«

»Es gab einen Anfang«, erwiderte Lif mit klarer Stimme. Ich hörte die Geschichte von den Goden, und auch du hast ihr sicher schon gelauscht.«

»Meine Eltern sangen mir ein altes Lied. Es berichtete von Saxnot, der einst die Irminsul pflanzte«, überlegte Böer unsicher.

Sie blieben stehen. Leise begann Lif zu singen, die Augen auf den Horizont gerichtet, den Kopf leicht gehoben, die Arme ein wenig vom Körper abgestreckt. Ehrfürchtig hörte Böer zu und erkannte die Klänge wieder. Lif sang das alte Lied von Saxnot, dem weisen Mann, der einen Weg beschritt, den niemals wieder ein Mensch betrat. Böer lauschte dem Gesang und hörte davon, wie Saxnot in den entsetzlichen Abgrund Ginnungagaps reiste, dorthin, wo die Feuerfunken aus Muspelheim auf das Eis des Eliwagar treffen, wo Flammen auf das gefrorene Wasser des Urweltbrunnens Hwergelmir regnen, dem Ort, an dem einst alles Leben entstand.

Lif sang davon, wie Saxnot sich alles besah und schließlich nach Mittelerde zurückkehrte. In seinen Händen trug er den Samen der Irminsul. Er pflanzte ihn in die Erde zu Füßen der heiligen Steine. Seitdem siedeln die Sachsen in diesem Land und sind mit den Göttern verbunden.

Das Lied endete.

»Wie Saxnot wandeln die Goden zwischen den Welten und sorgen dafür, daß Menschen, Erde und Götter im Einklang miteinander leben. Denn in Wahrheit sind alle eins«, ergänzte Lif, und sie gingen weiter.

»Es ist das Lied, das mir die Eltern sangen. Aber es hier zu hören, ist etwas ganz anderes. Du mußt wissen, ich bin das erste Mal auf dem Allthing in Marklohe.«

»Ich auch«, erwiderte Lif. »Es gehört zu meiner Ausbildung, das Allthing kennenzulernen, denn ich soll es eines fernen Tages leiten. Noch aber bin ich nicht in die letzten Geheimnisse eingeweiht.«

»Ausbildung? Aber du gehörst doch zu den heiligen dreizehn Goden«, wollte Böer überrascht wissen.

»Auf diesem Allthing nehme ich für dich und die anderen diese Aufgabe wahr. Du darfst mich deshalb als Godin betrachten. Genaugenommen aber lerne ich und gehöre noch nicht dazu«, schüttelte sie den Kopf.

»Und ich dachte, du bist schon eine richtige Godin«, murmelte Böer. »Wie lange mußt du noch lernen?«

Für einen Moment zeigte sich wieder die steile Falte auf Lifs Stirn, dann versteinerten sich ihre Züge.

»Nicht mehr lange«, entgegnete sie kühl. Und plötzlich war sie wieder die Godin, die heilige Frau, die neben Böer schritt.

»Birrod ist bei der Irminsul zurückgeblieben, um dort den Dienst an den Göttern zu versehen. Sie ist alt und wird bald sterben. Mit ihrem Tod wird ein Schüler in die letzten Geheimnisse eingeweiht. Der heilige Kreis der Goden muß immer geschlossen sein, keine der dreizehn Kräfte darf fehlen.« Sie machte eine Pause und sah über den Fluß in die Ferne. »Ich fühle, daß es bald soweit ist. Und die anderen Goden wissen es auch. Vielleicht werde ich noch in diesem Jahr die Grenze nach Asgard überschreiten.«

»Das Land der Götter«, sagte Böer ehrfürchtig.

Sie waren mittlerweile weit gegangen. Als der Thingplatz mit seinen Menschen hinter einer Biegung des Flusses verschwunden war, machten sie kehrt.

»Ja, es ist die letzte Prüfung, die ich zu bestehen habe. Erst wenn ich diesen Weg gefunden habe und vor den Göttern bestehe, bin ich würdig, unter die Dreizehn zu treten und Birrods Platz einzunehmen. Und so bin ich als Schüler unter den höchsten Goden auf dem Allthing, um zu lernen. Es ist eine hohe Ehre für mich. Ich werde damit den Göttern und den Edelsten des Volkes vorgestellt – und denen, die einmal dazu werden sollen.«

Sie rümpfte die Nase und bedachte Böer mit einem kritischen Blick.

»Warum müssen es dreizehn Goden sein?« fragte Böer.

»Es sind die Kräfte der Welt, die auch in den Göttern, in uns allen und in jedem Baum und Tier fließen und die Erde am Leben erhalten. Jede Kraft ist verschieden, so wie jeder Gott und jeder Gode anders ist. Doch sind letztlich alle dreizehn Kräfte eins, so wie am Ende auch alle Götter zu dem einen, zu Fimbultyr verschmelzen. Auch im Menschen, auch in dir, fließen alle dreizehn Kräfte und ergänzen sich, wenn auch von unterschiedlichem Gewicht. So ist ein jeder Mensch in seinem Wesen schließlich mehr nach der einen oder anderen Kraft veranlagt. Der Nachfolger von Birrod muß dieselbe Kraft in den Kreis der Dreizehn einbringen wie die weise Frau, sonst wird das Gleichgewicht zerstört.«

Wieder strich ein Windzug durch die Haare der jungen Frau, die stolz neben Böer über die Wiese schritt.

»Dann bist du Frouva«, stellte er andächtig lauschend fest.

»Ich bin wie Frouva«, korrigierte sie. Aber für die Stämme im Süden stehe ich für Nerthus. Ich respektiere ihre Sichtweise – aber ich verstehe sie nicht. Während Frouva eine Göttin unter den dreizehn ist, umfaßt Nerthus all ihre Kraft, ist sie der Kreis, der die Götter umfaßt, die Kraft die auch in ihnen fließt. Sie war lange vor unseren Göttern, und die Stämme im Süden halten an ihrem Glauben fest«, antwortete Lif und ließ ihren Blick über Böers Schulter in die Ferne schweifen.

Beide schwiegen.

Die Godin blieb stehen, sie waren am Thingplatz angekommen. »Unsere Wege trennen sich hier«, kündigte sie an und stand vor ihm, ganz die Priesterin, die schon am Abend wieder in der Mitte der Rituale stehen würde. »Ich bin schon viel zu lange von den anderen fort. Möge dein Schwert dir in deinem neuen Leben als Krieger stets treue Dienste leisten.«

In Gedanken versunken ging Böer zu seinem Vater, immer

noch die Worte der Godin im Kopf, mit dem Gefühl, den Blick in eine ganz neue Welt getan und dem seltsam unbestimmten Eindruck, gleich wieder etwas verloren zu haben, was er einen Moment lang in den Händen gehalten hatte.

Bentan lachte seinem Sohn zu.

»Seltsame Dinge geschehen mit dir Böer. Kaum bist du auf dem Thing, da schläfst du bis spät in den Morgen und wanderst anschließend hurtig über das Land, ohne auch nur zu frühstücken. So kenne ich dich überhaupt nicht.«

Erst jetzt merkte Böer, daß er tatsächlich hungrig war. Dankbar sah er, daß sein Vater ihm schon eine Mahlzeit vorbereitet hatte. Er aß, und anschließend erzählte er Bentan von seinen Erlebnissen in der Nacht. Von Lif erzählte er nur, was unbedingt nötig war. Sein Vater hätte gern mehr über Böers Gespräche mit der jungen Godin erfahren, sagte dazu aber nichts. Er hatte am Morgen mit alten Bekannten geschwatzt und den Sachsen die Steigbügel vorgeführt. Davon berichtete er Böer. Als die versinkende Sonne den Himmel wieder rot färbte, machten sich die beiden gemeinsam mit den anderen Menschen erneut auf den Weg zum Thingplatz.

Wieder erleuchteten Fackeln das Rund, und in der Mitte um den Speer saßen wieder die dreizehn Goden in einem Kreis. Am Himmel leuchtete silbern die große Scheibe des Mondes. Böer sah, daß Lif sich mit dem Rücken zu ihm niedergelassen hatte.

Zu Beginn dieses Thingabends aber waren die Besucher nicht still, wie am Tag zuvor. Lautes Stimmengewirr erfüllte den Platz, Bekannte grüßten einander, hitzige Krieger stritten sich und überall diskutierten die Abgesandten aus den Gauen die Themen, die ihnen wichtig erschienen. Die Godin mit den blonden Haaren stand auf und hob die Arme. Alle Menschen wandten sich ihr zu, und im Rund wurde es still. Hier und da waren noch einige Schmähreden zu hören, dann verstummten auch sie.

Mit klarer, lauter Stimme rief die Godin die Götter an:

»Fosite, mächtiger Ase, der du für die Gerechtigkeit stehst,
Donar, gewaltiger Gott, der du die Verträge besiegelst,
Wotan, Herr der Weisheit und Herrscher der Götter,
und Ziu, Beschützer dieses Allthings,
segnet unsere Worte und Entscheidungen,
auf daß wir und unsere Kinder sie nicht bereuen müssen.«

Sie ließ die Arme wieder fallen.

»Wer etwas zu sagen hat, möge noch warten. Vorher sollen die jungen Männer und Frauen ihre Schwerter aus den Händen ihrer Väter entgegennehmen. Tretet vor.«

Bentan gab Böer ein Zeichen, und gemeinsam erhoben sich Vater und Sohn und traten auf den freien Platz. Auch an anderen Stellen lösten sich Gestalten aus der Menge. Langsam schritten sie auf die Goden zu. Die weisen Männer und Frauen hoben ihren Kreis auf und stellten sich hinter die blonde Godin, den Blick auf die ihnen entgegenkommenden Menschen gerichtet. Diese blieben dicht vor den Goden stehen. Bentan und Böer standen ihnen am nächsten, was Böer überhaupt nicht behagte. Er wußte, daß sie gleich vortreten mußten und hätte sich lieber inmitten der kleinen Gruppe gesehen.

Lif hatte recht gehabt: Er war aufgeregt. Böer warf ihr unsicher einen Blick zu. Sie beachtete ihn nicht, ihre Augen waren auf einen fernen Punkt am Horizont gerichtet, was Böer trotz der Aufregung ein wenig ärgerte, denn immerhin stand er nur wenige Meter vor ihr. Im Rund war es still geworden. Dann nickte die Godin Bentan zu, und langsam ging er zu der Frau. In der rechten Hand trug er das Schwert, das Böer nun erhalten sollte. Bentan hatte es mit Leder umwickelt, damit sein Sohn es nicht sehen konnte. Als Bentan direkt vor der heiligen Frau stand, ließ er das Leder von dem Schwert gleiten. Die Waffe steckte in einer schwarzen Scheide. Bentan zog sie heraus und hob sie mit der Scheide hoch über seinen Kopf.

Durch die Menge ging ein Raunen.

Böer sah, daß auch die Goden ungläubig guckten, befriedigt registrierte er den verblüfften Blick von Lif.

Es war eine mächtige Spatha. Das große, zweischneidige

Schwert war eher schlicht und ohne große Verschnörkelungen, gerade und schlank geformt. Auf der Klinge spiegelte sich das flackernde Feuer der Fackeln wider. Böer sah Runenzeichen und das Symbol eines Hammers, die in das Metall eingraviert waren. Er erkannte sofort an der Form der Waffe die meisterhafte Schmiedekunst, die diese Spatha gefertigt hatte. Auch auf der Scheide prangte silbern das Zeichen des Hammers. Unter den Thingbesuchern entstand Unruhe. Das Raunen setzte sich bis in die letzten Reihen fort, und an einigen Stellen begannen die Menschen zu diskutieren. Böer verstand nicht, was die Menschen so erregte.

Die Frau hob die Hand und Stille kehrte wieder ein.

»Livele, höchste Godin der Irminsul«, rief Bentan mit kräftiger Stimme, »nimm dieses Schwert aus meinen Händen und weihe es. Dann gib es meinem Sohn, damit er es würdig zu führen vermag, denn mit dem Moment, da er die Waffe aus deinen Händen erhält, ist er ein Krieger.«

»So soll es sein«, erwiderte Livele und nahm Schwert und Scheide entgegen. Sie drehte sich langsam um und berührte mit der Waffe den heiligen Speer. Dann sprach sie leise einige Worte über der Waffe und wandte sich Böer zu.

»Nimm dieses Schwert nun aus meinen Händen entgegen. Ich habe es gesegnet, doch der Zauber eines Größeren liegt darauf. Führe es mit Bedacht, denn es ist keine normale Waffe.«

Böer trat vor und nahm die Spatha entgegen. Dann schritt er zu seinem Vater zurück. Nun erhielten die anderen Söhne von ihren Vätern die Waffen. Als die Zeremonie beendet war, traten sie auf ihre Plätze in der Menge zurück.

»Warum wurden die Menschen so unruhig, als sie das Schwert sahen. Was ist damit?« fragte Böer, kaum daß sie wieder auf den Plätzen saßen.

»Es ist das Schwert von Radbod, dem großen friesischen Helden. Er gab es mir, als er auf unserem Hof gastete. Du warst noch ein Säugling. Radbod hielt mir die Waffe hin und trug mir auf, sie dir zu geben, wenn du in den Stand der Krieger eintreten würdest. Viele Leute erzählen, der friesische Recke hatte das zweite Gesicht. Schon so manches Mal soll er Bilder aus der Zukunft gesehen haben. Mag sein, daß er auch einen Blick in dein Schicksal genommen hat...«

Er musterte seinen Sohn kurz.

»Ich weiß es nicht. Mir erteilte er keine weiteren Anweisungen, bestand aber darauf, daß du das Schwert erhältst. Ich habe nie mit dir darüber gesprochen, es erschien mir einfach nicht ratsam, denn von großen Taten träumtest du schon so genug. Ein Jahr später erreichte uns die Nachricht von Radbods Tod im Friesenland. Heute hast du sein Schwert bekommen. Damit war nun die Zeit reif, dir zu berichten, wie die Spatha zu uns gelangt ist. Möge sie dir Glück bringen und dich stets schützen.«

»Und die Menschen hier haben die Waffe erkannt«, sagte Böer leise.

»Es gibt keine zweite mehr von dieser Art. Sie trägt den Hammer Donars eingraviert und ist uralt. Auch Radbod hat sie aus anderen Händen erhalten. Früher soll es mehrere dieser Schwerter gegeben haben. Aber sie sind verlorengegangen. Ich glaube, die Krieger hier waren erstaunt, daß es überhaupt noch eines der Hammerschwerter gibt. Donar selbst soll die Waffen mit seinem Zeichen geweiht haben.«

Böer sah auf die Spatha, die er immer noch in den Händen hielt. Scheu blickten einige Umsitzende auf die Waffe. Dann riß er seine Augen los und verfolgte wieder das Geschehen auf dem Thingplatz.

Livele wandte sich an die Versammlung. Im Kreis war es wieder still geworden.

»Schlimme Zeichen lesen wir in den Runen, böse Mahnungen erreichen uns von den Göttern«, sagte sie mit ruhiger Stimme. Andächtig lauschten die Versammelten. Leise strich der Wind über die zarten Grashalme der Wiese. »Es sind keine guten Ahnungen, von denen ich zu Beginn dieser Versammlung zu sprechen habe. Die Zeichen verkünden Unheil. Am schlimmsten mahnte uns die Nacht, als der Mond sich fast verfinstert hatte, als der Rabe, der hoch in den Ästen der Irminsul nistet, den Baum verließ.«

Unter den Männern entstand Unruhe. Zwar waren die wenigsten bisher am heiligen Baum gewesen, doch vom Raben auf der Irminsul hatte ein jeder schon in der Wiege gehört. Livele, die Godin, ließ die Versammlung zur Ruhe kommen.

Dann fuhr sie fort:

»Birrod ging, das heilige Wasser zu befragen. Was sie sah, waren Zeichen von Tod und Verwüstung.«

Sie blickte sich in der Runde um.

»Birrod sah wie unsere Dörfer brannten, unsere Kinder starben, und sie erkannte das Kreuz, das Zeichen des fränkischen Gottes.«

Durch den Kreis ging ein Raunen. Die Häuptlinge steckten die Köpfe zusammen und murmelten wild gestikulierend miteinander.

»Nun ist es an euch, darüber zu beratschlagen. Trete vor, wer etwas zu sagen hat.«

Ein prächtig gekleideter Krieger stellte sich in die Mitte des Platzes und wandte sich an die Versammlung.

»Viele hier kennen mich«, begann er seine Rede, »ich bin Hassio, Häuptling der Ostfalen. Schlimme Vorzeichen sind es, von denen ihr berichtet. Aber ich hatte schon geahnt, daß böse Nachrichten uns bei diesem Allthing erwarten. Die Sonne scheint, die Frostriesen sind vertrieben, und die Zeit der Saat ist gekommen. Es gibt viel zu tun auf den Feldern.«

Die Männer im Kreis nickten.

»Sicher warnen uns die Vorzeichen vor Gefahr. Doch schon seit ich denken kann, gibt es Hader mit den Franken, und die tragen das Kreuz auf ihrem Banner. Warum sollte es jetzt anders sein oder in Zukunft anders werden. Die Sachsen sind ein mächtiger Stamm. Unsere Wälder sind groß und voller Menschen – weisen Goden, klugen Bauern und kräftigen Kriegern. Wenn es auch im Süden Kämpfe mit den Franken gibt, glaube ich nicht, daß sie auch eine Gefahr für die Stämme im Norden, für alle Sachsen bedeuten. Solange die Irminsul steht, kann uns niemand bedrohen.«

Ein anderer Mann stand auf und sah Hassio an. Er war kleiner und kräftig und sein Gesicht zierte ein mächtiger schwarzer Bart. Hassio ging zu seinem Platz zurück.

»Die Franken sind nicht mehr wie wir, Hassio«, begann der schwarzbärtige Krieger zu sprechen. Sie sind kein Stamm freier Bauern. Sie haben einen Herrscher, einen König, und ihm müssen die Menschen dienen. Sie beten nicht mehr zu denselben Göttern wie wir und haben das Gefühl für das Gute und Richtige verloren. Geld gilt vielen dort mehr als die Ehre und ein Platz in Walhall. Die Zahl der Franken steigt und damit auch die Schar der jungen Krieger, die zu Ruhm, Weib und Vermögen kommen wollen. Es ist gut möglich, daß es nicht beim Grenzhader bleibt. Denk zurück Hassio: Schon einmal drang ein großes Heer der Franken nach Sachsen ein und erschlug viele unserer Krieger. Es regierte sie der Vater des jetzigen Königs. Der Sohn lernte von ihm das Herrschen und auch das Kriegshandwerk.«

Einen kurzen Moment hielt er inne, sein Blick schweifte in die Ferne. Dann sprach er weiter:

»Wir müssen unsere Felder bestellen. Das müssen die Franken auch. Aber dort leben viele Menschen, die keine Felder mehr besitzen – aber gerne welche hätten. Dafür würden sie auch Land stehlen. Und es gibt dort einen Herrn, der diesen Menschen mit eiserner Hand befehlen kann. Wenn er es klug anstellt, werden sie gehorchen.«

Er sah zu Boden.

»Ich war noch ein junger Mann, und in einem Kampf gegen das Frankenheer erhob ich zum ersten Mal das Schwert gegen Menschen. Ich überlebte, während mein Vater und meine Mutter, die Schwestern und Brüder erschlagen wurden. Deshalb möchte auch ich euch warnen.«

Betroffen sahen die Männer den Erzähler an. Die meisten kannten ihn. Es war Abbio, kein Edeling, sondern ein Bauer, der wegen seines Mutes und seiner Klugheit bekannt war.

»Und denkt auch daran«, fuhr Abbio fort, »daß die Priester der Franken danach trachten, ihren Glauben auch in die Wälder des Nordens zu tragen. Schon häufig sind ihre schwarzgekleideten Gottesdiener in unseren Dörfern aufgetaucht und mußten ohne Erfolg wieder verschwinden. Gern würden sie ein starkes Schwert an ihrer Seite sehen.«

»Aber wir dürfen unser Volk nicht wegen Vermutungen in den Winterhunger schicken«, erhob sich ein großer blonder Krieger. Es war Brun, Häuptling der Westfalen.

»Wir können nicht im Frühling unsere Felder entblößen, um auf einen Feind zu warten, der dann vielleicht nicht kommt. Und im folgenden Winter müssen wir hungern. Ich vertraue auf die Kraft unserer Götter. Solange die Irminsul steht, wird nicht nur unser Volk leben, sondern auch unser Glaube vor den Priestern der Franken sicher sein. Ich nehme die Vorzeichen ernst – ja, ich gebe zu, mich sogar davor zu fürchten. Aber mit Gefühlen allein kann ich nicht für meines Stammes Zukunft sorgen und die Menschen in den Winterhunger treiben. Noch ist kein Heer mit dem Kreuz in unsere Gaue eingedrungen, und ich glaube auch nicht, daß das geschehen wird, auch wenn uns die Runen mahnen. Ich kenne die Stärke der Franken gut, sind es doch die Westfalen, die eine lange Grenze mit ihnen teilen und deren Bauern sich mit ihnen schlagen. Dennoch wollen wir in diesem Jahr besonders wachsam und vorsichtig sein. Die Vertreter von den Stämmen bitte ich, uns Krieger, die sie auf dem Feld entbehren können, zuzusenden. Sie sollen auf unseren Höfen gasten. Wenn die Franken dann unsere Bauern überfallen, sind wir bereit, auch ihre Dörfer anzugreifen. Für den Fall, daß die Franken ebenfalls ein Heer aufstellen, hätten wir vorgesorgt. Das wäre ein Mittelweg zwischen der Vorsicht vor dem Feind und der Arbeit auf den Feldern.«

Er setzte sich wieder. Die meisten Thingbesucher wirkten bisher unentschieden. Bei Bruns Rede nickte die Mehrzahl mit den Köpfen. Sie waren zu sehr Bauern, um nicht wie Brun und Hassio zu denken. Aber die dunklen Vorzeichen trieben sie zur Sorge.

Livele erhob sich. Sie sprach:

»Wenn ihr damit, was Brun eben sagte, alle einverstanden seid, Goden und Krieger, Bauern und Edelinge, dann steht auf. Wir wollen das Gesagte damit beschließen. Wer nicht damit einverstanden ist, der mag seine Einwände noch vorbringen.«

Ein junger Krieger sprang auf. Er war von gewaltiger Größe, und lange blonde Haare umwehten seinen Kopf. Einen Moment lang blickte er in die Runde. Dann begann er zu sprechen:

»Auch wir Engern teilen eine lange Grenze mit den Franken. Und auch die Bauern in unseren Gauen hadern seit langem mit ihren Nachbarn aus dem Süden. Ich will euch nun sagen, daß es schlimmer geworden ist. Die Kämpfer der Franken sind dreister geworden. Es sind nicht nur Bauern. Trupps ihrer Ritter haben unsere Gehöfte überfallen, und als unsere Krieger Rache nehmen wollten, stießen sie auf wohlvorbereitete Gegenwehr. Das war im vergangenen Sommer. Jetzt treffen sich die fränkischen Edlen in Worms zu einem Reichstag.

Auch ich habe an die Feldarbeit zu denken. Trotzdem brauchen wir Schutz für unser Volk. Ich wollte euch dieses schon sagen, bevor ich vom Spruch der Runen gehört hatte. Nun bestätigen die Orakel meine Befürchtungen. Das macht mir angst.

Ein paar Krieger auf den westfälischen Höfen reichen nicht. Wir sind auch noch nicht in Sicherheit, wenn wir vereinbaren, daß auch Krieger aus ganz Sachsen zu den Höfen der Engern kommen. Laßt uns die Burgen im Süden, die Eresburg und die Hohensyburg, mit Kriegern füllen. Jeder Gau soll hundert Kämpfer stellen. Ich weiß, daß diese Zahl euch zu hoch erscheint. Aber es wäre der wahre Mittelweg. Für die verbleibenden Bauern würde dieses Jahr hart werden, das gebe ich zu. Aber es würde für die Versorgung reichen. Gleichzeitig hätten wir eine Streitmacht, die selbst ein fränkisches Heer stoppen könnte. Wir alle wollen in unseren Gauen die Schwerter in Griffweite legen. Boten sollen überall im Land für schnelle Nachrichten bereitstehen. Das ist es, was ich fordere und worüber ich abzustimmen wünsche.«

Der junge Krieger setzte sich wieder.

Stimmengewirr schwoll an. Die Thinggäste diskutierten hitzig über die gemachten Vorschläge. Erneut stand Brun auf. Ruhe kehrte ein.

»Der Vorschlag des jungen Kriegers ist gut«, rief er in die Menge. Einige Männer im Publikum murrten laut, andere stimmten zu. »Aber in einem Punkt gefällt er mir nicht: Warum wollen wir vorschreiben, wie viele Krieger jeder Gau schickt? Die Männer und Frauen sollen vor Ort selber entscheiden, wie viele Streiter sie entbehren können. So mag der eine Gau viele, der andere wenige schicken, je nach Zahl der Kämpfer und der Größe der Felder, die es zu bestellen gilt. Das ist meine Meinung, und ich bitte euch, darüber abzustimmen. In den anderen Punkten stimme ich dem jungen Recken zu.«

»Wenn wir die Zahl der Männer nicht beschließen, werden zuwenige in die Burgen kommen«, sprang der junge Hüne auf.

»Wir werden darüber abstimmen«, mischte sich Livele ein.

»Du aber mußt uns noch deinen Namen sagen. Ich glaube die meisten hier kennen dich noch nicht.« Sie sah ihn forschend an. Der Krieger stand langsam auf und erwiderte ihren Blick.

»Mein Vater und meine Mutter nannten mich Widukind bei der Geburt.«

Im Kreis war es still geworden. Nur eine Windböe zauste plötzlich den Hügel. Das silberne Licht des Mondes sprang vom Haar der Frau auf das des jungen Kriegers über.

»Wir werden noch viel von dir hören«, sagte Livele leise. Dann wandte sie sich wieder an die Versammlung.

»So laßt uns nun abstimmen.«

»Halt, auch ich möchte noch etwas sagen«, rief ein anderer blonder Krieger, der sich erhoben hatte, in die Versammlung. Alle Männer im Kreis kannten ihn. Sein Name war Unno, Herzog der Friesen.

»Auch wir wollen euch einige unserer besten Krieger schicken. Denn euren heiligen Baum verehren auch wir. Die Freundschaft zu euch währt schon seit Generationen. Viele aus unserem Stamm werden es bedauern, nicht zu eurem Allthing gekommen zu sein, wo sie doch ein Schwert hätten wiedersehen können, das auch mit unserer Geschichte verwoben ist. Ich werde ihnen von allem, was hier geschieht, berichten.«

Nun war die Versammlung zur Abstimmung bereit. Böer besprach sich mit seinem Vater, hatte aber eine andere Meinung. Und so erhob sich sein Vater, um Brun zu unterstützen, wo Böer für Widukind gestimmt hätte. Bentan teilte die Meinung der meisten Sachsen. Die Mehrheit war deutlich zu erkennen. So stand das Ergebnis fest; Bruns Vorschlag wurde durchgeführt.

Livele trat vor:

»Euch alle nehme ich zum Zeugnis dafür, daß wir heute einen gemeinsamen Beschluß getroffen haben. Helfe mir Fosite, Donar, Wotan und Ziu. So wie es beschlossen wurde, wollen wir nun handeln.«

Das Thing ging weiter. Böer und Bentan diskutierten über ihre unterschiedlichen Standpunkte.

»Warum haben die Goden nicht stärker von ihren Sorgen gesprochen. Sie hätten das Ergebnis der Abstimmung ändern können«, fragte der junge Krieger seinen Vater schließlich.

»Vielleicht«, antwortete Bentan nachdenklich mit dem Kopf nickend. »Sicher haben sie auf ein anderes Ergebnis gehofft. Ihre Meinung hätte großen Einfluß gehabt. Darum aber gewichten sie ihre Worte auch mit größter Vorsicht, denn die Freiheit gilt den Goden als ein besonders hohes Gut. Ihnen liegt weit mehr an der freien Abstimmung als an der Durchsetzung ihrer Wünsche.«

Er lächelte.

»Und das ist auch gut so«, fuhr Bentan fort, »schließlich kennst du ja auch den Starrsinn und Eigenwillen unserer Bauern.«

Während sie so sprachen, traten Männer und Frauen vor die Versammlung, um ihre Streitigkeiten vorzutragen. Häufig waren es bedeutende Edelinge, die um die Grenzen ihrer Ländereien stritten und ihr Recht nicht den örtlichen Things der Gaue überlassen wollten. Zwei Händler wurden des Betrugs beschuldigt, und Böer mußte dabei an Riedwiesel denken.

Auch Bentan grinste bei den Fällen. Ein Mann sollte wegen Pferdediebstahls geächtet werden. Viele andere Rechtsfälle wurden beraten und beschlossen. Die Urteile fällten hierbei die Goden.

Dann rief Livele die Götter noch einmal an und dankte für ihren Segen. Spät in der Nacht löste sich die Versammlung auf.

Böer und sein Vater legten sich in ihr Zelt und fielen bald in einen tiefen Schlaf. Am nächsten Morgen ritten sie zurück ins Waldsatiland.

Die Reise verlief ohne Zwischenfälle. Nach einer Nacht unter freiem Himmel ritten Böer und Bentan wieder über wohl vertraute Wege. Sie sprachen über das Allthing, und wenn sie schwiegen, stiegen in Böer Gedanken und Bilder von den vergangenen Tagen auf. Immer wieder dachte er an Lif, an die Godin und an die junge Frau. Bilder und Worte kamen ihm in den Sinn, die ihn immer mehr verwirrten, je öfter er sie noch einmal in seinem Kopf hörte und sah. Wenn er sonst über etwas länger nachdachte, klärten sich nach einer Weile seine Gedanken. Darauf wartete er jetzt vergebens.

Sie war eine Godin – eine angehende zumindest –, und das erfüllte ihn mit Ehrfurcht. Aber er konnte nicht verstehen, warum sie ihn am Ende des Spaziergangs so zurückgestoßen hatte. Oder bildete er sich das nur ein? Bestimmt unterhielt sie sich sonst mit anderen Goden, berühmten Anführern und erfahrenen Thingteilnehmern. Sich um einen einfachen jungen Krieger aus dem abgelegenen Waldsatiland zu kümmern, erschien ihr bestimmt nur als lästige Pflicht. Gerade am Anfang der Unterhaltung hatten seine Worte sicher tölpelhaft geklungen. Dann hatte sie eine Weile aufmerksam seinen Geschichten gelauscht, oft gelacht, und sie waren sich nahe gewesen. Gerade das – so wurde Böer jetzt klar – mußte ihr dann bewußt geworden sein und damit unangenehm und peinlich, ihrem sonstigen Stand und Können unangemessen. Und mit der Zurückweisung hatte sie wieder Distanz gesucht und gefunden. Letztlich konnte er sie nun verstehen. Der Stich, den er bei diesem Gedanken spürte, schmerzte seltsam süß. Zur Not, so beschloß Böer grimmig, würde er eben lernen, mit diesem Gefühl zu leben. Auf jeden Fall hatte sie die Übergabe des Schwertes gesehen – und verblüfft. Ein ganz so unscheinbarer Krieger war er eben doch nicht. Der Gedanke gefiel ihm.

»Was hast du eigentlich mit der jungen Godin so lange zu besprechen gehabt«, riß ihn sein Vater aus seinen Überlegungen und gab damit die Zurückhaltung auf, die er sich bisher zu diesem Thema auferlegt hatte.

»Wir haben über dieses und jenes geredet«, erwiderte Böer wortkarg.

Die Stirn seines Vaters kräuselte sich verärgert.

»Und natürlich über das, was ich in der Nacht bei meiner Traumreise gesehen habe«, fügte Böer eilig hinzu. »Die Goden geben acht, wenn jemand ...«

»Schon gut«, unterbrach ihn Bentan, der sich brennend für

das Gespräch seines Sohnes mit der Godin interessierte. Aber, so wie er Böer kannte, würde er seine Neugierde zu diesem Zeitpunkt nicht stillen können.

»Das weiß ich ja alles. Da du ja im Moment mit den Neuigkeiten knauserst, als seien sie das letzte Korn vor dem Ende des Winters, kann ich aber vielleicht etwas zu unserer Unterhaltung und deinen Erlebnissen beisteuern, bevor wir hier beide wieder in unseren Grübeleien versinken.«

»Du weißt etwas über Lif?« entfuhr es Böer überrascht.

Der Vater nickte.

»Von Lif«, erwiderte er, »oder besser gesagt: Ich wurde von ihr beauftragt.«

»Du hast mit ihr geredet?«

»Eine ganze Weile sogar, du hast dabei geschlafen wie ein Murmeltier.«

»Als du mir die Decke gebracht hast?«

»Genau dabei«, stellt der Vater fest. »Sie ist eine interessante junge Frau, hübsch, klug, und natürlich war es ungeheuer interessant, etwas über das Leben an der Irminsul zu erfahren. Sie kennt aber auch die alten Geschichten des Stammes, die Geheimnisse der Heilkunst und weiß die Zeichen der Götter zu deuten. Daneben hat sie trotz ihrer jungen Jahre ein Lebenswissen, das mich als alten Mann in Erstaunen versetzt. Sie konnte dir sicher bei eurer Unterhaltung so manchen Rat geben.«

»Wir haben viel gelacht«, stellte Böer fest und bemerkte den irritierten Blick seines Vaters. »Und was sollst du mir ausrichten?«

»Nichts«, erwiderte Bentan trocken. »Zum Ausrichten hat sie mir nichts aufgetragen. Wenn ich es mir recht überlege«, er kratzte sich am Bart, »war sie sogar ziemlich wortkarg, als es um dich ging. Eigentlich seltsam, oder?«

»Aber irgend etwas hast du von ihr für mich«, hakte Böer unruhig nach.

»Geduld, Junge, Geduld«, brummte Bentan und kramte in einem Beutel herum. Heraus zog er eine silberne Fibel und drückte sie Böer in die Hand. Dieser hielt sie staunend ans Licht.

»Du solltest sie zu deiner festlichen Kleidung tragen, dann, wenn du auch das Schwert gürtest«, überlegte Bentan. »Die Fibel würde sich ganz gut machen, wenn du damit deinen blauen Umhang an der Schulter schließt.«

Böer nickte stumm.

Die Fibel war so groß wie ein halbes Eichenblatt und bestand aus einem einzigen Silberstrang, der so in sich selbst verwoben war, daß sich ein kompliziertes, verworrenes Muster ergab. An der Rückseite war der Verschluß angebracht.

»Es ist schwierig zu erkennen«, versuchte Bentan das Linienmuster zu enträtseln. »Das dort könnte ein Kopf sein, diese gedrehte Linie ein Bein.«

»Es ist die Irminsul«, erkannte Böer schlagartig das Bild, »mit ihrem Blätterdach. Das hier ist der Stamm.«

Bentan wog abwägend den Kopf und nickte dann zustimmend.

»Eine solche Fibel ist das Werk eines meisterhaften Handwerkers. Ein ähnliches Geschenk möchte ich auch einmal bekommen – noch dazu von einer so hübschen Frau.«

»Und sie hat sonst nichts gesagt?« hakte Böer nach.

»Sonst nichts. Meine Hoffnung war, du könntest etwas darüber erzählen.«

Böer schüttelte den Kopf.

»Wenn es soviel wert ist, darf ich es doch gar nicht behalten«, überlegte er. »Ich werde es ihr ...«

»Unsinn«, unterbrach Bentan scharf. »Ein Geschenk ist ein Geschenk, das gibt man nicht zurück – noch dazu, wenn es von einer Godin ist, die nun wahrlich wissen sollte, was sie tut. Womöglich verfügt die Fibel über Kräfte, für die andere ihr gesamtes Hab und Gut opfern würden. Sei dankbar, sie in den Händen zu halten. Und überleg dir lieber, was das alles zu bedeuten hat – du scheinst die wundersamsten Gegenstände ja nur so anzuziehen.«

»Du meinst, hinter der Fibel verbirgt sich mehr?«

Bentans Stirn furchten jetzt tiefe Falten. Er sah Böer verständnislos an.

»Also eines in jedem Fall: Eine junge Frau, die damit sehr viel verbindet – warum auch immer. Du tust gerade so, als ob du jeden Tag ein solches Geschenk bekommst. Zum Glück bin ich dein Vater und weiß, daß dem nicht so ist.« Er schüttelte den Kopf.

Böer fühlte die Fibel schwer in seiner Hand und steckte sie betreten in einen Beutel, der an seinem Gürtel hing. Lif hatte seinem Vater das Geschenk also schon vor ihrem Gespräch gegeben. Also mußte Böer ihr doch etwas bedeuten – und das, obwohl bis dahin noch kein Wort zwischen ihnen gefallen war. Unangenehm kamen ihm seine eigenen Gefühle in den Sinn: Ihre Verblüffung bei der Übergabe des Schwertes hatte ihn gefreut. Dafür schämte er sich jetzt.

Aber warum mißachtete sie ihn dann während der übrigen Zeremonie, schenkte ihm nicht einmal einen Blick in diesem wichtigen Moment, wenn er ihr doch sonst – wie die Fibel ja verriet – auf irgendeine Weise wichtig war? Und was bedeutete ihre Unnahbarkeit am Ende des Spaziergangs? Plötzlich wußte er gewiß, was er zuvor nur vermutet hatte: Sie störte sein tölpelhaftes Reden, seine jungenhafte Art. Peinlich berührt erinnerte er sich, zum Fluß gelaufen zu sein. Obwohl: Gerade danach verlief ihr Gespräch so schön. Sicher dachte er viel zu weit, zu kompliziert. Sie war eine Godin und wollte ihm mit der Fibel etwas mitteilen, ihn schützen oder ihm Kraft verleihen – bestimmt, weil sie Wichtiges über seine Zukunft wußte. »Ich sah Feuer – und ich sah dich im Rauch« –, so lauteten ihre Worte, und er hatte ihr Unbehagen gespürt. Er mußte erfahren, was sie noch wußte. Und vielleicht konnte er dabei auch Lifs Gedanken und Gefühle in ihrem Gespräch ergründen und erfahren, warum sie am Ende so unnahbar gewesen war.

Hatte sie ihn nicht zur Irminsul eingeladen und wollte ihm dort alles zeigen? Er würde hinreisen, so bald er konnte.

Die Sonne hatte den höchsten Punkt ihrer Bahn noch nicht erreicht, da sahen sie schon den eigenen Hof. Halde schöpfte gerade mit einem Krug Wasser aus dem Bach, als sie Mann und Sohn erblickte. Lachend lief sie ihnen entgegen. Schon traten auch Brul und Bart aus dem Haus, Bruder und Vater zu begrüßen.

»Willst du einen unserer Söhne nach Süden schicken?« fragte Halde ihren Mann nach dem Essen, als er vom Thing berichtet hatte und beide noch einen Moment zusammensaßen. Die Söhne hatten den Tisch schon wieder verlassen. Bentan sah sie an und schüttelte langsam den Kopf.

»Nein. Die Arbeit auf dem Hof geht vor. Und die Gefahr ist nicht so groß, als daß wir einen unserer Söhne entbehren müßten. Wir haben genug Arbeit. Es gibt andere junge Krieger in Sachsen – vor allem auf den großen Höfen der Edelinge –, die nicht so dringend auf den Feldern gebraucht werden. Außerdem sind sie geübter im Umgang mit den Waffen als unsere Söhne. Sie sollen für unsere Sicherheit im Süden sorgen.«

Er faßte Haldes Hand.

»Wie denkst du darüber?«

»Nicht anders als du.«

Sie lächelte und stand auf. Dann ging sie langsam auf ihren Mann zu, bis sie ganz dicht vor ihm stand. Auch Bentan erhob sich, und Halde legte ihre Arme um seine Schultern und schmiegte sich an seine Brust. Eine Weile blieben sie so. Dann lösten sich ihre Arme, und beide schritten zu ihren Söhnen ins Freie.

Die Tage vergingen. Die Sichel des Mondes nahm ab und wuchs schließlich wieder. Auf dem Hof gab es viel zu tun. Obwohl Böer von frühmorgens an auf dem Feld arbeitete oder sich um das Vieh kümmerte, das nun wieder ins Freie getrieben worden war, mußte er doch oft an Lif denken. So manches Mal ließen dann seine Arme die Arbeit sinken, und seine Augen verloren sich in der Ferne. Noch immer wußte er nicht, wie er ihr Verhalten beim Allthing einordnen sollte. Er dachte immer wieder daran, auch wenn er sich schon mehrfach vorgenommen hatte, genau das nicht mehr zu tun. Es führte einfach zu keiner Lösung.

Er mußte sie wiedersehen. Schon ein kurzes Gespräch, ein flüchtiges Treffen mit ihr würden ihm helfen, die Dinge klarer zu sehen. Mit dem, was sie dann sagte oder tat, konnte er ihr bisheriges Verhalten ganz bestimmt besser einordnen. Die Abenteuer, die sich Böer sonst immer ausgemalt hatte, griffen nun nach ihm und seinem Leben. Was hatte die Godin in seiner Zukunft gesehen? Würde er als Krieger in Feuer und Rauch Ruhm erwerben und ein bekannter Recke werden? Böer brannte darauf, auch hierüber mehr zu erfahren.

Eines Nachmittags schickte sein Vater ihn zu Lüdegast, einige Werkzeuge zu leihen. Der Nachbar lud seinen jungen Besuch sogleich zum Abendessen ein. Die ganze Familie war versammelt. Anders als bei Böer, dessen Großeltern gestorben waren, wohnte auf Lüdegasts Hof, wie auch bei dem anderen Nachbarn Jöllund, die ganze Sippe. Dazu gehörten auch die Männer von Lüdegasts älteren Töchtern, deren Kinder sowie auch deren Großeltern. Während der Vater von Lüdegasts Frau ein griesgrämiges Gesicht machte, unterhielt sein Altersgefährte die ganze Familie mit seinen Späßen. Die Frauen der beiden hielten nicht mit Worten zurück, waren aber hauptsächlich mit den zwei Enkelkindern, Sprößlingen der ältesten Töchter von Lüdegast, beschäftigt. Im Gespräch über die Neuigkeiten wurde es spät. Als Böer sich verabschiedete, war es dunkel geworden. Am Himmel funkelten die Sterne.

Langsam trabte Böer auf seinem Pferd über den schmalen Pfad, der die Nachbarhöfe verband, durch den Wald. Starker Wind aus Nordwesten war aufgekommen. Überall im Wald zauste der Sturm die Blätter und bog die Äste der Bäume. Das Mondlicht erleuchtete den Pfad. Auf der linken Seite des Weges lichtete sich der Wald. Böer konnte jetzt die gerade Linie des Horizonts sehen. Nur vereinzelt standen verkrüppelte Birken und Büsche auf der flachen Ebene.

»Das Moor – wie unheimlich es zu dieser Stunde ist«, murmelte er leise. Vereinzelt huschten kleine Lichter über das sumpfige Land. Die fahle Scheibe des Mondes spiegelte sich in kleinen Tümpeln und Pfützen. Böer trieb das Pferd zu einem schnelleren Schritt an. In der Ferne hoben sich schon wieder die Bäume des Waldes, in dem der elterliche Hof lag, vom Himmel ab. Böer fröstelte. Sein Blick fiel auf die riesigen Steine, die wie die Finger einer zugreifenden Hand im Kreis aus der Wiese ragten und lange Schatten warfen. Der Mond spiegelte sich verschwommen auf ihren zerfurchten Kuppen. Es war ein heiliger Ort. Hier feierten die Bauern der umliegenden Höfe die Feste des Jahres. Wer diese Steine errichtet hatte, zu welchen Göttern die Erbauer beteten, wußte niemand mehr. Aber die Kraft dieses Platzes war immer noch zu spüren.

Dann sah Böer die Gestalt. Es dauerte nur einen Augenblick, aber er konnte deutlich die schwarzen Umrisse eines Menschen vor den Steinen erkennen. Dann war der Schatten verschwunden: Die Steine standen verlassen wie zuvor im Mondlicht. Leise ließ sich Böer vom Pferd gleiten. Er wußte sicher, daß seine Augen ihn nicht getäuscht hatten. Er spürte, wie die Angst sein Herz schneller schlagen ließ. Aber viel stärker drängte ihn der Wunsch herauszufinden, wer sich in der Dunkelheit am heiligen Kreis herumtrieb. Er hatte einen Menschen gesehen. Oder waren es nur die Alben oder gar ein Troll, die hier einen Scherz mit ihm machten? Aber was sollte ihm schon passieren? Er kannte sich gut aus, den Alben hatte er immer geopfert und sie auch häufig angerufen. Also band er sein Pferd an einen kleinen Baum und schlich langsam näher an den heiligen Ort heran. Die Gestalt blieb verschwunden. Ob sie ihn gesehen hatte? Auch als er näher kam, konnte er sie nicht mehr entdecken. Aber Fußspuren hoffte er doch zumindest zu finden. Dann ragten die Steine vor ihm wie drohende Mahnmale in den Himmel, geformt zu einem Kreis, über den der Wind in schnellem Flug die Wolken trieb. Zwei Felsen standen, Wächtern gleich, vor dem großen Rund. Böer trat in dessen Mitte.

Plötzlich spürte er einen harten Griff an seinem Hals und die scharfe Kante eines Schwertes an seinem Rücken.

»Wer bist du? Sag deinen Namen und was du hier willst«, drohte eine tiefe Stimme hinter ihm.

»Das sollte ich wohl eher dich fragen, denn ich wohne hier, gleich in dem Wald dort drüben. Mein Name ist Böer, Sohn von Bentan, dem Richter.« Der Fremde lockerte seinen Griff.

»Du bist fast noch ein Kind, doch schon auf meinen Spuren. Was du hier willst, sagtest du noch nicht.«

»Ich bin Sohn eines freien Bauern. Ich glaube nicht, daß ich begründen muß, warum ich über die Felder in der Nähe unseres Hofes laufe«, entgegnete Böer trotzig.

»Weil ich ein Schwert in deinen Rücken halte«, sagte der Fremde.

»Dann schick mich nach Walhall. Dafür wirst du geächtet

und zum Neiding werden«, erwiderte Böer und bemühte sich um eine feste Stimme. Doch statt dem Stoß des Eisens in seinen Rücken hörte er jetzt ein Lachen hinter sich. Der Unbekannte ließ ihn los. Böer drehte sich um.

»Wahrlich, hier haben schon die Kinder dicke Schädel«, lachte der Fremde. Sein Anblick beunruhigte Böer nicht weniger. Vor ihm stand ein muskulöser Hüne, mit langem, verwegen aussehendem Haar und buschigem Bart – beides so rot, als ob es in Brand geraten wäre.

»Nun, du scheinst tatsächlich in dieser Gegend zu wohnen. Und gefährlich wirst du mir wohl kaum werden.«

Er steckte sein Schwert wieder in die Scheide.

»Ich habe gesagt, wer ich bin«, sagte jetzt Böer.

»Ihr aber habt euch mir noch nicht zu erkennen gegeben.«

»Das habe ich auch nicht vor«, antwortete der Hüne. Er funkelte Böer mit seinen grünen Augen an. Dann pfiff er leise eine seltsame Melodie. Es dauerte nicht lange, und ein schwarzes Roß kam aus dem Gestrüpp angetrabt und hielt dicht neben dem Fremden. Der rote Krieger schwang sich mit einer Bewegung auf den Rücken des Tieres. Noch einmal sah er den Jungen an. Er hob kurz seine rechte Hand zum Gruß, dann ritt er davon. Der Rücken des Mannes war von einem großen roten Schild geschützt. Böer versuchte, das Symbol darauf zu erkennen. Es kam ihm sonderbar fremd vor. Schwarz zeichneten sich mit feinen Linien die Umrisse eines seltsamen Gegenstandes ab – es schien ein Stein zu sein, auf dem ein weißer Drache saß und ihn bewachte. Dann verschwand der Fremde in der Dunkelheit. Böer blieb verwirrt zurück. Er ging zu seinem Pferd und ritt zum elterlichen Hof. Als er die Tür zur Halle öffnete, wehte ihm der behütende Rauch des Hauses entgegen. Die Familie hatte ihn schon vermißt. Böer trat ein und erzählte von seinem Erlebnis am Rande des Moores.

»Baphet«, murmelte der Vater, als Böer geendet hatte. »Er muß es gewesen sein.«

Böer sah Bentan fragend an.

»Niemand weiß, woher er kommt und wohin er geht. Manche sagen, daß er schon ewig auf Erden wandelt. Es war Baphet, der rote Reiter, ein gewaltiger Krieger. Er kennt viele

Riten und Gebräuche von fernen Völkern und aus fernen Zeiten. Er betet Götter an, deren Namen wir noch niemals hörten, und er weiß von Geheimnissen, von denen selbst unsere Goden nur eine schwache Ahnung haben. Du scheinst ihn getroffen zu haben. Ich weiß nicht, ob ich es als gutes oder schlechtes Vorzeichen deuten soll.«

Im Haus war es still geworden, wie sonst nur an den Winterabenden, wenn die Brüder Schauergeschichen erzählten. Nur der Wind jagte heulend um die Halle.

Schon drei Nächte waren vergangen, seit Aural den heiligen Baum verlassen hatte. Nun senkte sich wieder die Dunkelheit über das Land, und der Mond würde zum vierten Mal sein fahles Licht über den Wald werfen und ihm den Weg weisen. Er schwitzte, denn die Tage waren schon sehr früh in diesem Jahr warm geworden. Seit Wochen war kein Regen mehr gefallen, und auch in der Nacht ging die Wärme kaum zurück.

Der schmale Pfad wand sich zwischen den Bäumen nach Norden. Aural hatte einen Auftrag: Er trug die Runenstäbe des Boten von der Irminsul. Er sollte die Freibauern im Norden – zwischen Elbe und Weser – vor der drohenden Gefahr eines Krieges warnen. Denn das Unglaubliche war geschehen. Ein gewaltiges Heer der Franken näherte sich dem Sachsenland. Er war schon durch viele Haustore gehastet, hatte mit vielen Bauern und deren Frauen gesprochen. Überall war ihm das Gastrecht angeboten worden, baten die Familien ihn, auszuruhen, es sich bei Essen und Trinken gemütlich zu machen und auf der Lagerstätte zu schlafen. Aber Aural wies alle Einladungen zurück. Er mußte weiter, immer weiter nach Norden. Und er ließ sorgenvolle Gesichter zurück. In den Häusern, in denen er war, griffen Väter in alte Truhen, holten Schwerter und Speere heraus und polierten ihre Schilde, brachen Söhne als Boten auf, um Nachbarn von der Gefahr zu berichten.

Aural konnte nicht jeden Hof erreichen. Er kehrte nur bei den Thingsprechern ein.

Der Bote hastete weiter und trieb sein Pferd zur Eile an.

Durch die Bäume schimmerte der flackernde Schein eines Feuers. Der Pfad führte direkt auf das Licht zu, und Aural erkannte die Umrisse eines Hofes. Schon bald hatte er die strohbedeckten Häuser erreicht. Er glitt vom Rücken des Tieres und klopfte an die Tür. Ein hochgewachsener Mann mit ergrauten Haaren, die ihm bis auf die Schultern fielen, und einem nicht minder langen grauen Bart öffnete die Tür.

»Friede«, sagte der Bote.

»Ich bin Aural, Astars Sohn, und komme als Bote zu euch.«

Er hob die Hand, in der er die Runenstäbe des Boten von der Irminsul hielt.

Der Mann an der Tür erbleichte. Es war nur ein winziger Moment, der seinen Schrecken verriet. Dann hatte er sich wieder gefaßt.

»Und mein Name ist Bentan, die Leute nennen mich auch den Richter«, antwortete er. »Sei uns willkommen.«

Der Bote trat ein und Böer erblickte den blonden, hageren Krieger mit den hohen Wangenknochen und dem Pferdeschwanz zum ersten Mal. Bentan schwieg einen Moment. Dann fuhr er fort:

»Dein Besuch läßt schlimme Nachrichten erahnen, denn ich sehe an dir die Zeichen von Erschöpfung und Eile – und du trägst die Runen des Boten von der Burg.«

Der Bote nickte, dann legte er Schwert und Umhang ab und setze sich an den Tisch. Er grüßte kurz und abwesend in die Runde. Erwartungsvolle Stille erfüllte den Raum.

»Ich werde nicht lange bleiben, denn ich habe meine Botschaft noch in viele Gaue zu tragen«, begann er wieder zu sprechen. Er sah Bentan ernst an.

»Es ist so, wie du vermutet hast. Ich habe schlimme Nachrichten zu überbringen. Sehr schlimme sogar.«

Für einen Moment lang war es still im Raum. Nur das Feuer knisterte auf der Diele.

»Im Frankenland ist ein mächtiges Heer gesichtet worden«, fuhr Aural fort, »es marschiert nach Norden, in Richtung auf die Engern. Schon bald werden die feindlichen Krieger unsere Grenzen überschreiten. Es gibt kein Heer, das wir ihnen entgegensetzen können. Zwar ist die Eresburg mit Kriegern besetzt, die freiwillig – so wie wir es auf dem Allthing beschlossen haben – in die Burg geströmt sind, aber viel zu wenige sind gekommen. Die meisten Krieger zogen es vor, auf ihren Feldern zu bleiben. Die Menschen aus den umliegenden Dörfern der Eresburg strömen schon in der Feste zusammen. Sie erhoffen sich Schutz von ihren Mauern. Die Krieger haben ihre Waffen mitgebracht und sind zum Kampf bereit. Trotzdem reicht ihre Zahl bei weitem nicht aus, um sich dem Heer der Franken zu stellen. Ich glaube, es wird nicht einmal reichen, um die Eresburg zu verteidigen.«

»Und wenn die Feste fällt ...«, sagte Bentan leise.

»... liegt die Irminsul nur einen Tagesmarsch dahinter schutzlos vor den Franken«, führte Aural den Satz zu Ende.

»Dann mögen uns die Götter helfen«, murmelte Bentan und schüttelte den Kopf.

»Ja«, erwiderte der Bote. »Ihren Beistand brauchen wir.«

Böers Herz schlug schneller. Er hörte gebannt zu, wußte von der Bedeutung der Worte, hörte ihren Sinn, vermochte den Ernst aber nicht wie sein Vater zu erfassen. Es war, als ob eine Geschichte erzählt würde, eine Sage aus längst vergangener Zeit, die sie nun in der Gegenwart erleben konnten. Nicht einen Moment dachte er daran, daß die Irminsul oder gar sein Waldsatiland bedroht sein könnten. Große Abenteuer kündigten sich an. Und vom ersten Moment an wußte Böer, daß er daran teilnehmen würde.

Aurals Stimme wurde schärfer: »Aber noch ist die Burg nicht verloren. Ich bin als Bote gekommen, um das drohende Unheil zu verhindern, nicht um vollzogenes Schicksal zu verkünden.«

Er machte eine Pause.

Dann fuhr er energisch fort: »Alarmiert mit Boten den ganzen Gau, sagt den Bauern, sie sollen Krieger nach Süden, auf die Eresburg, schicken. Sagt ihnen, daß es eilig ist. Schon bald können die Franken zum Sturm auf die Feste ansetzen.«

»So wird es geschehen«, erwiderte Bentan entschlossen.

»Das war, was ich euch zu sagen hatte. Nun nehmt einen der Runenstäbe des Boten und tragt ihn weiter über das Land. Ich kann nicht länger bleiben und muß aufbrechen.«

»Aber ihr seid doch völlig erschöpft«, wandte sich jetzt Halde an den Boten, der schon wieder auf den Beinen stand. Er sah sie an.

»Ja, das bin ich. Aber es gibt keine Ruhe für mich, solange ich nicht alle Höfe erreicht habe.«

Schon stand er auf. Bentan nickte Aural zu, forderte ihn damit auf, ihm zu folgen, damit der Bote – so war es seit uralten Zeiten üblich – ein frisches Pferd erhalten konnte. Aural hob noch kurz die Hand zum Gruß und verließ mit Bentan das Haus. Einen Moment später klackten draußen bereits die Hufe eines Pferdes. Dann trat Bentan wieder in den Raum, während außerhalb der Bote wieder in der Dunkelheit des Waldes, aus der er eben erst gekommen war, verschwand.

Böer sah Vater, Mutter, Schwester und Brüder schweigend zusammensitzen.

»Ich werde gehen«, sagte Brul nach einer Weile.

»Ich bin der älteste Sohn und muß zu den Kriegern auf der Eresburg stoßen.«

Sein Vater sah ihn an, für einen Moment überrascht, so als erwache er aus einem Traum.

»Bart wird gehen«, antwortete er.

»Bart bringt die Runenstäbe zu den Höfen und berichtet den Menschen. Er soll sie auffordern, wiederum ihre Nachbarn zu benachrichtigen, bis alle Menschen im Gau vom Unheil wissen. Bart wird noch heute nacht gehen. Das ist das erste, was wir jetzt tun müssen.«

Bart nickte und stand auf, um sich anzuziehen, und Böer entdeckte mit einem Mal eine andere Wirklichkeit in den Worte des Boten, die kalt und unheimlich, fern aller heißblütigen Abenteuer, auf ihn zukroch und ihn zu erreichen suchte. Er bemühte sich, den Gedanken fortzuwischen.

»Du und Böer«, wandte sich Bentan wieder an Brul, »ihr bleibt hier – zunächst einmal. Einer von euch beiden wird zur Eresburg ziehen. Aber wen wir schicken«, er sah Halde an, »wissen wir noch nicht. Legt euch schlafen. Morgen früh sollt ihr unsere Entscheidung hören.«

»Wir werden kaum schlafen können, wenn wir nicht wissen, wer geht«, antwortete Böer.

»Ich kann es nicht ändern«, erwiderte sein Vater.
»Hätten wir uns entschieden, würden wir es sagen.«

Bart hatte inzwischen den Runenstab genommen und verabschiedete sich von den anderen. Dann brach er auf, den Nachbarn die Botschaft zu überbringen. Bentan, Halde und ihre Kinder sprachen noch eine Weile über die düsteren Nachrichten. Dann gingen Böer, Brul und Syd, die zuvor auch nicht zur Ruhe gekommen war, schlafen.

»Es ist wieder Krieg«, stellte Halde leise fest. »Warum kann der Friede nicht länger währen, wo doch die Menschen und das Land in dieser Zeit so aufgeblüht sind? Was suchen die Franken hier bei uns im Norden?«

Sie nahm Bentans Hand.

»Wir waren Kinder, als unsere Eltern auszogen, um sich einem Heer der Franken entgegenzustellen. Wie so viele andere, kamen auch sie nicht wieder.«

Bentan gab ihr einen sanften Kuß. Er nickte nachdenklich.

»Die Zeit hat die Wunden geheilt. Gutes wird aus einem Krieg nie erwachsen.«

Er richtete sich auf.

»Trotzdem bin ich stolz auf unsere Eltern. Wie sie, so werden auch wir für unsere Freiheit, für unser Land kämpfen. Aber ich hoffe, daß dieser Krieg nicht wieder solche Wunden in unserem Leben reißen wird, und ich bete zu den Göttern für ein schnelles Ende der Kämpfe.«

»Und doch spürst auch du eine Ahnung – wie ich«, sagte Halde leise.

Bentan nickte.

»Ja, auch ich fühle die Sorge, die Angst, daß dieser Kampf mehr als jeder zuvor das Schicksal unseres Stammes entscheiden wird.«

»Böer hat recht«, lächelte Halde, »schlafen werden unsere Söhne heute nacht nicht gut – und wir auch nicht. Warum soll nicht Brul gehen?«

»Brul ist der älteste, aber nicht der Beste im Umgang mit den Waffen. Böer kämpft besser. Aber auch bei Böer habe ich meine Bedenken.«

Bentan sah Halde an. Sie nickte.

»Er ist mir zu ungestüm und könnte Heldentaten vollbringen wollen. Bei Brul habe ich diese Bedenken nicht. Er würde ein Wagnis nur eingehen, nachdem er ausreichend möglichen Nutzen und Schaden abgewogen hat. Wir wollen sie gesund wiedersehen. Wen also schicken wir?«

Halde kräuselte nachdenklich die Stirn.

»Brul«, sagte sie dann langsam.

»Seine Waffenkunst wird reichen. Sie ist immer noch besser, als die vieler Nachbarn. Und er steht mit beiden Beinen auf der Erde. Böer hat zu viele Träume. Es ist mir wichtiger, meinen Sohn nach dem Kampf wieder in die Arme schließen zu können, als daß die Skalden Lieder über seine Heldentaten singen.«

»Dann soll es so sein«, antwortete Bentan.

Böer wälzte sich auf seinem Lager von einer Seite auf die andere. Die Gedanken jagten durch seinen Schädel. Die Worte des Boten hatten ihn eingeholt und wie ein Schlag getroffen. Vor seinen Augen zogen Bilder vom Allthing vorbei. Er sah die Goden, hörte die mahnende Stimme des jungen Kriegers der Engern und zählte noch einmal die Stimmen bei der Wahl. Dann stiegen Bilder von Lif in ihm auf. Er sah ihre leuchtenden Augen, ihre ungezähmten Locken, hörte ihr fröhliches Lachen und ihre Stimme. Sie lebte auf der Irminsul. Einen Tagesmarsch hinter der Eresburg – dort wo der Wald sich über die Hügel wellte. Die Irminsul war bedroht, mit ihr Lif, sein ganzes Volk, und Böer war nun ein Krieger. Er trug das Schwert von Radbod, dem größten friesischen Helden. War er nicht schon immer anders gewesen als seine Brüder, hatten ihn seine Träume nicht schon immer in die Ferne gezogen? Wieder spürte Böer das unbestimmte Gefühl einer Aufgabe, die irgendwo in der Fremde, in fernen Wäldern auf ihn wartete. Sie zerrte an ihm wie ein unsichtbarer Faden. Er konnte dieses Gefühl nicht einfach vergessen, wie Brul es ihm so oft geraten hatte. Das war sein Leben – und nicht die Kühe, der Hof und die tägliche Arbeit auf dem Feld. Das wurde ihm jetzt klar. Die Wahrheit war so einfach, doch hatte er lange gebraucht, um sie sich einzugestehen. Es war kein Traum, sondern Wirklichkeit – harte Wirklichkeit. Böer ahnte, daß sich in der dunklen Zukunft seines wahr gewordenen Traumes nicht nur Abenteuer verbargen, sondern auch Leid und Trauer lauerten. Aber er hatte keine Wahl. Leise stand er auf und zog sich an. Er gürtete sein Schwert, nahm Schild, Speer, Bogen und Pfeile und seinen warmen Mantel, den er an der Schulter mit der neuen Fibel schloß. Dann versorgte er sich mit Proviant. Leise verließ er das Haus, in dem mittlerweile alle schliefen. Er erschrak, als er hörte, wie in der Stille der Nacht das Geräusch seiner Schritte widerhallte. Aber niemand erwachte. Er holte sich sein Pferd aus dem Stall und führte es am Zügel vom Hof. Erst auf dem Pfad, zwischen den Bäumen, schwang er sich auf den Rücken des Tieres und ritt davon – nach Süden.

EH

Wiesen, Wälder und Weiher zogen gemächlich an Böers Augen vorbei. Mit jedem Schritt, den er weiter nach Süden ritt, änderte das Land das Gesicht. Mal lächelten ihm sonnenüberflutete Auen zu, dann wieder grämten sich zerfurchte Bäume am Rand des Pfades. Böer konnte sich gar nicht satt sehen. Er war die ganze Nacht nach seinem Aufbruch durchgeritten, hatte auf dem Pferd die Sonne aufgehen sehen und sich bei Verden von Fährleuten über die Aller setzen lassen. In der nächsten Nacht rastete er in der Nähe des Thingplatzes von Marklohe. Noch bevor es wieder hell wurde, ritt er weiter, immer den alten Handelspfad an der Weser entlang nach Süden. Das Land war noch immer flach – wenn der Wald den Wiesen wich, konnte Böer seinen Blick bis zum Horizont schweifen lassen. Des öfteren kam ihm der Karren eines Händlers entgegen, manchmal kreuzten Bauern mit ihren Ochsenkarren seinen Weg. Böer trieb sein Pferd nicht zur Eile an. Trotzdem kam er zügig voran. Er wußte, daß ein weiter Weg vor ihm lag und wollte die Kräfte des Tieres nicht vorzeitig erschöpfen.

Er war allein. Überrascht stellte Böer fest, wie wohl er sich auf seinem Ritt nach Süden fühlte, weder Furcht noch Einsamkeit plagten ihn bisher. Er hatte getan, was er tun mußte.

Nur eines betrübte ihn: der Gedanke an seine Eltern, die ihn vermißten und sich sorgten. Doch diese Vorstellung verbannte er schnell wieder aus seinem Kopf. Zu neu, zu abwechslungsreich war die Landschaft, zu sehr mußte er an die kommenden Ereignisse denken. Er würde dicht an der Irminsul vorbeireiten auf seinem Weg zur Eresburg. Böer fragte sich, wie die Krieger ihn wohl aufnehmen würden, was ihn beim Kampf mit den Franken erwartete. Und vor allem freute er sich schon darauf, Lif nach den Kämpfen an der Irminsul zu besuchen. Denn genau das hatte er sich vorgenommen. Dann würde sich bestimmt klären, was sie über ihn dachte und warum ihr Verhalten beim Allthing so verwirrend gewesen war.

Böer umfaßte kurz die Fibel in seinem Beutel.

Auch ihre Bedeutung konnte Lif ihm erklären und – viel wichtiger – warum sie ihm das Schmuckstück geschenkt hatte. Und bei diesem Treffen würde er auch darauf drängen, alles über seine Zukunft, was sie vielleicht noch wußte, zu erfahren.

Am Nachmittag wogten die Wiesen in sanften Wellen bis zum Horizont, das Land wurde bergiger. Schließlich strömten die Wasser der Weser mitten durch zwei mächtige Hügel, die Böer schon von weitem sehen konnte. Er folgte weiter dem Lauf des Flusses und war bald zwischen den Hügeln hindurchgeritten. Der Pfad schmiegte sich nun in sanften Kurven um die Hügel und wand sich auf eine Anhöhe. Von oben konnte Böer die immer zierlicher aussehenden Windungen des Pfades zwischen den Bäumen bis in das Tal mit den Augen verfolgen. Unter dem blauen, klaren Himmel, an dem heiß und strahlend die Sonne stand, sah er weit über das grüne, mit runden Hügeln übersäte Land. Durch dichten Wald ritt Böer wieder talwärts.

Verwirrt hob er den Kopf und horchte in den Wald. Ein ungewohntes Zwitschern klang ganz leise durch die Bäume zu ihm herüber. Er trabte langsam weiter, und die seltsamen Töne wurden lauter. Es war eine Flöte, deren beschwingte Melodie durch den Wald zu ihm herüberflog. Immer lauter wurde das ungewohnte Lied. Schließlich wichen die Bäume am Pfad zurück und machten Platz für eine lichtdurchflutete kleine Wiese. Böer stieg vom Pferd und schlich sich vorsichtig im Schutz einiger Büsche an die Lichtung heran. Er reckte den Kopf durch das Gestrüpp, um besser sehen zu können. Verdutzt schloß er kurz die Augen und öffnete sie sogleich wieder, um sich zu vergewissern, daß sie ihm noch einmal dasselbe Bild zeigen würden. Es war kein Zweifel möglich. Ein Mann hockte auf dem weichen Grasboden und spielte Flöte, während sich vor ihm zwei Gefährten mit kleinen Schritten, die Arme in die Hüften gestemmt, zu der Musik im Kreise drehten. Der eine Tänzer war ein kräftiger und hochgewachsener Bursche, der seine Füße federnd zu der Musik über das Gras springen ließ. Sein Tanzpartner hatte dagegen erhebliche Schwierigkeiten. Der mächtige Bauch des kleinen Mannes hüpfte jedesmal, wenn seine Füße hart auf den Boden trafen. Vor Anstrengung rollte er mit den Augen in seinem kugelrunden Gesicht, das rot wie eine Kirsche leuchtete. Plötzlich verstummte die Musik.

»Nein, nein, nein, Rakus, so hat das keinen Sinn. Du mußt im Takt bleiben«, schimpfte der Flötist auf den dicken Tänzer ein. Der elegante Tänzer grinste.

»Aber es geht nicht anders«, empörte sich der Gerügte und ließ seine Arme von der Hüfte sinken.

»Manchem ist die Musikalität eben nicht gegeben, Servalis«, bemühte sich der große Tänzer zu vermitteln.

»Aber wenn er sich doch wenigstens Mühe geben würde«, schmetterte der Flötist den Vermittlungsversuch ab.

»Sieh dir nur sein Gesicht an. Er hat keine Lust, und deshalb will er nicht. Und wenn er nicht will, dann hat unser lieber Freund einen dicken Kopf.«

»Aber ich will es ja lernen«, empörte sich der Dicke.

»Siehst du, er ist eben einfach wirklich unmusikalisch«, warf der große Tänzer wieder ein.

»Vielleicht laßt ihr mich einmal selber reden«, schnaubte der Dicke und sein Kopf färbte sich noch intensiver rot. »Mir liegt die Musik im Blut. Schon neben meiner Wiege schlug mein Vater die Trommel und blies ins Jagdhorn. Aber das hier ist mir zu schnell. Ich erkenne wohl den Takt – aber du spielst zu schnell.«

»Das Stück gehört so«, erwiderte der Musiker beleidigt. »Ich kann doch dieses Tanzlied nicht als Totengesang spielen.«

»Vielleicht geht es ja ein bißchen langsamer«, mischte sich der große Tänzer wieder ein.

Der Flötist sah ihn skeptisch an.

»Nur zum Üben, damit Rakus sich an die Schritte gewöhnt. Mit fortschreitender Gewandtheit kannst du dann ja wieder schneller werden.« Rakus warf ihm einen scheelen Blick zu, und der Musiker begann wieder zu spielen.

Böer hatte Mühe, sich durch sein Lachen nicht zu verraten. Die Flöte leierte über die Wiese. Der Dicke war wirklich nicht grundsätzlich unmusikalisch. Mit jedem seiner stampfenden Schritte lag er genau im Takt. Nun zielte aber der große Tänzer mit seinen federnden Sprüngen daneben. Es war eine greuliche Melodie, und Böer beschloß, ihr ein Ende zu bereiten. Er erhob sich und ging auf die drei Gestalten zu. Zunächst bemerkten sie ihn gar nicht. Dann aber erblickte ihn der Flötenspieler, und das Geleier verstummte. Der Dicke hörte gar nicht auf zu tanzen.

»Siehst du, es geht doch, ich bin im Takt. Warum hörst du auf zu spielen?« empörte er sich.

»Weil wir Besuch bekommen«, belehrte ihn der große Tänzer.

»Oh, ich möchte nicht stören«, grinste Böer die drei Gesellen an.

»Ich ritt gerade vorbei und hörte eure Musik. Mein Name ist Böer, ich bin der Sohn von Bentan dem Richter aus dem Waldsatiland.«

»Dann sei uns willkommen«, erwiderte der große Tänzer.

»Wir sind drei Wanderer und nirgends zu Haus. Mein Name ist Euliset.«

Er musterte Böer interessiert mit ruhigen Augen. Er war groß gewachsen und kräftig und befand sich in einem Alter, in dem sich die Jugend mit der ersten Weisheit und Reife vermischt. Dabei strahlte er die natürliche Autorität eines geborenen Edelmannes aus. Seine klaren blauen Augen lachten unter flachsblondem Haar hervor.

»Und mich nennen die Menschen Rakus den Rastlosen«, stellte sich der Dicke vor, »Wanderer und Tänzer von Beruf.«

Die Röte wich langsam aus seinem Gesicht. Nur an den Wangen hielt sich hartnäckig die rote Farbe. Zusammen mit dem Bauch zeugte sie davon, daß er durchaus an üppige Genüsse gewöhnt war. Auch die Kleidung war aus feinen Stoffen, mit bunten Farben durchwebt. Am Gürtel seiner weiten Hosen hing ein langes Schwert in einer abgegriffenen Lederscheide.

»Auch ich will mich dir vorstellen«, ergriff der Flötist das Wort.

»Ich bin Servalis, auch ein Wanderer – und Musiker«, dabei grinste er Rakus an, »der einst im südlichen Rom aufbrach, die geheimnisvollen Wälder des Nordens zu erforschen, von denen mein Ahn' Tacitus soviel schrieb.«

Der Römer lachte Böer offen an. Er hatte ein sympathisches Gesicht mit großen braunen Augen, die verrieten, daß er bei Frauen viel Glück haben konnte. Böer lächelte zurück. Servalis war von kleiner Gestalt, dazu schlank und zierlich, fast wie eine Frau. Trotzdem hatte auch er ein Schwert gegürtet, das deutliche Zeichen harter Nutzung verriet. Neben ihm im Gras lag ein Bogen und ein Köcher mit Pfeilen von einer Machart, die Böer noch nie gesehen hatte. Länger als in den nordischen Gauen üblich waren die Pfeile und mit bunten Federn an den Enden versehen.

»Setz dich doch und raste eine Weile mit uns gemeinsam«, forderte Servalis den jungen Sachsen auf.

»Eine Rast käme mir wirklich nicht ungelegen«, erwiderte Böer und ließ sich neben Servalis ins Gras fallen. Auch die beiden anderen machten es sich bequem.

»Lebt ihr vom Musizieren auf der Wanderschaft?« fragte Böer. Servalis lachte.

»Oh, wir müssen wirklich gut gewesen sein«, antwortete er. »Nein, ich fürchte, dazu wird es wohl noch nicht reichen.«

»Von wo kommt ihr?« wollte Böer weiter wissen.

»Aus dem Osten, aus dem Sorbenland«, erwiderte sein Gegenüber.

»Und dort gasteten wir in einem Dorf, in dem ein Fest gefeiert wurde. Die Leute schenkten uns diese Flöte und versuchten, uns einen Tanz zu lehren. Gerade eben haben wir uns darin probiert.«

Dann senkte er die Stimme vertraulich.

»Die Musik soll Liebe anziehen. Aber nur für den, der dazu richtig tanzen kann. Wir wollen dem Dicken dadurch seine körperlichen Nachteile bei den Frauen ausgleichen.«

»Das höre ich aber zum ersten Mal. Wer hat dir denn das erzählt?« polterte Rakus dazwischen.

Euliset und Servalis amüsierten sich prächtig.

»Sicher merkst du schon, daß diese beiden Gesellen kein Umgang für dich sind. Ich habe hier noch ein gutes Fläschchen Wein, das ich bisher gut gehütet – doch mit dir zu teilen bereit wäre. Laß uns ein wenig abseits hinsetzen und gemütlich beim Rebensaft reden.«

»Oh, jetzt gibt der Dicke seine Geheimnisse preis. Aber daß er mit uns seine Schätze nicht teilen will, wo wir uns so um sein Wohl bemühen«, fuhr Servalis dazwischen.

Sie debattierten noch eine Weile hin und her und lobten den Dicken eifrig. Euliset zündete ein Feuer an und schon bald saßen die Männer gemeinsam an den Flammen, kramten aus ihren Reisesäcken Vorräte hervor und kochten sich aus dem, was sie bei sich trugen, ein kleines Mahl. Die Sonne hatte ihren höchsten Punkt längst überschritten und näherte sich langsam dem Horizont.

»Also, was gibt es Neues im Norden?« fragte Rakus, nachdem er – wieder wohlgesonnen – den Wein ausgeschenkt hatte.

»Ein Heer der Franken marschiert hierher«, antwortete Böer und erzählte, was er wußte.

»Das sieht nicht gut aus, gar nicht gut«, murmelte Rakus, als Böer am Ende seines Berichts angelangt war.

»Aber es war schon lange abzusehen«, ergänzte Servalis.

»Wir drei sind schon seit einer ganzen Zeit zusammen. Wir waren im Osten, bei den Sorben, auf Wanderschaft. Darum sind deine schlimmen Nachrichten wirklich neu für uns. Aber zuvor waren wir für eine ganze Weile im Frankenland und haben wohl gesehen, mit welchen gierigen Augen die Ritter immer wieder nach Norden schauten und mit welchen Worten die Priester zum Kampf gegen euch Sachsen hetzten.

»Ja, du bist ein Satansdiener«, grinste Rakus zu Böer herüber.

»Ein was?« fragte Böer ihn fassungslos.

»So nennen sie einen besonders mächtigen Troll«, erklärte Euliset.

»Ich würde nie einem Troll dienen«, empörte sich Böer.

»Mich mit ihm gut stellen, ja, das würde ich«, fuhr er fort, »aber nie ihm dienen.«

»Es ist kein Troll, es ist ein gefallener Engel …«, mischte sich Servalis in das Gespräch ein.

»Bitte Servalis, verschone uns damit«, stoppte ihn Rakus.

»Wir wissen deine Klugheit zu schätzen, aber das hier haben wir noch nie verstanden, und dem Jungen hier würde es auch nicht anders geh'n. Und letztlich ist es doch ein Troll.«

Er wandte sich Böer zu.

»Servalis kommt aus Rom, wie er ja schon sagte. Dort beten die Menschen schon lange zu dem Gott, den auch die Franken verehren.«

Böer blickte sich verwirrt um.

»Ja, laßt ihn ein Troll sein«, winkte Servalis ab und nahm einen kräftigen Schluck aus der Weinflasche. Euliset sah Böer mit seinen ruhigen Augen an.

»Du willst in den Krieg gegen die Franken ziehen?« fragte er. »Warum ziehst du allein nach Süden und hast keine Gefährten bei dir?«

Böer erwiderte den Blick und erzählte von seiner Flucht. Die drei Wanderer hörten andächtig zu.

»Warum konntest du die Entscheidung deiner Eltern nicht abwarten?« fragte Euliset noch einmal nach, und Böer erzählte vom Allthing, von Lif und seinen Träumen.

Er sprach sehr offen, und als er seine Erzählung beendet hatte, wunderte er sich mit einem Mal, warum er seine Geschichte drei Fremden erzählt hatte. Die drei Wanderer aber sahen Böer interessiert und nachdenklich an, und er wußte, daß er mit seiner Geschichte nichts verraten hatte, was er nicht hätte preisgeben dürfen. Eine Weile war es still am Feuer. Böer blickte die Wanderer fragend an.

»Ja, meinst du denn, wir hätten nicht alle mal so angefangen«, brach der Dicke das Schweigen. »Ich bin in den Bergen, viel weiter im Süden, aufgewachsen. Ich spreche von richtigen Bergen, nicht solchen Sandverwehungen wie hier. Selbst im Sommer lag Schnee auf ihren Gipfeln. Ich war fast noch ein Knabe, als ich mich auf die Wanderschaft machte. Ich hatte neun Geschwister …«

»... und sicher gab es nie genug zu essen«, fiel ihm Servalis ins Wort.

»Stimmt genau, woher weißt du das?« erwiderte Rakus.

»Und seitdem wanderst du?« fragte Böer.

»Seitdem wandere ich«, nickte Rakus. »Ich habe den Aufbruch nie bereut.«

»Hast du schon viel gesehen?«

»Oh, ich war schon überall. Bei den Sorben und noch viel weiter im Osten, bei den Dänen und noch viel weiter im Norden, in Rom und ganz weit im Westen. Selbst die Mauren habe ich besucht.«

»Und ihr?« fragte Böer Euliset und Servalis.

»Nun, ich komme aus Rom, das weißt du«, antwortete Servalis. »Meine Eltern sind wohlhabende Bürger, und ich kehre auch heute noch gerne dort ein. Ich hatte schon in meiner Kindheit so viele Fragen, aber es gab nur so wenige Antworten. Ich habe viel gelernt. Meine Eltern ließen mich zu den besten Lehrern gehen. Trotzdem war ich nicht zufrieden. Irgendwann, vor vielen Jahren, zog es mich hinaus in die Welt. Ich wollte raus aus der Enge der Stadt, fühlte, daß die Welt wunderbar ist und so viele Geheimnisse birgt, die es zu entdecken gilt. Seitdem lerne ich im Gehen. Wo Rakus war, war ich natürlich auch. Nur überall noch ein Stückchen weiter.«

»Wenn du dich da mal nicht täuschst?« protestierte Rakus heftig.

»Dann bleibe ich wohl noch übrig«, fing Euliset an zu sprechen. »Nun, ich bin fast ein Nachbar von dir. Ich komme aus Hliuni. Meine Familie war stolz darauf, ihre Ahnen unter den Langobarden zu wissen, jenem Stamm, dessen Großteil vor langer Zeit nach Süden wanderte. Unsere Sippe gehörte zu den wenigen, die im Norden blieben. Ich war noch ein Knabe, als unser Hof verbrannte. In ihm starben meine Eltern und Brüder. Ich rannte davon, an meiner Hand hielt ich meine kleine Schwester. Wir flohen nach Süden, irrten durch Wälder und waren ganz von Sinnen. Ein Händler nahm uns mit. Eines Tages kamen wir in eine Stadt – es muß wohl Worms gewesen sein. Der Händler schickte mich, einige Waren an einen Stadtbewohner zu überbringen. Aber ich fand ihn nicht. Als ich zurückkehrte, waren der Händler und meine Schwester fort. Ich habe sie nie wieder gesehen. So zog ich los, um nach meiner Schwester zu suchen. Seitdem wandere ich durch das Land.«

»Die Geschichte höre ich jetzt auch zum ersten Mal«, kratzte sich Rakus am Kinn.

»Nun, dann wurde es ja Zeit, daß ich sie erzähle«, erwiderte Euliset.

»Der Junge hat auch mehr erzählt, als er vielleicht vorhatte.«

»Wohin werdet ihr reisen?« fragte Böer die Wanderer. Die drei sahen sich an.

»Eine gute Frage«, stellte Servalis fest.

»Also mich zieht es mal wieder in den Süden.«

»Darauf können wir uns einigen«, fiel Rakus ein, und Euliset nickte.

»Dann können wir ja gemeinsam gehen«, freute sich Böer.

»Gut, dann laßt uns nun schlafen. Morgen brechen wir in der Frühe auf«, forderte Servalis seine Gefährten auf.

Es dauerte nicht mehr lange, und alle Gäste der kleinen Lichtung hatten sich zum Schlafen niedergelegt. Als die ersten Sonnenstrahlen über das Gras strichen, wachte Böer auf. Euliset und Servalis saßen bereits neben ihm und waren gerade dabei, das Feuer wieder zum Leben zu erwecken. Rakus schlief noch fest.

»Ich denke, wir sollten nicht zu spät aufbrechen«, flüsterte Servalis Euliset und Böer zu. »Wollten wir den Dicken da nicht auch mitnehmen?«

»Eigentlich schon, er sagte so etwas gestern abend«, antwortete Euliset.

»Ja, wenn das so ist, dann brauche ich ja auch nicht mehr zu flüstern«, trompetete Servalis jetzt los, so laut, daß einige Vögel schimpfend von den Bäumen am Rand der Wiese aufflogen. Rakus Augen aber blieben geschlossen.

Das kalte Wasser platschte spritzend in das Gesicht des dicken Wanderers. Wie der Blitz war Rakus auf den Beinen, prustete und schrie. Schrecken und Wut ließen sein Gesicht noch röter anlaufen, als es durch die Kälte des nassen Schockes ohnehin schon war.

»Ja, ist es denn die Möglichkeit! Das hätte ich mir denken können, schon gestern abend hätte ich es wissen müssen, daß ihr mir so etwas antut. Und dafür opferte ich den guten Wein«, schimpfte er wild drauflos.

»Aber bester Freund«, sprach Servalis besänftigend auf ihn ein, »wir haben noch einen weiten Weg vor uns und wollen aufbrechen. Wir planten dich mitzunehmen. Aber wenn du meinst ... Schlaf ruhig weiter, wir reiten schon einmal los.«

Rakus' Zorn löste sich auf wie der Tau in der Morgensonne. Mit ungläubigem Gesicht starrte er den zierlichen Römer an.

»Du hast recht. Völlig recht. Und ich bin ein fauler Narr geworden. Laßt uns gehen«, sagte er und begann sogleich, sein um den Lagerplatz verstreutes Hab und Gut in seinen Beutel zu sammeln.

Servalis, Euliset und Böer grinsten sich an, schauten ihm eine Weile amüsiert zu, dann suchten auch sie ihre Habseligkeiten zusammen.

»Nun aber keine unnötige Eile«, sagte Servalis zu dem Dicken, nachdem er seine Sachen gepackt hatte und wieder Rakus beobachtete. »Etwas essen wollen wir schon noch, bevor wir gehen. Jetzt, da wir so früh unter großer Anstrengung aufgestanden sind, haben wir dazu noch die Zeit.« Er konnte sich ein Lachen nicht verkneifen.

»Sehr wahr gesprochen, Freund«, stimmte ihm Euliset schnell zu.

Sie aßen und trieben noch eine Weile ihren Spott mit Rakus, der ihn gutmütig ertrug. Dann stiegen sie in ihre Steigbügel und brachen auf.

Die Pferde kamen nur mühsam voran. Mal führte der Pfad über steile Hügelrücken, dann wieder fiel er abrupt ins Tal hinab. Böer merkte kaum etwas von der Beschwernis der Reise, denn er konnte sich gar nicht satt sehen an der fremden Landschaft, und die drei Gefährten erzählten Geschichten von ihren Reisen, die die Zeit schnell verrinnen ließen.

Als der Pfad sich durch ein dunkles Tal wand, verstummten die Gespräche. Servalis sah Böer an.

»Wir werden am Ausgang des Tales rasten. Dort ist eine schöne Wiese an der ein lieblicher Bach vorbeifließt.«

»Ein herrliches Plätzchen«, rief Rakus dazwischen, der neben Euliset hinter den beiden ritt.

»Sollte man gar nicht vermuten, in der Nähe eines so finsteren Tales.«

»Ihr kennt die Strecke aber sehr genau«, wunderte sich Böer.

»Och, wir kommen hier eben öfter vorbei«, erklärte Rakus.

»Nun prahl aber nicht so«, mischte sich Euliset ein. »Wir haben auf dem Weg nach Norden hier gemeinsam übernachtet. Damals machtest du einen ganz überraschten Eindruck, als wir in einem fürchterlichen Regen diesen Platz gefunden hatten und froh waren, uns ausruhen zu können.«

»So, mag sein«, entgegnete Rakus knapp. »Auf jeden Fall wundern mich diese Gegensätze in der Landschaft nicht mehr. Mal lieblich und mal finster. Immerhin sind wir in der Nähe eines heiligen Ortes.«

Böer schrak auf und stoppte sein Pferd so überraschend, daß Rakus Mühe hatte, sein Tier rechtzeitig anzuhalten.

»Bei der Irminsul?« entfuhr es ihm überrascht.

Rakus ließ die Zügel wieder los.

»Na ja, war doch zu erwarten. Irgendwann mußten wir ja daran vorbeikommen«, entgegnete er kühl und zuckte mit den Schultern.

»Warum diese Aufregung?« Euliset stieß den Dicken mit dem Ellbogen an.

»Lif«, raunte er ihm zu, »und das Allthing. Hast du nicht zugehört in der vergangenen Nacht?«

»Natürlich habe ich zugehört. Aber ich sehe nicht, warum ihr deshalb einen alten Mann in Grund und Boden reiten müßt.«

Böer blickte von einem zum anderen.

»Ja, sind wir in der Nähe der Irminsul?« fragte er noch einmal.

»Gleich hinter diesem Bergrücken, im nächsten Tal liegt der heilige Ort deines Stammes«, erklärte Servalis.

»Wir waren aber auch noch nie dort.«

»Geht es jetzt weiter? Ich möchte gerne zu unserer Wiese«, forderte Rakus Servalis und Böer auf.

Sie ritten wieder ihre Pferde an. Schon nach kurzer Zeit konnte Rakus sich auf saftigem Gras ausstrecken, während Euliset und Böer ein Feuer entzündeten und Servalis auf einem Felsen saß und nachdenklich über den Bach starrte, dessen ausgetrocknetes Bett traurig am Rand der Wiese lag.

»Wir werden uns morgen früh trennen«, sagte er nach einer Weile zu Böer. »Wir ziehen weiter nach Süden, und du willst in die Eresburg, um gegen die Franken zu kämpfen.«

»Wann werde ich sie erreichen?« fragte Böer.

»Am Nachmittag«, erwiderte Servalis.

»Wir waren schon einmal in der Nähe und werden dir morgen den Weg weisen. Eigentlich brauchst du nur diesem Pfad zu folgen. Er führt direkt daran vorbei. Wir werden wohl einige weniger gute Wege wählen müssen, um die Burg zu umgehen. Denn in euren Krieg möchte ich auf keinen Fall geraten.«

»Wir Wanderer sollten unsere Nase aus den Angelegenheiten anderer Leute raushalten«, ergänzte Rakus. »Lernt man mit der Zeit«, fügte er hinzu.

Böer hatte gewußt, daß sie nur ein kurzer Weg miteinander verband. Trotzdem fühlte er nun, da Servalis vom Abschied sprach, Enttäuschung. Er fragte sich, was ihn wohl auf der Festung erwarten mochte.

»Nun mach dir mal keine Sorgen«, trompetete Rakus, der Böer beobachtet hatte. »Wird schon alles gutgehen.«

»Kannst du mit dem Schwert umgehen?« fragte Servalis mit einem Blick auf die Waffe, die Böer an seiner Hüfte trug.

»Ich habe es erst seit kurzem«, erwiderte Böer. »Aber mit Sachs und Speer hat mir mein Vater umzugehen beigebracht.«

»Dann würde ich an deiner Stelle in der Schlacht nicht gerade in der ersten Linie stehen«, bemerkte Euliset. »Halte dich zurück und beobachte was die anderen machen.«

Böer wurde unsicher. Daran, daß ihm etwas zustoßen könnte, an seine Unerfahrenheit, hatte er überhaupt noch nicht gedacht. Die drei Wanderer sahen ihn interessiert an.

»Sag Rakus, versteckst du vielleicht noch irgendwo unter deinen Kleidern ein Fläschchen Wein, das du mit uns teilen könntest?« wechselte Servalis das Thema.

»Wie kommt ihr darauf? Meint ihr, ich sei ein Händler und schleppe vom Sorbenland bis hier ganze Fässer von Wein an meinem Körper?«

»Nein, aber in deinem Beutel. Ich hörte vorhin ein glucksendes Geräusch von hinten. Als ich mich umsah, rittest du hinter mir.«

»Das muß mein Magen gewesen sein«, erklärte Rakus. »Manchmal macht er eben solche Geräusche.«

Sie debattierten noch eine Weile weiter, und tatsächlich fand sich Rakus mit dem Einbruch der Dunkelheit bereit, das zweite und letzte Fläschchen, das er bei sich trug, zu öffnen. So verging der Abend schnell. Am nächsten Morgen trennten sie sich.

Die Sonne senkte sich schon wieder dem Horizont entgegen, als Böer eine Hügelkuppe erblickte, die in ihrer sanften Rundung majestätisch über dem Land thronte. Er hatte die Eresburg erreicht.

Dichter Wald umgürtete den befestigten Hügel. Böer trieb das Pferd an und sprengte im Galopp über den Pfad. Der Wald wurde immer dichter. Bald verdeckten Gestrüpp und Bäume wieder den Blick auf die sächsische Burg. Dicht vor Böer machte der Pfad einen Bogen nach rechts und verschwand im undurchdringlichen Blätterwerk aus Böers Augen. Schon hatte sein Pferd die Stelle erreicht, galoppierte um die Kurve, als der Schreck ihn wie ein Blitz traf: Vor ihm, nicht weit entfernt, ritten vier Krieger auf dem Pfad, drehten sich nach ihm um, als er in rasendem Lauf auf sie zujagte. Blitzartig wendeten die Reiter, rissen Lanzen und Schilde hoch. Entsetzt erkannte Böer darauf die schwarzen Balken des Kreuzes, riß fast gleichzeitig die Zügel seines Pferdes herum. Mit einem mächtigen Satz stürmte das Tier vom Pfad herunter, durch das Unterholz direkt in das Gestrüpp des Waldes. Der fette Waldboden spritzte durch die Luft, Äste peitschten in Böers Gesicht, aber erbarmungslos trieb er das Tier weiter an, das, ohne auch nur einen Moment zu zögern, seinem Befehl gehorchte und mit gewaltigen Sätzen durch die Dunkelheit der Dornen, Äste und Sträucher galoppierte. Böer wußte nicht, ob die feindlichen Ritter ihm folgten. Im letzten Moment vor dem Verlassen des Pfades hatte er gesehen, wie auch sie ihre Tiere zum Galopp anritten. Jetzt konnte er sie weder hören noch sehen, zu dicht war das Gestrüpp, zu laut das Peitschen und Ratschen der durch die Luft schlagenden Äste. Plötzlich stürzte das Pferd. Wie von einer Riesenfaust angestoßen flog Böer nach vorn, sah das grüne Gewirr von Zweigen auf sich zurasen. Krachend schlug er auf, und ein stechender Schmerz blitzte durch seinen Rücken. Sich überschlagend rollte Böer weiter, vor seinen aufgerissenen Augen rasten Äste, Baumstämme, Blätter vorbei. Für einen Moment sah er sein Pferd sich wieder auf die Beine wälzen, bevor er selbst zur Ruhe kam. Dann stand das Pferd schon wieder auf den Beinen, schien nicht verletzt zu sein. Auch er selbst spürte keinen Schmerz mehr. Langsam erhob sich Böer und ging zu dem Tier. Er tätschelte seinen Hals und lauschte in den Wald. Kein Geräusch war zu hören, das nicht zwischen die Bäume gehörte. Die Reiter waren ihm also nicht gefolgt. Hatten sie sich nur verirrt, oder war das fränkische Heer schon so weit vorgedrungen? Er mußte vorsichtig sein und die Gegend erkunden. Böer band das Pferd an einen Baum und schlich durch das dichte Unterholz langsam in die Richtung, in der die Eresburg liegen mußte. Er erreichte einen weiteren Pfad. Wieder sah Böer fränkische Ritter darüber reiten. Sofort preßte er sich an den Boden. Es war kein Zweifel möglich: Das waren nicht dieselben Ritter, die ihm erst vor kurzem begegnet waren. Das Kreuz auf ihren Schilden war mit roten, nicht mit schwarzen Balken gemalt. Böer schlich wieder zu seinem Pferd zurück. Er band das Tier los, nahm es am Zügel und führte es leise durch das dichte Unterholz. Schon bald hatte er wieder den Pfad erreicht, den er eben noch ausgekundschaftet hatte. Eine Weile horchte er in die Stille des Waldes, dann gab er sich einen Ruck und sprang, das Pferd am Zügel führend, über den Weg. Auf der anderen Seite tastete er sich weiter voran. Der Boden stieg an. Er war also auf dem richtigen Weg und brauchte nur immer weiter den Hügel emporzusteigen, bis er die Eresburg erreichte. Der Wald lichtete sich, und vor Böer erstreckte sich eine grüne Lichtung. Er erkannte einige Männer im Gras sitzen. Sofort drückte er sein Pferd zurück in das Unterholz. Aber es war zu spät: »Sachsen«, schrie eine Stimme über die Aue. Böer sah, daß sechs fränkische Krieger blitzschnell aufsprangen. Mächtige Äxte blinkten in ihren Händen auf, als sie in seine Richtung stürmten. Er drückte sich weiter zurück in den Wald. Die Krieger brachen laut schreiend durch das Unterholz. Böer konnte gerade noch seinen Arm durch die Schlaufen des Schildes schieben, als auch schon das erste Beil auf das Holz des Schutzes niederkrachte. Böer zog sein Schwert, und zum zweiten Mal parierte er einen Axthieb mit dem Schild. Die Spatha lag schwer und ruhig in seiner Hand. Als er sie aber bewegte, war er wieder einmal erstaunt, wie leicht die Waffe sich führen ließ. Zwei Franken drangen auf ihn ein. Die anderen vier versuchten, im dichten Unterholz an ihren Waffenbrüdern vorbeizukommen und Böer von den Seiten anzugreifen. Schritt für Schritt wich er zurück und deckte sich mit dem Schild. Dann sauste sein Schwert zum ersten Mal durch die Luft. Mit einem leisen Summton durchschnitt die Waffe die Luft, auf einer gleichmäßigen Bahn, die Böer fast erstaunt verfolgte und die jäh unterbrochen wurde, als das Schwert mit ungeheurer Wucht auf den Schild eines Franken traf. Holzsplitter flogen empor. Auch wenn der Schild nicht brach, wankte der Franke unter dem Aufprall des Schlages einen Schritt nach hinten. Für einen kurzen Moment sah Böer, wie der Ritter die Lippen vor Überraschung und Schmerz zusammenkniff. Aber sein Gefährte hieb nun auf Böer ein. Dieser mußte wieder weichen und riß den Schild zur Deckung hoch. Wieder sauste sein Schwert durch die Luft. Der Schild des Franken splitterte, zerbrach. Sofort schlug er mit der Axt nach Böer, bevor dieser zu einem neuen Schlag auf den nun deckungslosen Franken ausholen konnte. Als Böers Schwert wieder durch die Luft flog, hatte sich der schildlose Krieger zurückfallen lassen, und ein Gefährte hob vor Böer seinen Schild. Wieder mußte Böer sich decken. Der Schlag wurde mit großer Kraft geführt, und als er auf das Holz des Schildes prallte, pfiff ein eiskalter Schmerz durch Böers Arm. Dann verschwand jeder Schmerz, und er hatte kein Gefühl mehr in seinem Arm. Schnell hieb er mit dem Schwert zurück. Er spürte, wie die Kraft aus ihm wich. Jetzt hatten es zwei Franken geschafft und sich durch das Unterholz an ihm vorbeigearbeitet. Rechts und links von Böer hoben sie die Waffen. Doch ihr lauter Schrei beim Ausholen wurde plötzlich schrill und ihre wütenden Augen glasig. Dann sanken sie zu Boden. Hinter jedem stand ein neuer Krieger und zog sein Schwert aus ihrem Rücken. Ein wilder Kampf entbrannte. Ein weiterer dazugekommener Kämpfer griff die restlichen Franken an. Böer wurde von seinen beiden Rettern zurückgedrängt. Auch sie schlugen auf die verbleibenden Ritter ein. Schon sanken zwei der Franken zu Boden, die beiden anderen wollten fliehen, wurden aber ebenfalls erschlagen. Nachdem sie ihr blutiges Handwerk beendet hatten, wandten sich die drei Krieger Böer zu.

»Sei gegrüßt, junger Freund«, rief ihm einer der Fremden zu, ein mächtiger Hüne, der Böer mit seinem schon ergrauten Haar und Bart an seinen Vater erinnerte. Nur daß dieser Krieger größer und breiter war. Tiefe Falten zogen sich durch das Gesicht des Mannes, aber die Augen waren klar, und mächtige Muskeln wölbten sich unter dem Tuch seiner Kleidung.

»Wir sind wie du Sachsen. Mein Name ist Thümir. Dieses hier sind meine Gefährten Salt und Warst.«

Er wies mit seiner Hand auf die beiden anderen Krieger. Sie waren weniger kräftig, doch genau so alt wie Thümir. Der eine, Salt, war lang und dürr und überragte den grauen Riesen noch einmal um Hauptеslänge. Sein Haar war noch blond. Lustige Sommersprossen tanzten auf seinen Wangen, spielten spitzbübisch mit den Linien des Alters, die sich auch in seine Züge eingegraben hatten. Schwarze Bartstoppeln zierten das Gesicht des anderen Mannes, Warst. Er maß gut einen Kopf weniger als Thümir. Sein mächtiger, runder Leib ruhte auf zwei stämmigen krummen Beinen. Böer schaute zwischen beiden hin und her, und sie grinsten ihn an.

»Und ich bin Böer und euch nun wohl zu Dank verpflichtet«, beeilte er sich zu sagen.

»Ja, ja, schon gut«, brummte Thümir.

»Nun halte dich an uns. Die Franken haben die Eresburg bereits umzingelt und belagern sie. Deshalb treffen wir sie hier überall im Wald. Wir sind, wie du wahrscheinlich auch, dem Ruf des Boten gefolgt. Sicher sind wir nicht die einzigen Sachsen, die hier auf der Lauer liegen. Aber wir können die anderen jetzt nicht suchen, wir müssen in die Festung durchbrechen. Folgt mir.«

Thümir packte die Zügel seines Pferdes, das er im Unterholz verborgen hatte, und die anderen taten es ihm gleich. Dann verschwand der graue Riese auch schon wieder im Gestrüpp. Salt klopfte Böer auf die Schulter, grinste breit und schob ihn hinterher. Dann folgte er. Den Schluß der kleinen Gruppe bildete Warst. Gemeinsam schlichen sie den Hügel hinauf. Schließlich erreichten sie die freie Wiesenfläche, die die Festung umgab. Im Schutz der letzten Bäume und des dichten Gestrüpps hielten sie an. Thümir spähte aufmerksam über die freie Fläche. Dann wandte er sich an die Gefährten.

»Sicher stecken hier irgendwo im Waldesrand auch die Franken. Sie werden uns sehen, wenn wir die Wiese überqueren. Deshalb müssen wir reiten, die Fläche im vollen Galopp überwinden. Duckt euch auf den Tieren, denn die Franken werden Pfeile auf uns abschießen. Wir können nur hoffen, daß unsere Wachen uns erkennen und das Tor für einen Moment öffnen. Wartet aber noch auf mein Zeichen. Ich will mir zuvor die Wiese und den Waldrand noch einmal ganz genau ansehen.«

Warst und Salt schlichen jetzt ebenfalls an den Rand des Waldes, die Pferde am langen Zügel hinter sich führend. Böer folgte und kauerte sich dicht neben Thümir in den Schutz eines Busches. Die Lichtung war breit, viel breiter als es noch vor einem Moment ausgesehen hatte. Angst begann ihm die Brust abzuschnüren. Unruhig spähte er zwischen den Bäumen umher, jeder Schatten war ihm verdächtig.

»Lasse dich nicht von deiner Angst fesseln«, sagte Thümir nach einer Weile ruhig. Böer schreckte auf. Der graubärtige Krieger mußte ihn schon eine ganze Weile aus dem Augenwinkel beobachtet haben. »Sie macht dich starr und unbeweglich.«

»Hast du denn keine Angst«, fragte er den erfahrenen Krieger.

»Doch, natürlich«, erwiderte dieser ruhig.

»Aber ich lasse sie nicht von mir Besitz ergreifen. Ich spüre sie. Die Furcht läßt mich wachsam sein und bereit. Aber du darfst sie nicht zu deinem Herrn machen.«

»Wie?« fragte Böer.

»Halte deine Gedanken im Zaum. Stelle dir nicht hinter jedem Baum einen Räuber vor, male dir nicht in jeden Schatten einen Angreifer hinein. In deiner Phantasie wird die Angst sonst übermächtig. Laß es nicht dazu kommen. Wenn die Angst dich beherrscht, siehst du einen Angriff zu genau voraus. Du meinst dann zum Beispiel, er kommt aus dem Dunkel des Dickichts an der Seite da vorn. Wenn sich dann der Gegner von hinten anschleicht, wird er uns überraschen. Beherrschst du aber die Angst und nutzt sie zur Warnung, wirst du offen für alle Richtungen sein. Die Angst ist mächtig. Du kannst sie im Kampf nutzen. Dann lasse ihre Kraft frei, und durch sie werden sich deine Arme und Beine schnell und sicher bewegen. Wenn du die Angst beherrschst, wirst du ihre Kraft lenken können.«

Thümir wies ihm nun, ohne ein weiteres Wort zu sagen, mit seiner Hand den Weg. Böer sah das hölzerne Tor. Sein Blick fiel über den runden, mit Gras bewachsenen Wall der Eresburg. Auf der Kuppe des Walles ragten hölzerne Palisaden in die Höhe.

»Los jetzt«, hauchte Thümir ihnen zu, und alle sprangen auf die Pferde. Thümir ritt voraus, Böer, Salt und Warst folgten.

Böer duckte sich auf dem Pferderücken. Im Wald wurden Befehle geschrien, und schon bald sausten die ersten Pfeile durch die Luft. Thümir hatte fast das Tor erreicht. Erleichtert sah Böer, wie es sich im letzten Moment öffnete und den grauen Krieger verschluckte. Dann jagte auch Böer hindurch. Kaum waren sie in der Eresburg, da schwang das hölzerne Tor hinter ihnen auch schon wieder zu.

Böer zügelte das Pferd. Hinter den Palisaden erkannte er Krieger. Im Inneren des Rundes mischten sich Bäume und hölzerne Hütten mit den bunten Tupfern von Zelten. Überall gingen und liefen Krieger umher, Ochsen grasten zwischen den Bäumen, und Pferde trabten über das Gras. Einige Bewaffnete kamen ihm entgegen. Böer erkannte sofort die breite Gestalt Abbios, der auf dem Thing so eindringlich vor den Franken gewarnt hatte. Ihm zur Seite schritt der junge blonde Krieger, der sich auf dem Thing als Widukind vorgestellt und zur Überraschung aller mutig das Wort ergriffen hatte. Ein paar weitere Kämpfer folgten.

»Willkommen. Wir sind nur ein kleiner und schwacher Haufen und freuen uns über jeden Krieger, der die Wälle der Eresburg verstärkt«, begrüßte Abbio die Angekommenen.

Seine flinken schwarzen Augen huschten dabei blitzschnell von einem zum anderen. Böer spürte den Blick des erfahrenen Kriegers wie einen kalten Hauch, der ihn streifte. In diesem kurzen Moment, das spürte Böer, war er genau eingeschätzt worden. Thümir, Salt, Warst und Böer sprangen von den Pferden.

»So schlimm steht es?« fragte Thümir.

»Alle Reden auf dem Thing haben wenig genützt«, antwortete Abbio. »Nur wenige Krieger sind freiwillig nach dem Beschluß des Allthings gekommen. Die meisten hielten die Gefahr nicht für ernst. Sie dachten, so wie Hassio, vor allem an ihre Felder. Erst nachdem die Boten mit den Runenstäben losgezogen sind, kamen mehr Ritter zur Eresburg. So mancher Krieger dürfte aber auch zu spät geritten und wie ihr auf die Franken gestoßen sein. Einige sind schon durchgebrochen. Aber wir wissen nicht, wie viele von feindlichen Klingen getroffen im Wald blieben. Viel Volk kam auch aus den umliegenden Dörfern, als das Heer der Franken nahte. Aber es sind Männer und Frauen dabei, die das Kämpfen nicht gewohnt sind. Sie brachten auch ihr Vieh und ihre Kinder mit und suchten vor allem den Schutz der Eresburg. Unsere Zahl ist immer noch zu klein. Die Späher berichten von einem riesigen fränkischen Heer. Aber immerhin: Hier haben sich einige der besten Männer aus allen Gauen versammelt. Nun aber zu euch. Berichtet mir, wie ihr durchgebrochen seid.«

»Die Boten hatten uns alarmiert«, erklärte Thümir, »und wir machten uns auf den Weg zur Eresburg. Unten im Wald mußten wir den Pfad verlassen. Die Franken haben den Ring um die Eresburg bereits geschlossen. Sie sind überall. Wir suchten einen Weg durch das Dickicht und hörten mit einem Mal das Geklirr von Waffen. Der Junge hier«, er wies mit der Hand auf Böer, »kreuzte mit sechs Franken die Klinge. Wir eilten ihm zu Hilfe und erschlugen die Feinde. Dann brachen wir durch in die Burg.«

»Ihr kennt ihn also auch erst seit kurzem«, stellte Abbio fest. »Vielleicht sprichst du am besten für dich selbst, sagst, wer du bist und woher du kommst. Ich meine, dein Gesicht schon gesehen zu haben, doch scheinst du mir noch recht jung zu sein.« Die umstehenden Krieger sahen den jungen Sachsen erwartungsvoll an.

»Ich heiße Böer und stamme aus dem Waldsatiland. Ich bin der Sohn von Bentan dem Richter. Auch zu uns kam der Bote mit den Runenstäben. Nach seiner Nachricht brach ich auf, um euch zu helfen.«

»Und dein Vater weiß davon?« fragte Abbio.

»Nein«, antwortete Böer leise.

»Aber wie ihr seht, bin ich ein Krieger und kann selbst bestimmen, wohin ich gehe.«

Die Krieger, die die kleine Gruppe umstanden, grinsten.

»Nun, da hast du recht«, murmelte Abbio nach einer Weile. »Trotzdem kenne ich deinen Vater gut. Ich hätte es besser gefunden, wenn du auf seinen Rat hierher gekommen wärst.«

»Du wirst ihn wohl kaum zurückschicken können«, mischte sich Thümir lautstark ein. Erstmal hat er recht, er ist ein Krieger und kann selber entscheiden, wie jung er auch ist. Und dann wird er wohl kaum durch die fränkischen Reihen im Wald nach Hause spazieren können. Außerdem focht er im Wald recht mutig gegen die fränkische Übermacht.«

»Trotzdem muß sich jemand um ihn kümmern«, erwiderte Abbio. »Niemand anders als du soll ein Auge auf den Jungen haben.«

Der grauhaarige Hüne sah Böer so finster an, daß dem jungen Sachsen eine Gänsehaut über den Rücken lief.

Dann lachte er:

»Na, dann habe ich wohl keine andere Wahl und muß morgen überleben«, rief er. »Der Junge ist aus einem feinen Holz geschnitzt, und es wäre schade, wenn er umkommt.«

Als sich die Dunkelheit über das Land legte, leuchteten die Feuer der feindlichen Armee am Horizont. Dunkle Rauchsäulen stiegen zum Himmel, groß genug, um davon zu künden, daß die Franken sich nicht nur an ihren Feuern wärmten, sondern auch die Häuser der nahen sächsischen Höfe verbrannten. In der Eresburg scharten sich die Menschen um ein großes Feuer. Kaum jemand sprach ein Wort. In der Stille knackten und knisterten die Flammen. Die Krieger dachten an den kommenden Kampf. Sorgen kreisten in ihren Köpfen, Ängste rumorten in den Herzen. Aber sie waren nicht allein. Jeder spürte die Nähe seiner Gefährten, wußte in ihnen dieselben Gefühle. Eine ruhige Kraft begann, sich am Feuer auszubreiten, und erfaßte jeden Mann und jede Frau. Die Ängste verschwanden, wie verbrannt von der Kraft der Flammen im Kreis. Langsam erhob sich Abbio und rief die Götter an.

»Wotan, weltgewandter Wanderer, deine Weisheit und Kraft lassen uns nun in Frieden den Kampf erwarten. Würdig wollen wir für unsere Freiheit und unsere Götter kämpfen.

Ziu, tapferster Recke der Asen, dich rufen wir nun an. Neben uns sollst du steh'n, wenn das Schwertergeklirr ertönt, auf dich wollen wir bauen, wenn der Ansturm des Feindes beginnt. Mit deiner Kraft und deinem Mut wollen wir tapfer fechten. Frouva, mächtige Göttin des Wanengeschlechts, die du von Anbeginn warst. Schau in die Herzen dieser Krieger, und sieh wie Ruhe und Weisheit Wotans, Tapferkeit und Kraft Zius sie erfüllen. Und so wollen wir nicht murren, wenn wir dein Lächeln morgen erblicken. Denn dann wissen wir, daß unser Schicksalsfaden, den die Nornen einst spannen, zerrissen ist.«

Nach diesen Worten blickte Abbio in die Runde. Im Licht der funkelnden Flammen sah er entschlossene, ruhige Gesichter. Leise begann ein Krieger, ein altes Lied zu singen. Die anderen Männer und Frauen fielen ein. So saßen sie am Feuer, bis sich der Kreis langsam lichtete und die Menschen sich zum Schlafen niederlegten.

Ein trockener Wind blies Staub über den Bergrücken, schüttelte sanft die Zelte und strich über den Wall. Thümir, Salt, Warst und Böer hatten sich in einer Hütte zum Schlafen niedergelegt. Doch während schon bald Thümirs friedliches

Schnarchen durch die Stille drang, konnte Böer kein Auge schließen.

Der Morgen graute kaum, als warnende Hörner den Feind ankündigten. Während die Männer aus den Hütten liefen und sich die Schwerter gürteten, hallte auch schon Kampfeslärm von den Wällen. Der Angriff hatte begonnen. Mit einem Satz sprang Böer von seinem Lager und griff nach den Waffen. Thümir richtete sich auf dem Lager neben ihm auf und blinzelte verschlafen.

»Langsam Junge«, brummte der alte Riese. »Im Krieg ist zwar Schnelligkeit nötig, doch ohne den Kopf zu befragen und auf alte Freunde zu warten, soll man nicht in den Kampf ziehen.«

Böer sah den Krieger an, der sich jetzt erhob und langsam seine mächtige Axt gürtete. Mit einem Ruck zog er die Waffe aus dem Gürtel und fuhr prüfend mit dem Daumen über ihre Scheide. Dann ließ er die Axt wieder zufrieden nickend in den Gürtel sinken und griff nach einem schweren Schild, der am Kopfende seines Lagers lag. Ein schwarzer Bär zierte die Schutzwaffe, umrandet von leuchtend grüner Farbe.

»Das Symbol paßt zu ihm«, dachte Böer, den es zur Tür der Hütte zog. Der Kampfeslärm schwoll an. In das Geräusch der surrenden Pfeile mischten sich die sächsischen und fränkischen Kampfesrufe, Kommandos wurden hin und her gerufen, und ab und zu war das Brüllen der Getroffenen zu hören. Auch Salt und Warst gürteten sich ihre Schwerter. Böer riß die Tür der Hütte auf und schaute hinaus. Auf den entfernten Wällen standen sächsische Ritter mit ihren Bögen und schossen Pfeile auf den Feind. Die Pfeile der Gegner flogen in dichten Schwärmen über die Palisaden der Burg. Zwischen den Hütten liefen Krieger umher. Auch Böer wollte gerade die Kate verlassen, als er Thümirs festen Griff auf der Schulter spürte.

»Du gehst nicht vor mir, sondern hinter mir«, raunte der Hüne mit ernster Stimme. »Bleib immer, was auch passiert, dicht bei mir und tue, was ich dir sage. Das hier ist nicht mein erster Kampf. Sollten wir verlieren und ich sollte sterben, schlage dich in die Wälder durch. Nun komm.«

Jetzt drängte sich der graue Krieger neben Böer durch die Tür. Warst und Salt folgten und rissen Böer mit. Die Krieger begannen zu laufen. Sie stürmten in Richtung auf den Wall, auf dem sich die hölzerne Palisade schützend vor den sächsischen Kriegern aufreihte. Böer spürte ein beklemmendes Gefühl, das sich seiner allmählich bemächtigte. Ihm war, als ob in seinem Bauch tausend Fliegen surrten, sein Mund war trocken und sein Hals wie von einer starken Faust abgeschnürt. Als sie den Wall emporliefen, rollte schreiend und blutend ein von einem Pfeil getroffener Krieger dicht an dem jungen Sachsen vorbei. Böer war froh, neben sich die hünenhafte Gestalt von Thümir zu wissen, in dessen Gesicht sich keine Angst, sondern kluge Überlegung spiegelte.

Dicht hinter einer Gruppe von Bogenschützen drückten sich die Neuankömmlinge hinter die Palisaden. Böer konnte durch eine Öffnung im Holz herausspähen. Im dichten Wald, zu Füßen des Walles, zeichneten sich in den ersten Sonnenstrahlen des Tages schemenhaft laufende Gestalten ab: der Feind. Aus dem dichten Gestrüpp hinter den Bäumen surrten die Pfeilschwärme heraus. Die sächsischen Bogenschützen antworteten. Doch ihre einzelnen Pfeile wirkten verloren gegen die anfliegenden Wolken der hölzernen Mordwespen, die auf die Holzpalisade wie ein Hagelschauer prasselten.

»Achtung, sie schießen mit Feuer«, brüllte ein Krieger links von ihnen.

Jetzt sah auch Böer die feurigen Bahnen der Pfeile. Schon schlugen die ersten flammenden Grüße der Franken in die Palisade ein. Dicht neben Böer fiel wieder ein Krieger von einem Pfeil getroffen in das trockene Gras.

»Halt deinen Kopf hinter der Mauer«, raunte ihm Thümir zu. »Unsere Stunde kommt, wenn das Schwerterspiel beginnt. Und das wird gleich soweit sein.«

Wenig später fingen die Holzwände Feuer, beißender Rauch stieg zum Himmel und zog durch die Reihen der Sachsen. Mit einem Mal schien eine Welle durch den Wald zu laufen. Überall sprangen Krieger mit blitzenden Waffen auf und rannten durch das Unterholz. Lautes Geschrei brandete auf. Staub wirbelte in die Luft. Die Franken näherten sich schnell dem Wall. Schon erkannte Böer die Schilder, die meist mit einem Kreuz verziert waren, sah die stattlichen und gut bewaffneten Soldaten, nahm die entschlossenen Gesichter wahr. Die ersten Feinde hasteten den Wall empor. Zwar gaben die Bogenschützen ihr Bestes, und mancher fränkische Ritter stürzte – jetzt ohne Deckung der Bäume – von Pfeilen getroffen den Wall herunter, doch schon bald erreichten die ersten Krieger den Wall und durchbrachen ihn an brennenden Stellen. Andere Franken trugen im rasenden Lauf Seile oder Leitern bei sich, die sie an die Palisade stellten, um darüber in das Innere der Eresburg zu gelangen. Jetzt erklang das Geklirr der Schwerter rechts und links der kleinen Gruppe. Direkt vor Böer schwang eine Leiter gegen das Holz. Aber hier waren die sächsischen Krieger noch nicht durch die Pfeile und das Feuer geschwächt. Thümir kippte die Leiter mit einem kräftigen Stoß den Abhang hinunter. Links der kleinen Gruppe schwoll das Waffengeklirr an, und schon nach kurzer Zeit sah Böer durch die dichten Rauchschwaden, wie der Kampf auch innerhalb der Palisade begann und schnell heftiger wurde. Sächsische Krieger liefen von allen Seiten durch das Innere der Burg, um die Einbruchstelle des Feindes zu sichern.

»Der Wall bricht«, brummte Thümir seinen Begleitern zu und wies auf drei weiter entfernte Stellen in der Palisade, durch die nun auch fränkische Krieger fluteten. Jetzt liefen nur noch wenige Sachsen, um die Einbrüche zu stoppen. Auch zu seiner Rechten sah Böer auf der Palisade die Kreuzschilde. Dann zogen dichte Rauchschwaden vorüber und verdeckten seinen Blick. Auch Thümir hatte die Gefahr erkannt und schaute nach rechts. Langsam zog er sein Beil aus dem Gürtel. Im selben Moment brachen aus dem dichten Rauch auf dem Wall zur Rechten der Gruppe fränkische Krieger hervor – nicht mehr weit von Böer und seinem Gefährten.

»In Christi Namen, sterbt«, brüllte ihnen ein Ritter entgegen, bevor er zu einem mächtigen Schwertstreich ausholte, den Thümir aber mit seinem schweren Schild parierte.

Dann sauste Thümirs Axt mit einem scharfen Pfiff durch die Luft, und der Kopf des Ritters aus dem Süden rollte durch den Staub.

»Ziu gib uns Kraft«, schrie Thümir auf und stürzte sich nun seinerseits, gefolgt von seinen Leuten und Böer, auf die Franken, die entsetzt über den Hünen, der sich ihnen nun entgegenwarf, zurückwichen.

Schon griffen neue Franken die Gefährten an. Salt und Warst rissen die Schilde hoch, um Böer und Thümir zu decken. Kaum stand Böer auf den Beinen, da mußte er erneut einen Angriff mit dem Schild abblocken. Auch Thümir hatte einen neuen Gegner gefunden. Immer mehr Franken stürmten in das Innere der Eresburg. Die Wälle waren an vielen Stellen gebrochen, und das Feindesheer ergoß sich wie die wütenden Fluten eines winterlichen Flusses in die Feste. Die Gefährten standen in einem kleinen Halbkreis wie auf einer Insel hoch auf dem Wall, den Rücken von der hier noch stehenden Palisade gedeckt. Überall leuchteten fränkische Kreuzesschilde, blitzten die Äxte der Christenkämpfer in der Sonne, überall wogte der Kampf. Böer sah unter sich im Rund die Krieger der Sachsen, die sich zäh, in kleinen Gruppen, Rücken an Rücken den fränkischen Fluten wie Wellenbrecher in einer Sturmflut entgegenstemmten. Aber sie bildeten keine zusammenhängende Linie mehr. Zwischen ihnen drängten die Franken hindurch, griffen sie von allen Seiten an. Gruppe um Gruppe wurde von den Kreuzrittern überrannt.

Böer fühlte, wie seine Kraft allmählich erlahmte, immer schwerer fiel es ihm, den Schild zu heben, das Schwert zu führen.

»Wir müssen raus hier«, brüllte Thümir dem Gefährten zu. »Der Kampf ist verloren. Es ist gut, den Punkt zu erkennen, an dem Widerstand aussichtslos ist. Die meisten unserer Krieger sind schon tot, und die Franken beginnen zu plündern. Wir können nicht mehr helfen.«

Böer sah in das Lager am Fuß des Walls herunter. Thümir hatte recht.

»Komm«, rief der graue Recke, packte seinen jungen Begleiter auch schon und sprang durch eine Lücke in der Palisade auf die andere Seite des Walls. Salt und Warst deckten ihnen den Rücken und ließen noch einmal besonders wütend ihre Schläge auf die Schilde der Franken tanzen. Dann folgten sie. Laufend erreichten sie den dichten Wald. Einige Franken hatten zur Verfolgung angesetzt, blieben aber noch auf der freien Fläche vor dem Wald zurück.

»Aufpassen«, flüsterte Thümir den anderen zu. »Auch wenn im Wald keine Krieger zu sehen sind und die meisten wohl jetzt die Früchte ihres Sieges ernten wollen, wir müssen damit rechnen, hier auf Feinde zu stoßen. Denn daß welche von uns durchbrechen werden, können sich die Franken schon denken. Außerdem dürften irgendwo hier noch ihre Lager und wohl auch noch Reserven von ihnen liegen.«

Mit leisen Schritten hetzte die kleine Gruppe durch den Wald. Nur knapp umgingen sie ein fränkisches Lager, in dem es von ausgeruhten Rittern nur so wimmelte.

»Die meinen es wirklich ernst«, murmelte Thümir bei dem Anblick. »Bei diesen Scharen von Rittern wollen sie wohl nicht nur einen Grenzschlag führen, sondern ein ganzes Volk besiegen.«

Die kleine Gruppe hastete weiter. Ihr Ziel war die Irminsul. Schlagartig war Böer klargeworden, daß die Gefahr, die dem Heiligtum nun von den Franken drohte, keine bloße Möglichkeit war, wie sie in Gedankenspielen erwogen wird, sondern grausame Realität. Die Erkenntnis trieb ihn und die Gefährten zu allerhöchster Eile an.

Nach einem Tag und einer Nacht erreichten sie die Irminsul. Der heilige Ort lag umsäumt von Hügeln in einem Tal, geschützt nur von einem Wall mit Holzpalisaden. Sie passierten das Tor. Die große Zahl wohl gewappneter Krieger verriet ihnen, daß hier die Eroberung der Eresburg schon bekannt war und Männer aus dem umliegenden Gau die Wälle verstärkt hatten. Während sie abgekämpft in das Innere der Umwallung marschierten, dachte Böer kurz bitter daran, wie anders er sich noch vor wenigen Tagen seinen Besuch beim Heiligtum vorgestellt hatte. Er wischte den Gedanken fort. Sein Blick aber glitt unruhig auf der Suche nach Lif zwischen den Menschen umher.

CEN

< Inmitten des Walles duckten sich die flachen Dächer eines Dorfes. Ringförmig umgaben sie einen kleinen Wald aus mächtigen Eichen und Buchen. Böer konnte erkennen, daß hinter den Bäumen schemenhaft und riesig die grauen Felsen des Heiligtums über die Baumwipfel hinaus in den Himmel ragten.

Die kleine Gruppe wurde in eine Hütte geführt, wo die Männer Verpflegung und Ruhe fanden. Schon bald legte sich die Nacht über den heiligen Ort.

Als der Morgen graute, traten Böer, Thümir, Salt und Warst mit den ersten warmen Strahlen der Sonne aus ihrer Kate und schlenderten langsam durch die Gassen der kleinen Siedlung. Viele Menschen waren zwischen den Hütten unterwegs. Einige Male konnte Böer auch Goden sehen, und jedesmal reckte er den Hals in ihre Richtung in der Hoffnung, Lif zu entdecken. Andächtig sah Böer zu den alten Felsen hinüber, an denen sich die schräg einfallenden Strahlen der Sonne brachen. Majestätisch wuchs das Gestein in den leuchtend blauen Himmel. Irgendwo dort, inmitten der Klippen, stand die Irminsul, die heilige Esche seines Stammes. Böer konnte sie durch den dichten Ring der Bäume nicht sehen. Er betrachtete wieder die Felsen.

Hoch oben, auf dem höchsten Grat, streckte winzig klein eine weiß gekleidete Gestalt, ein Gode, die Arme aus und begrüßte Sonne und Morgen.

»Wir sollten sehen, ob sich von der Eresburg noch jemand zur Irminsul retten konnte«, sagte Thümir, nachdem sie eine Weile dem Goden zugesehen hatten.

Sie spazierten langsam weiter. Vor einer großen Hütte blieben sie stehen. Eine Schar von Frauen und Männern kam ihnen aus dem Eingang entgegen. Böer stieß dem grauen Hünen neben sich mit dem Ellbogen erfreut in die Seite. In der kleinen Gruppe erkannte er Abbio und noch einige andere Kämpfer, die ihn auf der Eresburg zur Begrüßung umringt hatten. Auch der junge Hüne, Widukind, hatte sich retten können. Zwei Goden begleiteten die Gefährten. Böer spürte die Ruhe und Kraft dieser weisen Männer und ihm war, als ob ihr Friede auch in seine Seele strömte.

»Schön, daß wir euch hier sehen«, begrüßte Abbio Böer und seine Begleiter.

»Auch ich heiße euch willkommen«, fügte ein Gode hinzu. »Mein Name ist Eilrad. Der Gode hier an meiner rechten Seite wird Borret gerufen.«

»Wie seid ihr dem Feind entkommen?« fragte Abbio.

Thümir erzählte vom Ausbruch aus der Eresburg. Anschließend berichtete Abbio von ihrer Flucht.

»Nun aber sind wir hier, und ich zweifele nicht daran, daß Karls Heer uns schon bald angreift«, stellte er anschließend fest. »Aber wir werden uns zu wehren wissen. Unsere Lage scheint mir besser als auf der Eresburg zu sein. Denn hier, an den heiligen Felsen, haben sich viel mehr Verteidiger versammelt. Der Feind hat noch keinen Ring um die Irminsul geschlossen. Immer noch erreichen uns Streiter, die dem Schlachtgetümmel auf der Eresburg entkommen konnten und allein oder in kleinen Gruppen durch den Wald geflohen sind. Vor allem aber sind viele Kämpfer, die auf den Ruf der Boten hin überall im Land aufgebrochen sind, jetzt hinter den Wällen der Irminsul versammelt. Die meisten kamen zu spät zur Eresburg und konnten den Ring der Franken nicht mehr durchbrechen. Viele versuchten es auch gar nicht mehr. Sie hörten von der Schlacht und ritten so schnell sie konnten hierher. Überall an den Pfaden stehen unsere Boten, um nahende Streiter zur Irminsul zu leiten.

Böer mußte an seinen Aufbruch denken. Obwohl er noch in der Nacht geritten war, viel früher als die anderen Waffenträger im Waldsatiland, die Aurals Ruf befolgten, war auch er schon auf die Angreifer gestoßen.

Abbio fuhr fort:

»Auch die Bauern aus dem Umland sammeln sich in unserem Wall, um unsere Reihen zu verstärken. So sind wir denn an der Irminsul auf den Angriff Karls besser vorbereitet als auf der Eresburg. Aber wir alle haben das Heer der Franken gesehen. Es ist riesig. Und so glaube ich, wir sind immer noch zu schwach, das Heiligtum zu schützen. Vor allem der Wall macht mir Sorgen. Wir wollen gerade die Stärke der Palisade überprüfen und mit den Männern und Frauen im Dorf sprechen. Wollt ihr uns nicht begleiten?«

Thümir, Warst, Salt und Böer hatten nichts dagegen und schlossen sich der Gruppe an.

Die Unterhaltung zerfiel in viele kleine Zwiegespräche. Böer schloß zu Eilrad auf. Der Gode musterte ihn interessiert. Für einen Moment blieb sein Blick auf Böers Fibel ruhen.

»Der Träger des Schwertes Radbods ist auch gekommen, die Irminsul zu verteidigen«, begann er zufrieden. »Nie hätte ich daran gezweifelt, auch wenn es für dich selbst vielleicht eine überraschende Entscheidung war.«

»Du erinnerst dich an mich?« fragte Böer.

Der Gode nickte. »Natürlich. Wie könnte ich nicht.«

Sein Blick glitt noch einmal über die Fibel.

»Und ich sehe, das Schwert ist nicht das einzige Geschenk, das du in diesen Tagen erhalten hast.«

Böer berührte kurz die Fibel. »Sie ist von einer jungen Godin. Ihr Name ist Lif. Sie bat meinen Vater, mir das Geschenk zu übergeben.«

Böer zögerte einen Moment.

»Ich würde ihr gern dafür danken. Und außerdem wüßte ich gern, was die Fibel zu bedeuten hat.«

Der Gode lächelte wissend.

»Sie bedeutet nicht nur Lif sehr viel. Du kannst dich glücklich schätzen, dieses Geschenk erhalten zu haben. Mehr darüber sagt dir Lif aber am besten selbst.«

»Ich würde gern mit ihr reden«, stellte Böer fest. »Wenn ich sie nur unter all den Menschen hier finden könnte.«

»Das wird dir nicht gelingen«, schüttelte der Gode den Kopf.

»Sie ist nicht bei der Irminsul?« Überrascht sah Böer ihn an. Im selben Moment fühlte er eine Enttäuschung, die ihn selbst überraschte.

»Wir erwarten sie heute zurück«, erwiderte der Gode. »Nicht weit von der Irminsul gibt es einige kleinere Plätze, an denen die Kraft der Götter ebenfalls stark zu spüren ist. Diese Orte müssen verborgen werden, bevor die Franken sie entdecken. Eigentlich wollte Borret reiten, aber Lif bot sich für diese Aufgabe an. Sie ist jung und schneller als ein alter Mann, und einige der besten Krieger begleiten sie.«

»Aber die Franken schließen den Ring um die Irminsul ...«

»Wenn einer es schafft, rechtzeitig wieder bei uns zu sein, dann ist es Lif«, stellte Eilrad fest.

Sie schritten weiter. Über den gewaltigen Felsen lag eine erwartungsvolle Spannung. Die Stimmung glich der schwülen Luft vor dem klärenden Donner und den Blitzen des Gewitters. Wohin sie auch kamen: Die Menschen waren unruhig.

Wachsam standen die Wachen hinter den Palisaden, und inmitten des Dorfes schritten Verteidiger umher. Oft hielt Abbio an, um den Menschen Mut zu machen und mit alten Kriegern über den bevorstehenden Kampf zu sprechen.

Am Abend, als sich gerade die Dämmerung über das Land senkte, glommen die ersten Feuer in den Wäldern rund um die Wälle auf und verrieten, daß die Franken den Belagerungsring geschlossen hatten. Gleichzeitig war Böer, als ob eine eiskalte Faust nach seinem Herzen griff.

»Genau wie auf der Eresburg«, murmelte der junge Widukind zu Abbio, als sie, begleitet von Böer, den Gefährten und Eilrad, vor den Strahlen der untergehenden Sonne noch einmal über den Wall schritten und die Wachen grüßten.

»Dann rechne ich noch vor dem Sonnenaufgang mit dem Angriff.«

»Das schätze ich auch«, erwiderte der schwarzbärtige Krieger an seiner Seite. »Viel Zeit verschwenden die Franken nie auf ihren Kriegszügen.«

»Es ist einfach nicht möglich, daß sie die Irminsul erobern werden«, nahm Widukind das Gespräch wieder auf. »Und doch wüßte ich nicht, wie wir sie wirksam schützen sollen.«

»Das befürchte ich auch«, nickte Abbio. »Aber wir werden hier am heiligen Baum schon härteren Widerstand leisten als auf der Eresburg. Die Zahl unserer Streiter ist größer, und immerhin kämpfen hier die Berserker auf unserer Seite.«

Böer erschauderte. Schon oft hatte er von den Wolfskriegern gehört. Sie waren eine Legende im Sachsenland, wenn auch kaum jemand sie je zu Gesicht bekommen hatte. Böer wußte, daß in der höchsten Kampfesnot Wotan selbst in diese Krieger fuhr und sie unverwundbar machte.

»Sie werden diesen Ort beschützen oder sterben«, fügte Eilrad, der Gode, ein. »Die Irminsul ist ihr Leben.«

»Aber als Festung taugt dieser heilige Ort trotzdem nicht«, sagte Widukind wütend. »Gut – es gibt hier einen Wall, aber damit hören die Wehranlagen auch schon auf. Vor allem liegt der heilige Platz auf keinem Bergrücken.«

»Es ist gut«, schüttelte Abbio den Kopf. »Auch ich weiß, wie ungünstig unsere Lage ist. Trotzdem werden wir bis zum letzten Schwertträger, Speerwerfer und Bogenschützen kämpfen. Lebend verlasse ich – wenn wir verlieren – diesen Ort nicht.«

Widukind sah den alten Kämpfer fragend an. Die beiden waren ein seltsames Gespann. Seit ihrem ersten Treffen beim Thing verband eine intensive Freundschaft die beiden Männer: den kriegserfahrenen Abbio und den jungen, allen alten Recken bis dahin unbekannten Widukind, der bisher vor allem als junger Heißsporn galt.

»Du giltst als der Besonnenere von uns beiden«, bemerkte Widukind, nachdem sie eine ganze Weile still auf dem Wall gegangen waren. »Ich glaube aber, nun muß ich dir die Leidenschaft kühlen.«

Abbio warf seinem Begleiter einen fragenden Blick zu.

»Es sind keine Grenzkämpfe mehr zwischen uns und den Franken«, sagte der junge Ritter mit ruhigen Worten. »Es ist Krieg. Ich zweifele nicht daran, daß sie uns als Volk vollends besiegen wollen. Wir sind freie Männer in einem freien Land. Es gibt zwar Herzöge bei den Teilstämmen, Männer wie Hassio, aber keinen Führer, dem unser Volk in einem großen Krieg folgen kann. Dieser Mann kannst im Moment nur du sein, auch wenn du keinen Herzog als Vater hast«, folgerte Widukind weiter. »Wir brauchen diesen Führer, zumindest solange wir im Krieg stehen. Wenn nur die einzelnen Teilstämme gegen das große fränkische Heer anrennen, werden sie einzeln geschlagen, und unser Volk wird so an seinem zersplitterten Widerstand zugrunde gehen.«

Abbio nickte.

»Verstehst du?« setzte Widukind nach, »deshalb darfst du hier nicht sterben. Nach dem Kampf um die Irminsul wird der Krieg erst beginnen.«

Abbio blieb stehen und blickte Eilrad fragend an.

Der Gode lächelte weise. »Widukind hat recht«, stellte er ruhig fest.

»Aber welche Zukunft hätten wir, wenn die Franken diese Wälle erstürmten?« fragte Abbio bestürzt.

»Ich weiß es nicht«, seufzte Eilrad.

»Denk aber an die Menschen, die Bauern auf ihren Feldern, ihre lachenden Kinder. Sie werden weiterleben – selbst wenn das Band zu den Göttern zerrissen ist. Kämpft für sie. Gerade wenn die Welt aus den Fugen gerät, brauchen sie euch als Anführer.«

»Ihr sprecht wahr«, gab Abbio nach einer Weile zu. »Aber ob ich der Anführer bin, den unser Volk braucht, bezweifle ich. Dennoch hast du recht. Wir müssen den Widerstand organisieren. Den Führer sollen die Vertreter der Teilstämme dann wählen.«

»Ich werde dich vorschlagen«, sagte Widukind ruhig. »Würdest du annehmen, wenn das Allthing dich wählt?«

Abbio sah ihn nachdenklich an. Dann nickte er mit dem Kopf.

»Ja, ich wäre dazu bereit.«

Er machte eine Pause.

Eilrad erhob die Stimme: »Vergeßt nie, an die Menschen zu denken, die euch vertrauen. Wägt immer gut ab, was eure Entscheidungen für sie bedeuten, solltet ihr einmal von den Teilstämmen gewählt werden.«

»Aber so hoffnungslos ist unsere Lage hier doch nicht«, bemerkte Abbio, und ein Lachen huschte über sein Gesicht.

Widukind blickte ihn an.

»Es gibt kein Wasser mehr außerhalb unseres Walles.«

»Kein Wasser?« murmelte der junge Krieger.

»Ja«, erwiderte sein älterer Begleiter.

»Die Bauern litten schon seit Tagen unter der Dürre. Sie haben es mir berichtet. Nur hier im Heiligtum gibt es noch eine Quelle, die reichlich sprudelt. Draußen, im Land um den Wall, sind die Quellen versiegt und die Bäche von der Kraft der Sonne ausgetrocknet.«

»So müssen wir die Belagerung hinauszögern«, sagte Widukind.

»Jeder Tag, den wir standhalten, bringt das Frankenheer in stärkere Bedrängnis.«

Bald nach diesen Worten trennten sich Thümir, Warst, Salt und Böer von Abbio und Widukind.

Die Sonne war hinter den bewaldeten Hügeln verschwunden. Dunkelheit umgab die Männer auf dem Wall, nur erhellt vom Schein der Feuer innerhalb und außerhalb der Palisaden. Drohend schwankten die kleinen Flammen im Wald rings um den Wall im leichten abendlichen Wind. Innerhalb des Schutzringes ruhte das Leben. Jeder Mann und jede Frau bereitete sich auf das kommende Schicksal vor, denn kaum ein Sachse innerhalb des Walles hatte Hoffnung auf einen Sieg.

An den heiligen Felsen trafen sich schließlich immer mehr Menschen, um mit den Goden die Hilfe der Götter anzurufen. Auch Böer und die Gefährten fanden sich bei der Versammlung ein. Die Gesichter der Menschen wurden nur vom Schein der Flammen erhellt, die oben auf dem Dach der Felsen brannten. Direkt vor dem Feuer stand Livele, die Hände hoch über den Kopf in den Himmel gestreckt. Männer und Frauen saßen in einem Kreis um das Heiligtum. In der Mitte, umringt vom Urgestein, erspähte Böer die Irminsul, die sich faltig und mächtig in den Himmel schraubte. Die gewaltigen Äste ihres Blätterdaches verschränkten sich mit den Felsen, und um die Wurzeln sprudelte das Wasser eines Baches. Jetzt flammten vier

Feuer um den Stamm auf. Böer atmete die ruhige Kraft des Baumes, Unsicherheit und Angst flogen davon. Er fühlte sich ruhig und bereit zu sterben. Laut rief Livele den Asen Ziu, den Gott des Krieges und Kampfes, auf dem Dach der Steine um Hilfe an. Laut klang ihre klare Stimme über den Hain. Die Priesterin bat um die Kraft und das Heil des großen Gottes. Über den Felsen, Bäumen und den Köpfen der Menschen aber blieb es still. Nur ein Windhauch ließ die Feuer knackend und prasselnd aufwehen. Rauch stieg auf und zog direkt über die Köpfe der sitzenden Menschen. Alle sahen das als ein schlechtes Zeichen an.

Plötzlich rissen Rufe vom Wall die Menschen aus ihren Gedanken. Die Wachen warnten vor der Gefahr, die laufenden Schritte der Posten waren auf dem Wall zu hören, gezogene Schwerter klirrten gegen Schilde und Helme. Unruhig drängten nun die Sachsen im Inneren der Burg durcheinander. Dann erhellten Flammen den Himmel außerhalb des Walles, und Schreie waren in der Ferne zu hören. Es waren fränkische Stimmen, aber sie riefen nicht zum Angriff, wie die meisten Sachsen erst befürchtet hatten, sondern schrien voller Angst und Schmerzen. Einen Moment später verkündeten es auch die Wachen: Irgendwo in einem fränkischen Lager war Feuer ausgebrochen. Die Menschen waren gerade wieder zur Ruhe gekommen, als erneut Rufe auf dem Wall ertönten – dieses Mal von der anderen Seite. Böer drehte sich in die Richtung und sah, starr vor Entsetzen im flackernden Licht der Fackeln, wie die Flügel des Tores an dieser Seite der Befestigung plötzlich aufschwangen und die Menschen vor der Öffnung eilig zurücksprangen. Reiter jagten durch das Tor, ein kleiner Trupp wild aussehender, abgekämpfter Gestalten. Es waren Sachsen, wie Böer erleichtert feststellte. Und dann schlug sein Herz vor Freude schneller. Die Krieger kamen näher, stürmten an ihm vorbei. Inmitten der Kämpfer sah er Lif. Im rasenden Galopp ritt sie zusammen mit ihren Begleitern direkt auf das Innere des Heiligtumes zu. Einen Moment lang blickte sie in seine Richtung. Sie lächelte, und Böer wußte sicher, daß sie ihn erkannt hatte.

Aufgeregt diskutierten die Menschen das Gesehene, und es

dauerte noch eine ganze Weile, bis Böer sich mit den Gefährten zusammen in seiner Hütte zum Schlafen legte.

Die Sonne schickte gerade ihre ersten Strahlen über die Baumwipfel, da erschallten auch schon die Kriegsluren der Wachen, und der metallische Klang der fränkischen Hörner war aus dem Wald zu hören. Die Schlacht um den heiligen Baum begann. Als die ersten Pfeile über den Wall zischten, waren die sächsischen Recken auch schon auf den Beinen und griffen nach ihren Schwertern und Äxten. Thümir, Warst, Salt und Böer rüsteten sich zum Gefecht um den heiligen Baum, den zu zerstören die Priester des Christengottes dem fränkischen König Karl geraten hatten.

Böer lief dicht hinter Thümir über den Platz. Der graue Riese hatte an diesem Morgen kaum ein Wort gesprochen. Böer wußte auch so, daß er an seiner Seite kämpfen würde. Neben ihnen rannten Salt und Warst auf den Wall zu. Gefolgsleute, Bauern und Knechte folgten den erfahrenen Schwertträgern. Überall stießen Gruppen von Sachsen zur Palisade, um die schwer ringenden Wachen zu entlasten. Denn schon waren viele der Wächter von Pfeilen getroffen in den Staub gesunken, krachten erste fränkische Leitern gegen die Palisaden. Böer sah die hölzerne Schutzmauer auf dem Erdrücken der Umwallung immer näher kommen. Keuchend sog er die Luft in seine Lungen. Mit einem Mal beobachtete der junge Krieger ein Blitzen an einer Stelle der Holzwehr. Geblendet blinzelte er und riß anschließend um so erstaunter die Augen auf. Die Strahlen der aufgehenden Sonne brachen sich auf dem goldenen Brustpanzer eines mächtigen Kämpfers, der inmitten des Gewirrs auf dem Wall die Ruhe einer Eiche ausstrahlte, unter deren gewaltigen Ästen niemandem ein Leid geschehen konnte. Böer konnte die Augen beim Laufen nicht mehr von dem Ritter lassen, der sich dort auf dem Wall der Übermacht entgegenwarf. Erst beim Näherkommen erkannte er Widukind. Zum ersten Mal erlebte er den Häuptling im Kampf. Neben ihm stand Abbio wie ein Stier vor der Palisade und schwang das Schwert. Gerade schlug er auf einen fränkischen Helm ein, der sich hinter der Holzmauer zeigte, dann packte er eine Leiter und drückte sie zu den Feinden zurück. Genau zu diesen beiden Männern führte Thümir seine Gruppe von Kriegern.

Kaum hatten sie die Palisade erreicht, als sie Abbio auch schon fluchen hörten:

»Es zeigt sich wirklich, wie schlecht es ist, eine Burg nicht auf einem Berg zu bauen.«

Dabei wies der Kämpe nach links. Hier hatten die Franken schon die Palisaden überklettert und strömten ins Innere der Wallanlage. Mehrere Ritter mit dem Kreuz auf ihren Schilden liefen an der hölzernen Mauer entlang auf Thümir und seine Gruppe zu. Widukind stürmte sofort mit hoch erhobenem Schwert den Eindringlingen entgegen. Als die Angreifer die glänzende Rüstung sahen, wichen sie erschrocken zurück, als bereuten sie ihren Übermut, in der ersten Reihe zu kämpfen. Der sächsische Herzogssohn überragte seine Gegner um Kopfeslänge. Schon sauste sein Schwert auf den ersten Franken herab und zerschmetterte sein Schild. Der feindliche Ritter ging entsetzt zu Boden und empfing sogleich den Todeshieb. Abbio, Thümir und die Gefährten waren dem sächsischen Helden gefolgt. Nun hatten sie ihn erreicht.

»Der Wall scheint zu halten«, rief Abbio den Kampfgefährten zu.

Fast an allen Stellen war es den eilenden Verteidigern rechtzeitig gelungen, den Wachen im Kampf beizuspringen und die Leitern der Angreifer zurückzuwerfen.

»Unsere Männer ersetzen hier den Berg«, murmelte Thümir leise.

Nur an der einen Stelle war es den christlichen Soldaten gelungen, in den Wall einzudringen. Aber auch in dieser Bresche kamen sie nicht weiter voran, sondern wurden immer stärker von sächsischen Rittern bedrängt. Plötzlich dröhnten vom Wald her die Trompeten des gegnerischen Heeres. Die Ritter mit dem Kreuz zogen sich nun gezielt zurück, auch an den Wällen nahm der Feindesdruck ab. Die Bläser hatten zum Rückzug gerufen.

Nachdem die Franken aus dem Lager gewichen waren, sanken die sächsischen Kämpfer überall erschöpft ins Gras. Knaben liefen über den Platz, um den Kriegern Wasser zu bringen, Frauen eilten zu den Verwundeten.

»Wir wollen gehen und sehen, wie die Lage ist«, sagte Abbio zu den anderen. »Wenn ihr wollt, dann begleitet uns.«

Thümir und die Freunde nickten. Sie folgten dem erfahrenen Kämpen. Oft hielt Abbio an und sprach mit verwundeten Streitern, fragte nach Toten und ließ sich über den Verlauf des Kampfes informieren.

Kaum hatten sie sich hingesetzt, um ein wenig zu essen, da kündigten fränkische Trompeten auch schon einen neuen Ansturm an. Wieder wogte der Kampf am Wall, und wieder wurden die Angreifer zurückgeschlagen. So geschah es noch viele Male an diesem Tag, bis die Nacht ihr schützendes Laken über die Burg senkte.

Noch bevor der Morgen graute, erklangen die Warnrufe der Wachen von den Mauern. Sofort hetzten die Krieger wieder hinaus aus den Hütten, um den heiligen Baum zu verteidigen. Aber sie waren zu spät. Kein fränkisches Horn hatte den Angriff verraten, und kein Pfeil kam über das Holz geflogen. Dafür hatten schwarzgekleidete Ritter sich bis an den Wall geschlichen und ihn im Schutze der Nacht überstiegen. Schon brannte das Feuer des Kampfes im Inneren der Burg. Kaum daß Böer an der Seite Thümirs, Salts und Warsts die Hütte verließ, sahen sie auch schon die schwarzen Soldaten des Feindes über den Wall ins Lager sprinten. Einige Sachsen schlossen sich den Gefährten an, und sie rannten den Franken entgegen. Überall hinter dem Schutzzaun klirrten die Schwerter, krachten die Äxte. Auch Thümir und Böer hatten bald ihre ersten Gegner gefunden. Das waren keine Knechte. Nach kurzem Gefecht lagen zwei der erfahrenen Krieger, die dem grauen Hünen gefolgt waren, tot am Boden, und selbst Thümir hatte Mühe, einen fränkischen Ritter niederzukämpfen. Lange schlug Eisen auf Holz, maßen beide Kämpfer ihre Kräfte. Dann erst sank der Franke, durchbohrt von Thümirs Klinge, zu Boden.

»Es sind die Ritter der Nacht«, rief der alte Streiter Böer zu. »Die Sacra Francesca, König Karls Elitetruppe. Halte dich enger als sonst an meiner Seite.«

Böer hörte die Worte seines Freundes. Mit einem Sprung wich er einem Schwertstreich aus. Sofort wandte sich Thümir dem neuen Angreifer zu. Auch Salt und Warst fochten hart gegen ihre

Gegner. Rund um die vier wogte nun der Kampf. Gegen die geheimnisvollen Ritter der Nacht hatten nur die wenigsten sächsischen Bauern auf Dauer eine Chance. Die Männer suchten ihr Heil in einer geschickten Deckung. Ein Krieger paßte auf seinen Nächsten auf, des erfahrenen Kämpen Schild deckte den Bauern, und des Bauerns Axt hub auf das Schwert ein, das den Kämpen bedrohte. Langsam zog sich die kleine Gruppe zurück, Mann auf Mann fiel in das trockene Gras.

Erst jetzt ertönten im Wald die fränkischen Hörner. Nun griff das normale Heer an. Die Sonne ging auf. Im lichter werdenden Tag brandeten die Truppen über den nun unbewachten Zaun, strömten die Kreuzschilde durch geöffnete Tore in das Innere der Burg. Thümir keuchte laut. Der Schweiß strömte unter seinem Helm hervor. Schon drei schwarze Ritter hatte er erschlagen und kämpfte nun mit dem vierten. Böer spürte, daß dem grauen Hünen allmählich die Arme schwer wurden. Immer stärker drängte dafür der junge Krieger nach vorne, immer neue Gegner hieben auf die Gefährten ein. Schon waren die ersten Franken des eigentlichen Heeres darunter. Wieder krachten die Waffen auf die Schilde, und wieder spürte Böer, wie sein Nebenmann an Kraft verlor. Ein Schwerthieb streifte Thümir am Arm, kurz darauf ritzte eine Klinge das Bein des Riesen. Immer weniger Gefolgsleute waren da, um sich gegenseitig zu decken. Denn nun, wo die Ritter der Nacht durch das reguläre Heer abgelöst wurden, fehlte es den Verteidigern an Kraft und Armen, um sich gegen die normalen Kreuzesstreiter zu halten. Neben Böer und Thümir fochten Salt und Warst. Als Thümir wankte und auf die Knie ging, sah Böer das Ende nahen. Im letzten Moment konnte er den Angriff eines fränkischen Kriegers blockieren. Hinter den beiden fiel Warst in das Gras. Plötzlich wichen die Franken für einen kurzen Moment zurück, zögerten, ihre Attacke fortzusetzen. Mit einem gewaltigen Satz war ein riesiger Krieger hinter Böer, schob ihn beiseite und schlug auf den Ritter mit dem Kreuz ein. Der goldene Brustpanzer strahlte im Sonnenlicht. Es war Widukind. Auch ein zweiter Mann kam von hinten gesprungen. Kleiner und mit gedrungenen Bewegungen ließ er sogleich kraftvoll und energisch eine Axt kreisen. Es war Abbio.

»Zurück, lauft zu den Hütten an den Felsen«, brüllte er, »dort sammelt sich der letzte Widerstand. Brecht durch, wir haben hinter euch eine Bresche geschlagen.«

Sogleich setzte sich das kleine Häufchen, gedeckt von den beiden gewaltigen Streitern, nach hinten ab. Überall lagen Tote im Gras, und als die weichenden Sachsen bei den Hütten ankamen, waren auch hier deutlich Spuren harten Kampfes zu sehen. Für einen kurzen Moment waren die Franken zurückgedrängt worden. Nun aber, gerade da Böer, Thümir und Salt, der den verwundeten Warst auf seinen Schultern mitschleppte, bei den Hütten angekommen waren, griffen sie wieder an. Böer beobachtete, daß sich auch Widukind und Abbio nun zu den Hütten zurückzogen.

Dicht auf dicht folgten ihnen die Soldaten Karls. Schon bald mußten auch Thümir und Böer wieder zum Schwert greifen. Immer stärker neigte sich die Waage des Kampfes zugunsten der Franken, immer mehr Sachsen fielen zu Boden. Schritt für Schritt wichen die Freunde unter den Axthieben der Feinde zurück, der Ring der Verteidiger wurde immer kleiner. An einigen Stellen kämpften die Angreifer bereits zwischen den Hütten, standen die Sachsen schon mit den Rücken zu den Bäumen, die die heiligen Steine umgaben. Wieder blockte Böer einen fränkischen Axthieb mit dem Schild ab, wieder schlug er mit seinem Schwert zurück. Er spürte keinen Schmerz mehr. Schon seit einer ganzen Weile bewegten sich seine Arme und Beine wie von selbst. Er warf einen Blick nach links und erschrak. Hier waren die Verteidiger noch weiter zurückgewichen, die Franken hatten die heiligen Steine erreicht, und nur wenige Mannen stemmten sich der feindlichen Flut entgegen.

Mit einem Mal stockten die fränkischen Kämpfer. Unsicher wankten sie zurück, erst vereinzelt, dann in immer größeren Gruppen. Ein Raunen zog durch die Reihen der Männer und breitete sich im Kampfesrund aus. Jetzt sah Böer den Grund für das fränkische Zaudern. Zu seiner Linken, wo die Schlacht schon nahe dem Heiligtum tobte, lösten sich wilde Gestalten aus dem Schatten der Felsen und stürmten auf die Christenritter ein. Die Berserker griffen an. Ihre Kampfesschreie ließen Böer bis ins Mark erschrecken. Entsetzen hatte die Männer aus dem Süden, die ihnen gegenüberstanden, gepackt. Dann prallten die Berserker auf die erste Linie ihrer Gegner. Es war kein Kampf. Die zurückweichenden Franken wurden einfach von den rasenden Wotanskriegern, die wie Wölfe über eine Herde Schafen herfielen, überrollt. Angst und Schrecken ergriffen die Kreuzesritter. Viele warfen ihre Waffen weg und rannten vor der Welle der Berserker davon. Auch die Franken, die Böer und den Gefährten gegenüberstanden, wichen verunsichert zurück.

»Das wurde auch Zeit«, schnaubte Thümir wütend.

Überall lösten sich die Reihen des Gegners auf, fluteten zurück. Böer und die anderen setzten ihnen aber nur kurz nach. Sie hatten nicht mehr die Kraft, um den fliehenden Feind zu verfolgen. Erschöpft ließen sie sich zu Boden fallen. Die Berserker aber folgten ihren Gegnern bis über den Wall hinaus. Dann erst kühlte sich ihre Kampfeswut ab, und sie kehrten zurück. Nach einer ganzen Weile kam wieder Leben in die kleine Gruppe. Wieder brachten Knaben den Männern Wasser. Der verwundete Warst wurde in eine Hütte gebracht und seine Wunden verbunden. Es war Mittag, und die Sonne strahlte heiß auf die Kämpfer, von denen die meisten den schattigen Schutz der Hütten aufsuchten. Vor dem Wall blieb es still. Einige Männer reparierten eifrig die zerstörten Holzpalisaden.

»Dem Feind dürfte niemand etwas zu trinken bringen«, sagte Abbio nach einer Weile. Widukind nickte.

»Wenn die Quellen wirklich trocken liegen, müßten die Vorräte der Franken nach diesen Kämpfen erschöpft sein. Und durstige Krieger kämpfen schlecht.«

Abbio nickte.

»Ihre Chance war der Angriff heute morgen. Sie mußten schnell siegen, um an das Wasser zu gelangen. Fast wäre ihnen der Sieg geglückt, wenn nicht die Berserker eingegriffen hätten.«

»Wir hätten ihren Angriff früher brauchen können«, bemerkte Thümir zornig.

»Niemand gibt den Berserkern Befehle«, erwiderte Abbio. »Sie selbst wissen nicht, wann und warum der Gott in sie fährt. Ihre Aufgabe ist es, die Goden und die Irminsul zu schützen. Die Gefahr muß dort, an den Felsen, schon sehr groß gewesen sein, so daß die Wut die Wolfskrieger überfiel.«

Die Sonne hatte ihren höchsten Punkt überschritten, als die fränkischen Hörner wieder zum Angriff bliesen und die sächsischen Luren antworteten. Diesmal stellten sich Böer, Thümir und Salt dem Angriff an der Palisade. Wieder zischten die Pfeile des Feindes über das Holz. Dann griffen die Franken an. Dicht an dicht liefen sie über die Wiese, aus deren zertretenem Gras Staubschwaden in den Himmel stiegen und den Männern auf beiden Seiten des Walles in den Augen bissen. Die sächsischen Bogenschützen schossen ihre Pfeile, ohne groß zu zielen, in die Staubschleier und hielten reiche Ernte unter den feindlichen Kämpfern, so eng rannten die Krieger Karls Leib an Leib über die schutzlose Fläche. Aber dem Angriff der Kreuzritter fehlte es an Wucht. Ihre Kehlen waren trocken vor Durst und ihre Arme und Beine schwer. Zwar erreichten sie die Palisade, konnten sie aber an keiner Stelle gegen den erbitterten Widerstand der Sachsen durchbrechen. Die Verteidiger sahen die mürrischen Gesichter der Feinde, und ihr Mut wuchs. Der Kampf wogte noch eine Weile an der Palisade hin und her, bis die fränkischen Hörner zum Rückzug riefen.

Im fränkischen Lager suchten die Krieger die Kühle des Waldes und den Schatten der Zelte auf. Aber sie fanden keine Erfrischung, denn auch unter den Bäumen und dem Stoff der Zelte war es trocken und heiß. Die Ritter hatten Durst und erhielten nur spärliche Rationen, die ihn nicht löschen konnten. Das Wasser, das die Franken mit sich führten, ging zur Neige. Fieberhaft gruben Knechte auf der Suche nach dem kühlen Naß Löcher in die Erde, und die Priester beteten um einen Regenschauer. Mit sorgenvollem Gesicht saß König Karl mit Gailo und Adalgis, seinen Beratern und Marschällen, in seinem Zelt.

»Vielleicht finden wir eine Quelle im tiefen Gestein, die Leute graben emsig«, sagte Gailo zum König gewandt.

»Ich habe es befürchtet«, murmelte Karl. »Genau deshalb wollte ich in Worms noch nicht mit den Truppen ziehen.«

»Wären wir eher geritten, wäre vielleicht noch Wasser in den Flüssen«, erwiderte Adalgis.

Der König sah ihn böse an. Die Augen in seinem mächtigen breiten Schädel funkelten. Lauernd drehte er seinen breiten Körper Adalgis zu.

»Wer konnte das wissen«, brummte er.

»Wir haben noch Wein«, schlug Gailo vor. »Den könnten wir an die Männer ausgeben.«

»Damit sie trunken auf die Sachsen einstürmen«, antwortete der König. »Unsinn. Wir brauchen Wasser. Sonst müssen wir noch mit hängenden Köpfen wieder südwärts ziehen. Ich sehe schon die lachenden Sachsen vor mir, stelle mir vor, wie sie uns in den Wäldern auflauern. Nein – wir müssen hier eine Quelle finden.«

»Dann laßt uns doch mit den Bauern sprechen«, warf Adalgis ein.

»Mit welchen Bauern?« fragte Karl müde.

»Unsere Soldaten nahmen welche gefangen, als sie die Dörfer in Brand steckten und das Umland erkundeten.«

»Ja, und diese Kerle kennen die Trockenheit in ihren Bergen. Sie wissen genau, wo sie im Notfall für ihr Vieh Wasser auftreiben können«, überlegte Gailo.

»Gut, sehr gut«, lobte Karl aufhorchend. »Unter der Folter werden sie schon sprechen. Bringt mir diese Männer.«

Schon bald standen einige alte Bauern vor dem König. Unsicher starrten sie zu Boden. Einige hatten sichtlich Angst. Karl schritt vor ihnen auf und ab – groß, die Hände auf dem Rücken verschränkt, den Kopf, der ohne einen erkennbaren Hals aus seinen breiten Schultern zu wachsen schien, nach vorn gebeugt.

»Wenn ihr mir sagt, was ich wissen will, so werdet ihr geschont«, knurrte Karl den Alten zu. »Wenn ihr aber schweigt, dann will ich euch quälen lassen, bis ihr meine Fragen beantwortet. Habt ihr mich verstanden?«

Die Bauern blickten immer noch unsicher zur Erde und vermieden es, den Blick auf den König zu richten. Keiner sprach.

»Nun, wenn ihr nicht reden wollt ...«, sagte der König, wurde aber unterbrochen.

»Haltet ein«, wimmerte einer der Männer und warf sich auf die Knie.

»Ich habe euch verstanden und will versprechen, eure Fragen zu beantworten. Vielleicht könnte eine kleine Belohnung behilflich sein, meine Zunge zu lösen.«

»Wenn du uns helfen kannst, sollst du belohnt werden«, verkündete Karl und grinste. Bevor er aber weitersprechen konnte, stürzten sich zwei Bauern aus der Reihe auf den Verräter. Sofort sprangen die fränkischen Ritter hinzu, zerrten die Angreifer von dem Alten und erstachen sie.

Der Verräter kam langsam wieder auf die Knie und blickte sich unsicher um.

»Schafft die anderen weg«, befahl der König daraufhin zwei Rittern. »Sie sollen nachher für ihre Sturheit sterben.«

Grob packten sie die Sachsen und führten sie davon. Karl wandte sich wieder an den Landmann.

»Du wirst leben, wenn du uns hilfst. Wir brauchen Wasser. Sag uns, wo eine Quelle im Fels sprudelt.«

Der Alte guckte verschämt. »Ja, mein Vater zeigte mir einmal eine solche Stelle, als ich klein war, und das Vieh fast verdurstet wäre. Aber es ist so lange her, ich weiß nicht mehr so recht ...«

»Treib den Handel nicht zu weit«, drohte der König zornig.

Er ging auf den Bauern zu, packte ihn mit seinen breiten Händen an den Schultern und stellte ihn wieder auf die Beine.

»Eigentlich sollte ich euch alle sofort erschlagen lassen. Sei froh, wenn du überhaupt etwas für deine Hilfe bekommst. Zeige uns die Stelle sofort, sonst wirst du die Folter spüren.« Der Alte sah ihn ängstlich an.

»Geht mir nach«, sagte er leichenblaß. Der König folgte seinem schwankenden Gang etwa eine Stunde durch den Wald. Wie zwei Schatten hielten sich die schmächtigen Gestalten von Gailo und Adalgis hinter seinem Rücken. Einige Männer folgten. Sie erstiegen einen felsigen Hang. Der Alte blieb vor einem dichten Gestrüpp stehen, fegte die Äste mit den Armen auseinander und sagte:

»Hier beginnt eine schmale Höhle. Nur ein zierlicher Mann kann durch den schmalen Schacht klettern. Bei uns gingen die Kinder. Aber es lohnt sich. Denn der Schacht wird weiter, und tief im Berg, in einer Halle, sprudelt eine Quelle, fließt das

Wasser ein kurzes Stück über felsigen Boden, bevor es wieder im Berg verschwindet. Es wird für eure Soldaten reichen.«

Der König nickte und wies auf einen kleineren Ritter.

»Hol dir eine Fackel, und dann überprüfe die Worte des Alten.«

Der Krieger tat wie ihm geheißen. Schon bald kam er aus dem Schacht zurück und strahlte.

»Es gibt klares, gutes Wasser in Hülle und Fülle.«

Als er das hörte, nahm König Karl sein Schwert und hieb dem Alten mit einem Schlag den Kopf ab.

»Findet zierliche Knechte und laßt sie das Wasser in einer Kette aus dem Berg tragen«, befahl er Gailo.

Dann schritt er zurück in sein Zelt. Schon bald labten sich die fränkischen Ritter am kühlen Naß.

Wieder senkte die Nacht ihr dunkles Tuch über das Land. Hinter den Wällen der Irminsul legten sich die Krieger zur Ruh'. Angestrengt starrten die Wachen in die Dunkelheit. Schon näherte sich der Moment, an dem die Sonne wieder aufgehen würde, als sich ein Schatten aus dem Wald löste. Die scharfen Augen der Wache hatten den schwarzen Umriß sogleich entdeckt. Aber noch zögerte der Posten, Alarm auszulösen. Ein Pfeil krachte direkt vor ihm in die Palisade. Die Wache streckte den Kopf über den Schutz und erkannte ein rotes Band, das am Pfeil hing. Eilends warf der Mann ein starkes Seil über die Holzwand. Schon huschte der Schatten über die freie Fläche vor dem Wall. Er erklomm die Mauer und ließ sich ins Innere der Burg gleiten.

»Schnell, ruft Abbio. Ich habe wichtige Nachrichten«, forderte der Mann den Posten auf.

Er war ein Späher und hatte im Schutz der Dunkelheit das Lager der Franken ausgekundschaftet. Schon bald stand der Krieger vor dem Anführer.

»Ich konnte mich bis dicht an ihr Lager schleichen und umging ihre Wachen«, berichtete er. »Die meisten Krieger ruhen. Aber in einigen Zelten hörte ich laute Stimmen. Sie klangen fröhlich und guten Mutes. Ich fragte mich nach dem Grund ihrer guten Laune und fand meine Befürchtungen bestätigt, als ich einen Wachposten sah, der in großen Mengen Wasser trank. Die Franken leiden keinen Durst mehr.«

Abbio blickte den Krieger erschrocken an.

»Dann steht es nicht gut um uns. Ihr Durst war unsere Hoffnung. Leg dich nun schlafen. Und ihr«, rief er einigen Wachen zu, die ihn umringten, weckt die Krieger noch vor Sonnenaufgang. Uns steht ein harter Kampf bevor.«

In dieser Nacht bettete sich Abbio nicht mehr auf sein Lager.

Noch bevor die aufgehende Sonne den Himmel rot erleuchtete, standen die Kämpfer wieder auf dem Wall und erwarteten den Angriff des Feindes. Die schlimmen Nachrichten hatte sich schnell herumgesprochen. Im Wald unter der Palisade aber blieb es ruhig. Kein fränkischer Ritter ließ sich sehen. Die Sonne wanderte höher am Himmel empor. Noch immer standen die Sachsen an der hölzernen Wand und erwarteten einen Angriff. Kaum jemand sprach ein Wort, und Stille lastete über der Burg. Vereinzelt drang das Schnauben der Pferde und das Poltern von unbedacht angestoßenen Töpfen und Krügen an die Ohren der Krieger. Die Wachsamkeit der sächsischen Augen ließ gerade nach, als im nahen Wald Äste knackten und das Unterholz raschelte.

»Sie kommen«, flüsterte Thümir Böer und Salt zu.

Wie gebannt starrten die Verteidiger auf den Waldrand, spannten die Bogenschützen die Sehnen ihrer Waffen und hielten die Fäuste der Krieger die Schwertgriffe umklammert. Aber die Geräusche aus dem Wald verebbten wieder, und es wurde still.

»Worauf warten sie noch. Sie sind doch da«, raunte Widukind Abbio zu. »Sie wollen uns zermürben, uns ungeduldig machen«, erwiderte Abbio. Plötzlich grinste er seinen Begleiter an.

»Aber das können wir auch, sogar noch besser.«

Er drehte sich um und verschwand im Dorf unterhalb des Walls. Schon bald kehrte er zu Widukind zurück. Der junge Hüne sah ihn fragend an, aber Abbio lächelte nur schelmisch und blieb stumm. Einen Augenblick später ertönte der dunkle und drohende Klang einer sächsischen Lure aus dem Dorf. Eine zweite antwortete, und auch eine dritte erklang. Rhythmische Trommeln setzten ein. Überall an der Palisade zogen einzelne Krieger ihre Schwerter und schlugen im Takt der Trommeln auf die Schilder ein. Weitere Kämpfer schlossen sich an. Ein vielstimmiger Chor erklang und rief Saxnot, den alten Stammeshelden an.

»Gut, sehr gut«, murmelte Widukind anerkennend und stieß Abbio den Ellbogen in die Rippen. In den Wald kam Bewegung. Einzelne Gestalten sausten zwischen den Bäumen hin und her, und dann erschollen die fränkischen Kriegshörner. Der Feind griff an. Es war, als ob der Wald selbst in Bewegung geriet und auf den Wall zustürmen würde. Dicht an dicht galoppierten die Pferde zwischen den Bäumen hervor, folgte das Fußvolk.

Staubwolken wallten empor. Ein dichter Regen von nicht enden wollenden Pfeilen prasselte auf die Palisade nieder, surrte unermüdlich über die Köpfe der Verteidiger hinweg. Die Kämpfer duckten sich hinter dem hölzernen Schutz. Immer wieder zogen die Brandpfeile ihre rauchenden Bahnen über den Himmel, gruben sich in die Palisaden, Hütten und Zelte der Irminsul ein. Überall flackerten Feuer auf. Frauen, Kinder und Männer liefen umher, um die Flammen zu löschen. Aber viele stürzten im Hagel der Pfeile tot zu Boden. Kaum ein Krieger traute sich, den Kopf über die Palisade zu erheben, als auch schon die feindlichen Leitern gegen den Wall schlugen und Seile über die Palisade geworfen wurden. Jetzt erst ebbte der Pfeilregen ab. Schon sprangen die ersten Angreifer über das Bollwerk. Teile der Holzwand standen bereits in Flammen, und überall wurden die Schwerter gezogen, hieben Verteidiger und Angreifer aufeinander ein. Für jeden toten Franken sprangen zwei weitere über die Umwallung, und schon bald hatten die Kreuzesritter breite Teile des Walls unter ihrer Kontrolle. Die Sachsen wurden auf dem Wall immer enger zusammengetrieben. Schritt für Schritt mußten Böer, Thümir und die Gefährten weichen. Nun rissen Karls Krieger große Löcher in die brennenden Teile der Barrikade, sofort stürmten Horden von Reitern hindurch.

»Sie brechen ins Innere durch. Wir müssen zurückgehen und einen neuen Verteidigungsring bei den Hütten errichten«, schrie Thümir den Kriegern, die sich um ihn versammelt hatten, zu.

Die ersten Reiter galoppierten durch das Rund. Böer blickte zu Thümir herüber, während sich einige Verteidiger bereits ins Innere der Burg absetzten.

»Lauf«, rief Thümir dem jungen Krieger zu. »Wir werden sie aufhalten so lange wir können, nun lauf.«

Böer eilte mit einigen anderen Kriegern den Wall hinab. Mehrere Gefährten folgten. Er spähte zurück zum Wall und konnte Thümir und Salt nirgends mehr erkennen. Nur noch an wenigen Stellen an der Palisade wurde gekämpft. Die Franken gingen in die Festung vor. Der Kampf flammte an den Hütten auf, von denen schon viele brannten.

Schritt für Schritt mußten Böer und seine Mitkämpfer weichen, Hütte um Hütte gaben sie auf. Bald standen sie vor den ersten Bäumen des Haines, der die heiligen Felsen umgab. Gerade dort, wo Böer kämpfte, hatten die Franken die Sachsen besonders weit zurückgedrängt. Wieder krachte eine Axt auf Böers Schild, und wieder ging er einige Schritte rückwärts. Er spürte schon den weichen Moosboden des Waldes unter seinen Füßen und stieß mit dem Speer zurück. Neben Böer fiel ein Gefährte erschlagen zu Boden. Ein neuer Krieger kam von hinten und übernahm seinen Platz. Böer warf ihm einen Seitenblick zu und erschauderte. Es war ein Hüne, das Gesicht zu einer Maske verzerrt, die Augen starr in die Unendlichkeit gerichtet. Mit einem wilden Schrei, der Böer erschaudern ließ, warf der Mann seinen Schild zu Boden, packte ein mächtiges Schwert mit beiden Händen und preschte nach vorn auf die Franken zu. Er war ein Berserker. Böer sah, wie die Feinde ungläubig wichen und ihre Schilder hoben. Aber sie hatten keine Chance. Der starke Hieb des wütenden Kämpfers zerschlug den Schild eines Ritters und schnitt scharf in seine Brust. Schon fiel der Berserker laut schreiend über einen zweiten Franken her. Dieser warf seine Axt. Die Waffe traf die breite Brust des Wolfskriegers, prallte aber wirkungslos wie an einem Panzer ab. Weitere Berserker rannten an Böer vorbei und fielen über die Kreuzritter her. Wie am Tag zuvor wendeten die Feinde zur Flucht. Angst und Grauen standen in ihren Augen geschrieben. Böer hatte nicht mehr die Kraft, ihnen nachzusetzen. Die Berserker aber verfolgten wieder den Feind. Immer schneller zogen sich die Franken vor den Wotankriegern zurück.

Aber an diesem Tag griff die Angst im christlichen Heer nicht um sich. Während direkt vor Böer die südlichen Krieger rannten, drangen sie an den anderen Stellen des Schlachtfeldes weiter auf die Verteidiger ein. Böer lehnte sich gegen eine Hütte und blickte den Berserkern nach. Schon verfolgten sie den Feind bis hinter den Wall und trieben einen Keil in das Heer der Franken. Kaum waren die Berserker hinter dem Wall verschwunden, füllte sich die Lücke wieder mit neuen fränkischen Soldaten. Böer warf noch einen Blick über das Schlachtfeld. Auf einem ruhigen Teil des Walls erkannte er einen Mann, der unbeweglich auf einem mächtigen Schimmel saß. Er hatte die Schultern eines Stiers, und sein Kopf schob sich in starrer Beobachtung der Schlacht leicht nach vorne. In diesem Moment wußte Böer, daß er Karl, den König der Franken, erblickt hatte.

Eine Axt blitzte in der Sonne auf, und der Kampf begann für den jungen Sachsen von neuem.

Der König aber wandte sich ab von dem Kampf bei den Hütten und suchte das Ergebnis eines anderen Gefechtes zu beobachten.

Die Berserker verfolgten die Flüchtenden bis zum Waldesrand. Hier verließ sie der Kampfesrausch. Benommen hielten sie in der Verfolgung inne. Ihr Blick klärte sich und die Unverwundbarkeit fiel von ihnen ab. Sie fühlten die Erschöpfung, die sich nach dem Kampfesrausch über ihre Körper legte und erkannten, daß sie diesmal zwar feindliche Krieger zurückgedrängt hatten, aber die Schlacht nach wie vor wogte und nicht gut für die Sachsen stand. Langsam wandten sich die Wotankrieger um. Dann sausten die Pfeile heran. Sie kamen von allen Seiten, dicht wie ein Hagelschauer rasten sie in die Gruppe der seltsamen Krieger. Kaum einer hatte noch einen Schild dabei, und so fielen sie, getroffen von vielen Pfeilen, in das Gras der Wiese. Fränkische Hörner erklangen triumphierend und verkündeten dem christlichen Heer den Tod ihrer härtesten Widersacher. Erleichtert atmeten die Franken auf. Die Nachricht vervielfachte ihre Kräfte, und der König nickte kurz zufrieden.

Auch Böer hörte das feindliche Signal, und ahnte, daß es nichts Gutes bedeuten konnte. Mit noch stärkerer Wucht griffen die Franken an. Sachse um Sachse fiel von Axt, Schwert oder Speer getroffen tot zu Boden. Wieder stand Böer auf dem weichen Boden des Waldes, und die Wut der feindlichen Krieger war ungebrochen. Unter den Axthieben ging er weiter zurück. Immer weniger Männer deckten seine Seiten. Er kämpfte jetzt inmitten der Bäume. Ein Gegner schlug mit der Axt auf ihn ein, und Böer verlor die letzten Gefährten im Gestrüpp aus den Augen. Er versetzte dem Feind einen tödlichen Schlag – und war mit einem Mal allein. Von allen Seiten hörte er Kampfeslärm. Einige Meter entfernt donnerte ein Reiter an ihm vorbei, ohne ihn zu sehen. Böer blickte sich um und bemerkte, daß er den Hain schon fast durchquert hatte. Aber was er zwischen Ästen und Sträuchern sah, erkannte er sofort. Mächtig und ruhig, scheinbar unberührt vom Kampfgeschehen, ragten die heiligen Felsen inmitten einer saftigen grünen Wiese in den Himmel. Das stille Wasser eines ruhigen Baches glitzerte zu ihren Füßen. Und zwischen den Steinen erhob sich wie träumend der breite Stamm der Irminsul, überragt vom leuchtend grünen Blätterdach. Eine Horde fränkischer Reiter jagte über das Gras, traf auf drei sächsische Krieger. Ein kurzer Kampf flammte auf, dann jagten die Reiter weiter. Fußvolk der Kreuzritter lief über die heilige Wiese. Einige Krieger stemmten sich ihnen entgegen. Auch an anderen Stellen wurde noch gekämpft. Rauchschwaden von den brennenden Hütten zogen durch den Wald und über die Wiese mit den heiligen Steinen und verdeckten kurz den Blick auf dieses kleine Gefecht. Böer schoß ein Gedanke durch den Kopf: Lif. Sie mußte hier, irgendwo an den Felsen sein – wenn sie noch lebte. Die fränkischen Fußsoldaten hatten ihre Gegner erschlagen und suchten neue. Böer schlich vorsichtig an den Rand des Haines, um die Wiese besser überblicken zu können. Die Angreifer wandten sich den Felsen zu. Immer mehr Krieger stürmten über die Wiese.

Böer erkannte ihr Ziel. Mit blitzenden Schwertern in den Händen standen die Goden im Schatten der Klippen. Klein und unscheinbar wirkten die Menschen neben den mächtigen Steinen und dem gewaltigen Baum. Der Kampf begann – und Böer preschte los.

Die Goden fochten hart mit ihren Gegnern. Aber die Feinde hatten sie weit auseinandergedrängt, zwischen ihnen schon die Irminsul erreicht. Niemand versperrte ihnen mehr den Weg, niemand hinderte sie daran, den heiligen Platz zu betreten. Böer kam einem Goden zur Hilfe, der von drei Franken bedrängt wurde. Als er neben ihm stand und einen Feind erschlagen hatte, erkannte er, daß es Eilrad war. Der alte, weise Mann hatte fürchterlich unter den Feinden gewütet. Nun aber ging seine Kraft zu Ende. Neben ihm lag die Leiche Borrets auf einem Felsen. Böer deckte den Goden so gut er konnte. Schritt für Schritt gingen sie zurück, bis fränkischer Stahl dem heiligen Mann das Leben abschnitt. Böer erschlug den feindlichen Krieger und sprang mit einem Satz über den Bach, der hinter ihm floß. Links von ihm ragten zwei Felsen aus dem Boden und lehnten sich dabei aneinander an. In der Nische, die sich dazwischen gebildet hatte, hatten sich zwei Goden zurückgezogen. Böer sprang zu ihnen und erkannte im nächsten Augenblick Lif. Sie sah ihn kurz an und beugte sich wieder über den zweiten Goden, der auf dem Boden, mit dem Rücken an die Felsen gelehnt, saß. An dem blonden Haar erkannte Böer Livele, die höchste Priesterin. Blut sickerte aus ihrem Gewand.

»Ihr müßt fort«, forderte Böer sie auf. »Schnell, bevor sie uns hier entdecken.«

»Es hat keinen Sinn mehr«, erwiderte Livele mit leiser Stimme. »Ich werde sterben.«

»Du darfst nicht sterben«, flehte Lif die weise Frau an. »Sonst ist alles verloren.«

Böer drehte sich um und warf einen Blick aus der Felsennische. Der Kampf ebbte ab. Nur noch vereinzelte Männer und Frauen wehrten sich. Einen kämpfenden Goden konnte Böer nicht mehr erkennen. Dafür sah er mehrere Priester tot an den Felsen liegen. Überall preschten fränkische Reiter über den Platz, grölend lief das Fußvolk umher. Viele Krieger, die keinen Feind mehr vorfanden, wandten sich wieder ab von den hohen Steinen und machten sich auf den Weg zu den Hütten, um die Plünderungen nicht zu versäumen. Aus dem Dickicht des Hains ritten einige Reiter auf die Wiese, stoppten kurz ihre Pferde, blickten sich um und trieben die Tiere wieder an. Ihnen voran trabte der fränkische Herrscher auf seinem mächtigen Schimmel. Unbewegt und ruhig saß er im Sattel. Ihm folgten zwei schmächtige Ritter in prächtigen bunten Kleidern und Soldaten der Sacra Francesca. Dann trabten waffenlose Männer in dicken braunen Mänteln auf die Lichtung. Ein dürrer Greis ritt an ihrer Spitze. Sein Kopf war nach vorn gebeugt, und es schien, als ob das Gewicht einer schweren Goldkette den spitzen Schädel von der völligen Aufrichtung auf dem Leib abhielt. An der Kette baumelte ein riesiges Kreuz vor seiner schmalen Brust. Der Alte steuerte sein Pferd genau zur Irminsul, an der auch der König mit seinem Gefolge hielt. Wieder zogen Rauchschwaden aus dem brennenden Dorf über die Lichtung, und am Rand des Haines fochten noch immer einige Sachsen mit fränkischen Reitern.

»Eine Axt«, schrie der Greis mit schriller Stimme über die Lichtung.

Er ließ sich vom Pferd gleiten. Ein Soldat eilte herbei, um dem alten Christenpriester seine Waffe zu geben. Der Greis nahm die Waffe, umklammerte sie fest mit beiden Händen und hielt sie triumphierend in die Höhe.

»Jetzt wird der Götze fallen«, brüllte er. Der König räusperte sich.

»Eure Eminenz. Sollen nicht vielleicht meine Krieger ...«

»Sie haben ihre Aufgabe erfüllt. Das hier ist Aufgabe der Kirche«, kreischte er.

Sichtlich begeistert ließ er die Axt über seinem Kopf kreisen. Einige fränkische Ritter zuckten bei jeder Umdrehung zusammen.

»Ich werde vollenden, was der heilige Bonifatius begonnen hat.«

So näherte er sich der Irminsul. Böer bemerkte, wie sich Lif neben ihn legte, um über den Rand der Felsen zu schauen. Sie sagte kein Wort, schaute nur starr zum heiligen Baum. Der greise Priester erhöhte die Geschwindigkeit der Axt, dann ließ er sie gegen den Stamm sausen. Mit einem dumpfen Knall krachte die Waffe gegen den Baum und federte ebenso schnell wieder zurück. Ein heiserer Schmerzensschrei schoß über die Lichtung, und die Ritter rutschten unruhig auf ihren Sätteln hin und her. Lif verzog keine Miene. Aber ganz langsam lösten sich aus ihren Augen Tränen und rollten die Wangen hinunter. Der Priester ließ die Axt wie eine giftige Schlange fallen. Sofort sprangen ihm die anderen Mönche zu Hilfe.

»Gebt ihnen Beile«, herrschte Karl seine Männer an. Sie taten wie befohlen, und die Mönche gingen ans Werk. Nun bohrten sich die Äxte von vielen Seiten in die Esche. Aber das Holz war zäh und der Stamm dick. Und so hackten die Mönche lange, und die Wunden des Baumes nahmen sich gegen die Breite seines Stammes immer noch klein aus. Stumm betrachtete Lif die Arbeit der Mönche. Nur die Tränen verrieten, was sie fühlte. Die Sonne zog weiter über den Himmel. Das Schauspiel wurde den meisten Franken langweilig – sie ritten ins Dorf davon. Weitere Mönche kamen auf die Lichtung geritten. Sie lösten ihre Glaubensbrüder ab, die sich erschöpft ins Gras sinken ließen.

Schließlich lief ein Zittern durch den schlanken, hohen Stamm der Esche, und die Blätterkrone erbebte. Weiter droschen die Mönche auf den Baum ein. Böer spürte, wie sich Lif neben ihm spannte. Im selben Moment, wie sie aufspringen wollte, packte er zu und zerrte sie mit einem Ruck wieder zu Boden. Sie wollte schreien, aber er hielt seine Hand auf ihren Mund. Tränen flossen über ihre Sommersprossen, rannen über seine Hand. Ihre Augen begegneten sich, und Böer sah das unendliche Leid, das in der Seele der jungen Frau brannte. Er hielt sie fest, und auch ihre Arme umklammerten ihn. Während sie sich so hielten, kippte hinter den Felsen der heilige Baum auf die Wiese, begleitet vom Gegröle der siegreichen Krieger. Vorsichtig zog Böer Lif wieder in den Schutz der Felsennische. Auch über Liveles Gesicht rollten Tränen. Die alte Godin streckte ihre Hände aus, und Lif ergriff sie. Beide blickten sich an.

»Du bist die letzte«, erinnerte Livele sie mit ruhiger Stimme, »die letzte Godin von der Irminsul.«

»Die Esche ist gefallen«, erwiderte Lif. »Damit stirbt unser Volk. Es hat keinen Sinn für mich, weiterzuleben.«

»Du mußt. Noch leben die Menschen, und sie brauchen dich. Du bist die einzige, die das alte Wissen noch in sich trägt. Rette und bewahre es.«

»Aber wofür noch?« fragte Lif verzweifelt.

»Für die Menschen. Ohne die Götter werden sie hilflos auf der Erde umherirren. Du bist die letzte, die den Weg zu den Göttern weisen kann. Sorge dafür, daß die Tore zwischen den Welten geöffnet bleiben. Du mußt nun für alle dreizehn Goden handeln, wie ich es schon immer ahnte.«

»Aber ich bin noch nicht soweit. Ich bin noch keine Godin, nur eine Schülerin«, stieß Lif verzweifelt hervor. Tränen rannen über ihre Wangen.

»Mache dich auf und finde den Weg, der dich zur Godin macht, finde den Weg, der die Welten wieder bindet.«

»Aber wo soll ich suchen ...?«

Livele legte ihr einen Finger auf die Lippen. Dann strich sie Lif mit der Hand über das Haar.

»Es ist dein Weg, nur du kannst ihn finden. All das Lernen, all die Jahre waren dazu bestimmt.«

Ihre Stimme wurde schwächer.

»Hör auf dein Herz. Du mußt es schaffen.«

»Ich werde es versuchen«, sagte Lif leise.

»Ich weiß«, antwortete Livele schwach.

Mit einer letzten Kraftanstrengung beugte sich die sterbende Godin noch einmal vor. Ihre Finger lösten sich und sie zog einen Beutel aus ihrem Gewand und öffnete ihn langsam. Ein schwarzer Stein funkelte im Licht. Livele legte ihn im geöffneten Beutel auf Lifs Schoß.

»Diesen Stein habe ich stets bei mir getragen«, preßte sie hervor. Er ist mit meinem Schicksal verwoben ...«, sie lächelte kurz, »und mit deinem. Er soll helfen, deine Aufgabe zu erfüllen.«

Zögernd berührte Lif den Stein. Dann ergriff sie wieder die Hand der weisen Frau.

»Wie kann er mir helfen?« wollte Lif verzweifelt wissen. Tränen flossen über ihre Wangen.

»Er wird wissen, wann die Zeit gekommen ist«, stieß Livele mühsam hervor, dann schloß sie ihre Augen und starb.

Lif hielt immer noch die Hand der Godin.

Böer wandte sich um und kroch an den Rand der Nische. Rauchschwaden zogen vorbei.

Böer und Lif duckten sich hinter den Felsen, bis sich mit dem Abend auch die Dunkelheit über das Land senkte. Dann schlichen sie leise aus ihrem Versteck. Sie kamen nur an wenigen Franken vorbei. Die Kreuzritter feierten ihren Sieg in ihren Lagern oder trieben sich bei den Hütten des Dorfes herum. Nur einige Wachen standen an der gefällten Irminsul. Im Schutz der Dunkelheit durchquerten die beiden den Hain, schlichen an den Ruinen des Dorfes vorbei und erreichten schließlich den schützenden Wald.

Wie ein Schlag traf sie die Eiseskälte unter dem Dickicht der Bäume, ein frostiger Hauch, der nicht von dieser Welt zu kommen schien und den kein Sonnenstrahl würde wärmen können.

Erschrocken blieben sie stehen. Sofort spürte Böer das Gefühl unmittelbarer Gefahr – nah und bedrohlich. Wachsam spähte er in die Runde, konnte aber nichts Ungewöhnliches erkennen. Als er Lif ansah, wußte er, daß auch sie nichts mit dem Gefühl der Bedrohung anfangen konnte, es aber genau wie er bemerkte. Die junge Frau machte den ersten Schritt. Zögernd ging sie weiter. Böer folgte. Einen Moment später bewegten sich die Äste eines Busches, aus dem Dickicht löste sich eine riesige Gestalt.

»Euer Weg hat schon hier ein Ende«, höhnte ein Riese mit dröhnender, tiefer Stimme und kam langsam näher.

»Du, junge Godin, hättest besser daran getan, den Wunsch zu sterben in deinem Herzen festzuhalten. Und du junger Krieger, lebst ohnehin schon zu lange. Deine Gefährten sind alle tot.«

Der Hüne stand dicht vor den beiden und lachte. Er war ganz in Schwarz gekleidet, und ein langer Umhang hing von seinen Schultern herab. Der Kopf des Kriegers war kahl, aber ein schwarzer Bart zierte sein Gesicht. Wie die fränkischen Priester trug er ein schweres Goldkreuz vor seiner Brust. Kalt und ausdruckslos starrte er Böer und Lif mit seinen kleinen Augen an. »Woher weiß du …«, fragte Lif unsicher. Der Riese lachte dröhnend.

»Ich bin Ichtyo und weiß, was ich wissen muß. Vor allem weiß ich über dich Bescheid. Dein Tod ist mein Leben.«

Fast ohne Übergang griff er zum Schwert und hatte es gleichzeitig mit Böer gezogen. Der junge Sachse stürmte seinem Gegner entgegen und drängte ihn einige Schritte zurück. Aber der Hüne hatte sich schnell wieder gefangen und schlug auf Böers Schild ein. Schon nach dem ersten Angriff wankte Böer. Mit übermenschlicher Kraft drosch der Riese wieder auf seinen Schild ein. Der junge Sachse verlor das Gleichgewicht und sank zu Boden. Schon holte der schwarze Krieger zum dritten und letzten Schlag aus, als ihn ein Pfeil an der Brust traf, aber abprallte. Er hielt überrascht in der Bewegung inne und spähte drohend in die Richtung, aus der das Geschoß gekommen war. Böer wunderte sich noch über die Länge und seltsame Form des Pfeiles, als drei Gestalten aus dem Dickicht sprangen und den Riesen attackierten.

»Seid gegrüßt«, rief den beiden Sachsen ein kleiner dicker Kämpfer zu.

»Gerade rechtzeitig, wie ich vermute«, fügte ein schmaler Geselle hinzu.

Böer schlug vor Freude das Herz bis zum Halse. Euliset, Rakus und Servalis, die drei Wanderer, hatten sich schützend vor ihnen aufgebaut und hieben auf den Riesen ein. Verdutzt wehrte dieser die Schläge der drei mit dem Schild ab. Jetzt traf Euliset den schwarzen Kämpfer mit dem Schwert am Bein. Aber als treffe der Schlag auf Stahl, prallte er wirkungslos ab.

»Was ist denn das für ein Geselle?« schnaubte Servalis.

Wie ein wütender Stier schlug Ichtyo nun zu. Er hatte sich schnell von der Überraschung erholt und gewann mehr und mehr die Oberhand.

»Kämpfen die Franken alle so?« schnaubte Rakus Böer zu, als sich dieser zwischen die Wanderer zum Kampf stellte.

Böer schüttelte den Kopf und nahm den Platz des Dicken ein, der sich zurückfallen ließ.

»Ich bin gleich wieder da«, rief Rakus und verschwand im Dickicht.

Einen Moment später kam er auf dem Rücken eines Pferdes aus den Büschen gesprengt, weitere Tiere galoppierten hinterher.

»Springt auf, schnell«, brüllte er, während er direkt auf den Riesen zuritt. Dieser ließ von Euliset, Servalis und Böer ab, wich einige Schritte nach hinten. Sofort lösten sich die Gefährten von ihrem Gegner und sprangen auf die vorbeipreschenden Pferde. Im Galopp rasten sie weiter, und bald hatten sie ein beträchtliches Stück Weg zwischen sich, den Riesen und die gefallene Burg gebracht.

Die kleine Gruppe jagte über die nächtlichen Hügel, als wäre die Kraft von Wotans Wunderroß Sleipnir in die Pferde gefahren. In einem kleinen Tal, weit entfernt von der Irminsul, ließen die Freunde die Tiere traben und hielten schließlich, um zu rasten. Erschöpft glitt Böer vom Pferd. Die zahlreichen Wunden, die er sich in der Schlacht zugezogen hatte, brannten, Arme und Beine fühlten sich schwer an, und die Müdigkeit drückte seine Augenlider nieder. Ohne noch ein Feuer anzuzünden, fielen die Gefährten ins Gras und schliefen sogleich ein. Bei der Wache wechselten sie einander ab.

Als der Morgen graute, schlummerten sie noch immer. Erst als die Sonne bereits hoch am Himmel stand, räkelten sich die Freunde, wenn auch Rakus noch etwas länger ruhte.

Jetzt, nach dem Schlaf, spürte Böer noch deutlicher die Erschöpfung der vergangenen Tage. Seine Muskeln erschienen ihm wie Seile, deren Fasern unter schwerer Last nachgegeben hatten, und die Knochen waren wie aus rostigem Eisen geschmiedet. Erst als das Feuer brannte und sie sich ein kärgliches Mahl teilten, kehrte die Kraft langsam in ihn zurück. Auch Lif hatte sich ans Feuer gesetzt. Stumm starrte sie in die Flammen. Böer suchte ihren Blick, doch als er ihn fand, war ihm, als schaute er in einen leeren Abgrund, aus dem ein eisiger Wind alle Pflanzen der Freude herausgerissen und in der

Fremde verstreut hatte. Statt dessen wehte Hoffnungslosigkeit über die kahlen Schluchten ihrer Seele. Es war, als stiege an einem eisigen Wintermorgen der Rauch aus einer erkalteten Feuerstelle in den endlosen Himmel auf.

»Du siehst erschöpft aus«, stieß Rakus, der gerade erwacht war, Böer aus seinen Gedanken.

Böer wandte sich den Wanderern zu.

Servalis sah den Dicken erstaunt an. »Dein scharfer Blick wundert mich immer wieder«, schüttelte er mit dem Kopf.

Müde musterte Böer die drei.

»Ihr habt uns im letzten Moment gerettet. Wie kamt ihr überhaupt zur Irminsul?«

»Der Schlachtenlärm zog uns an«, erwiderte Rakus lebhaft. Er schien schon wieder ganz frisch zu sein.

»Weißt du, die einsame Wanderei ist uns langweilig geworden.«

Euliset und Servalis grinsten. Rakus blickte sie irritiert an.

»Nein wirklich. Auch bei den Sorben war alles so friedlich – ist ja auch gut und schön – aber erfahrenen Kämpfern wie uns dürstet es doch bei Zeiten nach größeren Taten ...«

»Als nur Met und geröstetes Fleisch zu verschlingen und der Tochter des Sorbenhäuptlings nachzustarren«, ergänzte Servalis heiter.

»Aber sag Rakus«, mischte sich Euliset ins Gespräch, »warst nicht du derjenige, der lieber nach Süden weitergegangen wäre? Den ganzen Weg zur Eresburg und Irminsul über hast du uns die Ohren damit vollgezetert, wie unnütz und gefährlich unser Gang ist.«

»Einer mußte ja bei eurem Übermut einen kühlen Kopf bewahren«, verteidigte sich Rakus.

»Wir waren zunächst schon ein gutes Stück nach Süden weiter gewandert«, erläuterte Servalis.

»Aber dabei hatten wir kein gutes Gefühl.«

»Mir ging nicht aus dem Sinn, daß du uns vielleicht brauchen könntest. Eine Ahnung nur, aber stark genug, sie schließlich auszusprechen«, ergänzte Euliset.

»Und so schlug ich schließlich vor, umzukehren und vorsichtig die Lage an der Eresburg abzuschätzen. Als wir uns durch den Wald tasteten, war die Schlacht schon geschlagen. Die Spur des fränkischen Heeres zeigte zur Irminsul. Wir folgten ihr und trafen auf euch beide – und diesen finsteren Dunkelmann. Ich dachte bisher, solche Gestalten gebe es nur bei den Sachsen.«

»Ich habe auch nie vorher von ihm gehört«, entgegnete Böer und erzählte nun, was er in den Kämpfen um die Eresburg und Irminsul erlebt hatte. Er berichtete auch davon, wie er Lif wieder getroffen hatte. Die junge Godin saß immer noch schweigend am Feuer. Sie hörte die Worte der Gefährten, doch sie drangen zu ihr, als würden sie in weiter Ferne gesprochen. Ein eisiger Schatten hielt ihr Herz umklammert, und Trostlosigkeit überschwemmte sie. Sie hatte sich der Kälte kraftlos ergeben, und in deren Mitte lauerte das Grauen des Nichts. Auch sie war erschöpft. Das aber war nicht so schlimm. Schlimmer war das Loch, das seit dem Fall des heiligen Baumes in ihrer Seele brannte.

»Die letzte Godin von der Irminsul«, sagte Euliset nachdenklich und sah Lif an.

»Wir werden auf dich achtgeben müssen.«

»Wohin gehen wir jetzt überhaupt«, fragte Böer.

»Nun, ich denke, es ist wohl besser, wenn wir erstmal bei euch bleiben«, stellte Euliset fest.

»Wir werden euch begleiten, bis ihr in Sicherheit seid.«

»Als wir durch den Wald zur Irminsul pirschten, trafen wir einige sächsische Krieger, die sich vor den Franken retten konnten«, fügte Servalis hinzu.

»Sie berichteten uns vom Stand des Kampfes und gaben uns wichtige Hinweise für den Weg durch den Wald. Einer von ihnen wußte sicher, daß sich einige eurer Anführer, so auch Abbio, mit einigen Begleitern aus der Burg retten konnten.«

»Abbio lebt?« unterbrach ihn Böer.

»Ja, zumindest nach den Worten des Mannes. Er berichtete weiter, daß sie nach Norden ritten. Dort, in einem dichten, schützenden Wald, wollten sie sich auf einer Burg mit dem seltsamen Namen Babilonie versammeln. Dorthin sollten wohl auch wir mit euch reiten. Wo die Burg genau liegt, werden wir auf dem Weg herausfinden müssen.«

Schon bald saßen die Gefährten wieder auf den Pferderücken

und ritten nach Norden. Anders als in der Nacht schonten sie nun die Tiere. Um die Mittagszeit kam Wind auf und zauste die Blätter der Bäume. Dunkle Wolken schoben sich vor die Sonne, und in der Ferne grollte dumpf der Himmel. Ein Gewitter rollte heran.

»Wohin wirft Donar jetzt den Hammer, wenn er ihn schon nicht gegen die Franken schwang. Die Götter sind uns sehr ferne«, sagte Böer leise.

Er ritt neben Lif.

»Es gibt keinen Weg mehr zu ihnen«, erwiderte die Godin leise. Es waren die ersten Worte, die sie zögernd über das Erlebte sprach. Böer schaute sie an. Er wollte ihr helfen. Aber er wußte nicht wie. Er spürte, daß Worte ihr Leid nicht mindern konnten. Gleichzeitig hatte er Angst vor ihrer Trauer, Furcht, die Flut ihrer Gefühle nicht aushalten zu können, wenn er einen Zugang zu ihrem Herzen fand. Nun schien sich erstmals eine Tür in ihrer Seele einen Spaltbreit zu öffnen. Ein falsches Wort und sie würde sich wieder schließen.

»Willst du über das Geschehene reden?« begann er zaghaft. »Vielleicht kann ich dir helfen.«

»Niemand kann mir – uns – helfen«, brachte sie stockend hervor. »Niemand kann die Wunde heilen, die an der Irminsul entstanden ist.« Sie blickte Böer an, und er erschrak, als er die Verletzlichkeit sah, die in diesem Blick lag. »Alle Menschen, die ich kenne, alle Freunde, sind gestern gestorben. Es gibt niemanden mehr, zudem ich gehöre. Mein Heim verbrannte, und das heilige Dorf wurde zerstört. Das Leben wird nun trostlos sein und das Land veröden. Wenn der Baum noch stünde, könnten wir ein neues Dorf bauen und einen neuen heiligen Platz errichten. So aber ist alles sinnlos.«

»Livele bat dich, weiterzuleben«, erinnerte Böer sie.

»Und ich versprach es ihr«, antwortete Lif bitter. Ihr Blick streifte die Fibel an seiner Schulter – und glitt leer, ohne sichtbares Erkennen, weiter.

»Ich versprach es, obwohl ich nicht weiß, wie ich die Bürde tragen soll.« Ihre Stimme klang jetzt ruhig und beherrscht, doch war Böer, als höre er ein ganz feines Zittern, während ihr Mund mit klarer Stimme die Worte formte.

»Du lebst«, betonte er. »Und du bist in das Wissen eingeweiht. Ist der Glaube nicht auch in unser aller Herzen? Solange wir die Götter verehren, kann der Glaube nicht sterben.«

Er sah die junge Godin an, und ihre Blicke begegneten sich kurz. Überrascht entdeckte Böer ein zorniges Funkeln in ihren Augen. Er erschrak.

»Du verstehst es nicht«, schüttelte sie den Kopf. »Warum kannst du nicht verstehen, was das für mich, für uns alle bedeutet?«

»Was ist so falsch an meinen Worten?« verteidigte er sich. »Ich zweifele nicht an unseren Göttern – und so geht es allen«, fügte er trotzig hinzu.

Für einen Moment schloß Lif die Augen.

»Heute nicht und morgen nicht«, entgegnete sie resigniert.

»Was aber geschieht in vielen Jahren? Der heilige Baum war das Herz unseres Volkes. Und es wurde herausgerissen. Nun ist unser Stamm führerlos, und die Gedanken der Menschen erhalten keine Nahrung mehr, ihre Seelen haben den Punkt verloren, an dem sie sich ausrichten können. Unser Stamm gleicht einem Wanderer, dem auf unbekannter Flur der orientierende Blick auf die Sterne verwehrt wird. Die Feinde fallen über ihn her wie die Wölfe im tiefen Wald.«

Böer sah ihre fragenden Augen auf sich gerichtet und darin die Bitte, sie zu verstehen. Natürlich wußte er, was sie meinte, fühlte dieselbe Not wie sie, nur daß bei ihr die Trauer ungleich stärker sein mußte. Sie tat ihm leid. Eine tiefe Woge der Zuneigung durchflutete ihn.

»Dann weise du den Menschen den Weg«, forderte er sie auf.

Die Godin sah ihn an, und Böer erkannte den Schmerz in ihren Augen. Die Zeit stand still, als der Blick zwischen ihnen flackerte. Böer wollte etwas sagen, sah, wie sich zwei Tränen aus ihren Augenwinkeln lösten und über die Wangen rollten, und fand doch keine Worte, wußte nicht, was er sagen sollte, sosehr er auch danach suchte.

Lif wandte sich ab. Sie kniff die Lippen zusammen. Einen Moment lang herrschte Stille zwischen ihnen.

»Ich weiß nicht wie«, stellte sie dann leise fest und schüttelte den Kopf. »Ich weiß einfach nicht wie. Erinnerst du dich an unser Gespräch beim Allthing. Ich sagte dir, daß ich noch nicht ins letzte Wissen eingeweiht wurde. Vor den Göttern habe ich auch jetzt noch nicht bestanden.«

»Warum sollte es nicht in Zukunft geschehen?« fragte Böer.

»Weil ich die Hilfe der anderen Goden brauche«, stieß sie verzweifelt hervor. »Nur sie können mir den Weg weisen. Noch nie hat ein Gode die Prüfung ohne sie bestanden. Selbst wenn ich es versuche, ist es doch hoffnungslos. Ohne die Irminsul, die die Welten miteinander verbindet, gibt es keinen Weg zu den Göttern nach Asgard. Verstehst du nun, warum es keine Hoffnung mehr gibt?«

Sie machte eine Pause und spähte in die Ferne, aus der das Donnergrollen näher kam. Erste dicke Regentropfen klatschten auf den ausgedörrten Boden.

»Es gibt immer einen Weg«, beharrte Böer. »Wir dürfen nur nicht aufgeben, danach zu suchen.«

»Schöne Worte«, erwiderte Lif plötzlich mit so spöttisch kalter Stimme, daß Böer erschrak. »Aber sie können uns auch nicht helfen.«

Sie wurde immer lauter, als sie fortfuhr: »Und selbst wenn es einen Weg geben würde und ich ihn fände: Wie kann ich die Irminsul wieder aufrichten? Nicht nur ich habe damit den Weg zu den Göttern verloren, ganz Mittelerde ist nun haltlos geworden. Die Esche verband die neun Welten miteinander, hielt auch das Leben auf diesem Boden im Gleichgewicht. Nun wird alles, was einst war, sich ändern, alles aus den Fugen geraten. Sippen werden brechen, die Bande der Menschen zueinander reißen, wie auch die Verbindung zwischen den Welten gerissen ist. Menschenhand fällte die Irminsul, und Menschen werden in Zukunft im Streit mit den Bäumen, Blumen und Tieren, ja mit der ganzen Erde liegen. Es wird niemanden mehr geben, der auf die Stimmen der Götter, Alben und Kobolde lauschen kann. Wie ein Floß, auf dem der Fährmann die Säcke nur auf einer Seite stapelt, wird Mittelerde schließlich versinken.«

»Aber Livele befahl dir, am Leben zu bleiben.«

»Niemand kann mir etwas befehlen«, schrie Lif ihn an, und

ihre Stimme brach. Schluchzend fuhr sie fort, »auch Livele nicht, sosehr ich sie auch liebte.«

»Sie wollte, daß du die Tore zwischen den Welten offen hältst und das Wissen bewahrst«, forderte Böer sie auf. »Warum sollte Livele von dir verlangen, was eigentlich unmöglich ist? Nur um dich zu quälen?«

Lif antwortete nicht mehr. Zusammengesunken weinte sie still auf ihrem Pferd.

Hilflos rang Böer mit seinen Gedanken, hoffte auf einen Einfall, der ihr ein wenig Zuversicht geben konnte.

»Und der Stein? Sie gab ihn dir. Wozu ist er gut?« wollte er wissen. »Kann er dir nicht helfen?«

»Er hat Livele kein Glück gebracht«, stieß Lif mit einer letzten Anstrengung hervor. »Aber du hast recht«, fuhr sie mit bitterer Stimme fort, »sie trug ihn stets bei sich. So will auch ich es halten. Das wird uns sicher helfen.«

Sie legte die Hand auf den Beutel, den sie an ihren Gürtel gebunden hatte. »Und er ist das letzte, was ich noch von der Irminsul habe«, fügte sie so leise hinzu, daß Böer es kaum verstand.

Ein gewaltiger Donnerschlag zerriß den Himmel.

Die Tränen liefen über ihre Wangen, und sie wandte sich ab.

Wieder platzte ein Donnerschlag durch die Luft. Lif trieb ihr Pferd in einen schnelleren Trab. Im selben Moment strömte der Regen vom Himmel und verwandelte den schmalen Pfad in einen reißenden Bach. Wie eine Ohrfeige klatschte der plötzliche Regen in Böers Gesicht, verwirrt trabte er ebenfalls schneller, blieb aber eine halbe Pferdelänge hinter Lif zurück.

»Wenn es euren Disput nicht stört«, rief Servalis Böer und Lif zu, »würde ich raten, den Schutz der Bäume aufzusuchen.«

»Wenn es euren Disput aber stört, dann reitet ruhig auf dem Pfad weiter«, ergänzte Euliset.

»Wir richten uns ganz nach euch. Wenn wir nur den kleinen Wunsch äußern dürften, nicht noch schneller zu reiten«, war noch einmal Servalis süffisant zu hören.

»Macht was ihr wollt, mir wird es hier zu naß«, brummte Rakus und lenkte sein Pferd in den dichten Wald am Rand des

Pfades. Die anderen folgten. Der Donner krachte direkt über den fünfen, Blitze zuckten über den Himmel, und der Regen goß in Strömen. Die Gefährten sogen die Luft, die der Regen nun zum ersten Mal seit vielen Wochen reinwusch, in ihre Lungen. Mit dem Regen wurde es angenehm kühl, und schon bald stiegen Nebelschwaden vom noch heißen Boden auf. Besorgt sah Böer, wie Lif sich in einiger Entfernung zu ihnen auf einen umgestürzten Baumstamm setzte.

Sie weinte.

Entschlossen, ihr zu helfen, ging er zu ihr. Kurz bevor er sie erreichte, sah er aus dem Augenwinkel Servalis' erschrockenen Gesichtsausdruck. Das aber kümmerte ihn nicht.

Sie beachtete ihn nicht, als er vor ihr stand, sondern drehte sich – ganz anders als Böer es erwartet hatte – sogar noch ein Stück zur Seite, von ihm weg.

»Kommst du nicht zu uns?« begann Böer unsicher und stakste dabei von einem Bein auf das andere. »Es ist bestimmt nicht gut, wenn du mit deiner Trauer jetzt ...«

»Laß mich allein«, forderte sie ihn scharf auf. »Mehr will ich nicht von dir. Nur dieses eine.«

»Das habe ich nicht gewollt«, stammelte Böer und ging einen Schritt zurück. »Ich habe doch nur ...«

»Laß mich in Ruhe«, stieß sie hervor.

Erschrocken drehte er sich um und ging zu den Wanderern zurück.

Mit betretenen Gesichtern saßen die drei zusammen, als Böer sich zu ihnen gesellte.

»Dann werde ich mich mal um das Essen kümmern«, kündigte Rakus an. »Oder gibt es hier jemanden, der nicht einen Bissen vertragen könnte?« Die Gefährten nickten zustimmend, froh ein Thema, das sie ablenkte, gefunden zu haben. Sie sprachen nicht viel. Böer war ohnehin nicht bei der Sache. Er kramte einige Brotreste aus seinem Vorratsbeutel und stopfte sie lieblos in sich hinein. Ihm war, als sei ihm der Boden unter den Füßen weggezogen worden. So hatte er sich seine Abenteuer nicht vorgestellt. In seinem Kopf drehten sich die Gedankenfetzen und Gefühle in einem wilden Tanz umeinander.

Er fühlte sich enttäuscht, zurückgestoßen – sogar verloren, alleine, wenn er es richtig bedachte. Dabei war ihm gar nicht klar, warum. Natürlich wegen Lif. Aber er wollte ihr doch nur helfen, ihr Schmerz hatte auch ihm weh getan. Das konnte sie ihm doch nicht übelnehmen.

Böer straffte sich. Er dachte an den Fall der Irminsul und den Schrecken der vergangenen Tage. Er verstand Lif und ihre Reaktion. Er war hergekommen, weil er ein Krieger war. Und genau darauf würde er sich auch in Zukunft konzentrieren. Und auf nichts anderes.

Sie rasteten lange im Wald, bis die Fäden des Regens dünner und das Grollen des Donners leiser wurden. Während die Gefährten aßen, war Lif wortlos im Wald verschwunden. Erst kurz bevor sie weiterritten, kam sie mit müdem Blick wieder.

Auf einem einsam am Weg gelegenen Hof erkundigten sie sich nach der Babilonie. Der Bauer arbeitete in einem dunklen Vorratsschuppen und rief ihnen aus dem Zwielicht die Begrüßung und die Antworten zu. Es war nicht mehr weit. Wie der Bauer erzählte, würden sie die Burg noch vor Einbruch der Dunkelheit erreichen.

»Wenn ihr sie findet«, fügte er schmunzelnd, immer noch in seine Arbeit vertief, hinzu. »So mancher ist schon direkt daran vorbeigeritten. Der Wald in den Bergen dort ist recht närrisch.«

Die Gefährten guckten sich ratlos an.

»Ihr werdet schon sehen«, kündigte der Bauer an und trat aus der Türöffnung hervor. Neugierig betrachtete er die Freunde, sein Blick verdüsterte sich. »So haben die Schlachten im Süden schon stattgefunden«, stellte er unheilahnend fest. »Was ist mit den Franken, und warum seht ihr so abgekämpft aus? Bei den Göttern: Ihr seid auf der Flucht. Dann sind die Schlachten verloren.« Sein Blick fiel auf Lif. »Und mit ihnen die Goden, die Irminsul. Das kann nicht sein.«

»Du hast recht«, unterbrach Euliset den Mann mit fester Stimme, »die Irminsul ist gefallen, und es steht schlecht um uns. Die Franken haben einen Sieg errungen. Aber viele von uns haben überlebt. Wir wollen zur Babilonie, um uns dort mit den Anführern und ausgeruhten Kriegern zu treffen. Helft uns: Verbreitet diese Nachricht auf allen Höfen, die ihr erreichen könnt.«

Sie ritten weiter. Je näher sie der Babilonie kamen, um so seltsamer wuchsen tatsächlich die Bäume am Wegesrand, und um so verwirrender bog sich der Pfad durch den Wald und über die Hügel. Immer wieder kreuzten andere Wege ihre Spur, und zweimal wären sie beinahe im Kreis geritten, hätten nicht die wachsamen Augen der Wanderer den Trug rechtzeitig erkannt. Viele Bäume beugten sich seltsam verkrümmt über den Weg, andere hatten sich nah über dem Boden geteilt, um in lichter Höhe wieder zusammenzuwachsen, nachdem sich ihre Stämme bis dahin beim Wachsen in Spiralen um sich selbst gedreht hatten.

»Nicht nur der Wald ist närrisch. Ich werde es langsam auch«, murmelte Rakus und kratzte sich am Kopf.

»Wir aber sollten weiterreiten, um die Burg noch vor Anbruch der Nacht zu erreichen. Diesen Pfad dort haben wir noch nicht probiert. Er wird uns wohl vor ihre Pforten führen.«

»Wird er nicht«, drang eine tiefe Stimme aus dem Wald. Fünf Männer und eine Frau traten aus dem Dickicht auf den Pfad und musterten die Gefährten.

»Den richtigen Weg können nur wir euch weisen«, rief der Mann weiter. »Wir bewachen die Burg.«

Für einen Moment blitzten seine Augen überrascht auf.

»Aber sagt: Täusche ich mich? Ist diese Frau dort eine Godin, wie ihr Gewand es mir verrät?«

Sein Blick glitt über Lif, und ein Lächeln huschte über seine Züge.

»Sie ist eine Godin, wie konnte ich nur überlegen? Wir dachten nicht, daß noch eine heilige Frau leben würde. Dann ist doch noch nicht alles verloren. Dieser Tag bringt gute Kunde. Laßt euch begrüßen.«

Nun wurden Hände geschüttelt und Schultern geklopft. Lif stellte die Freunde vor. Der wachsame Krieger nickte.

»Nun kommt mit. So frohe Kunde wollen wir den Menschen in der Burg nicht vorenthalten.«

Er drehte sich um und verschwand im Dickicht des Waldes. Die Gefährten folgten. Bald schritten sie auf einem schmalen

Pfad bergan durch dichtes Unterholz. Der Wald hüllte die Babilonie vollkommen ein, und so erkannten sie die Burg erst, als sie bereits direkt davor standen.

RAD

Der von Gräsern überwachsene Wall der Wehranlage duckte sich im Schutz der Bäume auf dem dunklen Waldboden. Sträucher hangelten sich an den hölzernen Balken der Palisade empor. Die Reiter folgten dem Pfad, der noch eine Weile den Wall umrundete, schließlich in einem scharfen Knick zwischen Bäumen hindurch abbog und durch ein breites Tor führte. Die Wachen ritten voran – ins Innere der Babilonie. Zahlreiche Menschen gingen in der Burg ihrem Tagewerk nach. Böer beobachtete Schmiede bei der Arbeit, Bauern, die sich mit störrischen Ochsen abmühten, und Töpfer, die Krüge formten. Aber sie taten ihre Arbeit ohne Freude – mit dumpfem Gesichtsausdruck. Leid und Trauer um den Fall der Irminsul und Sorge um die Zukunft hatten sich tief in ihre Züge gegraben. Als die Männer und Frauen aber Lif sahen, blickten sie ungläubig auf, ließen Hämmer und Töpferscheiben ruhen und standen auf. Langsam kamen sie näher. Bald bildete sich ein Kreis schweigender Menschen um die gerade Angekommenen. Hoffnung blitzte in den Gesichtern der Männer und Frauen auf. Immer mehr Krieger kamen zusammen, wie der Blitz verbreitete sich die Nachricht, daß eine Godin den Kampf um die Irminsul überlebt hatte. Langsam ritt die kleine Gruppe weiter, umgeben von den schweigenden Burgbewohnern, die vor den Pferden langsam zurückwichen und gerade soviel Weg freigaben, daß die Gefährten vorankamen. Vor den Ställen stiegen die Freunde von den Pferden. Lif guckte sich um, und Böer ahnte, wie hilflos und verzweifelt sie beim Anblick der erwartungsvollen Blicke sein mußte. Einige Männer drängten eilig durch die Menge, um sie zu begrüßen, und Böer erkannte unter ihnen Abbio und Widukind. Als er auch Thümir, Warst und den humpelnden und verbundenen Salt erspähte, schlug sein Herz vor Freude.

»Dann ist es also wahr«, rief Abbio ihnen entgegen. »Ich konnte es kaum glauben, als ich davon hörte.«

Schon war er bei Lif und nahm sie so ungestüm in die Arme, daß er sie fast umwarf.

»Seid uns willkommen«, lachte er ausgelassen, wobei sein schwarzer Bart erzitterte. Tränen der Freude rannen über die tiefen Furchen, die die Jahre in sein Gesicht gegraben hatten.

»Ja, seid uns willkommen«, rief eine einzelne Stimme aus der Menge.

Dann gab es kein Halten mehr. Die Menschen klatschten, und schließlich wurden Lif, Böer, die Wanderer und Abbio hoch in die Luft geworfen. Mit dem Jubel verschwanden zumindest für einen Moment Angst und Sorge aus den Gesichtern der Männer und Frauen.

Sie folgten Abbio zu einem Feuer, um sich mit ihm und den Gefährten zu besprechen.

Als sich die Dunkelheit über das Land senkte, herrschte auf der Babilonie noch ein buntes Treiben. Viele Feuer brannten dicht an dicht zwischen den Wällen, und überall saßen die Menschen gedrängt beisammen. In ihren Herzen keimte neue Zuversicht, nachdem sie schon alles verloren glaubten. Böer hockte gemeinsam mit den Wanderern an einem Feuer neben Abbio, Widukind, Thümir, Warst, Salt und einem Mann, den Böer nicht kannte. Lif saß neben Abbio. Sie sprach nur wenig. Kaum jemand war in der Babilonie, dem die Last, die sie in ihrem Herzen trug, nicht aufgefallen wäre.

Wie Böer waren auch Abbio und Widukind nur knapp den Franken entkommen. Als sie gemeinsam mit Thümir, Salt und anderen Kriegern an der Palisade den Rückzug von Böer und weiteren Sachsen zum Verteidigungsring deckten, wurden sie allmählich von der Flut der Angreifer umzingelt. Sachse um Sachse fiel auf dem Wall unter den Axthieben der Christenritter, und die kleine Schar schmolz schnell zusammen. Schon bald war es ihnen unmöglich, auch zu den Hütten durchzubrechen. Unter den Hieben der Gegner wurden sie durch die brennende Palisade in den Wald am Rand der Burg gedrängt. Hier fielen berittene Krieger über sie her. Widukind und die anderen töteten einige Kreuzkämpfer, schwangen sich auf den Rücken der nun herrenlosen Pferde und versuchten einen Durchbruch zu den Hütten. Wieder starben einige der sächsischen Recken, denn sie wurden erneut von allen Seiten bedrängt. Schließlich erstritten sie sich eine Gasse in den Wald und setzten sich auf ihren rasenden Rossen zur Babilonie ab. Eine besonders beschwerliche Flucht hatte der verwundete Warst hinter sich. Er mußte dem Kampf hilflos von einer Hütte aus zusehen, bis das Dach über seinem Kopf Feuer fing. Er schleppte sich aus der Halle und stolperte durch die Wirren des Kampfes. Schließlich brach er ohnmächtig zusammen. Als er erwachte, hatte sich die Nacht über das Land gelegt, und die Schlacht war geschlagen. Mit letzter Kraft kroch Warst über die von Toten bedeckte Wiese – an den wenigen Wachen des Feindes vorbei. Schließlich im Wald stieß er auf drei umherirrende Sachsen, die ihn bis zur Babilonie mitschleppten.

Auch Böer berichtete von seinen Erlebnissen und stellte die Wanderer vor. Was bei den Goden und der Irminsul geschah aber sparte er auf, um es Lif für ihre Erzählung zu überlassen.

Die junge Frau schwieg am längsten, doch ersehnten alle ihre Geschichte am meisten. Schließlich begann sie zu sprechen, zunächst zögernd, mit leiser Stimme. Überall an den Feuern im Inneren der Babilonie verstummten die Gespräche, um ihren Worten zu lauschen. Sie erzählte vom letzten Kampf der Goden, vom Fall der Irminsul und schließlich vom Auftrag Liveles. Als sie endete, war es immer noch still. Leise Stimmen erhoben sich an den umliegenden Feuern. Die Leute besprachen das eben gehörte und gaben es zu den weiter entfernt sitzenden Männern und Frauen, die die Worte nicht hatten hören können, weiter. Plötzlich flammten überall um die Freunde herum Fackeln auf, geschwenkt von vielen Händen. Die Männer und Frauen im Rund der Babilonie erhoben sich schweigend und traten langsam näher an Lif heran, bis sie die Gefährten in einem dichten Kreis umstanden. Eine junge Frau brach das Schweigen. Mit klarer Stimme begann sie zu singen. Alle kannten das Lied. Es erzählte die Geschichte von Saxnot, dem ersten Goden, der einst den Samen der Irminsul fand. Leise summten viele die Melodie mit. Abbio lächelte.

»Es ist nichts verloren«, sagte er leise. »Denn wir haben eine Godin.«

Schließlich endete das Lied. Die Menschen setzten sich mit ihren Fackeln um die Gefährten.

»Du wirst ihnen Lifs Geschichte erzählen müssen«, wandte sich Abbio dem Mann zu, den Böer nicht kannte und der mit leeren Augen still ins Feuer starrte.

»Ich weiß«, erwiderte dieser nachdenklich und hob den Kopf.

»Das Lied, das ich daraus mache, wird den Geschichten der alten Helden in nichts nachstehen und noch lange in unserem Land erzählt werden.«

Sein Blick war seltsam starr. Es war Bernleff, der Skalde der Engern. Jetzt erst erkannte Böer, daß der Sänger blind war.

»Du hast lange geschwiegen. Warum singst du uns nicht eine Geschichte der alten Recken«, forderte Widukind den Skalden auf.

»Nun, dann will ich euch von Hengist und Horsa – die einst auszogen, um Britannien zu erobern – berichten. Es ist ein Lied, das sich vor vielen Monden so zutrug, wie ich es nun berichten werde. Ein Skalde gab es an den nächsten weiter, und keiner durfte auch nur ein Wort hinzufügen. Und so tat auch ich.«

Er begann die Geschichten von den alten Helden zu erzählen, und alle lauschten gebannt. Während das warme Licht des flackernden Feuers in den Gesichtern der Zuhörer tanzte und alle Blicke auf dem Skalden ruhten, fiel Böers Blick auf Lif. Sie schien gar nicht zuzuhören. Das Licht der Flammen spiegelte sich in ihren Augen, aber ihr Blick verlor sich irgendwo in der Unendlichkeit, obwohl er auch auf den Skalden gerichtet war. An was mochte sie jetzt wohl denken? Wie verzweifelt mußte sie sein? Wieder einmal wurde Böer bewußt, wie schön sie war. Bernleff machte eine Pause. Die Stille riß Böer aus seiner Betrachtung. Er wandte sich wieder dem Skalden zu.

So verging dieser Abend. Es dauerte noch lange, bis Böer sich zur Ruhe bettete.

Früh am nächsten Morgen erwachte er. Gemeinsam mit den Wanderern und Thümir, Warst und Salt machte er einen Spaziergang durch die Babilonie. Er traf Aural wieder, den Boten von der Irminsul. Als sie sich unterhielten, schlug Böers Herz schneller. Einige Sachsen traten auf sie zu. Unter ihnen war Lif. An diesem Tag hatte sie nicht ihr weißes Godengewand angelegt. Sie trug ein braunes Kleid, das ihr bis zu den Füßen reichte, darüber einen bernsteinfarbenen Mantel, der wunderbar zu ihren Augen paßte. Böer starrte sie an und erschrak in dem Moment, als er sich dabei ertappte. Aber der zornige Blick von Lif blieb aus. Ganz im Gegenteil nickte sie gerade freundlich Thümir zu und schien Böer überhaupt nicht zu beachten. Neben ihr gingen Widukind und eine Frau, die unter den Wachen war, die die kleine Gruppe vor der Babilonie abgefangen hatten. Auf den Armen trug sie einen Säugling, den ihr liebevoll Widukind abnahm.

»Ich heiße Geva«, stellte sie sich einen Moment später lachend vor. Lif schüttelte Böer beiläufig die Hand und wandte sich Warst zu.

»Und die Kleine hier ist unsere Tochter Ida.«

Böer ärgerte sich über sich selbst und darüber, wie sehr ihn die Nähe von Lif durcheinanderbrachte. Er war ein Krieger und hatte andere Aufgaben, als sich von seinen eigenen Gefühlen erschrecken zu lassen.

»Dann bist du Widukinds Gefährtin?« fragte er mit fester Stimme und sah die Frau an, die ihn als stolze Kriegerin vor dem Wall empfangen hatte und nun als liebende Mutter vor ihm stand. Geva lächelte.

»Ja, schon seit langem.« Ihre Worte hatten den Beiklang einer fremden Sprache, herbe, karge, aber dennoch warme Töne schwangen mit.

»Ich komme nicht aus den Gauen eures Stammes«, erklärte Geva, als hätte sie Böers Gedanken erraten.

»Meine Heimat liegt im Norden, hinter den Gauen der Nordalbingier. Ich lernte Widukind kennen, als er bei meinem Vater Göttrik gastete.«

»Göttrik«, stutzte Böer. »Ist das nicht der Name des dänischen Königs?«

»Ja, und ich bin seine Tochter.«

»Und ich nun sein Schwiegersohn«, grinste Widukind und gab Geva einen Kuß.

Während sie weiter über Alltägliches sprachen, hielt Lif sich zurück. Einige Male nickte sie zustimmend bei den Erzählungen der anderen, doch ihr Gesicht zeigte kaum Regung, die Augen blieben leer. Böer bemerkte, welche Nähe sich zwischen Geva und der Godin entwickelt hatte. Mehr als einmal legte die ältere Frau kurz die Hand auf Lifs Rücken oder Arm und lächelte ihr verständnisvoll zu. Er vermied es, Lif direkt anzusehen, und war froh, als sie schließlich auseinandergingen.

Während der nächsten Tage sah er Lif nur selten in der Babilonie. Entweder blieb sie in der Hütte, oder sie brach zu einsamen Ritten ins Umland auf. An diesen Tagen verließ sie die Burg noch in der Dämmerung des Morgens und kehrte erst nach Einbruch der Dunkelheit wieder zurück. Niemand hörte sie lachen, und wer ihre Augen nach den Ausritten erblickte, wußte, daß am Tag daraus so manche Träne geflossen war. Böer sah sie selten, doch wenn es geschah, fesselte sie seine Aufmerksamkeit sofort – zumindest für einen kurzen Moment, solange, bis er sich dessen bewußt wurde und seine Augen gezielt auf einige Hütten, Pferde oder die Arbeit, mit der er gerade beschäftigt war, lenkte.

An einem Abend öffnete sich die Tür zu der Hütte, die Böer mit den Wanderern teilte. Er war allein. Herein traten Abbio und Thümir mit kummervollen Gesichtern.

»Es geht um Lif«, eröffnete Abbio das Gespräch, kaum daß sie beieinander saßen.

»Wir machen uns große Sorgen«, ergänzte Thümir. »Sie kann ihren Kummer einfach nicht verwinden. Die Tage vergehen, und der Schmerz wird nicht geringer. Er scheint sogar noch zuzunehmen. Lif läßt sich kaum noch unter den Menschen sehen. Sie spricht nur mit wenigen, gibt kaum jemandem Rat, und die Menschen werden immer scheuer ihr gegenüber, wagen kaum noch, sie mit ihren Sorgen anzusprechen.«

»Es ist der Fall der Irminsul«, erklärte Böer. »Sie trauert und ...«

»Natürlich, das wissen wir auch«, fuhr Abbio dazwischen. »Wir haben lange überlegt, was wir tun können und ob wir überhaupt etwas unternehmen sollten.«

»Sie braucht Zeit, um mit den Erlebnissen an der Irminsul fertig zu werden,« erklärte Böer weiter verständnisvoll. »Der Baum ist gefallen, und ich hoffe, es hat ihr nicht sogar das Herz gebrochen.«

»Unsinn«, brummte Thümir unwirsch. »Sie ist jung, und sie ist stark. Wir müssen etwas für sie tun.«

Böer starrte ihn entgeistert an. »Und was?«

»Das«, strich sich Abbio abwägend über den Bart, »dachten wir, könntest du uns sagen.«

»Ich?« fuhr Böer überrascht auf. »Wieso gerade ich?«

»Weil du in sie ...«

»Weil du sie sehr gut kennst und in ihrem Alter bist«, unterbrach Thümir diplomatisch. »Und weil du sie sehr gerne magst«, ergänzte dieser.

»Wie kommt ihr zu dieser Ansicht?«

»Wir sind nicht dumm«, erklärte Abbio trocken,

»oder blind«, fügte Thümir hinzu, »und außerdem waren wir auch einmal jung.«

»Gut, aber ich kann euch auch nicht helfen«, gab sich Böer geschlagen.

»Uns«, verbesserte ihn Abbio.

»Uns? ... Natürlich«, blickte Böer auf.

»Den besten Kontakt zu ihr hat Geva«, gab er zu bedenken.

»Mit ihr haben wir schon gesprochen.«

»Und?«

»Sie meint, Lif braucht mehr Zeit. Vielleicht sei sogar ihr Herz gebrochen.«

»Und damit wollt ihr euch nicht geschlagen geben – soviel weiß ich ja schon.«

Die beiden alten Recken nickten gleichzeitig. »Genau«, klang es aus ihren rauhen Kehlen.

»Geva wird uns im Moment also nicht helfen«, stellte Böer fest.

»Leider«, seufzte Thümir, »denn Frauen haben meistens die pfiffigeren Ideen. Gerade wenn es um Probleme wie dieses geht.«

Beide sahen Böer erwartungsvoll an.

Dessen Blick wanderte von einem zum anderen.

»Ja, was denkt ihr denn? Auch mir ist jetzt noch nichts eingefallen.«

»Die Zeit läuft nicht für, sondern gegen sie. Mit jedem Augenblick verliert sie an Kraft, schwindet das letzte bißchen Leben, das noch in ihren Augen ist. Wenn es so weitergeht, wird sie bald krank sein oder eines Abends von einem Ausritt nicht mehr wiederkommen – ich mag gar nicht daran denken, was alles geschehen kann«, brummte Abbio.

»Nur mit Worten werden wir sie wahrscheinlich auch nicht unterstützen können«, überlegte Thümir.

»Da bin ich sicher«, bestätigte Böer eifrig.

»Dabei wird sie gerade jetzt so von den Menschen gebraucht. Nicht nur sie trauert um die Irminsul...«, wog Abbio nachdenklich das Haupt.

»... und selbst der hartgesottenste Krieger ist unsicher wie ein verwirrtes Kalb, weil er sich fragt, was der Sturz der Weltenachse für Mittelerde zu bedeuten hat«, dabei furchte Thümir sorgenvoll die Stirn.

»Dann lassen wir sie doch einfach tun, was ihre Aufgabe ist«, schmunzelte Abbio plötzlich.

Erstaunt sahen ihn die anderen an, dann dämmerte ihnen, was er meinte.

Sie steckten die Köpfe zusammen und berieten, was zu tun war.

Fröhlich zwitschernd begrüßten die Vögel den nächsten Tag. Die Sonne ging an einem strahlend blauen Himmel auf. Schräg brachen ihre ersten Strahlen durch die Blätter des Waldes in die Babilonie. Lif hatte gerade die Tür ihrer Hütte hinter sich geschlossen. Nur wenige Menschen waren zu dieser frühen Stunde in der Burg unterwegs, so daß sie auf dem Weg zu ihrem Pferd wohl auf niemanden treffen würde – wie an so vielen Tagen zuvor. Es war ihr nur recht. Sie mußte nachdenken, über so vieles, und kam doch nie zu einem Ende. Heute würde sie wieder die Runen werfen. Vielleicht konnten die heiligen Zeichen ihr helfen. Sie blinzelte einen Moment in die Sonne.

In diesem Moment spürte die Godin eine Hand, die verlegen an ihre Schulter klopfte. Die junge Frau drehte sich um. Ein kleiner Mann stand neben ihr und blickte verlegen zu Boden. Seine Haare waren vom Alter grau und sein Rücken von der Arbeit krumm geworden.

»Mein Name ist Bernwert, und ich möchte dich nicht stören«, stellte er sich leise vor, »doch brauche ich deine Hilfe.«

Ängstlich blickte er sie an.

»Meine Hilfe ...?« brachte Lif überrascht hervor. »Was kann ich für dich tun?«

Der alte Mann schöpfte Mut.

»Bitte begleite mich«, forderte er Lif auf.

»Meine Frau ist schwer krank, und mir scheint, sie braucht den Beistand der Götter.«

Unschlüssig blickte sie noch einmal kurz in Richtung auf die Stallungen. Dann nickte sie und folgte dem Mann, als hätte sie nie etwas anderes getan.

Der Alte führte sie zu einer Hütte. In einem dunklen Raum, der nur von einem schwachen Feuer erhellt wurde, war die Frau des Alten auf ein einfaches Lager gebettet. Sie hatte schlohweißes Haar, und Lif erkannte sofort, daß die Frau im Sterben lag. Als sie die Godin bemerkte, flackerten ihre vorher trüben Augen kurz auf, und auf ihren starren Zügen erschien ein Lächeln. Sie versuchte, den Mund zu öffnen, doch es gelang ihr nicht. Lif legte ihr den Zeigefinger auf die Lippen und strich einige Strähnen des weißen Haares aus der faltigen Stirn. Über die Wangen des alten Mannes rollten Tränen.

»Vor dir liegt ein weiter Weg«, sagte Lif. Die Augen der Frau glänzten feucht. »Du wirst nicht allein sein, hab keine Angst.«

Die alte Frau nickte mit einer fast unmerklichen Bewegung. Sie schaute nach ihrem Mann, der sich nun auf das Lager setzte und ihre Hand ergriff. Sie sprachen nicht viel. Die Sonne wanderte weiter und hatte ihren höchsten Stand bereits überschritten, als Bernwert spürte, wie sie plötzlich ihren Händedruck verstärkte. Beide sahen sich an. Es war ein letzter tiefer Blick, der noch hielt, als der Glanz in den Augen der Frau ganz langsam verblaßte und schließlich erlosch. Der Alte wandte seinen Blick ab und schaute Lif stumm an. Hilflos saß er da, immer noch die Hand seiner Frau haltend.

»Du wirst sie wiedersehen«, versprach Lif leise. Dann zog sie den Mann zu sich und nahm ihn in die Arme.

Viele Menschen kamen von nun an zu der jungen Godin und baten sie um Hilfe. Und mit jedem, der kam, ging es auch Lif ein bißchen besser. Sie hatte neugeborene Kinder zu segnen und Streitigkeiten zu schlichten, die Götter in Rechtsfragen um Rat zu bitten und Verzweifelten die Hoffnung in die Zukunft wiederzugeben. Die Burg wurde für Lif und viele andere zu einem neuen Zuhause. Zwar spiegelte sich noch oft Traurigkeit auf ihrem Gesicht, doch die alte Fröhlichkeit kehrte nun immer häufiger in ihre Züge zurück. Die Tage verstrichen. Böer sah Lif nur noch selten. Und wenn das geschah, ging er ihr aus dem Weg. Seit ihrem Streit hatte er nicht mehr mit ihr gesprochen. Immer noch mußte er an sie denken, besonders in stillen Momenten kamen ihm ihr Gesicht, ihr Lachen und ihre Stimme in den Sinn. Dann war er froh und zugleich auch ein bißchen stolz, ihr zusammen mit Thümir und Abbio geholfen zu haben – auch wenn sie vielleicht nie davon erfahren würde.

Es gab für ihn, wie für alle anderen, viel auf der Babilonie zu tun, und alle packten zu, wo sie konnten. Denn eigentlich war die Burg nicht als festes Heim gedacht, sondern nur als Fluchtort in Notzeiten für die Bauern des Umlands. So entstand innerhalb des Walls allmählich das Leben einer kleinen Stadt mit ihren Handwerkern und einem regen Treiben. Viele Kämpfer ließen sich, wie Widukind, Böer und viele andere, für unbestimmte Zeit auf der Burg nieder. Sie waren der Meinung, daß die Sachsen nun ein festes Heer sammeln sollten. Auch die Wanderer entschlossen sich, zunächst zu bleiben. Es sei der rechte Ort, die rechte Zeit, um die Wanderung für eine Weile zu unterbrechen, hatten sie gemeinsam beschlossen, wie Servalis Böer erzählte. Außerdem würden sie sich unter den Sachsen schon fast wie zu Hause fühlen, was für Wanderer ein seltenes und kostbares Gefühl sei. Zudem, erklärte Servalis weiter, verspreche das Leben unter den Sachsen spannend zu werden, und es lohne sich für deren Sache, ein paar Hiebe und Abenteuer zu riskieren.

Andere Männer und Frauen blieben nur für die Zeit der unmittelbaren Bedrohung durch die Franken. Denn das feindliche Heer, so berichteten es die Späher, war nach seinem Sieg weiter nach Norden durch das nun schutzlose Land gezogen und hatte die Gehöfte der Bauern geplündert. Grausame Kunde kam aus vielen Gauen der Sachsen. Erst als die Christen wieder abzogen, kehrten viele Bauern mit ihren Familien wieder auf die heimatlichen Höfe zurück. Aus dem ganzen Land der Engern lieferten die Bauern Vorräte für die Babilonie. Von den anderen Teilstämmen aber hörten sie nur wenig.

Einige Krieger ritten bereits mit Steigbügeln. Wer es probierte, wollte sie bald nicht mehr missen und warb auch seine Freunde, es zu versuchen. Böer tat das Seinige, die Menschen davon zu überzeugen.

An einem sonnendurchfluteten Tag holte Lif seit langer Zeit wieder einmal ihr Pferd von der nahen Weide und freute sich auf einen Ritt über die Hügel des Umlandes. Sie wollte gerade aufsitzen, als sie Bernwert in der Nähe bemerkte. Der Alte striegelte ein Pferd, das zum Reiten schon viel zu alt sein mußte. Als ihn Lifs Blick traf, drehte er sich um und begrüßte sie.

»Es ist schwer, allein zu sein«, stellte er fest. »Ohne die vielen Freunde, ohne dich, hätte ich es nie geschafft. Wer weiß, was ohne den jungen Krieger geworden wäre.«

»Ohne den jungen Krieger?« hakte Lif erstaunt nach.

»Ich hätte nicht mit dir gesprochen ...«

Er machte eine kleine Pause und sprach mit weicher Stimme weiter, »... kurz vor ihrem Tod. Es war gut, daß er gekommen ist. Ohne ihn hätte ich nicht den Mut gefunden, dich anzusprechen.«

»Du hast dich nicht getraut, mit mir zu sprechen? Aber du bist doch zu mir gekommen?«

»Weil er mir Mut gemacht hat«, beharrte Bernwert mit nun wieder fester Stimme.

»Wer?«

»Ein junger Krieger.«

»Du sprichst in Rätseln, ich …«

»Wie war doch gleich sein Name? Sprach, als käme er von weiter aus dem Norden, war ein Freund von Abbio. Trug den Baum als Fibel auf der Schulter und wußte von unserer Not. Er riet mir, zu dir zu gehen. Du würdest mir – uns – helfen können. Ich sollte mich nicht erschrecken lassen, wenn du unwirsch würdest. Das käme manchmal vor. Aber du seiest die Godin, und es wäre deine Aufgabe, mir zu helfen.«

»Ich? Unwirsch?« fragte Lif, und ihr wurde ganz warm ums Herz

»Das waren seine Worte – und er hieß Böer.«

Sie selbst wunderte sich über die Fröhlichkeit, mit der sie ihr Pferd einen Moment später durch das Tor in den Wald lenkte, und auch die Wachen hatten ihre Godin noch nie so strahlend erlebt. Mit einem Mal sah sie die vergangenen Wochen in einem ganz anderen Licht. Die Menschen, die so plötzlich zu ihr kamen, ihre eigene Trauer, die schwächer wurde, all das fügte sich nun zu einem ganz neuen Bild. Und Böer spielte darin eine wichtige Rolle. Hatte er ihr wirklich auf diese Weise geholfen? Beschämend kam ihr in den Sinn, wie sie ihn abgewiesen hatte. Dabei war es ihr doch nur um Ruhe und Distanz gegangen. Sie wollte ihm nicht weh tun. So direkt, deutlich und laut hätte sie ihn nicht zurückstoßen dürfen. Er fühlte sich bestimmt scheußlich. Sie würde dringend mit ihm reden müssen.

Am Brunnen wurde es still. Die Dämmerung zog herauf, und wie an jedem Abend waren noch einmal viele Menschen aus dem Dorf gekommen, um Wasser für den Abend zu schöpfen. Böer mochte diese Stunden, wenn das Leben in der Babilonie abebbte, die Luft lauer wurde und die Stimmen der Menschen nur noch gedämpft aus den Hütten drangen. In der Ferne klang noch der Schrei eines Kuckucks über den Wald.

»Darf ich mich zu dir setzen?« erklang hinter ihm unsicher eine weibliche Stimme.

Es war Lif. Er erschrak – in einem Maße, das ihn selbst überraschte, und drehte sich um.

»Es ist viel passiert in den vergangenen Wochen«, begann er zaghaft, und es ärgerte ihn, daß sie seine Unsicherheit ganz sicher bemerkte.

Lif nickte.

»Es tut mir leid.«

Böer sah sie überrascht an.

»Es war nicht richtig, dich so zurückzuweisen. Ich hätte es nicht tun sollen.«

»Ich bin damit zurechtgekommen«, stellte er fest.

»Du wolltest mir helfen?« wollte Lif wissen.

Böer nickte.

»Und du hast mir geholfen, wie ich jetzt weiß. Dafür möchte ich dir danken.«

Er grinste, und sie erzählte von Bernwert. Während sie sprach, fühlte er sich stolz, aber er bemerkte auch ein wohliges Gefühl der Zufriedenheit, das weit darüber hinausreichte. Jetzt kannte er seine Aufgabe. Das zweifelnde Rumoren in seinem Inneren schien endgültig verschwunden. Er war ein Krieger. Und als solcher hatte er vor allem dem Stamm, und damit auch der Godin, zu dienen. Seine eigenen Gefühle würden ihn dabei – wie schon in der Vergangenheit – nur ablenken.

»Nicht nur ich habe dir geholfen. Die Idee dazu kam von Abbio. Und Thümir hat auch ganz wesentlich dazu beigetragen«, bemerkte er ritterlich.

»Dann werde ich mich bei euch dreien bedanken müssen«, lachte sie.

Von diesem Moment an ging Böer Lif nicht mehr aus dem Weg. Er fühlte sich in ihrer Nähe jetzt zufrieden, stolz und konnte unbefangen ihren Blick erwidern. Die Fragen nach der Fibel und darüber, was sie über ihn gesehen hatte, hielt er in seinem Herzen verschlossen. Er wagte nicht, Lif danach zu fragen.

Schließlich wurden die Tage kälter, und der Winter brach an. Böer und Lif ritten jetzt oft gemeinsam über die Hügel des Höhenzuges, der sich um die Burg herum erstreckte.

Nach einem besonders langen Ausritt ließen sie die Pferde auf einer Wiese an einem kleinen Bach grasen und spazierten neben dem reißenden Wasser dahin.

»Wie an der Weser, beim Allthing, als ich dir zum ersten Mal begegnete«, erinnerte sich Böer, nachdem sie eine Weile schweigend nebeneinander hergewandert waren. »Dieser Tag hat mein Leben verändert«, stellte er spontan fest und erschrak in dem Augenblick, als ihm bewußt wurde, welches Eingeständnis er Lif damit machte und was sie darüber denken mochte. Dabei hatte er weniger an ihren gemeinsamen Spaziergang als an alle Ereignisse dieser Tage gedacht.

Er blickte die junge Frau an.

Sie lächelte, er konnte in ihrem Gesicht keine Reaktion erkennen.

»Es war nicht nur, daß ich in die Reihen der Krieger aufgenommen wurde«, fuhr er fort. »Es war mehr. Als Aural auf unseren Hof kam und vom drohenden Krieg berichtete, brach ich auf nach Süden, ohne meinem Vater davon erzählt zu haben. Irgend etwas sagte mir, daß es meine Aufgabe war zu gehen. Es waren meine Träume, die ich schon immer kannte und die ich nun glaubte, erleben zu können. Auf dem Allthing hatte ich zum ersten Mal erlebt, wie ein winziger Hauch meiner Träume zur Wirklichkeit wurde.«

»Träume?« wiederholte Lif.

»Ja, solange ich denken kann, war ich anders als meine Brüder. Immer hatte ich das Gefühl der Enge auf dem Hof, wußte ich ganz sicher, daß die Arbeit mit dem Vieh und auf dem Feld nicht alles in meinem Leben sein konnte.«

»Und deshalb bist du gegangen?«

»Ja, deshalb«, antwortete Böer und er wußte im selben Moment, daß es nicht der alleinige Grund war. Er schob den Gedanken beiseite. Es würde ihn nur in Bedrängnis bringen, ihn weiter zu verfolgen. So wie es war, ging es ihm gut. Gerade weil er so dachte, konnte er sich jetzt so mit Lif unterhalten. Trotzdem blieb ein eigenartiges Gefühl der Leere zurück, als er – wieder einmal – diesen Entschluß faßte. Lif sah ihn nachdenklich an, sagte aber nichts.

Es dunkelte bereits, als sie zurück in die Burg preschten. Abbio empfing sie bereits am Tor.

»Kommt gleich in meine Hütte«, rief er den beiden zu. »Wir wollen heute abend beisammen sitzen und Rat halten.«

Lif und Böer brachten ihre Pferde in den Stall und gingen in die Halle Abbios.

Die wichtigsten Anführer hatten sich hier bereits versammelt.

»Wir wollten nicht ohne euch anfangen«, begrüßte Abbio die beiden.

Lif und Böer setzten sich ans Feuer zu den Recken. Widukind schaute sich im Kreis um und erhob die Stimme.

»Ich möchte euch einen Vorschlag machen und dazu eure Meinung hören«, begann er. »Zweimal haben uns die Franken im vergangenen Jahr angegriffen. Zweimal wurden wir geschlagen. Sie haben die Irminsul gefällt, nach dem Zentrum unseres Stammes gegriffen – und es vernichtet.«

Er ballte die Fäuste, bis die Adern an seinen kräftigen Armen anschwollen. Mit zorniger Stimme sprach er weiter.

»Das dürfen wir nicht hinnehmen. Karls Männer sollen spüren, daß wir kein wehrloses Volk von Schwächlingen sind. Sie müssen wissen, daß sie die mächtigen Sachsen angegriffen haben. Für jede Schlacht, die sie gewonnen haben, schlagen wir sie zweimal. Für den Fall der Irminsul aber bereiten wir ihnen eine Niederlage, die sie nie wieder vergessen. Flammen sollen ihre Kirchen verzehren und das Land bis weit im Süden verwüstet werden.«

»Aber unser Volk ist sich nicht einig«, fiel Abbio ihm wütend ins Wort und schlug mit der Faust auf den Tisch, so daß ein Becher zitternd umkippte. »Noch ist nicht die Zeit für Rachepläne gekommen, so sehr ich deinen Wunsch auch teile. Aber wenn wir doch einst mächtig waren, so scheint unsere Kraft im Moment zu schlafen. Die Franken sind stark. Sie haben die Irminsul gefällt – und das nicht ohne Grund.«

»Ja, noch ist die Zeit nicht soweit. Sie wollen uns vernichten, deshalb haben sie unserem Stamm das Herz herausgerissen«, schnaubte Widukind zornig. »Sie werden es nicht bei diesem einen Feldzug bewenden lassen, sondern erst Ruhe geben, wenn sie unseren Stamm vollständig unterworfen haben – so wie sie es mit zahllosen anderen Völkern taten. Deshalb werden sie wiederkommen. Wir müssen ihnen einen Riegel vorschieben, ihnen heimzahlen, was sie uns antaten.«

Abbio sah wieder ruhiger in die Runde. Die Gefährten beugten sich über den Tisch und blickten ihn mit entschlossenen Augen an.

»Ich sprach mit einem Mann, der lange als Knecht in den Diensten eines fränkischen Ritters stand und viel hörte, bevor er zu uns floh. Er war lange am Hof Karls und bestätigte unsere Einschätzung. Auch er sagte, daß sie uns unterwerfen wollen.«

»Wo ist dieser Mann?« warf Thümir ein. »Wir sollten ihn holen. Seine Meinung würde auch mich interessieren.«

»Ich werde ihn fragen, ob er uns berichten mag«, kündigte Abbio an und stand auf. Kurz darauf betrat er mit einem alten Mann, der Erlewert hieß, die Halle.

»Es ist wie Widukind sagt«, berichtete der ehemalige Knecht unsicher. »Erst die Burgen, dann die Herzen«, war einer der liebsten Sprüche Karls zu seinen Priestern, wenn sie ihn zur Eroberung des Nachbarlandes aufforderten, und so wird er wohl auch heute noch sprechen. Er will uns nicht kurz durch einen Heerzug strafen. Er möchte unsere völlige Unterwerfung. Wir sollen ihn als König anerkennen …«

»Frechheit«, warf Abbio zornig ein und ballte die Fäuste.

»… und wir sollen uns zu ihrem Gott bekennen.«

Widukind schüttelte den Kopf, Salt sprang von seinem Platz auf, wobei der Stuhl hinter ihm auf den Boden krachte.

»Ist das alles, oder hat der König sonst noch Wünsche an uns?« brüllte er den Alten an.

»Das reicht ja wohl«, rief Widukind wütend.

»Wir werden uns zu verteidigen wissen«, empörte sich Thümir mit drohender Stimme. Er beugte sich tief über seinen Becher, und sein funkelnder Blick verhieß Unheil.

»Nicht nur das«, kündigte Widukind an. Seine Augen blitzten. »Und das ist mein Vorschlag, wegen dem ich euch gerufen haben. Wir werden uns nicht auf der Babilonie verkriechen und den nächsten Zug des Feindes abwarten. Wir werden handeln.«

»Was hast du vor?« fragte Lif.

»Wir greifen im Frühjahr an, noch vor dem Allthing und erobern die Eresburg zurück,« antwortete Widukind.

Die anderen waren verblüfft. Abbio schüttelte abwägend sein Haupt. Ein Grinsen huschte über seine Züge.

»Der Vorschlag ist gut«, murmelte er. »Wir gewinnen damit mehr als eine Burg zurück.«

Widukind nickte und fuhr fort.

»Wir zeigen Karl auch, mit wem er es zu tun hat. Und was noch wichtiger ist: Wir geben unseren Kriegern Mut und setzen den West- und Ostfalen unter Brun und Hassio, ihren wankelmütigen Anführern, ein Zeichen. Denn nur die Engern können den Kampf nicht tragen.«

»Sehr gut«, warf Salt begeistert ein und schlug mit der Faust in die Luft. »Aber dieser Angriff muß gelingen. Wichtig ist eine gute Vorbereitung.«

»Zunächst einmal müßt ihr alle zustimmen«, erwiderte Widukind und schaute in die Runde. Zum Schluß fiel sein Blick auf Lif. Wie die anderen nickte auch sie mit dem Kopf.

»Darum laßt uns aufbrechen, um die Sicherung auszukundschaften. Ich selbst werde reiten. Haben wir alles gesehen, planen wir den Angriff.«

»Und ich reite mit«, ergänzte Abbio. »Ein paar Krieger sollten sich uns noch anschließen, während aber auch einige erfahrene Kämpen auf der Burg bleiben müssen.«

Er wandte sich an Böer.

»So verwegen, wie deine drei Freunde aussehen, wären sie sicher die richtigen, uns zu begleiten. Ich hoffe, auch du hast Lust, mit uns zu reiten.« Böer nickte erfreut, während Lif, Thümir, Warst und Salt sich bereit erklärten, in der Babilonie zu bleiben.

Noch vor Sonnenaufgang verließ die kleine Gruppe die Babilonie. Es war kalt. Rauhreif lag auf den Wiesen, an denen die sächsischen Krieger vorbeiritten. Weiß vor Kälte strömte der Atem von Männern und Tieren in die frostige Luft, der Boden der kleinen Pfade, denen sie folgten, war hart gefroren. Sie umgingen die großen Handelswege und ritten auf schmalen Jagd- und Wildpfaden nach Süden, um möglichen fränkischen

Spähtrupps nicht aufzufallen. Am Abend gasteten sie bei einem Bauern, der sie reichlich bewirtete. Nach dem Essen zogen sich die Gefährten in eine Kammer zur Nachtruhe zurück. Schon bald bliesen sie die Lampen aus und fielen in einen tiefen Schlaf, von dem sie auch die Kälte, die durch die Ritzen in das Zimmer kroch, nicht abhalten konnte. Böer wußte nicht, wie weit die Nacht fortgeschritten war, als er durch einen Schrei erwachte.

»Ein Gang, hinter Dornen und Felsen«, schrie Widukind durch den dunklen Raum.

Der Hüne sprang laut polternd im Zimmer umher. Verwirrt rieb Böer sich den Schlaf aus den Augen. Auch von den Lagern der Freunde waren Geräusche zu hören.

Widukind lärmte immer noch in seiner Ecke. »Wacht auf, ich weiß wie wir es anstellen«, brüllte er.

»Was anstellen«, murrte Abbio von der anderen Zimmerseite mürrisch herüber.

»Die Franken überlisten – sie besiegen«, tönte Widukind fröhlich zurück.

»Vielleicht macht ihr erstmal Licht an«, war die verschlafene Stimme Eulisets zu hören.

An Abbios Lager flammte eine Kerze auf.

Plötzlich wurde die Tür des Zimmers aufgerissen, und der Bauer stand im Raum. In der einen Hand hielt er ein Schwert, in der anderen eine Kerze.

»Ist etwas passiert?« brüllte er mit einem forschenden Blick in alle Richtungen.

»Nein«, brummte Abbio.

»Ja«, schrie Widukind. Der Bauer blickte irritiert von einem zum anderen. »Ich habe geträumt, daß ...«

»Ach so«, schloß der Bauer, drehte sich um und schlurfte wieder aus dem Raum. Die Tür krachte in die Pfosten.

»Ich habe geträumt ...«

»Schön«, fiel diesmal Rakus dem jungen Sachsenhäuptling ins Wort. »Ich auch, bis du mich aufwecktest. Von Met und einem dicken Braten und ...«

»Jetzt hört mich an«, unterbrach er den dicken Wanderer, der sich auf seinem Lager umdrehte und damit dem Beispiel

Servalis' folgte, von dessen Lager bereits ein zufriedenes Schnarchen zu hören war.

»Widukind, so sehr ich dich auch schätze: Kannst du uns nicht morgen früh deinen Traum erzählen?« murmelte Abbio und löschte die Kerze.

»Nein, es kann nicht warten«, rief der junge Hüne mit immer noch begeisterter Stimme. Aus dem Raum kam keine Antwort.

»Es war kein normaler Traum. Ich habe so etwas noch nie erlebt. Ich lag hier und hatte mit einem Mal das Gefühl, mich von meinem Körper zu trennen. Es war seltsam. Als ich mich umschaute, sah ich mich selbst auf dem Lager liegen und blickte von der Decke auf mich herab. Ich schlief friedlich, und gleichzeitig schwebte ich hier unter der Decke.«

Ein mürrisches Grunzen war vom Lager Rakus' zu hören. Böer aber wurde langsam wach und hörte aufmerksam zu.

»Und dann flog ich aus dem Haus. Ich raste schneller als auf einem galoppierenden Pferd über die dunklen Wälder, beobachtete einzelne Feuer unter mir. Dann erkannte ich den Umriß der Eresburg vor dem nächtlichen Himmel. Aber ich gelangte nicht direkt zur Burg. Kurz davor schwebte ich in einen dichten Teil des Waldes. Vor mir war dichtes Dornengestrüpp, und ich glitt hinein, ohne mich zu verletzen. Die Büsche verdeckten einen Teil des Hügels, der sich hier recht steil in die Höhe wand. Als ich den Boden unter dem Gestrüpp sehen konnte, erkannte ich einen schmalen Gang, der sich in den Hügel bohrte.«

»Der alte Fluchtweg«, rief Abbio, nun hellwach geworden. »Die alten Leute erzählen von ihm, doch dachte ich, es gäbe ihn nur in ihren Geschichten.«

»Nun, ich folgte dem Gang und erreichte schließlich das Innere der Eresburg. Den Ausgang des Tunnels versperrten Sand und Felsbrocken. Davor wuchsen Dornen. Ich glaube, er endet hinter den Pferdeställen. In der Burg erspähte ich viele fränkische Ritter. Dann zog es mich zurück, und ich wachte auf.«

»Findest du den Weg wieder?« fragte Abbio ganz aufgeregt. Seine Kerze flammte erneut auf.

»Ich habe mir die Stelle eingeprägt«, erwiderte Widukind.

»Ja, großartig«, brüllte Servalis, und Euliset beglückwünschte den jungen Recken lautstark, während sich Rakus mißvergnügt reckte. Alle waren jetzt hellwach – auch der Bauer, der noch einmal ins Zimmer schaute und sich nach dem Wohlbefinden seiner Gäste erkundigte.

»Gut, wir werden deinen Traum morgen überprüfen«, sagte Abbio schließlich. »Wenn wir den Gang finden, sollten wir damit die Franken überlisten können. Nun aber laßt uns wieder schlafen. Der Bauer wird es uns danken.«

Und so legten sie sich wieder auf ihre Lager.

Schlafen konnte aber – bis auf den Bauern, seine Frau und Rakus – in dieser Nacht in dem gastlichen Haus keiner mehr.

Am Morgen ritten die Gefährten weiter. Bei der Eresburg folgten sie Widukinds Beschreibung, immer auf der Hut vor fränkischen Blicken, denn die Burg war tatsächlich, wie der junge Sachse es geträumt hatte, von vielen Rittern bewohnt. Auch bei dem versteckten Gang hatte Widukind Recht. Nach einigem Suchen entdeckten sie das Gestrüpp und fanden darunter den geheimen Tunnel. Frohen Mutes trabten sie zurück zur Babilonie.

In den zwölf Tagen und Nächten der Zeit des Julfestes besannen sich die Menschen und horchten in die Tiefe ihrer Herzen. Doch in diesem Jahr fanden sie wenig Gutes: Die Trauer über den Fall der Irminsul und die Angst vor dem Kommenden drängten in der stillen Zeit wieder stärker zum Vorschein und überwucherten die zarten Pflanzen der Hoffnung, die Lifs Ankunft und der Erkundungsritt gesät hatten. So kamen den meisten Männern und Frauen düstere Gedanken in den Sinn, während außerhalb der Burg die Stürme und das wilde Heer über das Land tobten und schließlich die Frostriesen die Hügel im Schutz der dunklen Jahreszeit mit ihrem eisigen Griff packten. Viele Krieger hatten noch nie in ihrem Leben ein so düsteres Julfest erlebt.

Auch Böer sehnte sich in diesen Tagen das erste Mal wieder nach dem Frieden des Elternhauses und der Kindertage. Aber er verscheuchte die Gedanken. Er wußte, daß diese Zeiten für immer verloren waren und er ihnen einen ruhigen Platz in der Erinnerung einräumen mußte, statt ihrem Drängen nachzugeben. Er freute sich schon darauf, darüber mit Lif bei einem Ausritt zu sprechen. Aber er wurde enttäuscht. Als er die Godin am ersten Tag des Julfestes in der Nähe ihrer Hütte traf, waren ihre Worte freundlich. Aber in ihrem Blick fand er wieder die Verletzlichkeit, die er darin schon einmal gesehen hatte. In diesem Moment wußte Böer, daß er sich mit dem Ausritt gedulden mußte. Sofort spürte er den Drang, jetzt ganz besonders ihre Nähe zu suchen, mit ihr zu reden. Dann besann er sich, straffte seine Haltung und verabschiedete sich mit freundlichen Worten. Lif lächelte ihm zum Abschied dankbar zu.

Sie schien wieder ganz im Bann der Vergangenheit zu leben. Während der zwölf Tage und Nächte verschwanden die zarten Triebe der Fröhlichkeit wieder aus ihrem Wesen und machten einer düsteren Stille Platz. Wieder mied sie die Menschen und streifte häufig allein durch den wilden Wald, der die Babilonie umgab.

Undurchdringlicher Nebel wallte ihr auf einem der Ausritte entgegen. Gerade erst hatte der Tag begonnen – aber die Dunkelheit der Nacht war nur dem Zwielicht der Dämmerung gewichen, so sehr wehrte die feuchte Luft dem Licht den Weg zum Boden. Am Rande eines kleinen Teiches, der inmitten einer Lichtung im Wald lag, stieg Lif vom Pferd. Sie schritt zu dem stillen Wasser, das grün vor ihr schimmerte. Nicht weit von ihr raschelte das Laub. Es war, ob als geheimnisvolle Schatten im Schutz des Zwielichts über den Boden huschten, geschützt von einem Nebel, der eigens zu ihrem Schutz über das Land gezogen war.

Zu keiner Zeit im Jahr waren die Tore zwischen den Welten so offen wie in den Tagen und Nächten des Julfestes. Die Menschen wußten sich unheimliche Geschichten über die zwölf Tage zu erzählen: von verstorbenen Ahnen, deren Gestalten sie plötzlich wiedersahen, von dem Blick in eine fremde Welt, den sie im Traum erhascht hatten. Auch Trolle und Alben trieben in dieser Zeit häufig ein närrisches Spiel mit den Menschen. So mieden viele Männer und Frauen während der Tage des Julfestes den Wald und genossen lieber die wohlige Wärme der Feuer in ihren Hallen.

Lif aber suchte die Einsamkeit des Waldes, denn sie hoffte einen Blick auf das Schicksal ihres Stammes werfen zu können. Langsam setzte sie sich auf einen Baumstamm. Eine kleine Welle breitete sich auf dem Teich aus. Lif fühlte die Kraft des Bodens unter ihren Füßen, spürte, wie die Energie der Erde in ihren Leib floß und ihr Kraft gab. Ihr Blick glitt über das Wasser. Leuchtend grüne Schlingpflanzen wucherten über das Ufer, eine braune Kröte hüpfte erschrocken in das morastige Wasser. Unruhig plätscherten jetzt Wellen hin und her, zerflossen vor Lifs Blick, der nun tiefer in das geheimnisvolle Grün glitt und der Kröte folgte, bis er sich in der Unendlichkeit verlor. Kleine Lichter funkelten im Wasser, vermischten sich zu glitzernden Schleiern, die sich schließlich zu einem silbernen Nebel vereinigten. Noch einmal erkannte sie den Umriß der Kröte, dann verschwammen der Teich und das Wasser vor ihren Augen. Schwarze Schatten bewegten sich hinter dem Nebel. Lif sah Bilder eines Kampfes, Gestalten die miteinander sprachen. Die Umrisse von Häusern tauchten vor ihren Augen auf, verschwanden aber sogleich wieder hinter der Nebelwand. Lif konnte nichts erkennen. Noch einmal wurden die Schatten deutlicher, dann verdichtete sich der Nebel wieder und gab nicht einmal mehr die Schemen frei. Enttäuscht schloß Lif die Augen und hob den Kopf. Der Blick auf die Zukunft des Stammes war ihr verwehrt. Tränen rannen ihr über die Wangen, als sie wieder die Augen öffnete. Sie stand auf. Gerade auf den Beinen erblickte sie etwas, das sie für einen Moment kaum glauben konnte: Ein Schimmel graste friedlich am Ende der Lichtung. Als Lif ihn erspähte, hob er den Kopf und schnaubte. Es war ein prächtiger Hengst. Mit aufgeblähten Nüstern trabte er einige Schritte auf Lif zu, wendete abrupt und verschwand zwischen den Stämmen des nahen Waldes, wo ihn bald der Nebel verschluckte. Nachdenklich kehrte Lif an diesem Tag zur Babilonie zurück.

Böer vermißte die gemeinsamen Ausritte und die Nähe der Godin. Sie hatte ihm von ihrem fehlgeschlagenen Versuch, die Zukunft zu sehen, erzählt. Voller Sorge beobachtete er, wie sie sich wieder von den Menschen zurückzog und die Einsamkeit suchte. Immer wieder mußte er an sie denken. Noch immer versuchte er, sich auf seine Aufgaben als Krieger zu konzentrieren und die Gedanken an Lif und die Verwirrung, die sie mit sich brachte, zu verdrängen. Es gelang ihm immer seltener. Und jeder Gedanke an sie, der in sein Bewußtsein gelangte, schien gleich mehrere neue anzulocken, die sich schon bald – wenn er es zuließ – wild in seinem Kopf jagten. Alles mischte sich: die Sorgen um die Godin und die Zuneigung zu der Frau. Schließlich handelte Böer. Er ging zu Abbio und Thümir und wollte mit ihnen über Lif reden. Beide sahen ihn aufmerksam an, lehnten sich zurück, schmunzelten und rieten, die dunklen Tage doch noch abzuwarten und im Moment nicht zuviel Aufhebens um die Godin zu machen. Sie hatten recht, und Böer ärgerte sich schon wenig später darüber, daß er sich nicht wie Thümir und Abbio hatte gedulden können. Denn als das Julfest zu Ende ging, veränderte sich Lifs Stimmung, und Böer sah wieder erleichtert das fröhliche Lachen, das ihm schon beim Allthing so gefallen hatte.

Gleich nach dem Fest, mit dem neuen Jahr, trafen sich die Anführer, um die Pläne für die Zukunft zu besprechen. Eisige Kälte hatte sich über das Land gelegt, und ein beißender Wind aus dem Osten fegte die Wärme aus den Hütten. Verzweifelt mühte sich das Feuer in Abbios Hütte, gegen den Hauch der Frostriesen anzubrennen.

»Die meisten von euch haben schon von unserem Erkundungsritt gehört oder waren selbst dabei«, eröffnete Abbio die Beratung.

»Die Zeit ist reif, die Franken wieder in den Süden zu treiben. Es gibt einen alten Geheimgang in die Eresburg. Aus diesem Wissen ließe sich sicher eine List spinnen, um die Christenritter wieder aus der Feste zu vertreiben.«

»Der Angriff sollte vor dem Allthing stattfinden, wie wir schon vor dem Spähritt beschlossen haben«, ergänzte Widukind. »Den wankelmütigen West- und Ostfalen könnten wir damit neuen Mut geben.«

»Der Gedanke ist gut und ihr wißt, er hat mir von Anfang an gefallen. Als aber die erste Begeisterung nach unserer vergangenen Versammlung verflogen war, kamen mir doch auch mahnende Gedanken in den Sinn. Denn bedenkt, daß wir den Angriff auch ohne die Streiter der Ost- und Westfalen durchführen müssen – allein mit den Engern«, warf Thümir besorgt ein.

»Ja«, gab Abbio zu. »Und deshalb müssen wir ihn klug planen und zu einer List greifen. Vergeßt nicht, daß die Franken nur einen Teil ihres Heeres auf der Eresburg zurückgelassen haben.«

»Was hast du vor?« fragte Thümir. »An deinen Augen erkenne ich doch: Du hast dir schon einen Plan überlegt.«

»Nicht ich, Widukind hatte die Idee«, erwiderte der alte Recke.

»Hört zu«, erhob Widukind die Stimme, und die Freunde steckten die Köpfe zusammen. »Ein Teil unserer Krieger wird durch den Gang in das Innere der Eresburg eindringen und so die Franken in der Burg angreifen. Das aber macht nur Sinn, wenn der Feind unvorbereitet ist und uns eine Überraschung gelingt. Sonst könnten wir den Gang gar nicht betreten, oder die Christenritter würden uns am Ausgang erwarten und einzeln niederschlagen. Also sollten die Verteidiger abgelenkt sein. Dafür wird der andere Teil unserer Krieger die Franken direkt an der Palisade der Burg angreifen. Der Angriff muß so durchgeführt werden, daß die Christen unsere Kämpfer zurückschlagen. Wir müssen sie zu einem Ausfall aus der Burg reizen. Ein Großteil ihres Heeres wird dann in den Wäldern unseren Kriegern hinterherirren, während unsere anderen Angreifer in die Burg eindringen und die restliche Besatzung niedermachen. Ich fürchte, um den Franken in den Wäldern einen Hinterhalt zu legen, werden uns die Krieger fehlen. Die wenigen Männer, die wir außerhalb der Burg haben, müssen sich auf gut vorbereiteten Wegen in Sicherheit bringen und nach der Flucht sammeln. Die Franken werden nach einiger Zeit die Verfolgung aufgeben und zur Burg zurückkehren. Hier aber finden sie unsere Streiter auf den Wällen. Während es zum Kampf kommt, müssen die Kämpfer aus den Wäldern den Feinden in den Rücken fallen.«

Abbio nickte anerkennend mit dem Kopf.

»Glänzend«, sagte Thümir begeistert. »Dann ist es endlich

soweit. An diese Schlacht sollen sie noch lange denken. Sie sollen bereuen, jemals einen Fuß in unser Land gesetzt zu haben.«

»Das Risiko liegt nur in der Stärke des Gegners«, warf Abbio mit ruhiger Stimme ein. »Wir konnten sie ja nur schlecht abschätzen. Sind sie zu stark, können wir sie selbst von zwei Seiten vor den Mauern der Eresburg nicht zusammendrücken. Aber ich denke, es wird schon reichen.«

Er wandte sich an Lif.

»Was hältst du davon?«

Die junge Godin blickte einen nach dem anderen an.

»Der Plan ist gut, und auch die Vorzeichen sind uns geneigt. Wichtiger aber noch ist, daß wir mit Mut für unser Schicksal kämpfen. Das ist es, was die Götter von uns verlangen.«

Und so war der Plan beschlossene Sache. Wieder nahm Aural die Botenstäbe in die Hand und machte sich auf seinen Weg über das Land. Schon bald trafen aus allen Teilen des Engernlandes Krieger auf der Babilonie ein, und auch aus den nördlichen Gauen fanden viele Recken den Weg nach Süden. Als die Zeit des Aufbruchs nahte, drängten sich mehr Kämpfer zwischen den Wällen der Babilonie, als Abbio und Widukind erwartet hatten. Die Herzen der Menschen waren voller Wut, und sie brannten darauf, den Franken im Kampf heimzuzahlen, was sie den Sachsen mit dem Fall der Irminsul angetan hatten. Am Abend vor dem Aufbruch drängten sich die Männer und Frauen um Lif. Die junge Godin rief die Götter an. Im flackernden Schein des Feuers saßen die Krieger beieinander, teilten ihre Ängste und spürten schon bald, wie Weisheit und Kraft der Asen in ihre Herzen strömten.

Früh im Morgengrauen brachen die Männer und Frauen, aufgeteilt in zwei kleine Heere, auf. Abbio führte die eine Gruppe, die den Feind aus der Eresburg locken sollte. Ihm folgten auch Thümir, Warst und Salt. Widukind ritt an der Spitze des Trupps, der durch den Tunnel gehen sollte. Bei ihm waren Böer, Lif, Euliset, Rakus und Servalis.

Vorsichtig schlichen sich die Angreifer im Schutz des Waldes an den Geheimgang heran. Kein Franke durfte sie sehen, sonst war der Plan verloren. Am dornenüberwucherten Eingang des Tunnels lagerten sie eine Nacht. Noch bevor die Sonne aufging, tönten die Luren der angreifenden Sachsen an ihre Ohren, hörten sie die warnenden Hörner der Franken auf der Feste und den beginnenden Schlachtenlärm. Abbio griff mit seinen Leuten geschickt an. Die Männer und Frauen blieben lange in der Deckung des Waldes, Bogenschützen reizten die Verteidiger bis aufs Blut. Dann folgte der Angriff der Krieger. Abbio hatte ihnen wieder und wieder geraten, auf gute Deckung durch die Schilde zu achten, statt voller Kampfeswut gegen den Wall anzurennen, denn er wollte den Tod eines jeden Sachsen möglichst vermeiden. Auch wenn es den Streitern schwerfiel, ihre Wut zu zäumen, hörten sie schließlich auf Abbio und stürmten mit Bedacht gegen die Befestigung. Und wenn auch mancher Kämpfer von Pfeilen getroffen fiel, blieben doch die Verluste klein. Die Franken wunderten sich auf den Wällen über den klugen Ansturm der Sachsen, von denen bekannt war, daß sie oft beim Angriff in blinde Wut verfielen. Aber sie deuteten es als Vorsicht, die aus Schwäche nach den Niederlagen im vergangenen Jahr gewachsen war und als Anhaltspunkt dafür, daß ihre Gegner keine Reserven mehr in den Wäldern liegen hatten. Die Christenritter standen zahlreich auf der Palisade und ließen keinen Sachsen den Holzzaun überwinden. Der Kampf wankte eine Weile hin und her, bis die Franken Zeichen eines langsamen Rückzugs erkannten. Dann kam das Signal, auf das Widukind und seine Gruppe gewartet hatten. Die fränkischen Hörner bliesen zum Angriff, die Tore der Burg öffneten sich. Reiter galoppierten zwischen den Wällen hervor, und der Rückzug der Sachsen wurde zur Flucht. Sie verschwanden im Schutz des Waldes. Die Reiter und auch das Fußvolk der Franken, das nun auch aus der Burg strömte, folgten.

»Hoffen wir, daß Abbio sich gute Fluchtwege überlegt hat«, murmelte Servalis, der neben Böer auf dem Boden geduckt im Unterholz lag und die Burg beobachtete.

»Er hat, denn er kennt die Gegend sehr genau«, erwiderte Widukind ruhig. »Nun sind wir an der Reihe. Macht den Eingang frei.«

Er stand auf und fing an, das Dornengestrüpp vor dem Tunnel zur Seite zu schieben. Bald war ein Spalt entstanden, breit genug, die Männer durchzulassen.

»Folgt mir«, forderte der Hüne die Krieger auf und verschwand in der Dunkelheit des Ganges.

Die Männer und Frauen drängten sich hinterher. Sie krochen durch den dunklen Tunnel, bis sie vor den Felsen standen, die den Ausgang versperrten. Der Gang war eng, und es gelang Böer gerade, sich neben Widukind zu schieben. Zu zweit legten sie ihre ganze Kraft gegen die Felsbrocken und schoben sie langsam zur Seite. Helles Tageslicht brannte in ihren Augen, als sie aus dem Gang wieder ins Freie strömten. Alles war ruhig. Die zurückgebliebenen fränkischen Posten hatten ihre Blicke auf den Wald außerhalb des Walls gerichtet. Sofort suchten die Sachsen Deckung. Als alle Angreifer den Gang verlassen hatten, zogen sie die Waffen. Widukind gab das Zeichen zum Blasen der Kriegslure. Während das Signal erklang, rannten sie los. Verwirrt torkelten fränkische Ritter aus ihren Zelten und Hütten, entgeistert sahen die Wachen vom Wall hinunter. Der Kampf ging schnell. Wieder und wieder surrte Servalis' Bogen, und auch andere Krieger ließen ihre Pfeile sausen. Bevor sie ihre Waffen ziehen konnten, fielen die meisten Posten von der Palisade. Nicht besser erging es den Franken im Inneren der Burg. Vielen stand noch der Schrecken im Gesicht, als die Schwerter sie trafen. Die Festung war zurückerobert.

Der Rest des Tages blieb ruhig, und auch in der Nacht konnten die Krieger ohne Kampf ruhen. Es dauerte bis zum Mittag des folgenden Tages, als ein Späher das feindliche Heer ankündigte. Kurz darauf verließen die ersten Franken den Wald und ritten auf die Wiese vor der Burg. Widukind hatte die Tore geöffnet, sächsische Streiter mit fränkischen Helmen standen auf dem Wall, und die christlichen Fahnen wehten im Wind. Mit geduckten Köpfen ritten die Christenstreiter müde auf den Einlaß zu, die Fußsoldaten schlurften erschöpft neben den Reitern. Die Sachsen warteten, bis ihre Gegner dicht vor den Toren standen. Dann erst krachten die Holzpforten in ihre Rahmen, die Luren dröhnten über das Land, und Pfeile surrten von den Palisaden und fanden reiche Ernte unter den Kreuzstreitern. Verwirrt liefen die Franken durcheinander. Die Todesschreie der Getroffenen mischten sich mit den hastig gebrüllten Kommandos ihrer Anführer. Die Reiter der Sacra Francesca waren die ersten, die die Überraschung überwanden und sich zum Angriff formierten. Gerade galoppierten sie los, als Abbios Scharen mit wildem Gebrüll von hinten auf die Feinde einstürmten. Jetzt konnten die sächsischen Krieger die Zügel der Klugheit fallenlassen. Die bis dahin gebändigte Wut loderte wie ein Feuer, in das der Wind fährt, empor und vervielfachte ihre Kraft. Mit fürchterlicher Gewalt wüteten die sächsischen Schwerter in den fränkischen Reihen. Von beiden Seiten regneten Pfeile auf die Christenritter. Die Verwirrung unter dem Wall war vollkommen, und aus der Unsicherheit der Franken wurde Angst. Die Krieger wandten sich zur Flucht, fanden aber keine Richtung, in die sie laufen konnten. So wurden sie unter den wütenden Hieben der Angreifer erschlagen, so wie im Herbst das Korn unter den Schnitten des Bauern fällt. Es dauerte nicht lange, und das Frankenheer war vernichtet.

In der Eresburg umarmten sich die Sachsen und freuten sich über ihren Sieg. Die Freude war aber nicht ungetrübt, denn überall kündeten auf der Eresburg die verbrannten Reste der Hütten von der Niederlage und dem Kampf, die sich erst vor kurzer Zeit hier zugetragen hatten. Böer schritt neben Lif, Euliset, Rakus und Servalis durch die Trümmer. Sie erreichten einen Platz, an dem noch einige Hütten standen.

Aus einem Haus schnaubte ein Tier.

Alle fünf zogen die Waffen.

»Vorsichtig, es könnten noch überlebende Franken hier stecken«, raunte Servalis den Gefährten zu und legte einen Pfeil auf die Sehne seines Bogens.

»Ich gehe vor, gib mir Deckung«, flüsterte Böer dem Römer zu.

Euliset schloß sich dem jungen Sachsen an. Leise näherten sie sich der Hütte, preßten sich schließlich links und rechts der Tür gegen das Holz. Euliset nickte Böer zu, sprang vor und trat die Tür ein. Sofort stürmte er durch den Eingang. Böer folgte. Sekundenlang versperrte die ungewohnte Dunkelheit ihren Augen den Blick. Beide Krieger rissen ihre Schilde empor, um sich zu decken. Als sie wieder sehen konnten, ließen sie erstaunt die Waffen sinken. »Verzeiht, ich wollte euch nicht in Aufregung versetzen«, entschuldigte sich ein dicker kleiner

Mann mit dünner Stimme. Er hatte seinen breiten Körper hinter einen umgekippten Tisch geschoben und starrte sie aus ängstlichen kleinen Augen an.

»Das darf doch wohl nicht wahr sein«, prustete Böer vor Lachen, und Euliset sah ihn entgeistert an.

»Du kennst den Mann?« fragte er verwirrt.

»Er ist harmlos, völlig harmlos – jedenfalls im Kampf. Sonst muß du schon vorsichtig im Umgang mit ihm sein«, erwiderte Böer immer noch lachend.

Auch die anderen Gefährten drängten durch die Tür und blickten den Dicken ungläubig an.

»Wie ein fränkischer Krieger sieht er wahrlich nicht aus«, stellte Euliset fest.

»Warum nicht?« forschte Rakus mißtrauisch und strich mit der Hand über seinen Bauch.

»Mein Name ist Riedwiesel. Ich bin ein Händler aus dem Schwabenland«, begann der Mann unsicher zu erklären.

Er stand auf und wischte sich mit dem Handrücken den Schweiß von der Stirn.

»Ich bin vielleicht froh, euch hier wiederzusehen«, wandte er sich an Böer. »Ja, habt ihr noch nie einen Händler gesehen?« rief er den anderen zu, die ihn ungeniert anstarrten. »Ich bin ein Mann des Friedens. Wollt ihr vielleicht etwas bei mir kaufen?«

»Nein, ganz sicher nicht«, antwortete Böer.

»Doch natürlich«, unterbrach ihn Rakus barsch. »Habt ihr Wein? Bei diesen Barbaren habe ich seit Wochen keinen mehr gesehen.«

»Ja natürlich, ich habe sogar eine Auswahl. Welchen wollt ihr? Soll er lieblich sein oder eher trocken?«

Rakus verzog genüßlich das Gesicht.

»Das müßte ich probieren ...«

»Später«, unterbrach ihn Euliset. »Zunächst möchte ich wissen, was ihr hier auf der Eresburg treibt.«

»Nun, Handel natürlich«, antwortete Riedwiesel. »Ich war auf dem Rückweg aus dem Norden. Bei diesem Krieger«, er wies auf Böer, »war ich auch zu Gast. Hier bei den Franken habe ich wie überall Handel getrieben. Die Kälte zwang mich, etwas länger zu bleiben, und der Weindurst der Ritter brachte viel Gold in meine Kasse. Dann störte mich euer Angriff beim Handel.«

»Oh, das tut uns wirklich leid«, sagte Servalis und verbeugte sich entschuldigend. »Wir werden in Zukunft natürlich keine Angriffe mehr vornehmen, solange Händler ihre Geschäfte noch nicht beendet haben.«

Da mußte auch Riedwiesel grinsen. »So habt ihr eingesehen, daß ich kein fränkischer Kriegsknecht bin?«

»Das haben wir«, entgegnete Euliset treuherzig.

»Auch wenn du vielleicht für so manchen Mann gefährlicher als ein Kämpfer sein könntest«, fügte Böer hinzu.

»Wenn ich nun den Wein kosten dürfte«, mischte sich Rakus wieder in das Gespräch.

Sie gingen nach draußen, denn der Karren des Händlers stand in einem Unterstand hinter der Hütte. Während Rakus noch lange mit Riedwiesel über die Vor- und Nachteile einzelner Weinsorten diskutierte, schlenderten die Freunde zu den anderen zurück. Als Rakus und Riedwiesel ihnen folgten, saßen die Recken bereits an den Feuern zusammen und feierten ihren Sieg. Erst spät in der Nacht legten sie sich zum Schlafen nieder. Mit dem ersten Tageslicht bereitete sich das kleine Heer zum Aufbruch vor.

Als sie die Festung verließen, blieb eine Besatzung aus bewährten Kämpfern zurück.

Der Rückweg war beschwerlich. Rakus hatte von dem Händler so viele Weinkrüge gekauft, daß alle Gefährten daran zu tragen hatten. Auch von den Bauern hatte er den Wein gerne entgegengenommen.

Auf Lifs Wunsch ritten sie nicht direkt zur Babilonie, sondern machten einen kleinen Umweg über die Irminsul. Kein Franke zeigte sich auf ihrem Weg. Der ehemals heilige Ort bot einen traurigen Anblick. Die Palisaden waren gebrochen oder verbrannt, die angekohlten Pfosten der Hütten lagen auf dem gefrorenen Boden. Überall waren die Spuren des Kampfes zu sehen. Inmitten des kleines Waldes erhoben sich noch immer stolz die heiligen Felsen. Es war ein gewaltiger Anblick. Doch spürten alle, daß der Platz etwas verloren hatte, was sich nicht in Worte fassen ließ. Nicht nur der Anblick des heiligen Baumes fehlte: Auch Kraft, Ruhe und Würde, die zuvor jeden Besucher durchdrungen hatten, waren verschwunden. Nun ragten einfach einige stolze Felsen in den Himmel, schön anzusehen – aber leer. Ein trostloses Loch war an diesem Ort geblieben. Die Reste der heiligen Esche waren verschwunden. Nicht einmal einen Stumpf hatten die Männer Karls und der Kirche im Boden zurückgelassen. Aufgewühlter Boden zeichnete die Stelle, an der die Esche ehemals aus dem Boden ragte, schwarze Erde türmte sich gefroren um die riesige Wunde, die der Baum im Boden hinterlassen hatte.

Schweigend schritten die Krieger über den verlassenen Ort. Der Anblick zerriß ihnen allen das Herz. Abbio beugte sich hilflos über das schwarze Loch im Boden und griff mit seiner Hand nach der dunklen Erde, so als könne er den Fall des Baumes immer noch nicht fassen. Widukind stolperte zwischen den Trümmern der Hütten umher. Thümir stand lange starr vor den Felsen. Er konnte seinen Blick nicht von ihnen lassen. Böer hielt sich dicht neben Lif, und als die Tränen wieder über ihre Wangen rollten, nahm er sie in seine Arme.

Die Sachsen verließen die Felsen, ohne ein Wort zu sprechen.

Weiter ging die beschwerliche Reise zur Babilonie, und alle hingen ihren Gedanken nach. Wieder auf der Burg ruhten sie sich von der Erschöpfung des Kampfes und der anschließenden Schlepperei aus, und ihre finsteren Gedanken wichen wieder dem frohen Mut, der aus dem Sieg an der Eresburg wuchs. Mit einem kleine Fest feierten sie ihren Sieg.

Mit den wärmeren Tagen rückte auch das Allthing wieder näher. Schließlich brachen Böer, Lif, Widukind, Abbio und Thümir auf, um über das Schicksal des Stammes mit den anderen Anführern zu reden. Die Wanderer begleiteten sie.

Auf dem Hügel von Marklohe an der Weser hatten sich mehr Menschen als im Jahr zuvor versammelt, um über das Schicksal des Stammes zu beraten. Schon von weitem erspähten die Gefährten das Meer von Zelten, das die Wiesen am Thingplatz bedeckte. Prachtvoll gekleidete Krieger schritten umher, saßen an ihren Feuern oder stritten sich in kleinen Gruppen. Hier und da übten sich Männer und Frauen im Gebrauch der Waffen. Wo die Reiter von der Babilonie aber vorbeitrabten, ließen die Menschen ihre Waffen sinken, stellten die Krüge neben das Feuer und wandten sich nach ihnen um. Widukind und Abbio ritten an der Spitze des Reiterzuges.

Mächtig war der alte Recke auf seinem weißen Roß anzusehen, stattlich wirkte sein junger Begleiter auf seinem Rappen. Die Freunde hatten gerade ihre Zelte aufgestellt, da umringten sie auch schon Männer und Frauen, die etwas über die geschlagenen Kämpfe erfahren wollten. Auch Böer war bald von Thingbesuchern umgeben.

»Mein Name ist Hoin, Halbards Sohn«, stellte sich ein rothaariger Kämpe vor.

»Entschuldige unsere Ungeduld, aber die Wißbegier brennt in unseren Seelen. Und so hoffen wir, von dir etwas über das Geschehene zu erfahren.«

»Sorgen verdunkeln uns den Tag, denn wir hörten, daß die Irminsul gefallen ist, Goden erschlagen wurden. Kannst du uns etwas darüber sagen?« flehte ein blonder Jüngling Böer an.

»Aber die Priester sind nicht alle tot. Ich sah eine Godin in ihrem Zug«, unterbrach ihn ein Krieger mit dickem Bauch, der im Takt seiner Worte eine schwere Streitaxt in den Händen wog.

»Haltet ein mit euren Fragen. Ich will euch ja antworten«, rief Böer den Männern und Frauen entgegen. »Aber ihr müßt mir auch Gelegenheit zum Sprechen geben.« Erwartungsvoll richteten die Umstehenden ihre Augen auf Böer.

»Ich war dabei, als die Franken die Eresburg eroberten«, eröffnete er seine Rede. »Und ich verteidigte die Irminsul, sah wie die Christen den heiligen Baum fällten.«

Gespannt lauschten die Krieger seinen Worten. Er berichtete von den Schlachten und erwähnte die Namen der großen Helden. Als Böer aber von dem Priester erzählte, der seine Axt an der Irminsul erprobte, empörten sich die Zuhörer so sehr, daß Böer mit seinen Worten innehalten mußte, so laut diskutierten die Männer und Frauen miteinander.

»So ist alles verloren«, schrie eine Frau, »es hat keinen Sinn mehr zu kämpfen.«

Der dickbäuchige Krieger errötete vor Wut und schwang die

Axt bedrohlich über seinem Haupt – und den Köpfen der anderen.

»Und wenn alles verloren ist, dann sollen sie büßen«, schrie er mit mächtiger Donnerstimme, wobei die Frau erschrocken zusammenzuckte.

»Worauf warten wir noch? Laßt uns mit einem Heer nach Süden ziehen. Jeder Tag, den diese Freveltat ungesühnt bleibt, beschämt uns in den Augen der Götter.«

»Und die Goden?« warf schüchtern ein schwarzhaariger Streiter ein. »Starben sie bei der Irminsul? Ist es so, wie man es sich landauf, landab erzählt?«

Interessiert hielt der dickbäuchige Recke im Axtschwingen inne.

»Ja, was geschah mit ihnen?« wandte auch er sich an Böer und ließ die Waffe sinken.

»Ich kämpfte an ihrer Seite und sah, wie sie sich tapfer gegen die Flut der Feinde stemmten«, fuhr Böer mit seiner Erzählung fort. »Aber die Übermacht war zu groß und die heilige Wache der Berserker gefallen.«

Böer berichtete von Livele und wie er auf Lif traf. Er erzählte von ihrer Flucht und dem Zusammentreffen der Helden auf der Babilonie. Wie die Sachsen nun von dem kleinen Häufchen, das sich hatte retten können, hörten, verdüsterten sich voller Sorge und Trauer ihre Mienen noch mehr. Als Böer aber von Widukinds Traum und Plan erzählte, blitzte Hoffnung in ihren Augen auf.

»Ihr habt sie geschlagen«, brüllte der dickbäuchige Krieger freudig, nachdem Böer geendet hatte. »Die Eresburg gehört wieder uns.«

»Aber noch immer liegt der heilige Hain in Trümmern und schreit nach Rache«, rief der rothaarige Kämpe.

»Rache, wozu?« fragte die Frau mit schriller Stimme.

»Wo doch alles verloren ist. Was zählen jetzt noch Siege, nachdem die Irminsul gefallen ist.«

Ihre Stimme verebbte, und sie hob die Hände vor die Augen, von heftigen Weinkrämpfen geschüttelt.

»Aber eine Godin lebt«, brüllte wieder der Krieger mit der Axt.

Neue Menschen drangen wißbegierig auf Böer ein, und er mußte seine Geschichte wieder und wieder erzählen. Nicht anders erging es den Gefährten. So ballten schließlich viele Menschen vor Zorn die Fäuste und forderten Rache für die Freveltaten des Feindes, andere weinten still um den Verlust der Irminsul. Abbio und Widukind trafen sich in ihrem Zelt mit Hassio und Brun, um über ihre verschiedene Ansicht der sächsischen Zukunft zu beraten. Abbio erzählte von den Kämpfen. Als er beim Fall der Irminsul angelangt war, machte er eine Pause.

»Was habt ihr gedacht, als ihr die Nachricht vom Fall der Irminsul erfuhrt?« wandte sich Widukind wütend an die beiden Häuptlinge.

»Hätten wir auf dem Allthing anders entschieden, wären wir vorbereitet gewesen?«

Brun schüttelte betroffen den Kopf.

»Wer konnte es vorher ahnen? Ich jedenfalls wußte es nicht im voraus.«

»Das wissen wir nur zu gut«, zischte Widukind ihn an.

»Ihr saht es nicht voraus – aber die Goden. Erinnert euch an die Zeichen, von denen sie sprachen?«

»Sie sagten nichts Bestimmtes ...«, wandte Hassio leise ein. »Es war nur eine dunkle Ahnung, von der sie sprachen.«

»Mir waren ihre Worte klar genug«, brauste Widukind auf. »Aber selbst wenn es für euch nur dunkle Ahnungen waren. Ich redete als Krieger zu euch und berichtete von dem, was meine Augen gesehen und meine Leute erfahren hatten. War euch das auch unverständlich?«

Brun und Hassio schwiegen.

»Ihr wart blind, weil ihr die Wirklichkeit nicht sehen wolltet«, hakte Widukind wütend nach.

»Auch wir sind entsetzt über den Fall des heiligen Baumes«, erwiderte Hassio mit harter Stimme.

Er hatte sich wieder gefaßt.

»Und auch unsere Streiter sind unter der Irminsul gestorben.«

»Dich habe ich aber nicht gesehen«, funkelte Widukind ihn an.

»Es ist gut«, erhob Abbio die Stimme. »Wir alle wissen, was geschehen ist, und wer welchen Rat beim Allthing gab. Ihr«, er sah Hassio und Brun an, »hattet eine andere Meinung als wir, und das steht jedem zu. Nun aber dürften wir dasselbe denken. Und nur das ist wichtig.«

»Ja, natürlich«, stellte Brun aufgebracht fest. »Niemand kann mehr die Bedrohung durch die Franken übersehen.«

»Auch ihr nicht?« forschte Widukind mit spitzer Stimme nach.

»Was fällt dir ein«, schrie Hassio und sprang auf.

Mit zusammengekniffenen Lippen starrte er den Häuptling der Engern an. Seine Hand lag locker auf dem Griff des Schwertes.

»Wollten wir beraten oder sind wir nur gekommen, um uns von dir beleidigen zu lassen?«

Beschwichtigend hob Abbio die Hand.

»Setzt euch wieder«, forderte er sie knapp auf. Hassio blickte ihn böse an. »Habt Verständnis für Widukinds Zorn.«

Er sah den Engern an.

»Was willst du bezwecken? Du regst dich über die Uneinigkeit unserer Anführer beim vergangenen Allthing auf und siehst, wie dadurch die Niederlage entstand. Aber anstatt für den Zusammenhalt zu wirken, schürst du das Feuer neuer Zwietracht zwischen den Häuptlingen.«

Widukind warf ihm einen verlegenen Blick zu und Hassio setzte sich wieder.

»Erzählt uns von eurem Kampf an der Eresburg«, forderte er Abbio auf. »Es ist uns schon zu Ohren gekommen, daß ihr die Franken dort geschlagen habt.«

»Der Plan für die Eroberung ist aus einem Traum gewachsen«, eröffnete der alte Recke seine Erzählung. »Ein Traum, der einem Bauern und seiner Frau den Schlaf raubte.«

Er betrachtete belustigt Bruns und Hassios irritierte Blicke und erzählte von Widukinds Traum, vom Plan und dem Kampf um die Burg.

»Ein großer Sieg«, nickte Hassio zustimmend, nachdem Abbio seine Erzählung beendet hatte. »Ihr habt durch List und Klugheit das Leben vieler Kämpfer geschont.«

»Wahrlich, die Engern haben mutig gehandelt. Diese Lektion werden sich die Franken merken.«

»Und ihr auch, hoffe ich«, brummte Widukind wieder angriffslustig.

»Dieser Plan ist auf deinem Mist gewachsen«, erwiderte Brun zornig, »und ich kann ihn nur loben. Denke aber daran, daß wir schon Siege errungen haben, als du noch Blumen auf der Burg deiner Eltern pflücktest. Geh zu Bernleff und bitte ihn, dir die Geschichten über uns vorzusingen. Dann kannst du ihn auch bitten, vielleicht ein kleines Lied über deine Tat zu dichten.«

Abbio funkelte Brun und Widukind wütend an, und Widukind blieb still.

»Machen wir uns nichts vor«, nahm Abbio die Beratung wieder auf. »Unser Sieg hat ein Zeichen gesetzt. Es war wichtig, denn es hat unserem Volk Mut gegeben. Aber wir haben kein großes Heer der Franken besiegt, nur die kleine Besatzung eines ihrer Außenposten. Wir haben sie nicht wirklich geschwächt, sondern nur geärgert.«

»Ihr Anführer wird die Niederlage nicht hinnehmen«, fügte Widukind hinzu. Brun und Hassio nickten.

»Wenn sie es wirklich ernst meinen, werden sie in diesem Jahr wieder angreifen«, brummte Hassio.

»Zweifelt ihr immer noch daran, daß sie es ernst meinen?« fuhr Widukind den Häuptling an.

»Ich glaube, daß sie kommen werden – mit einem großen Heer«, antwortete Hassio zornig.

»Dann sind wir uns einig«, schnitt Abbio die aufkeimende Diskussion ab. »Wir müssen ein Heer aufstellen, um vorbereitet zu sein.«

»Das müssen wir, und meine Zustimmung hast du«, sagte Hassio.

»Meine auch«, stimmte Brun zu.

Abbio nickte.

»Gut, ich hatte nichts anderes erwartet. Jetzt, wo wir einig sind, können wir ihr Heer beruhigt erwarten.«

Nach diesen Worten verabschiedeten sich Brun und Hassio, und die Anführer gingen auseinander.

Lif hatte nach der Ankunft auf dem Thingplatz zunächst Ruhe

in ihrem Zelt gesucht. Auch wenn sie sonst ihren Schmerz überwunden hatte, waren die Wunden ihrer Seele doch noch nicht so verheilt, daß sie über die Geschehnisse mit so vielen Menschen offen reden mochte. Sie dachte an Böer. Die Gedanken an ihn taten ihr gut, wie sie überrascht zugeben mußte. Ein wohliges Gefühl, in dem sich eine seltsam prickelnde Spannung mit der Vorfreude zufriedener Geborgenheit auf eine ihr bisher unbekannte Weise mischten, durchströmte sie. Mit ihm würde sie jetzt gerne über das Geschehene reden. Die Gedanken daran, wie er sich um sie sorgte und bemühte, taten ihr gut. Eigentlich hatte er die ganze Zeit in der Babilonie seine eigenen Gefühle für sie zurückgestellt und nur an ihre Wünsche gedacht. Er mochte sie – mehr als das – und das gefiel ihr gut. Plötzlich fragte sie sich, wie lange seine Aufmerksamkeit dauern würde, wo er doch nie die Bestätigung, die er sich in seinem Innersten – wie sie wußte – wirklich erhoffte, erfuhr. Sie sah Böer vor sich, im sonnigen Licht beim Allthing, als sie sich zum ersten Mal getroffen hatten, hörte ihn lachen und erzählen. Sie dachte an ihre eigene Unbeschwertheit dabei, und plötzlich sehnte sie sich danach, noch einmal einen solchen Moment mit ihm zu teilen.

Böer hatte sich schließlich mit Thümir in ein Zelt zurückgezogen. Aber hier kamen und gingen die Sachsen, um sich die Geschichte der Kämpfe erzählen zu lassen. Wieder einmal wurden die Planen des Zelteingangs beiseite geschoben, und ein neuer Gast trat ein. Böer sah auf und starrte den Neuankömmling an.

»Vater«, rief er und erhob sich. »Ich freue mich, dich zu sehen.«

Bentan kam näher, und Vater und Sohn schlossen sich in die Arme. Beide verließen das Zelt und spazierten abseits des Lagers, um ungestört zu reden.

»Du hättest wenigstens eine Nachricht hinterlassen können«, warf Bentan seinem Sohn vor, als sie einen ruhigen Platz gefunden hatten.

»Es tut mir leid – es ging alles so schnell, ich war durcheinander. Habt ihr euch große Sorgen gemacht?«

»Es war klar, wohin du reiten würdest. Wir haben zu den Göttern gebetet, damit sie dich schützen. Nun aber erzähl, wie es dir ergangen ist. Mir ist zu Ohren gekommen, daß du zu einem kühnen Krieger geworden bist.«

Böer berichtete dem Vater seine Geschichte. Bentan nickte.

»So warst du wohl doch der richtige, der gegangen ist. Du sollst wissen, daß ich Brul geschickt hätte.«

Nun mußte Bentan vom Leben auf dem Hof erzählen. Böer freute sich, als er erfuhr, daß alles seinen gewohnten Gang ging.

»Dann hältst du für richtig, was ich tat?« fragte Böer seinen Vater.

»Es ist richtig, weil es dein Weg ist. Es ist gut, daß du ihn erkannt hast und ihm folgst. Wir sind bei dir, was immer du auch tust.«

Auch über diese Worte freute sich Böer sehr. Die beiden Männer waren noch bis zum Abend zusammen, lachten und hatten sich viel zu erzählen. Böer mußte seinem Vater versprechen, sobald als möglich den elterlichen Hof zu besuchen. Am Abend trafen sie sich mit Widukind, Abbio und Thümir. Gemeinsam gingen sie zum Allthing. Lif rief die Götter an und eröffnete die Versammlung. Dieser Abend schloß ihr endgültig die Herzen des ganzen Volkes auf. Statt dreizehn Goden sahen die Männer und Frauen nur eine junge Frau. Auch das Trommeln fehlte, denn die Musikanten waren an der Irminsul gestorben. Dafür erklang die traurige Musik einer Lure, Bernleff der Skalde spielte seine Lieder, und Lif sang. Ihre Stimme bewegte die Herzen der Menschen, und ihre Worte mußten einfach in Asgard gehört werden, so klar und warm waren die Töne, so melodisch die Sätze und so ergreifend der Inhalt.

Nur eine Fackel brannte im Kreis, nahe der Godin, und erleuchtete ihr Gesicht, so daß es weithin der einzige helle Punkt neben dem Feuer war. Und was beim vergangenen Thing die rauschende Musik der vielen Trommler, dreizehn Goden und unzähligen Flammen bewirkten, schaffte Lif durch die karge Treffsicherheit ihrer Zeremonie allein.

Am folgenden Tag wurden die Geschicke des Volkes beraten. Abbio berichtete vor dem Allthing vom Verlauf der Kämpfe.

Obwohl ein jeder die Geschichte schon kannte, hörten doch alle andächtig zu. Eindringlich warnte er vor einem neuen Angriff der Feinde und rief zur Aufstellung eines großen Heeres bei der Babilonie auf. Die Männer und Frauen im Rund jubelten, als er geendet hatte. Vereinzelt schlugen Krieger ihre Schwerter auf die Schilde, weitere folgten, bis der ganze Kreis im Rhythmus des Waffentrommelns erzitterte. Es dauerte lange, bis wieder Ruhe einkehrte. Hassio und Brul traten vor die Besucher des Thing, stimmten dem Vorschlag Abbios zu und kündigten an, viele Kämpfer für das gemeinsame Heer zu schicken. Wieder jubelten die Teilnehmer des Thing, und das Eisen der Schwerter krachte auf das Holz der Schilde. Dann wurde abgestimmt. Alle Thingbesucher erhoben sich für Abbios Vorschlag. Anschließend trat Widukind vor die Männer und Frauen, und im Rund wurde es wieder still.

»In Notzeiten hat es bei unserem Volk schon seit ewigen Zeiten einen Brauch gegeben, an den ich erinnern möchte«, rief er mit klarer Stimme. »Dann, wenn das Schicksal der Sachsen entschieden wird, kann das Allthing einen Anführer wählen, der für die Zeit der Bedrohung das Heer führt. So war es schon immer, so soll es auch jetzt sein. Eine Zeit des Kampfes ist angebrochen. Ich möchte, daß Abbio unser Heer in den Kampf führt. Wenn ihr diesem Vorschlag zustimmt, steht auf.«

Überall erhoben sich die Männer und Frauen, und Jubel wurde laut.

»Halt«, rief Hassio dazwischen. »So haltet ein.«

Er war aufgesprungen, die Menschen drehten die Köpfe nach ihm und hörten ihn gerade noch.

»Bevor ihr abstimmt, möchte ich noch etwas hinzufügen.«

Die meisten Thingteilnehmer standen schon und sahen ihn abwartend an.

»Wählt Abbio zum Heerführer.«

Wieder wurde Beifall laut. Dazwischen mischten sich laute Stimmen.

»Was soll der Unsinn?« war ein tiefer Baß zu hören.

»Das wollten wir ja gerade«, kreischte die helle Stimme eines jungen Mannes. Hassio hob beide Hände, um sich Ruhe zu verschaffen. Widerwillig ebbte der Lärm ab.

»Wählt ihn, ja das rate auch ich. Aber wählt ihn nur für dieses eine Jahr.« fuhr Hassio fort. »Das Allthing im nächsten Jahr soll über die weitere Zukunft entscheiden.«

Die Menschen drehten sich zu Widukind um, um seine Erwiderung abzuwarten.

»Das soll Teil meines Vorschlags sein«, rief er gelassen. »Nun stimmt ab.«

Aus vielen Stimmen dröhnte die Zustimmung über den Platz. Alle Männer und Frauen standen. Als Abbio sich bereit erklärte, das Heer zu führen, gab es kein Halten mehr, denn alle freuten sich über die Wahl des Anführers. Erst sehr viel später klang der Lärm ab, konnten wieder Männer und Frauen vor die Versammlung treten, um ihre Streitigkeiten auszutragen und Lifs Schiedspruch zu hören.

Die junge Godin urteilte klug. Viele Menschen lobten sie wegen der Weisheit ihrer Worte. Schließlich endete das Allthing, und die Gefährten ritten zur Babilonie zurück.

Am Morgen nach ihrer Ankunft, wurden sie von einer fröhlichen Godin geweckt, die kurz ihren Kopf durch die Tür der Hütte streckte, um sich mit einem völlig überraschten und verschlafenen Böer für einen Ausritt zu verabreden. Wenige Stunden später saßen die beiden auf ihren Pferden. Lif genoß das Zusammensein mit Böer – aber irgend etwas fehlte. Sie redeten viel, doch die Ungezwungenheit ihres ersten Treffens wollte sich nicht einstellen. Böer war nett, zuvorkommend und bemüht: Gleichzeitig hatte sie aber das Gefühl, ihn nie ganz, in seinem Herzen zu erreichen. Es war, als würde ein Teil dessen, was sie sagte und fühlte, an einer unsichtbaren Mauer abprallen. Das änderte sich nicht, als sie in den nächsten Wochen wieder regelmäßig gemeinsam ausritten.

BEORC

ᛒ Schon bald reichte der Platz zwischen den Wällen der Babilonie nicht mehr aus, um die Scharen von kampfentschlossenen Kriegern zu beherbergen, die nach dem Beschluß des Allthings in die Burg kamen. Es dauerte nicht lange, und die bunten Farbtupfer der Zelte füllten auch den Wald außerhalb der Palisade und leuchteten noch zwischen den Bäumen im Tal unterhalb des Burghügels. Niemand zählte die Menschen, doch selbst die Alten konnten sich nicht erinnern, jemals ein solch starkes Sachsenheer auf einem Platz versammelt gesehen zu haben. Die Tore der Babilonie waren weit geöffnet, und schon am frühen Morgen strömten die Menschen durch die Eingänge der Burg. Böer und Lif betrachteten das geschäftige Leben von der Palisade aus. Schweigend standen sie nebeneinander. Der Himmel war klar, und ein frischer Wind wehte kühl durch ihre Gesichter. Noch reichte die Kraft der Sonne nicht, die Kälte des Morgens zu vertreiben. Erst gegen Mittag würden ihre Strahlen wohltuend wärmen.

»Sie sind ohne Murren zusammengekommen, obwohl die Feldarbeit beginnt«, sagte Böer nach einer Weile nachdenklich. »Der Fall der Irminsul hat die Menschen wachgerüttelt. Es sind viele, und die Wut in ihren Herzen vervielfacht ihre Kraft. Wenn die Franken in diesem Jahr vorstoßen, werden sie auf vorbereiteten Widerstand treffen.«

Nicht weit von ihnen erkannten sie Abbio, der im Gewühl

auf sie zukam. Bald stand er vor Lif und Böer. Er begrüßte die beiden.

»Was für ein Heer!« trompetete er fröhlich. »Und immer noch kommen neue Kämpfer dazu. Ein herrlicher Morgen.«

Er ließ seinen Blick über den Wald schweifen.

»Werden wir den Feind hier an der Babilonie erwarten?« fragte Böer.

»Nein«, antwortete Abbio. »Wir gehen nach Süden. Ich habe nicht vor, die Franken weit nach Sachsen hinein zu lassen. Aber einige Tage bleiben wir noch hier, bis der Strom der Neuankömmlinge abreißt, und das Heer vollständig ist.«

Wieder blickte Abbio in die Ferne. Plötzlich stockte er, seine Augen verengten sich, und tiefe Falten gruben sich in seine Stirn. Jetzt sahen auch Böer und Lif, was ihn beunruhigte. Das Treiben zu Füßen des Walls war ins Stocken gekommen, Unruhe erfaßte die Menschen. Die Männer und Frauen blickten auf den talführenden Pfad, der für die Blicke der Betrachter von der Palisade zwischen den Bäumen des Waldes verschwand. Ängstlich stoben die Menschen auseinander, um eine Gasse auf dem Pfad freizumachen. Das Geräusch donnernder Hufe kam schnell näher.

»Wer wagt es, hier solche Unruhe ...«

Abbios Worte brachen ab. Ein rotbärtiger Reiter preschte auf einem riesenhaften Pferd zwischen den Bäumen hervor. Sein Rappe galoppierte mit gewaltigen Sätzen über den Pfad. Staub wallte auf.

Der Mann war ein Hüne. Selbst aus der Distanz der Palisade war die übermenschliche Größe seines Körpers zu erkennen. Er kam schnell näher und passierte das Tor. Im Inneren der Burg zwang er den Rappen in einer wallenden Staubwolke zum Stehen. Schwungvoll sprang er vom Pferd, nicht darauf achtend, daß die sächsischen Krieger ihn ängstlich anstarrten. Abbio drehte sich mit einem Ruck um und stieg den Wall hinunter. Böer und Lif folgten ihm. Schon hatte der fremde Reiter sie erblickt.

»Abbio, sei gegrüßt. Ich komme in Frieden«, rief er dem Anführer der Sachsen mit tiefer Stimme zu.

»Bei Donar, bist du es wirklich?« erwiderte Abbio. »Wahrlich nur du kannst es sein. Baphet, sei uns gegrüßt. Was treibt dich zu uns? Willst du dich unserem Heer anschließen?«

Der rothaarige Hüne lachte spöttisch.

»Du solltest wissen, daß ich nur in einem Heer, nur unter einem Anführer kämpfen werde: Und das wird in der Schlacht der Götterdämmerung sein. Wotan selbst wird mich in den Kampf führen. Dieser Tag aber ist zum Glück noch fern.«

Seine Augen funkelten. Böer erkannte den roten Schild des Fremden, er sah den buschigen Bart und die große Gestalt und erinnerte sich an die Nacht im Moor, als er schon einmal auf Baphet gestoßen war. Auch der Riese schien ihn zu erkennen.

»Seltsam, wie die Nornen die Wege der Menschen spinnen«, murmelte er mit einem Blick auf Böer.

Wieder spürte der junge Sachse die ungeheure Kraft, die der rote Kämpe ausstrahlte.

Baphet blickte Lif interessiert an. »Bist du Lif, die letzte Godin von der Irminsul?«

»Die bin ich.«

»Dann habe ich mit dir zu reden. Das ist der Grund meines Rittes in eure Burg.«

»Vorher aber sollst du essen und trinken, wie es bei uns Brauch ist, wenn Gäste kommen«, warf Abbio ein.

Gemeinsam gingen sie in Abbios Hütte. Der alte Recke berichtete Baphet von den vergangenen Schlachten und Entscheidungen der Sachsen. Der rote Kämpfer hörte stumm zu. Nur einige Male nickte er bedächtig mit dem Kopf.

»Vieles wußte ich schon«, erhob er die Stimme, als er sein Mahl beendet hatte. »Schlimme Dinge sind geschehen. Darum bin ich gekommen.«

»Was willst du tun, wenn nicht in unserem Heer kämpfen?« forschte Widukind.

»Ich habe einen anderen Weg zu gehen«, antwortete Baphet barsch – mit einem Ton, der keinen Widerspruch duldete und selbst Widukind von weiteren Fragen abhielt. Den rotbärtigen Ritter schien die Reaktion des Engernherzogs nicht sonderlich zu interessieren.

»Nun laß uns reden«, wandte er sich an die junge Godin.

Langsam stemmte er seinen schweren Körper aus dem Stuhl und richtete sich, Lif mit seinen funkelnden Augen ansehend, auf.

»Allein«, knurrte er mit einem Blick auf Böer, Abbio und die anderen, die sich in der Hütte ihres Anführers zusammengefunden hatten.

Abbio sah Lif fragend an. Als die Godin aber nickte, zuckte er mit den Achseln, verließ die Hütte und gebot den anderen Kriegern, ihm zu folgen. Baphet musterte die junge Godin aufmerksam mit seinen grünen Augen. Lif bemerkte erstaunt, daß die Härte aus seinem Blick gewichen war und einer verstehenden Zuneigung Platz gemacht hatte. Sie wußte nur wenig über diesen geheimnisvollen Reiter – kaum mehr als die einfachen Bauern. An einem aber zweifelte niemand im ganzen Sachsenland, soviel Furcht die Menschen auch in Baphets Nähe empfanden: Daß dieser Riese bei seinem geheimnisvollen Tun keine Arglist im Schilde führte. Lif erwiderte seinen Blick.

»Wer bist du?« fragte sie.

Ihr Gegenüber lächelte. »Es gibt keinen Menschen, der mehr über mich weiß als du«, stellte er klar. »Ein gewaltiges Loch ist in Mittelerde mit dem Fall des heiligen Baumes gerissen worden. Nichts wird mehr so sein, wie es war. Du sahst wie die heilige Esche fiel, hörtest Liveles letzte Worte und konntest dich retten.«

»Woher weißt du ...?« unterbrach ihn Lif.

Wieder lächelte Baphet. »Ich weiß es. Das muß genügen.«

Er spähte nachdenklich in das Feuer, das in der Mitte der Halle brannte. »Aber ich weiß nicht alles. Die Zukunft verschwimmt vor meinen Augen. Da ist ein dunkles Gefühl – eine Ahnung«, murmelte er leise. »Ich sehe Bilder, die von Tod und Verderben handeln, sehe Feuer und Bruder gegen Bruder, Vater gegen Sohn kämpfen.«

Lif blicke ihn erschrocken an.

»Wir sind verwandt«, fuhr er fort. »Auch du siehst diese Bilder und kannst sie nicht deuten, auch dir verschwimmen sie in einem dunklen, sich drehenden Meer vor den Augen.«

Lif nickte.

»Es beunruhigt dich wie mich. Und deshalb bin ich hier.

Auch ich bin nur ein Diener des Lebens und habe meinen Weg nach den Pfaden, die die Nornen für mich gesponnen haben, zu gehen. Aber etwas ist geschehen…« Er zögerte. »Etwas Neues. Ich fühle mich seltsam ratlos, vermag den Weg nicht mehr zu sehen. Schon seit Wochen hat mich Unrast ergriffen und treibt mich im Land umher. Ich ritt wahllos durch Wälder und über Wiesen und dachte schon, daß den weisen Frauen die Fäden aus ihren Händen geglitten sind. Deshalb muß ich eine Reise machen. Du solltest mich begleiten.«

»Eine Reise…?« warf Lif mit unsicherer Stimme ein. »In dieser Welt oder…?«

»In das Innere der Welt«, antwortete der Hüne. »Ich hoffe dort zu erfahren, was zu tun ist.«

Lif senkte den Kopf.

»Ich werde dich begleiten«, flüsterte sie dann.

»Sobald das Heer aufbricht, werden auch wir reiten.«

Es vergingen nur noch wenige Tage, und das Heer verließ die Babilonie. Auch Böer sattelte sein Pferd und ritt gemeinsam mit seinen Gefährten nach Süden. Lif und Baphet begleiteten zunächst die Kämpfer. In einem kleinen Tal aber mußten sie einen anderen Weg einschlagen. Sie trennten sich, und die Godin bog mit dem geheimnisvollen Reiter auf einen schmalen Pfad, der sie nach Osten führte.

Böer hatte die Nähe der Godin in den vergangenen Wochen genossen – so sehr, daß er sich beizeiten selbst darüber wunderte. In jedem Fall war sein Entschluß, vor allem an seine Aufgaben zu denken, gut für ihre Freundschaft gewesen. Jetzt, wo er nicht mehr über jedes Wort von ihr nachgrübelte, gab es keine Momente mehr, in denen er etwas falsch machte, was er dann doch nicht verstand, er sich verletzlich fühlte und meinte, vor aller Augen als unerfahren und jungenhaft dazustehen. Und ihre Freundschaft war ruhiger und gleichmütiger geworden, was sicher auch Lif gut bekam. Oder konnte das vielleicht ein Anzeichen dafür sein, daß ihr Interesse an ihm erlahmte? Er wischte den Gedanken fort. Dem Sog dieser Gedanken durfte er auf keinen Fall nachgeben. Schon jetzt aber merkte er, daß ihre Nähe ihm fehlte.

Lif und Baphet trabten den ganzen Tag durch dichten Wald und rasteten nachts auf einer kleine Wiese. Am nächsten Morgen ritten sie weiter. Gegen Mittag wurde der Wald lichter. Das Unterholz verschwand, und Buchen ragten zum Himmel. Die Strahlen der Sonne fielen auf die Gesichter der beiden Reiter, vor denen sich jetzt die scharfen Klippen einer Felswand aus dem Boden erhoben. Baphet stoppte sein Pferd und stieg ab. Lif tat ihm gleich.

»Diesen Teil des Weges werden wir gehen müssen«, sagte der rote Riese und forderte Lif auf, ihm zu folgen.

Schon bald spürten sie den nackten Stein unter ihren Füßen und erklommen die Felsen, die schroff in den Himmel wuchsen. Auf einem Felsvorsprung streckte einsam ein alter und seltsam verbogener Baum seine knorrigen Äste den Wanderern entgegen.

»Wir sind da«, stellte Baphet fest und wies auf eine schmale Spalte im Fels, die sich kaum erkennbar hinter dem Baum auftat. »Lege alles Eisen ab und folge mir.«

Nachdem sie Waffen und Schmuck dem alten Baum zu Füßen gelegt hatte, folgte Lif ihrem Begleiter.

Die Felsspalte verschluckte Baphet. Lif schreckte einen Moment lang vor der Finsternis zurück, dann umgab sie das Dunkel. Langsam tastete sie sich voran. Dicht vor sich hörte sie den festen Schritt des Mannes. Das Geräusch fallender Wassertropfen hallte von den Wänden wider.

Ein feines Summen schwoll in ihren Ohren langsam an. Lif blieb stehen, um in die Dunkelheit zu lauschen. Während die Schritte vor ihr sich immer weiter entfernten, toste jetzt das Summen immer stärker in ihrem Kopf, bis sie das Gefühl hatte, ihr würde die Schädeldecke zerspringen. Sie fiel auf die Knie und preßte die Hände an die Ohren. Einen Augenblick später war es still. Erstaunt ließ Lif die Arme wieder sinken. Ein sanftes Glühen lag in der Dunkelheit des Ganges dicht vor ihr. Das Licht nahm langsam eine menschliche Gestalt an.

»Es ist nicht jedem erlaubt, diesen Gang zu passieren«, summte eine leise Stimme in ihrem Kopf.

»Ich bin nicht jeder«, antwortete Lif.

»Wer bist du denn?« fragte die Stimme zurück.

»Lif, die letzte Godin von der Irminsul. Die Götter sandten mich hierher, nicht der Zufall«, antwortete die junge Frau stolz.

Langsam stand sie auf und schritt dem Licht entgegen. Je näher sie kam, um so schärfer brannte es auf ihrer Haut.

»Lif bist du vielleicht in deiner Welt, aber nicht in der, die ich zu bewachen habe«, summte die Stimme.

Jeder Schritt wurde der jungen Godin zur Qual. Trotzdem kämpfte sie sich gegen den stechenden Schmerz auf ihrer Haut langsam voran.

»Lif muß hier verbrennen«, summte die Stimme immer eindringlicher.

»Verbrennen – verbrennen – verbrennen«, hallte es in Lifs Kopf.

Die Beine versagten ihr den Dienst, sie fiel auf die Knie. Sie hatte keine Kraft mehr. Der stechende Schmerz lähmte sie, das gleißende Licht vor ihren Augen schien sie auszusaugen. Mit einer letzten Anstrengung riß sie den Mund auf und schrie so laut sie konnte:

»Nerthus, Nerthus ist mein Name.«

Ein kühler Luftzug wehte durch den schmalen Gang der Höhle, blies die Lichtgestalt auseinander.

»Nerthus bist du immer gewesen und wirst du immer sein. Nun tritt herein«, säuselte die Stimme zum letzten Mal.

Lif spürte, wie die Kraft mit dem kühlen Wind wieder in sie zurückkehrte. Sie stand auf und tastete sich weiter in den Gang vor. Schwacher Feuerschein wurde von den feuchten Felswänden zurückgeworfen, stärker werdend, je weiter Lif voranschritt. Hinter einer Biegung sah sie ein kleines Feuer. Daran saß zusammengekrümmt eine kleine Gestalt. Lif ging langsam näher und erkannte eine uralte Frau mit schlohweißem Haar. Das Gesicht des Weibes war von tiefen Runzeln durchzogen.

Lif setzte sich zu ihr ans Feuer.

»Was willst du hier?« fragte die Alte mürrisch. »Hat er dich etwa durchgelassen?«

»Warum bist du so feindselig?« wollte Lif mit unsicherer Stimme wissen.

»Es ist zuviel geworden in der vergangenen Zeit«, knurrte

die Alte. »Ich sitze hier seit vielen hundert Jahren. Doch nie kamen so viele Besucher wie im Moment.«

Lif schwieg.

»Ich habe dich etwas gefragt«, wandte sich die Alte wieder an Lif. »Sag mir, was du an diesem Ort willst.«

Herausfordernd blickte sie die junge Frau an.

»Ich suche Antworten«, gestand die Godin.

»Die suchen sie alle«, keifte die runzelige Frau. »Nur dazu muß man erst einmal die Fragen kennen.«

Sie grinste spöttisch. Lif schaute verlegen in das Feuer. Dann faßte sie sich und sagte selbstbewußt: »Ich möchte wissen, welche Aufgabe mir die Zukunft aufträgt.«

Die Alte lachte.

»Nun gut, dann gehe da entlang.«

Mit ihren dürren und runzeligen Fingern wies sie in einen schmalen Schacht, der nahe dem Feuer vom Hauptgang abzweigte.

»Danke«, sagte Lif und erhob sich langsam.

Die Alte hatte ihren Kopf wieder gesenkt und schien sie nicht mehr zu beachten. Lif bog in den schmalen Gang ein. Wieder umgab sie Finsternis. Schritt für Schritt tastete sie sich voran. Wieder hörte sie Wasser. Doch dieses Mal waren es nicht einzelne Tropfen, die von den Wänden rannen, sondern Wasser, das auf einen See oder Teich zu spritzen schien. Das Geräusch verdichtete sich und schwoll zu einem gleichmäßigen Plätschern an. Allmählich wurde es im Gang heller, Lif konnte wieder schneller gehen. Das Licht kam aus einer großen Halle, auf die sie geradewegs zuschritt. Als sie den großen Raum erreichte, blieb sie erstaunt stehen. Gleißendes Licht, wie das der Sonne, durchflutete die Halle. Trotzdem vermochte sie nicht die Decke zu erkennen. Inmitten der Halle sprang Wasser aus einem erhöhten Felsen und sammelte sich in einem steinernen Teich. Von hier aus rann es in kleinen Strömen weiter in vier kleinere Becken, die unterhalb des großen Bassins lagen. Zwischen ihr und dem Brunnen stand ein hünenhafter Wächter mit einem langen Stab in der Hand. Er blickte ihr entgegen, als sie langsam auf ihn zuschritt. Weißes Haar umwallte Kopf und Kinn, und tiefe Furchen des Alters durchzogen sein

Gesicht. Ein blaues Tuch verbarg seinen aufrechten Körper, der wie seine Augen von jugendlicher Kraft kündete. Direkt vor ihm blieb Lif stehen.

»Sei willkommen«, begrüßte sie der Wächter. »Trinke aus dem Brunnen, und du erhältst die Antwort auf die Frage, an die du dabei denkst. Aber vergiß nicht: Nur eine Frage wird dir beantwortet. Wähle nun den Brunnen von dem du meinst, daß er dir helfen kann. Wählst du den falschen, so wird er stumm bleiben – oder schlimmer, dir aus Hohn eine falsche Antwort geben. Und zum Schluß: Nimm aus dem Brunnen, der dir geantwortet hat, noch einen zweiten Schluck, ohne dabei an etwas zu denken. Nur so kannst du wieder in deine Welt zurückkehren.«

Nach diesen Worten drehte er sich zur Seite, um Lif vorbeigehen zu lassen. Die junge Frau aber blieb noch stehen.

»Eine Frage habe ich noch«, betonte sie und sah den Wächter an. Dieser nickte. »Ich vermag die Himmelsrichtungen nicht zu erkennen. Sag mir, wo Norden, Osten, Süden und Westen sind.«

»Diese Antwort sollst du erhalten«, entgegnete der Hüne und wies ihr mit seinem Stab die Richtungen.

Erst jetzt schritt Lif weiter, zielstrebig auf den Brunnen in der südlichen Richtung zu. Denn der Süden war die Richtung des Feuers und des Kampfes. Sie ahnte, daß ihre Aufgaben damit verbunden waren. Am Brunnen beugte sie sich über das Wasser. Kristallklar schimmerte das Naß in seinem felsigen Becken, schimmernd spritzten die Tropfen, die aus dem höher gelegenen Brunnen flossen, auf die Wasseroberfläche des felsigen Teiches. Schon berührten die ersten Spritzer ihre Stirn. Da wußte Lif, daß sie das richtige Becken gewählt hatte. Sie formte ihre Hände zu einem Schöpfgefäß, dachte an ihre Frage und ließ das klare Wasser in ihren Mund fließen. Sie fühlte, wie das kühle Naß durch ihren Körper strömte, spürte, wie es sich bis in die Finger und Füße ergoß.

»Ich bin der Brunnen und jetzt in dir«, flüsterte plötzlich eine Stimme neben ihr. Lif drehte den Kopf. Auf dem Rand des Beckens saß ein junger Mann. Er schaute sie keck mit seinen frechen Augen an.

»Respekt, Respekt«, spöttelte er. »Dir haben die Götter wahrlich keine einfache Aufgabe übertragen.«

Lif sah ihn offen an. Der junge Bursche gab den Blick prüfend zurück.

»Was muß ich tun?« fragte Lif fordernd.

»Geduld, Geduld«, erwiderte der Jüngling wieder spöttisch. »Daß ihr Menschen immer so ungeduldig seid.«

Lif warf ihm einen fragenden Blick zu.

»Schon gut. Ich werde mich wohl daran gewöhnen müssen. Es ist doch ganz einfach: Geh zu den Göttern und bestehe vor ihnen.«

Er lächelte sie offen an.

»Aber ...«

»Du verstehst nicht«, unterbrach der Brunnenbursche sie mit einem Blick, als hätte er ihr soeben den Unterschied zwischen Äpfeln und Birnen erklärt und sie ihn nicht verstanden.

»Das tut mir leid.«

Mit einem schnellen Satz sprang er vom Rand des Brunnens und platschte in das Wasser, in dem er verschwand.

»Brunnen«, schrie Lif. »Sprich zu mir, laß mich nicht so gehen.«

»Keine Angst«, höhnte eine Stimme hinter Lif.

Sie drehte sich um und erkannte den Jüngling auf einem Felsvorsprung hinter sich sitzen.

»Geh zu den Göttern.«

»Aber wie?« flehte ihn Lif an. »Die Irminsul steht nicht mehr.«

»Weiß du es wirklich nicht?«

Er sah sie mitleidig an.

»Erinnere dich an die alten Geschichten. Wer ist der Wächter von Asgard?«

»Heimdall«, antwortete Lif und bemühte sich um Fassung. »Was hat das mit dem Weg ...? – Der Regenbogen!« rief sie freudig aus. »Heimdall wacht am Regenbogen.«

»Siehst du. Du weißt es doch«, antwortete der Brunnenbursche gutmütig, während das Wasser von seinem Körper auf die Felsen tropfte. »Und nun geh.«

Mit forschen Schritten ging er an ihr vorbei, blickte sie herausfordernd an und ließ sich in den Brunnen gleiten. Lif schöpfte mit ihren Händen Wasser für den zweiten Schluck, den ihr der Wächter aufgetragen hatte. Gerade wollte sie die Hände an den Mund halten, als der Brunnenbursche wieder den Kopf aus dem Wasser streckte.

»Ich vergaß: Trinke keinen zweiten Schluck aus diesem Brunnen. Der zweite Trank ist der Schluck des Vergessens. Aber diese Botschaft ist«, er machte eine kurze Pause, »wichtig, zu wichtig, als daß sie dir verlorengehen darf.«

»Halt, warte noch«, rief Lif, als der Jüngling gerade untertauchen wollte. »Sag mir, wo finde ich den Regenbogen?«

Der Brunnenbursche blickte sie bedauernd an.

»Suche ihn. Vielleicht kann der Hüter des Zauberwaldes dir weiterhelfen.« Mit diesen Worten verschwand er vor Lifs Augen im Wasser.

Eine bleierne Müdigkeit überfiel die junge Frau, ihre Lider wurden schwer, und wie von Ohnmacht befallen sank sie zu Boden und schlief auf dem Felsen ein.

Das sächsische Heer marschierte nach Süden. Bei der Eresburg schlugen die Krieger ein großes Lager auf und sandten Späher aus. Aber die Franken kamen nicht. Die Tage vergingen, und die Männer und Frauen wurden ungeduldig, denn sie brannten darauf, den Feinden in einer Schlacht gegenüberzustehen. Schließlich befahl Abbio den Aufbruch. Der Heerwurm zog weiter. Die Hügel wurden höher, sie überquerten die nördliche Grenze des Frankenreiches und zogen immer weiter nach Süden.

Sie kamen rasch voran. Nur selten mußten die Sachsen ihre Waffen ziehen, denn die weniger christlichen Ritter, die in der Nähe weilten, zogen die Flucht dem Kampfe vor. Keine Streitmacht stellte sich den Kriegern in den Weg, und so stürmten sie weiter nach Süden. Immer wieder brach das Heer aus dem Wald hervor, um die Tempel des christlichen Gottes und die Burgen der Edelinge zu erstürmen, während sie die Höfe freier Bauern verschonten. Dunkle Rauchsäulen säumten bald den sächsischen Zug durch das Frankenland. Nur eine Kirche, in dem Ort Fritzlar, wurde nicht von den Flammen verzerrt. Die Halle des Christengottes war aus Stein, und als die Streiter sie entflammen wollten, brach ein Gewitter mit Blitz und Donner über das Land herein. Das hielten sie für kein gutes Zeichen des Gottes Donar. Sie erinnerten sich daran, daß einst an diesem Ort eine heilige Eiche stand, die dem Donnergott geweiht war. Die Christenpriester hatten sie vor einem Menschenalter gefällt und am selben Ort ihren Tempel gebaut. Runen zierten einige Steine im Innenraum, denn viele fränkische Bauern verehrten im Geheimen die alten Götter. Immer noch war ein Teil des Baumstumpfes der Donareiche im Boden der Kirche zu erkennen. Diesen wollten die Sachsen nicht mit verbrennen und ließen so die Fackeln sinken. Da sie kaum auf Widerstand stießen, kühlte sich nur langsam ihre Wut. Erst als die Tage wieder kürzer wurden, rief Abbio das Heer zum Rückzug auf.

Ein kühler Lufthauch weckte Lif. Sie lag auf dem schmalen Felsvorsprung direkt vor der Höhle. Die Nacht hatte sich über das Land gesenkt. Am Rand der steinernen Nase entdeckte sie Baphet. Auch er räkelte sich langsam und öffnete die Augen.

»Hast du in der Höhle dasselbe gesehen wie ich?« fragte Lif den rothaarigen Hünen, als dieser gerade aufstand.

»Ich habe wohl Ähnliches wie du erlebt«, raunte Baphet mißmutig. »Aber darüber sprechen sollten wir nicht. Verhülle die Botschaft des Brunnens am besten in Schweigen, denn es sind heilige Worte, die dein Schicksal betreffen. Wenn es dir gutgeht, wollen wir zur Babilonie aufbrechen. Ich werde dich begleiten und anschließend wieder meiner Wege gehen. Oder führt dich dein Weg nun woanders hin?«

»Nein, noch nicht«, antwortete Lif und dachte an das Gespräch mit dem Brunnenburschen.

»Dann folge mir«, forderte sie der geheimnisvolle Krieger auf und begann schon mit dem Abstieg.

Nach kurzer Zeit erreichten beide den Wald. Baphet pfiff nach seinem Pferd, das sogleich aus dem Unterholz trabte, Lifs

Roß im Gefolge. Durch die Dunkelheit machten sie sich auf den Weg zur Babilonie.

Sie waren noch einen Hügel vor der Burg entfernt, als sie den Lärm des heimkehrenden Sachsenheeres hörten. Die vielen menschlichen Stimmen vermischten sich zu einem auf- und abschwellenden Raunen, Pferde wieherten schrill, und wie der Klang einer daruntergelegten Trommel war das dumpfe Stakkato ihrer Hufe zu hören.

»Das Heer«, murmelte Lif überrascht. »Kommt es schon zurück?«

Irritiert sah sie Baphet an.

»Aber sie müssen doch mehr als nur einige Tage auf dem Feldzug gewesen sein. Was ist geschehen?«

»Die Zeit verging für uns schneller«, sagte Baphet mit ruhiger Stimme. »Was uns in der Höhle wie ein Tag erschien, sind draußen viele Wochen. Das Heer war länger auf dem Feldzug, als es dir erscheint.«

Als sie zwischen den Bäumen den Pfad erspähten, der zur Babilonie führte, zog ein schier endloses Band sächsischer Krieger an den Bäumen vorbei. Die Männer und Frauen waren guten Mutes, sie lachten und scherzten, und nur an wenigen Stellen waren Verwundete zu erkennen.

Lif ließ ihren Blick über die wandernde Schlange schweifen. Überrascht mußte sie sich selbst eingestehen, daß es Böer war, nach dem sie vor allem Ausschau hielt. Sie ritt das Pferd wieder an. Baphet folgte. Die ersten Männer auf dem Pfad erkannten sie und hoben die Hände zum Gruß. Lif und ihr Begleiter reihten sich ein und erreichten so die Babilonie.

In der Burg herrschte das bunte Treiben und die ausgelassene Fröhlichkeit eines Festes. Frauen fielen ihren Männern um den Hals, Kinder liefen zu ihren Vätern. An anderen Stellen spähten Alte und Junge mit sorgenvollem Blick nach ihren Liebsten. Geschrei, Weinen und Lachen mischten sich mit Musik und dem Gestampfe und Getrappel von Hufen und Füßen. Ehrfürchtig grüßten die Menschen die junge Godin, ängstlich wichen sie Baphet aus, während Lifs Blick immer noch suchend über den Innenhof der Burg glitt. Jetzt erkannte sie Abbio. Ihr Herz machte einen Sprung, als sie direkt hinter ihm Böer erkannte. Im selben Augenblick hatte Abbio sie erblickt, stürmte auch schon auf sie zu und preßte sie an seine breite Brust. Die junge Godin freute sich über die Herzlichkeit des sächsischen Anführers, wenn auch sein Bart sie sehr kratzte.

»Es ist schön, dich wieder bei uns zu sehen«, begrüßte der alte Recke sie. »Ich hatte erwartet, dich bei der Ankunft der Kämpfer schon in der Burg zu wissen und begann mir gerade Sorgen zu machen.«

»Die Zeit lief für uns in anderen Bahnen«, erwiderte Lif. »Mir erschien unsere Reise nur von kurzer Dauer. Erst hier erkannte ich, wie lang unser Gang wirklich gedauert hat.«

Abbio ließ Lif wieder los und begrüßte Baphet, während Böer nun Lif umarmte.

»Folgt mir, wir haben zu feiern«, forderte Abbio sie auch schon auf.

Er stapfte los. Lif, Baphet und Böer folgten. Er steuerte direkt auf einen dicken, buschigen Baum zu, unter dem Lif, als sie näher kamen, die großen Gestalten von Widukind und Thümir erkannte. Auch Bernleff saß dort. Einen Moment später erkannte sie Salt und Warst sowie die Wanderer. Zur Begrüßung umarmten die Freunde Lif und schüttelten zurückhaltend und respektvoll Baphets Hand.

»Gut«, fuhr Abbio fort, »daß wir wieder wohlbehalten beisammen sind. So laßt uns nun zusammensitzen. Wir sollten reden. Und Speis' und Trank könnte ich auch vertragen.«

Bald brannte ein Feuer in ihrer Mitte, und der Geruch von gebratenem Fleisch zog durch die Luft. Überall in der Burg und im Wald neben den Wällen flammten Feuer auf, setzten sich die Menschen zum Gespräch zusammen. Immer noch herrschte ein reges Treiben, eilten Männer und Frauen in die Burg und wieder hinaus. Denn wieder reichten die Wälle nicht aus, um alle Menschen zu beherbergen, so daß viele ihre Zelte zwischen den Bäumen des Waldes auf dem Hügel und im Tal aufgebaut hatten. Bis spät in die Nacht erzählten sie von ihren Erlebnissen in den vergangenen Wochen. Als die Worte spärlicher wurden, klang das Fest mit den Liedern von Bernleff aus.

In den nächsten Tagen lichtete sich die Zeltstadt. Viele Bauern zogen wieder auf ihre Höfe, und nur die, die für eine Weile das Los des Kriegers gewählt hatten, blieben auf der Burg. Baphet rastete noch einige Tage in der Festung. Bald ritt auch er davon und verschwand wieder in den Wäldern.

Der Herbst brach an. Der Wind trug wieder Kälte, schließlich Schnee über das Land. Die dunkle Jahreszeit, der Winter, war gekommen.

Der Sturm rüttelte wütend an den Wänden von Lifs Hütte. Eisige Luft drang durch die Ritzen in den Raum, und das Feuer flackerte. Mit einem Ruck schlug die junge Frau die Augen auf. Es war mitten in der Nacht. Langsam richtete sie sich auf und schob sich müde die Haare aus der Stirn. Der dumpfe Nachgeschmack eines Traumes rauschte durch ihren Kopf. Sie bemühte sich, sich an die Bilder zu erinnern, vermochte es aber nicht. Mit einem Mal erschien ihr die Hütte drückend eng, und eine seltsame Kraft, die sie nicht einordnen konnte, zog sie aus der Kälte von außerhalb des Hauses an. Es war ein dumpfes, bedrohliches Gefühl, und die Godin schauderte. Und doch richtete sie sich auf, warf sich ein Fell über und schritt langsam zur Tür. Es war kurz vor der Nacht des Vollmondes. Das helle Licht des schweigsamen Nachtwanderers erleuchtete die Burg. Lif schlug die Richtung ein, aus der sie das dumpfe Gefühl spürte. Ihr Herz schlug schneller, und wie ein starkes Seil schnürte ihr eine Kraft, kalt und voller Haß, die Lungen ab. Sie schritt direkt auf ein Tor der Burg zu. Der Posten lehnte sich krumm auf einen Speer und blinzelte ihr verschlafen entgegen. Dann grüßte er. Lif widerstand dem Sog, durch das Tor zu gehen, und kletterte langsam auf den Wall. Sie fühlte deutlich, wie sie der kalten Macht immer näher kam. Sie blickte über die Palisade. Ein eisiger Wind wehte ihr entgegen. Lif fröstelte. Geisterhaft schwankten die Bäume im hellen Mondlicht, Blätter wirbelten durch die Luft.

Dann sah Lif den Reiter. Er stand dicht neben einem Baum, bewegungslos, und starrte sie an. Eisiger Schrecken durchfuhr die junge Frau, als sie spürte, daß sich ihr Blick mit dem des Fremden kreuzte. Es war ein gewaltiger Ritter in einer schwarzen Rüstung. Vor seiner Brust blitzte ein Kreuz. Er thronte auf einem mächtigen Rappen. Wie eine Flut stürmten die Bilder der Erinnerung durch Lifs Kopf. Sie war diesem Reiter schon einmal begegnet, an der Irminsul. Es war Ichtyo. Plötzlich wußte sie, daß er sie, nur sie suchte und nicht eher ruhen würde, bis er die letzte Godin von der Irminsul getötet hatte. Ein Ruck ging durch den schwarzen Ritter. Er riß sein Pferd herum und verschwand im Dunkel des Waldes. Noch einmal schlug Lif ein eisiger Hauch ins Gesicht. Sie erschauderte und wandte sich um.

Noch lange hielten die Frostriesen das Land mit ihrem eisigen Griff umklammert. Erst spät ließ Donar in diesem Jahr seinen heiligen Hammer gegen die Unholde des Winters sausen, und ein heftiger Kampf entbrannte. Schließlich aber siegte wie in jedem Jahr die Kraft des Asen, und die Thursen der Kälte zogen sich grimmend in die dunklen Höhlen Udgards zurück. Nun tastete sich das erste Grün vorsichtig aus der Erde. Die Bäume streckten ihre zarten Triebe der noch schwachen Sonne entgegen. Auch auf den Feldern des Sachsenlandes räkelte sich wieder das Leben. Bald blökte das Vieh auf den Weiden, zufrieden der Enge der Ställe entkommen zu sein. Die Menschen strebten ins Freie zur Feldarbeit. Überall aber schwangen sich Krieger auf ihre Pferde und ritten nach Marklohe, denn die Zeit des Allthings nahte. Auch Böer und die Anführer von der Babilonie reisten zur Weser, um über das Schicksal des Stammes zu beraten. Euliset, Rakus und Servalis begleiteten sie.

Wie im Jahr zuvor, hatten sich die Männer und Frauen zahlreich am Versammlungsort eingefunden. Ihre Zelte bedeckten die Wiesen weit um den heiligen Platz. Die Menschen waren ausgelassen und guter Stimmung, denn die Nachrichten vom Heerzug in das Frankenland hatte sich rasch in den Gauen verbreitet.

Böer freute sich, auch bei diesem Allthing wieder seinen Vater zu treffen. Lif eröffnete den Reigen der Ratstage. Als sie, nur von einer Fackel angestrahlt, in das Rund trat, ruhten die andächtigen Blicke der Kämpfer und Bauern auf der jungen

Frau. Mit warmer Stimme rief Lif die Götter an, und alle Teilnehmer des Things spürten, daß die Asen und Wanen zwischen ihnen weilten. Langsam hob Lif die Arme und dankte den Weltenlenkern für Kraft und Weisheit, die sie den Menschen gegeben hatten, dankte ihnen für den guten Ausgang des Heerzuges nach Süden. Leise hob sie die Stimme. Ein altes Lied erklang, flog sanft und leicht über den Thingplatz hinaus über die Wiesen, den Fluß und die Wälder ins Land.

Verzaubert lauschten die Menschen der Godin. Es schien ihnen, daß in Lifs Stimme mehr Kraft lag als in allen Schwertern der Welt, denn es war die Kraft der Liebe, die aus dem alten Lied nach ihren Herzen griff. Als der letzte Ton langsam verklang, horchten die Krieger ihm noch lange nach.

Dann rief die Godin wieder die Götter an. Sie sprach leise, denn die Mächtigen weilten im Rund nah an ihrem Ohr. Nach den Worten des Dankes bat Lif um das Wohlwollen der Götter für die Zukunft. Sie betete zu den Asen, ihnen Glück und Kraft im Kampf und bei der Arbeit zu gewähren, Wotan sollte den Menschen Weisheit schenken. Die Wanen bat sie um Fruchtbarkeit und Frieden. Dann stimmte die Godin wieder ein Lied an. Die alte Melodie erzählte von der Unsicherheit der Menschen vor der Zukunft, berichtete aber auch von der Kraft, die den Menschen erwächst, wenn sie den Göttern, die auch in ihrer Brust wohnen, vertrauen. Mit Musik ging dieser Abend zu Ende. In den Herzen der Zuhörer aber hallte noch lange die Erinnerung an den Frieden dieser Stunden wider.

Der nächste Tag erwachte mit dem fröhlichen Treiben der Menschen auf dem Thingplatz. Überall standen Männer und Frauen vor den Zelten beisammen, scherzten oder diskutierten über den vergangenen Heerzug. So mancher Streiter berichtete laut von seinen Abenteuern im Süden, denn viele Thingteilnehmer hatten selbst am großen Zug ins Feindesland teilgenommen. Als die Sonne im Westen sank, versammelten sich die Männer und Frauen wieder im großen Rund, um Rat zu halten. Lif eröffnete die Versammlung.

Abbio stand auf.

»Es gibt wohl keinen mehr unter euch, der nicht von unserem Angriff auf die Gaue des Feindes gehört hat. Das Frankenreich lag offen vor uns, Krieger schützten es kaum. So fielen wir über ihre Felder und Flure her, wie der Wolf die Herde Schafe überfällt. Noch nie habe ich den Feind so wehrlos gesehen. Und ich schlug wahrlich schon viele Schlachten gegen seine grimmigen Heerscharen. Wie gerne hätte ich meine Wut an den kampferprobten Reihen der fränkischen Kämpfer gekühlt. Aber wie weit wir auch nach Süden zogen – kein Heer forderte uns zur Schlacht. Tempel um Tempel ihres Gottes brannten wir nieder, um Rache für den Fall der Irminsul zu nehmen. In Flammen gingen auch die Höfe und kleinen Burgen der feindlichen Edelinge, die vor uns schreiend in die Wälder flohen, auf. Wo es aber noch freie Bauern gab, ließen wir ihre Felder und Hütten in Frieden, denn freie Männer und Frauen gibt es nur noch wenige bei den Franken, und die meisten denken so wie wir, wenn sie auch nicht so sprechen dürfen. Lange dauerte es, bis das Heer sich zur Heimat wandte. War die Rachetat auch groß, so bedenkt doch, daß wir den Feind nicht in einer Schlacht besiegen konnten. Nun stehe ich vor euch, um dem Entschluß des Allthings zu folgen und die Ehre des Heerführers zurückzugeben.«

Kaum hatte Abbio seine Rede beendet, da standen die Thingbesucher auch schon auf, jubelten ihm zu und ließen ihrer Freude freien Lauf. Der Beifall brandete noch lange über den Platz.

»Ich bin Allbeit, die meisten werden mich nicht kennen«, rief ein blonder älterer Krieger aufstehend in die Runde. »Ich komme von weit her aus Nordalbingien. Die Christen sind weit entfernt von uns, und unsere Sorge gilt zumeist den Abotriten, die östlich des Albenflusses wohnen und beizeiten unsere Höfe plündern. Als aber die Nachricht vom Fall der Irminsul zu uns gelangte, brannte wilde Wut in unseren Herzen, und die Krieger griffen zu den Waffen. Der Frevel ist gerächt und damit unsere Wut gekühlt, so daß wir wieder stolz über unsere Felder schreiten können.«

Der Sprecher aus dem Norden setzte sich wieder, begleitet von Applaus. Hassio stand auf, um zu sprechen.

»Seite an Seite haben wir gefochten und den Feinden eine Lehre erteilt, die sie nie vergessen werden. Wenn wir uns einig sind, kann kein Feind widerstehen.«

Klatschen unterbrach seine Worte.

»Dir Abbio haben wir viel zu verdanken, führtest du doch das Heer nach Süden. Du hast unsere Rache vollstreckt, auf daß Frieden in unsere Herzen einkehre. Die Franken haben die Lehre wohl verstanden und werden es nicht wieder wagen, unsere Gaue anzugreifen. Denn sie müssen jetzt wissen, daß sie unsere Stärke falsch einschätzten, als sie uns überfielen. Der Respekt, den sie nun vor unseren Schwertern haben, soll als Schild unsere Felder schirmen. Und das ist gut so, denn auf vielen Äckern rankte sich im vergangenen Jahr das Unkraut empor, weil die Bauern mit dem Schwert für ihre Ehre fochten.«

Zustimmend nickten viele Zuhörer mit dem Kopf, ein Murmeln lief durch den Kreis.

»Nun aber steht der Landmann vor den verwilderten Gärten und sorgt sich um den Vorrat für die kalte Jahreszeit. Schon dieser Winter brachte Not für die Bewohner vieler Höfe, und so mancher brave Mann verlor viele Pfunde, da es nichts zu essen gab. Im nächsten Jahr soll es nicht wieder so sein. Stark waren wir, als es der Feind forderte. Laßt uns in diesem Jahr die Früchte unseres Sieges ernten und in Frieden die Felder bestellen. Denn was nützt der schönste Sieg, wenn er nicht dem Volk zugute kommt.«

Hassio setzte sich wieder. Die meisten Thingbesucher klatschten nach seinen Worten. Brun stand auf und bekräftigte die Worte Hassios. Kaum hatte er sich wieder niedergelassen, stand auch schon Bernleff, der blinde Skalde, mit zornesrotem Kopf auf den Beinen.

»Sind eure Köpfe nur mit Stroh gefüllt?« schrie er die Menge an. »Was denkt ihr euch dabei, diesen Reden auch noch Beifall zu zollen? Meine Stärke sind nicht Worte, sondern Lieder, und ich habe noch nie auf dem Thing gesprochen. Heute aber treibt mir die Wut die Worte aus der Kehle. Wenn ich auch nicht sehen kann, so war ich doch auf dem Zug durch das Frankenland dabei. Viele Lieder kann ich darüber nicht singen, denn es gab wenig Heldentum auf den fremden Fluren. Oder weiß jemand von einer Schlacht zu berichten, die wir tapfer bestanden haben, in der sich unsere Recken bewähren konnten? Was soll denn den fränkischen König nun so ängstigen? Die Kraft mit der wir durch ein wehrloses Land zogen? Es wird Gründe geben, warum seine Heerscharen nicht zur Stelle waren. Feigheit war es aber sicher nicht, denn dafür sind die Franken nicht bekannt. Der König wird wissen, daß die Waagschale sich anders neigen könnte, wenn er uns entgegentritt. Er wird wissen, daß sich die Kraft eines Heeres erst in der Schlacht erweist. Und die haben wir im Süden nicht geschlagen. Vielleicht werden unsere südlichen Nachbarn erproben wollen, wie stark wir wirklich sind. Ganz sicher aber dürstet jetzt ihren Fürsten nach Rache für die angetane Schmach. Ich sage euch: Sie werden kommen, mit einem großen Heer und Wut in ihren Herzen. Die Götter mögen uns gnädig sein, wenn wir dann auf den Feldern stehen.«

Bernleff setzte sich wieder, und erregte Stimmen wurden laut. Nachbar redete auf Nachbar ein, die Krieger schrien, winkten mit den Armen und beratschlagten die gehörten Worte.

»Wann soll es denn endlich genug sein?« brüllte ein dicker Bauer und versuchte sich Gehör zu verschaffen.

Langsam schwoll der Lärm ab, denn wer zu allen sprechen wollte, mußte nach dem heiligen Recht des Allthings auch angehört werden.

»Auf jedem Thing sollen Heere aufgestellt werden«, rief er vorwurfsvoll. »Wessen Schultern sind stark genug, die Lasten zu tragen – die Mühen, Sorgen und das Leid, die der Krieg mit sich bringt. Das Alter hielt mich vom Kampf fern, aber meine drei Söhne fochten im Süden. Ich brachte ganze Tage damit zu, das verwahrloste Vieh aus den Wäldern zu ziehen und wieder auf die Weiden zu führen. Währenddessen kam die Feldarbeit zu kurz, die Früchte faulten auf dem Feld. Dann kehrten die Söhne zurück und mußten nach dem Sieg im Winter hungern. Nun wagt ihr, sie schon wieder zu einem Heer zu rufen. Redet was ihr wollt: Meine Söhne kommen mir in diesem Jahr nicht vom Hof.«

Wütend verschaffte sich Widukind Gehör.

»Aber begreift ihr denn nicht, worum es geht«, rief er in den Kreis. »Auch ich bin dafür, die Streiter in diesem Jahr bereit zu halten. Denkt ihr, das tue ich, um mich an dem Klirren der

Schwerter und Funkeln der Panzer zu berauschen? Was nützt uns der volle Bauch, wenn wir wehrlos von den Christen auf unseren Feldern erschlagen werden? Es ist von Übel, daß unsere Felder brach liegen. Aber noch schlimmer ist die Gefahr, die uns droht, wenn wir schutzlos sind. Die Bedrohung ist nicht in einem Sommer gebannt. Aber ist das so überraschend? Denkt an die alten Geschichten unseres Stammes. Gab es nicht schon immer Zeiten der Not? Und haben die nicht oft viele Jahre gedauert?«

»Aber ich will keine alten Geschichten hören«, empörte sich ein anderer Bauer lautstark. »Ich will im Winter zu essen haben.«

Beifall kam auf.

»Wenn die Franken plündernd durch das Land gezogen sind, gibt es nichts mehr, was ihr im Herbst in eure Vorratskammern schieben könnt«, schrie Widukind den Bauern an.

Ein vielstimmiges Murren war die Antwort.

»Und das ist dann noch das geringste Übel. Denkt an eure Kinder. Wer soll sie schützen, wenn der Feind über die Wiesen reitet?«

Wieder murrten die Menschen und schüttelten die Köpfe. Immer mehr Thingbesucher schienen sich entschieden zu haben. Fassungslos schaute Widukind in die Runde, seine Arme hilflos zu den Menschen gestreckt. Einen Moment lang verharrte er so, ungläubig darüber, daß seine Worte keinen Widerhall fanden. Er ließ sich auf seinen Platz sinken. Langsam erhob sich kopfschüttelnd ein alter Mann.

»Erst bin ich Bauer und dann Krieger«, rief er mit brummigem Baß. »Das reife Korn verfaulte im vergangenen Jahr auf meinem Feld. Das soll nicht wieder passieren. Die Feldarbeit geht vor. Das war schon immer so und wird auch so bleiben.«

Beifall brandete über die Wiese.

»Laßt uns unseren Sieg feiern und anschließend auf die Felder ziehen«, rief ein anderer Bauer, und die Thingteilnehmer jubelten ihm zu.

Kein weiterer Sprecher erhob die Stimme. Langsam stand Lif auf. Das Stimmengewirr verebbte. Gespannt sahen die Männer und Frauen die Godin an.

»Wenn noch jemand sprechen will, so mag er sich jetzt erheben«, forderte sie die Menschen auf. Niemand stand auf.

»Es scheint, daß niemand mehr vor der Versammlung reden möchte. Damit sind wir zur Abstimmung bereit. Wer für den Vorschlag Hassios ist und in diesem Jahr die Felder bestellen will, der erhebe sich nun.«

Die überwältigende Mehrheit der Sachsen stand auf.

»So ist es beschlossen, und wir wollen danach handeln«, beendete Lif die Abstimmung.

»Die Götter mögen uns schützen«, fügte sie so leise hinzu, daß nur die Menschen in ihrer direkten Nähe es verstanden.

Der letzte Teil des Allthings brach an. Die Godin hatte Recht zu sprechen. Viele Sachsen trugen ihre Streitigkeiten vor. Lif urteilte milde und gerecht, so daß die Krieger noch lange davon sprachen. Widukind, Abbio, Böer und die Gefährten aber blickten mit mürrischen Mienen in die Runde, denn das Ergebnis der Abstimmung hatte ihnen die Herzen schwer gemacht. Schließlich stand Widukind auf und stapfte zornig vom heiligen Ratsplatz. Abbio, Böer und Thümir folgten ihm.

»Ich sehe das Verhängnis nahen und kann doch nichts dagegen tun«, schimpfte Widukind wütend. »Womit hat unser Stamm diese Strohköpfe verdient, die nur mit dem Bauch zu denken scheinen? Es gehört doch wirklich nicht viel Klugheit dazu, um den Angriff der Franken vorauszusehen.«

Ohnmächtig ballte er die Fäuste.

»Was könnten wir nur tun?«

»Nichts mehr. Die Entscheidung ist gefallen«, antwortete Abbio traurig. »Wir haben sie gewarnt, aber unsere Worte haben nicht den Ausschlag gegeben. Du kennst unsere Bauern. Wenn sie sich etwas in den Kopf gesetzt haben, können sie starrsinnig wie Ochsen sein. So müssen wir die Entscheidung des Allthings tragen und können nur auf die Gnade der Götter hoffen.«

»Und wenn die Franken vielleicht ja doch nicht kommen. Wenn sie auch in diesem Jahr im Süden oder Westen kämpfen?« fragte Böer voller Hoffnung. Abbio schüttelte den Kopf.

»Dann hätten wir in unserer Dummheit sehr viel Glück. Das aber glaube ich nicht.«

»Sie kommen«, antwortete Widukind mit fester Stimme. »Und sie werden sich furchtbar rächen.«

Entschlossen sahen sich die drei Männer an. Dann kehrten sie in die Versammlung zurück. Am nächsten Tag sattelten sie ihre Pferde und ritten südwärts zur Babilonie.

Immer noch lebten viele Krieger auf der Burg der Engern, denn sie glaubten nicht an ein friedvolles Jahr, sondern erwarteten wie ihre Anführer einen Angriff der Franken. Es waren nicht genug Männer und Frauen, um sich dem Feind erfolgreich entgegenzustellen, aber ihre Zahl reichte, um zumindest die Babilonie zu sichern, wenn die Christenritter die Burg denn überhaupt im Gewirr der Berge und Bäume finden sollten. Die Freude nach den Siegen im vergangenen Jahr war nur kurz gewesen. Nun, nach dem Beschluß des Allthings, schritten die Menschen wieder mit entschlossenen oder grübelnden Mienen durch die Feste. Nachdenklich betrachteten Böer und Lif eines Tages die Gesichter.

»Sie sorgen sich und haben Grund dazu«, murmelte Böer leise. »Auch ich erwarte jeden Tag, daß die Späher den herannahenden Feind melden. Und wir können nichts tun als warten.«

Lif sah ihn an und schüttelte den Kopf.

»Ich werde nicht warten«, sagte sie leise. »Die Zeit drängt. Ich muß versuchen, den Weg zu den Göttern zu finden. Erst wenn ich vor sie getreten bin, kann ich den Sachsen den Weg weisen.«

»Du bist unsere Godin«, warf Böer überrascht ein.

»Ihr seht mich als die letzte Godin an«, erwiderte Lif. »Und dafür bin ich dankbar. Aber dennoch bin ich noch nicht soweit. Denk daran, wie ich zum Julfest versuchte, die Zukunft unseres Stammes zu schauen und der Nebel die Bilder nicht freigab. Daran hat sich bisher nichts geändert. Das Schicksal einzelner Menschen vermag ich wohl zu erkennen, nicht aber den Weg unseres Volkes. Raten kann ich euch nur aus dem Wissen, das ich erlernt habe, nicht aus dem, was ich fühle. Die

Welt rast um uns herum in einem wirbelnden Tanz der Kraft. Nichts ruht im Wirken der Zeit, auch wenn es dir oft so scheint, denn die Götter wachsen ständig und mit ihnen die Welt. Wie ein Baum zum Licht der Sonne wächst, muß auch in unserem Stamm die Kraft der Götter gedeihen, damit wir unseren Weg finden.«

Die junge Frau lächelte.

»Ihr aber seid Starrköpfe und wachst im Gegensatz zum Baum wohin ihr wollt. Nur der Gode, der sich eins mit den Göttern weiß, kann ihre Kraft, die in eueren Herzen schwingt, in die rechten Bahnen leiten.«

Sie machte eine Pause.

»Ich werde fortreiten. Ich möchte, daß du mich begleitest, denn eine lange, gefahrvolle Reise liegt vor mir.«

Böer blickte sie überrascht an. Es dauerte einen kurzen Moment, bis er begriff, worum sie ihn bat. Dann durchströmte ihn eine Woge der Freude und des Stolzes. Sogleich beschloß er, sich diese Gefühle nicht allzusehr anmerken zu lassen.

»Ich ... Natürlich begleite ich dich. Aber wie kommst du gerade auf mich?«

»Erinnerst du dich noch daran, was ich dir beim Allthing erzählte – von dem, was ich über dich gesehen habe?«

Böer nickte, allmählich konnte er seine Überraschung überwinden.

»Du sahst mich im Feuer und im Rauch.«

»Und ich erzählte dir, daß sich unsere Wege wieder kreuzen werden. Es ist bereits geschehen – und hat doch gerade erst begonnen.«

»Dann hast du noch mehr gesehen – über mein Schicksal, über uns?«

Lif schüttelte den Kopf.

»Es war nur dieses eine Bild, aber es kam wieder und wieder in meinen Träumen. Aber das alleine ist es nicht. Nicht immer offenbaren sich die Fäden der Nornen, die Wünsche der Götter in Bildern. Das Wissen bahnt sich auf unendlich vielen verschiedenen Pfaden seinen Weg, um uns Menschen – uns Goden – zu erreichen.

»Und deine Reise ist auch meine Aufgabe«, nickte Böer

zustimmend und straffte sich. »Aber du weißt noch mehr. Deshalb habe ich die Fibel von dir bekommen«, stellte er fest.

Lif lachte zustimmend.

»Auch deshalb. Wie alt sie genau ist, kann niemand mehr sagen. Vor langer Zeit hat sie ein Gode an der Irminsul gefertigt. Dabei wurde das Silber mit dem Morgentau des heiligen Baumes gekühlt.«

»Der Tau schenkt Leben«, wußte Böer.

»Und er schützt es. Die Fibel wurde von Gode zu Gode weitergegeben. Sie hat große Macht und behütet ihren Träger.«

Sie machte eine kurze Pause.

»Dein Schicksal ist eng mit dem der Irminsul und meinem verwoben, das weiß ich, auch wenn ich es nicht klar erkennen kann. Dir drohen große Gefahren. Ich will, daß du einen Schutz bei dir trägst – für deine Aufgabe …«, sie blickte ihm in die Augen, »… und für dich.«

»Wohin wird deine Reise uns führen?« wollte Böer wissen und ließ seinen Blick in die Ferne schweifen. Das zarte Band der Nähe zwischen ihnen zerstob. Enttäuscht wandte Lif sich ab. Sie brauchte einen Moment, ehe sie antwortete.

»Als ich mit Baphet fortritt, war eine heilige Höhle unser Ziel. In ihr steht seit uralten Zeiten ein Brunnen. Wer ihn erreicht und aus seinem Wasser trinkt, erhält Antwort auf eine Frage, an die er denkt. Ich erhielt einen Rat vom Brunnen und will ihm folgen. Da du mich begleiten wirst und es dein Schicksal betrifft, will ich dir davon erzählen, auch wenn es sonst besser ist, die Worte des heiligen Wassers in Schweigen zu hüllen. Der Brunnen riet mir, den Zauberwald zu suchen. Sein Wächter wird mir verraten, wo der Regenbogen auf Mittelerde trifft. Denn dort beginnt der Weg zu den Göttern.«

»Du willst den Zauberwald finden? Dann suchst du etwas, was nur in den alten Geschichten lebt«, zweifelte Böer.

»Nein«, erwiderte Lif entschieden. »Er ist so wirklich wie die Höhle und der Brunnenbursche, den ich traf.«

»Aber wohin willst du dein Pferd wenden?«

Lif sah Böer offen an und lächelte.

»Nach Osten. Mehr weiß ich auch nicht. Alte Geschichten enthalten sehr viel wahres. Sang nicht Bernleff vom Zauberwald, den nur erreicht, wer in den Sonnenaufgang reitet. Nebel, durch die nie die Sonne dringt, umwallen die Bäume eines uralten Waldes ...«

»... ein Wächter, der in die Herzen der Menschen sieht, bewacht den Hain«, führte Böer das Lied fort.

Seine Augen lachten, die Tür zu seinem Herzen war offen, für einen Moment.

»Nicht nur von Bernleff hörte ich die Geschichte. Auch meine Mutter erzählte sie mir. Und was der Mensch an der Wiege gehört hat, weiß er auch noch als alter Mann.«

»Keinem Menschen ist es bestimmt, den Wald zu betreten.«

»Der Brunnen hätte es mir nicht geraten, wenn es mein Tod wäre. Die Götter werden uns führen, oder wir finden den Wald niemals.«

»Wann willst du reiten?« fragte Böer.

»Mit dem Beginn des neuen Tages«, antwortete Lif.

Sie berichteten Widukind und Abbio von ihrer Reise. Der alte Recke legte seine Stirn in Falten, als er davon hörte, drückte Böer und Lif an seine mächtige Brust und bat die Götter, ihren Plan zu segnen. In Euliset, Servalis und Rakus flammte die Wanderlust wieder auf, als sie vom Reiseziel Böers und Lifs hörten. Als erfahrene Wanderer hielten sie viele gute Ratschläge für Böer und Lif bereit, mit denen sie die beiden zum Abschied überhäuften.

Die Hütten duckten sich noch in der Dunkelheit, als die beiden mit ihren Pferden durch das Tor des Walles trabten. Müde grüßten die Wachen, einen Moment später schon umfing sie der Wald. Sie ritten in die aufgehende Sonne, deren Licht den Horizont rot verzauberte. Schwarz hoben sich vor dem flammenden Himmel die Umrisse der Bäume ab. Immer weiter ritten sie nach Osten.

Der Tag verging, der nächste folgte. In den Nächten rasteten Böer und Lif am Rand des Weges. Während sie schliefen, rollten sie stets enger aneinander, als sie zuvor beim Einschlafen gelegen hatten. Wenn sie sich so am nächsten Morgen beim Aufwachen fanden, führte Böer das auf die Kälte zurück, die mit der Dunkelheit noch immer über den Boden kroch.

Eines Morgens hatte sich schwerer Nebel über das Land gelegt, so daß sie nur wenige Schritte weit auf dem Pfad sehen konnten.

Die feuchten Schwaden dämpften die Geräusche, so daß kein Laut aus dem Wald zu ihnen drang. Selbst die Hufe klangen wie von Stoff umhüllt. Feine Wassertropfen funkelten auf ihren Haaren, zerrannen in ihren Gesichtern und bedeckten das Fell der Pferde. Der Pfad wand sich immer schmaler durch den dichten Wald. Immer häufiger bogen Hals und Brust der Pferde vorstehende feuchte Äste und Blätter aus dem Weg. Schließlich ritt Böer sein Pferd an und trabte voraus, so schmal war der Weg geworden. Für einen Moment lang verschwand er vor Lif im Gespinst des Nebels. Wie schwarze Schatten drängten sich die Büsche um den Pfad, griffen gierig die glitschigen Äste nach Lifs Haaren. Es schien so, als wollte der Wald ihr den Weg versperren. Angestrengt starrte sie in den Nebel. Schnell wie ein Lidschlag zuckte plötzlich ein Schemen vor ihr über den Pfad. Unsicher geriet das Tier aus seinem monotonen Trab, bis Lif es zum Stehen zwang. Die Godin versuchte, noch genauer mit ihren Augen in das triste Grau zu dringen, konnte aber nichts erkennen. Kein Geräusch – nicht einmal das der Schritte von Böers Pferd – drang an ihre Ohren.

Aber dann vernahm sie das leise Kichern. Fein, kaum zu hören, kam es aus den Büschen rechts von ihr, gerade als sie wieder anreiten wollte. Wieder lauschte Lif in die Stille, und wieder hörte sie das Lachen, das sich über sie lustig zu machen schien. Es gab keinen Zweifel. Ganz dicht vor ihr hatte sich ein Mensch oder ein anderes Wesen im Gestrüpp verborgen.

»Rate ruhig, wer ich bin«, höhnte ihr die Stimme leise zu. Lif hatte so stark in die Stille gelauscht, daß sie erschrocken zusammenzuckte.

»Oder vernebelt die Angst dir den Sinn?«

Wieder kicherte die Stimme.

»Schön ist es im Wald, wenn der Nebel fällt.
Aber Furcht euch Menschen die Freude vergällt.«

»Du bist ein Alb«, rief Lif zornig in den Wald. »Und du hast mich erschreckt.«

»Müßt ihr Menschen stets poltern, daß es kracht, damit den Geist des Schönen vertreiben.
Ihr Wesen seid nicht für den Wald gemacht, ihr solltet in euren Dörfern bleiben.«

»Du bist zu mir gekommen, nicht ich zu dir«, betonte Lif. »Hättest du mich meinen Weg reiten lassen, hättest du in Ruhe den Bäumen beim Wachsen zusehen können.«

»Mutig ist sie, gar nicht verlegen die kleine Frau.
So mit einem Alb zu reden, sich kein anderer Mensch trau.
Aber ich will dir verzeihen, denn ich weiß von deiner Pflicht.
Und dir bei der Erfüllung zu helfen, bin ich sogar erpicht.«

Mit diesen Worten trat der Alb aus den Büschen. Er war nur halb so groß wie ein Mensch, mit einer grauen Kutte bekleidet. Tiefe Falten runzelten sich durch sein Gesicht.

»Seltsame Worte sprichst du«, murmelte Lif kopfschüttelnd. »Nun aber sag, was du von mir willst.«

»Wir wollen noch warten auf deinen Gefährten.
Dann sollen dich meine Worte stärken.«

Die Furchen im Gesicht des Albs vertieften sich zu einem leiderfüllten Ausdruck.

»Ich höre schon sein Getrappel im Nebel gar nicht mehr weit.
Drum möcht ich meinen, gleich ist er hier, so schnell vergeht die Zeit.«

Einen Moment später erkannte Lif Böers Umriß in den Schwaden. Erst jetzt hörte sie den dumpfen Klang der Hufe. Mit verwirrtem Blick musterte Böer Lif und den Alb.

»Du warst hinter mir verschwunden. Da drehte ich um …«

Das Kichern des Albs unterbrach ihn.

»Wer ist das? Warum lacht er so?« fragte Böer.

»Immer Fragen, viele Fragen, habt ihr sonst nichts zu sagen?« spottete der Alb.

»Ich bin ein kleines Waldwesen, das die Bäume liebt, und das der Wunsch zur Hilfe zu euch Menschen trieb.«

Böers Verwirrung steigerte sich.

Der Alb kicherte wieder.

»Hört mich nun an, damit ich meine Botschaft beginnen kann«, fuhr er fort.

»Wo der Nebel sinkt und verhüllt die Sonne den ganzen Tag, dort ist der Zauberwald nicht weit, und ihr braucht meinen Rat. Nur ich kann Menschen den Weg dorthin weisen, auf dem Pfad müssen sie dann alleine reisen.«

»Du weißt, wo der Zauberwald liegt?« fuhr Böer überrascht auf. »Sag uns, wo wir ihn finden.«

»Warum müßt ihr Menschen immer so ungeduldig sein.
Einem Alben bereitet das sehr große Pein.
Darum sollt ihr in diesem Augenblick einmal schweigen.
Tut ihr es nicht, will ich euch den Weg nicht zeigen.«

Prüfend musterte er mit mißtrauischem Gesicht erst Böer, dann Lif.

Er schien zufrieden, denn er fuhr fort:

»Reitet dort entlang, wo das Gebüsch am dichtesten steht,
wo die Godin den Alben mit ihren Ohren erspäht.
Nebelschwaden umkränzen den Zauberwald,
Lichtschatten wechseln in seiner Gestalt.
Wo euch die Zweige den Weg am dichtesten verwehren,
beginnt ein Pfad, den Albenhände stets sorgfältig kehren.
An ihn heftet aufmerksam den Blick,
und folgt ihm wie eurem Geschick.
Lange werdet ihr durch dichtes Gestrüpp schreiten,
bis sich Tümpel und Wiesen ausbreiten.
Sumpfiges Wasser neben euch schmatzt gierig,
und dem Weg zu folgen erscheint euch schwierig.
Aber schreitet guten Auges den feinen Pfad,
und vertraut auf eines alten Alben Rat.
Nach dem Sumpf folgen große alte Bäume.
Sie sind so alt wie der Menschen Träume.
Mit ihnen beginnt der Zauberwald,
ihn zu durchdringen eilt euch bald.«

»So wollen wir dir herzlich danken«, sagte Lif, nachdem der Alb geendet hatte.

»Wir werden deinem Weg folgen.«

Mit sorgenvollem Ausdruck blickte der Alb sie an.

»In meinem Wald wandele ich schon seit vielen Menschenleben.
Wer den Zauberwald sucht, zu dem muß ich reden.

Dir aber will ich sagen, was ich allen anderen Menschen verschwieg.
Mir fällt nicht die Erinnerung ein, an einen Menschen, der den Weg zurück erriet.
Wer Mensch ist, egal, ob Frau oder Mann,
bleibe fern dem Wald, solange er kann.
Du aber mußt für deine Aufgabe gehen, ist sie noch so schwer.
Darum vertraue auf dein Herz und hoffe auf Wiederkehr.«

Kaum hatte der Alb diese Worte gesprochen, verbeugte er sich und verschwand mit einigen Schritten wieder im Nebel. Das letzte was die beiden Menschen von ihm hörten, war ein leises Kichern.

»Er hat es gut mit uns gemeint«, lächelte Lif Böer zu.

»Niemand soll in Zukunft zu mir sagen, daß in der Brust eines Schwarzalben ein Herz, dunkel wie die Nacht, schlägt«, fügte Böer hinzu.

»Dann wollen wir nun seinem Rat folgen und nicht fluchen, dafür aber im Gebüsch den Pfad zum Zauberwald suchen«, schlug Lif vor.

Böer runzelte die Stirn und stieg vom Pferd. Lif grinste.

»Wir sollten uns auf den Weg machen.«

Sie ließ sich vom Pferd gleiten und hakte sich spontan bei ihm ein. Überrascht wich Böer einen Schritt zur Seite.

Verärgert nahm Lif die Zügel ihres Pferdes und schritt in die Nebelwand. Böer folgte irritiert.

Nachdem sie das dichteste Unterholz durchdrungen hatten, lichtete sich das Gestrüpp tatsächlich etwas, und ein schmaler Weg, kaum mehr als das von kleinen Füßen niedergedrückte Gras, wurde sichtbar. Böer folgte Lif. Schritt für Schritt tasteten sie sich voran. Als es bereits wieder dunkelte, betraten sie offenes Land. Gras breitete sich nun unter den Füßen der beiden Suchenden aus.

»Der Sumpf«, stellte Lif fest. »Wir sollten hier rasten und erst wieder im Licht des Tages weitergehen.«

Böer nickte.

Bald saßen sie aneinander gelehnt. Kein Feuer brannte, denn die Luft und das Holz, das sie fanden, waren so mit Feuchtigkeit vollgesogen, daß es ihnen nicht gelang, Flammen zu entzünden.

An diesem Abend wunderte sich Böer darüber, wie wortkarg Lif war. Sie sprachen kaum miteinander und legten sich früh schlafen. Er dachte noch kurz darüber nach, fand es dann aber nur vernünftig, vor dem kommenden, sicher schweren Tag gut ausgeschlafen zu sein.

Auch die Godin reiste bald ins Land der Träume. Sie erwachten früh am Morgen, als der Nebel im spärlichen Licht der Sonne schon wieder weiß schimmerte. Bald brachen sie auf und ließen die Pferde am Rand des Sumpfes zurück. Noch schwerer als im Wald war es im Moor, dem schmalen Weg zu folgen. Nur am niedergedrückten Gras des Pfades erkannten sie den Unterschied zwischen dem fußbreiten festen Boden und dem tückischen Sumpf. Die weiß-schwarz gescheckten Stämme von Birken ragten traurig in den grauen Nebel. Das Gras der Wiese schwankte oft unter ihren Schritten, trügerischen Schlamm unter dem Grün verbergend. Großen Wunden gleich lagen faulige Wassertümpel an vielen Stellen in der Grasfläche. Es dämmerte, als Lif und Böer das Ende des Sumpfes erkannten. Wie stille Wächter hatten sich erste Eichen des Zauberwaldes mächtig und groß zwischen die traurigen Birken des Sumpfes gestellt. Bald standen die faltigen Stämme der hölzernen Riesen enger beieinander. Unter ihrem Blätterdach, am Rande des Zauberwaldes, verbrachten Böer und Lif eine weitere Nacht ohne die Wärme des Feuers. Sie schliefen schlecht. Auch wenn sie dicht beieinander saßen, drang die feuchte Kälte durch ihre Kleider, und böse Träume ließen beide immer wieder hochschrecken. Als das Licht des Tages die Bilder des Schlafs vertrieb, fühlten sie sich zerschlagen und matt vor Müdigkeit. Zögernd stand Böer auf dem Weg, der sich im Wald verlor.

»Gehen wir hinein?« fragte er unsicher.

»Komm«, forderte ihn Lif auf und schritt voran. Der Nebel lichtete sich, je tiefer sie in den Wald vorstießen. Das trübe Licht einer ewigen Dämmerung umfing sie, denn Eichen und Buchen gipfelten hoch über ihren Köpfen in riesigen Kronen. Dazwischen drängten sich Kiefern und Tannen, durch deren

Nadeln sich die wenigen Lichtstrahlen der Sonne, die durch das Blätterdach schienen, ihren Weg bahnen mußten. Der Boden war weich und von faulendem Holz bedeckt. Eine Weile gingen sie schweigend nebeneinander. Nach der Traurigkeit des Sumpfes umfing sie die geheimnisvolle Stimmung des Waldes wie einen Wanderer, der vom Dunkel ins Licht tritt und geblendet seine Augen schließt.

Schließlich begann Böer zu sprechen:

»Seltsam, ich spüre die Kraft des Waldes und kann sie doch nicht deuten. Sie zieht mich in ihren Bann, und ich vermag ihre Quelle nicht zu erkennen.«

»Horche zwischen die Bäume«, forderte ihn Lif auf.

»Ich kann keinen Laut vernehmen«, erwiderte Böer.

»Die Stille des Todes scheint über dem Boden zu schweben.«

»Vertraue nicht deinen Sinnen«, flüsterte Lif. »Der Zauberwald hat viele Gesichter. Wir sehen nur eines. Hier werden die Zauber der Welt gewoben.«

Böer blickte sich um. Zwischen den Baumstämmen flimmerte eine ungeheure Kraft, unsichtbar, doch Böer spürte ihren Atem. Ihm war, als ob tausend Augen ihn mißtrauisch musterten. Er fühlte die gleiche Stille, die vor einer Schlacht über dem bereiten Heere lastet, und Böer war sich sicher, daß die Spannung, die in dieser Ruhe lag, irgendwann zerreißen würde. Ob mit einem schallenden Lachen oder einem fürchterlichen Brüllen, wußte er nicht zu sagen.

»Es ist niemand aus dem Zauberwald zurückgekehrt«, begann Böer nach einer Weile unsicher. »Sagte das nicht der Alb?«

»Er sprach aber auch von unserer Aufgabe«, erwiderte Lif ruhig.

Böer schwieg einen Moment. Er sah Lif an.

»Das tat er nicht.«

Lif blickte fragend zurück.

»Er sprach von deiner Aufgabe, nicht von unserer.«

»Du solltest wissen, daß die Alben nicht viel auf die Bedeutung des einzelnen Wortes geben. Der Sinn seiner Rede ist wahr. Auf die einzelnen Worte aber achtete er nicht. Sei unbesorgt und grübele nicht über die Botschaft des Alben.«

Sie machte eine kurze Pause. Dann fuhr sie fort: »Folge mir einfach, so wie du es bisher auch getan hast. Bis vor kurzem gab es für dich tapferen Krieger ohnehin noch keine Unterscheidung zwischen meiner Aufgabe und unserer. Lassen wir es dabei bleiben«, forderte sie ihn spitz auf.

»Ich versuche dir zu helfen ...«, stellte Böer heraus.

»Und denkst dabei überhaupt nicht an dich«, fügte Lif mit betont lobendem Tonfall hinzu.

»Um mich geht es nicht.«

»Meinst du? Und wessen Blick sucht mich jeden Morgen in der Babilonie in der Hoffnung, daß ich schon auf dem Weg zum Brunnen bin oder einen Ausritt mache? Wessen Augen leuchten immer, wenn er mich überraschend trifft? Und war nicht auch eine junge Godin der Grund, warum du dich auf den Weg zur Irminsul gemacht hast, wie du mir selber erzähltest?«

Entsetzt blitzten Böers Augen auf.

»Das ist nicht wichtig, hat überhaupt nichts zu sagen«, erwiderte er gekränkt.

»Natürlich ist es das. Und es ist mir tausendmal lieber, wenn du ehrlich zu dir selber und zu mir bist, als wenn du wie ein verliebter junger Bär hinter mir hertappst, dabei aber redest, als seiest du ein kühner Krieger, den solche Dinge überhaupt nichts angehen.« Energisch ergriff sie die Zügel des Pferdes und schritt voran.

Getroffen und verärgert folgte Böer.

Je tiefer sie in den Wald gerieten, um so stärker wurde die Macht des Geheimnisses, das er unter seinem Blätterdach hütete. Gleichzeitig schienen auch Ruhe und Sicherheit der jungen Frau zu wachsen. Sie wurde immer stärker, während die Unruhe immer mehr von Böer Besitz ergriff, so daß er den Göttern mehrfach im stillen für Lifs Nähe dankte. Schließlich verebbte das schwache Licht: Es dämmerte. Böer und Lif ließen sich zur Rast auf den Boden sinken. Sie sprachen kein Wort.

Jetzt, wo ihre Schritte verstummt waren, hörten sie in der Nähe das Plätschern von Wasser.

»Frisches Quellwasser würde mich mehr erquicken als das

abgestandene Naß unseres Vorrates«, brach Böer nach einer Weile als erster zögernd das Schweigen.

Lif nickte.

»Ich werde sehen, ob ich nicht meine Wasserbeutel frisch füllen kann.« Schon schritt er in die Richtung, aus der das Geräusch des sprudelnden Nasses tönte, froh, sich eine Weile von ihrem Lagerplatz entfernen und in Ruhe seinen Gedanken nachhängen zu können.

Mit jedem seiner Schritte wurde das lustige Spritzen lauter, bis Böer ein kleines Rinnsal entdeckte, das sich in vielen Bögen und Strudeln über den felsigen Boden wand. Aber irgend etwas stimmte nicht. Böer wunderte sich, wußte aber nicht zu sagen, woher dieser Eindruck kam. Er schob seine Grübeleien zur Seite. Er wollte gerade die Hände in das Naß strecken, als er abermals stutzte und sie erschrocken zurückzog. Der Boden war nicht eben, sondern wellte sich zu einer sanften Anhöhe empor. Ihr folgte der Bach in seinem Lauf. Böer stand am Fuß der Anhöhe. Aber das Wasser floß nicht zu ihm herab, sondern hüpfte fröhlich den Hang empor. Erschrocken wich Böer zurück. Gerade wollte er sich umwenden, zu ihrem Rastplatz laufen, als er das weiße Gewand von Lif zwischen weit entfernten Bäumen schimmern sah. Der weiße Schein verschwand hinter einigen Stämmen, um sogleich wieder kurz an anderer Stelle aufzublinken. Böer wunderte sich, lag doch ihr Lager in ganz anderer Richtung. Hastig begann er, Lif zu folgen. Das Gewand flackerte noch einige Male im schwindenden Licht des Tages auf. Trotzdem schien es Böer nicht näher zu kommen, sosehr er sich auch eilte. Bald rannte er. Mit keuchenden Lungen gab er schließlich auf und sank zu Boden. Während er nach Luft schnappte, umstanden ihn die Bäume mit kalter Ruhe. Das Licht wich aus dem Wald. Sorgen breiteten sich in Böers Herz aus, und er beschloß, in Ruhe den Weg zum Rastplatz zu bedenken. Mit Macht zwängte er die aufkeimende Angst in seinem Inneren zurück. Da knarrte neben ihm ein Baum. Erschrocken blickte Böer auf, konnte aber nichts Ungewöhnliches erkennen. Nun knackte ein Baum hinter ihm, und wieder mochte Böer den Grund für das Geräusch nicht zu entdecken. Leise knirschte ein anderer Stamm, so als ob ganz langsam mit gewaltiger Kraft ein Ast gespannt wird. Wie zur Antwort knallte es so laut, daß Böer vor Schreck zusammenzuckte. Zweifelnd beobachtete er die uralten Stämme. Er war sich ganz sicher: Die Bäume waren näher gerückt. Wieder knackte es hinter ihm und an einer Seite. Böer sprang auf. Auch hier waren die Bäume näher gekommen. Verzweifelt drehte sich der junge Krieger im Kreis. Dann lief er los, rannte in die Richtung, in der er Lif und den Rastplatz vermutete. Schon bald aber schwand die Kraft aus seinen Schritten. Nicht einmal den Bachlauf fand er wieder. Baum reihte sich an Baum. Die Stämme verstellten ihm den Weg, er vermochte keinen bekannten Punkt zu entdecken. So hastete er irrend umher. Die Dunkelheit hüllte ihn nun vollständig ein. Böer sank auf den Boden und fiel bald in einen tiefen Schlaf. Aber nur für kurze Zeit: Ein dumpfes Grummeln weckte ihn.

Böer schreckte hoch. Das Geräusch verstummte. Er bemerkte im Zwielicht der ersten Dämmerung, daß die Bäume in einem dichten Ring um seinen Rastplatz standen. Sie waren schon bedrohlich nah, in die Lücken zwischen ihren mächtigen Stämmen paßte mit Mühe gerade noch ein Mann. In den Ästen knackte es, und wieder schwoll das finstere Grummeln an. Böer reckte den Hals in die Richtung des Geräusches und wich entsetzt zurück. Ein dicker Baum hatte sich wieder ein Stück vorgeschoben. Runzelig faltete sich die moosbedeckte Rinde über seinem Stamm. Im gewundenen Verlauf der Rillen meinte Böer die Linien eines bösartig grinsenden Gesichtes zu erkennen. Zwei starke Äste wölbten sich wie Arme aus dem Stamm. Böer sprang auf. Nun sah er es deutlich: Überall im Kreis starrten ihn die klobigen Augen der Bäume lauernd, sich ihres Sieges sicher, an. Mit einem Satz hechtete er durch den Spalt zwischen zwei grinsenden Baumriesen. Kaum hatte er sich aus dem Kreis gerettet, stolperte er über eine Wurzel, rollte über den Boden, um gleich darauf wieder auf die Beine zu springen und seine Flucht fortzusetzen. Wieder und wieder reckten sich ihm Wurzeln entgegen, peitschten Äste sein Gesicht. Immer deutlicher erkannte er im rasenden Lauf die Konturen von Gestalten in der Rinde. Die Linien formten sich zu finsteren Gesichtern, und Aststummel, die der Sturm wohl einmal abgerissen hatte, saßen wie hornbekränzte Häupter auf den Schädeln. Starke Äste wandelten sich in muskelbepackte Arme, und im Verlauf der Stämme meinte Böer, breite Kriegerbrüste zu erkennen. Er stürmte weiter. Keuchend sprang er über die Wurzeln, schlug Haken um die Riesen, die sich ihm in den Weg stellten, während die finsteren Stämme zur langsamen Bewegung verdammt schienen. Endlich erreichte er eine kleine Lichtung. Hier wagte er eine Rast und ließ sich erschöpft ins Gras fallen. Aber sein Atem konnte sich nicht lange erholen. Ein Knurren, leise, doch durchdringend und bedrohlich, drang vom Waldrand auf die Lichtung. Böer ließ seinen Kopf wachsam kreisen. An einer Stelle stockte er. Langsam griff seine Hand zum Schwert. Zwei gelbe Punkte starrten ihn aus dem Schutz der Bäume an. Einen Moment später löste sich ein riesiger Schädel aus dem Dunkel. Es war ein Wolf. Schwarz und bedrohlich schob sich das Tier auf die Lichtung. Vor Entsetzen konnte Böer seinen Blick nicht von ihm lösen. Der Wolf war groß wie ein Kalb, unendlicher Haß sprühte aus seinen Augen. In seinem riesigen Maul blinkten hinter hochgezogenen Lefzen messerlange Zähne, schaumiger Geifer tropfte ins Gras. Böer nicht aus den Augen lassend tastete sich das Raubtier langsam vor, den Kopf gesenkt und in seine Richtung vorgeschoben, das Nackenfell gesträubt. Böer zog das Schwert aus der Scheide und stellte sich kampfbereit dem Wolf entgegen. Das Knurren wurde tiefer, riß aber mit einem Mal erstaunt ab. Der Wolf drehte den Kopf und kniff sogleich winselnd den Schwanz ein. Ein Troll, größer als jeder Mann und so breit wie eine alte Eiche, stampfte auf die Wiese. Braunes Fell bedeckte seine Glieder, und krauses schwarzes Haar wallte von Kopf und Kinn herab. In einer Hand schwang er eine riesige Keule. Die roten Augen des fürchterlichen Erdwesens musterten erst den Wolf, dann Böer, der von neuem Entsetzen gepackt sein Schwert sinken ließ. Drohend hob der Troll seine Keule und wandte sich dem Wolf zu. Mit einer blitzschnellen Bewegung sprang dieser in den Schutz der Bäume und verschwand winselnd in der Dunkelheit des Waldes. Der Troll stapfte auf Böer zu.

Lif hatte noch bis zum Einbruch der Dunkelheit nach Böer gesucht, konnte ihn aber nicht finden. Erschöpft und einsam ließ sie sich auf den Rastplatz sinken. Ein Zauber schützte sie gegen die Kraft des Waldes. Lif machte sich Vorwürfe. Sie wußte von den alten Goden, daß der Zauberwald die Menschen hinter die wahre Beschaffenheit der Dinge blicken läßt und sie dadurch zu verwirren sucht. Denn wenn vor einem Menschen, der nicht die Weisheit besitzt, die Maske der scheinbaren Wirklichkeit der Dinge herabgerissen wird, meint er Trugbilder zu sehen und den Verstand zu verlieren. Nur wer das Wissen und die Macht eines Eingeweihten hat, an dem prallt die Magie hilflos ab. Der Weise kann den Anblick der tiefen Wirklichkeit ertragen und läßt sich von ihm nicht übertölpeln, denn er hat die Macht, die Dinge so zu sehen, wie er sie wünscht.

Große Sorgen um ihren Gefährten lasteten auf Lifs Herzen. Böer war stark, aber er war nicht weise, so daß der Wald leichtes Spiel mit ihm haben konnte. Sie fragte sich, was Böer wohl sehen und hören mochte, wohin er in seiner Angst gelaufen war und ob er noch lebte. Vor langer Zeit war auf diesem Boden ein Heer der Riesen gegen die Asen gezogen. Schon hatten die Asen befürchtet, daß unter den Schritten dieser Armee die Mauern Asgards brechen würden, da wendete ein listiger Zauber Lokis das Unheil ab. Die Riesen wurden in Bäume verwandelt, gebunden bis zum Tag der Götterdämmerung, an dem, so sagen es die Prophezeiungen, Loki selbst den Zauber wieder lösen wird. Wenn das Riesenheer sich dann wieder in Bewegung setzt, wird die Welt versinken. Als Lif in tiefen Schlaf fiel, waren ihre Träume voller Sorgen. Sie erwachte, als der helle Tag bereits angebrochen war. Ein kleiner Vogel zwitscherte fröhlich auf dem Ast einer nahen Eiche. Während Lif aufstand, flog der Vogel hoch und setzte sich auf einen weiter entfernten Ast, immer noch sein Lied trällernd. Lif erkannte das Zeichen und folgte dem Tier. Lustig singend hüpfte der Vogel immer weiter, und ihm folgend drang Lif tiefer in den Wald ein. Nun sah sie auch andere Tiere. Ein Eichhörnchen huschte von einem Baum auf den Boden und verschwand in schnellem Lauf zwischen anderen Stämmen. Ein Rehkitz beobachtete sie scheu aus der Entfernung, und ein Kaninchen kreuzte hakenschlagend ihren Weg. Schließlich blieb der Vogel, auch als Lif näher kam, auf seinem Ast sitzen. Zum ersten Mal durchbrachen Sonnenstrahlen das dichte Blätterdach und wärmten Lifs Wangen. Zielstrebig schritt die junge Godin näher zu dem Vogel. Da fielen ihre Augen auf eine kleine Gestalt, die zusammengekrümmt am Boden, an den Stamm einer alten Eiche gelehnt, saß. Als Lif näher kam, hob die hockende Gestalt den Kopf, und Lif erkannte, daß es eine uralte Frau war, die ihr entgegenblickte. Die faltige Haut spannte sich wie das Tuch eines Zeltes über die Knochen ihres Schädels, die wie scharfe Riffe in der Brandung über ihre eingefallenen Wangen ragten. Weißes, dünnes Haar strähnte auf ihre Schultern. Langsam hob die Greisin zitternd ihre knochigen Finger, als sie Lif erkannte.

»Ich habe schon lange auf dich gewartet«, begann sie mit dünner, brechender Stimme zu sprechen. »Um so mehr freue ich mich, dich zu sehen.«

»Wer bist du?« fragte Lif forschend.

»Die, die du suchst. Die Hüterin des Zauberwaldes.«

Erstaunen malte sich in Lifs Züge.

Die Alte kicherte.

»So weise du schon bist, kannst du doch deine Jugend nicht verbergen. Du hattest dir den Wächter anders vorgestellt? Der Wächter ist wie der Wald, er verändert sich ständig, hat keine feste Form. Anders aber als bei dem heiligen Hain, der zwischen dem Schein und dem wahren Kern den Betrachter verwirrt, siehst du bei mir stets in die Wirklichkeit, die sich aber beständig wandelt, so wie sich das Jahr vom Frühling bis zum Winter erstreckt und doch alle dieselbe Erde, nur mit einem anderen Gesicht zeigen. Vor allem hast du wohl nicht erwartet, mich als Frau zu sehen. Was aber sollte ich sonst sein, wo doch der Zauberwald das Leben ist.«

Lif nickte.

»So hast auch du verschiedene Gestalten«, sagte sie leise. »Warum aber trittst du mir als Greisin entgegen?«

»Ich bin der Tod«, kicherte die Alte. »So wie im Winter scheinbar alles Leben erstirbt und seine Kraft doch im warmen Erdreich fortpulsiert, um im neuen Jahr aufzuerstehen, verfault auch die Greisin, um schließlich in neuer Gestalt wiederzukehren und erneut aufzublühen. Die dunkle Jahreszeit ist auch über euren Stamm hereingebrochen. Daran will ich dich mahnen. Wie im Tod aber das neue Leben bereits schlummert, so erfüllst du deine Aufgabe. In deinem Handeln liegt der Same zukünftigen Lebens.«

Mit einem Mal erschien die Greisin Lif gar nicht mehr so alt. Ihr war, als ob die Knochen weniger deutlich hervortraten und straffere Haut sich über ihr Gesicht spannte. Auch saß die Alte jetzt weniger krumm vor dem Baum. Rosig schimmerten die vorher blassen Fingernägel, und ein brauner Ton mischte sich in ihr Haar. Lifs Blick fiel auf den groben braunen Stoff, der den Körper der Frau bedeckte. Auch er erschien ihr feiner gewebt. Sie blickte auf, und wieder hatte sich das Gesicht der Frau verjüngt. Die gesunde Farbe des Blutes war in ihre nun vollen Lippen zurückgekehrt, die Augen leuchteten in geheimnisvollem Braun, und nicht mehr matt verschleiert. Immer noch ragten die Wangenknochen aus dem Gesicht. Jetzt aber wölbten sie sich sanft unter den weichen Kurven ihrer Haut. Auch die Nase stak nicht mehr wie ein einsamer Berg hervor, sondern hob sich in sanfter Linie aus dem Gesicht, um in weichen Kurven über zwei zarten Nasenlöchern zu zerfließen. Volles braunes Haar fiel schwer auf die sanft gerundeten Schultern. Eine junge Frau schaute Lif lachend an. Die Godin hatte gebannt die Verwandlung verfolgt. Immer noch stumm starrte sie die Frau an. Langsam erhob sich die anmutige Wächterin. In ihren Bewegungen spiegelten sich Kraft und Eleganz.

»Nun bin ich die Kraft, die Leben schenkt«, lachte die Wächterin. »Ich bin die Liebe. Grübelst du, was ich dir damit sagen will?«

Lif schaute sie fragend an.

»Ich bin gekommen, um den Weg zum Regenbogen zu erfragen«, sagte sie.

»Und ich beantworte deine Frage«, erwiderte die Hüterin des Zauberwaldes. »Siehst du dieses Wasser dort?«

Sie wies mit der Hand zwischen die Bäume. Lif folgte ihrer Geste und entdeckte einen kleinen Tümpel, der zwischen den Eichen und Buchen glänzte.

»Geh hin und sieh hinein.«

Die Godin tat, wie ihr geheißen, während sich die Hüterin wieder setzte. Im Wasser spiegelte sich Lifs Bild. Sie wich entsetzt zurück. Auf der Oberfläche schimmerte nur die Hälfte ihre Leibes, nur ein Bein und nur ein Arm.

»Was siehst du?« forschte die Hüterin mit lauter Stimme.

Lif blickte noch einmal auf das entstellende Bild.

»Ich sehe eine Hälfte von mir«, antwortete sie zögernd.

»So zeigt das Bild dir die Wahrheit. Setzt dich zu mir.«

Als Lif sich vor ihr auf dem Boden niederließ, lag der prüfende Blick der Wächterin auf ihr.

»Ich zweifele nicht an der Wahrheit von dem was ich sah«, stellte sie leise fest. »Aber ich vermag sie nicht zu verstehen.«

Die Frau lächelte.

»Ich bin Frouva und dir als Greisin und fruchtbare Frau entgegengetreten. Erkenne, daß der Mensch niemals ganz ist, solange er auf Erden wandelt. Das, was dir fehlt, findest du auf diesem Boden. Es ist ein Mensch. Nur die Liebe kann die Brücke zu ihm schlagen, so daß du mit ihm wieder heil wirst. Wenn der Mensch sich mit dem heiligen Baum, der Irminsul, verbindet, kann er so für kurze Zeit mit den Welten eins werden und dadurch die Lücke in seinem Inneren schließen. Seit der Baum aber gefallen ist, bleibt dir nur der schwere Weg, den fehlenden Teil von dir zu finden. Erst wenn dir das gelungen ist, wirst du den Aufgang zum Regenbogen finden und kannst vor den Göttern bestehen. Du kannst ihn nicht verfehlen, wenn du in die Richtung schreitest, in der er dem Boden am nächsten steht.«

»Liebe«, murmelte Lif.

»Spürst du nicht, was am meisten in dir drängt, wonach das Herz eines jeden Menschen begehrt? Wahre Dinge sind zumeist einfach, folge deinem Sehnen.«

Frouva lächelte Lif an.

»Ich habe gesagt, was zu sagen war. Und du hast es verstanden. Nun muß ich gehen, und auch du sollst über deinen Weg weiterschreiten.«

Beide standen auf. Die Hüterin kam auf Lif zu und drückte sie fest an sich. Dann drehte sie sich um und verschwand zwischen den Stämmen. Lif schaute ihr stumm nach. Die Worte Frouvas klangen in ihrem Kopf, sie spürte die Umarmung und genoß den Geruch der Göttin, der sie immer noch ganz fein umhüllte. Sie roch den Duft von blühenden Blumen, von reifem Korn, dessen Ähren sanft im Wind wogten, sog den Geruch von feuchter schwarzer Erde durch ihre Nase. Eine ganze Weile stand sie so, dann wandte sie ihre Schritt um. Benommen, versunken in die wunderschöne Erinnerung, schritt sie weiter. Erst allmählich griff ihr Denken nach den Worten der Göttin, und sie begann, den Sinn zu ergründen. Nun, da Frouva nicht mehr da war, fühlte sich Lif allein. Ihre Gedanken stockten.

»Böer«, schoß es ihr durch den Kopf. Sie liebte ihn. Plötzlich wurde ihr bewußt, wie sehr sie ihn brauchte, sich nach ihm sehnte. Er liebte sie auch. Sie war sich sicher, es mußte so sein. Wenn sie jetzt nur mit ihm reden könnte, möglichst sofort, möglichst schnell. Sie würde alle Mißverständnisse ausräumen.

Plötzlich kroch ein Gefühl von Kälte durch ihre Glieder. Böer war verschwunden, in großer Gefahr. Sie mußte ihn finden. Wellen der Sorgen und Angst fluteten durch ihren Kopf. Sie versuchte, sich zu orientieren. Auf diesem Pfad würde sie aus dem Wald gelangen. Bisher war sie nicht an ihrem Lagerplatz vorbeigekommen. Sie verließ den Weg, hastete durch den Wald. Ihr Blick raste von Baum zu Baum, über den Boden, immer auf der Suche nach einer Spur ihres Gefährten. Aber nirgendwo entdeckte sie ein Zeichen oder einen Fußabdruck. Sie blieb stehen, um zwischen die Bäume zu lauschen, aber der Wald blieb stumm. Lif irrte weiter. Immer wieder hämmerte die Warnung des Alben in ihrem Kopf. Angst schoß durch ihren Körper. Nun rannte Lif, die Bäume flogen an ihr vorbei. Sie sprang über Wurzeln, hastete weiter und weiter. Sie wußte nicht mehr, aus welcher Richtung sie gekommen war, wohin sie lief. Sie bemerkte es, und es war ihr egal. Sie mußte Böer finden, so schnell sie konnte. Sie hoffte, ihn lebend zu treffen. Die Sorge, die Angst trieben ihre Beine immer schneller an. Sie rannte und rannte, nicht auf den Schmerz in ihrer Brust achtend, nicht spürend, wie ihr Herz die Brust zu zerschmettern schien. Schwarze Schleier zogen vor ihre Augen. Lif erschrak kurz, dann knickten ihre Beine ein, und sie fiel auf den Waldboden. Verzweifelt mühte sie sich, wieder aufzustehen, aber ihr Körper verweigerte den Dienst. Sie spürte den Schmerz, fühlte, wie ihr der Atem fast die Lunge zerriß, das rasende Herz das Blut durch ihre Adern jagte. Ihr wurde übel. Ganz langsam raffte sie sich auf, hob erst den Kopf, setzte sich schließlich an einen Baum gelehnt auf den Boden. Der Atem wurde ruhiger. Ihr Blick fiel auf die Bäume. Stumm und teilnahmslos standen sie auf dem schwarzen Waldboden. Eine neue Welle der Kälte und Angst durchwogte Lif.

»Böer«, schrie sie in den Wald.

Hilflos streckte sie den Eichen ihre Arme entgegen.

»Gebt ihn mir wieder.«

Aber der Wald blieb stumm. Lif ließ die Arme sinken. Sie hätte um die Gefahr für Böer wissen und besser auf ihn aufpassen müssen. Er hatte sie gebraucht. Und sie war nicht für ihn da gewesen. Ein kaltes Gefühl der Einsamkeit umklammerte ihr Herz. Sie fühlte sich verlassen, allein in einem riesigen Wald, abgeschnitten vom Leben. Verzweiflung würgte in ihrer Brust, schnürte ihre Kehle zu. Tränen drängten in ihre Augen, und sie gab den Widerstand gegen die Verzweiflung auf. Lif weinte. Sie saß an einen Baumstamm gelehnt und ließ ihre Tränen fließen. Die Zeit blieb stehen. Als das Brüllen der Verzweiflung abebbte, schien eine Ewigkeit vergangen zu sein. Kalte, stille Einsamkeit umfing ihr Herz. Sie stand auf und versuchte sich zu orientieren. Eine innere Stimme wies ihr den Weg, und die junge Godin wußte, daß sie darauf hören mußte, wollte sie den Weg aus dem Wald finden. Erschöpft ging sie weiter, fand bald auf den Pfad zurück, und schließlich erreichte Lif den Rand des Zauberwaldes und schlug unter den letzten Stämmen ihr Lager auf. Dort setzte sie sich nieder, um auf Böer zu warten. Es war die letzte Möglichkeit, ihn doch noch zu treffen. Wenn er aus dem Wald heraus gelangte, würde er sie sicher am Rand suchen. Hier wollte sie auch am nächsten Tag Ausschau nach ihm halten. Ganz schwach rankte sich ein zarter Trieb der Hoffnung in ihrer Seele. Aber Lif hatte Angst, sich zu sehr daran zu klammern. Die Dämmerung senkte sich über das Land. Allein und einsam starrte die junge Frau in den langsam dunkler werdenden Himmel über dem Moor. Das Bild, das sie auf dem kalten Wasser des Tümpels gesehen hatte, kam ihr in den Sinn. Sie stockte in ihren Gedanken.

»Geteilt«, schoß es ihr durch den Kopf. Mit einem Mal brannte der Wunsch, Böer wiederzusehen, in ihrer Seele. Sie sehnte sich nach seiner Nähe, seiner Stimme und seinem Geruch. Böer war nicht nur ihr Gefährte. Erst jetzt, wo es zu spät war, wurde es ihr bewußt: Sie liebte ihn. Erneut schwoll die Verzweiflung in ihr zu einem wütenden Strom an, dessen reißendes Wasser durch ihre Seele tobte. Weinend sank Lif in sich zusammen.

Wie erstarrt stand Böer auf der Wiese, vor Schreck unfähig zur Flucht. Auch der Troll blieb stehen.

»Was denkst du, was ich von dir will?« brummte er mit tiefer Stimme.

Mit einem Ruck löste sich die Erstarrung von Böer. Verwirrt schaute er in die roten Augen des Waldwesens.

»Natürlich denkst du, daß ich dich erschlagen will. Aber woher willst du das wissen? Hätte dich nicht meine Macht gebannt, wärst du schnell wie ein flüchtendes Kaninchen weggelaufen oder hättest versucht, mich mit deinem blitzenden Spielzeug zu stechen. Was seid ihr Menschen für einfältige Narren.«

Böer schaute ihn blöde und verwirrt an. Der Troll grinste breit.

»Gib dir wenigstens Mühe, nicht auch noch so auszusehen wie ein Narr«, forderte er den jungen Krieger auf. »Überleg einmal: Könnte es nicht sein, daß ich vielleicht einfach nur mit dir sprechen möchte oder dir vielleicht helfen kann? Schlimmer kann deine Lage wohl kaum noch werden.«

»Du hast mich beobachtet?« fragte Böer unsicher.

Der Troll lachte mit dröhnender Stimme.

»Schon eine ganze Weile. Und dieser finstere schwarzbepelzte Geselle auch. Er sah in dir wohl ein leicht zu erlangendes Mittagessen. Das habe ich ihm nun verdorben.«

»So bist du nicht gekommen, um mich zu bedrohen?«

Der Troll lächelte gutmütig.

»Doch, ich wollte dem Wolf nur die Mahlzeit abjagen. Jetzt werde ich dich verspeisen.«

Er grinste breit, und Böer schaute ihn entgeistert an.

»Nun fasse dich wieder«, brummte der Troll. »Natürlich meine ich es gut mit dir. Sonst wärst du längst nicht mehr am Leben. Ein segensreicher Zauber ist in deine Brust gewoben und schützt dich, wo andere Menschen sich elend verirrten und starben. Trotzdem bist du hier an einem Ort, den zu sehen deine Augen nicht bestimmt sind. Folge mir also, damit ich dich aus dem Wald leiten kann.«

»Die Bäume ...«, begann Böer.

»In meiner Nähe droht dir keine Gefahr«, beruhigte ihn der Troll.

»Ich bin nicht allein gekommen«, stammelte der junge Sachse, »und würde meine Gefährtin gerne wiedersehen.«

»Mach dir um Lif keine Sorgen. Sie weiß den Zauber des Waldes zu bannen, sogar seine Kraft zu nutzen, wie ein Fisch sich im Wasser sicher fühlt. Aber ihre Aufgabe muß sie noch erfüllen.«

Der Troll stapfte voran, und Böer trabte hinterher. Der Weg schien kein Ende zu nehmen. Zielsicher fand das Waldwesen seinen Weg zwischen den Bäumen. Jetzt, in Sicherheit, stiegen wieder Gedanken an das Geschehene in ihm auf. »Tapsiger Bär«, hatte Lif ihn genannt, ihm vorgeworfen, so zu tun, als ob er ein tapferer Krieger sei. Hatte er nicht mittlerweile sein Leben in zahlreichen Schlachten riskiert? Stand er nicht auf einer Stufe mit den anderen Kämpfern und war längst der Zeit entwachsen, wo man das Wort »Krieger« bei den jungen Männern, die in die Reihen der Erwachsenen aufgenommen wurden, immer mit einem wohlwollenden Schmunzeln aussprach? Er ärgerte sich und wurde immer wütender, je länger er darüber nachdachte. Warum hatte er sich denn »tapsig« verhalten? Doch nur, weil er sie nicht mit seinen Gefühlen behelligen wollte.

Er war verliebt in sie. Er wußte es, und sie wußte es. Was war so schlimm daran? Selbst wenn sie ihn nicht mochte: Sich zu verlieben, konnte man doch keinem Menschen vorwerfen. Und wenn er sich höflich mit seinen Gefühlen zurückgehalten hatte, dann doch nur deshalb, weil sie das so wollte.

Sie hatte recht. In Zukunft würde er zu seinen Gefühlen stehen. Wenn das in ihrem Sinne war, mußte sie aber auch damit umgehen können. Ihr Streit war noch nicht zu Ende. Er brannte darauf, ihr jetzt eine Erwiderung auf das Gesagte zu geben.

Sie wanderten weiter. Schließlich lichteten sich die Stämme und kündigten das Ende des Zauberwaldes an. Die Dämmerung hatte eingesetzt.

»Wir sind gleich da«, murmelte der Troll mit dunkler Stimme. »Mir scheint, daß dort schon jemand auf dich wartet.«

Böer schaute an ihm vorbei und erkannte eine weiße Gestalt, die zwischen den letzten Bäumen am Rande des Moors im Gras saß.

»Lif«, rief er und bemerkte irritiert, wie sein Herz zu pochen begann.

Langsam kamen sie näher. Die junge Godin saß versunken auf dem Boden mit dem Rücken zum Wald, den Blick auf das Moor gerichtet. Mit stoischer Ruhe trottete der Troll weiter, viel zu langsam, wie Böer meinte.

Dann drehte sich Lif um, sah ihn und das Waldwesen. Mit einem Satz war sie auch schon auf den Beinen.

»Böer«, rannte sie ihm entgegen, ihre Augen leuchteten. Der Troll konnte gerade noch ausweichen, bevor Lif Böer in die Arme fiel.

»Ich liebe dich«, brachte sie unter Tränen hervor. Böer wollte etwas sagen, atmete aus und spürte, wie zusammen mit der Luft auch sein Zorn verflog. Gleichzeitig verlor er das Gleichgewicht und stürzte rückwärts, Lif mit sich reißend.

»Ich liebe dich«, lachte sie noch einmal glücklich.

Jetzt drückte auch Böer sie fest an sich.

Eine warme, ungeheuer starke Kraft durchströmte ihre Seelen. Die Welt um sie herum versank in einem Taumel aus Glück. Die Zeit blieb stehen. Die Freude trieb Tränen in ihre Augen, lachend hielten sie sich im Gras umarmt, drückten sich und genossen die Wärme ihrer Körper. Lif sah Böers Gesicht, seine glänzenden Augen, spürte seine Freude und Liebe. Böer hörte Lifs helles Lachen, und er drückte sie noch fester an sich. Ein leises Hüsteln erklang. Lif und Böer hörten es nicht. Es ertönte erneut, laut und fordernd. Widerstrebend und verwirrt hoben Lif und Böer den Kopf und schauten in seine Richtung. Verlegen stand der Troll vor ihnen.

»Ich wollte mich nur verabschieden«, brummelte er unsicher.

Lif lachte.

»Hat er dich aus dem Wald geführt?« wollte sie von Böer wissen.

Der junge Krieger nickte.

»So will ich mich bei dir bedanken«, rief sie strahlend, sprang auf und fiel dem zottigen Waldwesen um den Hals.

»Schon gut«, murmelte der Troll verlegen, wand sich unsicher unter Lifs Umarmung, der zu entkommen aber zwecklos war.

»Du weißt ja gar nicht, was du mir für eine Freude bereitet hast«, lachte die Godin.

»Doch, ich spüre sie«, antwortete der Troll verlegen.

»Hätte ich es eher gewußt, wäre ich schneller gegangen. Nun aber muß ich in den Zauberwald.«

Er trat einen Schritt zurück, drehte sich um und stapfte in den Schatten der Bäume. Dann blieb er stehen und wandte sich noch einmal um.

»Gebt acht aufeinander«, rief er Böer und Lif zu. »Noch nie sah ich Menschen wie euch.«

Nach diesen Worten verschwand er zwischen den Stämmen. Wieder nahmen sich Böer und Lif in die Arme. Anschließend erzählten sie sich, was sie erlebt hatten.

»Ich habe dich sehr vermißt«, sagte Lif schließlich. »So sehr, daß ich dachte, es nicht aushalten zu können.«

Sie sah Böer an und faßte seine Hand. In der geheimnisvollen Tiefe ihrer Augen funkelte ein strahlendes Licht. Eine Woge tiefer Liebe und Verbundenheit durchfloß Böer, ein Schauer strömte durch ihn hindurch, als er die Berührung von Lifs Hand spürte.

»Frouva hat es gewußt, und ich habe es auch schon längst gespürt«, sprach Lif mit warmer Stimme weiter. »Aber erst nachdem meine Suche nach dir vergebens war, ist es mir klar geworden: Ich liebe dich.«

»Genau damit hatte ich nicht gerechnet«, gestand Böer.

Lif sah ihn überrascht an.

»Ich war wütend auf dich, als ich hinter dem Troll auf dem Weg zu dir war. Daß du von meiner Verliebtheit wußtest, hast du mir in unserem Streit ja deutlich genug gesagt. Aber es war zu verletzend, hat mich so bloßgestellt.«

»Nicht deine Verliebtheit«, korrigierte Lif. Es war nur die Art, wie du sie überspielt hast.

»Aber das habe ich doch nur getan, weil du von meinen Gefühlen nichts wissen wolltest.«

»Das wollte ich schon – seit langem interessierte mich der wirkliche Böer. Aber du hast recht: Als ich verzweifelt war, in der ersten Zeit nach dem Fall der Irminsul, da hatte ich keinen Raum in meinem Herzen für etwas anderes als meine Trauer.«

Es dauerte eine ganze Weile, bis sie besprochen hatten, was sie seit ihrem ersten Treffen bewegt hatte. Als alles gesagt war, blickten sie sich still an. Böer sah das warme Leuchten in ihren Augen. Zärtlich strich er eine widerspenstige Locke, die in ihr Gesicht fiel, mit den Fingern zurück. Dann ließ er seine Hand auf ihren Hals gleiten. Langsam kamen sich ihre Gesichter näher, einen winzigen Moment lang berührten sich ihre Nasen, bis sich ihre Lippen trafen. In dieser Nacht schliefen sie glücklich aneinander geschmiegt ein.

EOH

Der erwachende Morgen sah vor dem Zauberwald ein fröhliches Paar, das sich auf den Weg machte, den Sumpf zu durchqueren. Lachend und redend schritten Böer und Lif durch das Moor. In der Dämmerung erreichten sie ihre Pferde. Erneut schlugen sie ein Lager auf. Mit dem Aufgang der Sonne ritten sie weiter, nach Westen zur Babilonie. Dichter Wald säumte den Pfad, als Lif den kalten Schatten einer Gefahr spürte. Unruhig spähte sie über den Weg und ins Unterholz.

»Gefahr?« fragte Böer, der Lifs Unruhe sofort bemerkt hatte.

»Ja, ich spüre eine Bedrohung. Sie ist kalt und dunkel...«

Sie machte eine kurze Pause.

Nachdenklich fuhr sie fort: »... und ich habe das Gefühl, daß sie von keinem Menschen ausgeht – von einem anderen Wesen, stark und...«

Angst glomm plötzlich in ihren Augen auf.

»Es ist der schwarze Reiter der Christen, und er ist ganz in unserer Nähe.«

Böer erschrak.

Friedlich lag der Pfad vor ihnen. Auch im Unterholz regte sich nichts. Böer drehte sich um. Auch hier war niemand auf dem Weg zu erkennen.

»Von wo spürst du die Bedrohung?« flüsterte er.

Lif schüttelte den Kopf.

»Ich weiß es nicht. Nur ...«, sie stockte, »sie kommt immer näher.«

Auch ihre Pferde wurden unruhig, bewegten nervös Ohren und Kopf. Wachsam ritten Lif und Böer weiter. Der Pfad weitete sich, die Bäume und das Gestrüpp wichen zurück. Vor ihnen öffnete sich breit ausladend eine Lichtung. Langes Gras wellte sich über einen sanften Hügel bis an den Rand der Lichtung, die von gedrängt stehenden Tannen begrenzt wurde. Dann sahen sie den dunklen Ritter: Im Schatten der Bäume, am Ende der Aue thronte er unbeweglich auf seinem schwarzen Roß. Das Kreuz funkelte auf seiner Brust, das schreckliche Schwert blitzte in seiner Hand. Fassungslos starrten Lif und Böer den grausamen Feind an. Dröhnendes Gelächter hallte über die Wiese. Der Riese ritt sein Pferd an und trabte aus dem Schatten der Tannen. Lif und Böer erkannten einen Ausdruck des Triumphes auf seinen Gesichtszügen. Der dunkle Hüne stoppte.

»Endlich ist es soweit«, hallte seine Stimme über die Lichtung. »Ihr könnt mir nicht entfliehen. Nun wird sich euer Geschick erfüllen.« Wieder lachte er triumphierend.

Wie ein kalter Hauch wehten die Töne zu Lif und Böer herüber und ließen ihre Seelen frieren.

»Du wandelst nicht allein auf Erden, um den Willen des Schicksals zu vollziehen«, dröhnte plötzlich eine andere Stimme über die Wiese. Verwundert drehte der schwarze Ritter den kahlen Kopf. Ein anderer Reiter, genauso groß wie Ichtyo, ritt vom Pfad auf die Lichtung. Erleichtert atmeten Böer und Lif auf. Der Riese war niemand anderes als Baphet. Neben den beiden jungen Sachsen zügelte er sein Pferd. Ichtyo starrte dem Neuankömmling entgegen. Der Ausdruck des Triumphes wich aus seinem Gesicht. Verwirrung spiegelte sich in seinen Zügen – aber nur kurz –, dann glommen seine Augen vor Wut, zuckten entschlossen die mächtigen Muskeln seiner Kiefer. Ein gewaltiger Schrei, angefüllt mit seiner übermenschlichen Kraft, blitzte über die Lichtung. Ichtyo riß sein Pferd aus dem Stand in den Galopp und stürmte schreiend auf die Sachsen zu. Böer und Lif waren wie gelähmt. Baphet aber reagierte sofort. Wie im Traum sah Böer, daß der Hüne neben ihm das Schwert aus der Scheide zog und abwehrbereit den Schild in die Höhe schwang. Nur einen Augenblick später krachte auch schon das Schwert des Franken auf den Schutz des rotbärtigen Recken. Funken stoben. Baphet antwortete mit einem nicht minder schweren Hieb. Die Rosse der beiden Streiter bäumten sich auf, schwarze Erde spritzte unter ihren Hufen über die Wiese. Wieder sauste das Schwert Ichtyos auf Baphets Deckung herab. Mit einem grausigen Schrei schlug der Sachse zurück. Schlag auf Schlag tauschten die Kämpfer, deckten sich mit ihren Schilden und tauchten gewandt unter der Waffe des Gegners hindurch. Wieder und wieder drangen ihre Schreie über die Lichtung, bäumten sich die Pferde laut schnaubend in die Höhe. Aber keiner von beiden konnte im Kampf einen Vorteil gegen den anderen erreichen. Sosehr Böer die Krieger auch mit seinen Augen maß und so lange der Kampf auch dauerte: Weder Baphet noch Ichtyo zeigten eine Schwäche, auch nur einen Fehler. Dann aber passierte es. Die Wiese hatte sich unter den stampfenden Hufen der ringenden Rosse längst in schwarzen Morast verwandelt, als Ichtyo einen Lidschlag zu langsam reagierte. Der fränkische Riese tauchte unter einem Schwertstreich Baphets mit dem Kopf hindurch. Aber er zögerte zu lang, so daß die eiserne Waffe sein Ohr nur knapp verfehlte. Böer erkannte die Schwäche sofort. Ein Triumphschrei Baphets verriet, daß auch dieser die zu langsame Abwehr des Gegners beobachtet hatte. Immer schneller raste sein Schwert auf den Franken herab, immer stärker wurden seine Schläge. Ichtyo schlug zurück, duckte sich und hämmerte dem Schwert seinen Schild entgegen. Immer offener wurde, daß seine Kraft schwand. Sein Schwert erwiderte die Streiche Baphets zögernder, mit weniger Kraft. Noch einmal verstärkte der Sachsenhüne den Kampf. Nun wich Ichtyo, nur noch auf seine Deckung bedacht. Ein gewaltiger Streich des Sachsens durchschlug seinen Brustpanzer. Blut strömte zwischen den zersprungenen Ringen des Kettenhemdes hervor. Mit einem entsetzlichen Schrei des Schmerzes auf den Lippen riß Ichtyo sein Pferd herum, ritt es galoppierend an und floh mit riesigen Sätzen von der Lichtung. Baphet setzte ihm nach, zerrte sein Roß aber sofort wieder zurück, so stark, daß das Tier strauchelte und zu Boden gerissen wurde. Dicht neben dem Pferd bohrte sich ein schwarzer Speer in den Boden. Schon verschwand Ichtyo im dichten Gestrüpp des Tannenwaldes. Böer und Lif ritten zu Baphet, der schon wieder auf die Beine gesprungen war und dem Feind fluchend nachblickte. Auch sein Pferd kam schnaubend wieder auf die Hufe.

»Reitet fort«, rief der dunkle Kämpfer den beiden jungen Sachsen entgegen. »Ich werde Ichtyo verfolgen.«

»Er ist verwundet«, stellte Böer verwirrt fest.

Der geheimnisvolle Ritter knurrte bedrohlich.

»Trotzdem ist er immer noch geschickt genug, mir zu entkommen.«

Er schwang sich auf sein Pferd.

»Reitet. Er wird es nicht wagen, euch noch einmal anzugreifen. Wenn er es doch tut, wird es sein Fehler sein, dann werde ich ihn finden und ihm zum letzten Mal gegenüberstehen.«

Er lachte dröhnend, wendete und galoppierte auch schon über die Wiese, um gleich darauf im dunklen Tannenwald zu verschwinden.

Böer und Lif jagten auf dem Rücken der Rösser über schmale Pfade. Dunkle Wälder und lichte Wiesen zogen in schnellem Wechsel an ihnen vorüber. Als der Abend sich über das Land legte, hatten sie sich bereits weit vom Kampfplatz entfernt. Auf einer friedlichen Aue ließen sie die Pferde grasen und legten sich zur Ruh'. Mit der aufgehenden Sonne trabten sie über schmale Wege weiter nach Westen. Ein freundlicher Tag kündigte sich an. Der strahlende Glanz der Sonne vertrieb schnell die Dunstschwaden, die vom feuchten Boden in den blauen Sommerhimmel aufstiegen.

»Es wird nicht mehr lange dauern, bis wir am Ziel sind«, rief Böer seiner Begleiterin zu.

Lif nickte zustimmend.

»Ich kann es gar nicht erwarten, von Abbio wieder an seine breite Brust gedrückt zu werden«, lachte sie.

Gegen Mittag mußten die Pferde langsamer reiten. Das Unterholz wurde dichter.

Plötzlich stellten beide Tiere wachsam die Ohren auf, schnaubten und wendeten unruhig die Köpfe hin und her.

Überrascht blickte Böer zu Lif. Lif schüttelte den Kopf.

»Ichtyo ist es nicht, der die Tiere scheu macht«, sagte sie ruhig. »Ich würde seine Nähe spüren. Vielleicht schleicht ein einsamer Wolf durchs Unterholz.«

Lifs Hengst schnaubte leise.

»Siehst du – er stimmt mir zu«, lachte sie.

»Ich weiß nicht«, murmelte Böer mißtrauisch. »Jetzt spüre ich Gefahr. Ich fühle mich in diesem Wald nicht wohl.«

Er stoppte sein Roß und stieg ab. Aus dem Unterholz vor ihnen knackten Zweige bedrohlich. Böer schlich langsam darauf zu. Lif sah ihm nachdenklich nach. Dann verschwand der junge Krieger auch schon zwischen den Büschen. Die Godin stand mit beiden Pferden zwischen dem dornigen Gestrüpp des Unterholzes. Die Tiere wurden immer unruhiger, die Ohren wachsam aufgestellt, tänzelten sie, als gelte es stechenden Insekten auf dem Waldboden auszuweichen. Das Knacken der Zweige nahm zu und schwoll zu einem hellen Getöse an. Mit einem Mal kamen trampelnde Schritte durch das Dornengestrüpp auf die junge Frau zu.

»Weg hier, schnell, reite los«, hörte Lif Böers Stimme. »Es sind fränkische Krieger, Späher. Sie haben mich gesehen und folgen mir. Reite los.«

Lif ritt an und zog das Schwert. Schon war Böer bei ihr, sprang auf sein Roß und zog ebenfalls seine Waffe. So schnell es ging, ritten beide durch den Wald. Aber die Tiere kamen nur langsam voran. Verwachsene Büsche und Dornen zerrten an ihren Beinen. Immer wieder stolperten die Pferde. Überall war fremdes Stimmengewirr zu hören.

»Es sind viele. Sie umgeben uns von allen Seiten«, flüsterte Böer gepreßt.

Er hob wieder zu sprechen an, brach aber abrupt ab, als die Pferde bremsten. Die Büsche vor den beiden Sachsen bewegten sich. Kleine Gestalten lösten sich aus dem Unterholz, silbernes Metall blitzte auf – fremdartig aussehende Krieger stürmten auf Böer und Lif zu. Es waren kleine, zierliche Gestalten mit dunkler Haut. Sie riefen sich Kommandos in einer fremden Sprache zu.

Die ersten Feinde erreichten die Pferde – das Schwerterspiel begann.

Aus der überlegenen Höhe auf den Tieren ließen die jungen Sachsen die Klingen tanzen. Schon lagen zwei Späher tot zwischen den Sträuchern. Jetzt tobten von allen Seiten kleine Kämpfer auf die beiden ein, immer mehr Späher brachen aus dem Unterholz hervor.

Von einer großen Eiche, direkt über den Köpfen der Kämpfenden, lösten sich zwei Gestalten. Im Reflex riß Lif ihren Kopf nach oben und sah, wie die beiden Soldaten direkt auf sie stürzten. Kaum blitzte ihr dieser Gedanke durch den Kopf, da knallten die beiden Körper auch schon gegen ihren Leib und rissen sie vom Pferd. Im Fallen ließ sie ihr Schwert los und zog einen Dolch aus dem Gewand. Während sie dumpf auf den dornigen Boden krachte, hauchte der erste der Waldspäher, der sich an sie klammerte, auch schon sein Leben aus – getroffen von der scharfen Klinge. Der zweite Angreifer packte die junge Frau von hinten und legte seinen Arm in einem kraftvollen Würgegriff um ihren Hals. Nach Luft ringend blickte Lif nach oben und sah gerade noch, wie sich ein Pfeil in Böers Rücken hoch oben auf dem Roß bohrte. Seine Augen wurden glasig, leer starrte er ins Weite. Dann sank er vom Pferd. Lif spürte, wie eine Woge der Wut und Verzweiflung durch ihre Glieder schoß. Blitzschnell stieß sie dem Späher hinter ihrem Rücken den Ellbogen in die Rippen, wendete und hieb den Stahl ihres Messers in seine Brust. Neue Krieger umringten sie mit gezogenen Schwertern und Äxten, kamen drohend langsam näher. Lif drehte den Kopf. An Flucht war nicht mehr zu denken. Hinter den Franken sah sie Böer leblos am Boden liegen. Das Feuer der Verzweiflung flammte in ihr auf. Tränen rannen über ihre Wangen. Mit einem Schrei riß sie ihr Schwert vom Boden auf und sprang auf die kleinen Krieger zu, die geschickt vor ihrem Hieb zurückwichen. Da spürte sie das kalte Eisen eines Schwertes in ihrem Rücken, und ein fester Arm legte sich mit stahlhartem Griff blitzschnell um ihren Hals.

»Bleibe stehen, wo du bist, und wage nicht, dich zu bewegen«, sagte eine kühle Männerstimme hinter ihr. »Mein Name ist Theoderich, Graf der Franken, und euch sicher bekannt.« Lif erstarrte.

Hinter ihr stand einer der wichtigsten Heerführer Karls. Der Ruf seiner Grausamkeit hatte sich längst im ganzen Sachsenland verbreitet. Der Franke lachte höhnisch. Mit einem schnellen Schlag schlug er Lif das Schwert aus der Hand und stieß sie von sich. Die Godin stürzte auf den Boden, vor die Füße der kleinen Späher. Nun sah sie den grausamen Grafen. Groß und athletisch wie Widukind stand er breitbeinig vor ihr. Ein silberner Harnisch funkelte vor seiner Brust. Ein kleiner schwarzer Schnurrbart schwang sich durch sein ebenmäßiges Gesicht, in dem zwei kleine Augen kalt funkelten. Theoderich fingerte von seinem Gürtel ein Horn, hielt es an die Lippen und blies kräftig hinein. Schon bald knackte das Unterholz wieder, und noch mehr fränkische Späher erschienen.

»Hätten sie mich nicht in ihrer Nähe gewußt, wären sie vor dir weggelaufen. Es sind Feiglinge«, spottete der Christenritter. »Sie kommen aus den südlichen Bergen des Frankenlandes. Wir nahmen sie mit, weil es keine besseren Späher gibt als sie. Niemand erklimmt schneller Bäume, liest besser Spuren und dringt leiser durch das Unterholz. Wir hatten euch schon seit Stunden beobachtet. Nur feige sind sie eben – meine kleinen Späher.«

Er grinste. Lif schwieg.

Theoderich schritt auf sie zu. Grob packte der Franke die junge Frau am Arm und riß sie auf die Beine.

»Fesselt sie«, rief er herrisch den kleinen Südländern zu, die sich eifrig bemühten, den Wünschen ihres Herrn nachzukommen.

Als Lifs Hände gebunden waren, blickte Theoderich sie triumphierend an. Lif erwiderte stolz den Blick.

»Der Hochmut wird dir noch vergehen«, raunte der Franke ihr zu. »Ich weiß wohl, wen ich da gefangen habe.«

Er lachte.

»Eine Godin. Ich muß zugeben – ich bin überrascht. Ich hätte nicht gedacht, daß noch einer von euch Zauberern lebt.«

Er grinste sie an. »Und nun bist du in meinen Händen.«

Lif musterte ihn stumm und ausdruckslos, ohne das geringste Anzeichen einer seelischen Bewegung. Mit gespieltem Verständnis blickte Theoderich sie an.

»Ihr habt wirklich Pech gehabt. Was ist nur aus euren Göttern geworden, daß sie euch nicht mehr warnen. Als meine Späher euch fanden, waren wir auf der Jagd.«

Er grinste wieder.

»Auf der Jagd nach frischem Wild und fliehenden Bauern. Wie so oft in den vergangenen Tagen.«

»Dann achte darauf, daß die Sachsen dich nicht bald jagen«, erwiderte Lif stolz.

Theoderich lachte schallend.

»Weißt du es denn nicht? Weißt du es wirklich nicht?«

Wieder lachte er laut.

»So bist du wenigsten nicht aus Dummheit, sondern aus Unwissenheit in unsere Arme getappt. Nicht weit von hier steht ein riesiges Heer. Wir sind in euer Land gezogen, und niemand stellte sich zur Schlacht. Unsere Krieger fanden nur Bauern vor, die sich einzeln wehrten oder in die Wälder flohen. Brennende Höfe und Felder säumen unseren Weg. Und er ist noch nicht zu Ende. Wir ziehen durch ein geschlagenes Land.«

Eine neue Woge der Verzweiflung und Hoffnungslosigkeit brandete durch Lif. Sie fühlte sich leer, so entsetzlich leer. Sie rang mit den Tränen und hatte Mühe, ihre Gefühle vor dem grausamen Grafen zu verbergen.

»Bringt sie weg«, rief Theoderich den Spähern zu.

Ein Mann führte ein großes Roß zu ihm. Der Heerführer schwang sich in den Sattel. Zwei Späher rissen Lif herum. Kurz fiel ihr Blick noch einmal auf den leblosen Körper Böers. Die Gruppe der Späher formierte sich zu einem Zug, an dessen Spitze Theoderich ritt. Sie marschierten für einige Stunden durch den Wald nach Süden. Auf einer Lichtung hielten sie an und entfachten einige Feuer für ein Lager. Es waren um die vierzig Männer, die mit dem Grafen auf Spähergang waren. Der Ritter überragte sie alle um die Größe von zwei Köpfen. Er schritt auf Lif zu, die von zwei kleinen Kriegern bewacht auf dem Boden vor einem Zelt saß.

»Wie schmeckt dir die Gefangenschaft?« höhnte er der jungen Frau zu, als er dicht vor ihr stand und auf sie herabschaute. »Es heißt, ihr Sachsen schätzt die Freiheit besonders hoch ein. Um so mehr muß es dich doch nun schmerzen, gefesselt zu sein.«

Lif schwieg und spähte an ihm vorbei in die Ferne. Theoderich lachte. Mit ruhigen Augen sah Lif ihn an.

»Was hast du mit mir vor?« forschte sie. »Warum schleppst du mich mit, wenn du weißt, daß ich die letzte Godin bin und mein Tod ein großer Gewinn für euch wäre?«

»Eben deshalb, weil du die letzte Godin bist«, antwortete Theoderich kühl. »Du wirst weit nach Süden gebracht – nach Düren. Dort sollst du auf dem Reichstag im Frühjahr vor Karl treten.«

Er grinste.

»Ich glaube, der König wird sich über meinen Fang freuen und ihn zu schätzen wissen. Vorher aber werden wir uns sicher noch ein bißchen besser kennenlernen.«

Lif blickte ihn fragend an.

»Ihr Goden sollt ja euren Göttern besonders nahe sein«, sagte er spöttisch mit leiser Stimme zu der jungen Frau.

»Glaubst du wirklich an Donar mit seinem Hammer oder Wotan mit seinen Raben?«

Er lachte schallend.

»Hast du noch nie einen Raben gesehen?« fragte Lif zurück.

»Einen Raben schon. Aber Wotan noch nicht.«

»Ich schon. Nicht unklarer als den Vogel«, antwortete Lif. »Aber warum fragst du, ein Christ, mich nach meinen Göttern?«

»Deine Götter interessieren mich nicht«, antwortete Theoderich barsch. »Ich glaube weder an den Hammerschwinger, noch an den Gott, von dem unsere Priester erzählen. Ich glaube nur an mich, an meine Kraft und an die Macht.«

»Die Götter schenken mehr Kraft als der stärkste Mensch je besitzen kann«, erwiderte Lif. »Und wahre Macht wohnt nur bei den Asen und Wanen.«

»Ich will mit dir nicht über den Glauben reden«, zischte Theoderich bedrohlich leise. »Er ist mir egal. Aber in unseren

Landen erzählen sich die Menschen hinter vorgehaltener Hand gar Wundersames über eure Macht, die Kraft der Goden. Ihr könnt Wunder tun, Menschen unverwundbar machen und heilen. Darüber wirst du mir etwas erzählen.«

Jetzt grinste Lif.

»Das glaube ich nicht.«

Theoderichs Augen funkelten.

»Wir haben Zeit, vergiß das nicht. Bis zum Frühjahr vergehen noch viele Tage.«

Lif lächelte ihn offen an.

»Das ist es nicht, was ich meine.«

Theoderich runzelte die Stirn.

»Ich kann an eure Wundergeschichten nicht glauben. Wer auf solche Erzählungen von alten Weibern hört, hat sicher ein sehr kindliches Gemüt.« Eine schallende Ohrfeige klatschte in Lifs Gesicht. »Wage es nicht, mich zu beleidigen«, zischte Theoderich.

Sein Gesicht glühte vor Zorn.

Lif ließ sich nicht aus der Fassung bringen.

»Überlege selbst. Wie hättest du mich bei solcher Zauberkraft gefangennehmen können?«

»Vielleicht haben wir dich überrascht, und du konntest dein dunkles Zauberhandwerk nicht vorbereiten.«

Mit Mühe beherrschte er seine Wut. Immer näher kam er, dichter, bis Lif die rot anschwellenden Adern im Weiß seiner Augen deutlich hervortreten sah.

»Sag es mir, sag mir, woraus du deine Zauberkraft gewinnst«, zischte Theoderich wütend. »Ist es ein Trank, eine besondere Pflanze, die du ißt?«

»Das wirst du wohl kaum jemals erfahren«, antwortete Lif ruhig.

»Wir haben Zeit, vergiß das nicht«, betonte Theoderich knirschend. »Denke aber gut darüber nach, was du tust. Und deshalb will ich dir sagen, was dich erwartet. Schon morgen treffen wir auf unser Heer. Wir werden weiter durch euer Land ziehen und verheeren, was uns unter die Schwerter kommt. Du aber wirst schon morgen nach Süden gebracht. Dort werden wir uns wiedersehen. Bis zum Frühjahr hast du Zeit, über dein

Schicksal nachzudenken. Denn im Frühjahr wirst du dem König und seinen Priestern gegenüberstehen. Sie werden nicht so geduldig mit dir reden wie ich. Sie wissen, mit störrischen Heiden umzugehen. Eine Godin zu foltern, wird ihnen ein besonderes Vergnügen sein, können sie damit unseren Gott doch ganz besonders preisen. Und ganz sicher wirst du schließlich brennen.«

Seine Augen funkelten bedrohlich.

»Verbrannt auf einem Scheiterhaufen, in lodernden Flammen. Der Schmerz soll unglaublich sein. Redest du aber zuvor mit mir, will ich mir überlegen, wie ich dir helfen kann. Überlege genau, was du tust. Und mache keinen Fehler.«

Lif sah ihm nach, als er ging. Es war dunkel im Lager geworden. Die Krieger legten sich früh zur Ruh'. Erst jetzt, als sie sicher war, daß kein Franke sie mehr ansprechen würde und sehen konnte, spürte sie den Druck der Gefühle in ihrem Herzen. Sie öffnete die Pforten in ihrem Inneren. Wie aus einem Ofen, dessen Tor sie bei größter Hitze geöffnet hatte, zischten gierig heiße Flammen aus ihrer Seele hervor, bereit, ihren Verstand zu versengen. Böer war tot. Noch vor so kurzer Zeit war er neben ihr geritten, hatte mit ihr gelacht. Nun war sein warmer Körper kalt, würden seine Lippen nie wieder zu ihr sprechen. Wieder und wieder drängte sich das Bild seiner glasigen Augen vor ihren inneren Blick, hämmerte sich in ihre Erinnerung. Wie schön war die Erkenntnis ihrer Liebe gewesen, wie neu der Wille, sich dem Gefühl hinzugeben. Und nun war er tot. Lif fühlte die Verzweiflung wie eine riesige Faust, die sich um ihren Hals legte, sich langsam schloß und sie schüttelte.

Tränen rannen über ihre Wangen. Sie weinte, und der Fluß der Tränen schien kein Ende nehmen zu wollen. Die Wunde, aus der er sich speiste, war unendlich tief. Zum ersten Mal hatte sie das Gefühl der Liebe zu einem Menschen erfahren, war bereit gewesen, sich ihm schutzlos zu öffnen.

Und nun war alles vorbei, ohne daß Böer und sie Zeit füreinander gehabt hatten.

Der Schmerz drohte sie zu zerreißen. Mit einem Mal sah sie die Nornen vor sich, sah, wie die weisen Frauen ihren Schicksalsfaden spannen. Wieviel Leid sollte sie noch ertragen, wieviel Schmerz war noch in ihr Schicksal gewoben? Schon an der Irminsul dachte sie, die Trauer nicht ertragen zu können. Sie erkannte das kalte und abweisende Gesicht von Skuld, der Norne, in deren Brust ein Stein als Herz schlug. Spann denn nur noch diese Schicksalsschwester Lifs Lebensweg? Sie wünschte sich, das unsichtbare Band zerreißen zu können. Ein grausiger Weg war ihr bestimmt. Alles war verloren. Auch die Erfüllung ihrer Aufgabe, der sie im Zauberwald so nahe gekommen schien, war weiter weg als jemals zuvor. Es erschien ihr wie Hohn, daß sie gerade jetzt, wo sie verwundet war wie noch nie, stärker sein mußte als jemals zuvor. Aber wenn auch alles verloren war, die Franken würde sie nicht gebrochen sehen.

Es dauerte lange, bis sie einschlief – mit Tränen in den Augen.

Am nächsten Tag marschierten sie früh los. Schon am Mittag erreichten die Späher, Lif gefesselt mit sich zerrend, das Lager eines riesigen Heeres. Während hier die Soldaten schon bald damit begannen, sich unter der Führung von Theoderich für einen weiteren Zug durch das Sachsenland marschbereit zu machen und ihre Zelte abzubauen, wurde Lif auf ein Pferd gebunden. Fünfzig Reiter nahmen sie in die Mitte und ritten mit ihr nach Süden, nach Düren.

Geschäftiges Treiben herrschte in der fränkischen Stadt. Kinder spielten in schmalen Gassen zwischen geduckten Häusern, Händler priesen ihre Waren an, Frauen schritten schwer bepackt mit Wäsche zum nahen Fluß, und waffenstarrende Ritter saßen vor den Schänken in der Sonne. Als Lif mit ihren Bewachern durch die Gassen trabte, unterbrachen die Stadtbewohner für einen kurzen Augenblick ihren Alltag und blickten der Godin nach, denn die meisten von ihnen wußten die Tracht der jungen Frau zu deuten. Vor einem mächtig ausladenden Hof hielt die Gruppe – es war einer der vielen Landsitze des fränkischen Königs. Die Bewacher zerrten Lif in das Innere des Hauses, eine riesige Halle, in der lange Tische und

Bänke aufgereiht standen. Obwohl draußen die Sonne schien, erfüllte das Zwielicht der Dämmerung den Raum. Die Luft war verbraucht und abgestanden. Nicht weit entfernt läuteten die Glocken einer Kirche. Nachdem Lifs Augen sich an die Dunkelheit gewöhnt hatten, erblickte sie einige Gestalten, die am anderen Ende der Halle standen. Die Wachen führten Lif darauf zu. Zunächst konnte die junge Frau sie nicht erkennen, dann sah sie, daß es fränkische Ritter waren. Ein Mann trug eine schwarze Kutte. Es schien sich um einen der Christenpriester zu handeln. Dicht vor den Männern blieben ihre Bewacher stehen, verbeugten sich und rissen Lif an ihren Fesseln auf die Knie.

»Graf Theoderich befahl uns, diese Frau in Eure Obhut zu geben«, überbrachte ein Wachsoldat seine Botschaft.

»Es ist eine Godin«, triumphierte der Priester und musterte Lif wachsam. »Wahrlich, Theoderich hat uns einen großen Dienst erwiesen.«

»Der Frau darf nichts geschehen. Der Graf wünscht sie nach seiner Wiederkehr zu sehen«, fuhr der Wachsoldat mit kühler Stimme unbeirrt fort.

Einige Männer grinsten.

»Wir haben deine Botschaft erhalten. Du darfst jetzt gehen«, fuhr ihn der Priester barsch an.

»Nein, du wirst bleiben«, unterbrach ihn mit scharfer Stimme ein Ritter. »Deine Männer können gehen. Du aber sollst uns bei Speise und Wein vom Hergang des Heerzuges berichten. Das ist es, was uns Krieger interessiert.« Der Gottesmann musterte den Ritter scharf, sagte aber nichts.

»Zuerst aber werden wir die Godin sicher verwahren. Sperrt sie ein.«

Zwei Männer traten aus der Gruppe, packten Lif und zerrten sie durch einige dunkle Gänge in eine Kammer. Die Krieger lösten Lifs Fesseln, dann gingen sie ohne ein Wort zu sagen hinaus. Die schwere Tür fiel zu. Lif sah sich um. Der Raum war dunkel. Nur durch einige Ritzen in der Wand drangen spärliche Lichtstrahlen. In einer Ecke stand ein Bettrahmen, mit Stroh bedeckt. Davor entdeckte sie einen kleinen Tisch. Der Raum roch muffig nach moderigem Holz und Stroh. Trotzdem freute sich Lif, in diesem Zimmer zu sein, denn sie war endlich allein. Danach hatte sie sich seit ihrer Gefangennahme gesehnt. Sie setzte sich auf das spakende Stroh des Bettes und stützte ihren Kopf auf die Hände. Wieder und wieder hatte sie auf ihrem langen Marsch über ihre Lage nachgedacht. Sie würde nicht den Tod suchen. Nicht freiwillig. Auch wenn Böer tot war: Ihr Stamm brauchte sie, so unerreichbar er ihr nun auch erschien. Lif hatte neue Kraft geschöpft. Sie konnte den Menschen doch immer noch mit ihrem Rat helfen. Noch lebte sie, noch spürte sie die Kraft der Götter. Die Asen liebten den Mut und den Menschen, der für seine Ziele kämpft. Sie fühlte, daß die Nornen ihr noch nicht den Tod zugedacht hatten, wenn sie auch nicht wußte, was ihr dann bestimmt war, wieviel Leid noch auf sie wartete. Den Willen der Nornen konnte sie nicht ergründen und auch nicht greifen. Aber sie wußte nun, daß sie kämpfen, jede Möglichkeit der Flucht suchen mußte, auch wenn es ihr noch so hoffnungslos erschien. Nur so würde sie die Tage der Gefangenschaft, den Spott und die Blicke der Feinde ertragen können und dabei gleichzeitig stark sein. Nur so konnte sie mit stolzem Herzen sterben – dann, wenn ihre Zeit gekommen war. Sie hatte gelernt, ihre Gefühle und ihren Körper zu beherrschen, wenn sie es wollte. Also würde sie den Franken zeigen, wie eine Godin kämpft.

Nun aber war sie allein. In der Dunkelheit begannen die Gestalten der Vergangenheit und der Trauer sie zu umschleichen. Lif ließ es zu. Sie wußte, daß sie nur so die Kraft zum Kampf schöpfen konnte, sich nur wehren konnte, wenn in ihrer Seele Friede herrschte. Sie dachte an Böer. Wieder und wieder hatte sie in den vergangenen Tagen sein Bild gesehen, wie er mit dem Pfeil im Rücken zu Boden gesunken war. Tränen rannen über ihre Wangen. Der Raum, die Dunkelheit und der Gestank verloren ihre Bedeutung. Die junge Frau war weit weg, allein mit sich und ihren Gefühlen. Sie bemerkte nicht, wie die schmalen Lichtstreifen, die in ihr Zimmer fielen, abebbten und es völlig dunkel wurde. Irgendwann rollte sie sich auf dem Stroh zusammen und schlief ein, übergangslos von den Bildern ihrer Trauer in die wehmütigen Geschichten ihrer Träume fallend. Sie wachte auf, als am nächsten Morgen die Tür geöffnet wurde. Drei Ritter und der Priester traten ein. Die Godin erhob sich.

»Nun, wie hast du geschlafen?« begrüßte sie der Gottesmann mit höhnischer Stimme.

Lif antwortete nicht. Die Ritter musterten sie. Es waren hochgewachsene Gestalten. Jung und kräftig, mit scharf geschnittenen Gesichtern. Auch der Priester zählte noch nicht viele Jahre, war aber kleiner von Gestalt als die Krieger. Wie schon am Tag zuvor hatte er eine Kapuze bis über die Stirn geschoben. Seine dunklen Augen funkelten Lif an.

»Du schweigst?« raunte er der Godin zu.

Mit einem Mal änderte sich seine Stimme.

»Erleichtere dein schwarzes Herz, und sprich zu mir von deinen maßlosen Sünden«, brauste er auf.

Die Godin blickte ihn verwirrt an. Das schien ihn zu befriedigen. Von einem Moment zum anderen zeigte sein Gesicht einen zufriedenen Ausdruck. Er lächelte.

»Mein Gott ist so mächtig, daß er deine Sünden kennt«, begann er gutmütig zu erklären. »Er blickt bis auf den Grund deines Herzens. Wichtig aber ist, sich zu den Verfehlungen zu bekennen. Erzähle mir auch ruhig von deinen Götzen, wenn du deine gequälte Seele damit erleichtern kannst. Meinen Ohren kannst du damit nicht schaden.«

Aufmunternd nickte der Priester Lif zu.

»Warum sollte ich zu einem niederen Diener deines Gottes über meinen Glauben reden«, erwiderte Lif kühl.

Der Priester zuckte erschrocken zurück, als hätte er eine Ohrfeige erhalten, das Lächeln verschwand augenblicklich, und sein Gesicht verfärbte sich rot.

»Du meinst, du stehst über mir?« schrie er sie an. »Wie kannst du so vermessen sein. Unter dem Priester steht der gläubige Christ. Dann folgt seine christliche Frau. Und darunter steht der Heide, der sich bekehren läßt. Du aber bist niedriger als der störrischste Heide, denn du bist ein Diener des Teufels.«

Sein Gesicht verfärbte sich immer stärker. Schon ging die Tönung unter der Kapuze ins Bläuliche über. Speichel spritzte aus seinem Mund, als er weiterschrie.

»Wie konnte ich nur so gutmütig sein, dir ein sanftes Wort zu schenken und auf Reue zu hoffen.«

Er hob die Arme und versuchte Lif zu greifen. Einer der Ritter löste sich von seinen Gefährten, sprang herbei und zog ihn mit festem Griff zurück.

»Du wagst es?« fuhr ihn der Gottesmann an. »Laß los.«

Der Krieger lockerte seinen Griff nicht.

»Du magst es lieben, wenn die Feinde vor dir kriechen. Ich nicht«, sagte der Franke mit klarer Stimme. »Ihre Antwort verrät Stolz. Und den stolzen Feind ehre ich – auch in Gefangenschaft.«

»Versündige dich nicht«, knurrte der Priester leise. »Laß mich los.«

Langsam löste der Ritter seinen Griff. Mit funkelnden Augen sah ihn der Gottesmann an.

»Wir sprechen uns noch. Auch mit dir habe ich noch zu reden«, fuhr er Lif an.

Er wandte sich abrupt ab und schritt zur Tür hinaus.

»Er kann sich beschweren«, stellte einer der beiden anderen Krieger leise fest.

»Das tut er doch sowieso dauernd«, erwiderte der Mann, der bei Lif stand.

»Eben. Bei dir war es ein bißchen häufig in der vergangenen Zeit.«

»Er kann auch andere Mittel anwenden, Roland«, warf der dritte Streiter mit leiser Stimme ein.

»Exkommunion?« flüsterte der zweite Ritter unsicher.

Lifs Beschützer lachte schallend. »Das würde er nicht wagen. Denkt an den Einfluß meines Onkels, König Karls.«

Die beiden anderen Männer grinsten.

»Ich danke dir«, sagte Lif mit klarer Stimme.

Sie blickte den Recken an. »Aber er hätte mir nichts anhaben können.«

Der Mann, den seine Begleiter Roland nannten, stutzte.

»O doch«, gab er zu bedenken. »Atreban ist ein rachsüchtiger Mann. Hättest du dich gewehrt, wärst du vor seiner Wut niemals mehr sicher gewesen. Aber er wird wohl auch so nicht eher ruhen, bis er dich foltern kann.«

Lif nickte. Auch die beiden anderen Krieger kamen näher. Wie Roland trugen auch sie bis auf das Schwert keine Waffen und Wehr, nur einen von Fibeln zusammengehaltenen weiten Umhang aus grobem Stoff, gestrafft vom Ledergurt der Schwertscheide, der um ihre Hüfte und von der Schulter über ihre Brust verlief. Lange braune Haare wallten auf das Gewand. Trotz ihrer Jugend hatte sich ein harter Zug in ihre Gesichter geschrieben. Lif wußte, daß diese Männer von Kindesbeinen an nichts anderes als das Kriegshandwerk gelernt und ausgeübt und wahrscheinlich nie einen Pflug geführt hatten. Das waren die Kämpfer, mit denen sich Widukind und die Sachsen messen mußten. Rolands Augen waren kühl, aber nicht abweisend kalt. Lif erkannte darin die Fairneß eines Mannes, der sich seiner Kraft bewußt ist und weiß, daß er nur seinen Armen vertrauen kann, dabei aber seine eigenen Grenzen schon erfahren und erlitten hat.

»Wir bringen dir etwas zum Essen«, erklärte Roland mit ruhiger Stimme.

Jetzt sah Lif, daß einer der Männer einen Tonkrug und eine Schüssel in der Hand trug. Er reichte sie der Godin. Lif nickte.

»Dann wollen wir gehen«, kündigte Roland an und wollte sich schon umdrehen, als ihn Lif aufhielt.

»Bleibt. Erzählt mir, was ihr von dem Kämpfen wißt – wenn ihr könnt.«

»Wir können schon. Nur es gibt nicht viel zu berichten«, gab einer der beiden anderen zur Antwort.

»Amalwin – so ist der Name meines Gefährten – meint, es finden keine Kämpfe statt«, entgegnete Roland.

»Ist es wirklich so schlimm?« fragte Lif leise, fast als spräche sie zu sich selbst.

»Ihr habt den Kampf verloren«, erwiderte der dritte.

»Ihr hattet ihn schon verloren, als wir die Irminsul erobert haben«, fuhr Roland fort. »Wie die Boten berichten, zieht unser Heer durch Eure Gaue, plündert und brennt, tötet und heert die Felder. Ein kurzer Kampf fand an der Eresburg statt. Eure Besatzung setzte sich hart zur Wehr. Aber sie wurde bezwungen. Seitdem ist unser Heer auf keinen größeren Widerstand mehr gestoßen. Und die Streitmacht zieht immer weiter.«

»Warum tut ihr das?« wollte Lif wissen und sah den Ritter an.

»Wir dienen unserem Herrn dem König. Wir sind Krieger, der Kampf ist unser Leben«, antwortete er steif. »Aber glaube mir, so kämpfen wir nicht gern. Nun aber wirst du essen, und wir wollen gehen.«

Die drei Männer wandten sich um, und Lif war wieder allein, wie noch so oft in den nächsten Tagen.

Nur selten kam ein fränkischer Knecht, um ihr Speise und Trank zu bringen, und nur selten schaute Roland oder einer seiner Freunde in ihren Raum. Jeder Besucher wurde vom Priester begleitet. Viele Tage waren vergangen, als Roland an der Seite Atrebans wieder das Zimmer betrat.

»Ich habe dir Neues zu berichten«, begann der Ritter zu sprechen. »Boten haben Theoderich und sein Heer angekündigt. Schon morgen sollen sie in Düren eintreffen. Bereite dich darauf vor, den Grafen zu treffen. Dann wird sich dein weiteres Schicksal entscheiden.« Der Priester warf ihm einen Blick zu.

»Das glaube ich nicht«, sagte er langsam, jedes Wort betonend, und ließ seinen Blick gemächlich zu Lif herüberschweifen. »Dein Schicksal steht fest: Es ist der Scheiterhaufen.«

Herausfordernd sah er die Godin an.

»Ich bin vorbereitet«, stellte Lif schlicht klar und blickte den Priester vielsagend an. »Sag mir aber Gottesmann, warum begleitest du jeden Knecht und Ritter, wenn sie zu mir kommen?«

Für einen Moment verriet Atrebans Miene seine Überraschung. Einen Moment später hatte er sich wieder gefaßt. Er legte einen gespielt unschuldigen Blick auf seine Züge.

»Muß ich dir das wirklich sagen?« säuselte er überfreundlich.

Lif blickte offen zurück.

»Es ist einfach unmöglich an ihm vorbei zu gelangen, wenn man sich deinem Raum nähert«, grinste Roland.

Atreban warf ihm einen verächtlichen Blick zu.

»Ich sorge mich um jede arme Seele, die nur in die Nähe deines Raumes kommt. Deinen Atem zu teilen, dich zu schauen, bringt das Heil eines jeden Menschen in Gefahr. Nur das Feuer kann dein verfluchtes Fleisch reinigen. Schon als wir dich das erste Mal besuchten, sätest du Zwietracht in unsere Herzen. Und ich ließ die Ritter auch noch mit dir allein. Selbst jetzt rede ich zuviel. Darum werden wir gehen.«

Er wandte sich ab und schritt erhobenen Hauptes zur Tür hinaus. Roland schaute Lif mit ratloser Miene an, zuckte mit den Achseln und folgte dem Geistlichen.

Am Mittag des nächsten Tages betraten zwei Ritter, die Lif nicht kannte, den Raum. Sie nahmen die Godin zwischen sich und führten sie in die große Halle des Hauses. Der Raum war gefüllt mit Menschen. Die meisten davon waren Krieger, in deren Gesichtern Lif die Spuren der Müdigkeit eines langen Feldzuges erkannte. Sie saßen an den langen Bänken und Tischen und richteten ihren Blick zum einen Ende des Saales. Hier rekelte sich Theoderich in einem großen Eichenstuhl. Er sprach mit zwei Rittern, hob aber den Kopf, als Lif in die Halle geführt wurde. Sofort verstummte das Stimmengewirr, neugierige Blicke richteten sich auf die Godin. Die Stille, die nun entstanden war, knisterte vor Spannung. Lif wurde von ihren Bewachern langsam zwischen den Tischen hindurch zu Theoderich geführt. Der grausame Graf musterte sie beim Näherkommen aufmerksam. Dicht vor ihm blieben die Wachen mit Lif stehen. Plötzlich fühlte die Godin den Hauch einer finsteren dunklen Macht, der ihre Seele streife. Theoderich richtete sich in seinem Stuhl auf. Er blickte Lif auffordernd an. Sie erwiderte den Blick.

Die Spannung im Raum stieg.

Niemand wagte, ein Wort zu sprechen.

»Sagtest du nicht, daß du weißt, wer ich bin?« zischte Theoderich bedrohlich leise.

Lif nickte.

»Das sagte ich«, erwiderte sie mit lauter Stimme.

»Dann verhalte dich auch so«, knurrte Theoderich immer noch sehr leise. Trotzdem konnte jeder in der Halle seine Worte verstehen.

Lif schüttelte den Kopf.

»Ich verstehe nicht, was du meinst.«

Hinter einem nahestehenden Tisch erkannte sie Atreban, der sie unverblümt angrinste. Nicht weit davon saßen Roland und seine Gefährten. In ihren Gesichtern konnte Lif keine Regung erkennen.

»Auf die Knie«, knurrte Theoderich.

Erwartungsvoll musterten sie die Krieger in der Halle. Ganz langsam schüttelte Lif den Kopf.

»Hast du nicht verstanden«, brüllte Theoderich mit einem Mal.

»Ich denke nicht daran«, rief Lif laut.

Theoderich sprang von seinem Stuhl auf und gab Lifs Bewachern einen Wink mit der Hand. Sofort packten die beiden Männer zu und rissen die Godin von den Füßen.

»Noch tiefer«, knurrte Theoderich verächtlich.

Wieder schlossen die Wachen ihren Griff und drückten Lif flach auf den Boden. Die junge Frau stemmte sich dagegen, aber die Männer verstärkten nur ihren eisernen Griff.

»Hier geschieht, was ich sage«, betonte Theoderich mit klarer leiser Stimme. »Sofort. Merk dir das.«

Er setzte sich wieder.

»Atreban hat mir schon von deinem Hochmut berichtet. Du hast schwer gefehlt, so mit dem Priester zu sprechen. Ich dulde keinen Frevel vor Gott in meiner Halle.«

Atreban nickte zustimmend und erhob sich.

»Sie ist mit dem Teufel im Bunde. Seit diese Godin hier ist, spüre ich die Kraft des Bösen in dieser Stadt. Nur mit Feuer können wir die finstere Macht aus unseren Gassen vertreiben. Sie muß brennen. Sofort. Wir haben keine Zeit zu verlieren.«

Theoderich nickte nachdenklich.

»Auch ich spürte die finstere Macht, als ich heute in die Stadt ritt. Ich will wohl bedenken, was du rätst. Vergiß aber nicht: Im Frühjahr kommt der König nach Düren. Bei ihm ist Adalhard der weise Abt. Mit eigener Hand führte er das Beil gegen die Irminsul. Nun wird er mit besonderem Interesse unsere Gefangene verhören wollen. Auch Karl könnte diesen Wunsch hegen. Ich möchte mir nicht vorwerfen lassen, vorschnell gehandelt zu haben. Vielleicht erfährt Adalhard etwas von der Godin, was bei der Verbreitung unseres Glaubens helfen kann.«

Atrebans Augen funkelten wütend.

»Du bist ein Priester und ein sehr frommer Mann. Ich vertraue auf deine Kunst, uns vor dem Teufelswerk zu schützen.«

Atreban starrte Theoderich zornig an. Der Graf wandte sich an seine Krieger.

»Ihr alle habt gehört, welches Vertrauen ich in die Kraft unseres Priesters setze. Hoffen wir, daß er uns nicht enttäuscht. Helfen wir ihm. Jeder mag für unser Heil beten.«

Atreban knurrte etwas Unverständliches und ließ sich auf seinen Stuhl zurückfallen. Theoderich grinste zufrieden. Die Wachen hatten gebannt dem Gespräch gelauscht, ihr Griff war lockerer geworden. Mit einem Ruck stemmte sich Lif vom Boden ab, schüttelte die Hände der Kämpfer ab und stand wieder auf den Beinen. Überrascht blickte Theoderich sie an. Seine Augen funkelten zornig. Aber nur kurz. Dann lächelte er – mit kalten und berechnenden Augen.

»Ich bin kein grausamer Mann«, sagte er betont höflich. »Du darfst dich nun erheben.«

Lif blickte ihn unbewegt an.

Wieder spürte sie den finsteren Hauch. Er kam näher.

»Warum so ernst?« gab der Graf sich freundlich. »Du hast doch gerade gehört, daß du noch bis zum Frühjahr leben wirst. Freue dich.«

Plötzlich wurde die Tür zur Halle mit einem Ruck aufgestoßen. Die Krieger drehten sich überrascht um. Eine schwarze Gestalt stand im Rahmen des Tores.

»Wo ist die Godin?« rief eine dunkle Stimme fordernd in die Halle.

»Wer bist du, daß du es wagst hier einzudringen?« sprang Theoderich empört von seinem Stuhl auf.

In der Hand hielt er kampfbereit sein Schwert. Die Krieger erhoben sich und zogen ihre Waffen. Der schwarze Riese lachte schallend.

»Ich bin Ichtyo. Steckt eure Waffen ein, bevor auch ich mein Schwert ziehe.«

Erschrocken wichen die Männer zurück. Ichtyo setzte sich in Bewegung und schritt auf Theoderich zu.

»Hier ist sie also. Ich habe es gewußt«, rief er triumphierend als er neben Lif stand.

Seine grausame Kälte ließ Lif frösteln. Sie musterte ihn. Der Kampf mit Baphet war nicht ohne Spuren an Ichtyo vorbeigegangen. Die Anstrengungen einer langen Flucht waren in sein Gesicht gezeichnet – sein schwarzes Kettenhemd über der Brust zerrissen.

Theoderich ließ sein Schwert wieder zurück in die Scheide gleiten. Mißtrauisch musterte er den vor ihm stehenden Hünen. Dann sank er wieder in seinen Stuhl. Die Krieger folgten seinem Beispiel.

»Verzeih den Empfang«, entschuldigte sich der Graf höflich. »Aber dein Kommen hat uns sehr überrascht. Du siehst erschöpft aus. Warum setzt du dich nicht zu uns? Bei Wein und Speise kannst du uns erzählen, warum du gekommen bist.«

»Ich will die Godin«, knurrte Ichtyo, ohne auf Theoderichs Worte einzugehen. »Sie muß sterben. Sofort.«

Theoderich musterte ihn kühl.

»Warum schweigst und zögerst du?« zischte der Riese mit tiefer Stimme, in die sich ein drohender Unterton mischte.

»Aber ich erschlage die Godin auch, ohne zuvor eine Antwort von dir gehört zu haben.«

Die Wachen neben Lif wichen zurück.

Die junge Frau drehte sich dem Hünen kampfbereit entgegen. Ichtyo funkelte erst Theoderich, dann sie drohend an.

»Ich dachte, auch du würdest für Karl kämpfen«, sagte Theoderich wie beiläufig.

»Ich diene keinem Herrn. Auch nicht König Karl«, zischte Ichtyo gereizt.

Er starrte Theoderich an.

»So habe ich mich wohl in dir geirrt«, erwiderte der Graf mit enttäuschter Miene. »Ich dachte, auch dir sei an unserer heiligen Mission gelegen, an der Verbreitung unseres Glaubens und der Vernichtung des Heidentums.«

»Was willst du damit sagen?« knurrte Ichtyo wütend. »Das alles ist auch mein Ziel. Niemand kämpft inbrünstiger als ich dafür.« Er funkelte Lif an.

»Und deshalb wird die Godin jetzt sterben.«

»Karl will die Godin im Frühjahr sehen. Er kommt hierher. Adalhard brennt darauf, sie zu verhören«, sagte Theoderich ruhig.

»Was nützt ihr Tod, wenn sie uns noch von Nutzen sein kann?«

Ichtyo sah ihn verwirrt an.

»Wie kann sie uns von Nutzen sein?« fragte er zögernd.

»Weißt du, ob sie nicht noch Wichtiges vor uns verbirgt? Bedenke ihren Rang bei den Sachsen. Sie kennt ihre Anführer, hat selbst die Pläne des Feindes mit geschmiedet.«

Der schwarze Streiter legte die Stirn in Falten. Bedächtig wog er die Entscheidung ab.

»Gut, ich werde warten – bis zum Frühjahr«, knurrte er.

»Aber dann wird die Godin sterben. Bis dahin bleibe ich hier. Bis zu ihrem Tod weile ich an ihrer Seite.«

Er blickte Theoderich erwartungsvoll an. Der Graf nickte zustimmend.

»Wer sagt denn, daß Karl die Heidin sehen, Adalhard mit ihr sprechen will«, kreischte Atreban durch den Saal.

Der Priester war von seinem Platz aufgesprungen.

»Ihr berichtet von etwas, was ihr gar nicht wissen könnt«, schrie er Theoderich an. Der schwarze Hüne stutzte.

»Erzähl Ichtyo nicht, was du nur vermutest. Wir müssen sie töten. Ja, Ichtyo, ich stimme dir zu. Sie muß sofort sterben. Auch diese Zwietracht hat nur sie zwischen uns gesät.«

Der schwarze Krieger warf Theoderich einen fragenden Blick zu.

»Setz dich«, forderte der Graf den Priester mit bedrohlich leiser Stimme auf. »Was hast du erwartet?« wandte er sich Ichtyo zu – zum ersten Mal klang seine Stimme unsicher. »Natürlich habe ich noch nicht mit Karl gesprochen. Aber das ist auch nicht nötig.«

Seine Stimme wurde fester.

»Ich weiß, daß Karl diese Godin selbst sehen muß. Niemand kennt Karl so wie ich. Der König hört auf meinen Rat. Er vertraut darauf, daß ich hier seinen Platz einnehme, solange er in der Ferne weilt. Stellst du dich gegen mich, so stellst du dich gegen den König, gegen unsere heilige Aufgabe, die Gott selbst uns aufgetragen hat. Wir sind nur seine bescheidenen Diener. Auch du.«

Ichtyos Augen funkelten.

»Vielleicht sollte ich sie wirklich jetzt töten. Was lasse ich mir von eurem Geschwätz das Hirn vernebeln?«

Er blickte verachtend zu Atreban herab, der sich wieder gesetzt hatte.

»Aber ich habe Zeit. Möglich, daß sie uns noch Nützliches verrät. Ich will dir glauben, Theoderich. Aber bis zum Frühjahr werde ich immer in der Nähe dieser Stadt bleiben – und dann wird die Godin sterben.«

»So soll es denn sein«, schloß Theoderich erleichtert. »Sei uns willkommen und unser Gast.«

Nun begann ein Gelage. Knechte trugen reichlich Speise und Wein auf. Die Krieger stürzten sich gierig darauf. Lif aber wurde von den Wachen wieder in ihre Kammer geführt.

Die Tage vergingen. Sie glichen einander so sehr, daß Lif sie nicht mehr zählte. An den Abenden wurde es nun schneller dunkel, und in den Nächten kroch die Kälte durch die Wände in Lifs Gefängnis. Lange Zeit sprach sie mit niemandem ein Wort. Die Knechte, die ihr das Essen brachten, waren die einzigen Menschen, die sie sah. Nur einmal kam Atreban in die Zelle und versuchte, ihr Geheimnisse zu entreißen. Lif würdigte ihn keines Blickes. Resigniert, dafür aber voller Rachegedanken und eine stolze Miene zeigend, stolzierte Atreban nach kurzer Zeit wieder davon. Eines Abends schwang die Tür der Kammer knarrend auf, und Theoderich schritt in den Raum. Krachend schlug er die Tür hinter sich zu. Lif stand auf.

»Nun sind wir allein. Niemand kann uns hören«, raunte ihr Theoderich zu. Langsam kam er näher, blieb aber dicht vor Lif stehen. Die Godin blickte ihm ins Gesicht.

»Du bist sehr tapfer«, fuhr Theoderich fort. »Aber Tapferkeit ist dumm. Sei klug.«

»Hoffst auch du, von mir etwas zu erfahren?« fragte Lif ihn lächelnd. »Dann spare dir deine Mühe. Du bist vergebens gekommen.«

Theoderich lachte schallend.

»Atreban war also auch schon bei dir. Das hätte ich mir denken können. Hat er sich also schon in deine Kammer geschlichen.«

Er setzte sich auf den Tisch, schüttelte immer noch lachend den Kopf.

»Dieser kleine Wurm. Irgendwann werde ich ihn zertreten. Nein, ich will nicht, daß du mir etwas über Widukind und eure Leute verrätst.«

Er sah sie lauernd an.

»Ich will etwas anderes. Im Gegensatz zu Atreban kann ich dir auch etwas dafür bieten. Ich will dein Geheimnis.«

Jetzt lachte Lif schallend.

»Du würdest es nicht verstehen«, schüttelte sie den Kopf.

»Es gibt also eines«, triumphierte Theoderich. »Sag es mir. Mit meiner Hilfe wirst du vor dem Frühjahr entkommen können. Was denkst du, warum ich deinen Tod hinausgezögert habe? Doch nicht, weil dich Karl wirklich sehen soll.«

Lif lachte immer noch. Theoderich blickte sie irritiert an.

»Begreifst du nicht? Du kannst fliehen. Zu deinen Freunden zurück.«

Lif wurde wieder ernst.

»Das wäre tatsächlich schön«, erwiderte sie. »Woher aber weiß ich, daß ich dir vertrauen kann?«

»Du bekommst mein Wort«, betonte Theoderich sichtlich zufrieden.

»Das scheint mir nicht viel wert«, entgegnete Lif, die wußte, daß der Graf sie nie freilassen würde. Für einen kurzen Moment flackerte Zorn im Gesicht Theoderichs auf. Aber sofort hatte er sich wieder unter Kontrolle.

»Du mußt damit zufrieden sein. Mehr kann ich dir nicht anbieten. Verrate mir dein Geheimnis. Was verleiht dir Zauberkraft?«

»Wäre ich noch hier, wenn ich so zaubern könnte, wie du es meinst?« fragte Lif höflich.

»Vielleicht ist es ein Trank, ein besonderes Kraut. Du konntest es lange nicht mehr essen. Deshalb ist deine Macht geschwunden.«

Lif betrachtete ihn amüsiert.

»Es gibt einen Trank«, raunte sie ihm leise zu. Theoderich horchte gespannt auf jedes Wort.

»Er heißt Leben. Du brauchst viel Wasser dazu. Es zählt nach Jahren und heißt Lernen. Es wird in einem Kessel erhitzt, den du von Geburt besitzt. Nur sehr weise Menschen dürfen diese Zaubersuppe rühren. Bedenke aber: Der Trank kann nur in ganz besonderen Kesseln gelingen.«

Sie besah sich Theoderich von Kopf bis Fuß.

»Aber ich zweifele daran, daß dein Kessel geeignet ist.«

Theoderich stutzte, wollte sie unterbrechen.

»Schweig«, unterbrach ihn Lif harsch. »Nur mit Geduld kannst du das Geheimnis ergründen.«

Sie blickte ihm in die Augen. Die Spannung wuchs.

»Natürlich brauchst du Kräuter für den Trank«, fuhr Lif fort. »Wichtig ist ein Pflänzchen mit dem Namen Demut. Die meisten Menschen finden es erst, wenn sie älter sind. Dann braucht du unbedingt das Kraut des Fühlens und der Hingabe.«

Theoderich funkelte sie mit aufkeimendem Zorn an.

»Ich vergaß noch eine Wurzel. Sie heißt Geduld«, beeilte sich Lif hinzuzufügen.

Eine gewaltige Ohrfeige riß sie von den Füßen. Sie prallte auf das Bett.

»Schweig«, schrie Theoderich, stürzte vor und riß Lif an den Schultern empor. »Du wirst es mir sagen«, brüllte er, »wenn nicht jetzt, dann später. Ich werde dein Geheimnis ergründen.«

Er schleuderte sie auf das Bett und stürmte aus der Tür.

Benommen richtete sich Lif auf. Es hatte keinen Sinn, ein Geheimnis, das es so nicht gab, vor Theoderich zu schützen. Sie lebte noch wegen seiner Gier nach dem Wissen, von dem er sich Macht erhoffte. Wenn sie dem Grafen seine Hoffnung nahm, wäre es ihr Tod. Aber seine Gier war groß. Das konnte ihr nützen. Sie mußte Zeit gewinnen – bis zum Frühjahr. Nur so würde sie vielleicht eine Gelegenheit zur Flucht finden. Was aber sollte sie tun, wenn es keinen Ausweg mehr gab, sie dem Druck des Grafen nicht mehr standhalten konnte? Lif zweifelte nicht daran, daß Theoderich letztlich die Macht hatte, es soweit kommen zu lassen.

Sie schmunzelte: Auch dafür gab es eine Lösung. Sie würde sie allerdings erst anwenden, wenn es keinen anderen Weg mehr gab.

Wieder blieb sie tagelang allein. Wie sie erwartet hatte, schritt eines Abends wieder Theoderich in ihre Zelle.

»Nun, hat die Zeit dir den Übermut gekühlt?« baute er sich vor ihr auf. »Oder muß ich zu anderen Mitteln greifen, damit du mir dein Geheimnis verrätst.«

Langsam stand Lif auf.

»Womit drohst du mir?« wollte sie mißtrauisch wissen.

»Ich drohe dir nicht«, behauptete Theoderich kühl. »Aber ich kann dich so behandeln lassen, wie es dir gebührt. Gefesselt sollst du an die Wand gebunden werden, so daß du dich nicht mehr rühren kannst«, er machte eine kleine Pause und beobachtete Lif forschend, »wenn du nicht bereit bist, mir dein Geheimnis zu verraten.«

»Ich kann es dir nicht sagen. Und wenn ich sterben müßte«, erwiderte Lif stolz.

Wie der Schlag eines Hammers krachte Theoderichs Faust in ihr Gesicht. Lif wurde rückwärts gegen die Wand geschleudert.

»Wache«, schrie Theoderich hinaus auf den Korridor. »Meine Geduld ist am Ende«, knurrte er sie zwischen zusammengepreßten Lippen an.

Zwei Krieger hasteten in den Raum.

»Bindet sie. Und nagelt sie mit ihren Fesseln an die Wand«, brüllte Theoderich die Wachen an.

Er drehte sich um und stürmte aus der Zelle. Brutal begannen die Soldaten mit ihrem Werk, packten Lif, banden grobe Taue um ihre Arme und Beine und nagelten die Schnüre an die Mauer. Ohne ein Wort zu sagen, drehten sich die beiden Männer um, nachdem sie ihre Arbeit vollendet hatten, und schritten aus der Kammer. Die Tür schlug zu. Lif konnte sich kaum noch rühren. Ihre Lippe – von Theoderichs Schlag aufgesprungen – brannte, Blut rann über Kinn und Hals. Die Stricke schnitten in ihr Fleisch. Als die Zeit verging, wurde es noch schlimmer: Knochen, Muskeln und Gelenke pochten, rissen und zerrten, daß sie es kaum mehr ertragen konnte. Die ganze Nacht über fand sie keinen Schlaf. Am nächsten Tag war sie allein. Noch nicht einmal das Essen wurde ihr gebracht. Wieder brach eine Nacht an. Erst als sie schon weit fortgeschritten war, fiel Lif in einen Schlaf der Erschöpfung, aus dem die Schmerzen sie immer wieder herausrissen. Früh am nächsten Morgen weckte sie das Knarren der Tür. Als sie die Augen aufschlug, stand Theoderich grinsend vor ihr.

»Ich könnte dich sterben lassen«, begann er kühl. »Aber ich will es nicht.«

Er schaute sie nachdenklich an.

»Du kannst dich selbst befreien. Sprich nur zu mir von deiner geheimen Macht. Ich werde deine Fesseln sofort lösen lassen.« Lif blickte ihn stumm an und schüttelte den Kopf. Der fränkische Heerführer preßte die Lippen aufeinander. Seine Augen funkelten kalt.

»Graf Theoderich«, war plötzlich eine Stimme vom Gang zu hören. Ein Mann trat ein. Erschrocken erkannte er seinen Anführer und die Godin. Es war Roland.

»Die Wache sagte mir, daß ich dich hier finden würde«, stammelte Roland verwirrt.

Sein Blick glitt immer wieder zwischen Lif und dem Grafen hin und her. »Aber was ist das? Was geht hier vor?«

»Du hast mich gefunden. Sag nun, was du willst«, fuhr Theoderich ihn barsch an.

»Ich wollte mit euch über einen meiner Männer sprechen. Aber das hier …« Er stockte. »Ich habe es nicht gewußt«, erklärte er leise mit Blick auf Lif.

»Was hast du gedacht?« fuhr ihn Theoderich an. »Sie wird behandelt wie es ihr gebührt.«

»Das ist nicht richtig«, faßte sich Roland langsam.

»Du hast ein zu weiches Herz«, zischte Theoderich. »Und das gefällt mir nicht.«

Seine Augen blitzten gefährlich.

»Ich werde hier nicht mehr gebraucht. Gehen wir und reden über deinen Mann.«

Roland warf Lif einen hilflosen Blick zu. Er verließ die Zelle hinter Theoderich. In der folgenden Nacht wachte Lif durch das leise Geräusch der knarrenden Tür auf. Roland huschte wie ein dunkler Schatten in den Raum. Er kniete sich vor die Godin.

»Was willst du von mir«, erkundigte sich Lif mit schwacher Stimme.

»Dir helfen«, flüsterte Roland. »Ich bin euer Gegner und würde mein Leben im Kampf gegen die Sachsen geben. Aber das hier kann ich nicht ertragen.«

Er löste ihre Fesseln an den Händen und lockerte die Stricke an den Beinen. »Wenn ich gehe, muß ich dich wieder binden. Nun aber sollst du essen und trinken.«

Er reichte ihr einen kleinen Krug mit Wasser und etwas Brot. Lif blickte ihn dankbar an. Das kühle Wasser und das einfache Brot taten ihr gut. Sie spürte förmlich, wie die Kraft mit der Nahrung in ihren Körper strömte. Roland betrachtete sie schweigend.

»Du gehst eine große Gefahr ein«, stellte Lif fest, als sie ihr bescheidenes Mahl beendet hatte.

»Ich weiß«, erwiderte Roland leise. »Aber ich bin es mir schuldig. Ich könnte in keiner Schlacht mehr kämpfen, wenn ich dir nicht helfen würde.«

»Du tust es einfach so, ohne etwas dafür zu verlangen?« fragte Lif zögernd. Abrupt zog Roland den Kopf zurück.

»Was denkst du? Natürlich. Was sollte ich von dir wollen?« entrüstete er sich. Er legte die Stirn in Falten. »Was fordert Theoderich von dir?« wollte er von der Godin wissen.

»Ein Geheimnis. Er verlangt von mir, daß ich ihm die Quelle meiner Zauberkraft verrate.«

Roland schreckte zurück.

»Mit deinem Zauber will ich nichts zu tun haben«, zischte er ängstlich. »Halt ihn mir fern. Auch Theoderich täte besser daran, die Finger davon zu lassen.«

Trotz der Schmerzen mußte Lif lachen.

»Es gibt keine Zauberkraft. Nicht so, wie ihr denkt«, beruhigte sie ihn.

»Aber die Priester sagen ...«

»Sie reden Unsinn«, unterbrach ihn Lif. »Und Theoderich ist ein Narr.«

Roland blickte sie forschend an.

»Ich weiß nichts von Zauberkraft. Und es ist mir auch egal. Ich kann nur nicht dulden, daß du so gefangengehalten wirst.«

Er sah Lif in die Augen.

»Es ist einfach unwürdig«, murmelte er.

»Dieser Krieg ist noch nicht zu Ende«, kündigte Lif leise an. »Und er wird noch mehr Schrecken bereithalten, die du nicht ertragen kannst. Du wirst dich daran gewöhnen müssen.«

Roland sah sie nachdenklich an.

»Vielleicht«, murmelte er. »Nun muß ich aber wieder gehen. Ich werde wiederkommen, wenn es mir möglich ist.«

Er fesselte Lif wieder an den Armen und schlich aus der Zelle. Am nächsten Tag kam wieder Theoderich zu Lif, blieb aber nur kurz, als die Godin ihm jede Antwort verweigerte. Später kam ein Knecht und setzte ihr einen Krug mit Wasser an die Lippen. In der Nacht brachte ihr wieder Roland Brot und Wasser. Diesmal löste er ihre Fesseln ganz, so daß Lif eine Weile auf und ab gehen konnte. Mißtrauisch beäugte Theoderich sie am folgenden Morgen.

»Du bist stärker als ich dachte«, knurrte er, mit wenigen Schritten wie ein lauerndes Raubtier vor ihr auf und ab laufend.

»Woher nimmst du nur diese Kraft. Ich muß es erfahren.«

Er musterte Lif.

»Ich habe schon starke Männer gesehen, die in deiner Lage gebrochen an der Wand hingen. Es ist mir ein Rätsel.«

Er packte Lif an den Schultern und schüttelte sie, so daß ihr Kopf gegen die Wand schlug.

»Und doch wirst du es mir sagen. Da bin ich ganz sicher.«

Ohne ein weiteres Wort zu sagen, schritt er hinaus, kam aber schon nach kurzer Zeit wieder in die Zelle gestürmt. Hinter sich zog er einen gefesselten Mann her. Es war ein sächsischer Krieger. Er taumelte verstört an einem langen Strick in die

Zelle. Entsetzen zeichnete sich auf seinen Zügen ab, als er Lif sah.

»Die Godin«, murmelte er.

Im selben Moment drehte er sich blitzschnell um und stürzte sich trotz seiner Fesseln auf Theoderich. Der wurde von den Füßen gerissen, rollte aber geschickt zur Seite, sprang wieder auf die Beine und zog einen Dolch. Diesen drückte er dem Sachsen an den Hals.

»Ich töte ihn«, preßte er Lif entgegen. »Und nach ihm noch einen und dann noch einen – wenn du nicht mit mir sprichst.«

Lif blickte ihn nachdenklich an.

»Ich rede«, sagte sie schließlich mit lauter Stimme.

»Schaff aber erst diesen Krieger hinaus.«

Theoderich packte den Mann und trieb ihn zum Eingang. Hier übergab er ihn den Wachen. Er schloß die Tür und kam langsam grinsend näher.

»Dann ist es also soweit«, hauchte er höhnisch. »Sprich.«

Benommen schaute ihn Lif an.

»Binde mich los«, forderte sie ihn auf.

Theoderich nickte und löste ihre Stricke. Erschöpft ließ sich die Godin auf das Lager sinken.

»Nun rede endlich«, knurrte Theoderich sie ungeduldig an.

»Es gibt einen Trank«, begann Lif zögernd.

»Ich wußte es«, triumphierte Theoderich. »Dann werde ich ihn brauen und trinken. Noch heute nacht.«

»Es geht nicht so schnell«, sagte Lif unsicher. »Genauso wichtig wie die Wahl der richtigen Kräuter ist der Zeitpunkt, an dem du ihn braust. Die Pflanzen müssen bei Vollmond, wenn die Nacht am tiefsten ist, in das kochende Wasser eingerührt werden.«

Theoderich runzelte die Stirn.

»Vollmond«, murmelte er. »Das ist noch lange hin.«

»Und noch etwas gilt es zu beachten«, fügte Lif hinzu. »Das Mondlicht muß in den Kessel fallen, wenn das Wasser kocht. Suche dir also bis dahin einen stillen Platz im Wald.«

»Und wenn der Mond nicht scheint?« knurrte Theoderich mißtrauisch. »Versuche nicht wieder, mich zu belügen. Es wäre dein sicherer Tod. Ich warne dich.«

»Ich kann die Regeln für das Kochen des Trankes nicht ändern«, erwiderte Lif achselzuckend. »Daran muß auch ich mich halten.«

Theoderich funkelte sie an.

»Gut«, brummte er. »Ich hätte mir sowieso einen stillen Platz suchen müssen. Einen Ort, an dem niemand mein Werk beobachtet. Warten wir die Nacht ab, vielleicht scheint der Mond.«

Er sah Lif fordernd an.

»Was brauche ich für Zutaten?«

»Du benötigst einen Kessel, so groß wie ein normaler Küchentopf, und Wasser, das gegen die Stromrichtung aus einem Fluß geschöpft worden ist. Außerdem mußt du verschiedene Kräuter zur Hand haben, wenn das Wasser kocht. Ich werde dir sagen, welche Pflanzen du brauchst.«

Theoderich musterte sie skeptisch.

»Der Sommer ist vorbei«, murmelte er nachdenklich. »Frost kommt in den Nächten auf. Wo soll ich die Kräuter pflücken?«

»Du wirst sie jetzt nicht pflücken können«, stellte Lif gelassen fest. Aber im nächsten Jahr ...«

»Ich kann nicht warten«, unterbrach der Graf sie barsch. Einen Augenblick später erhellte sich sein Blick. »Die Mönche«, fuhr er auf. »Sie können mir helfen. Sie verstehen mit Pflanzen umzugehen und hegen viele Kräuter in ihren Gärten. Sicher haben sie einen Vorrat an getrockneten Pflanzen.«

Lif blickte ihn fragend an.

»Ich bekomme sie. Verlaß dich drauf. Ich werde mir schon einen Grund einfallen lassen.«

Fordernd fuhr er fort: »Sag mir, welche Pflanzen ich besorgen muß.«

»Ich möchte die Sonne seh'n und den Wind spüren«, lächelte Lif ihn an.

Theoderich preßte die Lippen aufeinander.

»Es ist nicht an dir, Forderungen zu stellen«, knurrte er. »Aber warum nicht? Du kannst heute eine Weile im Hof spazierengehen.«

»Öfter«, forderte Lif.

»Nun gut«, brummte Theoderich. »Schließlich bin ich kein grausamer Mann.«

»Nun aber verrate mir die Namen der Pflanzen.«

Lif blickte ihn geheimnisvoll an.

»Nimm eine Handvoll Alraune, jene Pflanze, die dem Menschen am ähnlichsten ist und in der Nacht leuchtet wie ein Stern.«

Theoderich wich erschrocken zurück.

»Sie ist des Teufels«, zischte er unsicher.

»Sie wird dich unverwundbar machen«, fuhr Lif unbeirrt fort. »Willst du Zauberkraft, vergiß, was deine Priester sagen.«

Theoderich nickte.

»Dann brauchst du den Stechapfel, dessen Blüten wie Kelche in den Himmel ragen, dessen Früchte aber Stacheln haben und dich furchtlos machen.«

Ein ängstlicher Ausdruck zeigte sich auf dem Gesicht des Grafen. Aber er schwieg.

»Laß dir außerdem Weihrauch geben, die heilige Pflanze des Gottes Donar. Auch Wolfsmilch, Blutwurz, die gelbe Teichrose und Portulak mußt du in den Kessel rühren«, hauchte Lif dem Grafen weiter zu. »Und schließlich vergiß nicht die Tollkirsche, die unter südlicher Sonne gedeiht und dem Menschen die Augen öffnet.«

»Die Hexenbeere«, stöhnte Theoderich. Schließlich faßte er sich wieder. »Wieviel brauche ich von jedem Kraut?«

»Besorge dir jeweils einen kleinen Beutel voll. Die genaue Menge, die du für den Trank benötigst, sage ich dir kurz bevor du ihn braust.«

Theoderich nickte zufrieden. Als er ging, konnte Lif sich in ihrer Zelle wieder ohne Fesseln bewegen. Am Nachmittag genoß sie Sonne und Wind, als sie unter freiem Himmel spazieren konnte. Das Jahr war schon weit vorangeschritten. Die Bäume hatten längst ihre Blätter abgeworfen, und in der Luft lag der Geruch des Frostes.

Am nächsten Tag brachen berittene Boten zu den Klöstern des Umlandes auf. Theoderich hatte ihnen aufgetragen, die Kräuter zu holen. Er war sich sicher, daß die Mönche selbst die Pflanzen, die sie als heidnisch verschrien, in ihren Kellern bargen. Die Ritter und Knechte in der Umgebung des Grafen wunderten sich sehr über seinen Wunsch. Er aber erzählte ihnen, daß die Godin ihm Rezepte für die Herstellung von Salben, durch die Kranke und Wunde gesunden könnten, gebeichtet habe.

»Teufelszeug«, empörte sich Atreban, der Abgesandte der Kirche, als er das hörte.

Aber Theoderich beachtete ihn nicht und sagte, daß er zum Wohl seiner Krieger alles ausprobieren müsse. Und warum, so fragte er, solle man nicht vom Feind lernen, wenn das den eigenen Zielen nütze. Zum Schein hatte er den berittenen Boten lange Listen von harmlosen Kräutern mitgegeben, in denen er die Namen der begehrten Pflanzen versteckte.

Das Jahr schritt weiter voran, die Boten kamen mit den gewünschten Kräutern zurück, und Lif konnte jetzt fast jeden Tag durch den Hof des Herrschersitzes wandeln. Auch mangelte es ihr nicht mehr an Speise und Trank. Atreban staunte über diese Veränderung sehr. Als er aber den Grafen darauf ansprach, erwiderte dieser nur in schroffem Tonfall, daß er dem König schließlich keine tote Godin vorführen könne.

Der fränkische Ritter Roland dagegen freute sich. Häufiger gesellte er sich zu der Godin bei ihren Spaziergängen. Immer aber war der Priester in ihrer Nähe, so daß der Ritter Lif nie nach dem wahren Grund der Verbesserung fragen konnte. Einmal aber wurde Atreban von einem Abt in einer eiligen Angelegenheit gerufen.

»Wir haben nicht viel Zeit für ehrliche Worte«, beeilte sich Roland zu sagen. »Sag mir den Grund dafür, daß Theoderich dich nicht mehr quält.«

»Ich verrate ihm ein Geheimnis«, schmunzelte Lif. Roland sah sie erschrocken an.

»Es gibt sie also doch, eure heidnische Macht«, zischte er leise. »Und du verrätst sie ihm.«

Lif lachte.

»Ihr seid ein komisches Volk«, schüttelte sie den Kopf. »Sei unbesorgt. Es gibt keinen Zaubertrank, wie Theoderich ihn wünscht. Und wenn es einen gäbe, würde ich ihn nicht verraten.«

»Aber was erzählst du dem Grafen dann?«

»Das, was er hören will. Er selbst brachte mich auf den Gedanken.«

»Aber du berichtest ihm von einem Trank?«

»Ja. Er wird ihn sich brauen. Aber er wird ihm keine Zauberkraft verleihen.«

Roland lachte schallend. So laut, daß sich ein paar Knechte, die in einiger Entfernung standen, erstaunt umschauten.

»Er kocht sich eine Suppe«, prustete er.

»Nicht ganz«, betonte Lif. »Wundern wird er sich schon. Schließlich darf er meine List nicht zu schnell durchschauen. Ich brauche bis zum Frühjahr Zeit.«

Schon trat Atreban wieder in ihre Nähe, und es dauerte nicht mehr lange, bis Lif in ihre Zelle geführt wurde.

Die Tage vergingen. Lif freute sich über die Gespräche mit Roland. Schnell hatten sie Themen gefunden, über die sie auch in Atrebans Nähe unbefangen und offen reden konnten. Die Godin lernte auch Amalwin und Armfried, Rolands Gefährten, kennen. Häufig scherzten sie zusammen, was der Priester mit finsterer Miene beobachtete. Mehrfach beschwerte er sich bei Theoderich über den schlechten Einfluß der Godin auf die Krieger. Aber der Graf zuckte nur mit den Achseln und betonte, er mache sich keine Gedanken, solange der Priester sich so um das Seelenheil der Männer sorge.

Schließlich brach der Tag an, dem die Vollmondnacht folgen würde. Am Abend schlich Theoderich in Lifs Kammer.

»Der Himmel ist klar. Der Mond wird also scheinen«, kündigte er zufrieden an.

»Wie nun muß ich die Kräuter in den Kessel streuen?«

»Geduld«, raunte ihm Lif zu. »Zunächst mußt du für den Zaubertrank vorbereitet sein. Du darfst kein Eisen bei dir tragen, wenn du zum Topf schreitest. Mitnehmen sollst du aber ein Messer, das ganz aus Silber ist.«

Theoderich nickte interessiert.

»Setze das Wasser auf und warte, bis es kocht«, fuhr Lif mit geheimnisvoller Stimme fort.

Theoderich folgte ihr mit angestrengt lauschender Miene.

»Nimm eine Alraune Wurzel, halte sie in das Licht des

Monds und stoße sie dann in das brodelnde Wasser. Greife nun zu den Stechäpfeln. Drei von ihnen zerschneide säuberlich mit dem Silbermesser, das du zuvor im Wasser des Kessels gereinigt hast, in vier gleich große Teile. Lasse jedes davon einzeln in das Wasser gleiten. Von der Wolfsmilch nimm eine Handvoll Blätter, ebenso vom Blutwurz und dem Portulak. Die Blätter, die du sanft von der Teichrose ziehst, mußt du gründlich mit Speichel vermengen, bevor du sie in den Topf wirfst. Die Blätter des Weihrauches zerreibe fein in deinen Händen. Schlage den Hammer Donars als Zeichen darüber, auch wenn es dir nicht behagt. Schließlich pustest du den Staub von deiner Handfläche in das kochende Wasser. Von der Tollkirsche benötigst du den Saft. Nimm eine Handvoll der Früchte und zerquetsche sie zwischen den Fingern, auf daß der Saft in den Topf rinnt.«

Theoderich grunzte zufrieden.

»Und dann kann ich den Zaubertrank trinken?«

»Sei vorsichtig«, hauchte Lif. »Nimm nicht zuviel. Die Kraft darin ist sehr stark. Trink nur eine Kelle davon. Den Rest schütte weg. Du wirst den Trank noch öfter kochen müssen und jeweils einen Kelch davon nehmen.«

Theoderich sah sie erstaunt an.

»Mehrfach den Trank brauen«, wiederholte er. »Davon hast du bisher nichts gesagt.« Seine Augen funkelten mißtrauisch.

»So ist es seit Urzeiten«, erwiderte Lif gelassen. Auch ich kann es nicht ändern.«

»Ich warne dich«, fuhr der Graf sie an. »Versuche nicht, mich zu betrügen.«

»Warte die Wirkung ab. Sie ist auch nach einer Kelle schon zu spüren. Heute nacht wird der Zweifel aus dir weichen.«

»Das hoffe ich für dich«, knurrte der Graf immer noch mißtrauisch. »Ich werde mich jetzt vorbereiten.«

Er stolzierte zur Tür hinaus. Knechte, Mägde und Ritter wunderten sich wieder sehr über den Grafen. Die Mägde besonders, weil er bald darauf in der Küche fieberhaft nach einem silbernen Messer Ausschau hielt und bei der Suche ihre feingeschaffene Ordnung durcheinander warf. Auch staunten die Stadtbewohner darüber, daß er spät am Abend die Stadt verließ und im Wald verschwand. Denn Theoderich war bisher eher als Freund geselliger Runden und weniger als Liebhaber einsamer Spaziergänge bekannt. Zudem verwirrte sie, daß er keine Waffen trug.

Hastig schritt er durch das Unterholz. Den Platz, auf dem er den Trank bereiten würde, hatte er schon vor langer Zeit ausgewählt. Der Kessel stand auf der vorbereiteten Feuerstelle. Es hatte ihn einige Mühe gekostet, den Topf zu beschaffen – und viel Geld, wie er mürrisch dachte. Bei einem Ausritt war er sich mit einem einsam wohnenden Bauern einig geworden. Dieser wunderte sich zwar über den Kaufwunsch des Grafen, nahm das gebotene Geld aber gern entgegen, zumal der hohe Herr noch nicht einmal über den Preis feilschte. Einen halben Tag lang hatte Theoderich gebraucht, um den Kessel zu seiner einsamen Lichtung zu bringen.

Er erreichte den Platz. Das Mondlicht fiel auf den Bottich, in dem schon das Wasser stand. Theoderich hatte es mit kleinen Krügen in mühevoller Plagerei von einem nahen Bach herbeigeschleppt. Dieser war für den Grafen ein wichtiger Grund bei der Auswahl des Ortes gewesen. Schon bald züngelten die Flammen hoch. Als das Wasser kochte, rührte Theoderich die Kräuter genau nach Lifs Beschreibung hinein. Das Licht des Mondes spiegelte sich in der Brühe.

»Es ist soweit«, murmelte der Graf, als alle Kräuter im brodelnden Wasser schwammen. Mit zitternden Fingern tauchte er den Kelch tief in den Trank und führte ihn an seine Lippen. Die Brühe verbrannte ihm die Zunge, rann heiß durch seinen Hals in den Magen. Die Suppe schmeckte entsetzlich bitter. Sein Bauch brannte. Es war, als hätte er ein Feuer in seinem Inneren entfacht, dessen Flammen stetig wuchsen. Überrascht nahm er die Wärme wahr, stöhnte auf, als sie zu einem tobenden Brennen wuchs. Seine Beine gaben nach, und er stürzte zu Boden, vor Schmerzen gekrümmt. Plötzlich raste ein Lichtblitz durch seinen Kopf. Von einem Moment zum nächsten umgab ihn völlige Ruhe, der Schmerz war verstummt. Er fiel in einen bodenlosen Abgrund, stürzte in rasendem Fall in ein schwarzes Loch. Panische Angst schoß durch seine Adern, er glaubte den Verstand zu verlieren.

Dann landete er auf dem Boden, trotz des rasenden Sturzes sanft und weich. Er saß auf einer Wiese. Die Dunkelheit war schillerndem Licht gewichen. In sanften Rundungen wellte sich der Rasen bis zum Horizont. Ein finsteres Knurren riß Theoderich aus dem Anblick. Er sprang auf die Beine. Ein riesiger Wolf schlich, die Zähne fletschend, näher. Jetzt verlor der Graf die Beherrschung. Er rannte so schnell er konnte über das Gras – so schnell, daß seine Beine kaum mehr den Boden berührten. Ein Schrei des Triumphes drang aus seinem Mund. Er konnte fliegen. Theoderich erhob sich in die Lüfte, glitt in wilden Kurven über die Wiese und genoß den warmen Luftstrom, der über sein Gesicht und seine Haare floß. Er stürzte sich herab, bis dicht über den Boden, drehte im letzten Moment wieder ab und schwang sich in einer atemberaubenden Kurve wieder in den Himmel. Immer wieder und wieder drehte er seine Kreise, bis sein Verstand schließlich in Dunkelheit versank.

Die Sonne ging gerade auf, als Theoderich neben dem Kessel erwachte. Er zitterte am ganzen Leib vor Kälte. Mühsam erhob er sich. Übelkeit würgte in seinem Magen, und in seinem Kopf hämmerte ein dumpfer Schmerz. Langsam kehrte die Erinnerung an das Erlebnis in der Nacht zurück und verwirrte ihn. Mit einem Fußstoß kippte er den Kessel um und schritt in die Stadt.

Handwerker, Knechte, Mägde und Ritter blickten ihn erstaunt an, als er mit Schmutz besudelt aus dem Wald kommend nach Düren hineinschritt. Er erzählte von einem Rudel Wölfe, das ihn überfallen habe und bettete sich schnell in seiner Kammer zur Ruh'.

Den ganzen Tag und die folgende Nacht wurde er nicht mehr gesehen.

Am nächsten Tag stürmte er zu Lif in den Raum.

»Wie kann ich nun zaubern, wie stelle ich es an?« rief er der Godin zu, kaum daß er die Tür hinter sich geschlossen hatte. Lif blinzelte verschmitzt.

»Du hast den Trank getrunken – wie ich es dir aufgetragen habe?« forschte sie.

»Ja doch, ja. Nun beantworte meine Frage.«

»Und?« ließ sich Lif nicht von seiner Ungeduld beeindrucken.

»Was und? Ich bin geflogen. Es war herrlich. Rauf und runter wie ein Vogel. Aber viel schneller. Wilde Kreise habe ich gedreht.« Lif hatte Mühe, ein Grinsen zu verbergen.

»Schön«, erwiderte sie.

»Schön?« trompetete Theoderich. »Gewaltig war es. So ist es also, wenn man zaubern kann. Wahrlich, ich kann euch schon verstehen. Wie aber mache ich es? Wie wende ich meine Macht an?«

»Du bist doch geflogen«, sagte Lif sanft.

»Ja, natürlich. Aber im Alltag. Wie bezaubere ich zum Beispiel Atreban.«

Dieses Mal grinste Lif. »Es gibt keinen besonderen Trick. Wer fliegen kann, der kann auch zaubern. Das, was du dir wünschst, geht einfach in Erfüllung.«

»Einfach so?« staunte der Graf ungläubig.

»Einfach so – so einfach wie das Fliegen.« Sie senkte die Stimme. Vertraulich fuhr sie fort. »Also sei in Zukunft vorsichtig damit, was du begehrst.«

Theoderich nickte nachdenklich.

»Also wünsche ich mir ein neues Schwert«, trompetete er mit froher Stimme.

»Dazu brauchst du mehr Zeit«, schüttelte Lif den Kopf. Theoderich stutzte.

»Zunächst kannst du nur die Gedanken von Menschen beeinflussen. Selbst das klappt auch nicht immer. Gegenstände zu beschwören ist sehr viel schwerer. Du wirst noch viele Kellen trinken müssen.«

Theoderich starrte sie ungläubig an.

»Das erzählte ich dir doch bereits«, fuhr Lif forsch fort.

»Du meinst, ich muß noch öfter diesen Sud trinken?«

»Wie ich schon sagte«, betonte Lif noch einmal. »Und jedesmal zum Vollmond.«

Der Gedanke schien Theoderich nicht zu gefallen.

»Denk nicht an den Geschmack, sondern an das Fliegen«, munterte ihn Lif auf.

Der Graf nickte.

»Ich muß gehen. Die Ritter wundern sich sowieso schon über mich.«

Er schritt zur Tür.

»Muß ich wieder die gleichen Kräuter nehmen?« drehte er sich noch einmal um.

»Genau dieselben«, erwiderte Lif fröhlich. »Und es muß wieder Vollmond sein.«

Theoderich verschwand in der Tür.

Am nächsten Morgen fiel Schnee. Der Winter hatte das Land nun in seinem eisigen Griff. Die Tage vergingen schnell. Es gab nicht viel für Lif zu tun. So verbrachte sie die Zeit ruhend in ihrer Kammer oder spazierengehend im Hof des Herrschersitzes.

Theoderich besuchte die Godin nur noch selten. Er verbrachte viel Zeit mit seinen Männern. Beim nächsten Vollmond braute er sich wieder seinen Trank und berichtete Lif fröhlich von seinen Erlebnissen. Auch sei es ihm nun schon mehrfach gelungen, den Willen der Ritter zu verzaubern, berichtete er ihr. Lif munterte den Grafen auf, mit seinen Versuchen fortzufahren. Das Frühjahr war nicht mehr fern, und die Godin erkundete schon seit langem eine Möglichkeit zur Flucht. Solange sie aber nur zwischen Zelle und Hof wandeln durfte, gab es kaum eine Möglichkeit dazu. Also bat sie den Grafen, gelegentlich Spaziergänge in der Stadt machen zu dürfen. Nach kurzer Überlegung willigte Theoderich ein. Begleitet von zehn Rittern, unter ihnen Roland, konnte Lif denn auch durch die Straßen von Düren schreiten. Mißtrauisch folgte Ichtyo dem kleinen Trupp und ließ ihn keinen Moment aus den Augen. Die Bewohner der Stadt beäugten die Godin vorsichtig. Es dauerte nicht lange, und die junge Frau schritt regelmäßig durch die Gassen. Bald machte sich Ichtyo nicht mehr die Mühe, ihr und der Eskorte zu folgen. Auch die Stadtbewohner gewöhnten sich an den Anblick. Die Männer wetteiferten schon bald um die Gunst, die Godin auf ihren Wegen zu bewachen. Trotz der herzlichen Gespräche, die sie mit Lif führten, nahmen sie ihren Wachdienst doch sehr ernst, und noch immer wußte Lif nicht, wie sie fliehen sollte. Die Zeit drängte, denn die Tage wurden bereits wieder wärmer, die Zeit des Reichstages rückte immer näher. Auf dieser Versammlung würde Lif dem König und dem höchsten Christenpriester gegenüberstehen. Schließlich war es soweit: Gerade als Lif in der Nähe des Walles spazierte, ritten prächtig gekleidete Boten durch das Tor und sprengten weiter durch die Gassen zum Herrscherhaus. Lifs Bewacher grüßten die vorbeistürmenden Reiter freudig. Es waren die Boten des Königs. Sie kündigten Karl und die höchsten Würdenträger des Reiches an. In nur drei Tagen würden sie in Düren sein. Dann sollte der Reichstag beginnen. In der Stadt begannen die Vorbereitungen auf das Eintreffen der adeligen Herren. Lifs Gedanken aber verdunkelten sich. Denn noch immer vermochte sie keine Gelegenheit zur Flucht zu erkennen. Schon am nächsten Tag traf viel Volk aus den umliegenden Landen in Düren ein, um bei der Vorbereitung auf die große Versammlung zu helfen. Bauern trugen ihre Vorräte in die Stadt, und die ersten Händler von weit her rumpelten mit ihren Karren durch das Stadttor und bauten ihre Stände auf. Auch die ersten Adeligen, häufig aus fremden Ländern des Königs, ritten durch die engen Gassen.

GER

Böer schlug die Augen auf. Graue und braune Farben waberten in verwischten Schleiern vor seinen Augen. Ganz langsam bildeten sich klare Linien heraus, er erkannte Bäume, den Himmel – davor schob sich plötzlich ein Gesicht, beugte sich dicht über seinen Kopf. Es war das Antlitz einer uralten Frau. Tiefe Falten – wie er sie noch nie gesehen hatte – runzelten sich durch ihre Züge, machten einem breiten Lächeln Platz, als Böer die Augen öffnete. Der junge Sachse glaubte zu träumen.

»Glück hat er gehabt, sehr viel Glück«, murmelte eine heisere Stimme über ihm. »Sterben hätte er können. Ist gut, daß er so stark ist. Gesund wird er so vielleicht wieder werden.«

Es dauerte einen Moment, ehe Böer begriff, daß das Gesicht zu ihm sprach.

»Wo bin ich? Wer bist du? Was ist passiert?« stammelte er.

Die Muskeln schmerzten, und er fühlte sich zerschlagen und schwach wie niemals zuvor. Ihm wurde übel, eine Hand legte sich auf seine Stirn und drückte seinen Kopf wieder zu Boden.

»Viele Fragen«, krächzte die Stimme. »Geduld wird er haben müssen, wird viel liegen und ruhen müssen.«

Langsam kam die Erinnerung zu Böer zurück und mit ihr die Sorge: Was war mit Lif geschehen? Er versuchte, den Kopf zu heben. Aber die Hand der alten Frau ließ es nicht zu. Mit sanfter Kraft, die er ihr nicht zugetraut hatte, hielt sie seinen Kopf am Boden. Sie lächelte ihn verstehend an.

»Das Hauen und Stechen hat wieder angefangen«, sagte sie nachdenklich. »Bringt nichts Gutes zu den Menschen. Nichts Gutes ...«

»Lif«, murmelte Böer. »Was ist mit ihr?«

»Noch mehr Fragen hat er?« erwiderte die alte Frau. »Trinken muß er.«

Sie hielt ihm einen kleinen Kelch an die Lippen. Böer schmeckte eine bittere Flüssigkeit auf seiner Zunge. Wieder senkte sich Dunkelheit über ihn. Als er erneut zu sich kam, lag er auf einem weichen Strohlager in einer kleinen Hütte. Dicht neben ihm saß die alte Frau und lächelte ihm zu. Am anderen Ende des Zimmers knisterte ein Feuer und verbreitete wohlige Wärme.

»Geschlafen hat er lange. Ist gut für ihn gewesen. Gewachsen ist so wieder seine Kraft. Ist recht so, das Schlimmste möcht noch kommen. Liegen wird er noch lange müssen.«

Böer hob den Kopf. Wieder schmerzten seine Muskeln, und wieder erschrak er über die Mühe und Anstrengung, die die Bewegung ihm abverlangte. Aber diesmal wurde ihm nicht schlecht, und die alte Frau hielt ihn auch nicht zurück. Im Gegenteil – mit ihren runzeligen Händen steckte sie ein zusammengerolltes Fell unter seinen Kopf.

»Wer bist du?« fragte er seine Gastgeberin.

»Wissen will er ihren Namen«, murmelte sie. »Ihr Name ist Werdandi.«

Sie sah ihn mit klaren Augen an. Ihre runzeligen Züge waren entspannt. Böer schreckte hoch.

»Dann bist du ...«, rief er entsetzt.

»Sie ist ein Mensch wie du. Trägt nur denselben Namen wie die Norne«, lächelte die alte Frau. »Keine Sorge. Leben tut er noch und ist auf Mittelerde. Sie wird nicht sagen können, warum ihr die Eltern diesen Namen gaben. Ist schon lange her. Zu lange, als daß sie sich erinnern kann.«

Nachdenklich wanderte ihr Blick in die Ferne.

»Ich heiße Böer«, faßte sich der junge Krieger.

»Böer«, nickte die Frau. »Schöner Name. War er an der Schwelle des Todes. Gewehrt hat er sich – und das tapfer. Vorbei ist es aber noch nicht, wird weiterkämpfen müssen. Hätte sie ihn nicht gefunden beim Kräuter sammeln, hätte sie nicht den Lärm gehört ...«

»Hast du Lif gesehen? Ich war nicht allein«, bestürmte Böer sie.

»Lif?«

Werdandi schüttelte den Kopf.

»Nein, es war keine Frau in seiner Nähe. Nur ein paar tote Männer mit dunklen Haaren.«

»So lebt sie. Die Franken haben sie mitgenommen«, folgerte Böer und wollte sich aufrichten.

Ein stechender Schmerz in seinem Rücken ließ ihn in der Bewegung verharren. Ihm wurde schwarz vor Augen. Behutsam legte die alte Frau seinen Kopf auf das Fellkissen.

»Unvernünftig ist er. Sie wird nach seiner Wunde sehen müssen.«

Die Frau drehte Böer auf den Bauch, öffnete seinen Verband.

»Aufgerissen ist sie und blutet wieder«, bemerkte das Weib mit vorwurfsvoller Stimme. »Schonen muß er sich.«

Aus dem Augenwinkel sah Böer, wie sie sich umdrehte und einen gelben Brei aus einem kleinen Topf angelte.

»Brennen wird es. Ist aber gut«, brabbelte sie.

Böer preßte die Zähne zusammen. Die Salbe brannte wie Feuer, als die Alte sie auf die Wunde strich. Werdandi knotete den Verband wieder zusammen, und der Schmerz ebbte langsam ab.

»Gewachsen ist gegen jedes Leiden ein Kräutlein«, kicherte sie leise. »Wissen muß der Mensch nur, wo er es findet. Schützen kann der Wald uns alle. Er läßt uns nicht allein.«

»Es war eine Frau an meiner Seite beim Überfall«, fuhr Böer nach einer ganzen Weile fort. »Die letzte Godin von der Irminsul.«

»Eine Godin«, schüttelte die Alte bedächtig den Kopf. »Wolfszeit hat sich über das Land gelegt«, murmelte sie. »Gesehen hat sie es in ihren Träumen. Berichtet haben ihr davon die Menschen, die zu ihr kommen, damit sie sie heilen kann. Die fremden Reiter sind im Sommer über das Land gezogen, haben Feuer in die Hütten geschleudert, die Bauern erschlagen und die Felder verwüstet. Tod ist das Vieh oder irrt durch die Wälder. Wolfszeit ist angebrochen.«

Ihr Blick hatte sich verdüstert.

»Eine Godin gibt es noch«, neigte sie nachdenklich das Haupt. »Er sagt, sie ritt neben ihm?«

Mit stechendem Blick sah Böer sie an.

»Und du hast sie nicht gesehen? Vielleicht haben die Christen auch ihre Leiche fortgenommen.«

Er stockte. Tränen drangen in seine Augen, Verzweiflung würgte in seinem Hals. Die Alte strich durch seine Haare. Böer erinnerte sich wieder an ihre letzten Stunden, an den gemeinsamen Ritt und den Zauberwald. Die Gedanken an Lif überwältigten ihn.

»Ich liebe sie«, flüsterte er.

Werdandi blickte ihn verständnisvoll an. Dann ließ sich Böer in seine Gefühle fallen. Er weinte, und die Heilerin blieb lange stumm an seinem Lager sitzen. Schließlich erhob sie sich.

»Helfen wird sie müssen ...«, murmelte sie nachdenklich, »... das Schicksal schauen. Denken sollte sie aber zunächst an seine Genesung.«

Gebückt schlurfte sie in eine Ecke des Raumes. Getrocknete Kräuter hingen hier von einem Balken an der Decke herab. Mit gezieltem Griff löste die Alte einige Pflanzen, stopfte sie in einen kleinen Kelch und begann sie zu zerstampfen. Dabei summte sie ein Lied, dessen Worte so fremd waren, daß Böer sie nicht verstand. Schließlich setzte sie den Kelch auf einem nahen Tisch ab, füllte Wasser in einen Topf und hängte ihn zum Kochen über das Feuer. Wie beschwörend formten ihre Lippen immer noch das Lied.

»Was tust du..?« wollte Böer wissen. Eine barsche Handbewegung der Alten brachte ihn zum Schweigen. Die Frau würdigte ihn nicht eines Blickes. Sie schlurfte wieder zu den Kräutern. Als das Wasser kochte, rührte sie die zerbröselten Pflanzen mit einem Holzstab in den Topf. Es zischte und brodelte, als die Kräuter in das Wasser schäumten. Dampf umwallte das Gesicht der Frau, während sie immer noch ihr seltsames Lied summte.

»Fertig, tanzen die Kräuter, ist der Trank bereit«, vernahm Böer plötzlich ihre Stimme aus dem Küchennebel. Er hörte, wie sprudelnde Flüssigkeit in einen Kelch gegossen wurde. Die Alte kam an sein Lager und hielt ihm ein kleines Trinkgefäß an die Lippen. Der Trank brannte heiß, und der junge Krieger wich erschrocken zurück.

»Trink«, herrschte die weise Frau ihn an. »Heiß muß er sein, nur heiß kann er heilen.«

Widerwillig öffnete Böer die Lippen. Feurig lief die Flüssigkeit durch seinen Hals, brannte selbst noch im Magen. Zugleich aber spürte Böer, wie mit dem Trank Kraft und Stärke in ihn strömten, bis hin in seine Hände und Füße. Die Alte grinste zufrieden.

»Ist gut, nicht wahr?«

Böer nickte. Schon bald danach schlief er ein.

Als der junge Sachse erwachte, war er allein in der Hütte. Von draußen drang das Wiehern eines Pferdes in den Raum. Kurz darauf hörte Böer schlurfende Schritte. Die Tür öffnete sich, und die alte Frau betrat den Raum. Ein brauner Umhang umhüllte sie so, daß nur ihr runzeliger Kopf daraus hervorschaute.

»Kalt ist es geworden, bitterkalt am Morgen«, krächzte sie, als sie den Raum betrat und den Umhang ablegte.

»Was ist heute für ein Tag?« wandte sich Böer an sie.

»Schon wieder Fragen«, schüttelte die Alte den Kopf. Langsam kam sie näher zu Böers Lager.

»Es ist früher Morgen. Geschlafen hat er die Nacht über tief und fest. Der Winter steht vor der Tür.«

Böer nickte.

»Gesprochen hat sie gerade mit Till. Er meint, es würde ein harter Winter werden.«

»Till?« fragte Böer überrascht.

»Ihr guter alter Freund.«

Verwirrt blickte Böer sie an.

»Ein Pferd«, grinste die Alte. »Dankbar muß er ihm sein, trug er ihn doch hierher.«

»Ich hörte ihn«, erwiderte Böer.

»Klug ist Till«, fuhr die Alte mit erhobenem Zeigefinger fort. »Klüger als mancher Mensch. Nun aber will sie wieder einen Trank brauen.«

Bald war die Heilerin wieder in Wasserdampfwolken verschwunden.

Heiß rann anschließend die Flüssigkeit über Böers Lippen.

»Werde ich gleich wieder schlafen?« murmelte der junge Sachse, als er den Kelch geleert hatte.

»Ja, schlafen wird er müssen – braucht viel Ruh'. So er wieder zu Kräften kommt.« Sie blickte Böer ruhig an. »Lif lebt«, fuhr sie übergangslos fort. Böer schreckte hoch. Die Alte drückte ihn sanft auf das Lager.

»Will er, daß die Wunde wieder aufreißt?« knurrte sie ihn zornig an.

»Was ist mit Lif?«

»Sie lebt – ist gebunden bei den Franken. Vor ihr liegt ein weiter Weg. Viele Schritte geht sie nach Süden. Zu sehen war nichts mehr. Unversehrt ist sie, wenn sie auch trauert.«

Böer atmete auf. Mit einem Mal spürte er eine Welle der Müdigkeit, die ihn herabzuziehen drohte. Er kämpfte dagegen an.

»Laß er dem Schlaf sein Recht«, schüttelte die Alte den Kopf. »Dagegen zu kämpfen, macht keinen Sinn.«

»Woher?« fragte Böer mit letzter Kraft.

»Befragt hat sie das Wasser. Heute in der Früh – aufgehen wollt' gerade die Sonne – als sie in die dunkle Tiefe eines Teiches spähte. Sagen wollte sie es ihm noch schnell, denn ein Alb wird ihn bald quälen.«

»Ein Alb«, murmelte Böer mit schwerer Zunge. »Was ist mit mir?«

»Mach er sich keine Sorgen. Werdandi wacht an seinem Lager«, strich ihm die Alte sanft über die Stirn. Böers Augen fielen zu, und er versank in tiefen Schlaf.

Am Mittag kam das Fieber. Unruhig wälzte sich Böer auf seinem Lager, kalte Schweißperlen standen auf seiner Stirn, und er murmelte im Schlaf. Immer wieder hörte die alte Frau den Namen Lif, hörte von Böers Eltern, und so manches Mal schrie Böer von seinen Erlebnissen in der Schlacht oder im Zauberwald. Die Tage vergingen. Die alte Frau wich nur selten von seiner Seite, flößte ihm manchen Trank ein und kühlte seine Stirn. Über dem Land lag bereits der Frost, als Böer eines Morgens die Augen aufschlug. Ein Lächeln huschte über das Gesicht der alten Frau.

»Überstanden hat er es nun«, begrüßte sie ihn freudig. Verwirrt blickte sich Böer um.

»Ich hab geträumt ... es war alles so fremd ...«, murmelte er unsicher. Die Alte nickte.

»Lang, lang. Der Winter liegt über dem Land.«

Böer wollte sich aufrichten, aber ihm fehlte die Kraft dazu. Dieses Mal aber stützten ihn die Hände der alten Frau. Als er aufrecht auf dem Bett saß, wurde ihm schwarz vor Augen. Die Alte flößte ihm Tee ein.

»Kommen wird er bald wieder zu Kräften«, munterte sie ihn auf. »Ruhe er sich noch ein paar Tage aus. Gehen kann er dann mit ihr nach draußen.«

Noch zwei Tage mußte Böer das Lager hüten. Anschließend setzte er die ersten wankenden Schritte, gestützt auf seine Gastgeberin, vor die Tür der Hütte. Die frische Luft tat ihm gut. Er kam tatsächlich schnell wieder zu Kräften. Schon bald entdeckte er einige schadhafte Stellen am Haus der Heilerin, die er sich zu reparieren beeilte. Dann kam der Tag des Abschieds.

»Ich muß gehen«, kündigte Böer an einem Abend, an dem sie zusammen vor dem Feuer saßen, an. »Ich danke dir noch einmal für alles und werde nie vergessen, wem ich meine Heilung verdanke.«

Die Alte nickte.

»Wandern muß jeder, gehen den Weg, den die Nornen gesponnen«, murmelte sie und sah Böer nachdenklich an.

»Auf ihn harren noch viele Gefahren. Erkennen konnte sie sein Schicksal nicht klar. Wird viele Kämpfe und viel Leid durchstehen müssen. Zerbrechen könnte er so manches Mal an seinem Weg – sehen konnte sie nur soviel und nicht mehr.«

»Ich muß Lif finden«, erwiderte Böer mit ruhiger Stimme. Die Alte drückte ihn an sich.

»Suchen wird er sich müssen Gefährten, die ihm dabei helfen«, flüsterte sie. »Braucht er gute Freunde. Und nun geh er fort.«

Kurz darauf verschwand die Hütte der alten Frau hinter einer Biegung des kleinen Pfades, der Böer nach Westen führte. Er schritt viele Tage zügig voran und gönnte sich kaum eine Rast, denn die Sorge um Lif brannte in seiner Seele. Entsetzt sah er die Spuren der Kämpfe des Sommers am Rand des Weges liegen. Immer wieder kam er an den verkohlten Resten sächsischer Gehöfte vorbei. Viele lagen verlassen und still im Wald. An manchen hämmerten und sägten Bauern mit ihren Familien, um sie wieder aufzubauen. Auf solchen Höfen verbrachte Böer so manche Nacht, zumeist in notdürftig hergerichteten Räumen, die den gröbsten Schutz vor Kälte, Schnee und Regen boten. Trauer lag über dem ganzen Land, und die Bauern berichteten ihm von den angreifenden Franken, durch die sie im Sommer bei der Feldarbeit überrascht worden waren. Die Menschen litten schwer unter der Last, die ihnen die Nornen auferlegt hatten, viele waren mutlos. Böer versuchte ihnen neue Hoffnung zu geben. So zog der junge Sachse weiter nach Westen.

Schließlich erreichte er die Babilonie. Freudig begrüßten ihn die Freunde und Gefährten, denn die meisten hatten ihn – wie auch Lif – für tot gehalten. Als Böer berichtete, was die Kräuterfrau von Lifs Schicksal gesehen hatte, hellten sich die Gesichter der Krieger auf der Babilonie noch mehr auf. Nun gab es wieder Hoffnung, denn seit dem Sommer war die Stimmung auf der Burg niedergeschlagen, und Böer brachte seit langem die erste gute Nachricht zu den sächsischen Streitern. Zwar hatten die Franken die Babilonie nicht entdecken können, aber die Kunde vom Heerzug der feindlichen Ritter hatte die Sachsen sehr bedrückt, zumal sie zu schwach waren, um sich der christlichen Armee entgegenzustellen.

Groß war der Wunsch bei den Kämpfern auf der Babilonie, die Godin zu befreien. Böer aber wählte nur Euliset, Rakus und Servalis zu seinen Gefährten aus, denn nur ein kleiner Trupp konnte unentdeckt im Frankenland nach der Godin forschen. Schon bald brachen die Freunde, die Waffen unter langen Umhängen verborgen, nach Süden auf. Nicht wie Sachsen, sondern wie ein kleiner Vagabundentrupp sahen sie auf ihrem Zug ins südliche Nachbarland aus – eine Rolle, die den drei Wanderern nicht besonders schwer fiel.

Zunächst säumten wieder verbrannte Höfe ihren Ritt. Dann aber wand sich der Pfad vorbei an den Häusern fränkischer Bauern, aus denen der Rauch der wärmenden Feuer zum Himmel stieg und wohlige Gemütlichkeit verhieß. Häufig gasteten sie bei den Bauern des Nachbarlandes. Immer wieder berichteten ihnen die Franken vom Reichstag, der schon bald in Düren stattfinden sollte. Alle Edlen des Reiches – selbst der König – würden sich dort versammeln. Den Gefährten war schnell klar, daß sie hier Lif am ehesten finden konnten. So machten sie sich auf den Weg zu der fränkischen Stadt.

Sanft schmiegte sich der gewundene Pfad an den Hügel. Unter dem blauen, klaren Himmel, an dem die Mittagssonne ihre schwachen Strahlen über das frostige Land schickte, konnten sie weit über das mit runden Hügeln übersäte Land schauen. Der schmale Weg wand sich herunter ins Tal, bis er sich in den Gassen einer Stadt verlor. Lieblich waren die kleinen Häuser anzusehen, die sich an einem Fluß zwischen die Mauern des Schutzwalles duckten. Böer erkannte auf den engen Gassen vom Hügel aus reges Treiben. Vor ihm lag Düren, und die Freunde wußten, daß dort zu dieser Zeit die Führer des christlichen Reiches eintrafen. Auch der König wurde erwartet. Überall am Rand der Stadt, außerhalb des Walls, waren Zelte aufgeschlagen, aus denen sich, wie auch aus den Häusern, braune Rauchschwaden zum Himmel kräuselten. Wie bunte Farbkleckse waren die Biwake über die grünen Wiesen verstreut. Reiter sprengten durch das Lager, das sich am Fluß entlang größer als die benachbarte Stadt ausdehnte.

Die Gefährten folgten dem Pfad talwärts. Rakus und Euliset schritten voran. Mit einigem Abstand folgten Böer und Servalis.

»Oho, wer ist denn da?« war auf einmal die Stimme Rakus' zu hören.

Der Dicke blieb stehen und blickte auf eine Lichtung, die jetzt auch für Böer sichtbar wurde.

»Das Leben in der Stadt scheint ja die Händler anzuziehen, wie die Motten das Licht«, fuhr Rakus spottend fort.

Nun erreichten auch Servalis und Böer ihre vorausgegangenen Gefährten. Erstaunt spähten sie auf die Lichtung. Neben einem Ochsenkarren saß Riedwiesel, der Händler, an einem kleinen Feuer und starrte sie verblüfft an.

»Ja, seid ihr es denn, die sächsischen Krieger ...«, faßte sich der Händler langsam und stand auf. Eilig hob Rakus beschwichtigend die Hand.

»Pssst – schweig still«, zischte er dem Händler zu, als er auf ihn zurannte. Die anderen folgten.

»Wir sind harmlose Wanderer«, bemerkte Servalis spitzbübisch. »Es wäre schön, wenn auch du uns so betrachten könntest.« Riedwiesel stutzte.

»Aber ihr seid tief im Frankenland. Wißt ihr denn nicht, was sich in Düren ereignen wird?«

»Doch, doch«, beeilte sich Rakus den Händler im Satz abzuwürgen. »Eben drum sind wir hier.«

»Ja, aber ...«

»Wir werden ihm unsere Geschichte erzählen müssen«, fuhr diesmal Euliset dazwischen.

Der Händler blickte sie neugierig an.

»Wir haben dir das Leben gerettet«, begann Böer.

»Ich weiß, ich weiß«, murmelte dieser. »Was aber treibt ihr hier?«

»Hast du noch diesen glänzenden Wein?« fiel Rakus mit einem Leuchten in den Augen ein.

»Ich habe Wein zum Verkauf in der Stadt«, stellte Riedwiesel irritiert fest.

»Nur für die Stadt«, brummelte Rakus verärgert.

»Nun aber erzählt, was euch in fränkische Lande treibt«, forschte Riedwiesel interessiert weiter. »Seid ihr wieder auf Wanderschaft und habt einen neuen Begleiter?«

»Mag sein«, antwortete Rakus kühl.

»Oder spioniert ihr die Stadt für die Sachsen aus?«

Er tänzelte unruhig von einem Bein auf das andere.

»Ja, vielleicht sollten wir unsere Geschichte doch für uns behalten«, kratzte sich Rakus am Kopf.

»Er ist manchmal starrköpfig wie ein Ochse«, flüsterte Servalis dem Händler vertraulich zu.

»So ist er«, ergänzte Euliset nickend. »Wenn er schweigen will, kann kaum jemand ihm etwas entlocken. Und wir wollen ihm dann nicht in den Rücken fallen.«

Riedwiesel blickte enttäuscht von einem zum anderen.

»Ich aber kenne ihn schon viele Jahre«, raunte Servalis vertraulich weiter. »Ein Tröpfchen Wein kann seine Zunge sehr schnell lösen.«

»O ja, so ist er, unser lieber Freund«, ergänzte Euliset nickend.

Der Händler sah Rakus an.

Der Dicke spähte unschuldig in die Ferne. Riedwiesel verzog das Gesicht und strich sich nachdenklich über das Kinn.

»Ja, wenn das so ist«, flüsterte er nach einer Weile Servalis und Euliset zu. »Darf ich euch zur Begrüßung meinen besten Wein anbieten«, trompetete er fröhlich in die Runde.

»Wein«, drehte sich Rakus überrascht zu ihm um. »Welch gute Idee du hast.«

Die Gefährten grinsten.

Als sie zu fünft am Feuer saßen, erzählte Böer dem Händler vom Grund ihrer Wanderung nach Düren.

»Wir haben dir geholfen. Also verrate uns nicht«, endete er.

Riedwiesel nickte nachdenklich.

»Vielleicht kann er noch mehr für uns tun«, lächelte Servalis.

Riedwiesel hob fragend die Augenbrauen. »Was könnte ein armer Händler schon für euch tun?«

»Nun, du könntest die Ohren offen halten, wenn du mit den Franken Handel treibst. Vielleicht verraten sie einem harmlosen Händler mehr über Lif, als sie vier Wanderern sagen würden.«

Riedwiesel sah ins Feuer. Er überlegte.

»Gut«, sagte er nach einer ganzen Weile. »Das will ich tun. Besucht mich an meinem Stand. Ich will sehen, was ich erfahren kann.«

Die Nacht verbrachten die Gefährten gemeinsam mit dem Händler auf der Wiese. Am nächsten Morgen verabschiedeten sie sich und marschierten getrennt nach Düren.

Die Freunde tauchten ein in das Gewimmel der Gassen, schritten, aufmerksam auf die Gespräche horchend, durch die Straßen. Euliset war wie verwandelt. Äußerlich ruhig ging er neben den Freunden. Doch Böer bemerkte die Unruhe, die den Wanderer ergriffen hatte. Niemand ließ seinen Blick aufmerksamer über das Marktvolk, die Bauern und Gaukler in den Gassen gleiten, als der blonde Gefährte.

»Deine Schwester?« fragte Böer den Wanderer, als sich ihre Blicke kreuzten.

Euliset nickte. »Ich habe die Hoffnung nie aufgegeben«, erwiderte er leise.

Der Reichstag sollte schon bald beginnen. In den Straßen berichteten die Menschen, daß der König noch am selben Abend in der Stadt eintreffen sollte. In einer Schenke aßen die Gefährten zu Mittag, hörten auf den Straßen den Musikanten zu und lauschten den Geschichten der Erzähler. Bei einem Händler erstand Servalis ein silbernes Medaillon, das ihn an seine südliche Heimat erinnerte. Je später der Nachmittag, um so ausgelassener wurde das Treiben auf den Gassen. Recht schnell hatten sie von der Godin erfahren. Sie waren nun gewiß, daß Lif noch lebte und im Herrschersitz der Stadt, beim Grafen Theoderich, gefangengehalten wurde. Auch Riedwiesel, den sie bald darauf an seinem Stand besuchten, wußte nicht mehr zu berichten. Sie brauchten eine ganze Weile, um mit ihm sprechen zu können, denn der Händler schacherte lange und verbissen mit einem Ritter um einen Beutel Wein. Rakus staunte sehr, als der Franke schließlich eine große Silbermünze für den Wein auf den Tresen legte und dennoch frohen Mutes von dannen schritt. Die Freunde schlenderten weiter durch die Stadt, vermochten aber keine weiteren Neuigkeiten zu erfahren. Schließlich ließen sie sich am Randes des Walls auf den Boden sinken.

»Und nun?« fragte Rakus zerknirscht. »Sie lebt, weil sie dem König vorgeführt werden soll. Soviel wissen wir. Und sie ist beim Grafen Theoderich. Manchmal wird sie sogar in den Gassen gesehen – leider wissen wir nicht, wann das nächste Mal. Was machen wir nun. Schon heute soll Karl eintreffen. Viel Zeit haben wir nicht mehr. Wer weiß, was der König über Lifs Schicksal befiehlt.«

Böer nickte.

»Wir müssen sie befreien. Schnell.«

»Da sagst du uns ja etwas ganz Neues«, bemerkte Servalis resigniert. »Wie sollen wir Wanderer wohl in den Herrschersitz gelangen? Davon, wie wir Lif hier herausbekommen, ganz zu schweigen.«

Rakus stand auf.

»Laßt es uns probieren«, polterte er ungeduldig.

»Was?« staunte ihn Servalis ungläubig an.

»Ja, wir gehen hinein, ziehen die Schwerter und sagen, daß wir Sachsen sind. Dann nehmen wir Lif und verschwinden in den Wäldern«, grinste Euliset.

»Unsinn«, rief Rakus ungeduldig. »Wir gehen hinein und sagen, daß wir dem König als Ritter dienen wollen.« Die drei Gefährten sahen ihn staunend an.

»Nicht schlecht«, murmelte Euliset.

»Besser als nichts zu tun«, trompetete Rakus.

»Du verwunderst mich sehr«, kratzte sich Servalis am Ohr. »Erst entwickelst du eine Ungeduld, die ich noch nie an dir kennengelernt habe ...«

»Doch als wir bei den Sorben fliehen mußten«, unterbrach ihn Euliset grinsend.

»... und dann hast du solch gute Ideen«, fuhr Servalis fort.

»Ich will hier wieder raus. Mir gefällt das alles nicht«, brummte der Dicke unruhig. »Und ohne die Godin können wir ja wohl kaum gehen.«

»Aha«, erwiderte Euliset kurz. »Dann mal zu.«

Sie hatten sich gerade erhoben, als sie die dicke Gestalt Riedwiesels auf der Gasse zwischen den drängenden Menschen erkannten. Sein Blick irrte suchend umher, bis er auf die Gefährten fiel. Der Händler trug einen weiten Umhang, den er über den Kopf bis in die Stirn schob, als er sich ihnen näherte.

»Hier also seid ihr«, begrüßte er sie aufgeregt. »Einfach zu finden wart ihr wahrlich nicht.«

»Ich sehe, deine Ohren frieren«, wandte sich Rakus ihm spottend zu. Riedwiesel machte eine wegwischende Handbewegung.

»Wir haben keine Zeit für Neidreden«, fuhr er eilig fort. »Ich weiß wichtige Neuigkeiten.«

Die Gefährten lauschten gespannt.

»Soeben war ein Ritter bei mir. Ein Mann, dem der Wein schon die Zunge gelöst hatte.«

Rakus schüttelte verständnislos den Kopf. Riedwiesel warf ihm einen kurzen irritierten Blick zu bevor er fortfuhr:

»Er war ganz betrübt, hatte er doch beim Würfelspiel verloren.«

»Ja und …«, unterbrach ihn Servalis. »Das soll unter Kriegern vorkommen.«

»So wartet es ab«, sprach Riedwiesel weiter. »Jeweils zehn Ritter dürfen Lif auf dem Weg durch die Stadt begleiten. Diese Gunst ist bei den fränkischen Recken sehr begehrt – so sehr, daß sie darum würfeln.«

»Und unser Freund hat verloren?« erkundigte sich Euliset.

»Genau«, antwortete Riedwiesel. »Und so kann er die Godin bei diesem Gang nicht begleiten.«

»Dann sehe ich Lif heute noch, können wir sie heute befreien«, freute sich Böer.

»Noch vor Sonnenuntergang«, betonte Riedwiesel.

»Wahrscheinlich sind sie schon am Herrschersitz aufgebrochen.«

»Wo gehen sie lang?« forschte Böer ungeduldig weiter.

»Auch das habe ich erfahren. Sie sollen über die breite Gasse kommen, die die Stadt in der Mitte von Nord nach Süd zerschneidet.«

»Darauf haben wir gewartet«, freute sich Böer. »Laßt uns aufbrechen und Lif befreien, schnell.«

»Wie wollt ihr das anstellen«, forschte Riedwiesel interessiert. Böer zuckte mit den Achseln.

»Wir haben keinen Zeit, einen Schlachtplan zu entwerfen. Wir werden sehen.«

»Das habe ich mir gedacht«, knurrte Rakus. »Und ich stecke wieder mitten drin.«

»Dann werden wir uns jetzt trennen«, beeilte sich Riedwiesel zu sagen. »Auf keinen Fall darf mich jemand mit euch sehen.«

»Deshalb die Kopfbedeckung?« grinste Rakus.

»Ich habe gelernt, vorsichtig zu sein«, betonte Riedwiesel überlegt. »Es sind wilde Zeiten und …«

»Nun kommt«, rief Böer ihnen zu.

Schon hastete er los. Die Wanderer trennten sich von Riedwiesel und folgten Böer. Im Schatten eines unscheinbaren Hauses, dicht neben dem Platz, an dem sie sich beraten hatten, löste sich mit katzenartigen schnellen Bewegungen eine Gestalt und verschwand ebenfalls in der Menge. Die Gefährten eilten durch die Stadt zu der Straße, an der Lif vorbeigehen sollte. Hier postierten sie sich am Rand der Gasse vor einer Häuserwand. Die Zeit verging. Außer dem üblichen Gedränge konnten sie nichts Besonderes beobachten. Sie begannen schon an Riedwiesels Rede zu zweifeln, als vor ihnen Unruhe entstand. Die Menschen wichen von der Straße, stellten sich an den Rand und machten in der Mitte einen schmalen Saum frei. Interessiert beobachteten die Freunde das Bild.

»Lif?« murmelte Euliset fragend.

»Wer sonst?« erwiderte Rakus grinsend. »Wurde ja auch Zeit.«

»Vielleicht ist es auch der König«, flüsterte Euliset lächelnd. »Wer weiß?«

Rakus unterbrach ihn mit einer Handbewegung und wies auf einige Gestalten, die im selben Moment um eine Häuserecke bogen. Es war die Godin, umgeben von einigen Rittern, mit denen sie angeregt zu plaudern schien.

»Nun, in Ketten scheint sie ja nicht gerade zu liegen«, flüsterte Servalis fröhlich.

Böer hüpfte das Herz vor Freude, als er Lif erspähte. Er reagierte schnell und ohne zu überlegen. Mit einem Griff zog er sein Schwert aus dem Umhang hervor und stürmte auf die Gruppe zu.

»Ja, was macht er denn?« brüllte Euliset. Verwirrt zog er ebenfalls seine Waffe und hetzte mit den anderen hinterher. Erschrocken wichen die Menschen am Rand der Gasse zurück. Schon stand Böer vor den Wachen. Lif erkannte blitzschnell die Situation.

»Böer«, rief sie ihm freudig zu, »du lebst?«

Für einen Moment trafen sich im Durcheinander ihre Blicke. Lifs Augen glänzten. Sie löste sich aus der Mitte der erschrockenen Ritter, sah noch einmal Roland, glaubte für einen Moment ein zufriedenes Lächeln in seinen Zügen zu erkennen und lief hinter die Gefährten. Die ersten Franken zogen überrascht die Schwerter und fielen auch schon von den Schwertstreichen der Freunde getroffen zu Boden. Bevor sich Lifs Bewacher fassen konnten, verschwanden die Freunde mit der Godin in der Menge. Wahllos rannten sie in eine abzweigende Gasse.

»Folgt ihnen – Sachsen sind in der Stadt«, schrie ein Ritter hinter ihnen immer wieder, »Soldaten, kommt uns zu Hilfe.«

Ängstlich stoben die Menschen in der Gasse auseinander. Servalis rannte voran. Wieder und wieder zweigten sie ab, immer darauf bedacht, die Richtung einzuschlagen, in der sie eines der Stadttore vermuteten. Bald liefen sie durch leere Gassen. Hinter sich hörten sie die schweren Schritte von Lifs Bewachern, die ihnen dichtauf folgten. In der Ferne schwoll der Klang von fränkischen Hörnern an. Schon war die Überraschung des Feindes verflogen, zu schnell – wie Böer durch den Kopf schoß. Sie bogen um eine Ecke – und blieben abrupt sehen.

»Das ist das Ende«, murmelte Rakus. »Ich habe mich ja von Anfang an nicht wohl dabei gefühlt.«

Quer durch die Gasse, von Hauswand zu Hauswand, standen zwei Reihen Soldaten Schulter an Schulter, die Speere kampfbereit gehoben. Böer spürte etwas Warmes an seiner Hand. Es waren Lifs Finger. Die Godin stand dicht neben ihm. Sie lächelte ihn an. Bei der rasenden Flucht hatten sie keine Zeit für eine Begrüßung gehabt.

»Ergebt euch«, klang es jetzt von hinten.

Die fünf Flüchtenden drehten sich um. Von dieser Seite kamen ihre Verfolger durch die Gasse auf sie zu – unter ihnen Lifs Bewacher.

»Habt ihr uns für dumme Bauern gehalten?« höhnte die Stimme. »Ihr seid in Düren, das ist eine fränkische Stadt. Hier bin ich zu Hause, ich, Ebur, Ritter Karls mit meinen Männern. Ich kenne hier jeden Weg und jeden Steg. Werft eure Waffen weg.«

Sein höhnisches Lachen brach im Gestampfe von Hufen ab. Im vollen Galopp, Staub aufwirbelnd, rasten einige Pferde durch die Gasse. Eine schwarze Gestalt saß auf einem der Tiere. Ebur drehte sich um, erkannte sogleich die Gefahr und sprang dicht an eine Hauswand. Seine Männer folgten, und schon brausten die Rösser an den feindlichen Soldaten vorbei in Richtung der fünf Flüchtenden.

»Springt auf, aber schnell«, schrie der schwarze Reiter den Freunden zu. Der Fremde hatte seine Gestalt ganz unter einem Umhang verborgen. Böer glaubte seinen Ohren nicht zu trauen. Es war die Stimme von Riedwiesel, die er da hörte. Schon waren die Pferde im Galopp neben ihnen.

»Nun macht schon«, brüllte der vermummte Händler den überraschten Gefährten zu. Servalis faßte sich als erster, rannte los und schwang sich auf ein galoppierendes Roß. Die anderen setzten ihm nach. Böer sprang zu dem Händler auf das Pferd.

Riedwiesel drehte sich kurz zu ihm um.

»Verrat«, brüllte er. »Unser Gespräch wurde belauscht. Ich erfuhr gerade noch rechtzeitig davon. Sie wollten euch zusammen fangen.«

Er sah wieder nach vorne. Unsicherheit zeichnete sich in der rasch näherkommenden Soldatenkolonne vor ihnen ab. Die fünf Reiter trieben ihre Tiere noch einmal mit Geschrei an. Jetzt gab es kurz vor ihnen kein Halten mehr. Die Soldaten stoben auseinander, warfen sich an die Hauswände der schmalen Gasse, von deren Wänden Geschrei und Galopp widertönten.

»Wir sind durch«, brüllte der Händler triumphierend.

Im rasenden Lauf bogen sie um einige Hausecken.

»Da vorne müßt ihr links. Dann kommt das Tor. Ich werde nun verschwinden.«

»Danke, ich hätte nie gedacht ...«, stammelte Böer dem vor ihm sitzenden Händler ins Ohr.

»Rede nicht soviel«, unterbrach ihn Riedwiesel barsch. »Ich war auch mal jung, und das Reiten habe ich nicht verlernt. Auch nicht, wie man Freunden hilft. Oder hast du gedacht, ich könnte nichts anderes, als hinter meinem Ochsen sitzen?«

»Ich ...«, weiter kam Böer nicht mehr.

Mit einem Satz ließ sich Riedwiesel vom Pferd fallen, rollte über die Gasse und verschwand in einem Hauseingang. Die Freunde rasten weiter, bogen um eine letzte Häuserecke.

»Geradeaus, dort kommt schon das Tor«, brüllte Rakus, brach aber mitten im Satz ab, denn die Pforten wurden gerade geschlossen. Zwei Wachposten bewegten die schweren Holztüren aufeinander zu. Als sie die Reiter kommen sahen, hielten sie inne und starrten ihnen entgeistert entgegen. Noch während sie den Schild hoben, steckte der ersten Wache bereits eine Pfeil in der Brust. Der zweite Soldat wich zurück. Böer drehte sich um und sah, wie Servalis seinen schußbereiten Bogen wieder spannte. Der Wachsoldat sprang hinter einen abgestellten Karren in Deckung.

»Damit haben sie nicht gerechnet«, rief Rakus seinen Begleitern freudig zu. Sie preschten durch das noch offen stehende Tor. Weiter ging der Galopp über Wiesen und Felder, bis sie schützenden Wald erreichten. Es dämmerte und bald wurde es dunkel.

Die Gefährten ließen die Pferde traben. Lif lenkte ihr Tier neben Böer.

»Das war die letzte Möglichkeit zur Flucht«, lächelte sie ihn an.

»Ich kann noch gar nicht fassen, daß du wieder frei bist«, lachte Böer.

Er nahm ihre Hand und drückte sie fest.

»Ich dachte, du wärst tot. Und nun reitest du lachend neben mir«, freute sich Lif.

Ihre Augen glänzten.

Leise sprach sie weiter: »Ich hatte es nicht einmal mehr zu hoffen gewagt.«

»Ich glaube, wir müssen dringend Rast machen«, brüllte Rakus von hinten den Freunden zu. »Unsere beiden Sachsen haben sich etwas mitzuteilen, was sie wohl nicht mit Worten sagen können.«

»Was haltet ihr von der Lichtung dort?« schlug Servalis vor und wies mit dem Arm nach vorne.

»Mir soll es recht sein«, stimmte Rakus zu.

Kurz darauf ritten die Gefährten auf eine kleine Aue, die von den schwarzen Schatten mächtiger Eichen gesäumt wurde. Lif packte Böers Hand und zog ihn lachend vom Pferderücken, während sie sich auf die Wiese gleiten ließ. Die Godin zog ihn fest an sich.

»Ich hätte dich auch ohne Gewalt begrüßt«, lachte Böer und schloß seine Arme um sie.

»Ich weiß«, stellte Lif fest. »Aber so ging es schneller. Zwar weiß mein Kopf, daß du lebst, aber mein Körper will es spüren.«

»Mir geht es nicht anders«, murmelte Böer, und beide umarmten sich. Währenddessen bereiteten die Gefährten das Lager vor.

»Eßt ihr mit uns, oder reicht euch nun Liebe als Nahrung«, wandte sich Servalis nach einer Weile vorsichtig an die beiden.

»Die Umarmung reicht uns ...«, witzelte Lif.

»Ich habe riesigen Hunger«, unterbrach sie Böer.

Engumschlungen schlenderten beide zu Euliset, Rakus und Servalis ans Feuer.

»Wenn du sie vielleicht kurz loslassen würdest, könnten wir Lif auch einmal richtig begrüßen«, trompete Rakus fröhlich und erhob sich. »Denn auch wir freuen uns, die Godin wiederzusehen.«

Ohne viel Federlesens drückte er Lif an sich. Die beiden anderen folgten. Anschließend saßen sie am Feuer und aßen. Lif erzählte, was ihr in der Gefangenschaft widerfahren war.

»Ob Theoderich auch nach deiner Befreiung noch nachts durch die Wälder schleicht, um seinen Trank zu brauen?« fragte Euliset grinsend.

»Wer so närrisch ist, sich so etwas aufschwatzen zu lassen, der braut auch jetzt noch seinen Zaubertrank«, prophezeite Rakus.

»Dabei gilt er als ein besonders kluger Mann«, schüttelte Servalis den Kopf. »Seltsame Menschen gibt es.«

»Sie werden zu Kindern, wenn die Macht sie lockt«, bemerkte Euliset.

»Aber wie kamst du wieder zu Kräften?« wandte sich Lif an Böer.

»Ich sah dich von einem Pfeil getroffen zu Boden sinken und dachte, du seiest tot.«

»Als ich die Augen aufschlug, blickte ich in das Gesicht einer alten weisen Frau«, berichtete Böer und erzählte seine Geschichte.

Noch lange saßen die Freunde am Feuer, bis sie schließlich einschliefen. Am nächsten Morgen ritten sie weiter und erreichten nach einigen Tagen die Babilonie. Die Ankunft von Lif löste auf der Burg große Freude aus. Wieder und wieder mußte sie ihre Geschichte erzählen, berichtete Böer von der Befreiung und drückten sie die sächsischen Recken an ihre Brust. Friedliche Tage brachen auf der Burg an. Eines Abends saßen die Gefährten mit Widukind und Abbio zusammen, als zwei Wachen einen Fremden in die Hütte führten. Der Mann wirkte erschöpft, seine Kleidung war zerrissen und schmutzig. Es war eine fränkische Tracht.

»Wir fanden ihn, als er durch den Wald irrte. Er sagte, er sei auf der Suche nach der Babilonie. Da haben wir ihn mitgenommen und in eure Hütte geführt«, berichtete eine Wache.

Abbio nickte und musterte den Fremden.

»Wie heißt du?« fragte er ihn mit ruhiger Stimme.

»Ildebert«, antwortete der Mann unsicher.

Sein Blick glitt unruhig durch den Raum.

»Wenn du nicht als Feind gekommen bist, sollst du unser Gast sein«, munterte Abbio ihn auf. »Frische Kleidung brauchst du wohl und etwas zu essen, und zu trinken könntest du sicher auch vertragen.«

Ildebert nickte. »Ich muß mit euch reden«, antwortete er schnell. »Gerne bin ich aber euer Gast. Denn ich bin nicht als Feind gekommen, sondern um euch zu helfen. Auch wenn ich die Kleider der Franken trage, bin ich dennoch ein Mann aus euerem Stamm.«

»Das verrät schon deine Sprache«, erwiderte Abbio und nickte den Wachen abermals zu, die gleich darauf verschwanden und mit Speise und Trank für den Fremden wieder eintraten.

»Ich komme aus Düren«, begann Ildebert darauf schmatzend seine Erzählung.

Der Mann schien völlig ausgehungert zu sein, so gierig verschlang er das Essen.

»Schon als junger Bursche geriet ich in die Gefangenschaft der Franken und mußte seitdem im Gefolge Karls als Knecht dienen. Aber ich konnte fliehen. Auf dem Reichstag bot sich eine Gelegenheit.«

»Wo wohnt deine Sippe?« wollte Abbio wissen.

»Im Land der Westfalen«, antwortete der Flüchtling.

»Dorthin wollte ich aber noch nicht zurückkehren. Denn vorher muß ich mit euch reden.«

»So sprich«, forderte der Heerführer ihn auf.

»Der Priester Atreban führte vor den Edlen des fränkischen Reiches eine flammende Rede. Ich hörte sie, denn ich schenkte den Rittern Wein ein. Er verfluchte die Sachsen, ihre Götter und forderte die Franken auf, nicht eher zu ruhen, als daß wir zu Christen geworden sind.«

Er blickte in die Runde.

»Berichte weiter«, forderte Widukind ihn auf.

»Nun, darauf erhob sich der König. Er stimmte Atreban zu. Er will keinen Frieden mehr mit unserem Stamm annehmen, bis wir seinen Glauben angenommen haben oder erschlagen sind.«

Er sah sich unsicher um. Dann sprach er weiter:

»Die Franken grölten nach dieser Rede vor Begeisterung. Sie beruhigten sich lange nicht. Anschließend wurde beschlossen: Erst wenn alle Sachsen Christen geworden sind, sollen die Waffen schweigen. Es wird keine vereinzelten Feldzüge mehr geben. König Karl will den Krieg. Er ist entschlossen, ihn zu Ende zu führen.«

»Genau das habe ich mir schon lange gedacht«, nickte Widukind nachdenklich.

»Die Franken handelten schon bei den vergangenen Angriffen so«, sprach Abbio bedächtig.

»Nun ist es beschlossen, und wir wissen, daß es keine Hoffnung auf einen Frieden geben kann, der uns als freies Volk sieht.«

»Da ist noch etwas«, fuhr Ildebert fort. »Sie werden euch angreifen. Schon bald. Ich habe den genauen Zeitpunkt nicht erfahren können. Aber ich hörte nach dem Reichstag, wie die Ritter davon sprachen, euch noch vor dem Sommer zu bekriegen.«

»Wir werden Boten über das Land schicken«, kündigte Abbio an. »Schon morgen werden sie aufbrechen. Das Volk soll sich in den Burgen sammeln.«

»Macht auch die Babilonie zur Verteidigung bereit«, betonte der Fremde. »Im Frankenland weiß jeder, daß hier die sächsischen Anführer sitzen. Die Ritter brennen darauf, gerade diese Burg zu nehmen.«

»Dann wissen die Franken mehr als die Sachsen«, grinste Widukind.

Bald darauf wurde der Fremde in eine Hütte geführt, in der er auch frische Kleidung fand. Die Gefährten saßen noch lange bei Abbio und redeten über die Neuigkeiten.

Spät in der Nacht schritt Böer zu seiner Hütte. Am Himmel zogen dichte Wolken – vom stürmischen Wind getrieben – in rasender Fahrt am Mond vorbei. Böer betrachtete das Schauspiel eine Weile. Anschließend betrat er seine Kate und legte sich schlafen. Gerade als er in die Bilder seiner Träume zu versinken begann, spürte er, wie sich jemand in der Tür bewegte. Er drehte sich um und spähte in die Dunkelheit. Vor dem Eingang erkannte er die Umrisse eines Menschen. Die Gestalt kam langsam näher. Böer setzte sich auf.

»Wer bist du ...«

Der nächtliche Gast stand jetzt ganz nah vor ihm und legte ihm sanft einen Finger auf die Lippen. Der Mond trat hinter einer Wolke hervor. Sein Licht fiel durch eine Öffnung in der Wand auf die Gestalt. Es war Lif. Der schwache Schein schimmerte in ihrem Gesicht, spiegelte sich in ihren Haaren und lag auf ihrem Gewand, hinter dem sich die Linien ihres Körpers abzeichneten. Sie sah Böer an, ihre Blicke trafen sich, und die Luft zwischen ihnen knisterte vor Spannung. Lifs Augen funkelten geheimnisvoll. Langsam hob die junge Frau die Arme und führte sie zu der Fibel, die ihren Umhang an einer Schulter zusammenhielt. Ihre Hände lösten die Nadel. Wie eine Feder, die sanft vom Wind getragen wird, glitt der Stoff zu Boden. Das Mondlicht umspielte ihren nackten Körper, ergoß sich schimmernd auf ihre Haut. Die Godin legte die Arme um Böers Hals und drückte ihn langsam zurück auf sein Lager. Er erwiderte die Umarmung, spürte ihren warmen Atem an seinem Ohr und ihre Haut an seinem Körper. Sie küßte sanft seine Wange, tastete sich an seinen Mund heran. Ihre Lippen berührten sich. Böer fühlte, wie sich Lifs Brüste weich auf seine Haut drückten, ihr Bauch über den seinen glitt und ihre Schenkel seine Beine streiften. Der Mond verharrte am Himmel. Sein Licht tastete sich vorsichtig in die Dunkelheit des Raumes vor, strich zärtlich über die Haare der Liebenden, deren Hände sanft über die Haut glitten, deren Körper sich immer enger aneinander schmiegten. Die Hütte drehte sich um Böer und Lif. Die Lichtstrahlen des Mondes verwischten, kreisten mit der Dunkelheit der Nacht in einem Tanz der Freude durch den Raum, umspielten die beiden Liebenden, die überströmten vor Glück, einander so nah zu sein.

Und dann waren sie eins. Ganz dicht neben Böers Ohr strömte Lifs Atem immer schneller und heißer, jagte ihr Blut immer rasender. Lif fühlte Böers Körper, der sich eng an sie schmiegte, und seine Arme, die über ihren Rücken glitten. Das Mondlicht schoß durch ihre Köpfe, und die kreisende Dunkelheit stand mit einem Mal still.

In Ruhe und Frieden, abgetrennt von der Welt, schwebten beide durch einen zeitlosen blauen Himmel, gewärmt vom strahlenden Licht der Sonne. Immer noch von ihrem Glanz erfüllt, schliefen Böer und Lif ein. Das sanfte Streicheln ihrer Hände wurde langsamer, ebbte aber auch nach dem Flug ins Land der Träume niemals ab, denn selbst hier hielten sich die beiden eng umschlungen und konnten voneinander nicht lassen.

Eine glückliche Zeit brach für Lif und Böer an. Das Leben auf der Babilonie verlief in ruhigen Bahnen, und beide hatten viel Zeit füreinander. Sie bewohnten jetzt eine gemeinsame Hütte. Auf der Burg träufelten nach und nach Krieger aus dem ganzen Land ein. Boten berichteten, daß sich auch die anderen Festungen in den sächsischen Gauen füllten, wenn auch nicht so zahlreich, wie die Burg der Engern. Viele Männer und Frauen, die eintrafen, waren verbittert, hatten im vergangenen Sommer Haus, Vieh und Vorräte, viele auch so manchen lieben Menschen durch die Franken verloren. Sie wollten gegen die Christenstreiter kämpfen und Rache nehmen.

Trotzdem überwog bei einer großen Zahl von Kämpfern im

Sachsenland die Verzweiflung. Sie mochten nicht die zerstörten Höfe und Felder brach liegen lassen und in die Ferne ziehen. So blieben sie daheim.

Auf der Babilonie aber bildete sich langsam ein Heer, wenn es auch nicht so stark war, wie Abbio und Widukind es sich gewünscht hätten.

Sie erwarteten deshalb dringend den Beginn des Allthings. Dort wollten sie die Vertreter der Gaue von der Notwendigkeit, ein großes Heer aufzustellen, überzeugen.

Aber der Krieg begann schneller, als die Sachsen erwartet hatten.

Ein Bote aus dem Land der Westfalen brachte die Nachricht, daß die Hohensyburg angegriffen worden war. Die Krieger auf der Babilonie waren überrascht. Die westfälische Burg war die größte Feste des Sachsenlandes, größer selbst als die mächtige Eresburg. Da sie weit im Westen lag und Karl zumeist von Süden angriff, war sie bisher vom Kampf verschont geblieben. Nun aber wollte ein fränkisches Heer sie erobern. Gespannt drängten sich die Streiter auf der Babilonie um den Boten. Von einer Entscheidung im Kampf wußte er aber noch nicht zu berichten. Dafür waren Karl selbst und sein höchster Gefolgsmann Theoderich vor dem Wall gesichtet worden. In der Schlacht hielten sich die Sachsen wacker. Tag für Tag hatten die Franken die Hohensyburg berannt und doch nur tote Ritter auf dem Feld zurückgelassen. Die Reihen der sächsischen Kämpfer auf der Burg standen geschlossen und fest. Vorräte waren noch reichlich vorhanden. Frisches Wasser erhielt die Feste aus einem geheimen Wasserrad, durch das auf verborgenen Wegen Wasser aus der Ruhr in die Feste gepumpt werden konnte. Der fränkische König hatte kurz vor dem Aufbruch des Boten die Angriffe gestoppt und mit seinem Heer einen Ring um die Feste geschlossen – einen durchlässigen, denn der Bote hatte im Schutz der Dunkelheit leicht aus der Burg entkommen können. Die Angreifer wollten die Verteidiger auf der Burg verdursten und verhungern lassen. Karl wußte nichts von dem geheimen Wasserrad. So ahnte er nicht, daß eine Belagerung für ihn wenig einbringen würde. Die Sachsen jedenfalls sahen keinen Grund zur Sorge. Sie verließen sich auf die Westfalen, die die Schlacht schon siegreich schlagen würden.

Wieder vergingen die Tage, und die Freunde wollten sich schon für den Aufbruch nach Marklohe vorbereiten, als erneut ein Bote aus dem Land der Westfalen in die Burg galoppierte. Eilig riß er das Roß in der Burg in den Stand und sprang aus dem Sattel. Er rannte sofort zu Abbio und Widukind, die ihm entgegenkamen. Sein Pferd dampfte, so hart war es geritten worden. Neugierig und Schlimmes ahnend kamen die Menschen, die im Rund weilten, näher. Erschöpft grüßte der Bote die sächsischen Heerführer. Als Abbio Speise und Trank anbieten wollte, winkte der Mann ab.

»Ich kann nicht essen, bevor ich euch berichtet habe«, preßte er zwischen hektischen Atemzügen hervor.

»Die Hohensyburg ist gefallen – durch Verrat.«

Abbio und Widukind blickte ihn entsetzt an.

»Was sagst du da?« rief Widukind. »Wie konnte das geschehen?«

Der Bote schnappte nach Luft.

»Die Belagerung dauerte lange, viele Tage«, japste er.

»Die Franken haben natürlich gemerkt, daß wir keine Not leiden. Alles wäre gut gegangen, wenn nicht dieser Wehrbauer unseren Wall verlassen hätte.«

»Wer?« fragte Abbio scharf.

»Ein Bauer aus dem Umland, der kurz vor der Belagerung in die Burg kam. Ich weiß seinen Namen nicht – ein unscheinbarer Mann. Er muß sich wohl um Hof und Haus gesorgt haben, denn eines Morgens war er von der Hohensyburg verschwunden.«

Der Bote holte tief Atem. Jetzt sprach er ruhiger.

»Er schlich nachts auf sein Anwesen zurück, um nach dem Rechten zu sehen. Dort haben die Franken ihn gefangen.«

Er starrte zu Boden.

»Er hat ihnen verraten, wo das Wasserrad Wasser aus der Ruhr schöpft. Er hat ihnen gesagt, wo das Förderband verläuft. Schon am Nachmittag drehten unsere Krieger das Rad – aber es kam kein Wasser mehr.«

»Woher weißt du, daß die Franken die Stelle am Fluß nicht allein gefunden haben?«

»Viele Tage später griff uns der Feind an, als wir schon großen Durst litten. Sie schossen mit brennenden Pfeilen, und wir hatten kein Wasser, um die überall entfachten Feuer zu löschen. Es kam zum Kampf, und die Angreifer durchbrachen die Wälle. Ich brach mit wenigen Kämpfern aus, als alles verloren war. Auf unserer Flucht kamen wir an den verbrannten Trümmern des Wasserrades vorbei. Hier lag die Leiche des Mannes, und seine Frau weinte um ihn. Sie gestand uns schließlich seine Tat.«

»Schlimme Nachrichten«, brummte Abbio wütend. »Ich glaube nicht, daß sich Karl mit der Hohensyburg begnügen wird. Mir scheint, er hat den alten Heeresweg, den schon die Römer kannten, wiederentdeckt.«

Er schüttelte mißbilligend den Kopf.

»So werden sie, wie die Südländer einst, in unseren Wäldern verbluten«, erwiderte Widukind zornig.

»Zum Kampf werdet ihr schon bald Gelegenheit haben«, fuhr der Bote mit seinem Bericht fort. »Die feindlichen Ritter haben sich nicht lange mit der Plünderung aufgehalten – sie sind weitergezogen nach Osten.«

»Sollen sie kommen«, rief Widukind zornig. Abbios Blick aber verdüsterte sich sorgenvoll.

Nach kurzer Beratung wurden Boten zur Eresburg geschickt. Die Krieger dort folgten dem Rat Abbios und Widukinds und zogen sich in die Wälder und Berge nördlich der Burg zurück, denn sie waren zu schwach, um dem Heer Karls Widerstand leisten zu können. Bald darauf besetzten die Franken die leere Feste. Dann zogen sie weiter nach Osten. Wie schon bei der Hohensyburg, quartierten die Christenritter auch auf der Eresburg eine Besatzung ein. Währenddessen verließen die Sachsen die Babilonie und zogen nach Süden. Dort vereinigten sie sich mit den Kämpfern von der Eresburg. Späher beobachteten das fränkische Heer, das immer weiter nach Osten zog. Mit gerunzelter Stirn hörte Abbio die Berichte der Kundschafter. Es schien, als ob der Feind die Ostfalen angreifen wollte. Die Sachsen hielten Rat und beschlossen, die Franken beim Übergang über die Weser anzugreifen. Boten wurden mit dieser Nachricht zu Hassio gesandt. Der ostfälische Häuptling sollte die sächsischen Streiter am Strom mit seinen Leuten treffen. So geschah es. Kurz darauf erreichte das fränkische Heer die Weser.

Bei Brunesberg trafen die feindlichen Kämpfer aufeinander.

Verzweifelt fochten die Sachsen mit dem Rücken zum Fluß. Aber ihre Kraft reichte nicht. Zufrieden beobachtete König Karl von einem Hügel aus den Verlauf der Schlacht. Schritt für Schritt drangen die Franken vor, drängten die Engern und Ostfalen schließlich ins Wasser. Wer nicht erschlagen wurde, floh in die Wälder. Hassio rettete sich mit einigen Getreuen nach Osten. Widukind, Abbio, Lif, Böer und die Gefährten galoppierten mit vielen Überlebenden über verborgene Pfade nach Norden, zur Babilonie. Die Franken rasteten einige Tage am Fluß. Dann teilte sich ihr Heer. Während Karl mit vielen Rittern weiter nach Osten vordrang, brach Theoderich mit seinen Kämpfern nach Norden auf – auf der Suche nach der Babilonie.

Schlimme Kunde erreichte schon bald nach ihrer Ankunft auf der Burg der Engern die Freunde. Karl zog mit seinen Reitern plündernd und sengend durch das schutzlose Land der Ostfalen – bis der verzweifelte Hassio zu ihm ging. Der Häuptling bat um Frieden und bot dem fränkischen König dafür Geiseln und einen Eid. Karl nahm das Angebot an, und Hassio atmete erleichtert auf. Nur als der König den sächsischen Häuptling aufforderte, mit seinen Leuten dem alten Glauben abzuschwören, schüttelte Hassio mit trotziger Miene das Haupt. Die Sachsen seien freie Bauern, und jeder einzelne könne selbst über seine Religion entscheiden, erwiderte der Ostfale listig. Da müsse der König schon selbst auf jeden Hof reiten und für seinen Gott werben. Selbst als Karl drohte, jeden Heiden erschlagen zu lassen, zuckte Hassio nur mit den Achseln. Darauf beriet sich der König mit seinen Anführern. Die Franken wollten noch durch andere Gaue ziehen. So nahmen sie die Geiseln und den Eid von Hassio an und zogen davon. Über den Christenglauben sollte Hassio sich mit seinen Leuten beraten. Sächsische Späher sichteten die Armee Karls schon bald wieder weiter im Westen.

Die Christen näherten sich dem Land der Engern. Im Buckigau verzögerte der Heerwurm seinen Marsch, denn die Ritter plünderten und brannten die sächsischen Gehöfte. Den Kriegern auf der Babilonie schmerzte das Herz vor Verzweiflung, als sie diese Nachrichten hörten, denn die Höfe vieler von ihnen lagen in diesem Land. Und doch konnten sie sich den fränkischen Kämpfern nicht entgegenstellen, denn das Heer Theoderichs war der Babilonie bereits sehr nahe gekommen. Die Kämpfer des grausamen Grafen hatten ein Lager bei Lübbecke aufgeschlagen. Überall irrten ihre Kundschafter auf der Suche nach der Burg der Engern durch die Wälder. Die Gefährten setzen sich zusammen und schmiedeten eine List, um dem Frankenheer zu begegnen, denn zur offenen Schlacht reichten ihre Kräfte nicht. Wieder hatte Widukind die entscheidende Idee. Alle stimmten seinem Vorschlag zu.

Kundschafter um Kundschafter der Franken wurde bald darauf erschlagen, kleinere Gruppen der Christenritter in Hinterhalte gelockt. Theoderich kochte vor Wut in seinem Zelt, als er die schlechten Nachrichten hörte. Niemals wurden die Leichen seiner Streiter gefunden. Die vergruben die Sachsen nach dem Kampfe. Aber es waren nicht die Körper ihrer toten Feinde, die sie interessierten, sondern Kleider, Waffen und Pferde.

Eines Abends war es soweit: Zwei kleine Sachsenheere verließen die Babilonie und trennten sich bald darauf im Wald. Während sich der eine Trupp im Verborgenen nah an das feindliche Lager herantastete, marschierte der andere offen über breite Pfade, dazu noch schwer beladen mit Waren und Vorräten, wie sie plündernde Krieger auf dem Heimweg tragen. Vor allem aber waren sie in die Kettenhemden der Franken gekleidet, ritten deren Pferde und trugen die Äxte des Feindes an der Seite. Niemand wunderte sich über ihren Anblick, als sie dem fränkischen Heerlager näher kamen. Es war schon spät. Den ganzen Abend über waren schwer beladene christliche Einheiten ins Lager zurückgeströmt. Sie hatten die umliegenden Höfe auf der Suche nach Eßbarem geplündert, denn Theoderich führte die Verpflegung für seine Männer nicht mit sich. Viele Ritter schliefen bereits, die Wachen hegten kein Mißtrauen, als sie den verspäteten und scherzenden Vorratstrupp erspähten. Mühelos gelangten die Sachsen in das fränkische Lager. Widukind schritt voran. Die Christen zuckten jäh aus ihren Träumen, als sie den Schlachtruf des gewaltigen Recken vernahmen, als die sächsischen Kriegsluren im Inneren des Lagers tönten und von außerhalb der Palisaden eine Antwort erhielten. Aber es war zu spät für sie. Die meisten hatten sich kaum aus den Betten gewälzt und ihre Äxte gegriffen, als die Angreifer auch schon durch die Türen ihrer Hütten brachen und sie erschlugen. Die Palisade ging in Flammen auf, und Abbio stürmte mit den anderen von außen in das Lager ein. Halbnackt konnte Theoderich dem blutigen Schlachten gerade noch entkommen.

Der fränkische König zitterte vor Zorn, als Theoderich ihm die schmähliche Niederlage gestand. Zum ersten Mal ahnte Karl, daß ihm der Beschluß des Reichstages in Düren noch sein Leben lang zur Last fallen sollte. Schnell nahm er noch Geiseln von den Bauern im Engernland entgegen. Anschließend zog er nach Westen, um die Niederlage seines Heerführers zu rächen. Aber er fand die Sachsen nicht. Tag um Tag irrte er in den Schluchten und Wäldern nahe der Babilonie mit seinen Kriegern umher, ließ sich von trügerischen Hainen und Hügeln narren und stieß doch nur auf verlassene Höfe. Bald fanden seine Ritter nichts Eßbares mehr, so daß sie damit begannen, die ersten Pferde aus dem Troß zu schlachten. Immer wieder stießen die Sachsen in kleinen Gruppen blitzschnell aus dem Schutz des Waldes hervor und erschlugen kleinere Einheiten des fränkischen Heeres, die verirrt, versprengt oder auf der Suche nach Verpflegung oder jagbarem Wild durch den Wald irrten. Mit jedem Tag schmolz die Zahl der Christenritter dahin, die Männer murrten, und auch der König schritt wie ein gefangenes Tier in einem Käfig umher – bis er schließlich entnervt den Befehl zum Rückzug gab.

Die Männer und Frauen auf der Babilonie jubelten, als sie davon erfuhren. Mit einem großen Fest sollte die gute Nachricht gefeiert werden. Doch obwohl die Bauern aus dem Umland all ihre Vorräte auf die Burg geschafft hatten, waren Speise und Trank nun auch auf der Feste knapp geworden. Böer, Euliset,

Rakus und Servalis ritten gemeinsam mit vielen Kriegern aus, um die schmale Kost für das Fest durch eine gute Jagdbeute zu bereichern. Währenddessen blieb Lif auf der Burg, denn viele Menschen suchten ihren Rat. Die Gefährten ritten lange, aber kein zottiges Fellbüschel zeigte sich vor ihren Bögen.

»Kein Wunder bei dem Lärm, den die Franken veranstaltet haben«, murrte Rakus am zweiten Tag ihres Rittes.

»Am lautesten habe ich aber immer noch dich in Erinnerung«, spottete Servalis. »Von deinem Kriegsgeschrei sausen mir immer noch die Ohren.«

»Nun, als du den fünf Reitern der Sacra Francesca vor die Pferde stolpertest klang dein Hilferuf auch nicht gerade wie das leise Gezwitscher eines Vogels«, fuhr Rakus auf.

»Aber eure hitzigen Neidreden werden sicher das Wild anlocken«, bemerkte Böer kühl.

Sofort verstummten die Freunde und spähten wieder wachsam ins Unterholz. Alle vier erschraken, als das gequälte Brüllen eines gepeinigten Tieres durch die Büsche drang. Die Gefährten ließen sich von ihren Pferden gleiten und schlichen in Richtung des Geräusches.

»Welch ein Hirschbulle, daß er so gewaltig röhrt«, flüsterte Rakus erregt. »Er muß sich verletzt haben. Nur deshalb brüllt er so«, raunte er weiter. »Gebt acht, ich kenne die Gefahr. Aber auch ihr wißt sicher, wie gefährlich ein solcher Riese im Todeskampf sein kann.«

Das Unterholz gab den Blick auf eine Lichtung frei. Euliset, Servalis und Böer spähten erst verdutzt, dann enttäuscht auf die Wiese. Schließlich wanderte ihr Blick gleichzeitig zu Rakus, der immer noch betreten nach vorne schaute. Eine leichte Röte überzog seine Wangen. Vor ihnen steckte ein mächtiger Karren bis zu den Achsen in einem Schlammloch. Davor stemmte sich ein Ochse ins Geschirr und versuchte, brüllend vor Anstrengung, den Wagen wieder auf den Pfad zu ziehen. Ein Mann mit kugelrundem Bauch, von oben bis unten mit schwarzem Schlamm bespritzt, hüpfte hinter dem Tier durch Pfützen, stemmte sich mal gegen das Hinterteil des Ochsen, mal gegen die eingesunkenen Räder des Karrens.

»Ja, Riedwiesel, daß wir dich hier treffen«, lief Rakus dem

Händler überschwenglich rufend entgegen. »Welche Freude, dich alten Kampfgefährten hier in diesen dunklen Wäldern zu sehen.«

Die anderen schritten ebenfalls auf die Wiese. Riedwiesel blickte erstaunt auf.

»Da kommt ihr gerade im rechten Augenblick«, begrüßte er die Gefährten. »Ihr seht ja, in welches Mißgeschick ich geraten bin.«

»Halb so schlimm«, trompetete Rakus fröhlich. »Was ein Mann nicht schafft, können vielleicht fünf bewegen.«

»Und ein röhrender Hirschbulle«, grinste ihn Servalis an.

Rakus warf ihm einen finsteren Blick zu.

»Das Tier dürfen wir wirklich nicht vergessen«, schmunzelte Euliset und musterte das Zugtier mit verständnisvollem Blick. »Auch wenn mir sein Geweih etwas kurz geraten scheint, könnte es uns doch gleich nützen«, fuhr er spottend fort.

Riedwiesel sah sie fragend an. Böer berichtete lachend von ihrem Pirschgang und Rakus' Jagdinstinkt. Dann schoben die kräftigen Arme der Gefährten den Karren an. Auch wenn sie nun zu fünft waren – und dazu ein Ochse – mußten sich Riedwiesel und die Freunde noch eine ganze Weile mühen, bis sie den Wagen wieder auf den Pfad gerollt hatten. Nach einem Bad in einem nahen Bach saßen sie gemütlich am Feuer beisammen.

»Was treibt dich in unsere Lande, und das noch dazu in solchen Zeiten?« fragte Böer Riedwiesel schließlich.

»Der Handel, was sonst«, erwiderte der Schwabe gemütlich. »Nicht immer ist es ungefährlich, damit sein Auskommen zu verdienen. Im Gegenteil: Manchmal ist der Gewinn besonders hoch, wenn die Gefahr sehr nahe ist.«

Rakus führte seinen Wasserbeutel an den Mund und trank einen Schluck. »Und was willst du hier verkaufen?« wollte er interessiert wissen, nachdem er das Wasser abgesetzt hatte.

»Wein«, erwiderte Riedwiesel trocken.

Rakus blickte ihn mit großen Augen an, schluckte und öffnete den Mund.

»Rakus möchte natürlich einen Schluck«, fuhr Servalis fröhlich dazwischen.

»Aber ohne zu zahlen«, ergänzte Böer.

»Genau wie wir«, grinste Euliset.

»Schon gut, schon gut«, murmelte Riedwiesel.

»Das Spielchen kenne ich, sicher habt ihr wieder Neuigkeiten, die ich sonst nicht erfahren werde.«

»Sicher«, bemerkte Rakus höflich.

Riedwiesel grinste.

»Die interessieren mich aber nicht.« Die Gefährten sahen ihn groß an. »Dagegen könnte ich euch davon erzählen, was in Düren geschehen ist. Ihr würdet staunen«, fuhr Riedwiesel fort.

»So erzähl es uns«, forderte ihn Rakus neugierig auf.

»Ich weiß nicht so recht«, wand sich der Händler.

Er kratzte sich nachdenklich am Kopf.

»Zum Schwatzen ist mir gar nicht so zumute. Vielleicht sollten wir uns zur Ruhe legen.«

»Nun berichte uns schon«, forderte ihn Rakus ungeduldig auf.

»Warum warst du so schnell zur Stelle, als wir von den Franken gestellt wurden?« mischte sich Euliset ein.

»Ach, es war ein anstrengender Tag«, lehnte sich Riedwiesel gähnend zurück. »Nur ein kleiner Verkauf könnte mich jetzt noch wach halten.«

»Du willst, das wir dir Wein abkaufen?« empörte sich Rakus.

»Eine gute Idee«, richtete sich Riedwiesel wieder auf. Rakus Gesicht verfärbte sich rot.

»Es war schon eine seltsame Entdeckung, die ich in Düren machte«, begann Riedwiesel mit seiner Erzählung. »Das sie euch nicht interessiert, wundert mich doch sehr.«

»Wir würden sie schon gerne hören«, polterte der dicke Wanderer ungeduldig. »Aber das du unter Freunden dafür Münzen verlangst ...«

Der Händler lief im Gesicht rot an. Seine Augen funkelten zornig, und Schweißperlen traten auf seine Stirn.

»Unter Freunden – so, so«, schimpfte er derart ungehalten los, daß Rakus überrascht zurückwich. »Wer hat denn in Düren sein Leben für euch riskiert. Tod sein könnte ich – und das wegen euch geizigen Waldläufern. Hätte ich das nur vorher gewußt. Wie konnte ich mich nur irren, als ich dachte, daß ihr geldgierigen Barbaren Mitgefühl mit mir zeigt. Gar nicht ermessen könnt ihr den Schaden, der mir entstanden ist. Das ganze Geschäft in Düren habe ich verpaßt.«

Wild fuchtelte Riedwiesel mit seinen Armen um sich. Zornig – nun aber mit gesenkterer Stimme – schimpfte er weiter.

»Gleich am Tag nach eurer Flucht bin ich aus Vorsicht aus der Stadt gefahren. Konnte ich wissen, ob mich nicht doch jemand erkannt hat?«

Er sah die Gefährten vorwurfsvoll an. Mit klagender Stimme fuhr er fort. »Noch nie habe ich bei einem Reichstag ein so schlechtes Geschäft gemacht. Ach, was rede ich. Überhaupt kein Geschäft ist gelaufen. Meine Kassen sind leer, wie nie zuvor. Und ihr wollt, daß ich euch auch noch Wein schenke.« Er schüttelte den Kopf. »Vorstellungen habt ihr. Ruiniert habt ihr mich, zu einem armen Mann gemacht.«

»Schon gut, schon gut«, nickte ihm Rakus zu und beeilte sich, in seine Taschen zu greifen, um dem Händler einige Münzen in die Hand zu drücken.

»Nun reich uns aber auch einen guten Wein und berichte endlich. Ihr …«, er wandte sich an die Freunde, »… zahlt den nächsten Krug.«

Ein zufriedenes Strahlen lief über Riedwiesels Gesicht. Er schlurfte zum Karren und holte einen Krug mit Wein hervor.

»Ist auch das Mindeste, was ihr für mich tun könnt«, beschwerte er sich, als er wiederkam.

»Wie konnten uns die Franken denn so schnell umstellen?« fragte Servalis.

»Erinnert ihr euch noch daran, wie ich kam, um von Lifs Weg durch die Stadt zu berichten?« fuhr Riedwiesel mit seiner Erzählung fort, als sie den ersten Wein schlürften. »Nun, ihr habt euch über meine Vorsicht lustig gemacht. Dabei hatte ich recht damit. Wir wurden belauscht.«

»Das wissen wir«, spornte ihn Rakus gespannt zur Eile an. »Wie aber bist du darauf gekommen?«

»Ihr wart gerade gegangen, als ich eine dunkle Gestalt mit schnellen Bewegungen hinter einer Hauswand verschwinden sah. Eine finstere Ahnung, belauscht worden zu sein, drängte sich mir in den Sinn. Zunächst zögerte ich. Dann aber übermannte mich die jugendliche Abenteuerlust, und ich wurde mir meiner Geschicklichkeit bewußt.«

Er rieb sich die Hände. »Also schlich ich dem Fremden hinterher. Er bog durch viele Gassen, drängte sich durch das Volksgemenge und hielt schließlich vor einem Ritter, in dem ich niemand geringeren als Theoderich selbst erkannte, der mit einigen Begleitern über den Markt schritt. Verborgen hinter einem alten Karren belauschte ich die Männer. Nun spürte ich, daß mein Vorgehen sogleich belohnt werden sollte. Tatsächlich verriet der Fremde unseren Plan. Die Ritter drängten ängstlich darauf, Lifs Wachen sofort zu warnen. Theoderich aber lachte laut, und seine Augen funkelten listig. Wie die Maus mit dem Speck, so wolle er euch mit Lif als Köder fangen, verkündete er und gab sogleich den Befehl, einige Krieger herbeizurufen. Ich hatte genug gehört und eilte mich, euch zu warnen. Aber es war zu spät. Erst fand ich euch nicht gleich, dann hattet ihr die Godin schon gesichtet. Ich dachte daran, daß ja auch so manche Maus den Speck unversehrt aus der Falle holt. Das zu beweisen, reizte mich sehr. Als das Handgemenge begann, stahl ich die Pferde und raste durch die Gassen, wo ich euch auf der Flucht vermutete.« Er lachte. »Einen gewaltigen Spaß hat es schon gemacht. Wie in den Tagen, als ich noch jünger war ...«

»Und niemand hat dich erkannt?« fragte Euliset ungläubig.

»Es sieht so aus«, erwiderte Riedwiesel triumphierend. »In einer dunklen Ecke warf ich meinen Umhang ab. Anschließend spazierte ich zu meinem Stand und verkaufte Wein. Vorsichtshalber brach ich aber am nächsten Tag auf, denn ich weiß nicht, ob mich nicht der Lauscher wiedererkennen würde – auch wenn ich es nicht glaube. Aber einen Spaß hat es gemacht.«

»Dann kannst du uns ja die nächste Flasche Wein spendieren«, freute sich Rakus.

»Was denkst du dir?« erwiderte Riedwiesel barsch. »Bei allem Vergnügen habe ich doch hohe Einnahmen verloren. Meine Kasse ist leer. Ich weiß gar nicht, wovon ich mich noch ernähren soll.«

»Nun, Wein hast du ja genug«, frotzelte Servalis.

»Und Steigbügel«, hellte sich Riedwiesels Gesicht wieder auf, so, als sei ihm plötzlich eine Idee gekommen.

»Steigbügel?« wiederholte Böer unsicher.

»Die Schlaufen, ihr habt sie doch probiert.«

Böer nickte. »Die Franken reiten mit ihnen. Aber um sie uns zu verkaufen, mußt du uns schon bessere bieten, als damals auf dem Hof meines Vaters.«

»Nur die besten führe ich mit mir«, beeilte sich Riedwiesel zu erwidern. »Ihr werdet seh'n.«

»So mancher Krieger hat sie sich schon selbst gemacht«, wandte Böer noch einmal ein.

»Laßt mich nur mit den Menschen reden«, fuhr Riedwiesel unbeirrt fort. »Ich werde ihnen schon die Vorteile meiner Schlaufen zeigen können.«

Gemeinsam mit dem Händler leerten die Gefährten noch einen zweiten Krug Wein. Anschließend legten sie sich schlafen. Am nächsten Morgen brachen sie zur Babilonie auf. Zunächst stutzten die Sachsen, als sie den dicken Begleiter der Freunde erblickten. Bald aber hatten sie ihn liebgewonnen. Riedwiesel konnte alle Steigbügel und so manchen Weinkrug verkaufen. So vergingen die Tage auf der Feste. Neben dem Händler sorgte aber auch Bernleff, der blinde Skalde, für Gesprächsstoff auf der Burg. Der sonst so stille Sänger war aufgeblüht wie eine Blume im Frühling, seit Halde, eine junge sächsische Frau, auf der Flucht vor den Franken auf die Feste gekommen war. Zunächst hatte er sie nur schüchtern angelächelt, schon bald aber sahen die Menschen auf der Burg die beiden zu langen Spaziergängen aufbrechen, von denen sie redend, lachend und scherzend wiederkehrten.

OS

So verging dieses Jahr. Das Rad der Zeiten drehte sich weiter, Schnee bedeckte das Land, und schließlich kehrte wieder der Frühling ein. Die Gefährten ritten zum Allthing nach Marklohe. Viel Volk hatte sich an der Weser versammelt. Länger als sonst bei der großen Versammlung berichteten die Menschen einander über die Neuigkeiten, die sie in dem vergangenen Jahr erlebt hatten. Länger als sonst brauchten sie auch, um über das widerfahrene Leid zu sprechen. Nur wenige Stimmen forderten Rache. Eine dumpfe Traurigkeit sprach dagegen aus den Worten vieler Sprecher. So mancher Mann und so manche Frau redeten von ihrer Sehnsucht nach Frieden und ihrer Hoffnung, daß mit den Geiseln, die Karl übergeben worden waren, Ruhe in das Land einkehren möge. Widukind und Abbio sorgten sich sehr. Mehrfach standen sie auf und berichteten vom Ratschluß des Feindes in Düren, warnten davor, daß Karl die Eide nicht reichen würde und er seine Ritter schon bald wieder über das Land schicken werde. Auch erinnerten sie an den sächsischen Sieg über Theoderich und warnten vor einem Racheangriff Karls. Aber die Bauern mochten davon nichts hören, sondern dachten an ihre zerstörten Hütten und Felder, an die toten Verwandten und Freunde. Sie wollten wieder ihre Äcker bestellen und fürchteten, im nächsten Winter hungern und frieren zu müssen, so wie es schon das Schicksal vieler Familien in der vergangenen Frostzeit gewesen war. Besonders Widukind tat sich immer wieder hervor. Er schrie und mahnte, redete und flehte, sprach schließlich einzeln mit vielen Bauern. Diese aber schüttelten oft nur den Kopf, so sehr sich der Engernhäuptling sie auch zu überreden bemühte. Selbst als Lif zur Aufstellung eines Heeres riet, ließen sich die Männer und Frauen nicht überzeugen. So manches Mal hörte Böer aus den Gesprächen der Bauern, daß diese durchaus einen Racheangriff des fränkischen Königs für möglich hielten, sich selbst aber wegen der Verhandlungen im Jahr zuvor sicher wähnten. Am Ende des Things wurde vereinbart, ein Heer aus freiwilligen Kriegern aufzustellen. Einen Heerführer wählte das Allthing nicht. Unzufrieden mit dem Ergebnis ritten die Gefährten zurück zur Babilonie. Obwohl bald darauf mehr Kämpfer auf der Feste eintrafen, als Abbio und Widukind erwartet hatten, sammelte sich doch nur ein kleines Heer. Aber es erschien den Anführern stark genug, sich den Franken entgegenzustellen. Die Männer und Frauen berieten sich und faßten den Plan, zunächst die Eresburg, dann die Hohensyburg wieder zu erobern.

Eines Abends schmiegte sich Lif am Feuer dicht an Böer und sah ihm nachdenklich in die Augen. »Ich muß die Burg verlassen«, kündigte sie an. Böer erwiderte den vertrauten Blick.

Er nickte. »Kann ich dich begleiten?« fragte er zögernd.

»Gern würde ich dich an meiner Seite sehen«, sagte Lif. »Aber diesen Weg muß ich alleine gehen. Denk daran, was im Zauberwald geschah. Er ist nicht dafür bestimmt, von normalen Menschen betreten zu werden. Um wieviel mehr gilt dieses für Asgard, die Burg der Götter, zu der ich aufbrechen will.«

»Asgard?« fuhr Böer überrascht auf. »Ist es soweit? Du willst es wagen? Weißt du den Regenbogen zu finden?«

»Ich habe dich gefunden, ich habe unsere Liebe entdeckt.«

Böer blickte sie verwirrt an. Lif fuhr fort:

»Den Ort, wo der Regenbogen auf die Erde trifft, kann niemand finden. Aber seine Stufen können einen Menschen entdecken.«

Jetzt mußte Böer lächeln.

»Ich möchte dich wiedersehen«, bat er mit sanfter Stimme und küßte Lifs Nase.

»Und du?« wollte sie wissen. »Was wirst du tun, wenn ich weg bin?"

»Ich ziehe mit den Kriegern«, antwortete Böer.

»Dann achte auch du auf dich.«

Lif nahm ihn in ihre Arme und drückte ihn fest. Einige Tage verbrachten sie noch gemeinsam. Schließlich verließ Lif die Burg. Wenig später brach auch das kleine Heer auf.

Die Godin ritt über einsame Pfade, fruchtbare Auen, durch dichten Wald, lichte Täler und schon bald über flaches Land. Ihr Gefühl trieb sie nach Norden. Denn dort, wo die Sonne niemals über den Himmel wanderte und nachts ein heller Stern schien, würde sie den Regenbogen finden, das wußte sie. Eine Weile folgte Lif dem Lauf der Weser, der immer breiter wurde. Bei vielen Menschen gastete sie für eine Nacht. Stolz und ehrfürchtig hießen sie ihre Godin willkommen. An einem schönen Frühlingstag ritt sie über saftige Wiesen. An vielen Stellen lugten frech bunte Blumen zwischen den Grashalmen hervor. Bienen summten emsig von Blüte zu Blüte, und der Duft von Blumen und Gras strich durch Lifs Nase. Plötzlich verdüsterte sich ihre Seele, so als hätte sich eine dunkle Wolke vor die strahlende Sonne ihrer Fröhlichkeit geschoben. Eine Ahnung von Gefahr huschte durch ihr Gefühl. Sie blickte sich um. In der Ferne erkannte sie einen schwarzen Schatten, einen Reiter, und wußte sofort wer es war: Ichtyo, der dunkle Frankenritter. Lif trieb ihr Pferd in den Galopp – einen Moment später flog sie fast über die Wiesen. Die junge Godin lenkte das Tier in Richtung auf die Baumwipfel, die sich an einer Stelle vor den Horizont schoben. Der Schatten kam langsam näher, war bald genauer zu erkennen: Im rasenden Galopp donnerte Ichtyo über die Wiesen, Blumen und Gras spritzten unter den Hufen seines Tieres auf. Langsam und beständig holte der schwarze Reiter auf. Beide galoppierten auf den Wald zu. Gerade als sie an den ersten Bäumen vorbeischossen, hatte Ichtyo die Godin beinahe erreicht. Lif hörte seinen Rappen hinter ihrem Rücken im Takt des Atems schnaufen. Mit jedem Satz kam das Tier ein kleines Stück näher, unaufhaltsam und genauso gleichmäßig, wie seine Hufen in den Boden knallten. Schon erreichte der Kopf des schwarzen Rosses die Höhe von Lifs Schulter.

Die junge Frau handelte blitzschnell. Mit eiserner Hand riß sie ihr Pferd in den Stand, wirbelte es herum, um es gleich darauf erneut in den Galopp zu treiben. Ichtyo reagierte schnell. Aber Lif war schon im Unterholz verschwunden, bevor er sein Roß ebenfalls herumreißen und Lif in der neuen Richtung folgen konnte. Weiter ging die Jagd. Das Unterholz umgab die Godin mit einem schützenden Mantel und versperrte dem schwarzbärtigen Riesen die Sicht. Es hemmte auch die Schritte der Tiere, so daß über die Geschwindigkeit des Ritts nicht mehr die Kraft der Rösser, sondern die Geschicklichkeit der Reiter entschied. Wieder hörte Lif hinter sich die Hufe von Ichtyos Rappen. Aber der Hüne kam nicht mehr näher, der Abstand blieb gleich. Schnell wie ein Pfeil schoß Lif an den Ästen, Bäumen und Sträuchern vorbei. So geschwind, daß sie mehrfach erschrocken den Atem anhielt, wenn das Pferd kurz strauchelte oder überraschend dicke Wurzeln und Baumstämme aus dem Grün auftauchten. Im Unterholz konnte sie den Boden nur eine Armlänge vor der wehenden Mähne überblicken, und immer wieder peitschten Äste in ihr Gesicht. Erneut änderte Lif die Richtung. Das Geräusch der Hufe hinter ihr verriet aber schon bald, daß Ichtyo ihr noch folgte. Mit einem Mal spürte die Godin, wie die Erschöpfung an ihr zerrte, daß sie nicht mehr lange so schnell reiten konnte. Und nun rief sie Donar an. Sie sammelte ihre Gedanken und Gefühle und lenkte sie auf den Donnerer. Für einen kurzen Moment entstand sein mächtiges Bild vor ihr. Lif fühlte, wie der Strom ihres stillen Gebetes den Asen erreichte. Dann verschwand das Bild, und Lifs Konzentration löste sich auf. Sie jagte weiter. Immer wieder teilte der Hals des Rosses das Gestrüpp. Plötzlich schoß ein Gedanke durch Lifs Kopf, so ungeheuer stark, daß sie ihm folgen mußte. »Spring«, hämmerte es in ihrem Schädel. Gleichzeitig riß sie das Pferd aus dem Galopp in einen langgezogenen Satz. Erschrocken erkannte die junge Frau wie das dichte Grün sich vor dem Tier teilte und den Blick auf einen Bachlauf freigab, der in einer tiefen Rinne im Waldboden floß. Schon flog sie auf dem Rücken des Rosses darüber hinweg, krachte wieder auf den Boden und trieb das Pferd erneut an. Hinter ihrem Rücken erklang ein überraschter

Schrei. Lif ritt weiter, aber die Hufe hinter ihr waren verstummt. Um ihre Spur zu verwischen, wechselte sie mehrfach die Richtung und folgte eine Weile dem Lauf eines anderen Baches. Bald wurde das Buschwerk lichter, und der Wald wechselte wieder mit einer weiten Wiesenlandschaft. Hier schlug Lif am Abend ein Lager auf. Noch vor Sonnenaufgang ritt sie bereits wieder – immer in Richtung Norden. In der Dämmerung des beginnenden Tages rief sie die Götter an und bat Donar und Heimdall, ihr den Weg zu weisen. Lif hatte das sichere Gefühl, daß die Asen ihren Ruf erhört hatten. Immer bunter wurde die Blütenpracht, die unter den Hufen ihres Pferdes vorbeizog. Seltsame Blumen, die Lif noch nie gesehen hatte, lugten zwischen den Grasbüscheln hervor. Emsige Bienen summten auf großen Blüten. Die Wiese nahm kein Ende. Von Horizont zu Horizont dehnte sich die bunt gesprenkelte Grasfläche, von keinem Baum oder Busch unterbrochen. Gegen Mittag kam ein warmer Windhauch auf. Die Blumen nickten mit ihren Blüten, so daß es der Godin schien, als ob die bunten Pflanzen ihrer Wahl des Weges zustimmten. Am nördlichen Horizont zogen dunkle Wolken vor den blauen Himmel. Der Wind nahm zu. In der Ferne grollte dumpfer Donner. Lif freute sich, denn sie fühlte, daß sie bald Asgard erreichen würde. Mit einem Mal wußte sie, auf welcher Wiese sie ritt. Es konnte nur das sagenhafte Idafeld sein, jener Ort, der auf Mittelerde der Götterburg am nächsten ist. Die Wolken kamen näher, graue Regenbänder spannten sich am Horizont vom dunklen Himmel zur Erde. Der klare Geruch von Regen zog vom Wind getragen in Lifs Nase. Wieder rief sie die Götter an. Donar antwortete mit einem krachenden Donnerschlag. Das Grollen ebbte ab, verklang aber nicht ganz. Wie ein schwebendes, nicht enden wollendes Echo grummelte ein dumpfer Klang auf der Erde weiter. Lif wunderte sich zunächst. Dann drehte sie sich um. Was sie sah, ließ sie erschrecken. Die schwarze Gestalt des dunklen Frankenritters jagte über die Wiese und kam schnell näher. In einer Bewegung wendete Lif und riß ihr Pferd in den Galopp. Wieder krachte der Donner, und die junge Frau stürmte nach Norden, dem Gewitter entgegen. Der hünenhafte Reiter kam näher und näher. Aber Lif blickte sich nicht mehr um.

Ihre Augen waren von der Farbenpracht des Regenbogens gefesselt, der sich nun vom Himmel zur Erde senkte. Geheimnisvoll funkelten Sterne in der Tiefe der grünen und blauen Farben, verschmolzen zu silbernen Mustern aus Licht, die unter den bunten Tönen tanzten. Wilde Flammen aber verwoben sich im roten Farbenstreifen zu einem Steg aus Feuer, bereit, jedes Wesen zu verzehren, das ohne den Willen der Götter den Regenbogen betrat. Ganz nah vor Lif berührte die Himmelsbrücke die Erde, erst zaghaft und tastend, dann senkte sie sich fest in das Gras hinein. Breit und hoch wie ein Berg wuchs das farbige Band, dem sie entgegenjagte, vor ihr in den Himmel – griffen die Lichtschleier nach ihrem Herzen. Ein tiefes Gefühl der Freude und des Friedens erfaßte die Godin. Und so sah sie nicht mehr, wie sich ihr Abstand zu Ichtyo mehr und mehr vergrößerte. Trotzdem er seinen Hengst mit aller Kraft zum Galopp antrieb, kam er immer langsamer voran. Entsetzt fluchte der Hüne. Ein fürchterliches Gefühl kroch in seine Seele, seit er den Regenbogen erblickt hatte, ein Gefühl, das er bisher noch nie erlebt hatte:

Er hatte Angst, schreckliche Furcht vor dem bunten Himmelsweg und seinen leuchtenden Flammen.

Lif dagegen sprengte voran. Ein Strom des Glücks floß in ihre Seele, als das Farbenband ganz nahe vor ihr flimmerte, die Flammen nach ihr leckten. Ungezählte Lichter funkelten wie die Sterne des Abendhimmels in der Farbenpracht des Regenbogens, gewaltige Flammen schossen neben Lifs Roß in den Himmel, wichen vor den Hufen des Tieres sanft zurück, wurden kleiner und gesellten sich zu einem roten Rasen, bestehend aus züngelnden Halmen. Die Godin hatte keine Furcht. Sie raste in den feurigen Schein. Das helle Licht umhüllte sie, so wie Wasser in einem klaren Bach einen Fisch umfließt.

Lif ließ sich treiben. Eingewoben in die Farben galoppierte ihr Pferd in den Himmel hinein, von dem feurigen Teppich wie auf einer großen Hand sanft emporgehoben. Immer höher und höher führte sie der Lichterweg. Tief unter sich erkannte sie durch den Schleier das Idafeld, das sich in sanfter Kurve bis zum Horizont bog. Langsam verschwand das grüne Land in der Ferne. Das Roß raste weiter. Zarte Nebelfetzen jagten bald am Regenbogen vorbei, wurden dichter und vereinigten sich schließlich zu einem dunstigen Schleier, der den Himmelsweg völlig einschloß. Die Farben verblaßten. Mit einem Mal brach die Sonne durch den Nebel. Die dunstigen Schleier stoben davon und gaben den Blick auf eine weite weiße Ebene frei, auf der sich das goldene Licht der Sonne funkelnd spiegelte. In der Ferne erkannte Lif glitzernde Gestalten, die verspielt auf der leuchtenden Wiese zu tanzen schienen. Ein tiefes Gefühl der Liebe floß in Lifs Seele. Alles auf dieser Ebene war Licht. Der Boden selbst pulsierte weiß schimmernd, und auch die Wesen, die in der Ferne tanzten, funkelten, als ob sie aus nichts anderem als Licht bestehen würden. Lif konnte den Blick nicht mehr von der weißen Fläche wenden. Ein Gefühl von Heimweh brannte in ihrem Herzen, ein Sehnen, das sie zwar kannte, bisher aber nur undeutlich als schwachen Abglanz dessen, was sie nun fühlte, in ihrer Brust gespürt hatte. Das Licht des Regenbogens war weiter gewichen. Nur noch eine dünne Haut, wie die eines Regentropfens, umgab Lif und ihr Pferd. Ganz dicht unter dem verschwimmenden Pfad aus Farben funkelte verheißungsvoll der helle Boden der Ebene. Schon wollte Lif ihrem Gefühl nachgeben und die Schritte ihres Rosses auf die Ebene lenken, als sie sich ihrer Aufgabe besann. Sie erschrak. Erst jetzt bemerkte sie, daß die Schritte des Tieres sich zu einem ruhigen Gang verlangsamt hatten. Wieder versuchte sie, sich an ihre Aufgabe zu klammern, aber die Gedanken rannen ihr davon. Zwei Lichtgestalten huschten nah vor ihr vorbei, drehten sich und kamen näher. Lif spürte das Verlangen, beide zu berühren und mit ihnen zu verschmelzen. Der Regenbogen aber hielt die beiden Lichtwesen davon ab, näher zu kommen. Lif glaubte, ihre Stimmen zu hören, süß und klar, wie das Wasser eines gurgelnden Bergbaches. Für einen kurzen Augenblick hatte sie das Gefühl, etwas vergessen und eine Niederlage erlitten zu haben. Aber nur kurz. Sie schüttelte kaum merklich den Kopf und lenkte ihr Roß auf die Ebene. Sie fühlte sich glücklich, von einer süßen Welle überflutet, während das Tier den Regenbogen verließ und die Hufe auf den schimmernden Boden setzte. Sie schreckte hoch, als das Horn erklang. Es war ein einziger Ton, tief und weise, alles durchdringend warm, doch zugleich warnend. Er schwang lange über der Ebene, verstummte kurz und war danach wieder zu hören. Lif schauderte, denn sie wußte, welchem Klang sie lauschte und von wem er kam. Es war das Giallarhorn. Und Heimdall, der Wächter der Asen, gab das Signal. Auf geheimnisvolle Weise vertraut schien ihr der schwebende Ton. So als hätte sie ihn auf Mittelerde schon hundertmal gehört, doch nie bewußt vernommen. Die Lichtgestalten stoben davon. Lif hörte ein leises Lachen in ihrem Rücken. Sie drehte sich um. Ein Mann lehnte sich an einen Schimmel. Golden glänzte sein Brustpanzer, golden blitzten seine Zähne, als er lachte.

Da wußte Lif, daß ihr der Götterwächter selber gegenüberstand.

»Heimdall«, rief sie überrascht aus. Der Wächter sah sie mit funkelnden Augen an und nickte.

»Ja, ich bin es. Heimdall, der Führer zwischen den Welten und Freund der Menschen. Fast wärst du vom Weg abgekommen.«

Lif erschrak. Mit einem Mal fiel ihr wieder ein, was sie sich vorgenommen hatte. Sie nickte.

»Es ist nicht schlimm«, fuhr der Gott fort. »Kein Mensch ist den Lichtalben gewachsen. Euer Sehnen ist zu stark.«

»Dann ist das hier ...«

»Lichtalbenheim«, ergänzte Heimdall.

Golden funkelte das Horn an seiner Hüfte.

»Ich hätte es wissen müssen«, zweifelte Lif.

»Vielleicht«, erwiderte der Ase. »Aber auch das hätte nichts genützt. Folge mir. Ich will dich sicher nach Asgard geleiten.« Heimdall schwang sich auf sein Pferd. Ein unerschütterliches Gefühl des Vertrauens durchströmte Lif, seit sie dem Boten der Götter gegenüberstand. Sie wendete und ritt hinter Heimdall her. Im Galopp donnerten beide über den Regenbogen. Lif blickte nach vorn. Ihr Atem stockte. Riesige Mauern, funkelnd wie aus Kristall, hoben sich am Ende des Weltenweges vor den Himmel. Das Lichterband führte direkt zu einem riesigen Tor, das sich schwarz in dieser glitzernden Wand öffnete. Endlos türmte sich die kristallerne Wehr vor ihr in den Himmel, als sie hinter

Heimdall durch das Tor stürmte und damit Asgard, die Götterstadt, betrat. So dick waren die Mauern, daß der Torweg einem Tunnel glich, in dem sich die Dunkelheit wie ein Tuch aus Samt um Lifs Schultern legte. In der Ferne funkelte ein kleines Licht in diesem schwarzen Gang und verriet den Ausgang. Weiter und weiter rasten die beiden. Ein tiefes Gefühl des Friedens ergriff Lif. Das Licht kam näher, blendete sie schließlich so sehr, daß sie glaubte, seine Helligkeit nicht mehr ertragen zu können, während sie hineinritt. Für einen Moment schloß Lif die Augen. Was sie anschließend sah, ließ ihr Herz vor Freude höher schlagen. Sie war in Asgard. Ihr Pferd tänzelte zufrieden auf einer lieblich grünen Wiese, aus der keck wilde Blumen in bunter Pracht ihre Blüten in die Sonne streckten. Golden und warm fiel das Licht des Tagesgestirns über das Götterland. Was Lif sah, war von einer Klarheit und Schärfe, wie sie es nie zuvor gesehen hatte. Heimdall wartete ruhig auf seinem Schimmel in einiger Entfernung auf der Wiese. Lif lenkte ihr Tier in seine Richtung. Der Götterbote lächelte ihr zu. Als sie ihn erreichte, führte er sie über die Wiese. Ein warmer Wind wehte durch die Haare der jungen Frau. Es war, als ob dieser Hauch alle menschliche Verwirrung aus ihrem Kopf vertrieb. Klar wie das Wasser einer felsigen Quelle strömten ihre Gedanken. In einiger Entfernung ragten die kristallernen Mauern einer riesigen Feste in den Himmel.

»Mein Heim, die Himmelsburg«, erklärte Heimdall kurz.

Sie ritten weiter, und die Götterburg verschwand langsam in der Ferne. Ganz leise durchzog ein tiefes Rauschen die Stille der Wiese, so fein, daß Lif lange lauschte, um sicher zu sein, kein Trugbild ihrer Ohren zu hören. Das Rauschen schwoll allmählich an. Heimdall schien nicht darauf zu achten. Er wies mit einer Hand in den Himmel. Lif folgte seinem Hinweis mit ihrem Blick. Im goldenen Licht der Sonne erkannte sie einen kleinen schwarzen Punkt, der ruhig über den Himmel schwebte. Es war einer der Raben Wotans.

»Er kommt von Mittelerde und fliegt zu Allvater zurück«, erklärte Heimdall. »Ihm wird er berichten, was er in der Welt der Menschen gehört hat.«

»Auch vor deinem Blick bleibt nichts verborgen«, wandte sich Lif an ihn. Heimdall nickte nachdenklich.

»Deinen Weg habe ich von Anfang an gesehen. Du warst nie allein.«

»Streit ist überall auf Mittelerde«, fuhr Lif fort. »Franken kämpfen gegen Sachsen, Menschen beten zu einem neuen Gott aus dem Süden. Sorge muß das Herz von euch Asen überfluten.«

»Ich sehe wohl den Gang der Dinge«, erwiderte Heimdall. »Aber allwissend bin ich nicht. Seit Anbeginn der Zeiten ruht mein Blick auf den Welten. Oft wandelte ich über Mittelerde und gastete bei vielen Menschen. Die Fäden der Nornen aber kann ich nicht entwirren. Das Schicksal können nur Wotan und Frigg deuten. Die hehre Göttin aber, die alles weiß, hat noch nie darüber gesprochen. Auch Wotan kennt den Lauf der Zeiten bis an ihr Ende, seit er für einen Schluck aus Mimirs Weisheitstrank sein Auge gab.«

»Wenn auch nur Allvater das Schicksal vorhersagen kann, könnt ihr denn nicht alle seinen Lauf wandeln?« wollte Lif unsicher wissen. Heimdall lachte gutmütig.

»Die Fäden der Nornen sind gesponnen, wer will sie ändern? Alles ist jetzt, da es wird, schon vorhanden. Und doch wandeln sich stetig die Dinge und Zeiten, und das Vorhandene ändert sich, Fäden werden neu verwoben. Wer will es verstehen? Ohne Zeit ist Fimbultyr. Auf den Welten wachsen wir ihm vom Anbeginn bis zum Ende entgegen, wo in dem Moment, in dem wir die Fäden neu verbinden, gleichzeitig schon das Muster gewoben ist und immer war.«

»Es ist schwer zu verstehen«, sagte Lif leise. Heimdall nickte.

»Wir können den Lauf der Welten und Zeiten wandeln, da wir im Wachsen der Zeit leben«, erläuterte der Götterbote. »Aber leider oft auch nicht so, wie wir es wollen«, fügte er seufzend hinzu. »Die Aufgaben, die die Nornen den Wesen zugedacht haben, vermag niemand zu ändern, nur zu lösen. Gut ist beraten, wer sie erkennt. Düstere Erkenntnis brachte Wotan mit nach Asgard, als er sein Auge für einen Blick auf die Zukunft gab. Wer sie zu deuten weiß, ist gut beraten.«

»Wenn Brüder Brüder erschlagen und Sippen sich befehden ist es soweit«, ergänzte Lif. »Wird bald dein Horn zum letzten großen Ringen blasen? Werden die Riesen hervorbrechen aus Nebelheim und Sutur, an der Spitze seiner Scharen über Bifröst, die Himmelsbrücke, stürmen? Ist es soweit?« fragte Lif ängstlich.

Heimdall lächelte.

»Nein«, schüttelte er den Kopf.

Noch ist Baldur am Leben. Erst wenn der sonnige Gott durch Tücke gefallen ist, soll die Schlacht auf dem Idafeld nahen. Nein, Mittelerde wird noch nicht versinken. Aber vielleicht ist der letzte Kampf nun für euer Volk gekommen. Gehe du deinen Weg, wie du ihn begonnen hast.«

Das Rauschen war lauter geworden. In der Ferne hob sich der dunkle Umriß einer riesigen Burg in den Himmel.

»Söcqvabeccr, Sagas Burg«, sagte Heimdall, der Lifs Blick bemerkt hatte. »Alle Flüsse dieser Welt fließen über diese Festung, um von dort nach Mittelerde zu strömen. So kann, wer die Gabe hat, im Wasser immer einen Blick in die Zukunft erhaschen.«

Weiter ging ihr Ritt, und Sagas Feste ragte immer höher in den Himmel. Das Getöse schwoll zu einem gewaltigen Lärm an, so daß Lif ihre eigene Stimme nicht mehr hören konnte. Die Burg war in einen himmelsbedeckenden Felsen gehauen, von dessen Dach der donnernde Wasserfall in die Tiefe stürzte. Hinter Schaum und Gischt verborgen lag Sagas Heim. Der launige Wassersturm tanzte über die felsigen Grade, ließ manchmal für einen kurzen Moment, wenn die Gischt hoch sprang, einen Blick auf den darunterliegenden Stein zu. Dann konnte Lif die Fenster und Türme der Götterfeste sehen. Für einen winzigen Augenblick glaubte sie auf einem Turm eine Frau, die ihr goldenes Haar kämmte, zu erkennen. Sie trabten an der Burg vorbei. Während das Tosen der Wasser abschwoll, ragte in der Ferne ein neuer Götterturm in den Himmel, höher als die Bauwerke zuvor.

»Höher als alle Burgen, die es gibt – auch auf Asgard«, betonte Heimdall, der Lifs Gedanken nur zu gut kannte.

»Dann sehe ich dort Thrudheim, Donars Burg«, frohlockte Lif.

Heimdall nickte. Die Godin konnte nicht das Ende der Feste im Himmel erkennen, als sie mit Heimdall lange an den rauhen Felsen ihrer Fundamente vorbeiritt. Schließlich lag auch diese Burg hinter ihnen.

»Noch vor Einbruch der Dunkelheit werden wir Glanzheim erreichen, Wotans Wohnstatt«, kündigte Heimdall an. Dort wirst du auf den Rat der Asen treffen.«

»Wir müssen schon lange geritten sein«, stellte Lif fest. »Und doch kommt es mir vor wie ein Augenblick. Welch seltsame Zeit fließt auf Asgard?«

»Eine andere als auf Mittelerde«, erklärte Heimdall. »Und doch kennen auch wir ihren Fluß, wenn auch anders, als du ihn erlebst.«

Leuchtend weiß erhob sich glänzend am Horizont Wotans Heim. Das goldene Licht der Sonne brach sich an seinen Mauern und übergoß es mit ihren Strahlen. Vor der Burg aber erkannte Lif einen Wald, den sie noch durchqueren mußten. Es war Glasir. Die Stämme und Blätter der Bäume waren aus Gold. Ein lauer Wind umwehte die glänzenden Riesen. Schon von ferne hörte die Godin den süßen Klang, der immerfort im Schatten der Stämme schwang. Als Lif und Heimdall näher kamen, glaubte die Godin eine winzige Bewegung unter den Bäumen entdecken zu können. Und richtig – sie irrte nicht: Wie zur Begrüßung streckten sich die Äste ihr und Heimdall entgegen, traten die Stämme direkt vor ihnen zur Seite und bildeten eine Allee, über die Godin und Gott, umrahmt von sanften Zauberklängen, zum Eingang der weißen Burg Wotans geleitet wurden. Schimmernd kam die Feste näher. Schon dicht davor erkannte Lif zwischen den goldenen Zweigen, daß es weiße Schilde waren, die die Mauern der Gotteswohnung ganz bedeckten. Auf ihnen brach sich golden das Sonnenlicht. Ohne einen Laut schwangen die mächtigen Pforten des Tores auf. Sie ritten hindurch. Weiß und golden funkelten die Mauern und Säulen in Allvaters Burg. Heimdall führte Lif durch viele Säle und Höfe, bis sie schließlich vor einer runden Treppe von ihren Pferden stiegen. Sie begannen die Stufen zu ersteigen, die in schwindelnde Höhen führten. Lange schritten sie schweigend nebeneinander her, bis die Treppe vor einer großen Tür endete. Still schwangen die Torflügel auf. Lif blickte Heimdall an. Der Götterbote nickte.

»Hlidskialf, Wotans Hochsitz. Von hier aus überblickt Allvater die Welt. Du wirst gleich vor ihm stehen.«

Langsam traten sie ein.

Lif staunte. Kaum war sie durch den Eingang geschritten, da fiel ihr Blick über ein unermeßlich großes und grünes Land. Der Hochsitz lag wie ein Adlerhorst hoch über der Welt. Sie schritt an den Rand. Unter sich erkannte sie den goldenen Wald, nicht weit davon Thrudheim und Sagas Feste. Wie zum Greifen nahe erhob sich die Himmelsburg. Weiter weg dehnten sich endlose Wälder. Sie waren durch den Regenbogen mit Asgard verbunden. Lif blickte auf Mittelerde. Wenn sie länger auf eine Stelle schaute, rückte die Landschaft scheinbar näher. Wo sie erst nur grünen Forst sah, erkannte sie bald deutlich einzelne Bäume vor ihren Augen, erspähte sie alleinstehende Hütten, dann sogar Menschen, die ihrer Wege zogen. Sie ließ ihren Blick nach Westen schweifen. Kampfgetümmel tobte hier. Wilde Krieger stürmten gegen die Wälle einer Burg. Sie sah Ritter mit dem Kreuz die Feste verteidigen. Lif blickte wieder auf die Angreifer. Ihr Herz schlug schneller, als sie die goldfunkelnde Wehr Widukinds erkannte, der wie rasend christliche Kämpfer vor sich hertrieb. Sie erspähte den axtschwingenden Abbio und den fluchenden Thümir. Fast meinte sie Servalis' beißenden Spott zu hören, wie er die Christen mit Neidreden bedachte. Große Freude wallte durch ihre Brust, als sie Böer erkannte, der tapfer in die Bresche sprang, als die Franken an einer Stelle durch die Reihen der Sachsen brachen.

»Schwertzeit, Beilzeit – Windzeit, Wolfszeit herrschen auf Mittelerde. Schilde krachen, Sippen brechen, der eine schont den anderen nicht mehr«, hörte sie plötzlich eine tiefe Stimme.

Lif drehte sich um. Wotan selbst stand hinter ihr. Die junge Frau brachte kein Wort heraus. Der Gott nickte lächelnd. Er trug weder Rüstung noch Wehr. In der Farbe des Sommerhimmels war sein Gewand gefärbt, und blau war auch der breite Hut, der seinen Kopf zierte. Zahlreiche Falten durchzogen sein Gesicht, das dennoch zeitlose Kraft ausstrahlte. Mit seinem einen Auge sah Allvater sie an. Geblendet schloß Lif die Augen, als die Weisheit seines Blicks in sie drang. Wotan nickte bedächtig.

»Du hast selbst gesehen, daß wieder die Eisen krachen. Wie so oft auf Mittelerde.«

»Es ist mein Volk, das um sein Leben kämpft«, faßte Lif sich wieder.

»Ja, und deshalb bist du hier. Denn du bist ihre Godin und sollst wie deine Vorgänger vor uns treten. So war es immer. So wird es auch weiterhin sein.«

»Ich habe den Weg zu euch gefunden«, erwiderte Lif zögernd. »Aber nicht über die Irminsul konnte ich durch die Welten schreiten. Kein Gode stand mir mit Rat zur Seite, keine weise Frau und kein weiser Mann werden mit mir über das Erlebte sprechen, wenn ich zurück auf Mittelerde bin. Die Goden sind tot, erschlagen von den Franken und der heilige Baum gefällt.«

Sie stockte und blickte in das ruhige Auge des Gottes, der ihr aufmerksam zuhörte.

»Ich habe Angst«, fuhr Lif leise fort. »Angst, daß ich allein dem Stamm nicht zu raten vermag, Angst, daß unser Volk sich schon bald haltlos auf Mittelerde verliert, wie Korn vom Wind fortgeblasen wird. Ich denke an die Zukunft, und Sorgen umklammern mein Herz. Ich denke an die Vergangenheit, und Tränen drängen in meine Augen. Oft meine ich, die Last nicht auf meinen Schultern tragen zu können. Wer aber sonst soll dem Stamm raten? Ich habe Angst, daß schon bald kein Gode mehr vor euch treten wird und daß das Band zwischen Menschen und Göttern zerreißt.«

Wotan nickte nachdenklich.

»Ich weiß«, erwiderte er mit ruhiger Stimme. »Ich habe gesehen, was auf Mittelerde geschieht, und ich sehe, was dein Herz bewegt. Auch mich erfüllt der Menschen Wandel mit Sorge.«

Er berührte sie sanft an der Schulter.

»Komm und folge mir, laß deinen Blick über Mittelerde schweifen. Vielleicht wirst du die Dinge dann besser verstehen.«

Wotan geleitete sie und Heimdall, der inzwischen zu ihnen getreten war, zu seinem Stuhl. Von hier aus konnte er die Welt überblicken. Langsam sank Allvater auf seinen Platz. Zu beiden Seiten erkannte Lif Geri und Freki, die beiden Wölfe Wotans. Auf der Lehne hatten sich Munin und Hugin, seine beiden Raben, niedergelassen.

»Sieh von diesem heiligen Platz hinaus ins Land, und sage mir, was du erkennen kannst«, forderte der Gott die Godin auf.

Lif ließ ihren Blick wieder in der Weite Mittelerdes versinken.

»Ich sehe unsere Krieger, wie sie eine Burg, besetzt mit Franken, berennen.« Wotan nickte.

»Dann schau weiter in die Ferne.«

»Überall im Süden sehe ich die Zeichen des Gottes mit dem Kreuz«, fuhr Lif fort.

»Sie meinen Fimbultyr, den geheimen Weltenlenker, den kein Mensch erfassen kann«, erklärte Wotan. »Am wenigsten seine Diener, die ihn sich weit fort von den Welten denken und sich nicht vorstellen können, daß er alles auf Mittelerde, Asgard und selbst Nebelheim ist.«

Allvater schüttelte nachdenklich den Kopf.

»Sie sind stark geworden, die Menschen, über deren Ländern das Kreuzesbanner weht. Seltsam, sie reden ständig vom höchsten Wesen und sind ihm dennoch so fern. In ihren Herzen lachen keine Götter mehr. Sie haben den Blick auf die Fäden der Nornen verloren und können ihrem Schicksal doch nicht entgehen. Schreckliche Verwirrung folgt daraus. Sie sind fern des Lichts, spüren nicht mehr, wie seine Kraft sie wärmt. So wird die Erde schnell unter ihnen darben. – Nun sag mir, was siehst du noch?«

»Auch im Süden rüsten sich die Heere, sehe ich überall die Spuren des Schwerterkampfes.«

»So wird es noch lange sein«, sagte Wotan traurig.

»Aber sieh nicht nur nach Süden, lasse deinen Blick auch in andere Richtungen schweifen.«

»Im Norden erkenne ich kräftige Recken in bewaldeten Tälern. Sie sind euch treu ergeben.«

»Auf ihnen ruht, wie auf euch, meine Hoffnung. Schon bald

werden sie die Meere pflügen und an den Küsten der Welt landen. Nun lasse deine Augen schweifen. Was siehst du weit fort im Westen und im Osten?« Lifs Blick flog über die Welt. »Gewaltige Wasser wogen in der Richtung, in der die Sonne versinkt. Ganz in der Ferne erhebt sich grünes Land, in dem wilder Wein rankt.«

»Dort werden dereinst die Recken aus dem Norden landen«, erklärte Wotan mit sanfter Stimme. »Aber diese Küste wird euch Menschen wieder aus dem Sinn verschwimmen.«

»Eisiger Wind bläst im Osten über kahle Steppen«, ließ Lif ihren Blick weitergleiten. »Wilde Völker rasen auf schnellen Rossen wie der Sturm über staubige Böden.«

»Auch diese Stämme sind stark«, fuhr der weise Gott fort. »Nur schwer ist ihr Lauf zu bremsen. Deine Augen schweifen über die Welt. Über ihre Wasser, Wüsten, Wälder und staubige Steppen. Was aber hast du noch gesehen außer Landschaft und Menschen?«

»Alles ist in Bewegung, wie das Wasser im Westen«, sagte Lif. »Nirgends konnte ich einen Stillstand erkennen.«

»Ja, Zeiten und Welten fließen schnell dahin«, ergänzte Wotan. »Der Sturm der östlichen Steppen trifft auf die Wogen des westlichen Meeres, die Sonne des Südens durchdringt die dunklen Wälder des Nordens. So mischen sich Sonne und Wind, Wasser und Boden.«

»Wohin führen die Wege der Welt?« fragte Lif und fuhr fort: »Alle Flüsse münden ins Meer, und aus dem Boden wächst das Korn, wenn Regen und Sonne ihn treffen. Führt auch der Pfad der Welt zu einem Ziel? Nur du und Frigg, ihr vermögt den Lauf der Zeiten zu erkennen.«

Wotan lächelte wissend.

»Das Korn wächst und reift, indem es seine Ähren in die Sonne streckt. So war es immer und wird es weiter sein. So werden auch die Welten wachsen und mit ihnen die Menschen. Nur soviel vermag ich dir zu sagen.«

»Mich bedrückt große Sorge über die Kraft der Franken und den Kampf meines Stammes«, warf Lif ein. »Du selbst hast mit Sorge vom Gott der Christen gesprochen. Darin vermag ich kein Wachstum zu sehen.«

»Nach dem sonnenhellen Tag kommt die Dunkelheit der Nacht, nach dem heißen Sommer der frostklirrende Winter. Die Riesen sind stark und liegen stets auf der Lauer, die Harmonie der Ordnung zu zerschlagen. Aber auch sie folgen nur den Fäden, die die Nornen einst spannen.«

»Dann treiben auch sie die Welt voran?« fragte Lif.

»Ohne Leiden wüßtest du nicht die Schönheit der Freude zu schätzen«, erläuterte der weise Gott. »Ohne Anstrengung wüßten die Menschen nicht geschickt das Feld zu bestellen, ohne Leid könnten sie nicht wachsen.«

»Wohin führt unser Weg, wenn er durch das Band der Nornen festliegt?« forschte Lif nun. »Du, mächtiger Ase, hast den Blick in alle Zeiten getan. Willst du es mir nicht verraten?«

Der Gott nickte bedächtig.

»Weise ist, wer diesen Blick getan. Mit Worten aber läßt sich schwer sagen, wie die Welten gewoben. Nur das Herz kann ergründen, daß alle Dinge eins sind, wenn sie auch dem Auge verschieden wie Sonne und Mond erscheinen.«

Er seufzte nachdenklich.

»Der Faden ist gewirkt, das Muster gewoben und das Schicksal des Menschen darin eingesponnen. Bedenke aber gut: Urd ist die Norne, die das Webmuster des Fadens bestimmt, und ihr Name bedeutet Vergangenheit. Sie legt fest, welches Schicksal auf einen Menschen wartet. Werdandi webt die Art, wie sich die Aufgaben dem Menschen nähern, in das Band. Ihr Name bedeutet das Werdende. Skuld schließlich – die Zukunft – kennt kein Erbarmen, denn in ihrer Brust schlägt ein steinernes Herz. Sie sagt schließlich ›nun muß es sein‹ und zerschneidet den Faden.«

Prüfend blickte Wotan Lif an. Dann nickte er und fuhr fort.

»Nicht Menschen gab es und nicht Tiere, da saßen die Nornen schon am heiligen Brunnen und beschlossen die Geschicke der Welt. Alt sind sie und sehen in eure Herzen. Nach ihrem Blick wirken sie den Faden. So liegt er stets fest und gleitet doch immer neu durch die Hände der weisen Frauen. So wandelt sich das Band, weil auch eure Herzen sich wandeln. Wer will es verstehen?«

Er lächelte.

»Soviel will ich dir aber verraten: Nicht nur in einem Menschenleben sehe ich euch auf Erden wandeln, und so bestimmt auch Urd das Muster des feinen Fadens. Nicht Worte und Taten sah ich sie weben, sondern Aufgaben, die zu Schicksal werden. Sie zu lösen nutzt Kraft, Willen, Verstand und Herz.«

»So sind wir frei zu entscheiden«, stellte Lif fest.

»Nur so könnt ihr wachsen, indem ihr euch in freier Wahl entscheidet und die Folgen selbst zu meistern wißt.«

Er sah Lif ruhig an.

»Kein Gott kann Franken oder Sachsen in diesem Kampf den Sieg gewähren. Ihr Menschen selbst müßt wählen, welchen Weg ihr weiter gehen wollt. Wir aber hoffen und bangen mit euch. Und so ist mein Herz von Schmerz und großer Sorge um euer Schicksal erfüllt. Deine Aufgabe ist schwer.«

Der Gott seufzte.

»Sehr schwer für eine einzelne Godin. Auf dir aber ruht unsere ganze Hoffnung.«

»Wie aber kann ich weise handeln? Wie kann ich dem Stamm der Sachsen klugen Rat geben?« fragte Lif.

»Ihr Menschen wißt alles, was ihr wissen müßt. Niemals ist der Faden zu schwer für euch gewoben. Stets ist er so gebunden, daß ihr ihn entwirren könnt. Wo es aber im Grunde so einfach ist, ist es sogleich so schwer, richtig zu entscheiden. Hört darauf, was euer Herz euch rät, denn genau hindurch ist der Nornen Faden gewoben. Handelt ihr nach seinem Rat, werden sich die Geschicke stets zum Besten wenden. So könnt ihr unsere Kraft in eurer Brust spüren und verbindet euch harmonisch mit den Welten, Menschen und Göttern. Ohne Mitte aber irrt umher, wer dem Wirken des Fadens entflieht. Still schreit der Schmerz in ihm, verstummt doch niemals das Sehnen des Herzens. Niemand aber kann dem Spruch der Nornen entgehen, klopfen sie doch stets wieder an die Türe – unerbittlich ist der Faden. Wo sich die Menschen abwenden vom Spruch der Nornen, da gerät die Ordnung der Welt aus den Fugen.«

»So wie bei den Franken«, fügte Lif ein.

»Sie verleugnen ihr Herz, denn sie handeln nach Worten, die ein Gott erdacht haben soll und doch Menschen formten. Niemals aber können geschriebene Worte die Welt deuten und sagen, was gut und böse ist. Denn gut und böse schwanken in eurem Geist, wie die Halme des Korns im Wind. Niemals vermag des Menschen Geist Fimbultyr zu ergründen und seinen Willen zu deuten. Nur das Herz erkennt das Wirken der Götter. Wo aber die Menschen nicht mehr auf ihr Herz hören, gerät ihr Leben aus dem Gleichgewicht der Ordnung. Kraft wirkt nicht mehr eingebunden in Liebe, Stärke wird nicht mehr von Weisheit begleitet. So darbt die Welt unter diesen Männern und Frauen, so wie ihre Herzen selber trauern. Die finstere Macht der Riesen reißt die Welt in einen frostigen Winter zurück.«

Lif blickte Wotan nachdenklich an.

»Dann könnt ihr den Weg der Franken nicht ändern?«

Wotan schüttelte den Kopf.

»So manche Tat der Menschen ist nicht in unserem Sinn. Gram befällt oft unsere Herzen. Stets aber müßt ihr euren Weg selber gehen, Götterhände dürfen nicht das Band der Nornen für euch lösen. Dem heiligen Faden aber entgehen könnt ihr nicht. Um die in ihn gewobenen Aufgaben zu lösen, entdeckt mit dem Herzen unsere Kraft, die in jedem Menschen schlummert. Dann spürt ihr Donars Stärke in eurer Brust, wenn ihr über die Pflugrinne schreitet, genauso wie ihr sie im Frühjahr seht, wenn er mit Mjölnir, dem heiligen Hammer, die Frostriesen vertreibt. Ihr fühlt Freyrs Klarheit, wenn ihr eure Gedanken auf die Zukunft richtet, und die anderen Götter sind genauso nah. Wie sich der Kampf zwischen Sachsen und Franken entscheidet, liegt in der Menschen Hand. Auch wenn er die Götter mit Sorge erfüllt, könnt nur ihr entscheiden, welchen Weg ihr nehmen wollt.«

Er wandte sich Lif ruhig zu und schwieg einen Moment.

»Und doch gibt es Mächte, euch Göttern ähnlich, die in das Rad des Lebens greifen und das Schicksal der Menschen verändern«, stellte Lif fest.

Wotan nickte bedächtig.

»Riesen kenn ich, die für eure Schwächen stehen. Älter als Asen und Wanen sind sie Bilder im Geiste, und dennoch wandeln sie auch festen Fußes über die Welten. Wer will es versteh'n?«

Lif sah in fragend an.

»Und Ichtyo?« fragte sie leise. »Er folgte mir bis zum Regenbogen.«

Der Gott ließ seinen Blick in die Unendlichkeit schweifen. Langsam begann er zu sprechen.

»Er ist wie Baphet ein einsamer Wanderer aus riesischem Geschlecht. Halb Mensch halb Riese wandeln sie über Mittelerde seit Anbeginn der Zeiten. Wenn Heimdall dereinst das Horn bläst, damit sich die Recken zur letzten Schlacht auf dem Idafelde sammeln, werden auch diese beiden Riesen zu den Waffen greifen. Ihr Wirken wirst du nie ergründen. Nur soviel will ich dir sagen: Euer Schicksal ist auf geheimnisvolle Art miteinander verwoben.«

Er blickte die Godin nachdenklich an.

»Nun aber komm, es ist Zeit, dem Rat der Götter an den heiligen Richterstühlen zu begegnen.«

Wotan erhob sich und schritt bedächtig zum Ausgang des Hochsitzes. Lif und Heimdall, der schweigend zugehört hatte, folgten ihm, als er die Treppe hinabstieg. Wieder wanderten sie durch goldene Gänge, vorbei an glänzenden Säulen. Immer weiter und weiter schritten sie, an immer neuen Türen, gold und silbern funkelnden Sälen und Gängen zogen sie vorbei, bis Lif verwirrt den Sinn für die Richtung verlor, in die sie gingen. Ruhigen Schrittes wanderte Wotan voran. Schließlich betraten sie eine mächtige runde Halle. In ihrer Mitte sprudelte fröhlich das Wasser eines Brunnens. Wotan blieb stehen und blickte Lif an.

»Heimdall und ich wollen nun zu den Richterstühlen treten. Du aber mußt den letzten Teil des Weges alleine gehen.«

Er wies auf ein silbernes Tor am anderen Ende der Halle.

»Schreite hindurch, und du wirst die heilige Halle finden. Zuvor aber sollst du noch durch Säle wandern, in denen der Raum jede Mauer sprengt und Zeit im Takt der Götterherzen schlägt. Gib gut acht auf deinem Weg.«

Lif warf einen Blick auf den Eingang. Als sie wieder zurücksah, waren Wotan und Heimdall verschwunden. Ruhig plätscherte das Wasser des Brunnens neben ihr. Unsicher schaute Lif sich um. Nun, da die beiden Götter nicht mehr bei ihr waren, fühlte sie sich hilflos und verlassen in dieser strahlenden Welt. Dann besann sie sich auf die Worte Wotans und ging zu dem Tor, das der Gott ihr gewiesen hatte. Sanft schwangen die schweren Türflügel auf, als Lif sie leicht berührte. Sie ging hindurch.

Eine endlose Ebene dehnte sich vor ihr aus. Ein leichter Wind wehte ihr entgegen. Nirgends vermochte sie ein Ende der Halle zu erkennen. Sie schritt voran. Zahllose Pfade, die in alle Richtungen zu führen schienen, kreuzten ihren Weg. Lif aber folgte ihnen nicht, sondern wanderte unbeirrbar geradeaus. Das Gefühl, von dieser Halle aus in schnellster Zeit überallhin wandern zu können, ergriff sie. Sie wußte, sie würde es sich nur wünschen müssen, um gleich darauf an jedem Ort der Welt zu sein. Aber die Godin blieb ihrem Ziel treu. Schließlich erkannte sie in der Ferne eine Wand, in der sich ein Tor wölbte. Hier aber funkelte das Licht so stark, daß Lif geblendet die Augen schloß. Sie vermochte nicht zu ergründen, woher das helle Leuchten kam. Voller Vertrauen schritt sie weiter – und spürte mit einem Mal erschrocken, wie sie den Boden unter den Füßen verlor. Aber es folgte kein tiefer Sturz. Lif riß die Augen auf – langsam gewöhnten sie sich an die Helligkeit. Strahlend blauer Himmel erstreckte sich um sie herum, auch unter ihren Füßen, durchströmt vom warmen Licht einer Sonne, die sie nirgendwo sah. Spielerisch drehte sich ihr Körper, überschlug sich. Lif dachte daran, voranzugleiten – und schon schoß ihr Körper durch die klare Luft, blieb die Wand, die sie gerade zuvor passiert haben mußte, hinter ihr zurück. Bilder von den grünen Wäldern ihrer Heimat kamen ihr in den Sinn, und sofort zogen unter ihr die endlosen Haine des Sachsenlandes vorbei. Lif schwebte weiter. Das klare Licht goß sich in ihr Herz, und niemals, so wußte sie plötzlich, hatte sie klarere Gedanken gehabt. Die Antworten auf alle Fragen waren in dem funkelnden Licht enthalten, und Lif spürte sie, auch wenn sie die Antworten nicht in Worte fassen konnte. Sie fühlte den Lauf der Welten von Anbeginn an bis zu ihrem Ende in jedem der sprühenden Lichtstrahlen, die durch ihre Seele flossen. Es gab keine Zeit, und Lif wußte es. Hell und Dunkel, Gut und Böse hörten auf zu bestehen, zerflossen im Licht, in dessen Fluß Lif glitt und schließlich selbst zerfloß, bis sie nur noch ein gleißender Tanz in einem strahlenden Meer war. Irgendwann löste sie sich wie von selbst aus dem tanzenden Strudel und bemerkte den Umriß eines Tores in luftiger Höhe schweben. Sie flog darauf zu, durchquerte es und erreichte den nächsten Raum. Erstaunt blickte sie sich um. Unter ihren Füßen breitete sich ein Sandstrand aus. Zu Lifs Rechten rollte das Meer wild wogend heran. Als sie weiterschritt, leckte das salzige Naß an ihren Füßen, Gischt spritze ihr ins Gesicht. In der Ferne erkannte sie eine Gestalt, die näher kam. Es war ein Hüne. Seine schwarzen Haare und sein dunkler Bart wehten im Seewind, sein Gewand schimmerte in den Farben des Meeres. In seinem Gesicht verrieten viele tiefe Furchen, daß er Kummer kannte.

»Nun bist du zu mir gelangt, und ich grüße dich voller Freude«, schnaubte der geheimnisvolle Fremde, als er vor ihr stand.

»Dein Weg führte dich an meine Gestade. Sei mein Gast.«

Lif blickte den Riesen an.

»Du bist Niörd, der mächtige Wanengott«, begrüßte sie ihn.

Brüllend toste das Meer, und der Gott nickte.

»Durch zwei Hallen bist du geschritten und nun zu mir gekommen. Heimdalls Halle durchwandertest du als erste, denn Heimdall ist der Wanderer zwischen den Welten, der euch Menschen stets zu den Göttern geleitet. Von dort gewinnst du die Kraft, alle Räume zu durchschreiten. Dann flogst du durch Wotans Halle, denn die Weisheit des Gottes bindet die Kraft von Asen und Wanen, von Welten und Menschen. Ohne sie kann nichts werden, so muß sie am Anfang deines Ganges stehen, denn ohne die Weisheit kannst du die Bedeutung der Hallen nicht erkennen.«

»So sag mir, warum ich nun an deine Gestade getreten bin?« forderte Lif den Gott auf.

Niörd lachte schallend.

»Wie das Meer brodelt, tost und die Küsten überspült, so rasen auch in der Tiefe eurer Seelen die Gefühle. Du mußt sie kennenlernen, denn sie sind mächtige Kräfte, die euer Leben bestimmen. Wenn ihr Menschen sie nicht nutzt, werden sie euch zerstören. Lenkt ihr sie aber in die richtigen Bahnen, so kann nichts sie aufhalten, so wie die Sturmflut das Land überspült und der stete Tropfen den Stein höhlt.«

Niörd sah sie prüfend an.

»Bevor du aber weiterwanderst, sollst du mir eine Frage beantworten. Sie weist dir den weiteren Weg.«

»Ich bin bereit, dir zu antworten«, entgegnete Lif.

»So sag mir denn, ob es Sinn macht, dieses gefährliche Wasser zu durchschwimmen?«

Lif blickte ihn offen an.

»So höre, was ich antworten will. Auch wenn ich Furcht vor der tobenden Wut des Wassers empfinde, muß ich gleich hindurchschwimmen. Denn nur dahinter kann ich das Tor zur nächsten Halle finden.«

»So hast du die Wellen schon gezähmt. Ihre Kraft wird dir nutzen, den Durchgang zu erreichen«, erwiderte Niörd.

Langsam schritt Lif in das Wasser. Eiskalt umfloß die Strömung ihre Beine und ihren Körper. Sie versuchte zu schwimmen, aber eine mächtige Welle schlug über dem Kopf der Godin zusammen und riß sie in die Tiefe. Hilflos trudelte sie im tosenden Wasser herum, die Kälte schoß durch ihre Glieder und lähmte sie. Lif wehrte sich nicht, sondern ließ sich von der eisigen Kraft des Wasser treiben. Ein Strudel zog sie herab. Lif öffnete die Augen. Glitzernd glitten Luftblasen an ihr vorbei, geheimnisvoll schimmerte das tiefe Grün des Meeres. Dunkel erkannte sie den Boden unter sich. In ihm gähnte ein schwarzer Schlund, in den Lif nun hineingezogen wurde. Sie wirbelte herum, bekam Boden unter die Füße und spürte, wie das Wasser zurückwich. Sie war wieder auf trockenem Land. Gierig sog sie Luft in ihre Lungen. Die Godin öffnete die Augen und stellte fest, daß Dunkelheit sie umgab. Nachdem sie sich kurz ausgeruht hatte, erhob sie sich und schritt durch die Halle. Als sie ein tiefes Seufzen hörte, blieb sie stehen und horchte in die Finsternis.

»Nun hast du also auch den Weg zu mir gefunden«, raunte eine dunkle Stimme dicht neben ihr. »Willkommen in der Halle von Hödur, dem blinden Gott der Dunkelheit.«

»Dunkelheit umgibt auch die Menschen«, entgegnete Lif. »Wir aber haben nicht die Gabe, in die Herzen zu sehen, wie du es kannst, mächtiger Ase.«

»Selten sind die Menschen so ehrlich zu sich selbst, wie in Kummer und Leid der Dunkelheit«, seufzte Hödur. »Deshalb ruht mein Blick stets auf dem Kern von euch seltsamen Wesen. Meine Kraft aber einigt und heilt, so wie ihr auch aus dem Tod mit frischer Kraft in eine neue Welt steigt.«

Er berührte Lif an der Schulter. Unendliche Traurigkeit umfloß die Godin.

»Viel Leid hast du schon in jungen Jahren erfahren, große Last ruht auf deinen Schultern. Beantworte mir noch eine Frage. Sag, wie willst du in dieser Dunkelheit den Weg zur nächsten Halle finden?«

»Diese Frage ist kein großes Rätsel«, entgegnete Lif. »Wohin ich hier auch gehe, der Weg führt stets ins Licht.«

»Dann folge deinem Pfad«, forderte sie Hödur auf. Lif schritt weiter. Schon bald stieß sie an eine Wand. Sie folgte ihrem Verlauf und ertastete einen Durchgang, den sie nahm. Geblendet schloß sie die Augen, als sie das Tor öffnete und den nächsten Raum betrat. Kaum daß sie die Lider wieder öffnete, sah sie einen strahlend schönen Gott, der ihr stolz entgegenschritt. Goldenes Haar lockte sich über seinen Schultern, und sein fröhliches Lächeln strömte Lif warm ins Herz.

»Baldur«, begrüßte die Godin den lichten Asen. »Ich bin überrascht, deine Halle so nah am finsteren Reich Hödurs zu finden.«

Der Gott lächelte.

»Licht und Dunkelheit sind eng verwandt«, entgegnete er. »Die Weisheit Wotans sollte dich lehren, daß das eine nicht ohne das andere bestehen kann. Sie sind zusammengebunden, wie das Schicksal mich und Hödur aneinandergekettet hat. Und genau wie bei meinem Bruder, wirst du mir eine Frage beantworten müssen.«

Er wies in die Ferne. Lif folgte seinem Wink und weit hinten eine Wand, in die sich die ovale Öffnung einer Tür schob.

»Wessen Halle, das sag mir, liegt hinter dieser Tür verborgen?«

»Licht und Dunkel erfüllen die Welt wie Leid und Freude, Tag und Nacht. Sie sind der Rahmen, zwischen denen sich das Leben spannt. Damit das Korn wachsen kann und Menschen gedeihen, bedarf es aber des fruchtbaren Bodens. Darum folgt nun die Halle Friggs.«

»Trefflich gesprochen«, lachte Baldur fröhlich. »Dann schreite hindurch.«

Lif folgte seinem Rat. Kaum daß sie den Eingang durchwandert hatte, rankten sich die Stämme mächtiger Eichen neben ihr in die Höhe. Dichtes Gestrüpp versperrte der Godin den Weg, und ihre Füße traten auf fruchtbare schwarze Erde, die unter ihren Schritten weich nachgab. Nur langsam kam Lif voran, vorsichtig bahnte sie sich einen Weg durch das Unterholz. Sie wanderte noch nicht lange, als sie auf eine grasbewachsene Lichtung kam. Tau benetzte die grüne Weide, und in der Mitte erkannte sie eine dunkle Frauengestalt, auf einem Felsbrocken sitzend. Mit süßer Stimme sang die Frau ein altes Lied in einer fremden Sprache. Seltsam vertraut und zugleich traurig klang die Melodie. Als Lif näher kam, verstummte das Lied, und die Frau blickte Lif lächelnd an.

»Da bist du, junge Godin. Fröhlich erwarte ich dich in meiner Halle. Frigg ist mein Name, fruchtbar mein Boden.«

»Du bist die weise Frau, die wie Wotan den Blick durch alle Zeiten warf und ewiglich davon schweigt«, begann Lif.

»Alles trägt die schwarze feuchte Erde, und still wächst das Korn daraus, leise und beharrlich rankt die Ähre zum Licht«, erwiderte die Göttin. »Sieh aber, daß ich fröhlich bin und nicht über das, was ich sehe, trauere. Wie könnte ich das, wüßte ich, daß alles Wachsen, das ich doch so sehr liebe, in dunkler Finsternis endet. So kann ich nicht von meinem Wissen sprechen, dir aber soll meine Fröhlichkeit ein Zeichen sein.«

»Mich freut es, dich so zu sehen«, lächelte Lif. Frigg nickte.

»Und darum zweifele ich auch nicht, daß du die kluge Antwort auf die Frage weißt, die ich dir nun stellen will. Sag mir, junge Godin, wie du in diesem Dickicht den Weg in die nächste Kammer finden willst?«

»Ich schreite stets voran«, überlegte Lif, »und bestaune die Pracht der wachsenden Pflanzen. Irgendwann aber werden die Blätter fallen und die Blumen welken. Dann weiß ich, daß ich dem Tode nahe bin. Nur aus dem Tod erwächst neues Leben, ist aller Anfang gemacht. Und so werde ich im Winter das Tor zur nächsten Halle erspähen.«

Kaum hatte Lif zu Ende gesprochen, als sanft die ersten Blätter von den Bäumen fielen.

Es wurde kälter. Frigg erhob sich.

»Es ist Zeit für mich zu gehen, wenn die Erde kälter wird. Der Tau wird zu Schnee, und du wirst weiterzieh'n.«

Mit diesen Worten schritt sie über die Wiese. Das Gestrüpp teilte sich sanft vor ihr, und Frigg wanderte hindurch. Als sich die Zweige hinter ihr wieder verbanden, war die Göttin verschwunden. Immer mehr Blätter fielen von den Bäumen, eisig wurde die Luft, bis schließlich das Laub auf dem Boden moderte und um die kahlen Stämme ein kalter Wind fegte. Lif wanderte weiter. Schließlich erreichte sie eine Wand, öffnete eine verborgene Tür und schritt hindurch. Ein heller, sonnendurchfluteter Raum erwartete sie. Soweit Lifs Blick reichte, wogten die saftigen Ähren goldenen Korns in einem sanften Wind. Endlos schienen sich die Felder auszudehnen. Solange Lif auch voranschritt, sie vermochte kein Ende zu erkennen. Wolken zogen vor den Himmel, und erste Regentropfen klatschten auf den Boden. Ein Donnerschlag erschütterte das Feld, es blitzte, und aus dem strahlenden Licht trat Donar hervor. Wildes flammendes Haar umgab sein Haupt und sein Gesicht, und in seiner Rechten erkannte Lif Mjölnir, den mächtigen Hammer des kraftvollen Recken.

»Wohlan, junge Frau, du hast das Tor in meine Halle gefunden«, dröhnte der Gott ihr laut entgegen. »Nun zweifele ich nicht mehr daran, daß wir uns bald im Saal der Richterstühle wiedertreffen.«

»Noch bin ich nicht durch alle Hallen geschritten«, gab Lif zu bedenken. Donar lachte schallend.

»Bescheidenheit ist eine Zier«, fuhr er fort.

»Kraft und Klugheit paaren sich bei dir mit Liebe – wie ich erst kürzlich erfuhr. Darum wird es dir nun auch nicht schwerfallen, die nächste Halle zu erraten.«

»Dann freue ich mich, Frouva zu sehen, die Göttin, der ich schon einmal begegnete. Denn die Liebe ist das Band, das die Menschen verbindet und Kraft und Klugheit begleiten muß.«

»Schreite zügig voran. Meinen Beistand sollst du stets haben, in Asgard wie auch auf Mittelerde und allen anderen Welten. Denn ich bin der Ase, dessen Kraft Friggs Korn am Wachsen hält, der es schützt und die Riesen in ihr dunkles Nebelheim zurücktreibt, wenn sie Mittelerde mit ihrem frostigen Atem überfluten.«

»Dafür danke ich dir«, erwiderte Lif. »Keinen Gott rufen die Bauern so häufig an wie dich. Stets sorgst du treu für die, die deinen Namen rufen. So will auch ich dein Angebot gern annehmen und mich auf deinen Beistand verlassen.«

Lif wanderte voran, und der Donnerer begleitete sie, bis beide die weit entfernte Wand der Halle erreichten. Lif schritt hindurch, Donar blieb hinter dem Tor zurück. Warmes, mildes Licht strahlte Lif entgegen. Eine saftige Wiese, auf der fröhlich bunte Blumen wuchsen, wellte sich über sanfte Hügel bis zum Horizont. Über die lieblichen Anhöhen kam ihr eine Frauengestalt, bekleidet mit wehendem Gewand, entgegen. Voller Freude erkannte Lif Frouva. Herzlich umarmten sich Göttin und Godin, als sie einander trafen. In herrlicher Schönheit stand die Wanin vor Lif, an ihrem Hals funkelte Brisingamen, der prächtige Perlenschmuck, den die Zwerge einst formten. Ein warmes Feuer loderte im Inneren der kostbaren Steine, warm pulsierte ein geheimnisvolles Licht in ihnen, und Lif wußte, daß es die Liebe war, die die Perlen dieser Kette miteinander verband.

»So lodert nun auch in dir das Feuer der Liebe«, begrüßte Frouva die junge Frau. »Und du hast auf dein Herz gehört, wie ich es dir im Zauberwald riet.«

Lif lachte.

»Ein wundervoller Rat, den du mir gabst, galt es doch nur das zu tun, wonach ich mich im Innersten sehnte«, erwiderte sie.

»So einfach es dir auch erscheint, so schön in seiner Klarheit, so schwer ist es doch für viele Menschen zu versteh'n. Ohne Liebe könnt ihr nicht nach eurem Herzen handeln und wer nach seinem Herzen handelt, wird stets die Liebe finden. Sie ist die Sonne eurer Seele und treibt euch voran, sie ist die Kraft, die Sonne, Boden und Regen aneinander bindet und Leben gebiert.«

»Ich fühle es«, sagte Lif leise. Frouva lächelte.

»Wenn du die Liebe kennst, kannst du deinen Stamm führen und den Menschen raten. Darum mußtest du die heilige Kraft spüren. Nur wer von ihr erfüllt ist, kann den Regenbogen betreten. Grausam verzehrt das Feuer den, der haßt.«

Sie machte eine Pause und sah Lif an.

»Nun aber bist du hier und sollst gleich weiterschreiten. Zuvor aber sage mir, wohin dich der Weg nun treibt.«

Lif lächelte.

»Hier, wo alles Liebe ist, ruhe ich aus in meinem Denken. Hier vertraue ich darauf, daß du mir den Weg weisen wirst.«

»So soll es sein, ich will dich begleiten«, entgegnete Frouva.

Gemeinsam schritten sie, bis sie das Tor der riesigen Halle erreichten. Noch einmal umarmte die Göttin die Godin, dann schlüpfte Lif durch die Tür und betrat den nächsten Raum.

Ein eisiger Wind pfiff ihr entgegen, klare Schneeflocken wirbelten darin umher. Langsam schritt die junge Frau weiter. Scharf schnitt die Kälte in ihre Stirn, überall blitzte und funkelte grelles Licht. Der Wind wehte über eine weite Ebene, auf der sich scharf die harten Zacken klarer Kristalle in die Luft hoben. Als Lif den Boden betrachtete, erkannte sie, daß er ganz aus Glas bestand.

»Blendet dich das Glitzern und Funkeln?« lachte rechts von ihr eine scharfe Stimme.

Die junge Godin blickte sich um. Eine helle Gestalt, schön anzusehen, löste sich von einem Kristall und schritt auf sie zu.

»Nun, es ist die Schärfe des Verstandes, das scharfe Messer des Geistes, das ein solches Licht entstehen läßt.«

»Und eine solche Kälte«, fügte Lif hinzu.

»Eisig schneidet die Kälte, wie auch das Messer des Denkens die Dinge zerteilt. Ob der Schnitt aber nützt oder nur zerstört, entscheidet die Weisheit dessen, der ihn führt«, lachte die Gestalt und wurde sogleich darauf ernst. Das Licht glitzerte in ihren blonden Locken.

»Kein Gott lebt allein«, fügte sie mit ruhiger Stimme hinzu. »Und so muß auch die Kraft des klaren Denkens stets von warmer Liebe begleitet sein. Bedenke aber auch, daß nur die Liebe oder die Kraft, wenn sie nicht von der klaren Macht des

Geistes begleitet werden, Unheil hervorbringen. So bedingt die eine göttliche Kraft die andere.«

Lif nickte.

»Aber ich habe mich noch gar nicht vorgestellt«, lächelte der Gott. »Mein Name ist Freyr, wie du sicher schon erraten hast.«

»Nicht erraten«, lächelte Lif zurück. »Mein Verstand sagte es mir schon, bevor ich deine Halle betrat.«

»Folge mir, damit du siehst, daß in Freyrs Halle der Wind nicht nur kalt durch die Ecken fegt.«

Lif schritt an der Seite des Gottes dahin. Tatsächlich, schon bald verebbte der Wind, und klare Luft, wie nach einem Gewitterregen, erfüllte den Raum. Eine stille Ruhe und Frieden durchwirkten Lifs Herz, erfüllten sie mit einer klaren Wärme und Zufriedenheit.

»Nun«, schmunzelte Freyr. »Auch das ist meine Welt. Es ist der Frieden des Geistes, den du spürst. Wenn das kalte Messer des Verstandes die Dinge der Welt zerlegt und wieder neu zusammengefügt hat und das Werk gelungen ist, erfüllt tiefer Frieden das Herz eines Menschen. Denken ist auch Fruchtbarkeit, auch aus ihm wächst das Leben.«

Er blickte Lif auffordernd an.

»Nun aber sage mir, wo ist wohl das Tor, durch das du in die nächste Halle wanderst?«

»Das ist nicht schwer zu sagen«, antwortete Lif. »Das Denken strebt stets voran, ungern wendet es sich zurück. Es baut Stein auf Stein und schreitet so in das Unbekannte voran. So will auch ich weiter geradeaus wandern und werde wohl bald auf das Tor stoßen. Der Gott nickte, lächelte ihr noch einmal zu und verschwand wieder hinter einem Kristall. Lif ging voran. Schon bald stieß sie auf ein Tor, schritt hindurch und trat in einen dämmerigen Raum. Kaum hatte sie ihn betreten, krachte ein Pfeil neben ihr in die Wand.

»Wer betritt Zius Halle?« brüllte eine Donnerstimme. Schon stürmte ein gewaltiger Krieger auf sie zu. Mit wutverzerrtem Gesicht starrte der wilde Hüne sie an, in einer Hand hielt er Speer und Bogen, die andere Hand fehlte. Da erkannte Lif den wütenden Schlachtengott. Dicht vor ihr blieb er stehen.

»Bist du also zu mir gekommen, Menschenkind. Wahrlich gute Schüler seid ihr mir. Das Hauen und Stechen, Morden und Schlachten will gar nicht mehr auf Mittelerde verebben.«

»Freut dich das, du mächtiger Ase?« fragte Lif kühn.

Zius Augen funkelten.

»Mich freut der Mut, wenn Menschen trefflich fechten. Mein Herz schlägt höher über ihre Treue und Tapferkeit. Wer für die Wünsche seines Herzens kämpft, der steht neben mir, den speise ich mit meiner Kraft und Wut. Aber auch ich kann nicht ohne die anderen Götter sein. Liebe, Verstand und Weisheit müssen den Kampf stets begleiten. Das reine Morden liebe ich nicht.«

»Dann mordet der, der den Weg seines Herzens verläßt?« wollte Lif wissen. Ziu sah sie grimmig an und nickte.

»Aus meiner Kraft können alle Menschen schöpfen«, schüttelte er wütend den Kopf. »Sie durchdringt, wie die aller Götter, die Welten. Gerade wer die Harmonie seines Weges verläßt, schlägt oft im Kampf besonders wütend zu. Darum bin ich ein mächtiger Gott, mächtig auch in meiner Traurigkeit, vermag ich doch ohne die besänftigenden Worte Frouvas oder Friggs, ohne die Weisheit Wotans oder die Klarheit Freyrs nicht zu leben.«

Sein Blick glitt in die Ferne. Für einen kurzen Moment lang meinte Lif, ein trauriges Glänzen auf den Augen des Gottes gesehen zu haben. Aber sie mußte sich getäuscht haben, denn schon blickte er sie wieder mit ernster Miene an.

»Nun folge mir, ich will dich durch meine Halle geleiten.«

Sie marschierten durch den dämmerigen Raum. Schon erspähte Lif in der Ferne die Wand mit dem Tor. Sie wandte sich dem Asen zu.

»Hast du keine Frage für mich?«

Ziu schüttelte den Kopf.

»Hier zählen nicht Worte, sondern Taten«, schnaubte er.

Plötzlich krachte der Boden vor ihnen, riß entzwei, und ein entsetzliches Brüllen ertönte in der Tiefe. Die Erde bebte. Lange Risse rasten an Lifs Füßen vorbei, Sand und Steine spritzten in die Luft, und ein Schatten durchbrach den Boden.

»Fang«, brüllte der Ase der Godin zu. Blitzschnell wandte

Lif sich um und konnte gerade noch ein Schwert fassen, daß Ziu durch die Luft wirbeln ließ. Mit kraftvollen Sätzen sprang der Gott über die Spalten im Boden und verschwand in der Dunkelheit. Wieder ertönte vor der Godin das furchtbare Gebrüll. Sie blickte nach vorn und erstarrte vor Entsetzen. Ein Geschöpf Nebelheims, ein Riese, stemmte sich mit muskelschwellenden Armen aus dem Loch im Boden. Rote Augen funkelten Lif an. Gesicht und Körper des Giganten waren ganz und gar von schwarzen Haaren bedeckt, die sich wie Schlangen wanden und in ihre Richtung streckten. Der Riese bemerkte Lif. Er lachte höhnisch, grüner Speichel spritzte zwischen seinen braunen Zähnen hervor. Schon hatte er sich fast aus seinem Loch gestemmt, seine Arme waren so lang wie Lifs ganzer Körper. Da schlug Lif zu, noch bevor der Riese sich aus der Öffnung gereckt hatte. Ihren ersten Hieb konnte der Gigant nicht sehen, Lif führte ihn mit einem inneren Schwert gegen die Fessel des Entsetzens, die sie lähmte. Sie spürte wieder den Fluß ihrer Kraft. Wie im Schlaf schlug sie das scharfe Eisen zum Bauch des Riesen. Das Ungeheuer brüllte, als die Waffe sich in seinen Leib bohrte, Blut spritzte hervor, als seine Hände kraftlos vom Boden abrutschten und er wieder im dem dunklen Loch versank. Lif warf das Schwert von sich, rannte los, geradewegs durch das Tor, dessen Flügel vor ihr langsam aufschwangen. Sofort riß sie sich schützend die Hände vor ihr Gesicht. Flammen schlugen, von donnerndem heißen Wind getrieben, nach ihr, wichen kurz, um sofort wieder nach ihr zu lecken.

»Voran, junge Godin, schreite nur zügig voran«, höhnte eine Stimme aus der Tiefe des Raumes. Vor dem Feuer wirst du doch nun nicht zögern, wo du gerade den Riesen deiner Ängste gezähmt hast.«

Ein dröhnendes Lachen folgte.

»Nur Loki kann aus diesem Feuer zu mir sprechen«, rief Lif in Richtung auf die Stimme und schritt beherzt aus dem Tor.

Wieder züngelten mächtige Flammen nach ihr. Lif zögerte. »Weiter, nur weiter«, forderte sie der Gott auf.

Ein Feuerstrahl schoß auf Lif zu, erfaßte ihre Kleider, zog sich kurz zurück, um dann erneut hervorzuzischen. Ihr

Gewand brannte lichterloh. Ein nie gekannter Schmerz jagte über Lifs Haut, raste durch ihre Glieder und traf ihr Herz. Sie schrie, riß die Arme empor, bestand nur noch aus Schmerz, aus alles verzehrenden Flammen, die durch sie hindurchjagten. Dann fühlte sie nichts mehr, glitt zu Boden und versank in Dunkelheit, in deren Ferne ein kleines Licht glomm. Lif schwebte durch die Nacht, näherte sich dem Licht, das sie sanft umspielte und schließlich umschloß. Glücklich floß sie hindurch – und öffnete die Augen. Schelmisch blickte Loki sie an.

»Meine Flammen verzehren nicht den Menschen, sie verwandeln ihn«, grinste er. Lif sah benommen zu dem Gott auf. »Was nützen Weisheit, Liebe, Kraft und Denken, wenn sie euch Menschen nicht auf eurem Weg wandeln. Oder wollt ihr stets auf der Stelle traben?« lächelte Loki sanft. Lif stand langsam auf.

»Nein, ich ...«

»Siehst du«, unterbrach sie der Ase. »Darum lasse ich euch wachsen, wenn die Kräfte im Einklang in euch fließen.«

»Du bist der Gott, den die Menschen wohl am meisten mißverstehen«, faßte Lif sich wieder.

Loki nickte.

»Es tut weh, sich zu verwandeln. Glaubst du, die Raupe verpuppt sich gern? Und doch wird sie einst ein leuchtender Schmetterling. Auch den Menschen ist eigen, daß sie stets am Bewährten hängen, ohne zu wissen, wie schön der Schritt ins Unbekannte wirken kann.«

Er zwinkerte ihr schelmisch zu.

»Nun mußt du weiterfliegen, Schmetterling. Im Saal der Richterstühle sehen wir uns wieder.«

Der Gott wandte sich um und verschwand in einer Dampfwolke hinter wütenden Flammen. In Gedanken schritt Lif weiter. Ohne groß zu überlegen, führten sie ihre Füße durch das nächste Tor. Sie schritt über einen stillen Pfad durch grüne Wiesen. Sie erkannte einen breiten Strom, der die Aue in ruhigem Fluß durchquerte. Keine Brücke führte über das klare Wasser, sondern der Weg senkte sich in das Bett des Stromes. Weit entfernt erkannte Lif das andere Ufer. Klein sah der Pfad aus, der hier wieder aus dem Strom herausführte. Nun hielt die Godin nichts mehr auf. Ohne auch nur zu zögern, watete sie auf den Grund des Flusses, bis sich das Wasser angenehm warm über ihrem Kopf schloß. Sie litt keine Not, denn auch unter dem Spiegel des Stromes konnte sie atmen. Vom sanften Wasser getragen glitt sie voran. Erinnerungen aus der Vergangenheit schwammen nun an ihr vorbei. Sie erkannte das lachende Gesicht Böers, hörte die Stimmen der flachsenden Gefährten, sah noch einmal den stolzen Stamm der Irminsul, ihren Fall, die wogenden Reihen der Krieger in der Schlacht und die sorgenerfüllten Mienen der Menschen im Sachsenland. Verständnis, Sorge und Liebe erfüllten ihr Herz.

»Vergiß es nicht«, raunte eine süße Stimme ihr zu. Lif wandte sich um und erkannte auf einem Felsen eine Frau, die ihr goldenes Haar kämmte.

»Saga«, rief die Godin freudig aus.

»Ja, ich bin es«, erwiderte die Göttin sanft. »Du hast die Kräfte kennengelernt und bist durch das Feuer der Verwandlung geschritten. Geworden und gewachsen aber bist du durch das Geschehene. Es wird dich weiter lenken, und sein Schatz wird wachsen. Nie sollst du in Liebe den Blick darauf vergessen. So wie alle Wasser, die heute über Mittelerde strömen, stets die gleichen Tropfen wie seit dem Anbeginn der Zeiten enthalten, so geht auch euch Menschen kein Teil eurer Geschichte verloren. Besinne dich in Liebe darauf, und nutze sie für die Zukunft. So wirst du fortan auf dem Weg wandeln.«

Lif blickte die Göttin offen an.

»Lasse dich nun vom Fluß treiben. Auf den hochheiligen Richterstühlen warten wir Götter auf dich.«

Lif schloß zufrieden die Augen und glitt voran. Bald erreichte sie das Ufer. Sie verließ das Wasser, wanderte noch einmal über Wiesen, bis sie das Tor zur Götterversammlung durchschritt.

◇◇◇

Auf zwölf goldenen Stühlen thronten die Götter und hielten Rat. Ein runder Tisch stand in ihrer Mitte. An ihm saß auch Wotan, der dreizehnte Gott, und blickte weise in die Runde.

Als Lif den Raum betrat, wandten sich Asen und Wanen ihr zu. Wotan erhob sich und ging ihr entgegen.

»Durch dreizehn heilige Hallen bist du geschritten. Nun betrittst du den Saal der Richterstühle und sollst mit uns an der Tafel sitzen.«

Er nahm Lif an der Hand und führte sie zu seinem Platz. Erst jetzt sah Lif, daß neben Wotans Sitz ein weiterer Stuhl frei war. Der Gott setzte sich und forderte Lif auf, es ihm gleich zu tun.

»Viel gelernt hast du und viel gesehen. Richten und beraten, heilen und helfen sollst du künftig den Menschen auf Mittelerde«, begann Wotan zu sprechen. »Niemals soll das Band zwischen Menschen und Göttern zerreißen, niemals darf die Kette der Goden unterbrochen werden.«

Er lächelte.

»Seit Urzeiten sitzen Menschen in unserer Runde, so soll es auch in ferner Zukunft sein, denn Menschen und Götter verbindet ein enges Band, verbunden durch die Goden, damit der Lauf der Welten auch weiter fortschreiten kann. Die weisen Priester deines Stammes wurden erschlagen, die Irminsul gefällt. Trotzdem fandest du den Weg zu uns. Nun führe den Stamm der Sachsen. All unsere Hoffnung ruht auf dir.«

Der Gott warf einen Blick über die versammelten Asen und Wanen. Andächtig lauschten sie seinen Worten. Ihre Augen ruhten auf Lif.

»Durch die Reiche eines jeden Gottes bist du geschritten und vermochtest dich darin zu bewegen. Du hast gelernt, was ein Mensch nur zu lernen vermag. Jetzt hast du die Kraft, richtig zu entscheiden und dein Volk zu führen. Aber etwas fehlt dir noch: Nimm darum Weisheit und Wissen aus unseren Händen, wie sie ein Mensch nur von den Göttern empfangen kann.«

Auf dem Tisch vor Wotan blitzte es kurz auf. Lif warf einen schnellen Blick auf das Leuchten. Kleine flache Holzstäbchen lagen vor dem Gott auf dem Richtertisch, verziert mit den heiligen Runen. Nun, da Lif sie ansah, glänzten sie nicht mehr. Eher unscheinbar und zierlich lagen sie auf dem Tisch.

»Soviel du auch gelernt hast und noch lernen wirst, stets

wirst du vor neuen Fragen stehen. Auf das Wissen dieser Runen sollst du darum in Zukunft vertrauen, fallen sie doch stets im selben Takt, in dem die Welten schwingen. Sie werden weise Antwort auf deine Fragen geben, dir und den Menschen helfen, den richtigen Weg zu finden.«

Lif streckte ihre Hand nach den hölzernen Zeichen aus. Wotan nickte zustimmend. Leicht und zerbrechlich lagen die Runen in der Hand der Godin, und doch spürte sie die Kraft des uralten Wissens, das sich in ihnen verbarg. Angenehm warm fühlten sich die mächtigen Zeichen an, so als ob sie lebendig wären. Wotan zog einen Lederbeutel aus seinem Gewand und hielt ihn Lif hin. Die Godin ließ die Runen hineingleiten.

»Wissen darf nicht ohne Weisheit wachsen«, erhob Wotan wieder die dunkle Stimme.

»Weise aber sind nur wenige Menschen, ist diese Kraft doch am schwersten zu gewinnen. Nur die Götter vermögen sie zu vergeben, und so sollst du sie aus unseren Händen empfangen.«

Wotan streckte seine Arme über den Tisch, und erstaunt erkannte Lif einen funkelnden silbernen Kelch direkt vor dem Gotte stehen. Der Ase nahm ihn in die Rechte und reichte ihn Lif.

»Dies ist Suttungs Trank, den ich einst durch Liebe von den Riesen gewann. Alle Weisheit der Welten ist in seinem labenden Naß enthalten. Trinke ihn, und das Wissen wird in dir keimen. Wenn du diesen Kelch an deinen Mund gehalten hast, werden der Menschen Gedanken dir wie gesprochene Worte erscheinen, kannst du in Herzen schauen, die dir sonst verschlossen geblieben wären, wirst du den Wandel der Zeiten und Welten verstehen, noch ehe der Verstand ihn zu wägen beginnt. Gut ist beraten, wessen Herz so die Fäden der Nornen entwirrt, ohne daß Wortes Kraft sie fassen kann, wessen Leben so dem Halt der Welten dient. Macht ist dir gegeben. Sei aber unbesorgt, denn stets wird Weisheit dein Wirken begleiten.«

Andächtig blickten die Götter Lif an. Die Godin nahm den Kelch aus Wotans Händen entgegen, führte ihn an die Lippen. Sie spürte, wie die kühle Flüssigkeit durch Mund und Hals rann, schließlich ihren ganzen Körper durchströmte, in die kleinsten Adern drang. Mit dem göttlichen Naß floß ein Gefühl tiefer Ruhe und Zufriedenheit durch Lifs Glieder, Bilder aus Vergangenheit und Zukunft schossen durch ihren Kopf, längst vergessene Lieder summten in ihren Ohren, und der Geruch tiefer alter Wälder zog in ihre Nase. Lif leerte den Kelch bis zum Boden. Dann setzte sie das Gefäß auf dem Tisch ab. Schweigend sah Wotan sie an, blickte tief in ihre Augen. Lif glaubte im blauen Auge des Gottes wie in einem tiefen See zu versinken. Sie wehrte sich nicht, sondern ließ sich in einem rasenden Strudel tiefer ziehen. Aber nur kurz. Dann besann sie sich und lenkte ihre Aufmerksamkeit wieder auf die Götter. Wotan nickte zufrieden.

»Nun ist es Zeit für dich, zurückzukehren«, sagte er mit sanfter Stimme. »Unsere Liebe und Hoffnung werden dich stets begleiten. Du wirst nie allein sein, denn wir sind immer in deiner Nähe. Sorge um das Schicksal der Menschen drückt auf unsere Herzen. Was in eurem Kampf passiert, wird das weitere Schicksal Mittelerdes formen. Denke aber stets daran, daß es nicht nur Sieg und Niederlage gibt. Nur du besitzt die Kraft, den Weg zu gehen, von dem wir fürchten, daß ein Mensch an ihm zerbrechen kann. Du hast die Weisheit, die uns die Gewißheit gibt, daß du auch die wirrsten Knoten der Nornen sorgsam enträtseln kannst.«

Langsam erhob er sich. Auch die anderen Götter standen auf. Ein jeder verabschiedete sich von der Godin auf seine Art. Ziu und Donar klopften ihr aufmunternd lachend auf die Schulter, Freyr schüttelte ihr die Hand. Frouva aber hielt Lif lange in ihren Armen und lächelte ihr zu.

Heimdall geleitete die Godin aus der Götterburg. In einem Hof schnaubte schon fröhlich Lifs Pferd, nicht weit entfernt scharrte Heimdalls Roß im Boden. Sie schwangen sich auf die Tiere und ritten durch das Tor, vorbei an den Burgen der anderen Götter bis zum Regenbogen. Hier blieben sie stehen. Heimdall drückte die Godin zum Abschied fest an sich. Dann drehte er sich um und Lif trabte über den Regenbogen auf Mittelerde zurück. Wieder empfingen sie die grünen Wiesen des Idafeldes, die schließlich von den Auen und Wäldern Mittelerdes abgelöst wurden. Aber so bekannt Lif die Bilder von Gräsern und Blüten, Tieren und in den Himmel ragenden Bäumen auch waren – nach dem Besuch in Asgard erschien ihr Anblick der Godin neu und auf seltsame Weise unbekannt – geheimnisvoll. Zunächst vermochte sie nicht zu erkennen warum, sahen doch Bäume, Büsche und Blätter aus wie stets zuvor, genau wie der Schmetterling, der sich unsicher flatternd auf einer Blüte niederließ, während Lif der Veränderungen gewahr wurde. Das Grün der Blätter leuchtete intensiv wie nie zuvor, hellte sich jäh auf, wenn ein Sonnenstrahl es traf, um im nächsten Moment von dem sich bewegenden Schatten eines darüberhängenden Astes verdunkelt zu werden. Es war wie nach einem Gewitter, wenn die letzten Regentropfen von den Blättern fallen, während die ersten Strahlen der Sonne sich schon wieder durch die Wolken kämpfen: Alles wirkte vertraut und doch dabei so frisch, in kraftvollen Farben strotzend, in wilden Düften schwelgend.

Das Wichtigste aber geschah in ihrem Herzen. Pflanzen, Tiere, Wege und Wasser weckten Gefühle in ihr, die sie zuvor niemals erlebt hatte. Sie spürte die Bewegung, die den Welten und Wesen innewohnt, lauschte der Zeit, die in jedem Lebewesen unterschiedlich fließt. Sie fühlte den hastigen Schlag des Herzens in einem kleinen Vogel, der vor einem Bussard floh, atmete den langsamen Takt der Zeit der Bäume und ahnte die geronnene Zeit der Felsbrocken, die sich in der Unendlichkeit wähnend in den sonnigen Himmel streckten. Niemals verlor sie sich aber in ihren Beobachtungen, stets blieb sie sich ihrer eigenen Zeit und ihres eigenen Wesens bewußt. Wieder gastete Lif auf den Höfen der Bauern. Auch die Welt der Menschen hatte sich verändert, wenn auch fein, zunächst kaum zu spüren, dabei aber stets vorhanden und bestimmend. Kein Mensch konnte sie mehr täuschen. Lif spürte in ihrem Herzen Kummer und Sorgen, Freude und Fröhlichkeit ihrer Gastgeber. Mehr noch – auch ihre Geschichten, Erlebnisse und Aufgaben im Leben vermochte sie sogleich zu erfassen. Lif wußte es nicht in ihrem Denken. Vielmehr fühlte sie die Seele des Gegenübers im Herzen – ohne Zeit und Fragen. Das Wissen war mit einem

Mal da, ganz plötzlich floß ein Gefühl der Erkenntnis des anderen Menschen in ihr Herz, und sie vermochte es noch im selben Moment zu deuten, ohne auch nur einen bewußten Gedanken darauf zu verwenden.

Erkennen und deuten waren eins. So erfaßte sie die Ängstlichkeit eines alten Bauerns, der sie steif begrüßte, und spürte, wie die Unsicherheit ihn schließlich im Gespräch verließ. Sie fühlte seine Geschichte und sein Schicksal und wußte, daß er sich seiner Angst im Leben immer wieder stellen mußte – solange bis er sie verstand und der Knoten im Faden der Nornen gelöst war.

Sie erkannte die Unlust eines nach außen fröhlichen Gastgebers, der um seine Vorräte bangte, bemerkte das verletzte Herz einer harten Bäuerin, die schon früh ein Kind verlor. Aber nicht nur die Godin sah Menschen und Welt anders. Lif spürte, daß die Bauern sie nun auch anders wahrnahmen. Schon immer hatten die Menschen sie mit Respekt und Wohlwollen betrachtet. Jetzt aber zeigten sie eine Ehrfurcht, mit der sie ihr vorher nicht begegnet waren. Erleichtert stellte Lif fest, daß sich dahinter nicht Furcht, sondern die Scheu, mit der die Menschen dem Heiligen gegenüberstehen, verbarg. Nach vielen Tagen erreichte die Godin die Babilonie.

Nur wenige Krieger wachten auf dem Wall. Aufmerksam spähte der Posten am nördlichen Tor in den Wald, folgte sein Blick dem kleinen Pfad, der sich hier in steilen Kurven den scharf fallenden Bergrücken hinabwand und schon nach wenigen Windungen zwischen den eng beieinander stehenden Bäumen im grünen Dickicht verschwand. Plötzlich drehte er den Kopf: Eine winzige Bewegung im Blättergewirr, hinter dem, wie er wußte, der Weg versteckt weiterlief, hatte seine Aufmerksamkeit geweckt. Seine Muskeln spannten sich. Wieder sah er einen weißen Schimmer, der zwischen den dichten Ästen aufleuchtete und verschwand. Ruhig griff er nach seinem Horn. Der tiefe Ton des sächsischen Warnsignals schwang schwer über der

Babilonie und dem Wald. Unter ihm traten Krieger und Bauern aus den Hütten und blickten aufmerksam den Wall empor. Noch einmal erklang das Horn. Dann nahm der Wachende seinen Bogen und legte abwartend einen Pfeil auf. Vor ihm löste sich ein weiß gekleideter Reiter aus dem Dickicht. Die Gestalt kam langsam näher. Weitere Streiter traten jetzt in Waffen auf den Wall, stellten sich aufmerksam neben den Posten, der ihnen die Richtung seiner Beobachtung wies. Aber schon nach wenigen Augenblicken ließen die Männer und Frauen Bögen und Pfeile sinken. Die Wache gab einigen Kriegern am Einlaß ein Zeichen, und schon schwangen sie die schweren Holzflügel des Tores auseinander. Vor ihnen, auf dem Pfad, kam Lif, ihre Godin, langsam näher. Ehrfürchtig und staunend wichen die Menschen zurück, ohne selbst recht zu wissen, warum.

Die junge Frau lächelte ihnen freundlich zu, hob eine Hand zum Gruß.

Sie war ihnen allen seit langem vertraut. Und doch ging eine Ausstrahlung von ihrer Erscheinung aus, die sie nicht verstanden, kaum überhaupt bewußt bemerkten – die sie aber überrascht zurücktreten ließ. Es war nicht nur das äußere Bild: Elegant saß die zierliche Frau auf dem stolzen Roß, fließend verwachsen mit dem Rhythmus des schwarzen Tieres. Der Wind wehte leicht durch ihr rotbraunes Haar, in dem das warme Licht der Sonne spielte, und wellte ihr weißes Gewand. Ihr Gesicht strahlte warm vor Glück, wieder daheim zu sein. Es war die Ausstrahlung, die ihre Godin umgab, ein Schauer höherer Weisheit, den sie sonst nur kannten, wenn sie staunend den Blick zu riesigen Felsen reckten, die seit Urzeiten heilig waren, still aus einer heilenden Quelle schöpften oder stumme Zwiesprache mit Wotan und Donar hielten. Nicht anders wären sie ehrfürchtig gewichen, wäre ein Gott selbst durch das Tor geritten. Gleichzeitig freuten sie sich über die Rückkehr der heiligen Frau, die sie schon lange erwartet hatten. Im Eingang angekommen zügelte Lif ihr Pferd. Langsam mischte sich ein Ausdruck des Abwartens unter ihr Lächeln. Ein Krieger räusperte sich verlegen.

»Verzeih unser langes Schweigen, Godin«, begrüßte sie der Mann endlich. »Du bist so überraschend ...«,

»... so anders ...«, fiel ihm eine zweite Wache ins Wort, »... gekommen.«

»Sei uns willkommen, Godin, trete ein«, faßte sich die erste Wache allmählich wieder.

Nun mußte Lif lachen. Verunsichert sahen sich die Wächter an.

»Lachst du über uns, weise Frau?« fragte schließlich zögernd der zweite Krieger.

»Ja«, grinste Lif. »Aber zerbrecht euch darüber nicht den Kopf. Ich freue mich, wieder auf der Babilonie zu sein und von euch empfangen zu werden.«

Verwirrt atmete die erste Wache hörbar aus.

»Auch wir freuen uns. So sehnlich haben wir deine Rückkehr erwartet. Jetzt dreht sich uns der Kopf.«

Wieder lachte Lif, und diesmal fielen die beiden Wachen mit ein.

»Komm, wir wollen dich in die Burg zu den anderen führen«, rief der zweite Posten aus.

Lif ritt ihr Pferd wieder an. Eine Wache nahm eilig den Zügel ihres Tieres und begleitete sie in die Burg. Überrascht ließen Männer und Frauen ihre Arbeit stehen und blickten die Godin an. Menschen kamen aus den Hütten und blieben verdutzt in den Eingängen stehen. Nun aber brach die Wache das Staunen.

Stolz rief sie aus: »Freunde, Krieger, Männer und Frauen. Seht – unsere Godin ist wieder da. Weitgereist kehrt sie wohlbehalten zu uns heim.«

Zögernd kamen die Menschen näher, scheuer als sonst. Und doch erkannte Lif den Glanz in ihren Augen, als sie die Godin erspähten, auf die die Wache immer wieder in respektvoller Weise zugleich fröhlich und stolz hinwies. Lif bemerkte sofort, daß es nicht viele waren – nicht die Zahl der Männer, Frauen und Kinder, die sonst auf der Babilonie lebten. Sogleich erfaßte sie die tiefe Sorge, die in den Herzen der Männer und Frauen wohnte, eine Bedrängnis, die von der Freude über die Wiederkehr der heiligen Frau nur überdeckt wurde. Sie kannte die meisten Burgbewohner, die sie umringten, sie waren ihr vertraut. Genau wie die Männer und Frauen sie nun aber erstaunt ansahen, als erspähten sie Lif zum ersten Mal, erblickte auch Lif diese Menschen jetzt mit anderen Augen, entdeckte verborgene Facetten an ihnen, ohne dabei aber die alte Vertrautheit aufzugeben. Lif ließ sich vom Pferd gleiten. Scheu und zurückhaltend, dabei zugleich erfüllt von einem neuen Stolz über ihre Godin, schüttelten Männer und Frauen ihr die Hände, klopften ihre Schultern. Das Erstaunen wich aber nur langsam aus den Gesichtern der Menschen, eine vorsichtige Scheu, die sie nicht fassen konnten, blieb in ihrem Verhalten. Bald zerstreuten sich die Sachsen wieder, gingen an ihre Arbeit zurück. Stolz sprachen sie aber noch lange davon, welch kraftvolle Godin an der Spitze ihres Stammes stand. Einige Krieger führten Lif in ihre Hütte und brachten ihr Speis und Trank. Von ihnen erfuhr sie, daß das kleine sächsische Heer nach Osten gezogen und noch nicht zurückgekommen war. Schlimme Kunde gab es aus dem Süden, von der Eresburg. Hier hatten Späher ein großes Frankenheer mit dem König an der Spitze gesichtet. Nach dem Essen schritt Lif durch die Burg. Noch immer hatten sich die Menschen nicht an ihren Anblick gewöhnt. Wohin sie auch ging, überall folgten ihr die Blicke der Arbeitenden und müßig Ruhenden. Männer und Frauen traten an die Fenster der Hütten, versuchten, einen Blick auf sie zu erhaschen, Väter hoben ihre Töchter und Söhne in die Höhe, auf daß sie die Godin sehen konnten, Kinder hielten im Spielen inne und reckten die Hälse nach dem Anblick von Lif.

Immer wieder trieben trübe Gedanken durch ihren Kopf. Während sie das Schicksal vieler Menschen fühlen konnte, gelang ihr das nicht bei Böer. Zu sehr mischten sich ihre eigenen Ängste und Wünsche mit der Gabe, das Unbekannte zu spüren. Sie sehnte sich nach seiner Nähe, wünschte sich, in seinen Armen die Welt und ihre Pflichten vergessen zu können – sei es auch nur für einen kurzen Moment – und sich ganz im Fluß ihrer Gefühle treiben zu lassen.

In den nächsten Tagen hasteten immer mehr flüchtende Menschen durch die Tore der Burg. Bei der Eresburg fanden Kämpfe statt, und die feindlichen Krieger plünderten die Höfe des

Umlandes. Dann kündigten Späher auch die Rückkehr des sächsischen Heeres an. Lif erwartete die Kämpfer mit vielen anderen Menschen auf dem Wall. Als sie die ersten Streiter vor der Burg erspähte, ergriff Sorge ihr Herz. Mit gebeugten Köpfen schleppten sich die Männer und Frauen eilig durch den Wald. Nur die wenigsten ritten auf Pferden. Viele waren verwundet, ihre Kleidung zerrissen und die Waffen vieler Männer und Frauen zerbrochen. Sorgen, Angst und Hast las Lif in ihren Herzen, als sie näher kamen. Schon grüßten einige Burgbewohner freudig Verwandte und Bekannte, die sie im Heerzug erblickten, rannten die ersten daheimgebliebenen Frauen und Männer den Wall hinunter, um die ihnen Nahestehenden in die Arme zu schließen. Noch immer hatte Lif Böer nicht erspäht. Unruhig hielt sie nach ihm Ausschau, und als sie ihn erkannte, nahm ihr die Freude fast den Atem. Gleichzeitig erblickte Böer die junge Frau. Jetzt lief auch Lif den Wall hinunter, stürzte sich in das Getümmel. Verwirrt wichen die Sachsen, die sie im Durcheinander erkannten. Einen Moment später war sie bei Böer. Flüchtig erkannte sie, daß auch seine Augen bei ihrem Anblick kurz stutzten, dann hielten sie sich in den Armen. Böer wirbelte die Godin herum, und Lif ließ sich in seine Arme fallen. In diesem Moment der Freude und des Wiedersehens war sie nur noch Lif, eine Frau, die ihren geliebten Mann nach langer Zeit der Sorge in die Arme schloß, nicht Godin und nicht weise Frau. Sie genoß seine Umarmung, seine Nähe, Wärme – und Kraft. Sie fühlte eine Stärke in Böer, die sie nie zuvor in ihm gesehen hatte. Schließlich war er es, der ihre Umarmung sanft löste. Böer sah sie ruhig an, noch ganz von ihrer Umarmung gefangen. Dann straffte sich sein Gesicht. Für einen Moment spiegelte sich wieder ein verwirrter Ausdruck in seinen Augen. Lif hatte sich verändert – und zwar sehr. Er wischte den Gedanken weg. Es gab jetzt Wichtigeres.

»Später«, murmelte er sanft.

Der Moment, in dem beide nur Mensch ohne Aufgaben und Rollen waren, verfloß. Lif spürte, wie verantwortlich sich Böer für seine Begleiter fühlte. In diesem Moment stand vor ihr nicht mehr nur ihr Böer, sondern ein Krieger voller Sorge um seine Kampfgefährten. Er war zu einem Heerführer geworden.

»Die Verwundeten müssen schnell in die Burg«, blickte er Lif entschuldigend an.

Schon glitt sein Blick an der langen Schlange der Streiter vorbei, die noch geduldig auf dem Waldpfad darauf warteten, in die Burg zu gelangen, vor deren Tor sich die Menschen in einem dicken Knäuel stauten. Sie nickte und folgte seinem Blick. Weiter unten am Hang erkannte sie die gedrungene Gestalt von Abbio, der im Unterholz an der Schlange vorbeistampfte.

»In der Burg ist alles für euch vorbereitet«, erwiderte sie.

Böer lächelte ihr zu und verschwand an den Kriegern vorbei den Hang hinab. Lif beeilte sich, in die Burg zu gelangen, um bei der Versorgung von gesunden und verletzten Kämpfern zu helfen.

Lif spürte bei den Kriegern jene ehrfürchtige Scheu, mit der die Menschen sie in der Babilonie begrüßt hatten. Aber auch diese Streiter wiesen schon bald mit Stolz auf ihre heilige Frau. Angst und Sorge wichen aus ihren Herzen, wenn sie mit ihr sprachen, ihre Augen glänzten vor Freude, und neue Zuversicht kehrte in ihre Seelen ein.

Lif erfuhr aus ihren Worten, daß schwere Schlachten stattgefunden hatten, und die Sachsen schließlich geschlagen worden waren. Einige Male lächelten Böer und sie sich zu, wenn sie einander nahe kamen. Aber noch ergab sich keine Gelegenheit, miteinander zu sprechen. Zuviel Not wartete auf beide.

Kurz fand Lif Gelegenheit, die Gefährten zu begrüßen, wobei sie jedesmal aufatmete, wenn sie einen von ihnen gesund wiedersah. Sie drückte Servalis, Euliset, Rakus und die anderen an ihr Herz. Auch bei den Freunden war die Freude groß, Lif wiederzusehen. Sie alle bemerkten ihre Veränderung, begrüßten sie aber – jeder auf seine Weise – freudig und vergnügt. In allen Gefährten bemerkte Lif eine tiefe Erschöpfung, die aus dem langen Kampf und Zug durch den Wald entstanden war. Aber die Godin war oft auch erstaunt, wieviel bisher Verborgenes sie an den alten Freunden entdeckte, in welchem neuen Licht sie ihr häufig erschienen. Der kraftvolle und stolze Widukind war von Liebe für seinen Stamm und das Sachsenland erfüllt, von einer solchen Tiefe und Intensität, die sie bei ihm nicht vermutet hätte. Hinter seiner Kraft verbarg sich Liebe, und sein Stolz baute auf bescheidener Ehrfurcht vor dem Land und seinen Menschen. Lif sah, daß sich hinter seiner oft heftigen und zornigen Stimme ein klarer Geist verbarg, der immer stärker die Oberhand in ihm gewann. Sie ahnte, daß seine Kraft, verbunden mit Liebe und dem klaren Geist dereinst die Sachsen führen würde. Ganz undeutlich und schwach, doch zugleich unheildrohend und dunkel, erkannte Lif den fernen Donnerhall eines schrecklichen Knotens der Nornen in seinem Lebensfaden. Sie spürte nur eine kurze Ahnung, schwach wie ein Hauch, und doch war Lif, als fühlte sie, daß dieser Krieger sich vielleicht selbst für seinen Stamm opfern würde. Am überraschtesten von allen Gefährten aber, die Lif traf, zeigte sich der ehrliche Abbio, der mit einem schweren Eichentisch auf dem Arm durch die Burg stampfte, als er Lif erblickte. Zunächst fürchtete Lif, sein stolzer Bart werde ihm vor Erstaunen aus dem Gesicht fallen, statt dessen ließ der stämmige Anführer den Eichentisch auf den Boden krachen und starrte Lif fassungslos an.

»Ja, ist das unsere Godin?« trompetete er erstaunt. »Und da sagen doch einige Krieger, die Götter hätten uns verlassen.«

Trotz seiner Überraschung ließ er sich es nicht nehmen, Lif an seine breite Brust zu drücken. Dann betrachtete er die junge Frau genauer.

»Du warst bei den Göttern«, stellte er fest. »Wahrlich, du hast dich verändert.«

Er kratzte sich am Kinn.

»Aber könnte ich nur sagen wie«, überlegte er laut.

»Ich bin immer noch eure Lif«, stellte die Godin fest. »Nichts, was uns verband, hat sich geändert.«

Abbio nickte. Auch in seine Seele schaute sie tief und bemerkte ein Gefühl, das sie nachdenklich stimmte. Traurigkeit umhüllte die Seele dieses alten Recken. Lif fühlte, daß er den Kampf der Sachsen längst für verloren hielt und diesen Eindruck stets versuchte, auch vor sich selbst, zu verstecken. Lif blickte ihn an, einen Moment zu lange, denn als sich ihre Augen mit denen Abbios trafen, war ihr, als ob der alte Kämpfer ihre Gedanken erraten hatte. Er lächelte gequält.

Bald verabschiedeten sie sich. Dabei wies Abbio Lif noch auf das Treffen der Anführer hin, das am Abend in seiner Hütte stattfinden sollte.

Dann kümmerte sich die Godin wieder um die verwundeten Krieger, Abbio schleppte den Eichentisch weiter über den Hof.

Erst am Abend hatte Lif alle verletzten Kämpfer besucht und schritt zu Abbios Hütte. Hier waren bereits die Anführer versammelt. Als Lif den Raum betrat, saßen Widukind, Abbio, Böer, Thümir, Aural und Bernleff beisammen und redeten hitzig aufeinander ein. Sie alle hatten viele kleine Wunden, die hilfreiche Hände längst versorgt hatten. Es wurde still im Raum, als Lif eintrat. Alle Augen richteten sich auf sie. Die Krieger standen auf und blickten Lif respektvoll an. Die junge Frau begrüßte sie und setzte sich an den Tisch. Die anderen taten es ihr gleich. Die Godin sah in die Runde. Einen Moment lang blieb ihr Blick an Böer haften. Wie verzaubert schaute der sie an. Sie spähte weiter in den Kreis. Die Krieger musterten sie erwartungsvoll.

»Es ist schön, euch alle wiederzusehen«, lächelte Lif. »Laßt uns nun über das Geschehene beraten.«

Jetzt erhob Abbio die Stimme:

»Du warst bei den Göttern und deine Reise von Erfolg gekrönt«, stellte er mit ruhiger Stimme fest.

Die Gefährten nickten.

»Wärst du gescheitert, stünde unser Kampf schlecht«, fuhr der alte Recke fort. »Als ich dich sah, war ich verwundert. So erstaunt, wie ich es nicht für möglich gehalten hätte. Gleichzeitig aber fühlte ich mich auch erleichtert. Denn wofür sollten wir kämpfen und leben, wenn die Verbindung zu den Göttern abgerissen ist, und wir Menschen hilflos über Mittelerde irren. Berichte uns, wie es dir ergangen ist.«

»Ich ritt nach Norden – auf der Suche nach dem Regenbogen, der an einem Ort auf Mittelerde trifft, den kein Mensch beschreiben kann«, begann sie mit ihrer Erzählung.

Sie berichtete vom Idafeld, und als sie von der Verfolgung durch Ichtyo erzählte, schauten alle zornig drein. Erleichtert erfuhren die Gefährten von der Furcht des Riesen vor dem Regenbogen, staunend hörten sie, wie Lif Heimdall traf und schließlich in der Halle der Götter gastete. Lif erzählte nur das Wichtigste und sparte aus, was sie in den zwölf Hallen und den Gesprächen mit Wotan erlebt hatte. Denn jenes, das wußte sie, war nicht für die Ohren der Gefährten bestimmt.

»Und so ist mit mir geschehen, was seit Urzeiten Brauch für einen Goden ist«, schloß Lif ihre Erzählung.

Zufrieden nickten die Krieger.

»Aber nun laßt uns von euren Erlebnissen sprechen«, fuhr Lif fort. »Erzählt, wie es euch ergangen ist.«

»Es steht nicht gut«, berichtete Abbio. »Nicht mehr – denn unser Heerzug begann mit viel Erfolg.«

Er machte eine kleine Pause, so als ob er sich auf die Geschehnisse besinnen müßte.

»Wir zogen zunächst zur Eresburg und stürmten sie«, fuhr er fort und sah Lif an. »Die Franken waren uns nicht gewachsen, so hatten wir wenige Opfer zu beklagen. Bald darauf sammelten wir unsere Leute und eilten nach Osten, um die Hohensyburg zurückzugewinnen. Boten aber hatten die Franken gewarnt. Auch konnten sich die Christenritter vor unserem Angriff noch durch eilends herbeigerufene Krieger verstärken. So berannten wir die Wälle der Burg und konnten sie doch nicht durchdringen. Viele Tage dauerte das Ringen, und viele unserer Kämpfer fielen getroffen von fränkischen Pfeilen und Äxten.«

Er schüttelte den Kopf, so als könne er die Erinnerung nicht fassen.

»Und dann kam der Tag, an dem wir geschlagen wurden. Schon früh bedrängten wir wieder den Wall, als zwei leuchtend rote Scheiben über der Burg am Himmel erschienen. Gerade als der Kampf am heftigsten tobte, rissen unsere Krieger die Köpfe zum Himmel und ergriffen entsetzt die Flucht, hielten die meisten es doch für ein schlechtes Zeichen der Götter.«

»War es ein Zeichen der Macht ihres Gottes?« unterbrach ihn Bernleff unsicher.

Lif blickte ihn an.

»Nein, so wirken die Götter nicht auf Mittelerde. Auch nicht der südliche Gott der Christen.«

Erleichtert nickte Thümir. Abbio fuhr fort:

»Das dachte ich mir schon, ich habe es euch ja gesagt«, knurrte er, »denn auch die Verteidiger hatten Angst. Sie blickten entsetzt zum Himmel und duckten sich noch tiefer hinter ihre Palisaden. Wir brauchten viel Zeit, um unsere Männer und Frauen zu sammeln. Gerade als wir uns wieder wie ein Heer auf einer weiten Wiese formierten, hörten wir fränkische Schlachtrufe und sahen die Beile des Feindes in der Sonne blitzen. In der Eile sicherten keine Späher unsere Flucht. Ein kühler Feldherr mußte die Franken anführen, hatten sie doch ihre Furcht so schnell überwunden. Denn jetzt überrannten sie unsere ungläubig staunenden Streiter auf der Wiese, so daß wir nur in die Wälder fliehen konnten. Viele tapfere Männer und Frauen aber verloren wir erschlagen auf der Wiese. Viele Kämpfer hasteten einzeln durch dichtes Gestrüpp, verfolgt von den Feinden. Es dauerte Tage, bis wir unser Heer wieder versammelt hatten. Zerschlagen und verwundet blieb uns aber nur der Rückzug zur Babilonie. Auch als uns die Kunde erreichte, daß Karl mit einem riesigen Heer zur Rückeroberung der Eresburg angetreten war, konnten wir unsere Schritte nicht mehr nach Süden wenden. Wir waren zu schwach. Gerade heute morgen berichteten Späher, daß die Franken die kleine Besatzung auf der Eresburg erschlagen und die Burg wieder erobert haben. Schon zieht der südliche König weiter nach Norden.«

»So müssen wir uns nun auf die Verteidigung der Babilonie einstellen«, überlegte Thümir laut, kratzte sich am Kopf und blickte Lif fragend an. Ohne es zu merken, so als sei es schon immer so gewesen, suchte er den Rat der Godin.

»Nicht ich bin der erfahrene Recke, sondern ihr«, erwiderte sie. »Auf euer Wissen um das Schlagen von Schlachten will auch ich vertrauen. Dennoch will ich euch raten, auszuruhen. Eure Wunden brauchen Zeit, um zu heilen, die Krieger Ruhe, um neue Kraft zu schöpfen. Eine Schlacht wurde geschlagen und verloren, nicht aber der Krieg. Die Zeit des Angriffs ist vorbei, jetzt kommt die Zeit, Kräfte zu sammeln.«

»Falls wir nicht angegriffen werden«, warnte Widukind.

»Dazu müssen sie uns erst einmal finden«, stellte Abbio fest. »Aber wachsam müssen wir sein. Späher sollen die Wälder rings um die Burg sichern.«

So besprachen sie noch eine ganze Weile den Stand des Kampfes. Erst spät in der Nacht zogen sich Böer und Lif in ihre Hütte zurück. Böer hatte die Veränderung Lifs besonders stark wahrgenommen. Es war ein seltsames Gefühl. Er fühlte eine Scheu Lif gegenüber, die er sich nicht erklären konnte, bemerkte Ruhe und Kraft, die er bisher so nicht in ihr gefunden hatte. Dennoch spürte er auch die bekannte Lif, jene Frau, die ihn bei der Begrüßung so selbstvergessen in den Arm genommen hatte. Ganz verwirrt hatte ihn dann die junge Priesterin, die in Abbios Hütte auf der Beratung gesprochen hatte. Nicht nur die Heiligkeit der Godin verzauberte Böer. Auch ein neuer Aspekt der Frau faszinierte ihn. Noch nie war ihm Lif so schön, so reizvoll erschienen. Zugleich fühlte er sich unsicher, wußte er sich ihr gegenüber nicht zu verhalten – ähnlich wie beim Allthing, als er sie zum ersten Mal gesehen hatte.

Schon beim Gang zu ihrer Hütte hielt er mehr Abstand zu Lif, als es früher üblich war. Er wagte sich ihr nicht mehr in vertrauter Art zu nähern und wußte doch zugleich, daß er es hätte tun können, da sie doch immer noch die alte Freundin für ihn war. Im Schein des kleinen Feuers fragte er Lif nach ihrem Gang über den Regenbogen. Lif blickte ihn nachdenklich an.

»Eine Godin zu sein ist mehr, als durch das Wissen der Menschen zu lernen ist«, sagte sie mit leiser Stimme. »Ich wußte zuwenig, bevor ich nach Asgard ging, um dem Stamm zu helfen. Zuwenig vielleicht, um mich Godin zu nennen, auch wenn ihr mich als weise Frau annahmt. Nun aber will ich versuchen, euch wirklich weisen Rat zu geben und den Stamm auf seinem Weg zu führen.«

»Hat sich viel für dich verändert?« wollte Böer zögernd wissen.

Lif lächelte.

»Viel, sehr viel sogar hat sich gewandelt.«

Sie wußte, was in Böer vorging, spürte, wie ihn ihre Veränderung verwirrte, er unsicher war. Zugleich nahm sie seine tiefe Liebe wahr. Dieses Gefühl erfüllte sie mit Glück. Bis auf jene gewachsene Verantwortung, die sie in ihm fühlte, war Böer einer der wenigen Menschen, an denen Lif keine neuen Facetten entdeckte. Durch ihre Liebe war sie schon immer bis in die Tiefen seiner Seele vorgedrungen. Sie ließ sich an seine Brust sinken.

»Meine Liebe zu dir ist die alte geblieben, aber noch viel stärker gewachsen«, flüsterte sie.

Zärtlich zog sie Böer fester an sich und küßte ihn. Lif spürte seine Erleichterung. Ganz fest umarmte der junge Krieger sie nun, und sie genoß seine Nähe und Wärme. Alle Verwirrtheit verschwand aus Böers Gefühlen, und er tauchte ein in das Meer der Liebe, das sich in Lifs Armen vor ihm ausbreitete. Schon bald schmiegten sie sich aneinander, und der Mond verhielt lächelnd in seinem Lauf.

Die Franken rückten nicht gegen die Babilonie vor. Späher beobachteten den Zug des feindlichen Heeres bis zur Lippe. Hier hielten die Christenritter und begannen sogleich mit dem Bau einer Burg. Als der Herbst sich über das Land legte, ragten an den Ufern des Flusses hohe Wälle über die Wiesen, befestigt durch starke Palisaden. Der fränkische König ließ viele Soldaten auf der Feste und zog mit seinem Heer wieder nach Süden davon. Auf der Babilonie waren die Menschen dankbar für die Zeit der Ruhe und des Friedens. So konnten sich die Krieger erholen und ihre Wunden heilen. Immer noch weilten zahlreiche Bauern aus den umliegenden Gauen auf der schützenden Burg. Viele zogen mit dem Herbst auf ihre Höfe, manche blieben aber auch über den Winter, denn auf ihren verbrannten Gütern konnten sie bei grimmigem Frost nicht überleben. Auch Halde, die junge Frau, die sich mit Bernleff angefreundet hatte, gastete noch immer auf der Babilonie. Sie verbrachten viel Zeit miteinander, und Bernleff war fröhlich und guten Mutes wie niemals zuvor. Jäger, die einsam durch den Wald pirschten, wußten sogar davon zu berichten, daß der Skalde seine Lieder auf einsamen Auen nur der jungen Frau vortrug. Da rechneten alle mit einer baldigen Hochzeit auf der Burg.

UR

Schon bald wurden die Tage kühler. Nebel senkte sich häufig den ganzen Tag lang über das Land. Verzog sich der dichte Schleier, regnete es so stark, daß bald alle Wege von tiefen Pfützen übersät waren. An einem grauen, tristen Tag kündigten Hörner aus dem Wald die Ankunft eines sächsischen Spähtrupps an. Als die Krieger die Burg betraten, führten sie einen fränkischen Ritter mit sich. Die Späher hatten den Mann gefunden, als er in der Nähe der Babilonie durch den Wald irrte. Er trug keine Waffen bei sich. Mit verbundenen Augen wurde er in die Burg geführt. Im Inneren der Feste nahmen die Wachen dem Franken die Augenbinden ab. Immer wieder betonte der Mann, daß er kein verirrter Krieger, sondern Bote sei. Er wurde in eine Hütte geführt. Bei Speise und Trank wartete er auf die Anführer der Sachsen. Böer betrat die Halle gemeinsam mit Lif, Abbio, Widukind und Thümir. Interessiert hob der Franke den Kopf, um die sächsischen Anführer zu mustern. Seine langen braunen Haare fielen immer noch naß vom Regen bis auf seine Schultern. Ein sorgsam gestutzter Bart zierte Kinn und Wangen. Der Mann war nicht mehr jung. Er mochte schon durch manche Schlacht gegangen sein. Unruhig flogen seine Blicke im Raum umher.

»Wenn du als Gast in Frieden gekommen bist, so sei uns willkommen«, begrüßte Abbio den feindlichen Ritter und stellte die Gefährten vor.

»Mein Name ist Eburisus. Ich bin gekommen, eine Nachricht zu überbringen«, antwortete der Franke barsch. »Und es ziemt sich nicht, einem Boten die Augen zu verbinden.«

»Wenn er die eigene Burg ausspähen könnte schon«, erwiderte Abbio gelassen. »Die verbundenen Augen könnten ihm das Leben garantieren. Denn wir Sachsen brechen das Gastrecht nur ungern.«

»Seid ihr so schwach, daß ihr eure Burgen verstecken müßt«, höhnte der Franke mutig.

»Sicher habt ihr schon gegen uns gefochten«, sagte Abbio ruhig. »Damit ergibt sich jedes Wort darüber. Klugheit würde ich nicht für Schwäche halten.«

Der Franke grinste.

»Klug scheint ihr wirklich zu sein. So mögt ihr auch gut abzuwägen wissen, was ich euch nun berichte.«

Er blickte abwartend in die Runde. Dabei musterte er jeden genau. Lif spürte, daß er schon von jedem gehört hatte. Sein Blick fiel auf die Godin. Für einen Moment flackerte Unsicherheit in seinen Augen. Dann begann er zu sprechen.

»Der mächtige König Karl, Herrscher über die herrlichen Franken, Gebieter von Alemannen, Burgundern, Bajuwaren, Goten, Sweben und viele andere Völker, Nachfolger der heiligen römischen Kaiser, läßt euch folgende Botschaft überbringen. Er ist des Krieges an der Nordgrenze seines Reiches leid. Viele große Aufgaben warten auf ihn, und er möchte mit euch über den Frieden sprechen. Es ist sein Wunsch, sich mit euren Anführern in Paderborn zu treffen – wenn der Vollmond sich wieder an die wärmeren Tage anschließt.«

Erwartungsvoll musterte er die Sachsen.

»Daran vermag ich nichts Schlechtes zu erkennen«, stellte Lif nach einer kurzen Pause fest. »In diesem weiten Land aber leben frei die Menschen der Sachsen, Langobarden, Angeln, Friesen und Cherusker beisammen. Für sie alle kann niemand hier schnell entscheiden. Wir wollen auf dem Allthing darüber beraten und euch dann einen Boten senden.«

»König Karl erwartet die Antwort von mir.«

»Dann mag er warten«, erwiderte Lif kühl. »Es wird so geschehen, wie ich es gesagt habe. Du bist frei zu gehen oder zu bleiben, so lange du magst.«

Der Franke blieb noch einige Tage. Er war allerdings nicht sehr gesprächig und vermied die Gegenwart der Menschen in der Babilonie, so daß er zumeist allein saß oder durch die Burg spazierte. Den Sachsen entging nicht, daß er dabei ganz besonders die Stärke der Wälle und Tore, der Wachen und Krieger mit seinen Augen ausmaß. Die Burgbewohner ließen ihn gewähren, denn sie wollten das Gastrecht nicht brechen. Nur außerhalb der Burg durfte der Franke nicht ohne verbundene Augen spazierengehen. Zu groß wäre die Gefahr gewesen, daß er die Verbindung von den ihm bekannten Pfaden zur Burg erraten hätte.

Schließlich verließ der fränkische Bote die Burg. Am selben Abend betraten Halde und Bernleff die Hütte von Böer und Lif. Beide setzten sich mit gewichtigen Mienen in die Halle. Böer mußte nicht Lifs Kräfte haben, um zu erkennen, daß die beiden etwas ganz besonders Wichtiges besprechen wollten.

»Ich gehe noch Holz hacken«, erklärte Böer und begann sich eifrig anzukleiden.

»Bleib und setz dich zu uns«, bat Halde ihn, und jetzt war Böer noch gespannter, was die beiden zu berichten hatten.

Als sich Böer schließlich zu ihnen gesetzt hatte, blickte Lif Halde aufmunternd an.

»Wir lieben uns«, begann Halde zu sprechen.

»Und möchten für immer zusammenbleiben«, fuhr Bernleff fort.

Böer mußte innerlich lächeln, denn er wußte, was folgen sollte. »Wir möchten heiraten«, fuhr Halde fort.

»So soll es denn sein«, stellte die Godin fest. »Und eure Sippen?«

»Alle sind tot, schon seit langer Zeit«, stellte Bernleff klar.

»Um so mehr werden wir mit euch feiern«, versprach Lif.

Böers Gedanken glitten ihm kurz davon. Er sah sich auf der Hochzeit, hörte die heiligen Worte der Zeremonie, den Schwur der Liebenden, die Musik und drehte sich im Tanz. Und dann schoß eine Idee durch seinen Kopf.

»Nennt den Zeitpunkt und den Mann, der als Brautbitter die Gäste laden soll«, fuhr Lif fort.

»Am Abend des nächsten Neumondes mag das Fest beginnen«, erläuterte Bernleff. »Als Brautbitter hatten wir an Böer gedacht.«

»Das wird nicht gehen«, fuhr dieser dazwischen.

Lif sah ihn verwirrt an.

»Ich würde selbst gerne einen Brautbitter bestellen.«

Er blickte fragend zu Lif.

Die Augen der jungen Frau leuchteten zustimmend.

»Wir heiraten auch«, stellte sie bestimmt fest. »Es wird eine Doppelhochzeit geben.«

»Wenn ihr einverstanden seid«, ergänzte Böer.

Halde und Bernleff schien der Gedanke zu gefallen. Sie nickten.

»Allerdings müssen wir den Termin verschieben«, überlegte Böer. »Meine Sippe einzuladen, braucht etwas länger Zeit.«

»Und Abbio soll der gemeinsame Brautbitter sein«, lachte Lif.

Alle waren einverstanden, und so wurde vereinbart, die Hochzeit am zweiten Neumond nach diesem Gespräch in der Babilonie zu feiern. Abbio war sehr erfreut, als er hörte, daß beide Paare ihn zum Brautbitter ausersehen hatten. Schon bald stand er in seinen besten Kleidern vor Böer und Lifs Hütte, um seinen Gang durch die Burg anzutreten. Lif hatte ein buntes Band genäht, das sie ihm über die Schulter hängte. Es war das Zeichen, das Abbio für die Gäste als Brautbitter auswies. Kurz darauf schmückte ein zweites Band – von Bernleff und Halde – seine Brust, und er marschierte los. Schon zuvor hatte sich die frohe Nachricht in der Burg herumgesprochen, so daß Abbio lachend und scherzend von den Menschen auf seinem Weg begleitet wurde. Er hatte einen langen Gang zu gehen, schließlich kehrte er in jede Hütte der Burg ein. Dafür brauchte er mehrere Tage, denn in jeder Halle wurde er mit reichlich Bier von den Bewohnern begrüßt. Je später der Tag voranschritt, um so schwankender wurde der Gang des alten Recken, was besonders Rakus und Servalis zu so manchem Scherz bewegte.

»Gut, daß ich nicht als Brautwerber losspazieren mußte«, stellte Böer mehr als einmal fest, als ihm Abbio vor die Füße lief.

»Gut, daß du dich darum drücken konntest«, fügte Lif scherzend hinzu.

In jedem Haus bekam Abbio zum Zeichen der Zusage ein farbiges Bandes, das er am Abend Böer und Lif, Bernleff und Halde überbrachte, geschenkt. So wußten die Paare, wie viele Gäste sie zu erwarten hatten. Bedeckt mit roten, gelben, grünen und blauen Bändern kehrte Abbio an jedem Abend zu den Paaren zurück. Vom vielen Bier ganz durcheinander, fiel es ihm jedesmal schwer, die Bänder an Halde und Bernleff sowie Lif und Böer zu verteilen. Eigentlich wäre es gar nicht nötig gewesen, da sowieso die ganze Burg erschien. Aber Abbio bestand darauf, alte Sitten zu pflegen. Als er alle Hütten in der Babilonie besucht hatte, sattelte er sein Pferd, um nach Norden, ins Waldsatiland aufzubrechen. Eines Morgens stand er vor der Hütte von Lif und Böer, um sich von den beiden zu verabschieden. Als das Paar vor die Tür trat, erkannten sie Widukind, der ebenfalls neben seinem Pferd stand, bereit, aufzubrechen.

»Willst du auch unser Brautbitter sein?« fragte Böer den sächsischen Krieger.

»Nein«, erwiderte Widukind kopfschüttelnd.

»Aber ich werde Abbio ein Stück des Weges begleiten. Ihr wißt, was auf dem Allthing besprochen und entschieden werden soll. Ich möchte zuvor die Meinung der Bauern erkunden.«

Lif nickte. »Wann wirst du wiederkommen?« wollte sie wissen.

»Vor eurer Hochzeit ganz sicher«, lachte Widukind.

»Ich hoffe, zum nächsten Neumond wieder auf der Babilonie zu sein. Dann können wir über meine Erlebnisse sprechen.«

Kurz darauf verschwanden beide im Morgennebel: Abbio, um fröhliche Brautgäste zu werben, Widukind, um sich auf ernste Taten vorzubereiten.

Am Abend brach auch Lif auf. Dichte Nebelschwaden hatten den ganzen Tag über dem Land gelegen. Gierig sogen sie das spärliche Licht der Sonne auf und sorgten dafür, daß das Zwielicht zwischen Tag und Nacht besonders schnell über der Babilonie hereinbrach. Undeutlich verschwommen schimmerten die Stämme der Baumriesen hinter den wabernden Schwaden, als Lif sich ihren Weg durch den Wald bahnte. Närrisch lugten verwinkelte Wurzeln und Äste über den Pfad. Sicheren Schrittes wanderte die Godin voran, bis sich das stille Wasser eines glitzernden Teiches vor ihr ausbreitete. Kein Laut war in der Dämmerung zu hören. Wie Watte deckte der Nebel die Geräusche zu. Dunkel schwammen Blätter auf der Oberfläche des Teiches, wie schmale Schwerter stachen die spitzen Halme des Schilfes aus dem moderigen, tiefen Wasser empor. Lif schritt bis an den Rand des Teiches. Hier, wo sich Wasser und Erde berührten, streckte sie die Arme in den feuchten Himmel, sog die vom Geruch nassen Holzes vollgesogene Luft in ihre Lungen. Ein frischer Kraftstrom durchfloß ihre Adern, sie fühlte, wie aus dem nassen Boden die warme Energie der Erde in sie strömte. Nun war sie eins mit dem Leben, würde sie im Zwielicht zwischen den Zeiten einen Blick auf die Zukunft werfen – die Zukunft ihres Stammes. Ihre Augen glitten über das moderige Wasser, erkannten selbst in dieser stillen Dunkelheit feine Lichtspiegelungen, die sich in unmerklicher Bewegung auf der dunklen Oberfläche in wirrem, feinem Spiel verschoben, aufblitzten und wieder zurück schwankten. Immer deutlicher pulsierte dieses glänzende Leben vor ihren Augen, verschwammen schließlich die flackernden Lichtschimmer wogend ineinander. Undeutlich zogen Nebelschwaden vorüber. Direkt in der Mitte ihres Blickes lichtete sich eine kreisförmig wabernde Schwade, blieb stehen, öffnete sich in ihrer Mitte, so daß ein allmählich größer werdender Ring entstand, der wie vom Wind bewegt in seiner Form leicht schwankte. Im Ring tauchten schemenhaft bebende Formen auf, so fein, daß Lif sie zunächst kaum bemerkte. Doch dann sah sie Reiter, erst verschwommen und sich grau kaum vom schwarzen Hintergrund abhebend, bald immer deutlicher werdend. Sie stürmten einen leicht abfallenden Berghang hinab, rasten auf ein freies Feld. Über ihnen ragte mächtig der Hohenstein in den Himmel. Im Schatten dieses Felsens donnerte ein nicht enden wollender Strom von Pferdeleibern auf eine Wiese. Auf dem Rücken der Tiere saßen geduckte Krieger, Schwerter in der Hand. Es waren Sachsen. Voller Wut stürmten sie auf das ebene Feld und rasten wie eine Flutwelle zwischen die Reiter eines anderen Heeres, die wie vom Sturm getroffene Getreidehalme von dem Angriff überrannt wurden. Ein riesiger Recke führte die Sachsen an. Es war Widukind, wie Lif erkannte. Das Bild verdunkelte sich und verschwamm wieder im Nebel der wabernden Wolke. Der Blick der Godin löste sich vom Teich. Erschöpft ließ sie sich auf einen Stein sinken. In der Ferne zwitscherte ein Vogel. Die Bilder hielten sich noch lange in ihrem Kopf. Es gab also noch keinen Frieden. Aber es war ein Bild der Kraft und des Sieges gewesen, keine Vision der Niedergeschlagenheit und Verzweiflung. Konnte kluges Menschenwerk diesen Kampf noch vermeiden? Auf jeden Fall hatten die Sachsen noch die Kraft, einen großen Sieg zu erringen. Mit diesem Wissen galt es, in die kommenden Verhandlungen zu gehen. Lif stand auf und schritt in die Babilonie.

Viele Tage später kamen erst Abbio, dann Widukind zurück. Der Brautbitter hatte sich länger als geplant bei Böers Eltern aufgehalten, denn er war fürstlich bewirtet worden. Auch schien er sich mit Bentan prächtig verstanden zu haben. Widukind war erschöpft. Er hatte mit vielen Bauern gesprochen und ihre Ansichten erkundet. An einem Abend kamen sie zusammen, um über das Erfahrene zu sprechen.

»Ich war im Norden und im Süden«, begann Widukind zu erzählen. »Die Stimmung ist unterschiedlich im Land, je nachdem wo die Bauern wohnen. In den Gauen von Brun und Hassio sehen die Bauern den Kampf schon als beendet an. Sie haben ihren Frieden mit den Franken geschlossen und vertrauen auf die Gespräche, die sie mit ihnen geführt haben. Den neuen Feldzug Karls sehen sie nicht als Angriff gegen die Sachsen, sondern nur als Feldzug gegen uns, vor allem gegen die Engern. Bei den Verhandlungen wollen sie ihren Frieden mit dem König bekräftigen und auch uns dazu raten. Nur in der Gegend um die Eresburg bin ich auf Wut und Zorn gegen die südlichen Ritter gestoßen. Diese Menschen würden am liebsten sofort gegen die Franken ziehen. Sie trauen dem Feind nicht mehr und sehen in Gesprächen keinen Sinn. Auch im Norden sind die Menschen gegen den erneuten Angriff Karls empört. Sie sehen den Stamm noch als Ganzes und nicht den Kampf auf die Krieger der Babilonie beschränkt. Sie glauben an die Kraft unserer Waffen, wollen aber verhandeln, um zu hören, was der fränkische König uns anzubieten hat.«

Nachdenklich blickten die Gefährten einander an.

»Der südliche König ist nicht am Frieden mit freien Sachsen interessiert«, überlegte Thümir laut. »Sonst hätte er den Kampf gar nicht erst beginnen müssen. Er will den Frieden mit einem besiegten Stamm.«

»Ja, Brun und Hassio irren sich, wie schon so oft«, fügte Abbio leise hinzu. »Selbst ihre demütige Zustimmung dürfte dem Frankenherrscher noch nicht einmal reichen, da sie ihm nicht hörig sind. Was also wollen wir auf dem Allthing vertreten?«

»Ihr sollt noch wissen, was ich gesehen habe«, erhob Lif die Stimme. Die Freunde wandten sich ihr zu.

»Ich habe in die Zeiten gesehen. Es war kein Frieden, den ich sah. Eine Schlacht tobte, Sachsen stürmten auf Pferden gegen weichende Franken ein. Widukind ritt an ihrer Spitze.«

»Wird es so kommen?« fragte Abbio die Godin.

»Ich sah den Weg, wie er uns jetzt vorgezeichnet ist. Niemand kann sagen, ob Menschenwerk ihn noch zu ändern vermag. Was ich aber erblickte, war ein Sieg, ein Bild der Stärke unseres Stammes.«

»So laßt uns mit den Franken sprechen«, forderte Widukind. »Vielleicht können wir einen Frieden aushandeln, den uns der fränkische König garantiert. Wenn nicht, bleibt uns unsere Kraft und die Zuversicht auf das Schlachtenglück. Schaden können uns die Gespräche nicht. Denn ein Jahr der Ruhe bekommt unseren Feldern wie auch Kriegern gut.«

»Aber wenn es zum Krieg kommt«, schob Abbio ein, »wirst du unser Heerführer sein.«

Widukind sah ihn an.

Dann nickte er.

»Wenn die Menschen es so beschließen, bin ich bereit.«

Alle Augen richteten sich auf Lif. Auch sie nickte.

»So wollen wir vorgehen. Nun laßt uns fröhlichere Dinge planen.«

So geschah es. In den folgenden Tagen begannen die Vorbereitungen für die Hochzeit in der Babilonie.

Die Hochzeitsvorbereitungen hatte Böer sich einfacher vorgestellt. Abbio mußte sich noch einmal als Brautbitter auf sein Pferd schwingen und die Bauern des Umlandes zum Fest einladen. Immerhin versorgten die braven Männer und Frauen die Burg schon lange mit Nahrung. Auch der Festgesellschaft würden diese Vorräte nutzen. Als Warst ihn grinsend fragte, wo denn die Gäste feiern sollten, fiel Böer erschrocken ein, daß er dieses Thema noch gar nicht bedacht hatte. Die Hütten waren für ein großes Festgelage aber allesamt zu klein. So schwangen kurz darauf die Burgbewohner Hämmer und Beile, um für das Fest ein großes Zelt zu bauen. Auch sonst gab es viel zu planen. Böer und Lif legten mit Bernleff und Halde den Ablauf der Feier fest und ritten über das Land, um Musiker zu finden, denn auf der Burg gab es keinen, der zu flotter Tanzweise hätte aufspielen können. Im geheimen suchten beide einen alten Schneider auf, der sich in der Babilonie niedergelassen hatte. Niemand – außer diesem Mann – durfte vor der Hochzeit ihre neuen Kleider sehen. Der Handwerker hatte seinen Spaß daran, sie kurz hintereinander mit ihren Aufträgen in seiner Hütte zu begrüßen. Das alles aber fiel Böer nicht so schwer. Frohen Herzens schleppte er Baumstämme, plante und warb Musiker. Was ihm hingegen Kummer machte, war das Brautgedicht. Schon seit Urzeiten war es bei den Sachsen Brauch, daß der Bräutigam seiner Braut ein Liebesgedicht während der Feier vorlas. Durch die schönen Worte wurde ein Liebeszauber gewoben, der das Paar zusammenhielt. Je länger Böer aber über die Zeilen nachdachte, um so schwerer fiel es ihm, sie zu dichten. Bald verschwand er allabendlich nach der Arbeit aus der Burg und kämpfte im Wald einen einsamen Kampf mit den Worten. Aber es wollte ihm nicht zu seiner Zufriedenheit gelingen. Schließlich war er kurz davor, aufzugeben. Da fielen ihm, als er sich mit seiner Verzweiflung bereits abgefunden hatte, überraschende Zeilen für den Anfang des Gedichts bei einem Ritt durch den Wald ein. Er war begeistert, und im Nu sprudelten die Worte nur so aus ihm heraus. So kam Böer zu einem Brautgedicht, das ihm sehr gut gefiel.

Die Tage der Hochzeit rückten näher. Das Zelt stand, die Kleider waren genäht und die Verse gelernt, als Böers Eltern, Brüder und seine Schwester durch das Tor der Babilonie ritten. Böer durchquerte gerade den Hof, als er sie erblickte. Sein Herz schlug vor Freude höher. Er lief ihnen entgegen und erkannte sogleich, daß sich die Eltern nur wenig verändert hatten. Sein Vater war etwas rundlicher geworden, die Mutter hatte erste graue Strähnen im Haar. Die Brüder aber waren zu erwachsenen Männer herangereift. Auch Syd hatte sich verändert: Aus dem Kind war ein Mädchen geworden, aus dem bereits die erste Schönheit der jungen Frau strahlte. An der Seite von Bart ritt eine junge, sehr hübsche Begleiterin. Sie hieß Angal und war mit Böers Bruder verlobt. Brul hingegen hatte noch kein Glück bei der Brautschau gehabt. Hinter den Eltern und Brüdern kamen Lüdegast, Jöllund und andere Nachbarn mit Frauen, Söhnen und Töchtern in die Babilonie geritten. An diesem Tag ließen Böer und Lif Arbeit und Vorbereitungen liegen und gingen mit den Eltern und Bekannten in ihre Hütte, um über das Erlebte und das Kommende zu sprechen. Viel Neues hatte Bentan nicht aus dem Waldsatiland zu berichten. Das Leben lief in den gewohnten Bahnen. Die Mütter und Väter von Jöllund und Lüdegast waren schon vor einiger Zeit gestorben, die Töchter von Lüdegast hatten mit ihren Familien eigene Höfe in einem anderen Gau gegründet. Ehemalige Spielgefährten Böers waren nun verheiratet oder planten dergleichen. Böer spornte seinen Vater an, die Alltagsbegebenheiten zu erzählen. Schon seit langem regte sich in dem jungen Krieger der Wunsch, den Hof seiner Familie im Norden zu besuchen und für längere Zeit dort zu gasten. Nun, als er den Berichten seines Vaters lauschte, beschloß er, seine Eltern und Geschwister so bald wie möglich für längere Zeit zu beehren. Als er das den Eltern, Brüdern und der Schwester ankündigte, war die Freude bei diesen darüber groß. Anschließend berichtete Böer von seinen Taten, und so saßen sie bis spät in der Nacht beisammen und leerten manchen Krug. In den nächsten

Tagen kamen die Bauern aus dem Umland auf die Feste. Mit ihnen ritten auch die Musiker – sehr zu Böers Erleichterung, denn keiner von ihnen hatte sich so recht festlegen lassen – in die Burg. Am Vorabend der Hochzeit trafen sich die Menschen außerhalb der Wälle, um altes Geschirr und Töpfe zu zerschmeißen. Durch den Lärm dieses alten Brauches sollten finster gesonnene Trolle und Alben vom Hochzeitsfest ferngehalten werden. Denn beide Arten von Wesen verabscheuten nichts so sehr, wie den schallenden Lärm.

Dann brach der Tag der Hochzeit an. Früh am Morgen verschwand Lif aus ihrer Hütte, und Böer wußte, was sie vorhatte. Auch er zog die prächtigen Kleider an, die er sich für die Hochzeit hatte fertigen lassen und fragte sich gleichzeitig, ob sie Lif wohl gefallen würden. Ganz im Blau des Himmels waren Hose und Überhang gefertigt. Sie wurden durch einen prächtigen Gürtel aus braunem Leder zusammengehalten. Ruhig und sicher war Böer erwacht. Als er sich aber den Gürtel umschnallte, wurde er unruhig. Immer wieder ging er in der Hütte umher, bedachte noch einmal den Ablauf des Abends und ob die Vorbereitungen wohl richtig gelaufen waren. Als er aus dem Burghof lärmendes Treiben hörte, legte er sein Schwert an und schritt heraus, froh, nun etwas tun zu können. Über den Eingang seiner Halle hängte er einen Kranz, den er am Abend zuvor noch geknüpft hatte. Vier Wagen fuhren von Pferden gezogen paarweise polternd durch das kleine Dorf. Auf dem ersten Karren erkannte Böer Lif. Sie hatte ihr Spinnrad neben sich auf das Gefährt gestellt, ihre liebsten Kleider und ihren Schmuck darauf ausgestellt. Direkt neben ihr aber funkelten das Schwert und das weiße Gewand der Godin. Sie selbst trug an diesem Tag ein blaues Kleid. Eine silberne Kette zierte ihren Hals. Daran hing, geheimnisvoll glühend, der schwarze Stein, den Livele ihr einst gereicht hatte. Auf dem Kopf trug die Godin einen Kranz. Die Hände junger Frauen aus dem Dorf hatten ihn zuvor geflochten und jetzt auf das Haar der Braut gesetzt. Lif war schön. So schön, daß Böer sie verwundert anstarrte. Neben ihr fuhr Halde auf dem zweiten Brautwagen in einem leuchtend gelben Gewand. Hinter ihren Karren polterte jeweils ein zweiter heran. Auf dem Gefährt, das sich an Lifs Wagen anschloß, saßen lustig lärmend Böers Eltern und Brüder, die Wanderer, Thümir, Warst und Salt sowie Abbio und Widukind. Auf dem anderen Karren saßen Freunde von Bernleff und Halde. Auf beiden Wagen hatten sich die Spielleute verteilt. Die Karren trennten sich, zwei bogen zu Böers Hütte ab, zwei polterten zu Bernleffs Halle über den Hof der Burg. Schreiende Kinder liefen hinterher. Mit leichtem Abstand folgten die anderen Männer und Frauen. Direkt vor Böer kam der Karren zum Stehen. Als Lif aufstand, kehrte Ruhe ein. Erwartungsvoll beobachteten die Menschen das Paar. Lif stieg vom Karren, ging langsam zu Böer. Die beiden nahmen sich in die Arme. Dann schritten sie über die Schwelle des Hauses und verschwanden für einen kurzen Moment vor den Blicken der Menschen. Männer, Frauen und Kinder jubelten. Dergleichen geschah auch vor Bernleffs Hütte. Im Inneren des Hauses sahen sich Böer und Lif kurz lächelnd an. Sie schritten wieder zu den Menschen heraus, die sie klatschend empfingen. Gemeinsam sprangen sie auf den Wagen und fuhren zur Mitte der Burg, wo sie Bernleff und Halde mit ihren Karren trafen. Zusammen bewegte sich der Zug aus Wagen und Menschen aus der Burg heraus, zum Teich, der für die Bewohner der Burg als heiliger Platz galt.

Ruhig lag das Wasser im Schatten der alten Bäume vor ihnen. Rings herum hatten eifrige Dorfbewohner Tische und Stühle für die folgende Feier in einem Rund aufgestellt. Die Menschen setzten sich, ein jeder fand schnell einen Platz. Lif trat vor die wartenden Gäste. Als Godin war es ihre Aufgabe, die Paare zu trauen. Da sie aber selbst Braut war, mußte die heilige Pflicht ein anderer Sachse erfüllen. Lif hatte Abbio für diese Aufgabe ausgewählt. Denn er schien ihr aufgrund seiner Weisheit und seines Alters dafür geeignet. Den Vollzug des alten Brauches hatte Lif ihm vorher beigebracht.

Der dunkle, geheimnisvolle Klang zweier Luren kündigte den Beginn der Zeremonie an. Heilige Stille herrschte, als Lif die Arme hob und zu sprechen begann:

»Frouva, heilige Wanin, Göttin der Liebe und der Schönheit, dich rufe ich an, denn heute sollen sich Mann und Frau durch deinen Zauber miteinander verbinden.«

Mit hoch erhobenen Armen stand Lif da. Ihre Worte schwebten über dem Teich. Ein leichter Wind kam auf, und Böer war, als ob er die gesprochenen Sätze über das Land trug. Heilige Scheu und tiefer Frieden kehrten in die Herzen der Menschen ein.

»Donar, mächtiger Donnerer, auch dich will ich rufen. Denn so wie sich Asen und Wanen einst verbanden, so sollen sich auch Mann und Frau freiwillig binden. Wache du darüber, daß das Rechte geschieht, wache du auch über diesen menschlichen Bund.«

Die Blätter der Bäume raschelten, als Lif diese Worte sprach. Leise erklangen die Luren.

»Abbio, dich rufe ich auf, die Hochzeit zu vollziehen. Für diese Feier sollst du der Gode unseres Stammes sein.«

Abbio stand auf und schritt auf Lif zu. Dicht vor ihr blieb er stehen. Lif nahm die Kette mit dem schwarzen Stein und legte sie dem Anführer um den Hals. Anschließend ging sie zur Seite, und der Krieger nahm ihren Platz ein. Erwartungsvoll sahen ihn die Menschen an. Obwohl Böer wußte, wie die Zeremonie ablaufen würde, klopfte sein Herz. Er hatte schon oft vor vielen Menschen gesprochen. Trotzdem wurde er bei dem Gedanken, gleich aufstehen und vor Abbio treten zu müssen, unruhig. Dann war es soweit: Der alte Recke bat sie, sich zu erheben, und Böer, Bernleff und Halde schritten auf ihn zu. Lif stellte sich zu ihnen. Die Menschen schwiegen voller Erwartung. Abbio musterte sie ernst. Seine Augen funkelten.

»Nach ehelicher Sitte wollt ihr nun eure Leben verbinden, Liebe halten und stets füreinander wirken. Was Menschen sich versprechen mit all ihrer Kraft zu schaffen, das soll der Götter Segen weihen. Der heiligste Schwur, den wir kennen, soll göttlich binden, was Menschen versuchen zu wirken. Darum wird Mjölnir, der göttliche Hammer, die Abmachung besiegeln. Was wir unter seinem Zeichen sprechen, wird vor den Göttern als Zeugen besiegelt.«

Widukind schritt in das Rund. Vor sich gestreckt, in seinen Armen, lag der Hammer, mit dem die Sachsen das weihten, was ihnen besonders wichtig war. Abbio nahm ihn in eine Hand. Er hielt ihn hoch in die Luft.

»Sagt nun, ob ihr euch binden und was ihr euch versprechen wollt«, rief er in den Kreis. »Alle Zeugen hier sollen es hören, die Götter werden es besiegeln, auf daß euer Gelöbnis niemals zerbricht. Wählt darum sorgsam die Worte, die ihr sprecht.«

Bernleff trat vor.

»Nicht in großer Rede wollen wir unser Versprechen machen«, begann er. »Einfache Worte treffen Versprechen, die klar sind, am besten. Halde und ich wollen Hochzeit feiern. Stets wollen wir zueinander halten, niemals soll einer dem anderen die Treue brechen, niemals einer mit einem anderen Mann oder einer anderen Frau das Lager teilen.«

Halde trat vor.

»Dieses Gelöbnis verspreche ich auch zu halten«, kündigte sie an.

Abbio musterte sie und Bernleff ernst. Mit dem Hammer schlug er das Zeichen der Rune Os, jenem Zeichen, das allen Vorhaben Glück und ein gutes Gelingen verheißt.

»So sei es denn, wie ihr es beschlossen«, verkündete der alte Recke.

Lif trat vor.

»Auch wir wollen nun unser Gelöbnis versprechen, den Menschen zum Segen, den Menschen zum Glück. Stets wollen wir zueinander halten, stets dafür kämpfen, daß die Liebe niemals verlischt. Ganz öffnen wollen wir unsere Herzen füreinander, in Treue durchs Leben gehen. Stets wollen wir versuchen, den anderen zu verstehen – auch dann, wenn die Treue am Lager einmal gebrochen wird.«

Böer besiegelte den Schwur.

Wieder machte Abbio das Zeichen der glückbringenden Rune.

»So sei es auch hier. Menschen und Götter haben den Schwur gehört. Die Heirat ersiege Wotan, weihe Donar.«

Er reichte den Hammer an den vortretenden Widukind. Anschließend nahm er zwei Becher, füllte sie mit Met und reichte sie Halde und Lif. Beide tranken sie zur Hälfte leer, gaben sie an Böer und Bernleff weiter, die die Gefäße bis zum Boden leerten. Die beiden Männer zogen jetzt die Ringe, die sie vor der

Hochzeit hatten anfertigen lassen, aus ihren Taschen. Andächtig sahen die Menschen zu, wie Böer Lif und Bernleff Halde die Ringe an die Finger steckten. Gleichzeitig zündete Abbio zwei Kerzen an, deren Feuer als Lebenslicht der Hochzeit über die Dauer der ganzen Feier hindurch sorgsam gehütet werden mußte. Nachdem die Ringe aufgesteckt waren, umarmten sich Braut und Bräutigam der beiden Paare. Die heilige Spannung fiel von den Menschen. Sie jubelten brausenden Beifall. Die Musiker spielten auf. Hörner, Trommeln, Lauten und Gesang mischten sich zur lustigen Melodie. Die Männer und Frauen standen auf und klatschten im Takt, bildeten einen Kreis. Nun folgte der Ehrentanz der Brautpaare. Fröhlich drehten sich die Liebenden im Rund, bis die Musik verstummte. Kaum daß sie sich losließen, wurden sie auch schon voneinander getrennt. Thümir band Lif die Augen zu, dergleichen geschah mit Halde, die ebenfalls einen Kranz auf dem Kopf trug. Dann wurden die beiden Frauen von den noch unverheirateten Mädchen der Feier umringt. Zur wilden Musik drehten sie sich im Kreis, schneller und schneller, bis sie die beiden Brautkränze unter die Mädchen warfen. Eine junge Frau aus einem Dorf am Fuß der Babilonie fing den Kranz von Halde. Wie Zauber kam es Böer vor, daß Angal, die Verlobte von seinem Bruder Bart, den Kranz von Lif fing. Hieß es doch, daß diese Frauen die nächste Hochzeit feiern würden. Fröhlich lachend setzten sich die Hochzeitsgäste wieder auf ihre Plätze. Nur Böer blieb stehen, denn nun mußte er sein Hochzeitsgedicht vortragen. Schnell überdachte er noch einmal die auswendig gelernten Zeilen. Die Menschen blickten ihn abwartend an. Böer begann vorzutragen:

»Wandernd zwischen den Welten
einen Blick über die Hecke erhaschend
ängstlich um den Rückweg besorgt
zogen die Zeiten an meinen Augen vorbei.

Einen Fluß sah ich
Menschen ihn queren.
Ängstlich um den Rückweg besorgt
zog mich das Band zurück.

Was soll sie einigen auf der Suche
wie den Pfad bestimmen.
Eines, das weiß ich gewiß
seit ich lag auf der grünen Aue.

Sonnenlicht strahlte hell
als sich die Lider hoben
goldenes Licht, seidiger Schein
als Lifs Augen glänzten.

Der Godin Weisheit, ich spürte sie wohl
von Herzen aber kam der helle Schein
dieses Feuer leuchtet über die Hecke hinaus
wandernd zwischen den Welten auf stillem Pfad.«

Die Sachsen hatten andächtig gelauscht. Nachdem Böer geendet hatte, blieb es noch einen kurzen Moment still im Rund. In allen Köpfen kreisten noch seine Worte. Es erhob sich erst beifälliges Gemurmel, schließlich Beifall. Anschließend trug Bernleff sein Liebesgedicht vor. Als Skalde wußte er die Menschen mit Worten zu entzücken. Als er gesprochen hatte, zweifelte niemand daran, daß sein Liebeszauber das Brautpaar bis zum Tode binden würde. Böer schloß Lif, Bernleff Halde in den Arm. Die Gäste der Hochzeit sprangen auf, griffen zu ihren Geschenken und bestürmten die Hochzeitspaare. Das fröhliche Gratulieren begann.

Die Musik spielte auf, Gäste und Brautpaare wiegten sich im Tanz. Lange ging es so, auch noch, als Böer und Lif sich spät in der Nacht davonmachten, um ihre Hütte aufzusuchen. Zärtlich lagen sie beieinander, noch lange, nachdem die Sonne ihr mildes Licht durch das Fenster fließen ließ. Als sie erwachten, drückte Böer Lif fest an sich und lächelte.

»Hast du noch Platz in deinem Herzen für eine Überraschung?« fragte er Lif.

Die junge Frau lachte. Sie wußte, daß Böer ihr nun die Morgengabe überreichen würde, ein Geschenk, das der Bräutigam bei den Sachsen nach der Hochzeitsnacht seit Urzeiten der Braut überreichte.

»Wenn es nicht Brauch wäre, so könnte ich schon noch ein paar Tage damit warten«, neckte sie Böer.

»Das kann ich nicht zulassen. Bräuche werden eingehalten«, erwiderte Böer schmunzelnd.

Er überreichte Lif sein Geschenk. Als sie es auspackte, leuchteten ihre Augen. Es war eine Kette. An den zierlich gewundenen Gliedern hing ein geschwungen geformter Anhänger, dessen Muster in miteinander verwundenen Linien einen Drachen formte, der wie die Kette in der Farbe des Mondlichts schimmerte. Böer brauchte Lif nicht zu fragen. Daß die Morgengabe ihr gefiel, erkannte er sogleich an ihrem Blick und der Umarmung, die so schnell folgte, daß er nicht darauf gefaßt war. Den weiteren Tag verbrachten sie in trauter Zweisamkeit. Erst am Abend traten sie aus der Hütte. Jetzt erwachte auch das kleine Dorf auf der Babilonie wieder zum Leben, so kräftig hatten die Bewohner auf der Hochzeit gefeiert. Auch an diesem Abend ließen sie noch lange Bier- und Weinkrüge kreisen.

Nach einer Woche kehrte auf der Burg wieder das alltägliche Leben ein. Böer und Lif fanden sich schnell in ihrer neuen Rolle als verheiratetes Paar zurecht – hatten sie doch schon seit langem Bett und Bank in ihrer Hütte geteilt, so daß das Leben für sie in altbekannten Bahnen weiterlief.

Das Jahr nahm seinen Lauf: Die Luft, die durch die Ritzen der Hütte kroch, wurde von Tag zu Tag eisiger, die Nächte immer kürzer, bis die Menschen das Julfest feierten und die Sonne sich wieder mehr Zeit für ihre Bahn über Mittelerde nahm. Damit nahte der Frühling. Wie in jedem Jahr räkelten sich die Menschen beim Mittagsschlaf bald darauf in den ersten warmen Sonnenstrahlen, und bis zum Allthing war es nicht mehr fern. Es gab niemanden in der Burg, der des wohlbekannten Rhythmus der Zeit überdrüssig gewesen wäre. Im Gegenteil: Sie alle freuten sich über die Ruhe nach einem Jahr voller Kampf und Leid. Beim Aufbruch zum Allthing sammelte sich dann auch in der Burg eine gutgelaunte, erholte Kriegerschar, die kurz darauf fröhlich lärmend durch Wälder und über Wiesen nach Norden ritt.

Hart prallten in Marklohe die Gegensätze aufeinander. Seit langer Zeit hatten Sachsen untereinander nicht mehr so hart gestritten. Schon als die Gefährten über die von Zelten übersäten Wiesen am Rande des heiligen Platzes ritten, sahen sie überall kleine Gruppen wild gestikulierender Männer und Frauen, die sich gegenseitig mit Neidreden bedachten. Den Franken wohlgesonnene Recken aus dem Gau Hassios trafen auf rachedurstige Krieger von der Eresburg, Bauern aus Bruns Gefolge, die den südlichen Nachbarn Vertrauen entgegenbrachten, stritten mit vom Stammesstolz erfüllten Kämpfern aus dem Norden.

Dann senkte sich die Sonne, und das silberne Licht des Mondes strömte über den Himmel. Die Menschen machten sich auf, ihren Platz im heiligen Rund des Thingplatzes zu suchen. Noch auf dem Weg diskutierten viele hitzig. Auf der göttlichen Wiese aber verstummten Männer und Frauen. Wer eben noch voller Leidenschaft mit den Worten gerungen hatte, setzte sich nun ruhig und ehrfürchtig ins Gras.

In der Mitte des Kreises stand Lif. Über ihr thronte groß und rund der Mond über dem Hügel, glitzerte sein silberner Schein immer wieder zwischen den Wolkenfetzen, die ein sanfter Wind an ihm vorüberblies, hervor. Die Godin stand erhaben inmitten der Menschen. Ihr weißes Gewand leuchtete im Licht des Nachtgestirns, ein heller Schimmer umflimmerte ihre Gestalt. Lif bewegte sich nicht, vollkommen ruhig und still stand sie da. Wellen des Friedens flossen von ihr zu den Besuchern des Things. Gebannt sahen die Menschen zu ihr auf, folgten einem Ritual, das nur ihre Herzen sehen konnten. Die Zeit war aus dem Fluß geraten, als Lif die heilige Handlung auch für Augen und Ohren faßbar machte. Ganz zart, zunächst kaum zu sehen, verschmolz das sanfte Glimmen, das die junge Frau umgab, mit dem Licht des Mondes, um sich zusammen mit diesem über dem ganzen Land auszugießen. Die Godin rief die Götter an, Luren schickten heilige Töne über die Wälder und Wiesen, und der ruhige Klang mächtiger Trommeln ließ das Blut der Menschen im Takt der Götter fließen. Bald faßten sich die Thingbesucher an den Händen, staunten über die Dinge, die in der Mitte des Rundes geschahen und sie schließlich alle erfaßten. Der zarte Glanz Lifs wurde zu einem hellen Schein, der nun auch am Boden pulsierte. Silbernes Mondlicht mischte sich mit den goldenen Strahlen des Bodens. Immer größer und größer wurde der Schein, kam langsam näher an die Reihen der Thingbesucher heran. Als er die ersten Körper streifte, konnte sich niemand mehr des heiligen Schimmers entziehen. Von Hand zu Hand lief ein heißes Kribbeln durch die Menge. Die Menschen fühlten sich stark, erfüllt von einer Kraft, die von innen kam, aus ihren Herzen, aus der Erde, den Bäumen und Tieren – und die alle verband. Zum ersten Mal spürten viele die Antwort auf ein Sehnen, das in aller Herzen seit der Geburt brannte, von dem die meisten bisher nur den dumpfen Widerhall wahrgenommen hatten. Es war der Wunsch nach Harmonie, nach zarter Verbundenheit und Liebe, das Heimweh nach einer Welt, von der niemand wußte, ob es sie je gab, von der alle hofften, daß es sie einmal geben würde. Mit einem Mal erlebte ein jeder dieses Gefühl, wußte, daß es in seinen Nachbarn ebenso brannte. Die Sehnsucht nach einer verlorenen Welt, die nicht in Mittelerde und dennoch hier, nur getrennt durch einen dünnen Zaun, zu finden war, trieb den Männern und Frauen Tränen in die Augen. Sogleich fühlten sie die Antwort, wußten, daß es keine Trennung gab, sie selbst den Zaun errichtet hatten und in diesem Moment die Tore weit geöffnet waren. Sie warfen einen Blick in das andere Land, und Freude durchströmte ihre Herzen, denn es gab die Welt, nach der ihr Heimweh sich sehnte, gab den Ort der Geborgenheit und des Friedens für ihre Seelen. Und er existierte hier, inmitten von Mittelerde lag die andere Welt. Niemand war allein. Auch wer die Tore zu dieser Welt nicht zu öffnen vermochte, lebte doch nicht von der neuen Welt verlassen, denn er selbst war auch ein Teil davon, der Schlag eines jeden Menschen Herzen schlug auch in dem Land, nachdem sein Heimweh immer verlangt hatte. An jenem Abend spürten die Männer und Frauen einen Hauch der Ewigkeit. Dieses Allthing würde ihnen Kraft für alles Kommende geben, mochte es auch noch so schwer sein.

Wie Wissende, die dasselbe Mysterium geschaut hatten, lächelten sie am nächsten Tag einander zu – eine verschworene Gemeinschaft, die ein Wunder miteinander geteilt hatte, das niemand je würde erklären können. Ruhe und Frieden erfüllte die Menschen am folgenden Tag. Niemand dachte mehr daran, seinen Standpunkt in hitziger Rede darzustellen. Und so lag auch noch am Abend eine friedliche Atmosphäre über dem heiligen Platz, als die Thingbesucher sich zu den Beratungen trafen. Die Sprecher traten nacheinander vor. Sie legten offen ihre Ansichten da, niemand versteckte seine Meinung. Ein jeder aber war auch bereit, die Anschauung des anderen zu achten und seine Beweggründe zu verstehen.

Manche Sprecher sahen die Bereitschaft der Gegner zu den Verhandlungen als Schwäche an, andere, wie Brun und Hassio, deuteten sie als Zeichen der Vernunft des südlichen Stammes, auf die sie ja schon immer hingewiesen hätten. In einem – das zeigte sich schnell – waren sich fast alle Redner einig: Die Verhandlungen mit den Franken sollten stattfinden. Selbst die Krieger von der Eresburg erklärten sich schließlich dazu bereit, sahen sie doch dadurch die Möglichkeit, bei den Verhandlungen mit den Feinden die Eresburg zurückzufordern und ihre Buße für den entstandenen Schaden einzuklagen. Meinte es der feindliche König ernst, so würde er ihnen nachgeben. Und sollten die feindlichen Ritter nicht dazu bereit sein, konnten die Sachsen immer noch ihre Rache vollziehen.

Schließlich wurde abgestimmt und das Allthing kam überein, einen Sprecher zu den Christenrittern zu senden. Dieser sollte die Bereitschaft der Sachsen zum Gespräch verkünden und sich sodann mit den Franken auf Ort und Zeit für das Treffen einigen. Paderborn, in der Nähe der Grenze zwischen beiden Stämmen gelegen, schien allen ein guter Platz zu sein, die Mittsommernacht ein guter Zeitpunkt. Als Bote sollte Thümir dem fränkischen König diese Nachricht überbringen und anschließend mit seiner Antwort zur Babilonie reiten und Lif davon berichten. Beschlossen wurde weiter, von der Burg aus Boten zu den Sprechern der Gaue zu schicken. Diese sollten nach ihrem eigenen Willen entscheiden, zum Treffen mit Karl zu gehen oder auch nicht, denn nichts schätzten die Männer und Frauen des Sachsenlandes so sehr wie die Freiheit ihrer eigenen Entscheidung. Alle Gausprecher aber versprachen schon jetzt, zu dem Treffen kommen zu wollen, solange ihnen die Worte, die der fränkische König gegenüber dem Boten wählen würde, mit ihrer Ehre und Freiheit verträglich erscheinen würden. Denn schließlich ging es um das Wohl des ganzen Stammes. Nur ein Krieger stand auf und kündigte an, nicht zu den Verhandlungen gehen zu wollen. Es war ausgerechnet der Kühnste von allen: Widukind. Wo sich aber kurz Besorgnis in den Gesichtern der Zuhörer abzeichnete, verschwand sie schnell wieder, als sie seinen Worten weiter folgten. Denn der mächtige Häuptling hatte schon seit langem beschlossen, zusammen mit seiner Frau Geva bei ihren Eltern in Dänemark einen Sommer zu verbringen. Immerhin wollte sich Gevas Bruder Halstrom verheiraten.

Zufrieden löste sich das Allthing auf.

In guter Stimmung ritten die Gefährten zur Babilonie zurück. Hier trennte sich Thümir von ihnen. Vor dem grauen Riesen lag ein gefährlicher Weg. Niemand wußte, wo der fränkische Herrscher zu finden war. So ritt Thümir geradewegs nach Süden zur neu erbauten Feste der Franken an der Lippe. Hier erklärte sich nach langem Gerede ein Ritter bereit, den Sachsen zum König zu begleiten.

Als Thümir wohlbehalten nach seinem Botengang zur Babilonie zurückkehrte, brachte er gute Nachrichten mit. Der König war mit Ort und Zeit einverstanden. Auch sonst hatte er keine neuen Bedingungen gestellt. Mit dieser Kunde eilten schon bald Boten über das Land, den Menschen in allen Gauen davon zu berichten. Widukind ritt mit Geva nach Norden zu den Dänen. Auf ihrem Weg teilten sie die Nachricht als Boten vielen Menschen in den nördlichen Landen mit. Schon vor dem Aufbruch der Gefährten zur Reise nach Paderborn trafen aus allen Teilen des Landes Krieger auf der Babilonie ein, um mit den Freunden nach Süden zu reisen. Als sie schließlich gemeinsam aufbrachen, verließ ein bunter Zug die Burg. Auf ihrem Weg wuchs die Zahl der sächsischen Edlen, die nach Paderborn zogen, mächtig an, denn überall stießen weitere Gausprecher mit ihren Begleitern zu ihnen. Nicht weit entfernt vom Ort des vereinbarten Treffens hielten die Abgesandten, um ein Lager für die Nacht aufzuschlagen, denn sie wollten frisch und ausgeruht am nächsten Morgen in die Stadt reiten. Die ersten Zelte standen schon, als sie den Galopp einiger Pferde im Wald hörten. Es waren zwei Gausprecher aus den südlichen Landen, die so spät noch zu ihnen stießen. Nach herzlicher Begrüßung machten sie sich aber nicht sogleich daran, ihr Zelt aufzuschlagen, sondern verschafften sich sofort Gehör. Die Sachsen scharten sich um sie, denn alle ahnten, daß sie Wichtiges zu berichten hatten.

»Der fränkische König kommt nicht allein«, stieß einer von ihnen wütend hervor.

Er war schon ein älterer Mann. Klein, dunkelhaarig und kräftig, erinnerte er Böer an Abbio.

»Meine Späher überbrachten mir heute früh die Nachricht«, berichtete er und blickte mit kleinen wachen Augen in die Runde.

»Ein starkes Heer, mehr als zehntausend Kämpfer, begleitet Karl.«

Erstaunt sahen sich die sächsischen Gesandten an, aufgeregt begannen sie miteinander zu diskutieren.

»Aber das war nicht abgemacht ...«, murmelte Thümir erregt.

»Aber auch nicht verboten«, knurrte Abbio. »Dieser Fuchs von einem König. Was mag er nur vorhaben. Wenn ich es wüßte.«

»Ich bin gekommen, euch zu warnen«, fuhr der Gausprecher fort.

»Jeder hier kann frei entscheiden, zu den Verhandlungen zu gehen oder nicht«, rief Abbio den Sachsen zu.

Sie verstummten und hörten ihn an.

»Trotzdem sollten wir beratschlagen und schließlich gemeinsam handeln.« Zustimmendes Murmeln war zu hören.

»Wenn uns die Franken erschlagen, haben sie auf einen Schlag alle Anführer unseres Stammes«, rief ein Thingsprecher aus dem Norden.

»Aber käme der König dann so offen mit seiner Heeresmacht, so daß wir gewarnt wären?« fuhr eine Kriegerin dazwischen.

Hassio hob Ruhe gebietend die Arme.

»Ich vertraue Karl. Er will verhandeln und kennt das Recht. Niemals würde er den Frieden der Gespräche brechen.«

»Und bedenkt, er kommt in feindliches Land. Ist es nicht sein Recht, sich mit Rittern zu schützen«, fügte Brun hinzu.

Lif hatte sich bisher abseits gehalten. Nun trat sie in die Mitte der Edlen. Ehrfurchtsvoll traten die Männer und Frauen zurück.

»Wir wissen nicht, was der fränkische König will«, sagte die Godin ruhig, »und können es auch nicht ergründen. Wir können ihm nur vertrauen.«

Sie machte eine Pause. Aufmerksam ruhten die Blicke auf ihr.

»Altes Recht ist aber schon oft gebrochen worden. Die Zukunft des Stammes liegt in unseren Händen – zuviel, um es dem bloßen Vertrauen zu überlassen, zuviel, allein für die Hoffnung, daß alles gutgehen mag. Die Götter wollen nicht, daß wir blind unserem Glück vertrauen. Mit unseren Augen, unseren Händen und Köpfen müssen wir an unserem Glück schmieden. Darum wollen wir uns erst mit dem König treffen, wenn wir sicher sein können, daß uns keine Gefahr droht.«

»Wie aber können wir uns Gewißheit verschaffen?« überlegte Bentan laut. Die Männer und Frauen sahen Lif an.

»Der fränkische Herrscher selbst soll sie uns verschaffen. Er ist mit einem Heer gekommen. Also soll er uns ein Zeichen seiner Friedfertigkeit geben. Wie er es anstellt, mag ihm überlassen sein. Wir aber wollen sehen, ob er uns zu überzeugen vermag.«

»Dann wird ein Krieger zu ihm gehen und diese Botschaft überbringen, wenn ihr alle einverstanden seid«, sagte Abbio.

Die Männer und Frauen nickten. Nur Thümir blickte ihn verstimmt an, denn es war klar, daß er wieder gehen würde.

Und so geschah es. Am nächsten Tag blieben die Gesandten auf ihrem Lagerplatz, während Thümir sich auf den Weg zu den Franken machte. Der graue Hüne mußte nicht lange reiten, bis er auf die ersten Feinde stieß. Plötzlich standen sie vor ihm, tauchten wie Trolle aus dem Dickicht des Waldes auf und traten vor und hinter dem Boten auf den Pfad, die Waffen zum Stoß bereit. Es waren Ritter der Sacra Francesca. Noch bevor sie ein Wort sagen konnten, ließ Thümir seine Waffen auf den Boden fallen. Einer der Franken nickte grimmig. Er überragte seine schon nicht kleinen Gefährten noch einmal um Kopfesgröße und schien der Anführer der Männer zu sein.

»Steig vom Pferd«, zischte der Riese scharf.

Thümir gehorchte. Als er auf dem Boden stand, kräuselten sich für einen kurzen Moment kleine Falten auf der Stirn des südlichen Ritters. Wie ein Baum stand Thümir vor ihm, an Größe und Kraft selbst den Anführer der Franken noch einmal überragend. Die Augen des Christen verengten sich zu schmalen Schlitzen.

»Du bist doch kein dummer Bauer«, knurrte er mißmutig, »der uns tölpelhaft in die Falle geht. Was treibt dich her?«

Thümir sah ihn gutmütig an.

»Doch, doch, ich bin Bauer«, antwortete er treuherzig. »Zu euch aber komme ich als Bote. Schon einmal sprach ich mit eurem König und habe nun wieder Nachricht von den Sachsen für ihn.«

»Ein Bote«, nickte der Franke nachdenklich. »Der große Karl wartet in Paderborn auf eure Anführer. Was soll da noch ein Bote?«

»Paderborn ist nicht weit, und die Edlen meines Stammes sind bereit, mit dem König zu sprechen. Zuvor aber soll ich noch das Wort an ihn richten.«

»Euer Volk scheint immer sehr lange zu überlegen«, murmelte der Franke mürrisch. »Also gut, dann wollen wir dich zu Karl dem Mächtigen führen.«

Die Sonne hatte ihren höchsten Punkt am Himmel schon überschritten, als der kleine Trupp in das Lager der Franken am Rande von Paderborn ritt. Die Menschen in dem sächsischen Ort hatten das fränkische Heer wie Freunde begrüßt, gehörten sie doch zu denen, die dem König vertrauten. Auch hatten die Krieger aus dem Süden sich viele Vorräte mitgebracht, so daß sie nicht die Höfe der Bauern zu plündern brauchten. Thümir erkannte das sofort mit dem Auge des geübten Kriegers. Es erschien ihm als gutes Zeichen. Sein Blick glitt aber auch über waffenstarrende Männer, die sich geschickt im Waffenhandwerk übten, jung, zahlreich, kräftig und ausgeruht. Diese Bilder bereiteten seinem Herzen Sorge. Ohne große Umschweife wurde der graue Riese zum Zelt des Herrschers geführt, das in der Mitte des großen Zeltlagers stand. Thümir trat ein. Karl saß zurückgelehnt in einem mit Stoff bespannten Stuhl. Er musterte den Boten mit kalten Augen und richtete dabei seinen mächtigen Körper auf. Der Kopf schob sich über den breiten Schultern ein wenig nach vorn, ganz so, wie viele sächsische Streiter den feindlichen Heerführer schon während einer Schlacht auf einem fernen Hügel gesehen hatten. Neben dem fränkischen Heerführer erspähte Thümir Gailo und Adalgis, den Grafen Theoderich und zwei Christenpriester, die er nicht kannte.

»Wieder trittst du in mein Zelt und bringst sicher eine Botschaft«, sagte der König leise. »Wenn du so weitermachst, wird man dich bald Thümir den Boten nennen.«

»Warum nicht«, lächelte der Sachse. »Das wäre gewiß keine Schande für mich.«

»Wir haben diesen Bauern im Wald ...«, begann der Anführer der Patrouille zu erklären.

Mit einer Handbewegung schnitt Karl ihm das Wort ab.

»Ich kenne ihn. Geht.«

Der Krieger gehorchte. Karl wandte sich wieder an Thümir.

»Morgen ist der Tag der Verhandlungen. Ich hatte heute eure Anführer erwartet und nicht einen neuen Boten.«

»Unsere Edlen sind nicht weit. Sie sind bereit, mit euch zu sprechen«, begann Thümir. »Sie wären schon hier, hätte sie nicht die Nachricht von einem Heer, das euch begleitet, mißtrauisch gestimmt.«

»Dachtet ihr, ich komme allein in diese Wildnis geritten?« lächelte der König.

»Ich glaube, Ihr wißt, wie ich es gemeint habe«, antwortete Thümir kalt. »Wir können wohl zwischen Kriegern eurer Wache und einem Heer unterscheiden.«

»Was einem König zur Wache gebührt, bestimmt nur der König«, mischte sich Theoderich mit scharfer Stimme ein.

»Wir wollen nicht um Worte streiten«, erwiderte Thümir ruhig. »Ihr mögt so viele Männer mitführen wie ihr wollt. Versteht dann aber auch, daß wir um unsere Sicherheit besorgt sind.«

»So, besorgt seid ihr«, grinste Karl spöttisch. »Aber schon gut, ich kann es verstehen. Und nun wollt ihr von mir Garantien für friedliche Absichten?«

»So ist es«, antwortete Thümir kurz.

»So nehmt mein Wort. Es soll euch Garantie genug sein.« Jetzt lächelte Thümir. Ein kleine Pause entstand. Adalgis, Gailo und Theoderich musterten den Sachsen wachsam. Ihre Hände lagen auf den Schwertgriffen. Der graue Riese antwortete.

»Ich will euch wohl vertrauen, denn wer könnte am Wort eines so edlen Anführers zweifeln.«

Die Mienen der fränkischen Ritter entspannten sich wieder.

»Aber was die Edlen meines Stammes dazu meinen, vermag ich natürlich nicht zu sagen. Ein jeder ist aus freier Entscheidung zum Gespräch mit dir aufgebrochen. Ein jeder ist auch frei, vorher wieder zu gehen.«

»Treuloses Heidenpack«, zischte die Stimme eines der Priester durch den Raum.

Thümir musterte ihn. Es war ein hagerer alter Mann, aus dessen Augen Funken sprühten. Vor seiner schmalen Brust baumelte ein mächtiges Kreuz an einer Kette, deren Gewicht seinen Kopf nach vorn zu ziehen schien. Der Sachse schwieg und wandte seinen Blick wieder dem König zu.

»Du kennst diese beiden heiligen Männer nicht?« fragte Karl. »Ich will sie dir vorstellen. Der weise Priester, der eben sprach, ist Adalhard, mein Freund, Berater und oberster Vertreter Gottes in meinen Landen.«

Der Priester nickte zufrieden.

»Der andere Gottesmann hört auf den Namen Einhard. Er hat die Weisheit vieler Völker und kluger Männer studiert. Mich begleitet er, um das Gesehene und Gehörte aufzuschreiben und für immer zu bewahren. Der Vorgestellte senkte bescheiden den Blick. Es war ein kleiner, untersetzter Mönch mit zierlichen Händen. Thümir musterte wieder den Herrscher. »Laßt uns offen sprechen«, forderte er Karl auf.

Dieser nickte.

»Unsere Edlen wollen einen Beweis für deine Friedfertigkeit. Bekommen sie ihn nicht, werden sie wieder gehen.«

»Was habt ihr euch überlegt?« wollte der König wissen. Thümir schüttelte den Kopf.

»Nicht wir. Du mußt dir etwas überlegen. Reicht es uns als Beweis, werden wir zu den Verhandlungen kommen. Reicht es uns nicht, werden wir gehen.«

Der König musterte ihn kühl. Er nickte bedächtig.

»Ihr seid schlau geworden«, murmelte er. »Ich werde es bedenken und mit meinen Anführern beraten müssen.«

»Ich könnte als Geisel zu ihnen gehen«, warf der kleine Mönch mit klarer Stimme ein.

Karl blickte ihn überrascht und aufmerksam an. Auch die anderen drehten sich in seine Richtung.

»Da es zu keinem Bruch des Verhandlungsfriedens kommen wird, bin ich sicher bei den Heiden. Ich könnte ihre Bräuche, Sitten und Lebensart studieren, um darüber zu schreiben.«

Karl nickte bedächtig.

»So könnten wir es vorschlagen«, sagte er langsam. »Was meinst du?« wandte er sich an Thümir. »Wäre diese Geisel euren Leuten Garantie genug?«

»Ich weiß nicht«, antwortete Thümir bedächtig, »denn obwohl ich nicht an deinen Worten zweifle, vermag ich nicht zu sagen, ob die anderen Edlen meines Volkes die Bedeutung dieses Priesters für euren Stamm erkennen. Bedenkt: Seinen Namen hat wohl kaum jemand bisher gehört.«

»Noch in tausend Jahren werden die Menschen von ihm sprechen«, tönte der hagere Mönch in die Runde. »Noch nie davon gehört«, empörte er sich. »Dann muß wohl der König selber gehen?«

»Oder sein höchster Priester«, schlug Theoderich mit trockener Stimme vor. Mit einem Schlag war es still im Zelt.

Thümir nickte langsam. »Adalhard wäre uns Garantie genug«, sagte er bedächtig, jedes Wort betonend.

Karl nickte zögernd. Für einen kurzen Moment meinte Thümir in seinen Augen ein Lachen aufblitzen zu sehen. Verstört linste der vorgeschlagene Priester von einem der Männer zum nächsten.

»Das müßte man sicher bedenken und besprechen«, krächzte er langsam. »Eine übereilte Entscheidung wäre hier nicht geboten.«

»Unsinn«, unterbrach ihn Karl. »Die Idee ist gut. Für einen jeden Krieger wäre sie eine Last. Aber für euch, weiser Vater ... Bedenkt, wie ihr mit eurer Heiligkeit, einem reinigenden Feuer gleich, zwischen die heidnischen Teufel fahrt. Dieser Gedanke bereitet mir schon jetzt großes Wohlbehagen. Natürlich ist solches Glück für euch nur schwer zu verdauen. In diesem Falle aber könnt ihr wohl zustimmen, denn auch wenn ihr in eurer Bescheidenheit und Demut diesen Segen vielleicht auch an einen anderen Mönch abtreten möchtet, so kann ich euch doch sagen, daß nur ihr für diese Mission bestimmt seit. Ihr werdet Heiden bekehren können. Bedeutende Männer und Frauen der Sachsen, die das Wort des Herrn noch nie vernommen haben.«

Damit war das Angebot der Franken beschlossen. Thümir kehrte mit dieser Botschaft zu den sächsischen Anführern zurück. Diese erklärten sich damit einverstanden. Karl wurde davon verständigt, und schon am nächsten Morgen kam Adalhard, umgeben von zwei Mönchen, geführt von einem sächsischen Boten, in das Lager der nördlichen Krieger, die kurz darauf nach Paderborn ritten. Einige Kämpfer blieben zurück, um die fränkischen Geiseln zu bewachen.

Als Böer das mächtige Heerlager des Feindes sah, die vielen Zelte, die sich in endlosen bunten Linien über die Wiesen am Rande des Ortes reihten, und die zahlreich im Lager umherwimmelnden Ritter, befiel ihn trotz der Geisel ein unbehagliches Gefühl. Wie verloren nahm sich das kleine Häufchen sächsischer Bauern gegenüber diesem machtvollen Aufmarsch aus. Er blickte sich um und wußte, daß seine Gefährten ähnlich fühlten. Sie ritten durch ein hastig errichtetes Holztor, vorbei an feindlichen Kriegern, die sich zu ihrem Empfang in langer Reihe zu beiden Seiten des Weges aufgestellt hatten. Am Ende der Gasse erkannte Böer ein prächtiges rotes Zelt. Hier würden sie mit dem Anführer der Franken sprechen. Keiner seiner

Begleiter aber verriet seine Unsicherheit. Mit dem stolzen Blick freier Krieger lenkten sie die Pferde ruhigen Schrittes durch den Korridor der Christenritter. Sie waren kurz vor dem Zelt, als Karl hervortrat. Adalgis, Gailo und Theoderich stellten sich an seine Seite. Die Sachsen hielten ihre Rösser an. Der König musterte sie mit zusammengekniffenen Augen – ein Moment gespannter Stille entstand. Langsam glitt sein Blick in die Runde, stoppte kurz, als er Lif erblickte und kreiste weiter. Er hob den rechten Arm zum Gruß.

»Seid mir willkommen, ihr Edlen des Sachsenvolkes. Das Gastrecht sei euch in meinem Lager gewiß.«

Nun hoben auch Böer und seine Begleiter die Arme zum Gruß und ließen sich von den Pferden gleiten, die fränkische Knechte sogleich fortführten. Karl gab ihnen das Zeichen, ihm zu folgen, und schritt zusammen mit seinen Heerführern in das Zelt voran. Dicht an dicht drängten sich schon bald die sächsischen Anführer vor dem Herrscher und seinen Leuten. Gedämpftes Gemurmel erfüllte das Zelt. Böer beobachtete, wie der Blick des Königs wieder und wieder über die Angekommenen glitt. Schließlich trat Karl vor. Das Stimmengewirr erstarb.

»Wir haben uns getroffen, um miteinander zu reden«, begann er.

Alle lauschten erwartungsvoll.

»Ihr seid zahlreich gekommen. Das freut mein Herz, beweist es doch, wie ernst ihr es mit dem Frieden meint. Euren Anführer aber habe ich noch nicht erblickt. Ich kenne ihn wohl, Widukind ist sein Name. Sagt, versteckt er sich hier in dunklem Gewand oder tarnt er sich draußen im Wald? Ist er vielleicht nicht bereit, mich um Frieden zu bitten, so daß ihr ihn davonjagen mußtet, oder reuen ihn gar seine Sünden gegen uns so schwer, daß er sich schämt vor dem König zu erscheinen?«

Empört standen einige Sachsen auf, erregt redeten die anderen aufeinander ein. Schon griffen die Wachen zu ihren Waffen, um ihren Herrn im Notfall zu schützen. Da hob Lif die Hand, und die Krieger verstummten.

»Warum willst du mit Widukind sprechen?« fragte sie scharf. »Vor dir stehen die gewählten Sprecher unseres Stammes. Mit ihnen sollst du verhandeln und sonst mit keinem von uns.«

Lif fühlte kurz eine Verunsicherung des Königs. Mit dieser Erwiderung, mit ihr, hatte er nicht gerechnet. Äußerlich aber sah niemand Karl diese Regung an. Mit selbstsicherem Blick stand er den Sachsen gegenüber.

»Wie sprichst du mit dem Herrscher der Franken«, knurrte der König unwirsch. Seine Augen begannen zu funkeln.

»Glaubst du, ich werde die Friedensbitte eines jeden Bauern einzeln entgegennehmen«, er grinste kalt, »oder statt mit Widukind mit einem Weib verhandeln. Wer bist du überhaupt, die du das Gastrecht strapazierst, indem du so mit mir redest?«

»Wo verhandelt wird, fallen klare Worte. Wer sie nicht hören kann, sollte nicht zu den Gesprächen gehen«, erwiderte Lif laut.

Die Wachen musterten sie.

»Wenn es euch Mühe macht, mit frei gewählten Sprechern zu reden, muß euch altes Stammesrecht, nach dem noch eure Ahnen lebten, sehr fremd geworden sein. Gibt es in eurem Reich nur noch Knechte und keine freien Bauern mehr?«

»Was erdreistest du dich?« fuhr Karl sie an.

Einige Sachsen stellten sich dichter neben Lif, die Hände kampfbereit auf den Schwertgriffen.

Er lächelte kalt.

»Wer besiegt ist, hat nicht zu verhandeln, sondern dem Wort des Siegers zu lauschen«, fuhr er drohend leise fort. Viele der nördlichen Streiter sahen ihn irritiert an.

»Ihr seid geschlagen«, rief der König aus. »Und ich bin hier, damit ihr eure Niederlage anerkennt und meinen Willen hört. Keinen Grund könnte ich mir sonst dafür denken, daß ihr zu mir gekommen seid.«

Lif lächelte ihn entwaffnend an. Die sächsischen Gesandten warfen Karl ärgerliche und verwunderte Blicke zu. Unwillkürlich trat der Herrscher einen Schritt zurück.

»Hier reden die Sprecher der Sachsen mit dem Führer der Franken«, erläuterte sie immer noch lächelnd.

»Wir wollen in Frieden leben und dafür mit dir Vereinbarungen treffen und einander Garantien geben. Wie kannst du glauben, mit Besiegten zu sprechen, die du doch nie geschlagen hast?«

»Ihr starrköpfigen Bauern«, zischte er wütend. »Seht ihr denn nicht, wohin ich mein Heer geführt habe? Es ist sächsischer Boden«, fuhr er lauter fort. »Wir sprechen hier nicht nur mit euch, sind nicht nur zum Verhandeln gekommen, sondern halten hier auch den Reichstag ab. Seht bei dem, was ihr sagt, auf eure Bauern. Sie sind uns bereits wohlgesonnen und befolgen schon unsere Befehle. Brun und Hassio, eure Anführer, haben schon ihren Frieden mit uns gemacht.«

Die Sachsen warfen finstere Blicke auf die Erwähnten. Lif erhob wieder die Stimme.

»Brun und Hassio sind Edle unter vielen. Ein jeder bei uns ist frei zu entscheiden, wie er weiterleben will. Da du dich bereits als Sieger fühlst, so reite gerne nach Norden, um unser Land an deine Edlen zu verteilen. Glaube mir: Wie ein Sieger wirst du nicht zurückkehren, und deine Grafen erwartet ein lebhafter Empfang. Ehe du aber von der Meinung unserer Bauern sprichst, befrage die Männer und Frauen, die sie vertreten. Sie stehen vor dir.«

Karl funkelte Lif wütend an.

»Bringt mir Widukind«, knurrte er lauernd. »Nur mit ihm werde ich als König sprechen. Steht er morgen nicht vor mir, wird es kein Gespräch mehr zwischen uns geben.«

Lif nickte.

»So sei es denn«, erwiderte sie. »Dann sind die Verhandlungen schon beendet, ehe sie recht begonnen haben.«

Karl drehte sich um und schritt aus dem Zelt. Seine Getreuen folgten ihm. Ratsuchend blickten die Sachsen Lif an. Auch die Godin wandte sich dem Ausgang des Zeltes zu. Der schlechte Verlauf der Gespräche hatte sich schnell im Lager herumgesprochen. Noch während die Sachsen die Zeltstadt verließen, lösten sich die zwei Reihen der Krieger am Rande des Weges langsam auf. Miteinander sprechend wandten sich die Ritter von den Gefährten ab.

»Wenigstens achten sie das Gastrecht«, fluchte Thümir verärgert.

»Müssen sie ja wohl auch, wo wir doch eine so prächtige Geisel haben«, spottete Warst.

»Auch ohne Geisel würden sie es achten«, mischte sich Hassio ein.

Ein ärgerlicher Blick von Abbio brachte ihn zum Schweigen. So verließen Böer und die anderen Gesandten die Heerstadt Karls.

Durch dichten Wald schritten sie zu ihrem eigenen Lager. Die Gefährten wanderten noch durch Unterholz, als eine krächzende Stimme bereits die Nähe der aufgeschlagenen Zelte und zurückgebliebenen Streiter verriet. Zunächst leise, wurde der heisere Klang schon bald lauter. Dann waren Worte zu verstehen. Böer glaubte seinen Ohren nicht zu trauen. »Satansdiener, Heide«, scholl es schrill zwischen den Büschen zu ihm herüber. »Und der Herr wird über euch kommen. Niemand kann ihm entfliehen. Noch aber ist es für euch Sünder – ach was sag ich, Barbaren – nicht zu spät. Kniet nieder und ruft den Herrn um Gnade an.«

Erstaunt lauschten die Freunde in das Unterholz. Dann lichteten sich die Büsche und ihr Blick fiel auf ihr kleines Lager. Mit gequälten Gesichtsausdrücken saßen die verbliebenen Krieger auf der kleinen Lichtung verstreut am Boden. In ihrer Mitte tobte Adalhard, der christliche Mönch, zwischen ihnen umher. In seiner Hand schwang er das schwere Kreuz, das er sonst an einer Kette vor der Brust trug. Erstaunt stellte Böer fest, daß sich der Kopf des hageren Mannes, obwohl nun von der Last des christlichen Symbols befreit, dennoch nicht zu gerader Haltung aufgerichtet hatte. Er wischte den Gedanken fort.

»Stures Gesindel«, kreischte der Priester weiter. »Nur dieses Kreuz kann euch erretten, euch vor Höllenqualen bewahren.«

Erschrocken riß ein sächsischer Recke die Augen auf, als das Kreuz ganz nah an seiner Nase vorbeisauste. Die Gefährten schlichen langsam näher.

»Aber was red ich überhaupt. Auf taube Ohren stoßen meine Worte«, tobte der Priester fort.

»Und jetzt tue ich es doch«, war leise die Stimme eines alten Kämpfers zu vernehmen, der an einem Baum lehnte, der direkt vor den Freunden stand.

»Was sagst du?« fragte die genervte Stimme eines anderen Kriegers.

»Ich tue es«, sagte der erste Mann lauter.

Einen Moment lang herrschte Stille. Es raschelte leise.

»Du willst was?« war leise zu hören.

»Etwas tun, handeln, ihn knebeln, erschlagen …«, knurrte der Mann.

»Laß es sein laß es sein«, wiegelte die zweite Stimme mit einem Mal heftig ab. »Egal, was er redet. Als Geisel darf ihm nichts widerfahren, was nicht auch unseren Leuten geschehen dürfte.«

»Und doch nehm ich das Tuch und binde ihm den Mund zu.«

Der Mann wollte langsam aufstehen. Ein starker Arm hielt ihn auf.

»Nimm lieber dieses Kraut«, forderte die zweite Stimme den ersten Streiter auf.

»Ein Kraut?« fragte die Stimme verwirrt.

»Stopf es dir in die Ohren.«

»Haben wir doch schon alle gemacht. Oder meinst du, wir hätten die Ruhe eines alten Ochsen?«

In diesem Moment polterte Abbio auf die Wiese. Die Freunde folgten. Erstaunt hielt der Mönch in seiner Bewegung inne, ließ das Kreuz sinken und starrte sie an.

»Ja, Adalhard, schön dich so wohlbehalten und vergnügt zu sehen«, prustete Abbio ihm entgegen.

Die zurückgebliebenen Streiter grinsten breit. Überall im Rund fingerten die Männer an den Ohren, zogen das Kraut heraus.

»Ihr seid schon zurück?« fragte der Mönch staunend.

»Ja«, erwiderte Abbio lächelnd. »Und du darfst gehen.«

Der Mönch schaute ihn immer noch verwundert an.

»Gut«, lautete seine lapidare Antwort.

Mit geübtem Griff warf er die Kreuzeskette wieder um den Hals.

»Nur sie hat mich vor euren Dämonen geschützt«, wurde er wieder lauter und selbstsicherer. »Den heiligen Hauch des Kreuzes werdet ihr noch lange …«

»Geh«, herrschte Abbio den Mönch an.

Dieser verstummte verstört.

»Dein Schutz als Geisel endet gleich. Und die Geduld dieser Männer wird, so fürchte ich, auch nicht mehr lange währen.«

Der Mönch drehte sich noch einmal zu Abbio, dann schritt er mit hoch erhobenem Kopf, aber schnellen Schritten über die Wiese davon. Noch einmal glitt sein Blick unruhig über die Aue und fiel auf Lif. Erschrocken sah er weg. Die Godin lächelte kopfschüttelnd. Der Priester verschwand im Wald.

Die sächsischen Gesandten brachen sogleich ihr Lager ab und zogen nach Norden. Zu groß erschien ihnen das Risiko, nach den gescheiterten Verhandlungen Opfer eines Angriffes zu werden. Am Abend rasteten sie in einem tiefen Wald. Sie saßen noch bis spät in der Nacht zusammen und redeten über den Verlauf des Gesprächs mit dem feindlichen König. Alle waren erbost über die Haltung Karls. Selbst Hassio und Brun grollten, stellten aber sogleich auch klar, daß sie ihre grundsätzlich gute Meinung über die christlichen Ritter nicht geändert hatten. Zur Not, so murrte Hassio schließlich, müßten die Sachsen eben die Macht Karls anerkennen und dieses mit Geiseln und Eiden besiegeln, so wie die Bauern in den südlichen Gauen es schon getan hätten. Die meisten Gesandten zürnten ohnehin mit den Häuptlingen der Ost- und Westfalen. Nach diesen Worten Hassios hatten sie endgültig mit den südlichen Sachsen gebrochen. Besonders die Sprecher von der Eresburg redeten sich am abendlichen Feuer derart in Hitze, daß Abbio sie nur mühsam davon abhalten konnten, sich auf die südlichen Häuptlinge zu stürzen. Nach einer kurzen Nacht trennten sich die Männer und Frauen am nächsten Morgen. Ein jeder kehrte in seinen Gau zurück. Böer, Lif und die Gefährten machten sich auf den Weg zur Babilonie. Noch dreimal füllte sich der Mond, bis Widukind und Geva guter Stimmung von den Dänen zurückkamen. Das Gesicht des Häuptlings verdüsterte sich aber, als die Freunde ihm von den Verhandlungen berichteten.

»Auf Brun und Hassio können wir nicht mehr zählen«, knurrte Thümir leise, nachdem Widukind das Wichtigste erfahren hatte.

Abbio nickte.

»Sie werden keinen Vorteil aus ihrer Haltung ziehen.«

»Beide meinen, mit ein paar Eiden und Geiseln würde der Friede in ihrem Land Bestand haben und ansonsten alles beim alten bleiben. Sie irren sich.« Böer stimmte zu.

»Der König wird darauf bestehen, daß die Sachsen zu Christen werden. Auch wird er seine Macht durchzusetzen wissen.«

»Das denke ich auch«, betonte Thümir. »Die Priester haben großen Einfluß auf die Handlungen Karls. Sie haben Macht, die selbst der Herrscher nicht brechen kann.«

»Deshalb hatte er auch Freude daran, Adalhard zu uns als Geisel zu schicken«, grinste Rakus.

»Wer weiß«, kratzte sich Abbio am Kinn, »vielleicht läßt Karl sogar fränkische Ritter in den Gauen von Hassio und Brun ansiedeln und die beiden Häuptlinge ihrem Befehl unterstellen. So könnte er seinen Herrschaftsanspruch durchsetzen.«

»Dann dürften die West- und Ostfalen sich plötzlich wie in einen bösen Traum versetzt finden – der aber nicht mit dem Aufwachen endet«, sagte Lif nachdenklich. »Im Moment sehen sie uns wohl als den Franken unterlegen an und hoffen auf die entscheidende Führungsrolle nach dem Ende des Krieges unter fränkischer Herrschaft.«

»Schwachköpfe«, schüttelte Rakus den Kopf.

»Was wird geschehen?« wandte sich Thümir ratlos an die Runde.

»Auf dem nächsten Thing sollten wir einen Heerführer wählen«, schlug Abbio vor. »Und Widukind ist der geeignete Mann dafür.«

Er sah die Gefährten an. Sie nickten. Dann verharrte sein Blick auf dem hünenhaften Krieger der Engern.

»Es wird Krieg geben«, kündigte Widukind mit ernster Stimme an. »Das Scheitern der Verhandlungen bleibt nicht ohne Folgen. Karl muß uns nun in die Knie zwingen.«

»Wir wissen nichts von seinen Kämpfen im Süden oder Westen«, überlegte Abbio. »Der Verlauf dort könnte über den

Zeitpunkt eines Angriffes bei uns entscheiden. Der König kann nicht überall kämpfen.«

»Aber angreifen wird er«, stellte Böer fest. »Und darauf müssen wir vorbereitet sein.«

»Also werden wir wieder ein Heer aufstellen, wird wieder ein Jahr des Kampfes beginnen«, schüttelte Thümir müde den Kopf. »Wird es denn nie enden?«

»Es ist bitter, daß wir die Kämpfe stets in unseren Gauen ausfechten«, überlegte Widukind. »Stets brennen unsere Höfe, darbt unser Korn. Wenn wir schnell sind im nächsten Jahr und unsere Späher wachsam, könnten wir dem feindlichen Heer entgegenschreiten und es zur Schlacht im Frankenland stellen.«

»Späher sollten den Feind schon im Frühjahr, vor dem Allthing beobachten«, schlug Lif vor. »Wenn ihr alle der Ansicht Widukinds seid, haben wir damit den Vorschlag für die Versammlung des Stammes gefunden.«

Die Männer und Frauen im Rund nickten.

»Es wäre gut, mit den Menschen im Land schon vorher darüber zu sprechen«, fuhr Lif fort.

»Ich reite«, kündigte Widukind an. »Mit dem Ende des Winters werde ich selbst auf die Höfe der Bauern ziehen und für meinen Plan werben.«

Abbio nickte.

»Aber nicht allein. Andere Boten sollen auch aufbrechen. Wissen die Menschen überall Bescheid, können wir nach dem Allthing um so eher mit einem Heer nach Süden ziehen.«

»Trotzdem bin ich unsicher«, sah Widukind die Freunde an. »Unsicher, ob wir damit im Gleichklang mit den Göttern handeln.«

Seine Augen glitten zu Lif. Die Godin erwiderte seinen Blick.

»Ich werde die Runen werfen«, kündigte sie an. »Dann wissen wir mehr.«

Die helle Scheibe des Mondes leuchtete über den dunklen Wäldern, als Lif die Burg verließ und zu dem kleinen Teich schritt, um die Runen zu befragen. Sie hatte die Nacht des Vollmondes gewählt, ist sie doch günstig, um etwas über Dinge zu erfahren, die abnehmen sollen. Nichts anderes wünschten sich die Sachsen vom Krieg mit den Franken. Ruhig setzte sie sich an das stille Wasser, ließ die Kraft der Erde durch ihre Adern strömen und den Wind die Gedanken fortblasen. Sie zog den Lederbeutel aus ihrem Gewand und schüttelte die heiligen Holzstäbe in ihre Hände. Der Blick der Godin wandte sich nach Norden. Der Nordstern funkelte in seinem schwarzen Himmelsbett.

Mit klarer Stimme begann Lif zu sprechen:

»Runen will ich finden
und ratbare Stäbe.
Sehr starke Stäbe,
sehr mächtige Stäbe,
die Fimbultyr färbte
und die großen Götter schufen
und der Hehrste der Herrscher ritzte.

Auf dem Schild stehen sie,
vor dem scheinenden Gott,
auf Arvacrs Ohr und Alsvidrds Huf,
auf dem Rad, das da rollt,
unter Rungnirs Wagen,
auf Sleipnirs Zähnen, auf des Schlittens Bändern.
Auf des Bären Tatze, auf Bragis Zunge,
auf den Klauen des Wolfes
und dem Schnabel des Adlers,
auf blutigen Schwingen,
auf der Brücke Kopf,
auf der lösenden Hand
und heilender Spur.

Auf Glas und Gold
und auf gutem Silber,
in Bier und Wein und der Völva Sitz,
auf Gungnirs Spitze und auf Granis Braut,
auf dem Nagel der Norn
und der Nachteule Schnabel.

So ritzt es Wotan
zur Richtschnur den Völkern.
Dort stand er auf,
als er zum anderen Mal kam.«

Die Godin ließ die Runen ins Gras gleiten. Langsam schlug sie das Zeichen des Hammers über den Holzstäbchen.

»Donar weihe diese Runen«, bat sie den Gott.

Noch einmal versank Lif in der Stille. Dann zog sie langsam den ersten Holzstab aus dem Haufen hervor. Leise rief sie dabei die Norne Urd an. »Werdandi«, formten Lifs Lippen, als sie die zweite Rune zog, der Name Skuld war bei ihrem Griff zur dritten zu hören. Die Godin legte die drei Hölzer vor sich auf den Boden. Im Zeichen der Vergangenheit hatte sie die Rune Ethel gezogen, Symbol des Erbes, des Friedens und der Geborgenheit. Lif blickte traurig auf das Zeichen, spiegelte es doch eine Zeit wider, die damit für die Sachsen verloren war. In der Mitte der drei Runen, und damit für die Gegenwart stehend, erkannte Lif die Rune des Kriegsgottes selbst. Das Zeichen Tir blinkte ihr entgegen. Die Geborgenheit alter Zeiten hatte sich in Krieg und Schlachten aufgelöst. Sieg würde der erwerben, der mit Kraft und Anstrengung für seine Ziele kämpft. Jetzt und in naher Zukunft standen die Zeichen für ihren Stamm gut, soviel wußte Lif nun. Ziu selbst, der mächtige Ase des Krieges, würde mit ihnen fechten.

Erschrocken aber blickte die Godin auf die dritte Rune.

Kalt wie Skuld, die Norne der Zukunft, lag das Zeichen Nyd vor ihr.

Not, Knechtschaft und Zwang warteten also in Zukunft auf den Stamm.

Doch beherztes Menschenwerk konnte den Faden der Nornen neu weben, das unheilvolle Zeichen wandeln. Dafür brauchten die Menschen die Gabe, in kluger Voraussicht unheilvolle Vorzeichen rechtzeitig zu erkennen.

Nachdenklich wanderte Lif zurück in die Burg. Am nächsten Abend berichtete sie den Kriegern von der Sprache der heiligen Zeichen. Besorgt dachten alle an die Zukunft. Bald aber kreisten ihre Gedanken um die Gegenwart. Für die kommenden Schlachten schienen ihnen die Runen einen wohlgefälligen Wink gegeben zu haben.

Euliset, Rakus und Servalis gehörten längst zu den tapfersten. Niemand dachte daran, daß sie vor Jahren als Wanderer und Gäste zu den Männern und Frauen gestoßen waren. Auch für Böer war es selbstverständlich geworden, die Freunde um sich zu wissen. Manchmal aber wurde ihm bewußt, daß die Wanderlust sie auch eines Tages wieder packen konnte. Servalis lächelte nachdenklich, als Böer die Gefährten eines Abends, am Feuer nach der Jagd, darauf ansprach.

»Hast du noch nicht gemerkt, wie sehr wir uns hier zu Hause fühlen?« antwortete er, »euer Kampf ist auch unser Kampf geworden. Wer ein Feld bestellt, möchte auch ernten. So hart es beizeiten ist, wir fühlen uns bei euch wohl, wohler als oftmals zuvor. Und wenn ich das sage, spreche ich nicht nur für mich, sondern auch für Euliset und Rakus.«

Die beiden nickten. So war nun ausgesprochen, daß die Freunde noch für lange Zeit beieinander bleiben wollten.

WYN

ᚹ Gegen Ende des Winters brachen die Boten auf. Einer von ihnen war Widukind. Einsam ritt er über das Land, sprach mit Männern und Frauen. Auf den langen Wegen zwischen den verstreuten Gehöften dachte er über das Kommende nach. Zweifel zerrten an seinem Herzen, düstere Besorgnis darüber, ob er als Heerführer die richtigen Entscheidungen würde treffen können. Schon bald nach Widukind verließen Späher die Babilonie, denn die Sachsen suchten die Absichten der Feinde genau zu ergründen. Als das Allthing anbrach, wußten sie, daß bisher noch kein feindliches Heer im nördlichen Frankenreich aufgezogen und damit wohl kaum noch im Frühjahr mit einem Angriff zu rechnen war. Die Versammlung der Edlen aus allen Gauen war sich schnell einig. Widukind wurde zum Heerführer gewählt. Möglichst bald sollte ein Heer aufgestellt werden. Nur Hassio, Brun und einige Sprecher aus ihren Gauen kündigten an, an ihrem Frieden mit den südlichen Nachbarn festhalten zu wollen. Dafür war die Entschlossenheit der anderen Sprecher um so größer. Es dauerte nach dem Allthing nur kurze Zeit, bis sich ein mächtiges Heer in den Hügeln bei der Babilonie sammelte. Durch die Boten waren die Krieger auf die kommenden Kämpfe vorbereitet gewesen.

Nun war es soweit. Eine schier endlose Anzahl sächsischer Recken machte sich auf den Weg nach Süden. Aus allen Landen waren die Kämpfer gekommen. Die Männer und Frauen waren guter Stimmung und voller Tatendrang. Endlich würde der Kampf einmal wieder im Land des Feindes toben, würden fränkische und nicht sächsische Felder darben. Ein jeder fühlte die Kraft dieses gewaltigen Heeres, ging darin auf wie ein Wassertropfen in der Sturmflut, die wütend das flache Land überrollt. Die langen Kolonnen schwer bewaffneter Streiter zogen zur neu errichteten fränkischen Feste an der Lippe. Da die Späher noch immer kein christliches Heer gemeldet hatten, wollte Widukind zunächst die südlichen Burgen der Sachsen vom Feind befreien. Sie erreichten die Wälle. In wenigen Stunden wurde die Besatzung erschlagen und die Festung zerstört. Weiter ging der Marsch in Richtung Eresburg. Deren Palisaden fielen ohne Kampf. Kurz zuvor war die kleine Besatzung geflohen. Noch immer wurde Widukind keine Bewegung der Christenritter gemeldet. Da wandten sich die Sachsen nach Westen. Sie wollten noch einmal versuchen, die Hohensyburg zurückzugewinnen. Guten Mutes zogen die Streiter über schmale Pfade durch dichten Wald. Es war der gleiche Weg, den auch die Krieger Karls, wenn auch in entgegengesetzter Richtung, bei ihren Vorstößen gewählt hatten.

Anders als bei der Eresburg, flohen die Verteidiger der Hohensyburg nicht. Unter ihnen waren hundert Kämpfer der Sacra Francesca. So hart sie aber auch fochten, länger als einen Nachmittag konnten sie sich nicht gegen die Übermacht der Angreifer halten. Männer und Frauen aus dem Land der Friesen im Westen und Norden, von den großen Strömen und Mooren im Norden, aus den Bergen im Osten und sanften Hügeln im Süden stürmten über den Berg und verharrten durch den Widerstand kaum in ihrem schnellen Lauf. Eine Nacht rasteten sie auf der Hohensyburg.

Dann zogen die Streiter weiter – in Richtung Süden. Schon bald marschierten sie auf fränkischem Boden, und noch immer meldeten die Späher keine christliche Armee. Was vorher aber nur eine vage Vermutung war, verstärkte sich nun. Vereinzelte Ritter und Bauern, die die Sachsen hatten gefangennehmen können, bestätigten es immer wieder: Karl war mit einem großen Heer nach Süden gezogen, weit über die Grenzen seines Reiches hinaus, um fremde, seltsame Krieger zu bekämpfen, die von den Franken Sarazenen genannt wurden. Siegreich, so betonten alle Ritter, würde er schon bald durch das Land eine Stammes mit Namen Basken ziehen. Widukind hatte seinen Entschluß schnell gefaßt. Das Heer sollte weiter vordringen, tief in Karls Reich hinein. Ein solches sächsisches Heer würde so schnell nicht wieder zusammenkommen. Die Gelegenheit war gut, den Franken zu zeigen, mit welcher Kraft sie im Norden zu rechnen hatten – mit einem Stamm, den sie schon für besiegt hielten. Böer und Lif aber trennten sich von den Gefährten. Die Zeit schien ihnen günstig, den versprochenen Besuch bei Böers Eltern wahrzumachen. Sie verabschiedeten sich von Euliset, Rakus und Servalis und den anderen Freunden und Kriegern. Dann brachen sie auf. Das Heer zog nach Süden, unbekannten Gefahren und Schlachten entgegen. Böer und Lif ritten nach Norden.

Schon lange führte sie der Pfad durch einen Wald. Noch nie hatte Böer das Gezwitscher so vieler Vögel gehört. Den ganzen Tag über reisten sie umwoben vom fröhlichen Jubilieren der gefiederten Sänger. Schließlich ebbte das Singen ab. Die kommende Dunkelheit kündigte sich an.

»Wir sollten nach einem Rastplatz ausschauen«, forderte Böer Lif auf. »Ich zweifele allerdings, ob wir einen geeigneten finden werden. Dieser Wald ist sehr alt, schon lange sind die Bäume nicht mehr für eine Wiese vom Weg zurückgewichen.«

»Es ist der Vogelwald«, betonte Lif. Sie sah Böer an. Dem jungen Sachsen lief ein Schauer über den Rücken.

»Seid wir uns kennen, erlebe ich Dinge als wirklich, von denen ich zuvor dachte, es würde sie nur in Geschichten geben.«

Lif lachte und zwinkerte ihm zu.

»Früher träumtest du und wußtest nicht, ob du im wirklichen Leben bestehen kannst. Heute bist du ein bewährter Recke und erlebst deine Abenteuer in einer Welt wirklich gewordener Träume.«

»Alpträume«, ergänzte Böer trocken.

Lif warf ihm einen gespielt beleidigten Blick zu.

»So empfindest du also meine Gegenwart«, beschwerte sie sich.

Böer lächelte entschuldigend.

»Ich denke, du weißt meine Worte schon zu gewichten«, erwiderte er. »Trotzdem: Manchmal frage ich mich, wie es wäre, wenn ich eines Morgens aufwachte, mich umsähe und mich auf dem Hof meiner Eltern wiederfände. Dann hätte ich alle Abenteuer nur im Traum erlebt. Lache nicht. Ich hatte solche Träume früher.«

»Du hast sie immer noch«, bemerkte Lif. Sie sah sich um. »Aber in einem hast du recht. Eine friedliche Lichtung werden wir hier kaum finden. Der Hain ist alt, so alt wie unser Stamm.«

»So ist es wahr, was Bentan mir als Kind erzählte?« fragte Böer. »Die Bäume und Sträucher werden üppig wachsen, solange unser Stamm in Freiheit lebt. Gehen die Menschen in Knechtschaft, werden die Äste und Stämme verdorren, die Vögel in ihrem Gesang verstummen.«

»So wie sie in jeder Nacht ihr Gezwitscher verstummen lassen – sich zur Ruhe begeben, den Menschen zur Mahnung«, fügte Lif hinzu. »Wenn die Sachsen nicht mehr frei sind, werden die Vögel sich in die Luft erheben und weit fort von diesem Wald fliegen. Um die dann verdörrten Zweige wird es still sein. Nur ein Vogel, der diesen Ort bisher verschmäht, wird hierherkommen. Sein kleckender Schrei wird zwischen kahlen Stämmen hallen.«

»Die Elster«, überlegte Böer nachdenklich.

Sie ritten weiter. Es war schon dunkel, als sie einen geeigneten Rastplatz fanden. Mit Beginn des kommenden Tages setzten sie ihre Reise fort.

Bentan fiel vor Freude fast vom Dach des Hauses, als er seinen Sohn und dessen Frau auf dem Hof entdeckte. Ein Büschel Reet, mit dem er ein Loch im Wetterschutz der Hütte flicken wollte, hielt er hoch erhoben, verharrte in der Bewegung und starrte die beiden an.

»Brul, Bart, seht mal, wer da kommt«, rief er aus.

Die beiden Angerufenen blickten zu ihm herauf. Bart vom Fuß der Leiter, die er für seinen Vater festhielt, Brul von einem riesigen Reethaufen, aus dem er geeignete Fasern für seinen Vater herausfingerte.

»Nicht zu mir sollt ihr schau'n, sondern auf den Hof«, brüllte Bentan vom Dach. »Wer kommt da wohl?«

»Lüdegast«, rieten die beiden Brüder im Chor.

»Ein Weinfäßchen vor sich herrollend«, führte Bart grinsend weiter aus. Langsam drehten sich die beiden um.

»Böer und Lif«, riefen sie überrascht wie aus einem Mund.

»Da seht ihr es«, frohlockte Bentan, der sich schon auf der Leiter abwärts hangelte. Böer klopfte das Herz vor Freude, als er seinen Vater und seine Brüder wiedersah. Er sprang vom Pferd und lief ihnen entgegen. Lif folgte. Bald lagen sich alle in den Armen. Die Tür der Hütte öffnete sich.

»Haben wir Besuch, oder was ist das für Lärm? Das wird doch sicher der Lüdegast sein.«

Mit diesen Worten trat Halde auf die Schwelle.

»Böer, Lif«, rief Syd überrascht und rannte an ihrer Mutter vorbei ins Freie. Verdutzt blickte Halde ihr nach.

»Ja, das ist doch ...«

Nun gesellte sich auch Halde eilig zu dem sich begrüßenden Menschenknäuel. Für diesen Tag ließ die Familie die Arbeit ruhen, mochte es auch des Nachts regnen und die Tropfen in die Halle fallen. Aber die Götter meinten es gut mit den Menschen. Die halbe Nacht über saßen Eltern und Kinder beisammen, schmausten und tranken, doch kein Tropfen Regen fiel. So konnte das Dach auch am nächsten Tag noch geflickt werden. Als Vater und Söhne damit fertig waren, kündigte Bentan an, die Nachbarn zur Begrüßung von Böer und Lif einladen zu wollen. So geschah es. Schon einige Tage später trudelten die Gäste auf Bentans Hof ein. Die Sonne senkte sich, über dem Feuer brutzelten Hasenbraten, und Wein stand in großen Krügen bereit.

Als erster stakste Gimberich mit seiner Frau auf den Hof. Böer stellte fest, daß der Mann noch dicker geworden war, als er ihn in Erinnerung hatte. Auch leuchtete sein Kopf jetzt schon beim Gehen rot, was er früher nur in der Wut über die Bemerkungen Lüdegasts getan hatte. Hinter den beiden schritten ihr Sohn Gilbrand und seine Frau. Die beiden Töchter des dicken

Sachsen folgten kurz darauf mit ihren Männern. Bald darauf kam Jöllund mit seiner Frau geritten. Von ihren vielen Kindern begleitete sie eine Tochter mit ihrem Mann. Böer erinnerte sich noch gut an die junge Frau, die im gleichen Alter wie er war. Als letzter trottete Lüdegast zur Halle. Neben ihm ging Lara, seine Frau. Vier Töchter und der älteste von zwei Söhnen begleiteten mit ihren Ehegatten die Eltern. Auch sie waren einst Spielgefährten von Böer gewesen. Er freute sich, sie wiederzusehen. Viele kindliche Abenteuer hatten sie einst im Wald und auf den Auen gemeinsam bestanden. Es war ein seltsames Gefühl, ihnen nun zu begegnen. In ihren Gesichtern fand er noch immer viele bekannte Züge, in die sich doch hier oder dort ein fremder, neuer Ausdruck mischte, den Böer, der sich ihrer immer noch tollend auf der Wiese erinnerte, nicht zu deuten wußte.

Bald drängten sich die Gäste in der Halle des Hauses, schmausten und tranken, redeten und lachten. Wie in alten Tagen brauste Gimberich wieder über die Neidreden Lüdegasts auf und war schließlich kurz davor, sich auf den behäbigen Bauern zu stürzen, was diesen aber nur noch mehr belustigte. Dieses Mal aber brauchte Bentan nicht einzugreifen. Die starken Arme von Gilbrand, Gimberichs Sohn, zogen diesen auf den Stuhl zurück.

»Ist er in der heimischen Halle auch so voller Temperament?« wollte Böer von Gilbrand wissen, als er neben ihm zu sitzen kam. Gimberich plauschte währenddessen in der anderen Ecke des Raumes mit Jöllund.

»Zumeist fehlt ihm die Gelegenheit. Nur wenn er über seinen Nachbarn Lüdegast spricht, kann er sich schon in Wallung reden«, seufzte der junge Sachse.

»Und über Bentan?« fragte Böer.

»Dein Vater vermeidet es, ihn zu reizen. Er sorgt stets für den Ausgleich, wie es einem Thingsprecher gebührt. Dieses Amt aber ist es, das Vater ihm neidet.«

»Und du? Du lebst auf eurem Hof und bist der älteste Sohn. Auch du könntest dich auf große Ahnen berufen.«

Gilbrand schüttelte den Kopf.

»Ich finde es rechtens, so wie es ist. Große Ahnen taugen

für große Erzählungen, nicht für das Alltagsleben. Da bedarf es Männer und Frauen, die kluge Entscheidungen fällen.«

»Dann stimmst du mit deinem Vater oft nicht überein«, stellte Böer fest. Gilbrand nickte.

Ein bitterer Zug legte sich um seine Lippen.

»Es ist oft nicht leicht«, stöhnte er. Und schon oft haben ich darüber nachgedacht, fortzugehen und einen eigenen Hof zu gründen, vor allem, seit meine Schwestern geheiratet haben und zu ihren Männern gezogen sind.«

Er lächelte.

»Doch bisher konnte ich Vater immer wieder mit meinen Ansichten versöhnen, auch wenn manches harte Wort gesprochen wurde.«

Er sah Böer an.

»Ich will offen zu dir sein. Vater blickt auf große Recken zurück. Er selbst aber steht längst nicht so zu unserem Kampf wie ich. Er hat schon manch gutes Wort für die Franken gefunden.«

Er lachte erleichtert auf.

»Zum Glück bestimmen die großen Kämpfe nicht das kleine Leben auf dem Hof. In praktischen Dingen läßt sich zumeist gut mit Gimberich reden.«

Böer nickte. Gilbrands Frau gesellte sich zu ihnen und brachte das Gespräch auf andere Themen. Schon bald mußten die beiden Geschichten aus ihrer Kindheit erzählen, die die junge Frau sehr zum Lachen reizten. So verlief das Fest. Erst als die Sonne nach langer Nacht wieder aufging, zerstreuten sich die Gäste. Noch viele Tage später redeten sie über die gelungene Feier auf dem Hof von Bentan, dem Richter, und Halde, seiner Frau.

Ein kräftiger Wind blies über die Lichtung, riß die ersten braunen Blätter von den Bäumen und wirbelte sie durch die Luft. Dann verebbte die Böe, so als müsse der Wind kurz innehalten, um Luft für einen neuen Ansturm zu holen. Verwirrt drehten sich die Blätter im Kreis, sanken einen Moment später wie erschöpft in das Gras der Wiese – aber nur, um kurz darauf von einer frischen Böe zu einem neuen luftigen Spiel emporgehoben zu werden. Die Blätter taumelten, als sie gegen einen rauhen Stein stießen, drehten sich noch einige Male und fielen anschließend im Schatten des Sturmes auf harten Grund.

Stolz und erhaben ragten die Felsbrocken aus der Wiese kahl in den Himmel, Baumstämmen gleich, denen der Sturm die Äste gekappt hatte.

Syd stoppte das Pferd.

Der Wind wehte die Haare aus ihrer Stirn, strich sanft um ihre Schultern. Es war kalt. Aber das Mädchen spürte es nicht. Ihr Blick glitt über die alten Steine, von denen sie nur wußte, daß Menschen vor uralten Zeiten sie einst auf dieser Aue aufgerichtet hatten. Eine geheimnisvolle Kraft zog sie immer wieder zu diesem Platz. Es war, als wollten die faltigen Felsen mit ihr sprechen, ihr etwas sagen, was sie noch nicht verstand. Der Wind trieb graue Wolkenfetzen über den blauen Himmel. Die Tannen des nahen Waldrandes beugten sich unter den Hieben des Sturmes. Dahinter färbte sich der Himmel rot – die Sonne ging unter. Syd ritt das Roß an. Der Kreis der alten Steine rückte näher. Wieder fühlte Syd, wie sie in den Bann des Ortes geriet. Je dichter sie an das Rund kam, um so stärker versuchten die kahlen Riesen sie zu erreichen. Syd hörte ihnen zu, lauschte gebannt der stummen Sprache, mit der die Steine ihr Herz zu bewegen versuchten. Nun ritt sie in das Innere des Kreises. Hier war die Kraft am stärksten. Die junge Frau ließ sich aus dem Sattel gleiten, lehnte sich ruhig gegen den mächtigen Brocken, der im Zentrum stand. Ihre Stute graste zufrieden neben ihr. Plötzlich schreckte sie auf. Das Geräusch von Hufen näherte sich rasch. Syd erkannte einen Reiter, der zielstrebig auf die Steine zutrabte. Sie atmete erleichtert auf: Es war Lif. Unsicher erwartete die junge Frau die Ankunft der Godin. Noch nie war ein Mensch mit ihr im Steinkreis gewesen. Mit niemandem hatte sie bisher über ihre Empfindung gesprochen. Lif lächelte Syd an. Dann stieg sie vom Pferd und stand vor Böers Schwester.

»Ich wäre noch vor der Dunkelheit zurückgeritten«, entschuldigte sich Syd und sah zu Boden.

»Ich bin nicht gekommen, dich zur Rückkehr zu mahnen«, erläuterte die Godin.

Syd blickte sie an. »Du wußtest, daß ich hier bin?« fragte sie unsicher.

»Nein«, sagte Lif. »Aber ich weiß, daß es dich hierher zieht.«

»Es ist so still, so voller ruhiger Kraft«, erklärte Syd kopfschüttelnd. »Es ist ...«

»Ich weiß«, antwortete Lif. »Und du kannst es nicht erklären.«

»Ich versuche es auch gar nicht mehr«, fuhr Syd fort. »Es gibt kaum jemanden, der versteht, was ich hier empfinde.«

»Böer?« fragte Lif.

»Ja, Böer hat mich verstanden. Aber Böer war lange fort.«

»Er erzählte mir von deinem Treffen mit den Alben«, berichtete Lif weiter.

»Ich habe gelernt, mich nicht mehr vor ihnen zu fürchten«, erwiderte Syd. »Aber ich bin hier wohl der einzige Mensch, der sie sehen kann.«

»Nur Menschen, die den Göttern besonders nahe sind, können die Wesen anderer Welten erblicken«, erklärte Lif.

»Andere Welten ...«, flüsterte Syd nachdenklich. »Schon oft hatte ich das Gefühl über Mittelerde zu fliegen, seine Grenzen zu überqueren und fremden Boden zu sehen, der mir manchmal schön, manchmal furchterregend erschien. War es gar mehr als nur Träume?«

Lif nickte.

»Der Zaun, der Mittelerde von anderen Welten trennt, ist dünn. So mancher Mensch hat die Gabe, durch Lücken in der Hecke zu schreiten.«

»Ich hatte oft große Angst«, gestand sie Lif.

»Viele ungeübte Wanderer kehren nicht wieder von ihren Reisen heim«, warnte die Godin. »Wer aber um die Gefahren weiß, den richtigen Pfad erkennen kann und wohlgesonnene Wesen von lichtblendenden Riesen zu unterscheiden vermag, der kann großes Wissen und Weisheit von Anderswelt nach Mittelerde zurückbringen.«

»Aber das ist den Goden vorbehalten«, schüttelte Syd den Kopf.

»Ja«, stellte Lif fest. »Den Kreis der Dreizehn aber gibt es nicht mehr. Nur ich bin noch am Leben.«

Sie schwieg einen Moment und spähte nachdenklich in die Ferne.

»Zu allen Zeiten aber hat es weise Frauen und Männer in vielen Dörfern gegeben, die auch durch die Welten zu reisen wußten und mit ihrem Wissen den Menschen von Nutzen sind.«

»Kannst du mir helfen?« wandte sich Syd an Lif. Die Godin nickte.

»Ich habe so viele Fragen, möchte darüber sprechen, was mich in meinem Inneren bewegt. Ich spüre so viel, vermag es aber nicht zu deuten.«

Lif nahm sie in den Arm. Beide Frauen hielten sich eine Weile, während der Wind sanft ein Band um sie wob.

»Diese Steine«, begann Syd nach einer Weile wieder zu sprechen, »was wollen sie mir mitteilen? Sie sind umgeben von einer Kraft, die ich nicht zu deuten vermag.«

»Mit den Gedanken kann niemand ihre Sprache verstehen«, sagte Lif. »Nimm deine Hände und lege sie auf diesen Felsen.«

Sanft tastete Syd über die rauhe Oberfläche. Auch Lif berührte den mächtigen Block.

»Lasse sie nicht zu schwer darauf ruhen«, wies Lif Syd an. »Und lasse geschehen, was geschieht.«

Der Stein war warm. Syd wunderte sich kurz, ohne weiter darüber nachzudenken. Dann spürte sie ein feines Kribbeln. Es war, als ob der Fels unter ihren Händen leicht vibrierte. Feiner weißer Rauch stieg von ihm auf, näherte sich ihr und umhüllte sie schließlich zart. Immer noch kribbelte das Gestein. Nun aber fühlte Syd eine warme Kraft, die davon in ihre Hände, von dort in ihre Arme und den ganzen Körper floß.

»Fühle die Kraft unter deinen Füßen«, raunte ihr Lif zu. »Laß auch sie durch dich strömen.«

Eine machtvolle Flut schoß durch Syds Beine in ihren Körper, vereinigte sich mit der Kraft des Blocks, floß wie ein wilder Bach durch sie hindurch. Ein tiefes Gefühl der Geborgenheit durchdrang das Mädchen. Sie war glücklich, so voller Leben pulsierend, daß sie es am liebsten vor Glück herausgeschrien hätte. Nach einer ganzen Weile ließ Lif den Felsen los.

Syd tat es der Godin gleich. Immer noch pulsierte das geborgene Gefühl des Glücks in ihr.

»Es ist das Leben, daß du spürst«, stellte die Godin fest, dieselbe Kraft, die das Gras wachsen und die Bäume grünen läßt. Sie wird noch eine Weile in dir kreisen. Du mußt den Umgang mit der Kraft üben. Wenn du es willst, spürst du sie auch ohne die Steine. Wenn du sie als Teil von dir wie deine Hand und deinen Fuß erkennst, kannst du noch andere Kräfte in dir und der Welt entdecken.«

»Ist es die Kraft eines Gottes, die ich bemerke?« wollte Syd wissen.

»Du empfindest die Kraft von Donar und von Nerthus«, nickte Lif. »Nicht immer ist die Kraft der Götter so voller Glück. Lokis oder Hödurs Stärke führen den Menschen oft zu Seiten seines Wesens, die er gern versteckt hält. Darum begegnest du ihr erst später.«

Die Frau und das Mädchen stiegen auf die Pferde und kehrten zum Hof Bentans und Haldes zurück. Von nun an ritten sie häufig gemeinsam aus, und Syd lernte langsam, ihre Gaben mit Vorsicht und Bedacht zu nutzen.

Als die Bäume ihre Blätter abgeworfen hatten, da wußte Syd schon viele der Geschichten, die Menschen sich über die Götter erzählen, zu deuten. Auch einige der Kräfte, aus denen Welten und Menschen bestehen, kannte sie bereits. Immer öfter wurde der warme Wind aus dem Norden von einem eisigen Hauch aus dem Osten abgelöst, immer häufiger freuten sich die Menschen über die Wärme des offenen Feuers in der Halle des Hauses.

Eines Mittags galoppierte ein einsamer Reiter auf den Hof. Sein schwarzes Roß dampfte, so schnell hatte er es vorangetrieben. Als Böer ihn erkannte, schlug sein Herz vor Freude höher, und er lief ihm sogleich entgegen. Es war Widukind. Beide Männer schlossen sich zur Begrüßung in die Arme.

»Wir haben Besuch. Widukind ist zu Gast gekommen«, brüllte hinter ihnen Bentan. Neugierig traten auch die anderen Hofbewohner ins Freie.

»Du siehst müde aus«, stellte Böer fest, nachdem alle den Heerführer begrüßt hatten.

»Das ist wahr, denn ich bin schnell und ohne lange Pausen geritten, um der Godin vom gelungenen Verlauf des Heerzuges zu berichten«, erwiderte er. »Und dir und der Familie natürlich auch«, lächelte er Böer zu. »Jetzt aber kann ich leicht die Erschöpfung vergessen, denn mein Herz freut sich, euch wiederzusehen.«

»So komm in die Halle. Die Arbeit soll ruhen, und wir wollen deinen Worten lauschen«, forderte Bentan den Häuptling auf.

Bei Bier und einer kräftigen Linsensuppe berichtete Widukind vom Heerzug der Sachsen im vergangenen Sommer.

Nach der Eroberung der Hohensyburg waren die Krieger nach Süden gezogen, ohne auf ein fränkisches Heer zu stoßen, durch das offene Land, das vor ihnen lag, weiter und weiter, den Rhein herauf durch immer neue Gaue des Feindes. Sie hatten gehandelt wie schon zuvor, wenn ein sächsisches Heer in Frankenland vorgestoßen war. Die Höfe der Adeligen wurden niedergebrannt, die Häuser der wenigen noch freien Bauern verschont. Auch die Kirchen der christlichen Gottesdiener waren in Flammen aufgegangen. Erst an der Mosel, zwischen lieblichen Hügeln, hatte das Heer seinen Zug nach Süden beendet und sich auf den Rückmarsch gemacht, denn der Sommer war bereits weit vorangeschritten.

»Wir sind durch ihr Land gezogen und haben es verwüstet«, stellte Widukind schließlich fest. »Auf ein feindliches Heer aber sind wir nicht getroffen. Unsere Kämpfer waren zahlreich und guten Mutes wie kaum jemals zuvor. Lieber als durch schutzloses Land zu ziehen, wären wir aber den Feinden zur entscheidenden Schlacht entgegengetreten. So haben wir einen Sieg errungen, ohne die eine große Schlacht zu schlagen, die vielleicht das Ringen zwischen den beiden Stämmen für immer entschieden hätte.«

»Das ist wohl wahr«, erwiderte Bentan. »Auch ich hatte auf den Sieg in einer großen Schlacht gehofft. Trotzdem wird Karl seine Lehren aus dem Feldzug ziehen. Denn nun kann der fränkische König durch das Land reiten und sehen, daß wir nicht besiegt sind. Wenn schon nicht unsere Worte ihn davon zu überzeugen vermochten, vielleicht schaffen es unsere Taten.«

»Vielleicht«, murmelte Halde leise. »Der Krieg frißt die Söhne der Stämme, und niemand denkt an die Mütter. Jetzt trauern viele Frauen im Frankenland um ihre Söhne und ihre Liebsten. Höfe sind verbrannt, und das Vieh verwildert im Wald. Frieden brauchen die Menschen, nichts als Frieden.«

Bentan sah sie nachdenklich an.

»Wie aber hätten wir anders handeln sollen? Erst brannten unsere Hütten, dann die des Feindes. Und als Knecht der Christen zu leben, vermag ich nicht zu ertragen.«

»Ich auch nicht«, sagte Halde leise. »Doch auch wenn ich die Götter um den Sieg bitte, so tue ich es nicht mit Freude, sondern mit Trauer im Herzen.«

Widukind nickte.

»So sollten wir alle denken. Wir sind Bauern, und der Kampf ist für uns nicht Freude, sondern nur Not. Auch mir fällt es oft nicht leicht, das Schwert zu schwingen. Wenn ich es aber tue, dann mit ganzer Kraft. Nur so vermag ich zu kämpfen.«

So sprachen sie noch bis in die Nacht hinein.

Widukind blieb drei Tage. Anschließend ritt er wieder zur Babilonie. Nach dem Julfest rüsteten sich Böer, Lif und Bentan für das Allthing. Wie an jedem der langen Winterabende zuvor, saßen sie auch am Ende des Tages vor der Abreise in der Halle des Hauses beisammen, um zu reden. Zumeist erzählten sie sich dabei Geschichten, die sie in den vergangenen Jahren erlebt hatten. An diesem Abend aber kam die Familie nicht dazu.

Bart ergriff das Wort:

»Viel wird im Land über Widukind gesprochen. In diesem Winter habe ich ihn zum ersten Mal gesehen. Auch ich bin im Alter eines Kriegers. Zu diesem Allthing möchte ich euch begleiten und hören, wie über die Zukunft unseres Stammes beraten wird, sehen, wie die bekannten Recken zusammenkommen.«

»Die wirklich großen Taten geschehen hier auf dem Feld«, spottete Brul. »Du kannst sie jeden Tag sehen.«

»Du warst schon auf dem Allthing«, erinnerte Bart zornig.

»Gerade deshalb verstehe ich deinen Eifer nicht«, bemerkte Brul grinsend.

»Das kann nur sagen, wer die Versammlung selbst gesehen hat«, empörte sich Bart.

»So begleite uns«, forderte Bentan seinen Sohn kurz auf.

Bart blickte ihn froh an.

»Dann freue ich mich besonders auf die Versammlung«, stellte Böer fest.

»Das kann ich mir denken«, bemerkte Brul.

Seine Augen funkelten.

»Überhaupt scheint ja Bart sehr nach dir zu schlagen. Wenn auch weniger mit Taten, so doch mit Worten.«

»Auch Böer warfst du einst mangelnde Taten vor«, zürnte Bart.

»Träume«, erinnerte Böer lächelnd.

»Im Krieg magst du deinen Mann stehen«, gab Brul zurück. »Was aber ist im Frieden? Felder und Vieh geben unserem Stamm seine wahre Größe und dem Leben einen Sinn.«

»So spricht der Sohn, der zuerst geboren ist und den Hof einmal erben wird«, rief Bart trotzig.

Halde runzelte Schlimmes ahnend die Stirn.

»Wo aber bleibt der Platz für mich und meine Frau, wenn wir die Ehe geschlossen haben. Welchen Hof kann ich später an meine Kinder weitergeben?«

»Darüber werden wir noch reden«, fuhr Bentan dazwischen. »Du wirst schon nicht als Wanderer über das Land ziehen müssen.«

»Aber auch ich werde gebraucht«, zischte Bart. »Und nicht nur, weil ich als dein Sohn auf diesem Hof lebe. Wir führen Krieg mit den Franken. Am nächsten Kampf werde ich teilnehmen und mit Böer gehen.«

Halde blickte ihn nachdenklich an.

»Die Sorge um einen Sohn bereitet mir schon sehr viel Kummer«, stellte sie traurig fest. »Ich möchte nicht um einen zweiten fürchten müssen.«

»Ist es dir ernst?« fragte Bentan mit leiser Stimme. »Hast du deine Worte vorher gut abgewogen oder sagst du sie nur, weil sie dir im Moment gut gesprochen erscheinen?«

In der Halle wurde es still. Alle sahen Bart an.

»Es ist mir ernst«, sagte er nach einer Weile.

»Wir können dich nicht halten«, stellte Bentan fest, »nur Böer können wir bitten, dich mitzunehmen und an deiner Seite auf dein Leben achtzugeben.«

Böer nickte.

»Nach dem Allthing werden wir jeden Tag das Waffenhandwerk üben«, kündigte er an.

Nach diesem Gespräch starben die Worte in der Halle bald ab. Ein jeder hing seinen eigenen Gedanken nach. So begaben sich alle früh zur Ruhe.

Lif schmiegte sich auf dem Lager eng an Böer.

Zärtlich strich sie über seine Schultern und küßte sein Ohr.

»Schlafen solltest du noch nicht«, flüsterte sie leise.

»Doch«, knurrte Böer aus dem Halbschlaf.

»Es gibt noch etwas Wichtiges ...«

»Nein«, flehte der junge Krieger und zog die Decke höher.

»Doch«, neckte Lif ihn nun fröhlich.

»Etwas sehr Wichtiges.«

Von Böer war keine Antwort, dafür aber ein zufriedenes Grunzen zu hören. Lif blies ihm ins Ohr. Böer schreckte kurz hoch, blinzelte sie verschlafen an und drehte den Kopf zurück.

»Wach bleiben«, forderte die junge Frau ihn auf und pustete erneut in sein Ohr.

»Muß es denn wirklich sein«, murrte Böer unter der Decke, die er sich noch ein Stückchen höher zog.

»Es muß«, erwiderte sie hart. Langsam drehte er den Kopf, blinzelte wieder verschlafen.

»Es ist etwas mit uns geschehen«, begann Lif zu sprechen.

»Mit uns geschehen ...«, überlegte Böer verwirrt. Mittlerweile konnte er die Augen offen halten.

»Wir haben geheiratet, leben zusammen«, lächelte ihn Lif offen an.

»Muß das jetzt ...«, raunte Böer.

»Und wir bekommen ein Kind«, fuhr Lif unbeeindruckt fort.

»Ein Kind?«

Böer riß die Augen auf und setzte sich mit Schwung auf – nun war er hellwach.

»Du wirst Mutter, ich Vater?«

Lif lachte.

»Bist du sicher?«

»Ganz sicher.«

Der junge Krieger fiel ihr jubelnd um den Hals und küßte sie. An der Tür klopfte es. Langsam wurde sie geöffnet.

»Könntet ihr ein wenig leiser ...«, war die verschlafene Stimme Bentans zu hören.

»Ich war ja auch einmal jung, aber ...«

»Wir bekommen ein Kind«, trötete ihm Böer fröhlich entgegen.

Bentan starrte ihn entgeistert an.

»Sofort?« war plötzlich die Stimme Haldes zu hören.

»Was? Unsinn«, rief Böer.

»Laßt uns in die Halle setzen und feiern«, forderte Halde die drei auf.

Kurze Zeit später kreisten wieder die Krüge im Wohnraum des Hauses. Es wurde spät. Trotzdem machten sich Lif und Böer, Bentan und Bart am nächsten Morgen zur verabredeten Zeit auf den Weg zum Allthing. Dösend saßen sie auf den Pferden und waren froh, als sie den Rastplatz für die Übernachtung erreichten.

Das Allthing verlief ruhig. Die Sprecher vereinbarten, für den Fall eines fränkischen Angriffs ein Heer auf der Babilonie zusammenzuziehen. Jeder Gau sollte fünfzig Krieger dafür stellen. Lif und Böer beschlossen, zum Hof von Bentan und Halde heimzukehren und dort noch eine Weile zu bleiben. So zogen sie nach dem Allthing wieder nach Norden.

Drei Vollmonde nach der heiligen Versammlung konnte niemand mehr übersehen, daß Lif ein Kind unter ihrem Herzen trug. Böer sah es mit Freude, und als er die ersten Bewegungen des Kindes in Lifs Leib spürte, schlug sein Herz vor Freude höher. Zugleich fühlte er auch Angst, Furcht vor den Veränderungen, die durch die Geburt entstehen würden, davor, den neuen Aufgaben nicht gewachsen zu sein. Das Jahr schritt voran. Einige Male kamen Boten von der Babilonie geritten, um die Godin über das Wohlergehen des Stammes zu unterrichten. Zwar war ein fränkisches Heer im Süden aufgetaucht und lagerte nun dort, wohl aber ohne die Absicht, einen Angriff zu führen, denn die feindlichen Ritter zogen nicht über die Grenzen der Gaue Hassios und Bruns hinaus. Die Bauern dort standen den südlichen Kriegern wohlwollend gegenüber, so daß das Heer auf der Babilonie nicht einzugreifen brauchte. Die südlichen Sachsen leisteten wieder viele Schwüre und Eide auf den fränkischen König, viele Bauern traten sogar zum Glauben der Christen über.

Im Sommer heirateten Bart und Angal. Die junge Frau zog auf den Hof von Bentan und Halde. Die Familie schloß sie bald in ihr Herz, denn Angal war ein sehr unbekümmerter und fröhlicher Mensch. Oft steckte sie sogar Bentan, der zu früher Stunde häufig noch unwirsch in der Halle saß, mit ihrer guten Laune an. Als eines Tages eine Familie aus einem weiter entfernten Dorf im Hause Bentans und Haldes gastete, lernte auch Brul eine Frau namens Hild kennen. Immer öfter ritt er in das ferne Dorf oder bekam die Familie Besuch von der Braut des ältesten Sohnes. Schließlich gingen die warmen Tage des Sommers zu Ende. Die Bäume warfen ihr Laub ab, die Tage wurden kürzer, und eines Abends war es schließlich soweit: Mit starken Wehen mußte sich Lif niederlegen. Die Geburt kündigte sich an.

Während die Sonne versank, versammelte sich die Familie in der Halle des Hauses. Halde stellte Wasser und Tücher bereit, Böer schritt unruhig im Raum umher. Halde warf ihm einen langen Blick zu.

»Es ist noch nicht soweit. Das Kind wird sich noch Zeit lassen«, sagte sie knapp. »Du verbreitest hier Unruhe, wie einst dein Vater bei der Geburt von Brul.«

Bentan, der am Tisch Platz genommen hatte, grinste.

»Das hat sich aber später gelegt«, antwortete er.

»Bei der Geburt von Böer gingst du spazieren«, erinnerte sich Halde. »Vielleicht solltest du dir auch die Beine vertreten«, forderte sie ihren Sohn auf.

»Ich komme mit«, kündigte Bentan an und stand auf.

»Aber ich möchte bei der Geburt zugegen sein«, protestierte Böer.

»Das kannst du gerne«, betonte Halde. »Am frühen Morgen werdet ihr doch wohl wieder hiersein. Vorher, so glaube ich, wird dieses Kind nicht das Licht der Welt erblicken.«

Kurz darauf verließen Böer und Bentan das Haus und marschierten lange durch den Wald. Der Vater erzählte dem Sohn dabei, wie er einst bei der Geburt seiner Kinder empfunden hatte. Spät am Abend fanden sie sich wieder in der Halle ein. Am Tisch saßen auch Brul und Bart, die zuvor auf der Jagd gewesen waren. Auch Lara, die Frau von Lüdegast, war gekommen. Syd hatte sie am Abend nach Einsetzen der Wehen sogleich um ihre Hilfe gebeten. Als Böer und Bentan die Halle betraten, schrie Lif gerade unter starken Schmerzen auf.

»Ist es stärker geworden und bald soweit?« stürzte Böer zu seiner gebärenden Frau. Bentan setzte sich zu seinen Söhnen.

»Es ist alles so, wie es sich gehört«, erklärte Halde. »Erst wenn die Sonne aufgeht, wird die Zeit gekommen sein.«

»Aber kann ich ihr nicht helfen, die Schmerzen nehmen?« wollte Böer wissen.

»Wir wissen schon, was zu tun ist. Wenn du aber hier wie ein unruhiges Huhn herumspringst, machst du die Geburt nur schlimmer«, stelle Lara fest. »Am besten gehst du schlafen, wir wecken dich, wenn es soweit ist.«

»Ich kann jetzt nicht schlafen«, betonte Böer entgeistert.

»Dann halte die Hand deiner Frau«, forderte ihn Halde auf. Lif warf ihm einen lieben Blick zu und schob ihre Hand in die seine. Böer nahm sie und hielt sie fest.

So wachte Böer an der Seite seiner Frau, während Bentan, Brul und Bart sich schließlich schlafen legten.

Die Nacht wollte gar kein Ende nehmen. Besorgt sah Böer zu Lif, wenn sie Schmerzen litt und ihre Finger sich fester um die seinen schlossen. Erleichtert bemerkte er jeden Rückgang der Wehen. Als Halde ankündigte »es ist gleich soweit«, fühlte er sich erschöpft, als hätte er selbst die Schmerzen gelitten.

Syd weckte Vater und Brüder, die bald darauf in die Halle traten und sich an den Tisch setzten. Bentan lächelte Böer kurz aufmunternd zu, als er das angestrengte Gesicht seines Sohnes sah.

Nun ging alles sehr schnell. Lif schrie, während Lara und Halde fest zupackten und das Kind in diese Welt zogen. Böer wurde alles zuviel. Er sah das Blut, das auf Lifs Lager floß, hörte ihre Schreie, erblickte die angestrengten Gesichter der beiden erfahrenen Frauen und konzentrierte sich auf Lifs Hand. Mit einem hellen Schrei meldete das Kind seine Ankunft auf Mittelerde. Böer warf einen Blick auf den Säugling und war im ersten Moment überrascht und erschrocken. Blutüberströmt, mit Schleim bedeckt lag der kleine Mensch auf den Händen von Halde, die sofort begann, ihn zu waschen. Das verquollene Gesicht des Kindes, das mit geschlossenen Augen aus Leibeskräften brüllte, erschien Böer eher häßlich. Als der Säugling gewaschen war, stimmte Syd leise ein altes Lied an, das die Nornen günstig stimmen sollte, denn auch die drei weisen Frauen waren – wenn auch unsichtbar – bei der Geburt zugegen und woben dem kleinen Menschen den Lebensfaden. Während das erste Licht des Tages in die Hütte drang, erklang sanft Syds Stimme, begleitet vom Wimmern des kleinen Menschen:

»In alten Zeiten, als Aare sangen,
heilige Wasser rannen von Himmelsbergen,
da hatte Helgi den großherzigen
Borghild geboren in Bralund.

Nacht war es im Hof, Nornen kamen,
die dem Edeling das Alter bestimmten.
Sie gaben dem König der Kühnste zu werden,
aller Fürsten edelster zu dünken.

Sie schnürten scharf die Schicksalsfäden,
während Burgen brachen in Bralund.
Goldene Fäden fügten sie weit,
sie mitten festigend unterm Mondessaal.

Westlich und östlich bargen sie die Enden,
in der Mitte lag des Königs Land.
Einen Faden nordwärts warf Neris Schwester,
ewig zu halten hieß sie dies Band.«

Halde reichte das Kind Lif. Die junge Frau schloß den Säugling in ihre Arme, glücklich und erschöpft zugleich. Böer erkannte besorgt, wie abgekämpft seine Frau war. Dann stand er langsam auf. Jetzt mußte er tun, was seit uralten Zeiten Brauch für einen jungen Vater war. Er war froh, eine Aufgabe zu haben und nicht mehr nur hilflos dasitzen zu müssen. Syd reichte ihm ein Stück Lauch, das Böer den Nornen zum Opfer verbrannte. Syd nahm den Säugling aus Lifs Händen und gab ihn seinem Vater. Nun erst, als er sein Kind zum ersten Mal in den Händen hielt, begriff er richtig, was geschehen war. Er war stolz, dabei aber gleichzeitig auch unsicher. Es war seine Tochter, dieser winzige Mensch, die kleinen Hände und Füßen waren ihm und Lif anvertraut, würden langsam unter ihren Augen wachsen. Fast zu zart hielt er das Kind. Es schien ihm so zerbrechlich, und er wußte noch nicht so recht mit ihm umzugehen. Einen Moment lang betrachtete Böer den Säugling noch. Dann begann er mit der Weihe. Langsam tauchte der junge Vater seine Hände in das Wasser, das er zuvor in einem heiligen Teich geschöpft hatte und tröpfelte es auf die Stirn des Säuglings. Anschließend bückte Böer sich und legte den kleinen Menschen kurz auf dem Boden. Unsicher hob er ihn wieder in die Höhe. Jetzt würde seine Tochter dem dritten Element vorgestellt werden und Böer bekam Angst, Furcht, das Kind vielleicht nicht sicher genug dafür zu halten. Langsam schritt er voran, zum offen brennenden Feuer der Halle und hielt den Säugling einen kurzen Moment hinein. Es ging so schnell, daß er kaum die Hitze an seinen Händen gespürt hatte. Nun schritt der stolze Vater zum Fenster, spürte dabei die Blicke der Familie auf sich ruhen. Besorgt sah ihn Halde an, wohlwollend lächelte Bentan. Als Böer seine Tochter in den Wind hielt, umspielte ein sanfter Luftzug den Säugling. Böer hielt einen kurzen Moment inne, drückte sie wieder an sich und trat in die Mitte der Familie.

»Niörd soll ihr Schutzgott sein, denn in seinem Monat ist sie geboren«, rief er laut aus. »Und Nora wählen wir zu ihrem Namen.«

Nun besahen sich Bentan und Halde, die Geschwister und ihre Frauen das Mädchen, nahmen es in den Arm und reichten es schließlich zurück zu Lif, die das Kind glücklich in die Arme schloß.

Die Godin hielt es nicht lange auf dem Lager. Schon bald schlief sie erschöpft ein. Am nächsten Tag aber war sie wieder auf den Beinen.

Der Winter brach an. So kalt die Jahreszeit auch war, Böer und Lif war warm im Herzen zumute. Ohne Krieg und Kummer, Sorgen und Gedanken an die Zukunft kümmerten sie sich um ihr Kind, beobachteten jedes Wachstum mit Freude und wuchsen selbst daran. Als sie im nächsten Jahr zum Allthing reisten, wußten sie ihre Tochter bei Halde und Bentan gut aufgehoben. Kurze Zeit nach der heiligen Versammlung heiratete Brul Hild. Die junge Frau war ähnlich praktisch veranlagt wie Böers älterer Bruder. Wie dieser war sie eher ernst, nicht so lebenslustig wie Angal. Auch war sie nicht so hübsch wie die Frau von Bart, nicht so zierlich, sondern von kräftigerem Wuchs. Ihre ganze Freude hing an der Arbeit auf dem Hof. Nach der Heirat zog sie zu Brul und seinen Eltern. Angal war unterdessen schwanger geworden. Wie schon im Jahr zuvor berichteten Boten von der Babilonie Lif über die Vorgänge an den südlichen Grenzen des Sachsenlandes. Erneut war ein Frankenheer in den Gauen Hassios und Bruns aufmarschiert, nach kurzer Zeit aber in Richtung Osten davongezogen. Dort waren die Sorben, ein Stamm, der sich lange friedlich verhalten hatte, unruhig geworden. Näheres wußten die Melder nicht zu berichten, doch schien es so, daß der fränkische König einem Aufstand mit geballter Heeresmacht vorbeugen wollte. Auf der Babilonie befürchteten Widukind und die Gefährten keine Gefahr für den eigenen Stamm. Trotzdem hielt es der Heerführer für richtig, das schon seit langem versammelte Heer noch eine Weile bereitzuhalten.

Eines Abends im Sommer saß die Familie nach der Feldarbeit in der Halle des Hauses beisammen. Die kleine Nora schlief zufrieden neben den Erwachsenen, hörte, wie die ihr wohlbekannten Stimmen sprachen und fluchten, gemeinsam lachten und spotteten. Da klopfte es an der Tür. Bentan öffnete.

»Gott zum Gruß«, tönte es durch den Raum.

Alle drehten sich erstaunt um, Nora wachte auf und begrüßte den Besuch mit ihrem Geschrei.

»Welchem Gott?« fragte Bentan interessiert.

»Dem einzig wahren«, war die Antwort.

»Aha«, bemerkte Bentan kühl, während Lif ihr Kind aus der Wiege nahm und es stehend an sich drückte.

»Seid ihr mir auch gegrüßt, wenn ihr mit friedlicher Absicht kommt. Stellt euch vor und tretet ein.«

»Willehad«, antwortete eine tiefe Stimme.

»Folcard«, fügte eine hohe hinzu.

Die beiden Gäste traten ein. Böer erblickte einen dicken kleinen und einen hageren, ebenso kleinen Mann. Beide trugen lange braune Kutten, und ihre Köpfe waren fast kahl rasiert. Es waren Christenpriester. Während das Gesicht des hageren Mannes aber von Falten des Alters durchzogen war, zeigte der andere Priester ein kindlich glattes Antlitz.

»Daß wir in guter Absicht kommen, könnt ihr an unserer Kleidung erkennen. Wir sind Diener des einzigen Gottes. Unsere Botschaft ist der Frieden«, tönte der ältere der beiden Männer mit seiner tiefen Stimme.

»Wenn ihr in Zukunft ein solches Gewand seht, wißt ihr stets sogleich, daß es den Frieden verkörpert«, fügte der junge Priester hinzu.

»So nehmt Platz«, bot Bentan den Gästen an.

Das Weinen Noras schwoll an, und Lif setzte sich mit dem Säugling auf dem Arm an den Tisch. Die beiden Neuankömmlinge schauten sich um, beim Anblick der Godin stutzte kurz ihr Blick. Sie schienen sich selbst darüber zu wundern und ihr spontanes Gefühl gegenüber der junge Frau nicht einordnen zu können. So blickten sie schnell wieder weg.

»Was machen die Diener des südlichen Gottes so weit bei uns im Norden?« wandte sich Bentan an seine Gäste, als sie beisammen saßen.

Die Priester aßen und tranken, Nora schlief wieder ein.

»Es ist der einzige Gott. Er herrscht im Süden wie im Norden«, erklärte der alte Priester mit gutmütiger Stimme.

»Wir sind gekommen, um euch von ihm zu berichten«, fügte der junge Priester hinzu. »Bei euch wollen wir den rechten Glauben säen. Schon bald hoffen wir durch viele Taufen reichlich zu ernten. So wie unsere Brüder in euren südlichen Gauen.«

»Dann kommt ihr im Auftrag König Karls?« wollte Böer wissen.

»Wir sind im Namen des Herrn unterwegs«, stellte der christliche Gottesmann klar.

»Auch der König folgt nur seinen Geboten«, beeilte sich der zweite Christ hinzuzufügen.

»Nun sprechen wir schon über die Götter. Dabei habe ich meine Familie noch nicht einmal vorgestellt«, entschuldigte sich Bentan und holte das bisher Unterbliebene nach.

Bei Lif ließ er nicht unerwähnt, daß sie die Godin des Stammes sei. Die beiden Mönche funkelten sie an.

»Wir haben von dir gehört. Aber daß wir dich treffen, hätten wir nicht erwartet.«

»Keine Angst«, lächelte Lif. »Wir Sachsen streben nicht danach, Menschen anderen Glaubens zu unserem zu bekehren. Ihr müßt euch um die Treue zu eurem Gott keine Sorgen machen.«

Verblüfft spähten die beiden Gäste zu ihr herüber.

»Niemals könnten heidnische Worte bei uns ...«, erhob der junge Mönch die Stimme.

Bentan schnitt ihm das Wort ab.

»Um es klar zu sagen«, knurrte er, »ihr könnt bei uns gasten, unsere Götter aber beleidigen lasse ich nicht.«

Die beiden sahen erst ihn an, wechselten dann Blicke.

»Wir werden heute nacht bei euch gasten und uns morgen in diesem Gau eine Hütte bauen«, sagte der ältere Priester entschlossen. »Wenn ihr uns einen Ort dafür nennen könntet, wären wir euch sehr dankbar und würden für euch beten.«

Bentan beschrieb den beiden den Weg zu einer kleinen Lichtung im Wald, auf der sie eine Weile bleiben konnten. Danach sprachen sie nicht mehr lange miteinander, sondern trennten sich bald und legten sich zum Schlafen nieder. Früh am nächsten Morgen stampften die Priester davon. Nach einer ganzen Weile – ihre Hütte war wohl fertig – ließen sie sich wieder auf den Höfen sehen. Sie tauchten bei Bentan auf, ließen sich bei Lüdegast, Jöllund und auch bei Gimberich sehen. Der schien sie besonders gut empfangen zu haben, sprachen sie anschließend von ihm nur in den besten Tönen. Da nach dem ersten Gespräch mit ihnen keiner der Bauern Lust hatte, jedesmal bei ihrem Erscheinen die Arbeit ruhen zu lassen, begleiteten sie bald Bentan, Lüdegast und die anderen auf das Feld, zwischen die Gänse und in den Wald. Dabei versuchten sie das Wort ihres Gottes zu verkünden. Auf Bentans Hof nahm sich Brul die meiste Zeit für sie, so daß sie sich schon bald besonders lange um ihn kümmerten.

»Du scheinst neue Freunde gefunden zu haben«, flachste Böer denn auch eines Tages zu Brul, als sie gemeinsam über die Felder schritten.

»Soweit ist es noch nicht gediehen«, erwiderte dieser ernst. »Aber spotte nicht. Nicht alle ihre Worte erscheinen mir schlecht gesprochen, nur weil sie einen anderen Gott verehren als wir.«

»Das will ich auch nicht behaupten«, entgegnete Böer. »Trotzdem sind sie nicht nur gekommen, Geschichten zu erzählen, sondern uns zu ihrem Glauben zu bekehren. Wer dazu nicht bereit ist, den verachten sie.«

»Sollen sie doch«, betonte Brul. »Ich weiß wohl aus ihren Reden für mich herauszuziehen, was mir interessant erscheint.«

»Und das ist wohl eine Menge, soviel Zeit wie du mit ihnen verbringst?«

»Die Arbeit hat bisher noch nicht darunter gelitten«, versetzte Brul hart. »Vielleicht ist es die Lehre einer neuen Zeit, die sie verkünden. Davon zu hören, kann ja wohl nicht schlecht sein.«

»Ich will nicht hoffen, daß so die Zukunft aussieht«, sagte Böer nachdenklich.

Brul schwieg. Noch oft kamen die christlichen Gottesmänner auf Bentans Hof. Sie bewegten sich dabei recht unbekümmert und frei. Nur die Gegenwart von Lif vermieden sie so auffällig, daß es allen auffiel und bald darüber gescherzt wurde. Die Priester verstanden sich aber nicht nur gut auf den

Umgang mit Worten – sie erwiesen sich auch als sehr findig im Handel. Jeder der christlichen Gottesmänner führte einen großen Lederbeutel mit sich, in denen viele silberne Münzen klimperten. Nachdem sie ihren Gott aufs höchste gelobt hatten, begannen sie oft, den Bauern Korn, Gänse und Wein abzukaufen. Dabei feilschten sie so verwegen, daß Riedwiesel, der Händler, daran seine Freude gehabt hätte.

Böer stöhnte leise, als er Lüdegast besuchen wollte und auf dem Weg dorthin schon von weitem die beiden Mönche sah, die dem wackeren Landmann auf einem Acker hinterher stakten. Böer schritt leise näher. Die drei Männer kehrten ihm den Rücken zu.

»Das Leben ist oft voller Mühsal«, hörte Böer den jungen Mönch mit frecher Stimme dozieren. »Gott schweigt dazu nicht, er kennt das Leben der Menschen«, fuhr der Mönch fort. »Und seine Worte haben schon eure Nachbarn Gimberich und Brul beeindruckt«, lärmte er weiter.

Lüdegast war stehengeblieben und begann, mit Schaufel und Axt einen dicken Baumstumpf aus dem Acker zu graben. Die Mönche beobachten ihn eine Weile, wie er im Boden wuchtete. Anschließend erhob der Jüngere erneut die Stimme.

»Im Schweiße deines Angesichts sollst du dein Brot verdienen, sagt der Herr.«

Der ältere Mönch nickte mit weiser Miene. Bedrohlich langsam richtete sich Lüdegast auf, hob eine Schaufel in der Hand, drehte sich um und blickte die beiden Mönche an.

»Hier«, sagte er kurz. »Die Wurzel muß bis heute abend raus.«

Verblüfft sahen ihn die Mönche an.

»Unsere Kraft liegt eher in der Stärke des Wortes. Nicht so sehr in den Muskeln des Armes«, versuchte sich der jüngere Priester herauszureden.

»Das läßt sich ändern. Arbeit stärkt die Arme«, erwiderte Lüdegast fröhlich.

Böer stand mittlerweile in kurzem Abstand hinter den Dreien. Als die beiden Mönche schwitzend im Boden wühlten, begrüßte er Lüdegast grinsend. Dann bat er den Nachbarn, sich eine besonders große Axt leihen zu dürfen. Mit ihr trottete er schließlich heimwärts, immer noch über das Gespräch der Mönche mit Lüdegast lächelnd.

Die Mönche blieben den ganzen Sommer über im Sachsenland. Auch als im Herbst die Blätter der Bäume den Boden bedeckten, ließen sie keine Anzeichen dafür erkennen, noch vor dem Winter nach Süden reisen zu wollen. Während der vergangenen Monate waren sie immer seltener zu Bentan, Lüdegast oder Jöllund auf den Hof gekommen. Dafür hatten sie oft bei Gimberich und einigen anderen Familien, die ihren Reden mit mehr Wohlwollen lauschten, gegastet. Zwischen Gimberich und seinem Sohn Gilbrand war darüber so offen der Streit ausgebrochen, daß der junge Krieger mit seiner Frau einige Nächte bei Bentan und Halde gegastet hatte, um seinen Zorn über Vater und Mönche verrauchen zu lassen.

Im Herbst brachte Angal einen Sohn zur Welt, was Bart mit großem Stolz erfüllte.

Dann kam der Winter. Als Böer eines Morgens im Monat Nebelmond vor die Tür trat und den Hof von einer dünnen Schneeschicht bedeckt fand, wußte er, daß der Winter in diesem Jahr hart werden würde. Noch einmal taute es. Kurz darauf packten die Frostriesen das Land mit eisigem Griff und ließen es nicht mehr los. Bis zum Julfest schneite es ununterbrochen. Schneeflocken wirbelten auch durch die Luft, als Lif am ersten der zwölf heiligen Tage vor das Haus trat, Böer umarmte und allein in den Wald ritt. Die Hufe des Pferdes knirschten leise im Schnee des Pfades. Immer dichter und dichter wirbelten die weißen Flocken durch die Luft. Lif erkannte gerade noch die Bäume und Sträucher am Rande des Weges. Nur ab und zu hoben sich Stämme und Gestrüpp dahinter von dem Schneetreiben als zaghafte schwarze Schemen ab, um gleich darauf wieder hinter der schimmernden Wand zu verschwinden.

Vergangene Bilder und Gedanken zogen durch den Kopf der Godin. Deshalb war sie so früh alleine ausgeritten. Sie wollte über das Geschehene nachdenken und ihren Sinn auf das Zukünftige lenken. Noch einmal sah sie den Fall der Irminsul vor ihrem inneren Auge, hörte die Worte Liveles. Lif wußte, daß sie den Auftrag der Godin noch nicht erfüllt hatte. Sie sah sich noch einmal in großen Schlachten, an der Seite Böers und auf der Babilonie. Vor die Götter war sie getreten und wohlwollend empfangen worden. Aber das war noch nicht genug. Sie hatte das Tor zu Asen und Wanen durchschritten und wußte den Weg. Die Irminsul aber lag gefällt, der Baum, der die Welten miteinander verband. Die Bauern, Männer und Frauen konnten den Weg über den Regenbogen nicht finden. Der Riß zwischen der Welt der Götter und Mittelerde würde wachsen und schließlich unüberwindbar werden, wenn es ihr nicht gelang, eine neue Brücke zu bauen. Lif starrte in den Schnee. In wirbelndem Tanz flogen die Flocken auf sie zu.

Sie wußte, daß die wichtigste Aufgabe noch zu lösen war. Wie, konnte Lif nicht sagen. Vielleicht, so dachte sie, war die Zeit dafür noch nicht gekommen. Wenn sie auch in Gedanken keinen Weg zu finden vermochte, so spürte sie doch plötzlich die Gewißheit, daß die Lösung der Aufgabe ihren Weg kreuzen würde, die Nornen den entscheidenden Knoten bei Lifs Geburt in ihren Faden gewoben hatten. Es galt, im entscheidenden Moment richtig zu handeln. Dafür mußte sie bereit sein. Noch lange lenkte sie ihr Pferd durch den Wald. Als sie am Abend wieder ans Feuer der Halle trat, hatte sich das Vertrauen auf die Zukunft in ihrem Herzen noch verstärkt.

Böer sollte recht behalten. Der Winter wurde hart. Erst kurz vor dem Allthing des nächsten Jahres zog sich die Kälte zurück, so daß er mit Bentan und Lif nicht mehr über Schnee nach Marklohe reiten mußte. Nach der heiligen Versammlung kehrten sie heim ins Waldsatiland, denn noch immer hielt der Frieden zwischen Franken und Sachsen an. Die kleine Nora machte ihren Eltern, Großeltern und Verwandten beim Heranwachsen viel Freude, ebenso der Sohn von Bart und Angal. Nach der heiligen Versammlung ging auch Hild, die Frau von Brul, mit einem Kind unter dem Herzen.

Das Jahr verlief ruhig. Die Menschen auf dem Hof kümmerten sich um Vieh und Felder. Gemeinsam mit den Nachbarn tauschten sie zum ersten Tag des Monats Wandelmond Scherze aus, feierten das Blühen und Grünen der Natur zur Hohen Maien und das Mittsommerfest. Als das Getreide reif im Wind wogte, begingen sie die Leinernte, nach der Feier der gelungenen Ernte das Herbstopferfest. Im Monat Nebelmond brachte Hild einen kräftigen Knaben zur Welt. Im Brabbeln der kleinen Nora hatte Böer irgendwann während dieser Zeit das erste Mal die Worte »Mama« und »Papa« vernommen, was er in Windeseile stolz auf dem ganzen Hof und in der Nachbarschaft verbreitete. Seine Tochter tapste unterdessen unsicher über den Hof, wobei die Gänse ihre besondere Aufmerksamkeit erhielten. Dann begann die frostige Jahreszeit, begrüßt von den Menschen mit der Feier der Winternacht, wobei sie der verstorbenen Ahnen gedachten. Das Julfest kam und nach ihm das neue Jahr. Wieder ritten Lif und Böer zum Allthing und kehrten anschließend zum Hof der Eltern zurück.

Das ganze vergangene Jahr über war kein feindliches Heer im Sachsenland erschienen. Widukind hatte angekündigt, einen Teil der bereitstehenden Krieger zu Feld und Hof heimkehren zu lassen. Nur eine kleine Besatzung sollte noch zur Sicherheit auf der Babilonie bleiben. Diese Entscheidung bereitete dem sächsischen Häuptling schon bald darauf Sorge. Zog doch schon zwei Monate nach dem Allthing wieder ein fränkisches Heer in die Gaue Hassios und Bruns. Boten berichteten Lif davon. Die christlichen Ritter vermieden es aber, die Grenzen der Ländereien, in denen sie willkommen waren, zu überschreiten. Anscheinend waren die Franken nicht in kriegerischer Absicht nach Westfalen in den Dreingau geritten. Nördlich von Paderborn, bei einem kleinen Dorf mit Namen Lippspringe, begannen die Christen zu lagern. Und nicht nur das: Dort wollten sie ihren Reichstag abhalten, wie kundige Späher wenig später erfuhren. Als kurz darauf der König mit hohen Priestern des Christengottes, Herzögen, Gesandten aus allen Teilen des Reiches und aus fernen Ländern sowie Knechten, Dienern und Dienerinnen aus seinem Hofstaat in Lippspringe eintraf, waren die Sachsen sich sicher, daß Karl keinen Angriff plante.

Trotzdem mußten die Franken Wichtiges über ihre nördlichen Nachbarn zu besprechen haben, denn den Getreuen auf der Babilonie war klar, daß der König nicht ohne Grund den Reichstag so weit nach Norden, in ein für seinen Stamm so unbekanntes und unwirtliches Land verlegt hatte. So erschien es ihnen günstig, einen gut getarnten Späher unter den Menschen auf der Versammlung zu wissen. Das Los fiel auf Servalis. Alle hielten ihn für geeignet, er erklärte sich bereit und ritt schon einen Tag später nach Lippspringe. Als Lif davon erfuhr und die Idee begrüßte, beobachtete Servalis bereits von einem Hügel aus das Treiben im feindlichen Lager.

SIGEL

Weit dehnte sich das Lager der Franken zu beiden Seiten des Lippelaufs aus. Im Meer der bunten Zelte wimmelten Menschen, zahlreich wie Ameisen, emsig umher, flatterten bunte Wimpel im Wind und bahnten sich braune Karren und Wagen ihren Weg durch die schmalen Gassen. Am südlichen Ende der Zeltstadt duckten sich die kleinen Holzhütten von Lippspringe, fast erdrückt von der Pracht und Weite des Heerlagers. Servalis ließ seinen Blick noch eine Weile wandern. Dann marschierte er talwärts. Selten hatte er auf dem kleinen Pfad, auf dem er bisher geschritten war, einen Menschen getroffen. Nun, als der Weg auf eine breitere Trasse im Tal der Lippe mündete und sich vor ihm die Zeltstadt aus den Wiesen erhob, pulsierte der Verkehr um ihn herum: Servalis schritt an den Ochsenkarren von Bauern und fahrenden Händlern vorbei, mußte den Weg vor schnell heranpreschenden Reitern freigeben und wanderte bald an der Seite anderer Fußgänger. Der Strom aus Menschen und Gefährten floß in das Lager des fränkischen Heeres. Schon bald passierte auch Servalis die Posten, die das Tor in einer schnell zusammengezimmerten Palisade bewachten. Das Zelt, in dem die kommende Versammlung stattfinden sollte, war nicht schwer zu finden. In der Mitte des Lagers überragte es die anderen Wohnstätten der Krieger an Höhe und Länge. Gleich nebenan, abgeschirmt von vielen Wachen, stand die Feldbehausung des Königs. Die Zelte scharten sich um diesen Mittelpunkt.

Der Duft bratender Speisen, hin und her hetzende Knechte und Mägde, Lärm und Flüche verrieten dem wanderkundigen Servalis sogleich, daß hier der Hof des Königs lagerte. Zielstrebig wanderte er darauf zu. Er war sich seiner Sache sicher, fühlte wieder ganz als Wanderer. Oft hatte er früher, als er noch rastlos durch die Länder schritt, Heerlager, Reichstage und Städte besucht, war nahtlos in das geschäftige Treiben eingetaucht, wobei es ihm stets gelang, seine Vorteile zu erkennen und zu nutzen. Vor einem größeren Zelt machte er halt, musterte es kurz. Eilig liefen Diener hinein und hinaus, die Karren mehrerer Händler, auf denen sich Weinfässer und Kisten stapelten, hielten davor. Servalis nickte zufrieden. Er stand vor dem Zelt des Senneschalls, jenes Hofbeamten, der für das leibliche Wohl der Lagerbewohner und des Königs verantwortlich war. Er trat ein. Ein kräftiger Händler mit einer breiten Lederschürze vor den Hüften schritt geschwind aus dem Zelt und rempelte ihn dabei an. Servalis beachtete den Mann nicht, sondern blickte sich um. Geschäftig liefen Männer und Frauen in grober Kleidung durch das Viereck des Zeltes, Tücher, Speisen und Kästen dabei schleppend. Ihm gegenüber rollten Knechte drei Weinfässer über den Boden, eine Magd zerrte ein quiekendes Schwein an einer dicken Schnur durch den Raum. In einer Ecke erkannte Servalis den Senneschall, einen dicken, kahlköpfigen Mann. Mehrere Diener scharrten sich um den Verwalter, der hinter einem Eichentisch thronte. Der Senneschall redete auf die Männer ein, die zu seinen Worten heftig nickten. Servalis schritt darauf zu, mußte in der Mitte des Zeltes dem Schwein ausweichen, das gerade versuchte, der Magd zu entfliehen und stand schließlich vor dem Eichentisch des Mannes, als die Diener davonhetzten. Der Blick des Verwalters glitt über ihn.

»Was willst du?« fuhr dieser ihn barsch an.

»Mein Name ist Servalis. Ich bin ein Wanderer. Sicher kennst du uns Menschen rastlosen Blutes und weißt, daß wir beizeiten unsere Arbeit verkaufen müssen, um zu leben.«

Der Angesprochene nickte ungeduldig.

»Ich kenne euch Brüder«, knurrte er. »Ihr arbeitet gut. Aber wenn ihr könntet, würdet ihr sogar für Geld eure Großmutter verkaufen. Wenn ich dich anstelle, werde ich stets ein Auge auf dich haben müssen. Und das gefällt mir nicht.«

Er musterte Servalis prüfend. »Was kannst du?«

»Nun, ich vermag allerlei Gauklerkunststücke aufzuführen«, begann Servalis. Der Verwalter schüttelte den Kopf.

»Ich kann mit Karten spielen, Geschichten erzählen...«

Gelangweilt winkte der Franke ab.

»Das könnte dir so passen«, gähnte er demonstrativ.

Servalis kratzte sich am Kopf.

»Ich kann euch auch die Zukunft mit den Karten legen, manches Zauberkunststück aufführen...«

»Oh«, rief der Glatzkopf vor ihm gespielt entrüstet aus, »heidnisches Teufelszeug möchtest du hier treiben. Das laß bloß die Priester nicht hören.« Er machte eine Pause. »Aber ich will großzügig sein und überhören, was du eben gesagt hast. Wir brauchen noch jemanden in der Küche. Dort hätten wir dich auch gut unter Kontrolle. Du siehst jung und kräftig aus, bist gut anzusehen. Willst du die Speisen zu den Gästen des Reichstages tragen?«

Fast hätte Servalis sofort eingewilligt, denn ein besseres Angebot konnte der Mann ihm für seine Zwecke gar nicht machen. Das aber wäre aufgefallen.

»Die Männer zu unterhalten ist mir lieber«, sagte er zögernd.

»Ihr seid doch alle gleich«, lachte der Verwalter dröhnend. »Ein gutes Leben wollt ihr haben – faules Gesindel.«

Er schüttelte den Kopf.

»Daraus wird nichts. Du verteilst Speise und Trank oder gehst.«

»Ich mache es«, willigte Servalis ein. »Wieviel seid ihr bereit zu zahlen?«

»Wieviel?« trompetete der Franke amüsiert. »Du kannst froh sein, wenn du abends von den Resten essen darfst. Mach schnell, auf mich wartet Wichtigeres, als mit dir zu reden. Bist du bereit?« Servalis nickte.

»Hab ich es doch gewußt«, triumphierte der Glatzkopf. »Hunger hast du. Darüber kann auch dein stolzes Wanderergerede nicht hinwegtäuschen. Geh in die Küche und laß dich einweisen. Wo sie ist, wirst du schon riechen.«

Servalis tat wie ihm aufgetragen worden war. Er brauchte sich nicht einmal bei den Köchen vorzustellen, die er nur von ferne sah. Ein Knecht, der die Arbeit für die anderen verteilte, wies ihm seine Aufgaben zu. Servalis bekam ein Reihe von Plätzen im Festzelt zugeteilt. Für das Wohl der dort sitzenden Gäste sollte er sorgen. Das tat er schon am selben Abend. Er hetzte zwischen Küche und Tischen hin und her, in den Händen Krüge mit Wein und Bier und Spieße, an denen herrlich duftendes Fleisch hing. Zumeist saßen fränkische Ritter auf den Bänken, einige Male setzten sich Priester zwischen sie. Servalis mühte sich nach Kräften, ihren Wünschen nachzukommen, brachte, wonach sie riefen, und hielt stets den Blick auf die Weingläser geheftet, damit er sie schnell nachfüllen konnte. Als der Abend später wurde, wechselten die Gäste seltener. Mit voranschreitender Zeit wurden sie immer trunkener, lauter und unwirscher in ihren Forderungen. Schließlich sanken die ersten schlafend auf die Tische nieder. Noch einmal belebten sich Servalis' Gäste, als zwei Franken laut grölend aufsprangen und aufeinander eindroschen. Die anderen feuerten den einen oder anderen Kämpfer an. Als der eine schließlich zusammensank und der andere aus vielen Platzwunden blutend aus dem Zelt wankte, kamen aber auch die eifrigsten Zecher zur Ruhe, verließen ihre Plätze oder sanken zum Schlaf in ihren Stühlen zusammen. Der nächste Tag verlief ähnlich. Am folgenden Abend fiel der Name Roland an seinem Tisch. Verdutzt schaute Servalis auf und hielt im Einschenken des Weines inne.

»Was ist mit dir, daß du so verwundert in die Runde blickst?« fuhr ihn ein bärtiger Krieger barsch an. »Kanntest du ihn etwa, den Recken Roland?«

»Kanntest?« schüttelte Servalis verwundert den Kopf, »nein, ich kannte ihn nicht. Aber ich habe von ihm gehört. Lebt er denn nicht mehr?«

»Wo bist du gewesen, daß du von seinem Ende nicht erfahren hast?« rief der Franke aus. »Jedes Kind im Frankenland spricht schon über seine Geschichte.«

»Er war ein Held, kühn wie kein anderer und beliebt bei den Kameraden«, fuhr ein zweiter Ritter fort. »Roland begleitete den König nach Süden in den Kampf mit den Sarazenen. Große Schlachten wurden geschlagen, große Siege errungen. Der größte fränkische Held war Roland, dessen Treue durch nichts zu brechen war. Schließlich zog der König wieder ins Frankenland. Zurück blieb Roland, dem Karl wegen seiner Treue das Heer anvertraut hatte, um den Frieden in den südlichen Landen zu sichern. Als sich kein Zeichen des Widerstandes mehr auf dem eroberten Boden regte, beschloß auch Roland, heim zu ziehen. Kurz vor der Grenze aber, in einem tiefen Tal, wurden er und seine Leute überfallen. Von den Höhen stürmten wilde Basken in großer Zahl auf unser Heer nieder. Kein Franke überlebte, um vom Verlauf des Kampfes zu berichten, alle wurden erschlagen. Als Karl schließlich von dem Unglück hörte und in Eilmärschen nach Süden zog, fand er nur die Leichen der Edlen. Unter ihnen waren die besten Ritter, denen er je befahl. So starb Roland, der für den König sein Leben gab.«

Am Tisch war es still geworden.

Nachdenklich blickten die Männer in ihre Weinschoppen. Nachdenklich sah auch Servalis in die Runde.

»Nun kennst du die Geschichte. Bring uns sodann neuen Wein«, forderte ihn schließlich der bärtige Krieger auf. »Und wir wollen wieder fröhlich sein, wie es sich für Leute des Königs Karl gebührt.«

Servalis verschwand in der Küche. Am dritten Abend wurde der Reichstag einberufen. Dicht, wie an keinem Abend zuvor, scharrten sich die Ritter, Würdenträger und Priester im Zelt. Als Servalis ihnen mit den anderen Knechten Braten und Wein brachte, harrten sie erwartungsvoll auf den Auftritt des Königs. Dann war es soweit. Ein dicker Diener in buntem Gewand betrat das Zelt und stieß mit einem mächtigen Stab auf den Boden. Das Grölen und Lachen an den Tischen legte sich. Die Männer blickten den Diener an. Sie schwiegen. Selbst die Weinkelche ließen sie ruhen.

»König Karl, oberster Feldherr und Fürst der Franken, Beschützer der Christenheit, König von Gottes Gnaden«, kündigte der Mann mit festlich getragener Stimme an.

Einen Moment später schwangen die Zeltbahnen des Eingangs mit Schwung zur Seite, und Karl betrat, begleitet von seinen obersten Heerführern, den Saal. Servalis betrachtete ihren Einzug. Er wußte, wen er vor sich hatte. An der Seite Karls schritten die Herzöge Theoderich, Gailo, Adalgis und Worad. Weitere Grafen und Herzöge folgten. Von ihnen kannte er nur Trutzung und Walrat, die er zu Zeiten seiner Wanderschaft schon einmal gesehen hatte. Auch Priester setzten sich an den langen Tisch des Königs, der am Kopfende des Zeltes aufgestellt war. Servalis erkannte den hageren Adalhard, höchster Christenpriester im fränkischen Reich. Neben ihn setzte sich der schreibende Mönch Einhard und noch einige andere. Dann aber betraten zwei weitere Männer das Zelt. Ein leises, erstauntes Raunen ging durch die Reihen. Auch Servalis blickte den Eintretenden erstaunt entgegen. Es waren Brun und Hassio, die sich, prächtig gekleidet, an dem Tisch des Königs niederließen. Als alle saßen, hob Karl einen Becher mit Wein und trank. Jetzt erst begannen auch die anderen im Zelt wieder zu zechen. Viele hielten aber den Blick immer noch auf die beiden sächsischen Edelinge gerichtet und wechselten schnell mit ihren Nachbarn einige Worte über die Ankunft der beiden. Erneut schlug der Diener mit dem Stab auf den Boden. Karl begann zu sprechen:

»Gottes Wort und Gottes Segen mögen auf uns allen ruhen und unsere Worte in Weisheit lenken. Über das Wohl des Reiches wollen wir sprechen. Der Reichstag ist hiermit eröffnet.«

Zustimmend schlugen die Männer im Zelt mit den Kelchen auf die Tische. Nach einer Weile hob Karl den Arm und Ruhe kehrte wieder ein.

»Wenn es auch sicher aus allen Teilen des Reiches Wichtiges zu berichten gibt, so wollen wir doch zunächst über das Sachsenland sprechen, denn es zu befrieden, scheint mir von höchster Dringlichkeit. Deshalb lud ich auch die zwei Gäste ein, über deren Kommen ihr euch alle wundert. Es sind Brun und Hassio, zwei sächsische Häuptlinge, die uns schon seit langem zugetan sind. Überall im Reich lenkt die Kraft der Edelinge die Geschicke, so soll es bald auch im Sachsenlande sein. Deshalb will ich diese beiden heute zu Grafen in ihren Gauen ernennen.«

Er schwieg einen Moment. Anschließend fuhr er fort.

»Die Feinde sind besiegt. Doch ihr Land ist noch nicht ins Frankenreich eingegliedert worden. Das soll nun mit ihren Wäldern und Wiesen geschehen. Im Süden dieses Stammes sind die Menschen uns schon freundlich gesinnt. Die störrischen Nordleute aber werden an diesem Beispiel sehen, daß es ihnen gut ergeht, wenn sie dem Beispiel ihrer südlichen Brüder folgen. Wo die Sachsen aber bei ihrem alten Denken bleiben, da will ich in Zukunft fränkische Grafen zu Herren der Gaue machen.«

Zustimmend krachten die Ritter mit den Weinkelchen auf die Tische.

»So wollen wir heute zuerst über dieses Thema sprechen. Wenn ich diese beiden Männer zu Grafen ernannt habe, laßt uns über die anderen Belange des Frankenreiches reden. Hört aber, was die Kirche dazu zu sagen hat.«

Adalhard erhob sich. Servalis mußte bei dem Anblick der mächtigen Kreuzeskette schmunzeln, die dem greisen Priester den Nacken zu beugen schien.

»Schon seit vielen Jahren schlagt ihr Ritter Schlachten gegen die Sachsen«, begann der Christenführer. »Im kühnen Dienst für Kirche und König habt ihr manchen Sieg errungen, so daß wir heute von den geschlagenen Feinden im Norden sprechen. Die in den südlichen Gauen Wohnenden haben unsere Macht eingesehen. Obwohl sie lange zögerten, den rechten Glauben anzunehmen, lassen sie sich jetzt in Scharen taufen. Im Norden aber verschanzen sich die störrischen Dämonendiener in ihren Wäldern und wollen sich nicht ins Wasser tauchen lassen. So sind tapfere Mönche zu ihnen gezogen, um mit dem Wort des Herrn Licht in das Dunkel der sächsischen Wälder zu tragen. Die harten Herzen der Bauern in diesen Landen aber lassen sich nicht erweichen. Unbekümmert dienen sie noch immer ihren Götzen. Ich muß in mancher Nacht um die Sicherheit der tapferen Gottesdiener bangen, denn stets besteht Gefahr, daß die Heiden sie erschlagen. So bat ich König Karl um den Schutz des Schwertes für die Brüder, die Gottes Wort vor tumben Heiden predigen. Der König hat versprochen, sich etwas zum Schutz der Mönche zu überlegen.«

»So ist es«, erwiderte Karl. »Und was ich beschlossen habe,

will ich euch heute verkünden: Sachsen ist besiegt. Es ist von nun an ein Teil des Frankenreiches. Fränkisches Recht wird auch in diesen nördlichen Landen gelten, verschärft um Bestimmungen, die den Schutz der Mönche sichern. So höret denn alle gut her, dieses Gesetz will ich nun verkünden.«

Der König machte eine Pause. Gespannt lauschten alle seinen Worten.

»Grafen, die nur der König ernennen darf, sollen in Zukunft über Sachsengaue herrschen«, kündigte Karl an.

Er fuhr fort: »Wenn der König ruft, müssen alle Krieger in diesen Ländern an der Seite der Franken und der anderen Völker für ihn Kriegsdienst leisten. Mit so vielen Männern, Waffen und Tieren, wie der König es für nötig hält. Der zehnte Teil einer jeden Ernte fließt, wie überall in meinem Reiche, der großen Kirche zu, damit sie die Werke des Herrn preisen kann. Priestern und Mönchen ist im höchsten Maße Ehre entgegenzubringen. Wer dieses nicht tut, wird von weltlicher Hand bestraft. Wer gar einen Gottesmann tötet, hat selbst sein Leben verwirkt. Des Todes ist auch, wer eine Kirche schändet oder nach heidnischem Brauch einen Toten verbrennt. Dasselbe erwartet den Mann, der seine Toten bei einem Grabhügel der Heiden bestattet. Tote sollen nur noch bei christlichen Kirchen in geweihter Erde darnieder liegen. Wer gar Beigaben in ein Grab zu stecken versucht, wie es die Heiden tun, um ihre Dämonen zu ehren, der ist des Todes. Wie es einem Mann im Frankenreich gebührt, hat er im christlichen Sinne zu denken und zu handeln. Wer aber die christliche Taufe ablehnt, der ist des Todes. Eines guten Christenmenschen Pflicht ist die Einhaltung der göttlichen Weisungen. So soll, wer im Sachsenland die Fastenzeit bricht, von Christenhand getötet werden.«

Und noch weitere Strafen und Vergehen trug der König vor. Servalis aber hielt entsetzt in seiner Arbeit inne. Bestürzt folgte er der Rede des Königs. Er konnte nicht glauben, was da in seinen Ohren klang. Er sah, wie Brun und Hassio den König empört anstarrten und sich langsam erhoben.

»Habt ihr etwas zu sagen?« fuhr Karl sie barsch an. »Gefallen euch die Vorschläge nicht?«

Einen Moment lang wurde es still im Zelt. Die Blicke aller

Ritter und Priester lagen prüfend auf den beiden Häuptlingen. Der König musterte sie kalt. Einen Moment lang hielten die beiden Anführer seinen Blicken stand, dann erlosch die Empörung in ihren Augen. Hassio nickte.

»Es ist gut«, beeilte er sich zu sagen, »es ist nur so überraschend und ungewohnt für uns.«

Karl lachte schallend. Wie ein Echo folgte das Gelächter im Saal.

»Was glotzt du wie ein alter Fisch?« riß eine Stimme Servalis aus der Bestürzung.

Es war ein Diener vom Nachbartisch, der ihn an die Arbeit gemahnte. Als er erneut zum Tisch des Königs blickte, erhob sich gerade Worad.

»Das Gesetz dünkt mir wohl weise«, begann der Herzog zu sprechen. »Viele haben aber hier gegen die Sachsen gekämpft. Der Stamm ist besiegt und sollte dem Frankenreich angegliedert werden. Trotzdem sind sie noch stark und werden nicht überall erfreut über unsere Gesetze sein. Wir täten gut daran, über die Einführung des Rechtes mit unseren Schwertern zu wachen.«

Zustimmend schlugen die Franken wieder mit den Kelchen auf die Tische. Karl gebot ihnen mit einer Armbewegung Ruhe.

»Du sprichst dieselben Worte, die mir Adalhard so oft schon ins Ohr gelegt hat. Ich stimme euch nicht zu. Das Reich braucht Ruhe an der Grenze im Norden. Denkt an die Sarazenen, die unseren Süden bedrohen. Vergeßt auch nicht die Nachrichten aus der Gascogne, wo ein Aufstand droht, der vielleicht ganz Aquitanien mitreißen könnte. Herzog Tassilio aus Bayern weilt nicht unter uns. Ihr alle wißt, daß er seine eigenen Pläne schmiedet und wir auch dort vielleicht mit einem Heer einmarschieren müssen, um die Ordnung zu halten. Auch im Osten, bei den Sorben, soll es im Verborgenen rumoren.«

Er blickte über die Tische. Die Stimme des Königs wurde zornig und laut.

»Ich werde jetzt keinen Krieg mit den Sachsen führen. Schweigt davon still.«

Leiser fuhr er fort: »In ihren südlichen Gauen unterwarfen sie sich uns, weil sie die Macht unserer Heere erkannten und sogleich die Worte unserer Priester hörten. Es war nicht nötig, die Erde stets erneut in Blut zu tränken. So sollen auch die Sachsen in den nördlichen Landen ins fränkische Reich kommen. Priester sind schon in ihren Gauen auf Wanderschaft. Unsere Macht haben sie schon zu spüren bekommen.«

Nun stand Adalhard auf. Sein Gesicht war vor Zorn rot geworden.

»Ich verlange ein Heer zum Schutz der Mönche«, schrie er in den Raum. »Wird es mir nicht gewährt, will ich nach Rom reisen ...«

»Haltet ein«, unterbrach ihn Karl.

»Ich habe das erwartet.«

Im Zelt war es still geworden. Gebannt folgten die Ritter dem Streit.

»Dieses Heer, das den Reichstag sichert, bleibt hier bei Lippspringe lagern. Es sind vierzehntausend Männer, und sie sollen den Sachsen unsere Macht demonstrieren. Einen Feldzug aber wünsche ich nicht.«

»Und wenn Priester zu schaden kommen«, zischte der Mönch. »Wenn die Heiden die Gesetze nicht einhalten?«

»Die Krieger werden nur auf meinen Befehl eingesetzt«, knurrte der König. »Ein Ungläubiger wird nicht von heute auf morgen zum Christen. Das wissen wir alle. Kommen Mönche zu Schaden, unterrichtet mich, damit ich über einen Einsatz der Kämpfer entscheiden kann.«

»Wenn dieses Heer hier aber bereitsteht, warum kann es dann nicht auch einen Feldzug gegen die Götzenanbeter führen?« warf Adalhard ein.

»Weil ich keinen der Männer verlieren will. Vielleicht brauche ich sie noch an anderen Grenzen«, antwortete Karl scharf. »Und jeder meiner Anführer hier wird dir bestätigen können, daß die Zahl der Krieger für einen Angriffsfeldzug gegen die Sachsen nicht ausreichen würde. Ist das Heer hier bei Lippspringe im Lager bereit, kann es, wenn nötig, recht schnell auch gegen Sorben oder Bayern eingesetzt werden.«

Die Herzöge nickten bedächtig. Der Priester starrte eine Weile ins Leere. Stille im Zelt begleitete sein Nachdenken.

»Gut«, er betonte mit ruhiger Stimme jedes Wort, »ich bin einverstanden, wenn tausend Reiter der Sacra Francesca das

Heer verstärken und mehr Boten als sonst bereitstehen, um Nachrichten zu euch und mir zu tragen. Sagt mir auch, wo die nächsten Krieger im Reich zur Reserve stehen und wer die Heere anführt.«

»Um dir einen Gefallen zu tun, lasse ich die Reiter der Sacra Francesca kommen«, knurrte Karl unwirsch. »Wenn dieses Heer kämpfen muß, werden es drei der besten Heerführer – Worad, Gailo und Adalgis – auf meinen Befehl hin führen. Das nächste Reserveheer soll bei Aachen bereitstehen. Dort können schnell weitere Soldaten ausgehoben werden und, falls nötig, die Zahl der Ritter verstärken. Theoderich wird den Befehl führen.« Adalhard nickte.

So beschlossen es die Franken. Nun traten Brun und Hassio vor, und Karl ernannte sie unter lautem Beifall zu Grafen. Anschließend berichteten die Herzöge, Grafen und Ritter aus ihren Gauen, beratschlagten über den aufsässigen Herzog Tassilio und die Bedrohung durch die Sarazenen. Servalis aber verließ bestürzt das Zelt, stahl ein Pferd und schlich sich so schnell er konnte aus dem Lager, um zur Babilonie zurückzukehren.

Widukind erhob sich langsam, fast bedächtig von seinem Platz, als er die Nachrichten von Servalis hörte. Die Augen des sächsischen Heerführers blitzten vor Zorn. Schweigend trat der Häuptling zur Tür und starrte in die Ferne. Abbios Gesicht war rot angelaufen. Krachend schlug seine Faust auf den Tisch.

Er sprang auf.

»Das darf doch wohl nicht wahr sein«, donnerte seine Stimme durch den Raum.

Nachdenklich kraulte Thümir seinen grauen Bart.

»Wer die Fastenzeit nicht einhält, soll sterben«, trompetete Abbio verärgert durch die Halle des Hauses. »Frankengrafen in Sachsengauen«, schüttelte er wütend sein Haupt. »Und Brun und Hassio sitzen dabei und stimmen zu.«

Langsam hob Thümir den Kopf und sah Widukind an, der immer noch mit dem Rücken zu den Gefährten stand.

»Krieg«, stellte der Heerführer kurz fest. »Das heißt nichts anderes als Krieg.«

Er wandte sich um und erwiderte den Blick von Thümir. Der alte Kämpe nickte bedächtig.

»Das fränkische Heer steht bei Lippspringe. Das ist Sachsenland.«

»Dann werden wir sie hinausschmeißen«, tobte Abbio. »Nur weil wir so gutmütig waren, sie dort in den vergangenen Jahren in Ruhe zu lassen, heißt das doch nicht, daß wir besiegt sind – lächerlich.«

»Wir werden die Schlacht mit ihnen suchen«, kündigte Widukind mit nachdenklicher Miene an. »Wenn uns die Götter wohlgesonnen sind, wird es uns gelingen, sie zu vertreiben. Boten sollen sich fertigmachen. Noch heute müssen sie die Runenstäbe über das Land tragen. Das Heer auf der Babilonie ist zu klein. Aus allen Gauen sollen sich die Krieger hier in der Burg sammeln.«

»Auch aus den Gauen Brun und Hassios?« wollte Abbio wissen.

»Auch dorthin sollen die Boten gehen, zu den einfachen Bauern im Land. Dann werden wir sehen, ob sie mit uns fechten oder zu Brun und Hassio stehen«, Widukind machte eine kurze Pause, »und gegen uns kämpfen. Dazu würde das neue Recht sie verpflichten, wenn Karl es fordert.«

»Sachsen gegen Sachsen«, schnaubte Thümir. »So weit kommt es noch. Aber wir werden ja sehen.«

Kurz darauf ritten Boten mit den Runenstäben über das Land. Wie ein Lauffeuer verbreiteten sich die neuen Nachrichten. Eine Welle der Empörung wogte durch Wälder und Wiesen bis an das Meer und die nördlichen Grenzen.

Stille kehrte ein in Bentans Halle, als der Bote berichtete. Schweigend sank Bentan in den Stuhl. Nur seine funkelnden Augen verrieten die Bewegung in seinem Gemüt. Schweigend blickten sich Böer und Lif an. Mit einem Nicken verabschiedete sich der Bote. Als vom Hof das Geräusch stampfender Hufe verriet, daß er schon wieder weiterhastete, begann Lif entschlossen zu sprechen.

»Dann ist es soweit. Wir werden zur Babilonie zurückkehren.«

Langsam stand Bentan auf. Sein Blick, der eben noch in endlose Fernen geschweift war, glitt über seine Söhne. Brul schüttelte fassungslos den Kopf. »Das hätte ich nie erwartet«, murmelte er. »Ich habe mit ihren Priestern viel geredet. Aber das ...«

»Wir werden kämpfen«, kündigte Böer entschlossen an.

»Und ich gehe mit euch nach Süden«, rief Bart.

Bentan nickte.

»Ich hätte es nicht gedacht«, knurrte er wütend. »Alles habe ich den Franken zugetraut, diese Frechheit aber nicht.«

Seine Stimme wurde lauter.

»Daß sie es wagen können, solche Beschlüsse zu fällen – auf dem Boden unseres Stammes. Geht nach Süden und lehrt sie Bescheidenheit. Vertreibt sie aus unserem Land – für unsere Götter und unsere Freiheit. Ich hatte gehofft, niemals meine Söhne in diese Schlacht schicken zu müssen. Nun, da es doch dazu gekommen ist, begleitet euch meine Wut.«

Bart brach auf, die schlimme Kunde zu den Nachbarn zu tragen. Kurz darauf wurden die Neuigkeiten von Hof zu Hof weitergereicht. Als Böers Bruder zurückkam, saß die Familie noch zusammen. Lang besprachen sie in dieser Nacht hitzig das Gehörte. Selbst Brul war bereit, den Feinden entgegenzuziehen. Bentan aber stimmte ihn um, denn er wollte einen Sohn auf dem Hof behalten, falls er die beiden anderen in der Schlacht verlieren sollte.

Früh am folgenden Tag schon traten entschlossene Krieger in Waffen auf den Hof und klopften an die Tür der Halle. Als Bentan öffnete, betraten Söhne der Nachbarn das Haus. Ihnen vorweg aber schritt Lüdegast, ein mächtiges Langschwert an der Seite. Verblüfft sah Bentan ihn an.

»Wir sind bereit, den Franken zur Schlacht entgegenzuziehen«, knurrte der Nachbar.

»Ich habe viele erwartet«, begrüßte ihn Bentan. »Aber mit dir hatte ich nicht gerechnet – auch wenn ich mich freue und es dich ehrt, daß du nun in Waffen vor mir stehst«, fügte er hinzu.

Der Hüne zuckte mit den Schultern.

»Was zuviel ist, ist zuviel«, brummte er und kratzte sich am Kinn. Wenn ich auch sonst die Ruhe liebe, so packte mich doch gestern so sehr die Wut, daß ich nicht länger ruhig im Waldsatiland sitzen bleiben kann. Es ist schwer, einen alten Wagen zum Rollen zu bringen. Wenn er sich aber bewegt, kann ihn niemand mehr aufhalten.«

Er lachte schallend.

»Torebert, mein ältester Sohn, wird mich begleiten.«

»Wenn aus allen Gauen so viele Streiter kommen«, stellte Bentan fest, »wird auf der Babilonie ein großes Heer bereitstehen.«

Bis zum Mittag trafen noch einige Krieger aus dem Waldsatiland auf dem Hof von Bentan ein. Dann zogen Böer, Lif, Bart und Lüdegast begleitet von anderen Bauern nach Süden. Angal war mit ihrem Kind bei Bentan geblieben, genau wie die kleine Nora, die ihre Eltern in der Obhut von Halde und Bentan gelassen hatten.

Als die Kämpfer aus dem Waldsatiland auf der Babilonie ankamen, hatte sich die Burg bereits mit zahlreichen Recken gefüllt. Böer und Lif schüttelten viele Hände zur Begrüßung. Besonders freuten sie sich, Euliset, Rakus und Servalis wiederzusehen. Sofort nach ihrer Ankunft besprachen sich Böer und Lif mit Widukind und den anderen Anführern. Der fränkische Reichstag war längst zu Ende gegangen, der König nach Süden geritten. Das feindliche Heer aber lagerte, so wie es der Reichstag beschlossen hatte, immer noch in Lippspringe. Sächsische Späher überwachten die christlichen Ritter jetzt ohne Unterbrechung. Zur großen Freude der Gefährten hatten sich auch sehr viele Krieger aus den Gauen Bruns und Hassios auf der Babilonie eingefunden. Und der Zustrom zorniger Kämpfer dauerte an – nicht nur aus dem Süden, sondern aus allen Landen der Sachsen. Die Franken rührten sich während dieser Tage nicht. Die tausend Reiter der Sacra Francesca aber trafen ein. Schon begann Widukind über den Plan für einen Angriff des feindlichen Lagers nachzudenken, als Späher von den Bauern des Umlandes erfuhren, daß die Feinde die Männer in den Gauen Hassios und Bruns zum Kriegsdienst verpflichten wollten.

Kaum jemand aber war dazu bereit. Statt dessen strömten immer mehr Streiter aus diesen Landen in die Babilonie. Die Franken hatten etwas vor, dessen waren sich die Freunde sicher. Eines Mittags brachte ein Bote Gewißheit: Die Soldaten trieben ihre Pferde zusammen und brachen die Zelte ab. Atemlos berichteten am nächsten Morgen die Späher vom Aufbruch des christlichen Heeres. Eines aber erstaunte die sächsischen Anführer: Die Eindringlinge zogen nicht nach Norden, sondern in Richtung Osten. Einen Tag später erfuhren Späher von Bauern in der Nähe von Lippspringe den Grund dafür. Die Sorben hatten Raubzüge in fränkische Gebiete unternommen. Nun mahnte Widukind zum Aufbruch. Einen Tag noch sammelte sich das Heer, wurden Zelte abgebaut und Vorräte verstaut. Am Morgen darauf zogen zwanzigtausend Krieger nach Osten, um die Feinde zur Schlacht zu stellen. Sächsische Späher hatten sich den christlichen Kämpfern an die Fersen geheftet. Aber auch die Franken wußten ihren Zug zu sichern. Schon bald nach dem Aufbruch der Sachsen stoppte das Heer. Die südlichen Ritter hatten die Bewegung ihrer Gegner bemerkt. Einen Tag lang lagerten sie und schienen unschlüssig über ihr weiteres Handeln. Die Sachsen aber marschierten währenddessen den Eindringlingen entgegen. Eine Strecke, die ein Heer in zwei Tagen zurücklegen kann, trennte noch die verfeindeten Parteien, als am Nachmittag dieses Tages ein Kundschafter mit neuen Nachrichten vor Widukind galoppierte und atemlos sein Pferd zum Stehen brachte. Er musterte kurz den Häuptling der Engern.

»Widukind? Ja, du mußt es sein. Ich komme aus dem Süden geritten, so schnell ich konnte, denn die Nachrichten, die ich bringe, sind schlecht.«

»Aus dem Süden?«

Widukind runzelte die Stirn.

»Du meinst, aus dem Osten?«

»Nein, ich komme aus dem Süden. Ein gegnerisches Heer marschiert auf dem alten Heerweg an der Lippe nach Osten. Die Ritter rasten kaum, reiten bis spät in die Nacht hinein.«

»Wie viele Männer sind es?« fragte Widukind scharf.

»Es mögen wohl zehntausend sein«, antwortete der Bote rasch.

»Bei den Göttern«, zischte Abbio, der neben Widukind und den anderen Gefährten stand. »Wenn wir nicht aufpassen, sitzen wir in einer riesigen Falle zwischen zwei fränkischen Heeren.«

»Theoderich – es muß Theoderich mit dem Ersatzheer sein«, murmelte Widukind.

Er wandte sich dem Späher zu.

»Wo steht dieses Heer jetzt?«

»Es müßte wohl Paderborn erreichen«, schätzte der Bote.

»Laßt die Krieger sofort stoppen. Wir wollen beraten, was zu tun ist«, befahl Widukind. Wie ein Lauffeuer verbreitete sich die neue Kunde im ganzen Sachsenheer. Überall standen die Männer und Frauen beisammen, redeten hitzig aufeinander ein.

»Wenn nun die fränkischen Ritter im Osten wenden und uns entgegenziehen, erreichen uns beide Heere zur selben Zeit«, warf Böer in die Runde.

»Genau das wird wohl geschehen«, überlegte Widukind.

»Besser hätten sie es nicht planen können«, brummte Thümir.

»Wenn wir auf beide Heere gleichzeitig stoßen, sind sie uns an Zahl überlegen«, stellte Widukind fest. »Und zum Kampf wird es in jedem Fall kommen.«

»So müssen wir vermeiden, mit beiden gleichzeitig zusammenzutreffen«, schlug Abbio vor. »Nur wie, ist mir nicht klar. Wenn wir uns zuerst dem Frankenheer im Osten stellen, ihm entgegenziehen, können wir es schlagen, bevor Theoderichs Männer uns erreichen.«

»Dazu ist Worad zu klug«, antwortete Widukind. »Er wird es einzurichten wissen, daß seine Männer gleichzeitig mit Theoderichs Heer auf uns treffen. Durch seine Späher weiß Worad genau, wo wir stehen, und kann sein Heer entsprechend bewegen.

Der sächsische Anführer blickte nachdenklich zu Boden.

»Dann würden die Gegner den Ort der Schlacht bestimmen.«

Er wandte sich den Gefährten zu.

»Noch liegt diese Entscheidung bei uns.«

»Es gibt nur einen Platz, an dem wir siegen werden«, kündigte Lif an.

Alle sahen sie verblüfft an. Mit ruhiger Stimme fuhr sie fort: »Wir stehen am Rand des Süntel. Dort«, sie wies die Richtung mit der Hand, »im Westen, erheben sich die Hügel aus dem Tal. Mächtig ragt der Hohenstein in den Himmel. Hier, im Schatten des heiligen Platzes, werden wir die Franken schlagen.«

Die Nacht brach an. Das sächsische Heer lagerte auf flachem Land. Im Westen hoben sich die Hügel des Süntels gegen den dunklen Himmel, im Osten schoben sich die Höhen des Deister vor die funkelnden Sterne. Zwischen diesen beiden Hügelgruppen flammten überall die zahllosen Feuer auf, an denen die Krieger gedrängt beisammen saßen und die neuesten Nachrichten besprachen. Tausendfaches Gemurmel, Lachen und Fluchen hallte über die Ebene. Inmitten der Männer und Frauen scharten sich die Anführer um ein Feuer. Bis spät in die Nacht berieten sie die Lage. Nun, nachdem der Ort der Schlacht gefunden war, planten sie die Aufstellung des Heeres. Die Sachsen erwarteten, daß sich beide fränkischen Einheiten schon bald vereinigen und gemeinsam angreifen würden. Diesen Stoß wollte Widukind im Tal zwischen Deister und Süntel erwarten. Die Hälfte der Fußtruppen sollte sich in der Mitte zwischen den Bergen gruppieren und den Schwung des Angriffs abfangen. Die Feinde würden zwischen die beiden Hügelgruppen geraten. Der Kampf mußte sich zunächst auf das Tal konzentrieren. Den Rest des Heeres plante Widukind zu teilen und auf die Berge zu verlegen. Wenn unten im Tal dann Franken und Sachsen schon aufeinander einschlugen und die eigenen Fußtruppen leicht zurückgingen, sollten vom Deister wie auch vom Süntel die sächsischen Reiter und der Rest der Fußkrieger den Christen in die Flanken fallen und deren Heer schließlich aufreiben. Nur eine Bedingung hatte dieser Plan: Die Fußtruppen durften unter dem Angriff der Franken auf keinen Fall fliehen. Dieses galt es den Kämpfern einzuschärfen. Als am nächsten Morgen die ersten Strahlen der Sonne durch den dichten Wald des Deisters drangen, erwachte im Heerlager das Leben. Widukind, Abbio, Thümir, Böer und die anderen Häuptlinge gruppierten die Streiter so, wie es ihrem Plan entsprach. Oft schritten sie an die Feuer der Männer, um mit ihnen den Kampf zu besprechen. Späher berichteten vom Marsch der feindlichen Heere. Worad hatte, wie erwartet, mit seinen Männern umgedreht und zog den Sachsen entgegen. Auch Theoderich kam mit seiner Truppe schnell näher. Erst spät am Abend hatten die letzten sächsischen Krieger ihre Stellungen eingenommen. Wieder leuchteten die Feuer der Lagernden in dieser Nacht im Tal. Die Hänge der Berge aber blieben dunkel. Kein Licht sollte verraten, daß sich auch hier die Recken auf den Angriff vorbereiteten. Denn sicher tasteten sich fränkische Späher schon längst durch Wälder und über Wiesen, um die Lage ihrer Gegner zu erkunden. Noch ein Tag der Ruhe blieb ihnen. Dann würden, so berichteten die eigenen Kundschafter, die christlichen Heere Süntel und Deister erreicht haben und die Schlacht beginnen. Am nächsten Morgen lag Stille über dem Tal. Das Gezwitscher der Vögel klang über die Aue, und die Krieger konnten den sanften Hauch des Windes hören, Geräusche, die der Lärm ihrer Vorbereitungen am Vortag übertönt hatte. Böer stand auf einem Hügelrücken des Süntel und lehnte sich gegen den Stamm einer Kiefer. Unter ihm breitete sich das Tal aus. In ihm erkannte er die Gestalten der Linie, die der erste Angriff der Franken treffen würde. Nachdenklich ließ Böer seinen Blick über das Land gleiten. Er hörte Schritte hinter sich und drehte sich um. Widukind trat an ihn heran. Böer schüttelte den Kopf.

»Ich habe Zweifel an unserem Plan«, begann er zu sprechen. »Er ist zu einfach. Irgend etwas wird nicht so sein, wie wir denken. Aber ich weiß nicht was.«

Widukind sah ihn an.

»So plagt nicht nur mich dieses Gefühl«, stellte er fest. »Auch ich traue unserem Plan nicht ganz. Es ist, als hätten wir etwas vergessen. Doch vermag ich nicht zu sagen, was es sein könnte.«

»Ihr denkt zuviel«, tönte Warst, der mit Thümir zu den beiden trottete. »Die einfachsten Lösungen sind oft die besten.«

Das Geräusch von Pferdehufen war plötzlich im Wald hinter ihnen zu hören und kam rasch näher. Einen Moment später bogen einige Reiter hinter den Bäumen hervor. Unter ihnen waren Bart, Lüdegast und sein Sohn Torebert. Ein weiterer Mann nickte Lüdegast dankend zu. Dann blickte er Widukind an und grüßte kurz. Es war ein Späher.

»Nun, was gibt es von den Franken zu berichten?« forderte der sächsische Häuptling den Mann zu sprechen auf. Die unruhigen Augen des Kundschafters glitten über das Tal, als er zu sprechen begann.

»Nichts Gutes. Es scheint, sie haben gute Späher. Ich habe das Heer Theoderichs beobachtet. Die Männer streben nicht mehr direkt auf uns zu, sondern haben die Richtung ihres Marsches geändert.«

»Wohin?« fragte Widukind argwöhnisch.

»Sie haben nach Nordwesten gewendet und werden wohl im Westen des Süntel vorbeiziehen.«

»Bei Donar«, rief Widukind überrascht aus.

»Das ist es, was ich befürchtet habe. Sie reagieren anders, als wir es erwartet haben. Was aber haben sie vor?«

Er sah den Späher an.

»Wir müssen es wissen. So schnell es geht. Beobachtet sie weiter.«

Der Kundschafter nickte, drehte sein Pferd und galoppierte schon wieder davon.

»Und das Heer Worads? Wo steht es?« wollte Thümir wissen.

»Es strebt immer noch auf uns zu«, berichtete Widukind.

»Damit kommt es von Südosten näher. Wenn Theoderich unsere Lage erkannt hat und nach Norden strebt, um den Süntel zu umrunden«, überlegte Böer, »dann stehen die Ritter uns schon morgen im Rücken.«

Und so geschah es. Späher bestätigten Böers Verdacht. Die Männer Theoderichs drehten nördlich des Süntel nach Osten ein und errichteten schließlich ein Lager. Worads Krieger passierten die Sachsen im Süden. Sie zogen noch bis zum Abend nach Westen. In der beginnenden Dunkelheit schlugen sie ihre

Zelte an der Weser, nahe bei den südlichen Hängen des Süntel, auf.

»Auf jeden Fall wissen sie, wo unsere Fußtruppen stehen«, stellte Widukind am Abend fest, als die Gefährten mit Anführern und Streitern aus vielen Gauen zusammensaßen. »Sonst würden sie wohl nicht dort im Westen lagern, wie sie es jetzt tun, sondern direkt hier am Eingang des Tales. Aber sie wollen wohl vor einem Überraschungsangriff sicher sein.«

»Und sie wissen auch, wo unsere Reiter sich getarnt halten. Sonst hätte Theoderich nicht den Süntel umrundet«, bemerkte Abbio.

»Was also tun wir nun? Bleiben wir, wo wir sind, so werden uns Süntel und Deister zur Falle, nicht den Franken. Dann zerdrücken sie uns von Norden und Süden im flachen Tal.«

»Und sie handeln, wir reagieren«, bemerkte Thümir unwirsch.

»Was sollen wir auch sonst tun«, fluchte Widukind. »Sie sind klug, sehr klug sogar.«

»Was hast du erwartet«, warf Lif ein. »Worad, Gailo, Adalgis und Theoderich sind Männer, die nur Kriege führten und noch nie ein Feld bestellten. So viele Schlachten wie sie geschlagen haben, ist es schwer, sie in eine Falle zu locken.«

»Zwanzigtausend Krieger stehen hier aus allen Gauen. Wenn wir geschlagen werden, ist die Zukunft unseres Stammes besiegelt und die Freiheit für immer gebrochen. Es darf nicht sein, niemals dürfen wir hier besiegt werden.«

»Es gibt nur eine Möglichkeit«, brummte Abbio. »Wenn wir in Gefahr sind, zwischen Hammer und Amboß zu geraten, müssen wir unsere Stellungen wechseln.«

»Aber wohin sollen wir uns wenden?« kratzte sich Thümir nachdenklich am Kopf.

Plötzlich leuchteten Widukinds Augen.

»Im Schatten des Hohenstein ... – war es nicht das, was du sagtest?« wandte er sich an Lif.

»Ich sah unser Heer siegen. Und dort geschah es«, stellte die Godin fest.

»Dann gehen wir zum heiligen Felsen. Als junger Mann bin ich dorthin geritten. Tief unter dem Hohenstein windet sich ein schmales Tal durch die Berge. Ein kleiner Bach fließt darin. Er mündet in die Weser.«

»Auch ich kenne diesen Einschnitt in den Bergen sehr gut«, warf ein Häuptling aus den Südlanden in die Runde. »Wenn der Bach das Tal und die Hügel verläßt, fließt er noch eine kurze Strecke über ebene Wiesen.«

»Das ist genau dort, wo jetzt Worads Heer lagert«, berichtete Thümir.

»Genau zu diesem Bachlauf ziehen wir. Noch heute nacht«, kündigte Widukind an.

»Aber wir geraten dabei sehr nahe an die feindlichen Ritter«, warnte Thümir.

Widukind nickte grimmig. Er wandte sich an den Krieger, der mit der Gegend um den Bach vertraut war.

»Kennst du einige Bauern, die dort aufgewachsen sind?«

Der Mann nickte.

»So hole sie herbei. Sie sollen uns genau von der Landschaft am Hohenstein erzählen. Ich habe einen Plan. Hört ihn euch an.«

Gebannt drängten sich die Anführer um Widukind. In der Dunkelheit hasteten Ortskundige durch den Wald, um vom heiligen Berg zu berichten. Es dauerte nicht lange, und die Häuptlinge hatten besprochen, wie sie den Kampf nun führen wollten. Während im Tal die Feuer weiter loderten, hasteten noch in dieser Nacht Boten zu allen Kämpfern, brachen die Männer aus ihren Stellungen auf und strömten zwischen die Hügel des Süntel, jeden Laut und jedes Licht dabei vermeidend.

Im Morgengrauen sammelten sich die Krieger unter dem heiligen Felsen. Nebelschwaden wallten zwischen den Bäumen, grau schob sich daraus der schroffe Felsen in einen noch dunklen Himmel. Ein einzelner Mann erschien auf dem steilen Grat hoch über den Köpfen der anderen. Es war Widukind.

»Beilzeit, Blutzeit, Windzeit, Wolfszeit haben die Franken über unser Land gebracht«, begann er mit klarer Stimme zu sprechen.

Der Klang hallte von den Felsen wider und wogte, von den Nebeln getragen, durch den Wald und über Wiesen.

»Hütten brennen, Hallen bersten, seit ihre Heere durch unsere Auen wüten. Kaum eine Sippe, die nicht Tote zu beweinen hat, kaum ein Bauer, der nicht Schaden beklagen muß. Knechtschaft und Tod bringen uns die christlichen Heere, unsere Götter wollen sie uns nehmen, unsere Krieger und unser Korn. Denkt an die Irminsul, die einst gefallen ist durch ihre Hand. Der Tag ist angebrochen, sie zu rächen und die Freiheit zu sichern. Nehmt die Schwerter in die Hand, laßt die Pfeile schwirren. Heute abend noch werden wir als Sieger vor diesem Felsen stehen und den Göttern danken.«

Die Männer und Frauen jubelten. Ein vielfaches »Saxnot, Saxnot«, der Schlachtruf des Stammes, erklang. Dann nahmen die Kämpfer ihre Stellungen ein. Jetzt, da die Schlacht nahte, hatte Böer seinen Bruder zu sich gerufen. Bart ritt neben ihm, als sie die Kuppe des Hügels erklommen. Auch Lüdegast und sein Sohn und die anderen Streiter aus dem Waldsatiland gesellten sich zu ihnen, denn mit wem die Sachsen in Nachbarschaft lebten, an dessen Seite zogen sie auch in die Schlacht. Sie stiegen von ihren Pferden. Unter ihnen breiteten sich im Licht der aufgehenden Sonne saftige Wiesen aus, erstreckten sich im Süden in sanfter Rundung abfallend bis zur Weser, die in der Ferne als blauer Streifen schmal funkelte. Kleine dunkle Punkte ließen das Lager des fränkischen Heeres erkennen. Gegenüber dem Hügel, auf dem Böer und Bart standen, in Richtung Osten, erhob sich eine weitere bewaldete Anhöhe. Dazwischen schob sich die sanft ansteigende Wiesenlandschaft wie eine Zunge bis zu den steilen Hängen des Süntel. Wie ein schwarzes Loch gähnte dort in den schroffen Hügeln das schmale Tal, aus dem der kleine Bach den Höhenzug verließ und auf die Wiese plätscherte. Doch mit dem friedlichen Anblick war es sogleich auf der Aue vorbei. Scharen von Kriegern schoben sich aus dem Süntelwald kommend auf die Grasfläche, schritten über den sanft zur Weser abfallenden Boden weiter und weiter. Immer neue Reihen tapferer Recken folgten. Es waren die Fußtruppen, die nun zum Angriff auf das fränkische Lager übergingen. Die Schlacht begann. Der Nebel hatte sich gehoben. Strahlend blauer Himmel kündigte einen sonnigen Tag an. Schulter an Schulter marschierten die Kämpfer zwischen die beiden Hügel. Böer und Bart hörten den rhythmischen Schritt ihrer Füße, das Klirren ihrer Waffen. Unsicher sah Bart seinen Bruder an.

»Denke nicht daran, was im Kampf passieren mag«, sagte Böer leise. »Versuche nur zu sehen, zu hören und zu fühlen. Und vor allem: Halte dich in meiner Nähe.«

Bart nickte. Weiter und weiter rückten die Fußtruppen unter ihnen vor. Die Männer und Frauen zogen ihre Schwerter, griffen ihre Speere und ließen sie mit jedem Schritt auf die Schilde krachen. Die Franken hatten die neue Lage erkannt. Eine Staubwolke stieg von ihrem Lager auf. Bald waren wirbelnde kleine Punkte zu erkennen, die schnell näher kamen. Ein leises Grollen war zu hören, der Hufschlag tausender Rösser.

»Sie greifen an«, rief Widukind.

Der Häuptling stand mit seinem Pferd dicht neben Böer und Bart. Hinter ihnen lehnten sich Euliset, Rakus und Servalis an ihre Tiere. Abbio dagegen führte die Fußtruppen auf der Wiese an. Die fränkischen Reiter kamen schnell heran. Hinter ihnen stürmten die christlichen Fußtruppen den Sachsen entgegen. Wie ferner Donner klangen die Hufe, Donner, der schnell näher kam. Der dumpfe Klang mischte sich mit dem metallenen Klatschen der Schwerter auf den Schilden und den Schlachtrufen der Sachsen.

Ein neuer Klang mengte sich langsam lauter werdend in das Getöse: »Deus lo vult«, der Schlachtruf der Franken.

Schon waren die einzelnen Ritter auf ihren Rössern zu erkennen. Schwärme von Pfeilen surrten ihnen entgegen. Einen Moment später krachten auch schon die ersten Reihen in die Kette der sächsischen Fußtruppen. Der Aufprall war fürchterlich. Der Lärm aufschreiender Krieger mischte sich mit dem Krachen der Schwerter und dem Gestampfe der Hufe. Wie ein Keil brachen die Reiter in der Mitte durch die Reihen der Fußkämpfer. Während an den Seiten das Band der Verteidiger hielt, stürmten die Franken im Zentrum vor, drangen tiefer und tiefer ein. Für einen kurzen Moment wichen die Sachsen an dieser Stelle schnell zurück. Böer stockte das Herz. Wenn jetzt eine Flucht begann und sich unter den Kriegern ausbreitete, war der Plan und damit der Kampf verloren. Aber die Linien fingen sich, wichen zwar, aber immer langsamer, gestützt von Gefährten, die immer noch von den Hügeln des Süntels auf die Wiese nachrückten. Der stürmische Ritt der Angreifer verebbte, geriet ins Stocken. Schließlich kamen sie nur noch langsam voran. Hoch zu Roß schlugen die Franken mit Äxten auf ihre Gegner ein und hielten blutige Ernte. Viele von den Berittenen aber stürzten, durchbohrt von Speeren, von ihren Pferden. Nun waren die fränkischen Fußtruppen heran und drängten hinter den Reitern gegen die Sachsen. Auch an den Enden der Kette, bei den beiden Anhöhen, wichen die Krieger aus den nördlichen Landen zurück. Immer stärker wurde der Druck des Feindes. Erneut war das Geräusch donnernder Hufe zu hören.

»Hoffentlich können sie dem Ansturm standhalten«, rief Widukind aus, als eine neue Angriffswelle über die Wiese galoppierte.

Es war die Sacra Francesca.

»Sie müssen«, rief Böer verzweifelt. »Sonst ist alles verloren.«

Ein Ruck durchlief die Linie der Kämpfer unter dem erneuten Aufprall. Die Verteidiger wankten, wichen schneller. Die Franken frohlockten. Ihre Triumphschreie hallten über dem Schlachtfeld wider. Sie drangen schneller vor. Im Zentrum rannten die Sachsen nun zurück, wurden aber immer noch von den Nachrückenden aufgefangen. Sofort setzten die Angreifer nach, bis sich ihr Ritt erneut verlangsamte.

»Es ist soweit«, sagte Widukind ruhig. »Blast das Signal.«

Der Befehl wurde weitergegeben.

Kurz darauf klangen Luren über das Schlachtfeld. In den Wald auf der Anhöhe kam Leben. Überall zwischen den Stämmen schwangen sich Krieger auf ihre Pferde und setzten sich in Bewegung. Unruhig tänzelte das schwarze Roß unter Widukind. Hinter ihm drängten sich die sächsischen Reiter, bereit zum Angriff. Widukind hob den Arm und ließ sein Schwert in der Sonne blitzen. Dann preschte er nach vorn. Donnernd galoppierten seine Gefolgsleute hinterher, stürmten durch den Forst ins Tal, ließen die Bäume hinter sich und rasten auf die Wiese. Auch von der Anhöhe auf der anderen Seite des freien Feldes lösten sich Reiter, kamen dem Trupp von Böer und Bart schnell entgegen. Während des rasenden Ritts ließ Böer seinen Blick in die Ferne schweifen. Irgendwo dort drüben mußte ihm Lif an der Spitze der Berittenen von der anderen Anhöhe entgegenstürmen. Aber er konnte nichts erkennen. In einer riesigen Zange umschlossen die sächsischen Reiter die Franken im Tal, während gleichzeitig die Fußtruppen mit dem Lurensignal ihren Rückmarsch beschleunigten.

»Vorsicht«, brüllte Böer Bart zu, als er vor sich sah, wie sich die Männer der Sacra Francesca umwandten, um sich der überraschenden Gefahr entgegenzustellen. »Halte dich hinter mir, sie kämpfen gut.«

Sein Bruder ließ sich ein Stück zurückfallen. Auch Torebert ritt jetzt ein Stück hinter seinem Vater Lüdegast. Derweil drängten Euliset, Rakus und Servalis zu Böer in die erste Linie der Reiter. Vor ihnen war Widukind schon in die Reihen der Gegner eingebrochen und wütete wie rasend unter ihnen. Böer sah, wie zwei Christenritter schon nach dem ersten Ansturm Widukinds von den Rössern stürzten. Da hob direkt vor ihm ein bärtiger Franke seine Axt. Böer fing den Schlag mit seinem Schild auf und ließ sein Schwert auf die Wappnung seines Widersachers sausen. Mit dem zweiten Schlag traf er dessen Brust knapp oberhalb des Schutzes. Stöhnend sank der Mann vom Pferd. Mit der Kraft eines Riesen drosch Lüdegast rechts von Böer auf einen Reiter der Sacra Francesca ein. Im Augenwinkel erkannte Böer Euliset, Rakus und Servalis, die nun ebenfalls im harten Gefecht standen und sich nah beieinander hielten. Da krachte es schallend direkt neben Böer. Ein feindlicher Speer schwankte zitternd im Schild Barts, den dieser zur Deckung Böers schnell vor dessen Seite gehalten hatte.

»Danke Bruder«, murmelte Böer kurz.

Da schwang schon ein neuer Franke seine Axt gegen ihn. Böer duckte sich, um dem Hieb auszuweichen. Pfeifend sauste seine Klinge durch die Luft. Der fränkische Schild zerbarst unter dem Aufprall. Tödlich getroffen fiel der feindliche Krieger zu Boden. Immer fester wurde die Umklammerung durch die Reiter aus dem Norden. Nun gingen die Franken, die sich plötzlich von allen Seiten von Gegnern umgeben sahen, zurück. Ihre Ordnung löste sich auf: Fußtruppen und Berittene stolperten übereinander, behinderten sich im Kampf. Einzelne Männer begannen zu flüchten, kamen im Gedränge innerhalb des Kessels aber nicht weit.

Als die Sonne ihren höchsten Punkt überschritten hatte, stand im Norden die Kette der sächsischen Fußtruppen vor den Hügeln, im Süden hatten die Reiter sie umrundet und drangen auf ihre Kämpfer ein. Immer öfter sah Böer Angst in fränkischen Augen glimmen. Einzelne Hornsignale kündigten den Rückzug an, andere bliesen zum Angriff. Aber sie konnten nirgendwohin fliehen, an eine Attacke war ohnehin nicht mehr zu denken. Während die Streiter Widukinds und Lifs immer noch im Schwung ihres Angriffs weiter vorrückten, gingen die Fußtruppen Abbios vor den Franken langsam und geordnet zurück. Sie wurden von fränkischen Berittenen angegriffen. Je mehr die Christen auf der einen Seite des Schlachtfeldes vor den Reitern wichen, um so größer wurde auf der anderen Seite der Druck auf die Fußkrieger der Sachsen.

Dann begann deren Linie zu zerreißen. Dicht vor dem schmalen, dunklen Tal, aus dem der Bach auf die Wiese strömte, teilte sie sich, Abbios Leute wichen nach rechts und links auseinander. Immer stärker drückten die sächsischen Reiter nach. In das Heer Worads kam jetzt wieder Bewegung. Hoffnung leuchtete in den Gesichtern vieler Soldaten auf. Ob zu Fuß oder auf dem Rücken eines Rosses – die Ritter stürmten nun nach Norden in das kleine Tal des Baches, zwischen die Hügel des Süntel. Sie nahmen den Weg, den die Fußtruppen Abbios freigegeben hatten. Rechts über ihnen, in schwindelnder Höhe, brach sich das Licht der Sonne auf dem Felsen des Hohenstein.

Schweiß rann den Männern der Sacra Francesca über die Stirn, Angst glomm in ihren Augen, als sie die Schläge Böers abfingen oder ihre Äxte sausen ließen. Die dunklen Ritter kämpften im Süden des fränkischen Heeres, direkt den sächsischen Reitern gegenüber. Das verheißungsvolle Tal, der Fluchtweg war ihnen noch fern. Sie deckten den Rückzug ihres Heeres. Franke um Franke stürzte tot vom Pferd. Immer öfter wehrten Böer und die anderen Berittenen die Spieße von Fußsoldaten ab. Bald mußten sie ihren Blick weit schweifen lassen, um noch einen Kämpfer der Sacra Francesca zu entdecken.

Dann war auch der letzte erschlagen. Damit hatte der Ansturm wieder an Geschwindigkeit gewonnen, denn die fränkischen Fußtruppen wußten nicht so hart zu fechten wie die christlichen Elitereiter. An vielen Stellen wandten sich die Soldaten zur Flucht, gaben den Zusammenhalt ihrer Verteidigungslinien auf und liefen auf das dunkle Tal zu, das ihnen unverhofft Rettung versprach. Die Sachsen setzten ihnen nach. Im wilden Galopp rasten sie über die Wiese. Im letzten Moment erkannte ein Franke dicht vor Böer die drohende Gefahr, wandte sich herum und riß im Lauf seinen Speer in die Höhe. Schon aber war Böer neben ihm, tauchte geschickt unter der Waffe weg und schlug sein Schwert in die Schulter des Gegners. Weiter ging der rasende Ritt. Rechts preschte Lüdegast, seinen Sohn im Gefolge, in einen ganzen Pulk fliehender Fußtruppen und trieb sie auseinander. Euliset, Rakus und Servalis ritten immer schneller. Weit vor ihnen funkelte Widukinds Brustwehr im Licht der sinkenden Sonne. Immer mehr tote Franken bedeckten die Walstatt.

Nun erkannte Böer Lif. Nur kurz fiel sein Blick auf die Godin, die rechts von ihm in einiger Entfernung ritt und sogleich wieder von Reitern und dem Kampfgewirr verdeckt wurde. Brust und Rücken der jungen Frau bedeckte ein schwarzer Lederpanzer. An den Armen und Beinen aber schimmerte hell ihr weißes Gewand. Derweil war ein großer Teil des christlichen Heeres in das Tal gelangt. An ihrer Spitze stürmten die Berittenen.

Ihr Ziel war der Norden. Irgendwo dort mußte Theoderich mit seinem Heer lagern. Diese Streitmacht wollten sie erreichen. Dort waren sie gerettet. Das Stampfen der Hufe hallte dumpf von den steil ansteigenden Wänden des Tales zurück. Unten, wo der Bach floß, war es eng. Nur wenige Ritter konnten nebeneinander reiten. Der Boden war uneben und feucht. Neben dem steinigen Bachlauf breitete sich schlammiger Boden aus. Er war von Bäumen dicht bestanden, die den Männern immer wieder den Weg versperrten, und verlief einige Meter eben, bis der schmale Grund sich zu einem steilen Hang werdend in die Höhe reckte. Während die Sonne bereits hinter den Hügeln versank, hasteten die Franken nach Norden. Die christlichen Kämpfer kamen immer langsamer voran, die Hufe versanken im Schlamm. An ihrer Spitze ritten Worad und Adalgis. Gailo war bereits erschlagen worden. Nach den Reitern folgte das Fußvolk, irrte im von den Rössern durchwalkten Matsch hinterher.

Der Klang einer einzelnen Lure, von irgendwo oben auf dem Gipfel der steilen Hänge, ließ die Männer in ihrem Lauf innehalten, so als ahnten sie, daß es das Signal des Todes für sie war, als ob der Name »Roland« zur Melodie der Lure und damit ihrem Schicksal geworden war. Einen Moment lang blieben die Krieger im Schlamm stehen und ließen die Arme sinken. Hoffnungslos glitt ihr Blick empor. Sächsische Streiter lösten sich aus ihren Verstecken, sprangen aus dem Unterholz und hinter Baumstämmen hervor auf ihre Widersacher zu, die steilen Abhänge herunter. An ihrer Spitze stürmte, einem tobenden Riesen gleich, Thümir, gefolgt von Warst und Salt. Die grauen Haare und der Bart des Riesen wehten im Wind, als er mit finsterem Gesicht talwärts rannte.

Die Christen hoben die Waffen. Surrend flogen Pfeile zwischen den Bäumen hindurch, trafen die Männer am Bachlauf. Mit starren Augen sank Adalgis getroffen vom Pferd. Einen Augenblick später erreichten die Sachsen das Tal. Worad hob seine Axt, erschlug einen anstürmenden Streiter. Neben ihm wurden zwei Franken getötet. Bald war Worad von Angreifern umgeben. Andere Ritter suchten ihren Feldherrn zu decken, sanken aber sogleich, von Schwertern und Pfeilen getroffen, tot in den Schlamm. Noch einen Gegner erschlug Worad – dann stand Thümir mit grimmigem Gesichtsausdruck vor ihm. Der Schild des Befehlshabers zerbarst unter dem Hieb des grauen Riesen. Unter der Wucht des Aufpralls stürzte er auf die Knie. Mit einem gewaltigen Streich trennte Thümir den Kopf des Heerführers vom Rumpf.

Der Kampf war kurz. Nur an wenigen Stellen wurde nach dem Tod Worads noch gefochten, starben südliche Soldaten. Jubelnd rissen die Sieger die Arme in die Luft, als sich kein Gegner mehr wehrte. Widukind, Böer und die Gefährten galoppierten in das Tal des Baches. Sie trafen nur noch auf triumphierende Sachsen und tote Franken. Die Männer und Frauen umarmten sich. Böer drehte seinen Kopf, um Lif zu suchen. Er erblickte die Godin nicht weit hinter sich. Beide stürmten sogleich aufeinander zu und fielen sich in die Arme. Dann sahen sie Widukind. Er ritt durch das Tal und gab Böer und Lif ein Zeichen, ihm zu folgen. Um die Hänge zu erklimmen, mußten sie von den Pferden steigen und die Tiere am Zügel führen. Direkt unter dem Hohenstein hielt Widukind. Abbio und Thümir hatten sich hier schon eingefunden. Die Männer und Frauen fielen sich noch einmal in die Arme.

»Was für ein Sieg«, triumphierte Salt.

»Wie ist es dir ergangen?« fragte Widukind Abbio. »Um euch im Tal bangte mir am meisten.«

Abbio schüttelte den Kopf.

»Es ist alles nach Plan verlaufen. Unter dem ersten Ansturm der fränkischen Reiter fürchtete ich kurz, daß die Reihen brechen würden. Aber sie hielten. Dennoch haben wir viele Tote zu beklagen. Gerade unter der ersten Attacke fielen viele der besten Kämpfer. Unter den Kriegern des Feindes, auf die wir trafen, erkannten wir auch einige Sachsen, angeführt von Brun und Hassio.«

Abbio sah Widukind an.

»Beide sind tot. Unsere Leute drangen mit besonderer Wut auf sie ein.«

Die Freunde nickten grimmig. Nun berichteten die Gefährten von ihren Erlebnissen im Kampf.

»Die Krieger sammeln sich jetzt auf der Wiese vor den Hügeln«, schloß Widukind schließlich. »Wir müssen immer noch bereit sein, denn noch ist das Heer Theoderichs nicht besiegt. Ich erwarte jederzeit einen Boten, der mir von den Kämpfen am Nordkamm des Süntels berichtet. Da die Franken ihren Brüdern im Süden aber nicht zur Hilfe kamen, glaube ich doch, daß unser Sperrgürtel dort gehalten hat.«

So war es. Kurz darauf erschien ein Bote und berichtete vom Kampf gegen die Angreifer im Norden des Süntel. Widukind hatte zweitausend Verteidiger dorthin geschickt. Sie sollten sich in den Tälern, die nach Süden führen, verschanzen und so den Männern Theoderichs den Weg zum Schlachtfeld verwehren.

Gut gedeckt von Bäumen und Felsen war das den Sachsen gelungen. In drei Tälern war es zu Kämpfen gekommen, der Durchbruch den Franken aber verwehrt worden. Dann hatten die Christenkämpen wohl vom Ausgang der Schlacht im Süden erfahren und sogleich zum Rückzug geblasen. Nun zog das Heer Theoderichs schon nach Westen davon.

»Was haben sie vor?« fragte Thümir, nachdem der Bote berichtet hatte.

»Sie fliehen vor uns, wenn auch geordnet«, lachte Abbio.

»Sie könnten auch um den Süntel herumziehen und uns angreifen«, argwöhnte der graue Recke.

»Keine Sorge«, erwiderte Abbio. »Das werden sie nicht wagen. Es gibt für sie keine Möglichkeit, uns zu überraschen, dazu ist der Weg zu lang. Sie werden sich hüten, in einer offenen Feldschlacht auf uns zu treffen, dazu sind wir trotz unserer Verluste zu stark und das Heer Theoderichs zu klein.«

»Setzen wir ihnen nach?« wollte ein anderer Kämpe wissen.

»Wir lassen sie ziehen«, antwortete Widukind. »Wir würden zu lange brauchen, bis wir die Verfolgung aufnehmen könnten. Der Vorsprung der Franken wäre dann zu groß. Und mit ihren frischen Männern könnten sie ihn wohl noch vergrößern.«

So brauchten sich die Krieger nicht zu einem neuen Kampf zu rüsten. In der Nacht lagerten sie am Rande des Schlachtfeldes auf den Anhöhen des Süntel. Am nächsten Tag aber sammelten die Männer und Frauen die Waffen der feindlichen Ritter ein und schichteten sie zu großen Scheiterhaufen am Fuße des Hohensteins auf. Als der Abend über den Hügeln dämmerte, erschien Lif auf dem heiligen Felsen, sprach zu den Männern und Frauen, die sich darunter versammelt hatten und dankte den Göttern für diesen großen Sieg. Asen und Wanen zum Opfer flammten die Scheiterhaufen auf, und die fränkischen Waffen verbrannten. Am Tag darauf zog das Heer nach Westen, zur Babilonie. Die Krieger Theoderichs hatten sich auf ihrer Flucht nach Süden schon weit vom Süntel entfernt.

DHORN

Lachend winkten die Männer, Frauen und Kinder den Kriegern von den Feldern aus zu, ließen Ochsen, Eimer und Harken stehen, liefen den Kämpfern fröhlich entgegen und begleiteten sie ein Stück des Weges. Es war ein sonniger Tag. Sanft strich ein warmer Wind über die Haut der Menschen, spielte mit ihren Haaren und Gewändern. So mancher Streiter, der in dem Land lebte, durch das das Heer an diesem Tag zog, umarmte bekannte Freunde, die ihm aus Auen und über Wiesen entgegenkamen, und bat Widukind, die Reihe der Krieger verlassen und in seine Halle zurückkehren zu dürfen. Der Heerführer erlaubte es den Männern und Frauen gern. Böer fühlte sich leicht und befreit. Er lauschte den Vögeln, die an diesem Tag mit besonderer Inbrunst zu singen schienen. Auch die Gefährten waren guter Dinge. Lif summte selbstvergessen ein Lied, Widukind schien die warmen Strahlen der Sonne geradezu genießerisch aufzusaugen. Abbio spaßte fröhlich mit einer Schar Kinder, die schon seit einer ganzen Weile johlend neben dem Pferd des schwarzbärtigen Sachsen daherstürmte. Euliset, Rakus und Servalis waren in ein fröhliches Gespräch vertieft, und Thümir zog als einer der letzten gerade sein schweres Kettenhemd aus. Da stockte der Heerzug. Böer blickte aufmerksam nach vorne, um die Ursache des Haltens zu erkunden, Widukind schreckte auf, und die Wanderer hielten in ihrem Gespräch inne. Sie konnten aber nichts erkennen, denn der Teil des Heeres, der als Vorhut vor ihnen ritt, wandte sich wie eine Schlange auf dem Pfad gerade um eine Kurve, die vom offenen Feld in dichten Wald führte. Fast gleichzeitig ritten die Gefährten ihre Pferde an, lenkten sie an der Vorhut vorbei zu deren Spitze. Noch bevor sie diese erreicht hatten, sahen sie den Grund für den plötzlichen Aufenthalt: Ein Karren, der sich stark zur Seite neigte, versperrte den Weg. Zwei mächtige Ochsen scharrten davor unruhig im Sand. Böer mußte lachen, als er den dicken Mann erkannte, der mit den vordersten Sachsen wild gestikulierend redete. Es war Riedwiesel.

»Was heißt, ich versperre einem ganzen Heer den Weg?« schnaubte der Händler. »Glaubt ihr, es macht mir Spaß, hier zu stehen?«

»Ob es dir Spaß macht oder nicht, ist uns egal«, erwiderte ein Krieger kühl. »Der Wagen muß vom Pfad, und darum werden wir ihn nun herunterkippen.«

»Ihr seid wohl nicht bei Verstand«, empörte sich der Händler schnaufend. »Die Waren werden dabei noch zerbrechen.«

Der Reiter sprang vom Pferd. Die anderen folgten.

»So besinnt euch doch«, versuchten sie Riedwiesel aufzuhalten.

»Schweig«, herrschte ihn ein Streiter an. »Danke Wotan für das schöne Wetter. Hätte es nicht unsere Stimmung so erheitert, wären wir wohl anders mit dir umgesprungen. Und nun geh aus dem Weg.«

»Halt!« rief Böer laut dazwischen. Die Männer wandten sich um. In Riedwiesels Augen leuchtete Hoffnung auf.

»Tut ihm nichts, und schont seine Waren. Dieser Mann hat einst sehr viel für uns getan.«

»Aber der Wagen muß weg«, betonte der sächsische Krieger.«

»Dann schiebt ihn mit Vorsicht vom Weg.«

»Ein Fäßchen Wein wird der Händler uns dafür zum Dank sicherlich überlassen«, fuhr Rakus dazwischen.

»Wein?« stutzten die Kämpen der Vorhut und blickten Riedwiesel forschend an.

»Ich weiß nicht …«, druckste er herum, »Honig habe ich, Krüge und Taue.«

»Und sonst nichts?« wollte ein Krieger wissen.

»Ein wenig Traubensaft ist schon dabei«, gestand der Händler unschuldig blickend ein.

»Sehen wir nach«, forderte der Sachse die Männer der Vorhut auf.

»Ja, ja, schon gut«, lenkte Riedwiesel, auf einmal lebhaft geworden, ein. »Ihr sollt ein Faß Wein bekommen. Aber nur, wenn an meinen Waren kein Schaden entsteht.«

Sanft, als wäre es eine Wiege, schoben die Streiter darauf den Karren vom Weg. Eine Achse war gebrochen. Nach zähen Verhandlungen einigten sich einige Sachsen und der Händler darauf, dem Wagen – für ein zusätzliches Fäßchen Wein – eine Neue zu bauen. Während das Heer weiterzog, hämmerten die Männer noch eine ganze Zeitlang eifrig am Wegesrand. Böer und die Gefährten wandten sich Riedwiesel zu. Nach einer fröhlichen Begrüßung erklärte ihnen der Händler den Grund für seine Fahrt in den Norden. Auf der Suche nach guten Geschäften war er dem Frankenheer nachgezogen.

»Niemand hat das Silber so lose in der Hand, wie Soldaten vor der Schlacht«, erklärte er grinsend, »und ein guter Verdienst ist nunmal oft mit Gefahren verbunden.«

»Und, hat es sich gelohnt?« wollte Rakus wissen. Das Gesicht des Händlers verdüsterte sich.

»Die Herren Ritter hatten es so eilig, zu euch in die Schlacht zu kommen, daß ich ihnen mit meinen Ochsen gar nicht folgen konnte. Kaum war ich aber hier am Süntel angekommen, hetzten mir die Mannen Theoderichs auch schon wieder entgegen, so schnell, daß ich ihnen kaum nachschauen konnte. An Geschäft war da nicht zu denken.«

Sie plauderten noch eine Weile. Anschließend verabschiedeten sich die Gefährten vom Händler, wünschten ihm für die Zukunft viel Gewinn. Sie holten das Heer schnell ein, ritten an den endlosen Kolonnen der sächsischen Krieger vorbei und setzten sich an deren Spitze. Am Abend bauten die Männer und Frauen ein Lager auf. Widukind rief die Anführer zusammen. Bald trafen sie sich an seinem Feuer. Sie kamen aus allen Gauen, viele von ihnen waren in ihren Ländern Thingsprecher oder angesehene Bauern und führten hier im Heer die Leute aus ihrer Heimat an. Für die Menschen aus dem Waldsatiland sprachen Böer und Lüdegast. Nach der Begrüßung erhoben die Häuptlinge das Wort. Sie alle hatten einen Wunsch und baten Widukind, die Männer und Frauen aus dem Heer zu entlassen, damit sie zurück zu ihren Familien ziehen konnten.

»Ich weiß, ich weiß«, lachte Widukind, als er ihre Reden hörte. »Eben deshalb rief ich euch zusammen. Den ganzen Tag über schon strömen Kämpfer zu mir und bitten mich dasselbe. Auch ich sehne mich nach Geva und den Kindern, möchte an langen Winterabenden neben ihnen sitzen.«

»Die Franken sind geschlagen, sie ziehen nach Süden und werden lange brauchen, sich zu erholen«, warf ein Häuptling der Friesen ein.

»Ich fürchte, so lange leider nicht«, brummte Abbio. »Vor dem Frühjahr wird aber wohl keine Schlacht mehr geschlagen. Karls Männer sind stets mit den warmen Tagen in unser Land eingefallen.«

»Den Winter über werden sie sich von ihrer Niederlage erholen müssen«, höhnte ein Recke aus einem Gau im Osten. »Da werden sie sich lieber von ihren Frauen pflegen lassen, als erneut den Kampf zu suchen.«

»Ob sie sich nun pflegen lassen oder nicht: Im Winter hat der Krieg bisher immer geruht. So war es früher, so wird es auch weiter bleiben. Wer kämpft schon, wenn frostige Kälte das Land bedeckt?« fügte Thümir hinzu.

Widukind nickte.

»Das denke ich auch. Es besteht keine Gefahr. Darum geht in eure Hallen. Auf der Babilonie soll nur eine kleine Besatzung aus Freiwilligen bleiben. Auf dem Allthing im Frühjahr wollen wir darüber beraten, was weiter geschehen soll. Haltet euch aber bereit, nach der Versammlung Krieger für ein Heer zu schicken.«

Die Häuptlinge stimmten zu. Noch lange saßen sie beisammen und ließen Bier- und Weinkrüge kreisen. Am nächsten Tag löste sich das Heer auf. Auch Bart und Lüdegast zogen mit den Kämpfern aus dem Waldsatiland nach Norden. Die Gefährten ritten mit dem kleinen Restheer zur Babilonie, denn sie wollten noch einige Tage in Frieden beisammen sein. Als sich dann

Abbio, Thümir, Warst und Salt in ihre Heimat aufmachten, bat Widukind Böer, Lif und die drei Wanderer, ihn auf seine Besitzungen im Engernland zu begleiten. Dieses Angebot nahmen die Freunde gern an, wenn auch Böer und Lif beschlossen, noch vor Wintereinbruch zu Nora auf Bentans Hof zu reiten.

Der Hof Widukinds schmiegte sich am Fuße sanft ansteigender Hügel in ein kleines Tal. Dunkle Tannen bedeckten die Hänge rings um die Aue so tief und weit, daß die Gefährten viele Stunden ritten, um den Wald zu durchqueren, und schließlich erstaunt mit den Augen blinzelten, als sie überraschend auf die lichtüberflutete Wiese des Tales trabten. Kleine Rauchwolken, die wohlige Behaglichkeit und ein warmes Mahl verhießen, tanzten lustig aus dem Abzug einer prächtigen Halle: Widukinds Heim. Nun spornten die Freunde ihre Pferde an. Drei Kinder hielten in ihrem Spiel inne und blickten den Reitern entgegen, vor dem Tor des Hauses erhob sich eine Frau. Lachend kamen sie den Reitern auf den letzten Metern entgegengestürmt.

»Geva«, rief der sächsische Anführer freudig, war auch schon vom Pferd gesprungen und umarmte sie. »Und auf eure Begrüßung habe ich mich ganz besonders gefreut«, bückte sich Widukind daraufhin zu seinen Kindern, die das Paar bestürmten, und hob alle drei nacheinander auf seinen Armen in die Höhe. Auch die anderen ließen sich vom Pferd gleiten. Geva trat zu ihnen und drückte einen jeden an sich.

»Wie alt ist deine Tochter Ida jetzt?« fragte Lif nach der Begrüßung durch Geva.

»Zehn Jahre«, erwiderte sie.

»Wie die Jahre vergangen sind«, wunderte sich Lif.

»Sie wurde geboren, kurz bevor du zum ersten Mal die Babilonie betratest.«

»Ich weiß«, nickte Lif nachdenklich. »Die Zeit kam mir kürzer vor.«

»Mir auch«, lachte Geva. »Aber Ravena und Tekla hast du noch nicht gesehen?«

Die Kinder drängten sich neugierig um die Gefährten. Lif nahm die Hand von Ida.

»So lieb Ida ist, so still und nachdenklich ist Ravena. Die jüngste, Tekla, dagegen scheint gar nie zur Ruhe zu kommen, so wild ist sie.«

Lif ergriff die Hände von Tekla und Ravena. Sie fühlte die unruhige Kraft der jüngsten Tochter. In den Händen Ravenas aber bemerkte sie neben der Ruhe des Kindes einen kalten Hauch, der sie kurz erschaudern ließ, den sie aber dennoch nicht zu deuten vermochte. Sie blickte in die dunklen Augen des Kindes und hatte das merkwürdige Gefühl, daß dieses Mädchen, so klein es auch noch war, doch bereits von einer Ahnung seines seltsamen Schicksals beseelt war, einem Schicksal, das selbst Lif nur als feinen Schimmer zu ahnen vermochte. Als Lif die Augen wieder von Ravena abwandte, erkannte sie, daß Geva ihren Blick wohl bemerkt hatte und sie kurz fragend ansah. Lif erwiderte ihren Blick und zuckte ratlos mit den Achseln.

»Worauf wartet ihr noch?« unterbrach Widukind, während er Ida auf den Arm hob, die Freunde. »Laßt uns in die Halle gehen.«

Einige Nachbarn, die Geva in der vergangenen Zeit geholfen hatten, Hof und Vieh zu versorgen, waren mittlerweile ebenfalls auf den Hof getreten und geleiteten die Gefährten in die Halle. Hier brutzelte bereits ein Schwein über dem offenen Feuer, Wein und Bier standen auf dem Tisch bereit.

»Woher wußtet ihr, daß wir heute kommen«, staunte Böer.

»Da ich ahnte, wie hungrig ihr seid, habe ich vor einigen Tagen einem Mann, der nach Hause in diese Gegend ritt, aufgetragen, unsere Ankunftszeit auf meinem Hof zu melden«, grinste Widukind. »Schließlich soll niemand sagen, daß er bei mir schlecht bewirtet wird.«

»Ein sehr kluger Entschluß«, nickte Rakus aufmunternd. »Und an Hunger herrscht in meinem Magen wahrlich kein Mangel. Seit wir zur Schlacht aufbrachen, knurrt er ohne Unterbrechung.«

»Ach, das waren die seltsamen Laute, die deinem Mund entrannen. Ich hielt es zeitweise für Sprache«, entgegnete Servalis.

»Stellt euch vor, wir hätten auch nur einmal darauf gehört«, kratzte sich Euliset am Kopf.

»Banausen«, schimpfte Rakus empört. »Mich wundert, wie

ich neben diesen finsteren Gesellen in die Schlacht ziehen konnte.«

So scherzten sie noch lange an diesem Abend. Während der folgenden Tage erlebten die Freunde Widukind so heiter und fröhlich, wie sie ihn schon seit langer Zeit nicht mehr gesehen hatten. Er schien es zu genießen, wieder über sein Land zu reiten, mit den Nachbarn zu plaudern und hier und da an Hof und Ställen schadhaftes Holz oder Flechtwerk zu flicken. Erst jetzt wurde Böer bewußt, wie sehr die Bürde der Verantwortung und der Zwang zur rechten Entscheidung auf den breiten Schultern ihres Anführers gelastet hatten. Aber nicht nur Widukind lebte auf. Auch an sich selbst bemerkte Böer, daß er sich nun, nach dem Ende der Kämpfe, gelöst fühlte, befreit von all den Ängsten, die zuvor schon so selbstverständlich seine Seele beschwerten, daß er sie kaum noch wahrgenommen hatte. Aber die ernsten Gedanken über den grausamen Zwist zwischen Franken und Sachsen holten ihn und die Gefährten wieder ein.

Die Sonne stand schon tief über den Bäumen, als drei Männer auf den Hof ritten. Zwei von ihnen waren Söhne von Bauern aus der Nachbarschaft. Zwischen ihnen trabte ein kräftiger Krieger vor Widukinds Halle, mit schulterlangem braunen Haar und einem wohlgestutzten Bart. Einen Moment lang mußte Böer überlegen, woher er dieses Gesicht kannte. Dann fiel es ihm ein: Es war Eburisus, ein fränkischer Bote, der einst an einem regnerischen Tag von den Wachen aufgegriffen worden war, als er mit Nachrichten vom christlichen König auf der Suche nach der Babilonie durch den Wald irrte. Der Mann grinste breit, als er Böers erstauntes Gesicht bemerkte.

»Statt dumm zu lachen, solltest du uns sagen, wer du bist und was du willst«, forderte Widukind, der neben Böer stand, den Fremden auf. Dieser ließ sich vom Pferd gleiten.

»Wir fanden ihn im Wald. Er sagte, er suche den Hof Häuptling Widukinds. Also haben wir ihn zu dir gebracht«, berichtete einer der Nachbarsöhne.

Der Ritter schüttelte schelmisch schauend den Kopf.

»Daß ihr eure Höfe und Burgen auch immer so versteckt anlegen müßt«, beschwerte er sich.

»Schon einmal ...«

»Ich weiß«, unterbrach ihn Widukind, von dem das Heitere der vergangenen Tage wie abgefallen schien.

»So wißt ihr auch, daß ich Eburisus heiße«, sagte der Mann mit tadelndem Tonfall.

Dann lachte er.

»Aber laßt uns nicht so bedrohlich miteinander reden. Ich bringe Nachrichten vom König Karl, der wie ein Vater die herrlichen Franken regiert und mit kluger Weisheit über die Alemannen, Burgunder, Bajuwaren, Goten, Sweben, Langobarden und viele andere Völker gebietet.«

»Es werden immer mehr«, grinste Rakus.

»Nur die Langobarden sind hinzugekommen«, witzelte Servalis, »was mich besonders schmerzt, denn aus ihren Landen komme ich.«

»Ich stamme von ihnen ab«, erklärte Euliset.

»Ei, nur die Langobarden. Da muß der König sich aber ranhalten«, spottete Rakus. »Hat sein Vater nicht mehr zusammengeraubt?«

Ein tadelnder Blick Widukinds traf ihn.

»Wir wollen hier keine Neidreden halten«, bemerkte der Häuptling. »Sag uns also, was der König will.«

»Verhandeln«, stellte der Bote fest, und seine Augen fuhren prüfend über Widukinds Gesicht.

»Dazu hatte er bereits Gelegenheit«, antwortete der sächsische Heerführer kühl. »Vertreter unseres Stammes ritten zu ihm. Es kam noch nicht einmal zu einem längeren Gespräch, und in der Folge standen beide Stämme sich wieder in Waffen gegenüber.«

»Es hat sich seither viel geändert«, wandte der fränkische Bote ein.

»Das hat es«, lächelte Widukind. »Und auch die Haltung eures Königs sollte sich gewandelt haben. Will er immer noch vor allem mit mir sprechen?«

»Nein«, schnaubte Eburisus entschlossen. »Karl trug mir ausdrücklich auf, euch zu sagen, daß er mit Vertretern aller Gaue zu sprechen wünscht.«

Widukind nickte zufrieden.

»Das ist die erste Bedingung, die wir an die Verhandlungen knüpfen. Gut, aber noch ist nichts entschieden. Sei heute nacht Gast in meiner Halle. Wir wollen über die Vorschläge deines Herrn beraten. Morgen früh kannst du mit einer Nachricht zu deinem Anführer zurückreiten.«

Der Bote wurde in die Halle geführt und aß zusammen mit den anderen. Nach dem Mahl trank er in der Halle Becher um Becher Wein. Die Gefährten aber gingen in ein Nebengebäude des Hofes, wo sie ungehört von Eburisus die neuen Nachrichten besprechen konnten. Schnell kamen sie überein, auf die Verhandlungen einzugehen, denn miteinander zu sprechen, erschien keinem von ihnen ein übler Gedanke zu sein, zumal nach der Niederlage der Franken auch neue Vorschläge ihres Königs zu erwarten waren. Am nächsten Morgen erwartete Eburisus die Antwort. Als Widukind und die Freunde in die Halle traten, hatte Geva erst kurz zuvor die Glut, in der das Feuer während der Nacht ruhte, wieder zu loderndem Leben entfacht. Es war noch kalt im Raum. Steif saßen sich fränkischer Bote und Sachsen gegenüber.

»Wir haben beraten«, begann Widukind, »berichte Karl von unseren Forderungen.«

Er machte eine Pause und sah Eburisus an.

»Wir werden mit ihm und den Würdenträgern eures Stammes verhandeln. Aber wir werden nicht ins fränkische Reich reiten. Die Verhandlungen finden im Herzen des Sachsenlandes statt, in Verden, dort wo Aller und Weser zusammenfließen. Die Gespräche sollen im nächsten Monat geführt werden, nach altem Brauch und den Regeln unserer Götter bestimmen wir Tag und Nacht des Vollmondes dafür. Karl wird nicht nur mit mir, sondern mit Würdenträgern aus allen Gauen sprechen. Wenn der König damit einverstanden ist, soll er sein Kommen durch einen Boten ankündigen, damit wir unsere Männer und Frauen zu dem Treffen auffordern können. Dann gilt der heilige Versammlungsfriede.«

Mit funkelnden Augen musterte der Bote Widukind.

»Wie viele Männer von euch werden zu den Verhandlungen erscheinen«, wollte er wissen. Widukind blickte überrascht die Freunde an.

»Ich habe es nicht ausgerechnet«, erwiderte er.

Böer fuhr fort: »Es gibt bei uns achtzig Gaue. Die Sprecher werden kommen, vielleicht bringen sie ihre Vertreter oder einen herausragenden Krieger mit.«

»Und jeder Gausprecher wird sicher eine kleine Schar Wachen zu seinem Schutz mit sich führen«, ergänzte Widukind.

»So mögen viertausend bis fünftausend Männer und Frauen erscheinen. Warum willst du das wissen?«

»Karl wird danach die Zahl der Männer bestimmen, die ihn begleiten«, antwortete Eburisus knapp. »Niemand verhandelt gern mit mehr Männern, als er selbst neben sich hat.« Zustimmend nickten die Freunde.

»So werde ich nun losreiten und dem König eure Worte ausrichten«, fuhr Eburisus nüchtern fort. »Ihr werdet seine Nachricht erfahren.«

Anschließend brach der fränkische Bote nach Süden auf. Widukind ritt zur Babilonie und schickte von dort aus Boten mit den Runenstäben über das Land. Durch sie berichtete er den Menschen in allen Gauen von den kommenden Verhandlungen und rief die Gausprecher auf, bereit dafür zu sein. Abbio, Thümir, Warst und Salt sollten durch die Boten aufgefordert werden, zu Widukind ins Engernland zu kommen. Nachdenklich erwartete Lif die Rückkehr des Heerführers. Sie und Böer hatten nach Ankunft des Boten beschlossen, noch einige Tage auf Widukinds Hof zu bleiben. Böer entging nicht, wie besorgt Lif nach dem Besuch des Franken war.

»Ich fühle kommendes Unheil«, antwortete sie eines Morgens auf seine Frage nach dem Grund, »obwohl ich keinen Anlaß dafür sehe. Und doch weiß ich: Uns droht große Gefahr.«

Die Sonne brach gerade hinter den Bäumen hervor.

Ein kalter Nebel lag schwer auf dem Waldboden und umklammerte die Stämme. Lif und Böer waren vor die Tür der Halle getreten, und die Godin ließ ihren Blick über die Bäume, die den Hof umstanden, gleiten. Der einsame Ruf einer Elster hallte über das kalte Land. Böer merkte, wie Lif in seinen Armen kurz erschauderte. Dann stieg der rote Sonnenball über die Baumwipfel. Irgend etwas im Forst hatte die Elster aufgeschreckt. Krächzend erhob sie sich in die Luft. Der schwarze Schemen ihrer Gestalt glitt an der Sonne vorbei. Klagend drang das leise Krächzen eines Kolkraben aus dem Wald. Lif wandte den Blick nach dem Tier. Weit entfernt sah sie, wie der Vogel sich von einem Baum erhob und davonschwebte, bis ihn der Morgennebel verschluckte.

»Ein Zeichen?« fragte Böer.

Lif nickte.

»Ich werde die Runen werfen«, kündigte sie an.

Gemeinsam schritten beide in die Halle. Gegen Mittag kehrte Widukind heim.

In den nächsten Tagen fanden die Gefährten wieder zu ihrer alten Fröhlichkeit zurück. Die Arbeit auf dem Hof und das Beisammensein ließen die Gedanken an die künftigen Verhandlungen schnell verblasssen. Abbio, Thümir, Warst und Salt trafen ein. Ein fränkischer Bote brachte die Nachricht, daß Karl den Bedingungen der Sachsen für die Verhandlungen zustimmte. Noch einmal schickte Widukind Boten über das Land, um den Menschen in den Gauen diese Nachricht zu überbringen. Lif aber schritt zu einem alten heiligen Platz, um die Runen zu befragen.

Regen durchweichte Lifs Umhang, drang durch das Kleid bis auf ihre Haut. Sie fröstelte. Zunächst hatte sie versucht, den Pfützen auf dem schmalen Weg durch den Wald auszuweichen. Nun versank sie bei jedem Schritt bis zu den Knöcheln im Schlamm des aufgeweichten Pfades und bemerkte es nicht einmal mehr. Schemenhaft erkannte sie die Umrisse des heiligen Felsens zwischen den grauen Striemen des Regens. Die Steigung nahm noch einmal zu, dann stand die Godin direkt neben dem Grat. Sie strich mit ihren Händen über den glatten Stein. Wieder einmal wunderte Lif sich darüber, wie er vibrierte. Obwohl sie dieses Gefühl schon so oft gespürt hatte, war es ihr doch nie selbstverständlich geworden. Sie schritt langsam um eine spitze Klippe herum. Dahinter fiel der Felsen flach ab, senkte sich in einer sanften Rundung, bis er im Boden des Hügels versank. Die Godin kletterte auf den nassen Stein und setzte sich mit dem Rücken an den Teil, der steil in den Himmel ragte. Sie spürte die Kraft der Erde unter sich und sog sie tief in ihren Körper. Eine Woge klarer, reiner Stärke durchströmte sie. Erst als Lif sich ganz mit dem Land verbunden fühlte, griff sie zu dem Beutel, der die Runen enthielt, und streute die magischen Zeichen im Gras aus. Leise sprach sie das alte Runengedicht, rief Donar um seinen Segen an. Sie schaute nach Norden. Vor ihren Augen tauchten Bilder vergangenen Schicksals auf, glitten am Faden der Nornen entlang und wandelten sich zur grauen Ungewißheit der Zukunft. Diesen Nebel wollte Lif lichten. Jetzt war es soweit. Während ihr Blick weiter im Norden weilte, griff sie in die Runen, zog ein Hölzchen heraus und legte es vor sich auf den Stein. Ratlos sah Lif das Zeichen an. Es war Cen, die Rune des Schicksals, die anzeigt, daß das Leben sich am Faden der Nornen erfüllt, dem aber nicht hilft, der ja eben deshalb fragt, weil er den Verlauf dieses Bandes ergründen möchte. Lif hielt die Rune ruhig in der Hand und betrachtete sie nachdenklich. Es war ein Zeichen dafür, daß sich das Schicksal erfüllen würde, dachte sie. Aber auch eine Rune, die zumeist bei bevorstehendem Kummer, bei Krankheit oder Not gezogen wird. Sie beschloß, es als schlechtes Omen zu deuten, wenn es auch nur ähnlich vage wie ihr warnendes Gefühl zu ihr sprach. Langsam füllte sie die Runen in den Beutel. Sie stand auf und wollte gerade vom Felsen herabsteigen, als plötzlich im nahen Wald Zweige knackten, ein Reh auf den Pfad sprang und sogleich wieder zwischen Sträuchern verschwand. Lif folgte dem Tier mit ihrem Blick. Seltsam war das Fell gezeichnet. Für einen Moment lang meinte Lif, die Rune Dhorn auf dem Reh erkannt zu haben. Es war das Zeichen des Todes- oder Schlafdorns und damit des Unheils und Todes, der durch Verrat zustande kommt. Ungläubig schüttelte die Godin den Kopf und wollte die Gedanken wegwischen. Aber es gelang ihr nicht, zu sehr hatte sie gelernt, gerade die kleinen Botschaften zu achten, zu gut paßte diese Rune zu den verschwommenen Befürchtungen in ihrem Kopf.

In düsteren Gedanken versunken eilte sie zurück zum Hof Widukinds. Auch dem Heerführer sank der Mut, als er vom Spruch der Runen hörte. So sehr die Gefährten aber auch darüber nachdachten, sie konnten keine Tücke in den geplanten Verhandlungen entdecken. In den nächsten Tagen verdrängte das Alltagsleben die schlechten Nachrichten der Runen. Nur Lif mußte trotzdem immer wieder daran denken. Dann ritten Kundschafter auf den Hof. Sie hatten die Franken gesichtet, die bald darauf die Grenze überschritten. An ihrer Spitze ritten Karl, seine mächtigsten Herzöge und auch einige Priester. Begleitet wurden die Männer von viertausend Kriegern. Zahlreiche Wagen mit Ausrüstung und Verpflegung rumpelten zwischen den Rittern.

Bald nach der Ankunft der Späher brachen auch die Gefährten auf nach Verden. Zuvor ritten sie noch zur Babilonie. Hier schlossen sich ihnen einige Streiter an. Gemeinsam machten sie sich auf den Weg nach Norden – zum Verhandlungsort. Nur Bernleff und Halde, mit denen Widukind gern gemeinsam gezogen wäre, fehlten. Sie waren bei einer befreundeten Familie weit im Westen zu Gast, hatten aber durch die Boten ausrichten lassen, von dort mit dem Gausprecher nach Verden zu kommen.

Düstere Wolken jagten, vom Sturm getrieben, über die Köpfe des kleinen Reitertrupps hinweg. Immer wieder zerrissen kräftige Böen die stetig strömenden Regenfäden, die zu Tropfen zerplatzt in die Gesichter der Gefährten klatschten. Böer zog seinen Umhang schützend vor das Kinn. Er fror. Neben ihm nieste Rakus und schnaubte anschließend kräftig.

»Man könnte meinen, die ganze Welt ertrinkt«, fluchte der Dicke.

»Wenn es so weiterregnet ganz bestimmt«, fügte Servalis trocken hinzu.

»Vorher werden wir aber ganz sicher im Schlamm versinken«, bemerkte Euliset mit einem Blick auf den Pfad, in dem die Hufe der Pferde versanken.

»Aber wenigstens werden die Franken auch naß«, grinste Rakus.

»Sie werden den Regen sicher mit Interesse sehen«, fiel Servalis ein, »und wahrscheinlich denken, das Wetter sei hier immer so.«

»Ganz recht«, stellte Euliset fest. »Schließlich waren sie noch nie so weit im Norden des Sachsenlandes.«

»Wer weiß«, brummte Abbio.

»Vielleicht geben sie bei den Verhandlungen ganz klein bei.« Er machte eine Pause und blickte die Freunde, die vor und hinter ihm ritten, an.

»Aber nicht wegen unseres Sieges am Süntel, sondern weil sie ein Land mit einem solchem Wetter gar nicht mehr erobern wollen.«

»Das werden wir ja bald sehen«, stellte Widukind fest. »Was sie wollen und was sie sagen, werden sowieso verschiedene Dinge sein. Damit müssen wir rechnen.«

»Das war bei Verhandlungen schon immer so«, brummte Abbio. »Und deshalb mag ich sie nicht. Aber auch wir werden wohl unsere Meinung klug zu vertreten wissen.«

»Auf jeden Fall ist es besser, mit Worten zu streiten, als mit Waffen«, stellte Böer fest. »Es hätte viel eher dazu kommen sollen.«

»Wäre es ja auch, wenn Karl nicht auf so hohem Roß gesessen hätte«, betonte Rakus.

»Ja, es scheint ihm wirklich schwer gefallen zu sein«, überlegte Widukind laut. »Solange er auf die Macht seiner Waffen vertrauen konnte, war er nicht zu Gesprächen bereit.«

»Womit werden wir zufrieden sein?« fragte Abbio unvermittelt.

»Das wollen wir gemeinsam beschließen«, antwortete Widukind. »Ich denke, den Menschen unseres Stammes wird es reichen, wenn wir aushandeln, daß die Christenritter uns in Zukunft zufrieden lassen.«

»Einige Bauern werden Wehrgeld für erschlagene Söhne fordern, Ersatz für geplünderte Höfe.«

»Ich weiß«, seufzte Widukind. »Das könnte die Verhandlungen schwierig machen. Auf die Achtung der Grenzen könnten sich vielleicht beide Seiten einlassen. Die Forderung nach Ersatzzahlungen aber wird die Franken demütigen.«

»Die Schlachten haben auf unserem Land stattgefunden«, rief Abbio zornig. »Unsere Höfe brannten, die Irminsul ist gefallen.«

»Ja«, stellte Widukind kurz fest. »Auch ich möchte dafür Rache. Noch wichtiger aber ist mir der Friede. Wenn wir dafür Garantien bekommen können, sollten wir vielleicht großzügig sein. Und denkt daran, auch wir sind bis zur Mosel durch ihr Land gezogen und haben Höfe niedergebrannt.«

»Wir haben sie am Süntel geschlagen«, warf Warst ein.

»Und das sollten wir ausnutzen«, erwiderte Widukind. »Denn das Blatt kann sich schnell wieder wenden. Wenn wir uns bei den Verhandlungen einigen können, sollten wir vermeiden, ein vorteilhaftes Ergebnis durch ein Aufrechnen von Leid und Elend in den Kriegen zu verhindern. Aber laßt uns abwarten, was Karl zu sagen hat. Hat er seine Ansicht kund getan, drängt uns doch niemand, sofort darüber zu entscheiden. Wägen wir in Ruhe die Ergebnisse ab. Auch wenn wir und die Franken zunächst auseinandergehen und uns später noch einmal zu weiteren Verhandlungen treffen, so wäre das doch für uns nur von Vorteil, denn solange wir verhandeln wird nicht gekämpft, und die Menschen können sich um ihre Felder kümmern.«

»Und Karl kann ein neues Heer aufstellen«, bemerkte Abbio kühl. »Gerade er hätte einen Grund, die Zeit hinauszuschieben.«

»Dürfen wir ihm trauen?« fragte Lif unvermittelt. Überrascht sahen die Gefährten sie an.

»Er wird sich an das Ergebnis der Verhandlungen halten«, sagte Widukind überzeugt. »Vieles ist seltsam im Frankenreich. Aber das alte Recht achtet Karl dennoch.«

»Hat sich davon nicht gelöst, wer den heiligen Baum fällt?« forschte Lif. »Können wir dem noch trauen?«

»Auch die Bande der Sippe besteht im Christenland nicht mehr wie bei uns«, fiel Thümir ein.

»Trotzdem wird sich der fränkische König an die Abmachungen halten. Denkt an die Verhandlungen, bei denen er nach mir verlangte«, erinnerte sie Widukind. »Achtete er nicht das alte Recht, indem er den Verhandlungsfrieden einhielt, obwohl die Gespräche zu nichts geführt hatten. Genossest nicht du, Thümir, die Gastfreundschaft des Boten, auch wenn deine Worte Karl nicht erfreuten? Glaubt mir, die Ehre gilt auch dem König viel.«

»Was ist daran Besonderes?« kratzte sich Abbio am Kopf. »Die Ehre, das Gastrecht, der Verhandlungsfriede. Das sind Dinge, die jeder Mensch achtet, egal, wie seine Religion beschaffen ist.«

Er schüttelte den Kopf.

»Nein, daran zeigt sich nicht, ob wir ihm vertrauen können. Das Schicksal unserer Völker ist da eine Frage von viel zu großer Bedeutung.«

Widukind blickte ihn an.

»Die Treue eines Mannes zu seinem Wort zeigt sich doch im großen wie im kleinen«, betonte er. »Und bedenke: Auch in großen Dingen wie Verhandlungen konnten wir Karl schon kennenlernen. Er verlangte stets nach Geiseln, um den Frieden zu sichern. Das zeigt doch, daß auch die Christen die alten Bräuche achten.«

»Es zeigt, daß sie ihren Vorteil achten«, knurrte Thümir.

»Dann frage ich euch, warum wir überhaupt mit den Franken verhandeln sollten, wenn ihr so denkt?« fuhr Widukind auf.

»Wir denken ja nicht nur so«, erwiderte Abbio mit besänftigender Stimme. »Auch ich meine, Karl vertrauen zu können. Nur vorsichtig sollten wir schon sein und uns nicht blauäugig über den Tisch ziehen lassen. Deshalb meine Worte.«

»Du denkst also, ich lasse mich blauäugig über den Tisch ziehen«, fuhr Widukind wütend auf, grinste seinen alten Freund aber sogleich wieder schelmisch an.

»Nun ja – so direkt würde ich es nicht sagen«, wandte sich der alte Recke bübisch grinsend. Der sächsische Heerführer schlug ihm lachend auf die Schulter.

»Abbio hat recht«, sprach Lif das Thema noch einmal mit kalter Stimme an. »Denkt an die Rune.«

Unsicherheit flackerte kurz in den Gesichtern der Freunde auf. In den vergangenen Tagen hatten sie versucht, diesen dunklen Schatten, der auf ihre Zukunft fiel, zu vergessen. Jetzt erinnerte sie Lif daran.

»Das Zeichen, das ich auf dem Reh sah, war Dhorn. Es ist die Rune, die für Verrat steht und für den Schlafenden, der vom Stich der Dornen seines Feindes unliebsam erwacht.«

»Aber was sollen wir tun?« faßte sich Widukind wieder. »Wärst du bereit, wegen der Runen die Verhandlungen abzusagen?«

»Wir müssen vorsichtig sein, sehr vorsichtig«, mahnte Lif mit unheimlicher Stimme. Stumm und in Gedanken ritten die Freunde weiter. Lange noch hallten Lifs Worte in ihren Köpfen.

Überall im Sachsenland waren die Gausprecher dem Aufruf der Boten gefolgt. In Begleitung vertrauter Berater, verdienter Krieger oder anderer Männer und Frauen, deren Wort viel im Gau und Stamm galt, hatten sie sich auf den Weg nach Verden gemacht. Zudem wurde ein jeder Gausprecher von erfahrenen Streitern begleitet, die ihm und seinem kleinen Trupp als Schutz dienen, mehr noch aber die Stärke und Würde des Gaus bei den Verhandlungen darstellen sollten. Aus dem Waldsatiland hatte sich Bentan auf den Weg gemacht. An seiner Seite ritten Jöllund und dessen Sohn Jornveit. Ihnen folgten sechzig bewährte Recken als Wache.

Der Regen wurde immer dichter. Bäume, Büsche und Sträucher verloren sich im grauen Meer des tristen Tages, zogen als schattenhafte Schemen hinter dem Vorhang eines nicht enden wollenden Wolkenbruches an den Freunden vorbei. Jeder mit sich und seinen Gedanken allein, ritten sie weiter, ein jeder von grauen Fäden umgeben, abgetrennt von vorbeiziehenden Wäldern, Wiesen und sogar den Gefährten, die, so nah sie auch beieinander ritten, doch in diesem Moment fern hinter einem nassen Vorhang verschwanden. Böers Blick erstreckte sich schon bald nur noch bis zu den Ohren seines Pferdes, die er mit gesenktem Kopf gerade noch erkennen konnte. Regentropfen perlten von seinen Haaren vor seine Augen, in sein Gesicht.

An diesem Tag war es nie richtig hell geworden. Mit einem

Mal aber wurde Böer bewußt, daß sich der Weg vor ihnen bereits wieder verdunkelte.

»Es dämmert schon«, rief er den anderen zu.

Es war seit ihrem Gespräch über die Verhandlungen das erste Wort, das gesprochen wurde.

»Bei Wotan, sind wir schon so lange geritten?« schreckte hinter ihm Thümir auf.

»Mir kommt es bald so vor, als hätte ich geschlafen«, trompetete Abbio gähnend, als sei er gerade erwacht. In diesem Moment ließ der Regen nach. Nur noch dünne Tropfen nieselten auf den Pfad.

»Es ist ein seltsamer Weg«, knurrte Widukind leise. »Merkwürdig, daß es mir erst jetzt auffällt. Seht, wie düster der Forst ist, der uns umgibt, wie dicht Stämme und Sträucher wachsen.«

In diesem Moment bemerkten es auch die anderen.

»Ich kenne den Weg nach Norden sehr gut«, stellte Thümir mit leiser Stimme fest.

Er spähte überrascht um sich. »Aber an einen solchen Wald kann ich mich nicht erinnern.«

»Das darf doch nicht wahr sein«, brummte Abbio. »Wir werden uns doch nicht verirrt haben.«

»Die Anführer der Sachsen verlaufen sich auf dem Hauptweg, der durch ihr Land führt – sehr gut, da werden die Gausprecher bei den Verhandlungen viel zu lachen haben, wenn wir ihnen das erzählen«, bemerkte Widukind trocken.

»Aber es ist nicht komisch«, sagte Lif nachdenklich. »Spürt ihr, wie seltsam dieser Wald ist. Irgend etwas ist geschehen.«

Lif hatte kaum zu Ende gesprochen, als langgezogenes Wolfsgeheul zwischen den Stämmen hallte. Wie zur Antwort krächzte eine einsame Krähe irgendwo auf einem fernen Wipfel.

»Und sonst nichts, kein Laut. Ist euch das auch schon aufgefallen?« fragte Rakus unsicher. »So etwas habe ich noch nie erlebt.«

Wieder drang das Wolfsgeheul zu ihnen herüber. Böer schauderte. Ihm war, als umfließe sie der Hauch einer anderen Welt, seltsam und geheimnisvoll wie die mit tiefen Tönen gespielte

Melodie einer Flöte, die er nicht verstand und noch nie gehört hatte, die aber Seiten seines Herzens zum Klingen brachte, von denen er bisher nichts wußte. Er blickte geradeaus und hatte das Gefühl, als sei vor ihnen ein Tor aufgestoßen worden, durch das jener seltsame Hauch strömte. Und sie ritten mitten durch diese Pforte hindurch.

»Was machen wir?« wollte Thümir wissen. Die Stimme des alten Recken verriet, daß er dasselbe wie Böer empfand.

»Wir reiten voran«, stellte Widukind fest. »Umkehren hätte auch keinen Sinn. Irgendwo werden wir auf einen Hof, auf Menschen stoßen, die uns sagen können, wo wir sind.«

»Das ist doch alles gar nicht möglich«, stöhnte Servalis.

»Denk lieber nicht darüber nach«, schlug ihm Euliset vor.

»Vielleicht sollten wir rasten«, brummte Rakus, »bevor wir uns noch weiter verirren.«

»Laßt uns noch eine Weile reiten«, forderte Widukind die Gefährten auf. »Möglicherweise sehen wir gleich die Lichter eines Hofes. Ich würde mich besser fühlen, wenn ich möglichst bald wüßte, wohin es uns verschlagen hat.«

»Und außerdem können wir dann im Trockenen schlafen«, bemerkte Böer. »Das käme mir sehr gelegen.«

Sie ritten langsam weiter.

Es dunkelte schnell. Wieder und wieder schall das Wolfsgeheul durch den Forst, dabei immer näher kommend. Aufgescheucht durch das Geräusch der Pferde stoben einige Krähen in die Luft. Nur undeutlich waren sie schattengleich vor dem sich verdunkelnden Himmel zu erkennen. Ihr aufgeregtes Krähen aber hallte noch lange hinter ihnen.

»Nun wird es aber Zeit, daß wir eine Hütte finden«, brummte Rakus verärgert.

»Wir lagern noch nicht«, stellte Widukind sofort klar.

»Besser in diesem Tann reiten als rasten«, fügte Servalis hinzu und wandte sich an Rakus: »Kannst du nicht auf dem Rücken des Rosses schlafen? Manchmal ist es mir schon gelungen.«

»Schlafen wohl«, knurrte der Dicke.

»Aber das Essen im Sattel fällt mir schwer.«

Unruhig spähte Böer in das nahe Unterholz. Deutlicher spürte er nun den fremdartigen Hauch, der sie fest umklammert hielt, so als hätte ihr Ritt sie auf einen Pfad geschleudert, der sich in einer anderen Zeit und einer anderen Welt durch den Wald schlängelte.

»Licht, da vorn, direkt vor uns«, rief Abbio plötzlich aus.

Jetzt sahen es auch die anderen. Zwischen Ästen und Stämmen flackerte der unstete Schein eines Feuers, noch ganz klein und ab und zu vom Unterholz verdeckt.

»Wir reiten hin«, forderte Widukind seine Begleiter auf. »Mit etwas Glück lodert es in einer wohligen Halle.«

Er brauchte es nicht zweimal zu sagen. Wie von selbst fielen die Pferde in einen zügigen Trab. Das Feuer kam näher. Bald erkannten die Gefährten, daß das Licht tatsächlich in einem Haus brannte. Die Umrisse hoben sich schwarz von einer kleinen Aue ab. In der Deckung der letzten Bäume vor der Wiese hielten die Freunde. Vorsichtig musterten sie den Bau.

»Seltsam«, flüsterte Böer. »Wißt ihr eigentlich, wie ungewöhnlich es ist, daß wir dieses Haus so argwöhnisch beobachten. Wir scheinen alle denselben Hang zur Vorsicht zu haben. Dabei steht diese Halle im Land unseres Stammes.«

»Und wir sind die besten Krieger«, schüttelte Abbio den Kopf. »Wer sollte sich mit uns messen? Trotzdem: Nie und nimmer wäre ich einfach so auf diese Wiese geritten.«

»Wir sehen nichts, was uns gefährden könnte«, stellte Lif fest. »Also reiten wir. Aber seid vorsichtig.«

»Das brauchst du nicht extra zu betonten«, nickte Euliset.

Sie ritten auf die Wiese. Vor ihnen tat sich nichts.

»Du mußt mehr fühlen und mehr wissen als wir«, wandte sich Böer leise an Lif. »Was geht hier vor?«

Die Godin blickte ihn an und schüttelte langsam den Kopf.

»Ich weiß es nicht«, antwortete sie und ihre Worte klangen unsicher. »In mir vermischen sich starke Stimmen. Es ist, als ob viele Musikinstrumente gegeneinander spielen würden und mich ihr Gelärm gleichzeitig wie eine Wand nach außen umgibt. Es ist ganz plötzlich auf dem Pfad geschehen, als wir in unseren Gedanken versunken durch den Regen ritten. Seitdem vermag ich nichts mehr klar zu erkennen. Ein Zauber lastet über dem Land, den ich nicht brechen kann.«

»Droht uns Gefahr?« wollte Böer wissen.

Lif schüttelte nachdenklich den Kopf.

»Ich bin nicht sicher. Aber selbst wenn meine Sinne uns nicht helfen können, stehe ich doch unter dem Schutz von Asen und Wanen. Ich habe in ihren Hallen gegastet. Niemals würden sie zulassen, daß ein Zauber uns schadet. Und kein Zauber, sei er selbst von Riesenhand gewoben, könnte gegen ihre Macht bestehen.«

Die Türen des Hauses standen offen. Licht drang aus den Fenstern und Türöffnungen nach draußen.

Es war eine alte Bauernkate, an der der Lauf der Zeit seine Spuren hinterlassen hatte. Das Holz des Fachwerks war moderig und teilweise von Moos bewachsen, das Flechtwerk dazwischen porös, das Strohdach faulte an einigen Stellen. An den hölzernen Rössern, die die Giebel verzierten, hingen Äste aus dem nahen Forst, die irgendwann einmal ein starker Wind dorthin geweht hatte. Einen Moment lang blieben die Freunde auf ihren stehenden Pferden sitzen und betrachteten den Bau. Dann ließen sie sich von den Tieren gleiten.

»Die Türen sind offen, treten wir ein«, rief Widukind über den Hof, so laut, daß er bis in den Wald hinein zu verstehen war. Die Halle war leer. Das Feuer aber flackerte hoch und heiß in der Herdstelle, und frisches Holz war gerade aufgelegt worden. Darüber baumelte ein riesiger Kupferkessel, in dem eine Suppe brodelte.

»Entweder wohnt hier eine große Familie«, überlegte Servalis laut, während die Gefährten sich umschauten, »oder die Bewohner haben Besuch erwartet.«

»Vielleicht ...«, war mit einem Mal eine tiefe, klare Stimme zu hören, und eine Tür zur Halle schwang auf. »Vielleicht kocht der Hausherr aber auch nur für mehrere Tage im voraus.«

Erschrocken drehten sie sich um. Aus einem Nebenzimmer trat ein Hüne in den Raum. Haar und Bart des Mannes waren vom Alter weiß geworden, seine Bewegungen zeigten aber immer noch die ungebrochene Kraft der Jugend. Er hatte nur ein Auge. Dieses war strahlend blau und funkelte so hell und verwirrend, wie sie es noch nie gesehen hatten. Leicht spöttisch sah der Mann sie an.

»Ich bin Nido«, lächelte er entwaffnend. »Und wer seid ihr?«

Ein jeder stellte sich vor. Der bärtige Riese drückte ihnen die Hand mit solcher Kraft, daß jedem spätestens in diesem Moment klar werden mußte, keinem alten Greis gegenüberzustehen. Nur Lif grüßte der Alte mit weniger Gewalt.

»Dann seid willkommen«, lud der Riese die Gefährten ein. »Die Suppe will ich wohl gern mit euch teilen.«

Die Brühe schmeckte vorzüglich. Dazu reichte der Hausherr Bier.

»Was treibt euch in mein abgelegenes Land?« fragte Nido interessiert, während die Freunde hungrig löffelten.

»Wir wollen nach Verden und kommen von der Babilonie«, erklärte Widukind.

»So, so«, lachte der Alte. »Die beiden Orte verbindet doch ein breiter Weg, der durch das ganze Sachsenland führt. Warum seid ihr nicht dort geritten?«

»Sind wir nicht?« tat Rakus überrascht und ließ den Löffel sinken.

»Wir ahnten schon, daß wir uns verirrt haben«, beeilte sich Widukind hinzuzufügen. »Nur wissen wir uns das nicht zu erklären, waren wir doch zunächst dem großen Pfad gefolgt und können uns nicht erinnern, davon abgewichen zu sein.«

»Widukind«, murmelte der Alte wie selbstvergessen. »Widukind und Abbio ... Sind das nicht auch die Namen von großen sächsischen Helden. Ich lebe hier sehr abgeschieden, und mir kommt wenig vom Lauf der Welt zu Ohren.«

»Die Namen sind richtig«, bestätigte Böer.

»Böer habe ich auch schon gehört, jetzt fällt es mir wieder ein. Seltsam, daß ihr als Fremde dieselben Namen wie große Männer unseres Volkes führt.«

»Wir sind keine Fremden«, erklärte Widukind gereizt. Wir sind die Männer, von denen du eben sprachst.«

Überrascht blickte Nido in die Runde.

»Ja, da freue ich mich ja um so mehr. Aber ihr habt euch wahrlich verirrt. Mein Hof liegt fast einen Tagesmarsch westlich des großen Nord-Süd-Weges. Wie konnte euch das passieren?«

»Das würden wir auch gerne wissen«, knurrte Widukind.

Abbio räusperte sich.

»Lassen wir das Thema. Es wird uns noch genug Schande einbringen«, stellte er fest.

»Weißt du den Weg zurück zum Pfad – am besten so, daß wir weiter im Norden auf ihn treffen.«

»Da kann ich euch schon helfen«, brummte der Alte. »Vor dreißig Jahren ritt ich das letzte Mal dort lang. Hinter dem Wald müßt ihr euch links halten – oder war es rechts ...?«

»Überlegt in Ruhe«, schlug Böer vor. »Wir können morgen früh darüber reden.«

»Dann müssen wir nämlich weiter«, ergänzte Rakus eifrig.

»Was habt ihr in Verden zu schaffen?« fragte der weißhaarige Riese und ließ sich von den Verhandlungen und bisherigen Kämpfen erzählen.

Vor allem Abbio und Widukind sprachen. Böer hörte zu. Dabei glitt sein Blick immer öfter zu ihrem Gastgeber, der den Worten mit offener, interessierter Miene lauschte, ab und an eine Frage stellte und ansonsten ganz in die Erzählung versunken schien. Auch Lif beobachtete Nido, und Böer spürte, daß sie sich wie er kein rechtes Bild von dem Mann machen konnte. Aber mehr noch als Böer war die Godin verwirrt und durcheinander, dabei krampfhaft bemüht, Ordnung in ihre Gefühle und Gedanken zu bringen. Ein Schleier lag über ihren Sinnen, mit denen sie sonst die Zeiten und die Herzen der Menschen durchdringen konnte. Irgend etwas war seltsam an diesem Mann, aber Böer konnte es nicht fassen. Er verhielt sich vorbildlich, war offen und freundlich und entzog sich dabei jedem Zugriff der Gedanken, war nicht einzuordnen, so als stünde er über allen Geschichten und Menschen, wäre zugleich ernsthaft und ein Narr, voller Kraft und gleichzeitig wie ein unsicher tappendes Kind. Und noch etwas war seltsam: Der weißhaarige Recke schenkte das Bier schon reichlich in ihre leeren Becher nach. Er selbst aber stürzte es sich in wahren Strömen durch die Kehle und schien immer noch nüchtern zu sein. Irgendwann an diesem Abend hörte Böer auf, darüber nachzudenken, folgte nun ganz dem Gespräch, das sich nach der Erzählung entspann, spürte das Bier und war schließlich froh, schlafen gehen zu können.

Zwei Zeltdörfer waren auf den Wiesen bei Verden an der Aller entstanden. Das eine hatten fränkische Ritter an einem Tag erbaut, das andere bestand zunächst nur aus fünf Zelten, wuchs dann aber an den folgenden drei Tagen zur gleichen Größe heran. In ihm wohnten die Sachsen. Selbst kurz vor der Nacht des Vollmondes trudelten noch einige Abgesandte aus entfernten Gauen samt ihrer Krieger auf den feuchten Wiesen an dem kleinen Strom ein. Unruhig schritt Bentan mit Jöllund und dessen Sohn Jornveit sowie einigen Satrapen zwischen den Zelten umher. Von hier aus konnten sie das christliche Lager nicht sehen. Karl hatte es in respektvoller Entfernung zu den schon stehenden Unterkünften seiner nördlichen Widersacher aufbauen lassen.

»Es müßten bald alle Gausprecher versammelt sein«, knurrte Gutbrecht, ein Satrape aus dem Land der Ostfalen.

»Ja«, nickte Bentan, »und Widukind, mein Sohn, Abbio und Lif sind immer noch nicht eingetroffen.«

»Ich kann mir weder vorstellen, daß ihnen etwas zugestoßen ist, noch, daß sie sich aufhalten ließen«, betonte Völlgard, ein Anführer aus dem Land der Albingier.

»Ich mir auch nicht. Und dennoch ... Irgend etwas ist geschehen, etwas Wichtiges, sonst ständen sie schon hier.«

»Auch wenn wir uns so gut es geht besprochen haben, würde ich mich wohler fühlen, Lif und Widukind wären dabei gewesen«, brummte Bentan. Sie lenkten ihre Schritte zum Fluß.

»Seht, da sind Bernleff und Halde«, rief Jöllund. »Vielleicht wissen sie, was die Vertreter von der Babilonie aufgehalten haben könnte.«

Die Gausprecher setzten sich zu dem blinden Skalden und seiner Frau ans Wasser. Aber auch Bernleff und Halde waren ratlos und warteten voller Ungeduld auf ihre Freunde. Die aber kamen nicht. Unruhe breitete sich im Lager aus. Als die Sonne am späten Nachmittag hinter dem Horizont versank, bildeten die Männer und Frauen einen Kreis und riefen Donar und Wotan an, denn die Satrapen wollten nicht ohne die Weisheit und Entschlossenheit der Götter in die Verhandlungen gehen. Dann setzten sich die Krieger an ihre Feuer, schwatzten und tranken, während die Gausprecher ihre Waffen ablegten und zum vereinbarten Treffpunkt mit dem König marschierten. Viele der Männer und Frauen wurden von Vertretern oder engen Vertrauten begleitet. Schon von fern sahen die Anführer die schwankenden Flammen des großen Feuers, das einige Franken und Sachsen gemeinsam bereits am Nachmittag auf der Wiese der Verhandlungen entzündet hatten. Der Platz war hell erleuchtet. Als sie näher kamen, erkannten sie vor den Flammen die schwarzen Umrisse der fränkischen Gesandten. Die Gespräche erstarben langsam.

»Ich schätze, es sind etwa zweihundert Mann«, knurrte Jöllund, der neben Bentan schritt.

»Also so viele wie wir«, pflichtete ein Satrape bei.

Beide Männer sprachen leise. Bentan blickte sie an, spürte ihre Unsicherheit, die wuchs, je näher sie den Franken kamen. Selbst Bernleff verkrampfte seine Hand, die er auf Bentans Schulter gelegt hatte, um sich führen zu lassen. Fast bewegungslos standen die Schattengestalten des Feindes vor dem Feuer, scheinbar leicht schwankend, wenn ein Windzug die Flammen auflodern ließ.

»Als würden die Toten uns dort auf der Wiese erwarten«, preßte schließlich einer der Gausprecher hervor.

Ihre Schritte wurden langsamer. Eine Böe fuhr in das Feuer, Funken stoben auf. Für einen Moment wuchsen die schwarzen Umrisse bedrohlich an.

»Weiter«, knurrte Bernleff den anderen zu. »Warum stocken eure Schritte. Was immer ihr seht, laßt euch nicht blenden und bedenkt, daß die Franken euch absichtlich schrecken könnten.«

Die Männer faßten wieder Mut und schritten zügiger voran. Als sie näher kamen, gewannen die Schatten allmählich Konturen, in schwarzen Schemen waren Gesichter, Hände und Stoffe zu erkennen. Die Christenritter standen in einem Halbkreis vor dem Feuer. In ihrem Zentrum erkannte Bentan einen großen Krieger mit braunem Bart. Ein blauer Umhang fiel über die Schultern auf seinen Rücken. Das mußte Karl sein. Der Herrscher trat einen Schritt vor.

»Ich grüße euch und freue mich, daß ihr zu den Verhandlungen gekommen seid«, rief er mit klarer Stimme über den Platz.

»Und wir grüßen euch«, erwiderte Bernleff ebenso laut. »In Frieden wollen wir sprechen. Für die Dauer der Verhandlungen sollen alle Kämpfe ruhen. Das schwören wir Sachsen bei Donar und Wotan.«

»Und wir schwören dasselbe«, rief Karl laut aus.

»Bei welchem Gott?« zischte Jöllund Bentan leise ins Ohr. Mit einer Handbewegung gebot dieser ihm zu schweigen.

»Nun, Karl, Herrscher der Franken«, rief er statt dessen. »Sag, wie du dir einen Frieden mit uns vorstellen kannst?«

Karls Blick glitt über die Reihen seiner Gegner.

»Eines meiner Heere ist am Süntel geschlagen worden«, knurrte er.

»Zwei«, donnerte ein Satrape laut aus der hinteren Reihe der Sachsen.

Karl fuhr unbeirrt fort: »Das geschah durch eure Tapferkeit. Und durch die Klugheit eines Gegners, den ich kennenlernen möchte. Wo ist Widukind?«

»Du wirst mit uns vorliebnehmen müssen«, stellte Bernleff klar. »Widukind ist nicht gekommen, und wir wissen selbst nicht warum.«

»Vielleicht weil er zu feige ist, für seine Untaten einzustehen«, schrie Karl plötzlich.

In seinen Augen funkelte das Feuer des Hasses, in seiner Hand blitzte die Klinge eines Schwertes, das er unter seinem weiten Umhang verborgen gehalten hatte.

Voller Entsetzen weiteten sich die Augen der sächsischen Edlen. Noch bevor sie die Gefahr erfassen konnten, hatten die Franken auch schon Äxte und Schwerter gezogen, so schnell, daß die Bewegung kaum zu sehen gewesen war. Nur einen Augenblick später stürzten sich die vordersten Satrapen mit bloßen Händen und dem Ruf »Verrat« auf ihre Gegner. Bevor

Jöllund reagieren und seinen Sohn halten konnte, stürmte auch Jornveit den Christen entgegen. Noch ehe er aber einen Gegner zu Boden reißen konnte, traf ihn schon der Schlag einer Axt. Stöhnend sank er zu Boden – vier anderen Sachsen, die sich ebenfalls auf den Feind geworfen hatten, ging es nicht anders. Entsetzt riß Jöllund die Hände vors Gesicht. Überrascht und verwirrt schreckten die anderen zurück, mit vor Entsetzen geweiteten Augen hilfesuchend um sich blickend, von den sie nun umringenden Soldaten wehrlos zusammengedrängt.

»Bindet sie«, befahl Karl mit donnernder Stimme. Krieger und Knechte kamen mit Waffen und Stricken auf die Wiese gelaufen, fesselten Arme und Beine der Satrapen, während fränkische Herzöge und Ritter den Edlen Schwerter und Beile vor Brust und Kehlen hielten. Jöllund warf Bentan einen Blick zu. Nur kurz begegneten sich die Augen der beiden Männer, und dennoch konnte Bentan in diesem Moment so viel Schmerz, Verzweiflung und Abschied in den Augen seines Nachbarn lesen, wie er niemals zuvor im Blick eines Menschen gesehen hatte. Plötzlich trat ein harter Glanz in Jöllunds Ausdruck, der Faden zwischen beiden Männern riß. Im selben Moment stürzte sich Bentans Nachbar auf die Franken und warf einen von ihnen zu Boden. Sogleich drängten Karls Männer die anderen Sachsen zurück. Bentan sah noch, wie Jöllund erschlagen wurde. Trotzdem versuchten auch andere Gausprecher mit bloßen Händen, die Gefahr verachtend, die christlichen Häscher anzugreifen und ließen dabei ohne großen Erfolg ihr Leben. Bentan stand direkt neben Bernleff, als beide von den Christen in Schach gehalten wurden.

»Was ist geschehen?« murmelte der blinde Skalde immer wieder hilflos und verwirrt. »Die Verhandlungen hatten begonnen, wir waren auf dem geweihten Platz. Und jetzt dieser Verrat und Mord.«

»Was immer galt, Anstand, Brauch und Sitte, kümmern sie nicht«, knurrte Bentan wütend. »Sie haben den Verhandlungsfrieden gebrochen. So etwas ist noch nie geschehen. Gegen welchen Gegner kämpfen wir?« rief er verzweifelt aus.

»Unsere Krieger lagern in der Nähe«, fiel Bernleff ein. »Wo sind sie? Warum schützen sie uns nicht?«

»Eure Krieger«, höhnte ein Herzog, der Bentan eine Axt vor die Brust hielt, »die werden euch nicht helfen. Sie haben mit sich selbst zu tun.«

Die zurückgebliebenen Sachsen lachten, sangen und scherzten an ihren Feuern, nachdem die Satrapen gegangen waren. Auch Halde, Bernleffs Frau, saß bei ihnen. Wein, Bier und Met wurden um die Flammen gereicht. Bald, so hofften sie alle, würden sie an der Seite der Gausprecher wieder nach Hause gehen, auf ihre Höfe, und dort vom ausgehandelten Frieden berichten können.

An einem Feuer, das in der Mitte des Lagers brannte, richtete sich ein älterer Recke auf und begann zu singen. Es war ein trauriges Lied. Das Lachen der Männer erstarb, und sie lauschten seinen Worten, mit denen er von der Irminsul erzählte, von den Goden und von Freunden, die in den großen Schlachten gefallen waren. Mitten im Wort brach der Mann ab. Aus seinem Mund spritzte Blut, in seinem Nacken steckte ein Pfeil. Ungläubig starrten ihn die Krieger an, wie er langsam, mit verwundert schauenden Augen nach vorn zu Boden sank. Noch ehe die Männer ihren Blick von dem Sänger lösen konnten, sackten an den Feuern schon ihre Nachbarn getroffen still in sich zusammen. Jetzt sprangen die ersten auf, drehten sich hilflos im Kreis. Grölendes Geschrei war überall um sie herum zu hören. Pfeile flogen, weitere Sachsen fielen zu Boden, und als die ersten ihre Schwerter zogen, kamen auch schon fränkische Kämpfer auf sie eingestürmt. So mancher Streiter stürzte von einem Axthieb getroffen, noch ehe er auch nur zu einem Schlag ausholen konnte. Viele andere tasteten vergebens nach ihren Waffen, die sie in den Zelten mitsamt der Brustpanzer und Helme hatten liegen lassen. Halde wurde im Lauf von einem Pfeil in den Rücken getroffen, Krieger um Krieger fiel neben die Feuer, auf die toten Leiber der Gefährten. Wie ein Sturmwind waren die Christen über das friedliche Lager hergefallen. Es dauerte nur einen Augenblick, dann waren die sächsischen Streiter tot.

Wie aus einer Kehle schrien die Franken in einem grausigen Ton ihren Triumph hinaus in die Welt. Rund und fahl schimmerte der Mond am Himmel. Wolken zogen vor das Nachtgestirn, als der schaurige Klang durch die Welten drang.

Bentan, Bernleff und die Satrapen blieben gefesselt auf der Wiese liegen, bewacht von zahlreichen feindlichen Posten. Nachdem alle seine Gegner am Boden lagen, stolzierte Karl triumphierend zwischen ihnen herum, dem einen oder anderen genau ins Gesicht schauend.

»Ihr sucht vergebens«, höhnte ein Satrape mit stolzer Stimme, als der König ihn ansah. »Widukind ist nicht unter uns. Du wirst ihn nicht bekommen. Fürchte seine Rache.«

Mit einem Faustschlag brachte ein Begleiter Karls den Gausprecher zum Schweigen. Schließlich verließen König und Herzöge die Lichtung. Zurück blieben Wachen, Dunkelheit und die feuchte Kälte der Nacht. Kein Satrape schlief. Aus der Ferne klang monotones Hämmern zu ihnen herüber. Steifgefroren und durchnäßt lagen sie am nächsten Morgen im nassen Gras, als fränkische Krieger und Knechte ihnen die Fesseln an den Füßen lösten und sie auf die Beine zwangen. Reiter eskortierten die Gausprecher im Laufschritt zu einer Wiese, die an einem Ende von der Aller begrenzt wurde. Die Ritter hatten sich zu einem schweigenden Halbrund aufgebaut. Bentans Blick fand schnell den König, der vor den Herzögen auf seinem weißen Roß thronte. Durch die Reihen der gefesselt Laufenden wogte ein entsetztes Murmeln, als die Männer erspähten, was auch Bentan erkannte: In der Mitte des menschlichen Halbkreises, direkt am Fluß, lag ein Teil eines Baumstammes im Gras, so stattlich und dick, daß das Holz nur von der heiligen Irminsul stammen konnte. Daneben stand ein Hüne, das Gesicht von einer Kapuze verdeckt, sich auf ein übergroßes Beil lehnend, das vor ihm auf dem Boden stand. Neben ihm nahm sich ein Priester schmächtig und klein aus. Es war ein alter Mann, und der Kopf schien unter der Last eines großen Kreuzes, das vor seiner Brust baumelte, nach unten gezogen zu werden. Hinter den beiden Männern ragten mannshohe Holzpfähle, die in einer Reihe am Rand der Aller standen, aus dem Gras der Wiese empor. Auf einen Wink des Königs hin hielt die Eskorte an. Langsam schüttelten die Satrapen ihr Entsetzen ab, faßten sich im Angesicht des übermächtigen Feindes. Es wurde still auf der Wiese, so still, daß die Sachsen das leise Säuseln des Windes, der durch die Umhänge der Männer und über das Gras strich, hören konnten.

Dann erhob Karl die Stimme:

»Rot färbte sich am Süntel das Wasser eines Baches vom Blut Adalgis, Gailos, Worads und vieler meiner besten Männer. Rot soll sich nun dieser Fluß von eurem Blut färben. Heute werde ich den Tod meiner Ritter rächen.«

Sein Blick glitt über die Reihe der gefesselten Satrapen.

»Auge um Auge, Zahn um Zahn will ich eure Taten vergelten, auf das euer Volk es nie wieder wagt, die Waffen gegen Franken zu erheben.«

Er machte eine Pause, ließ seinen Blick prüfend über die Gefangenen schweifen und fuhr donnernd fort. Die Sachsen folgten seiner Rede ohne Regung.

»Aber ich will Großmut walten lassen. Wer von euch dem Götzendienst abschwört und ein Christenmensch wird, der wird leben. Wer aber stur ist, den soll das Beil des Henkers treffen.«

Laut grölend bejubelten die Soldaten die Worte ihres Königs. Kein Sachse sprach ein Wort. Mit entschlossenen Augen sahen sich die Männer an. Ein jeder wußte, was er zu tun hatte – auch die Satrapen aus den südlichen Gauen, die schon zu Christen geworden waren. Karl hob einen Arm. Augenblicklich wurden seine Krieger still.

»Bringt den ersten vor«, forderte der König drei Ritter auf. Diese packten einen Gausprecher aus der Reihe und trieben ihn bis vor den Richtblock. Der Priester trat vor.

»Auf die Knie«, zischte er dem Gefesselten zu.

»Vor wem?« rief der Sachse. »Vor eurem König, einem Mann, der sein Wort nicht hält, altes Recht und Sitte bricht und Wehrlose mordet?«

Er spuckte aus.

»Ein solcher Mann ist es nicht einmal wert, verflucht zu werden.«

Karl sah ihn überrascht an. Unsicheres Gemurmel erhob sich unter den Soldaten, unruhig blickten sie zu ihrem König.

»Auf die Knie«, brüllte Karl. Sein Gesicht färbte sich rot. Augenblicklich trat eine Wache dem Gausprecher in die Kniekehlen, so daß er stöhnend zusammensank.

»Vor dir steh'n fränkische Edle. Sie sind die neuen Herren des Sachsenlandes, ihnen soll das Land gehören, und eure Söhne werden ihre Knechte sein.«

Die Männer johlten Beifall, der Priester nickte zustimmend. Der König mußte seine Männer mit einem Zeichen zum Schweigen bringen.

»Ich frage dich nun und das nur ein Mal«, knurrte der Priester den Satrapen an. »Widersagst du dem Teufel? So sprich mir nach: Ich widersage; ich widersage allen teuflischen Werken und Worten, Donar und Wotan und allen Unholden, die ihre Genossen sind.«

Erwartungsvoll sah Karl auf den Gebundenen. Der Satrape blickte ihn ruhig an und erhob stolz die Stimme:

»Möge sich der Faden der Nornen unter dem strahlenden Blick Wotans und der dröhnenden Stimme Donars erfüllen.«

Da jubelten die Sachsen, empört schrien die Franken. Karl aber musterte den Satrapen kalt. Sofort packten ihn die Soldaten und drückten seinen Kopf gegen den Richtblock. Die Ritter brachen in Beifall aus. Mit einer unendlich langsamen Bewegung hob der Henker das schwere Beil über seinen Kopf. Von einem Moment zum anderen wurde es still auf der Wiese. Kurz verharrte die scharfe Waffe in der Luft, dann sauste sie auf den Nacken des Gausprechers nieder. Triumphierend riß einer der Ritter den blutenden Kopf in die Höhe. Die Soldaten im Halbrund schrien begeistert und schlugen im dröhnenden Rhythmus mit ihren Waffen auf ihre Schilde, bis der Ritter den Kopf auf einen der Pfähle stach und die beiden anderen Krieger den Leib des Toten darunter zerrten. Mit ausdrucksloser Miene beobachtete der König das Treiben. Schon wurde der nächste Sachse vorgeführt, sprach dieselben Worte und fand sogleich den Tod. Wieder und wieder schwang der Henker das Beil. Starr verfolgte Karl das Morden, immer eiliger las der Priester die Formel vor, und mit stets gleich stolzer Stimme sprachen die Sachsen ihre Erwiderung.

Bentan fühlte die Angst, die in ihm tobte. Wie ein Schlag

hatte ihn die Erkenntnis getroffen, daß er nun sterben würde, unausweichlich, hoffnungslos. Es war soweit: Dieser Gedanke jagte immerfort durch seinen Kopf, bis ihm von der Unausweichlichkeit seines Schicksals fast übel wurde. Verzweifelt mühte er sich, den Blicken der Widersacher stolz zu trotzen, die Angst zu übergehen, die in ihm tobte. Es gelang. Als ihn die Ritter an den Armen packten, steigerte sich noch einmal die Furcht, aber nur um im gleich darauf beginnenden Jubel der Franken von einer unbändigen Welle des Trotzes und der Wut hinweggefegt zu werden. Er empfand eine Kraft in sich, die wuchs, je mehr die Feinde um ihn herum grölten. Stolz schleuderte er in der folgenden Stille dem Priester seine Erwiderung entgegen, spürte das kalte Holz unter seinem Hals und starb einen Augenblick später. Bernleff folgte. Als der Abend sich über den Allerwiesen senkte, lebte keiner der Satrapen mehr – bis auf einen alten Greis aus dem Land der Ostfalen, der als letzter in der Reihe gestanden hatte. Gefesselt und geknebelt ließen ihn die Franken am Leben, denn er sollte seinem Stamm von der Macht Karls berichten und davon, daß König und Kirche gewillt waren, den zu schonen, der sich zum Christen würde taufen lassen.

Nur einen Steinwurf von dem blutigen Geschehen entfernt lagerten die Franken für die Nacht. Früh am nächsten Morgen brachen sie ihre Zelte ab und zogen nach Süden davon. Entsetzt irrten schon bald darauf Bauern, die den Abzug der Franken bemerkt hatten, über die Wiesen. Sie befreiten den gefesselten Satrapen. Ein Aufschrei des Zorns und Entsetzens wogte über das Land. Die schlimme Nachricht wurde eilends von Hof zu Hof getragen. Bauern berichteten sie ihren Nachbarn, Männer ihren Frauen, und Großväter sprachen atemlos davon zu ihren Enkeln.

Früh am Morgen wachte Böer auf. Die ersten Strahlen der Sonne fielen schräg durch das Fenster. Er räkelte sich, blinzelte verschlafen und fühlte sich herrlich ausgeruht und frisch, spürte den Sonnenschein wohlig warm auf seinem Gesicht. Mit einem Mal wurde ihm bewußt, daß dieser Morgen mit einem wunderbaren Wetter begann, die düsteren Wochen des Regens damit vorbei waren. Er setzte sich auf sein Bett. Am anderen Ende des Raumes zog sich Abbio die Decke über den Kopf, Widukind gürtete sich bereits sein Schwert, während die anderen Freunde noch zu schlafen schienen.

»Aufgewacht, es ist herrliches Wetter«, riß Lif die Tür zur Kammer auf und stürmte herein.

»Du bist schon wach?« fragte Böer verstört.

»Natürlich, und es wird Zeit, daß ihr ebenfalls in eure Kleider kommt.«

Sie lachte.

»Ist unser Gastgeber auch schon auf den Beinen?« wollte Widukind wissen. Lif schüttelte den Kopf.

»Nido? Nein, ich habe ihn noch nicht gesehen.«

Einer nach dem anderen standen sie auf und schritten in die Halle. Das Feuer brannte. Es hatte die ganze Nacht gelodert, wie Lif berichtete, die es schon auf kleiner Flamme brennend in aller Frühe vorgefunden hatte. Brot, Wein, Wasser, Brei, Getreide und einige Äpfel standen zum Frühstück bereit auf dem großen Tisch in der Halle. Die Gefährten warteten noch eine Weile. Als aber, trotz ihrer nicht leisen Gespräche, Nido immer noch nicht erschien, begannen sie zu essen.

»Laßt uns nach ihm sehen«, forderte Widukind die anderen schließlich auf. »Wir müßten eigentlich schon unterwegs sein. Und Nido wollte uns doch den kürzesten Weg beschreiben.«

Die Freunde standen auf, und Abbio öffnete die Tür, hinter der sie die Kammer ihres Gastgebers vermuteten. Der Raum war leer. Das Lager sah aus, als sei es nie benutzt worden. Sie beschlossen, noch einmal auf der Wiese nachzusehen und dann ihren Weg nach Verden fortzusetzen. Von dem weißhaarigen Recken fanden sie keine Spur. So sattelten sie ihre Pferde, die friedlich auf der Lichtung nahe dem Haus grasten, und trabten geradewegs wieder in den Wald hinein – in die Richtung, in der sie nach dem Stand der Sonne ungefähr Verden vermuteten. Schon bald trafen sie auf einen breiten Weg. Sie folgten ihm nach Norden.

»Hätten wir uns nicht verlaufen, würden wir gegen Mittag

den Verhandlungsort erreichen«, überlegte Servalis laut. »Bis zur Nacht des Vollmondes haben wir noch einige Tage Zeit. Erreichen werden wir Verden also sicher rechtzeitig. Mit etwas Glück sind wir heute abend da.«

»Hoffentlich«, brummte Widukind, »denn schließlich wollten wir die Tage noch nutzen, um uns mit den Satrapen und ihren Begleitern auf die Gespräche mit den Franken vorzubereiten.«

So ritten sie weiter. Dichter Wald umgab den kleinen Trupp. Nur hin und wieder lichtete er sich, wenn die Bäume vor einer kleinen Aue zurücktraten.

»Gestern habe ich keine Wiesen gesehen«, knurrte Warst grimmig.

»Wir reiten jetzt auch auf einem anderen Pfad«, bemerkte Euliset.

»Wenn ich es nicht besser wüßte, würde ich meinen, es ist der große Nord-Süd-Weg«, sagte Abbio. »Aber es kann eigentlich nicht sein.«

Plötzlich blieb Lif mit ihrem Pferd stehen. Die Godin starrte zum Himmel.

»Was ist los?« rief Böer ihr zu.

Im selben Moment erkannte auch er, was die junge Frau so überraschte.

»Das ist nicht möglich«, stammelte Abbio verwirrt.

Tief am blauen Himmel schimmerte weißlich der Mond. Aber er nahm nicht mehr zu, es war auch nicht Vollmond: Er nahm bereits wieder ab. Die Erkenntnis traf sie wie ein Schlag. Mit einem Mal zerriß der Schleier, der sich vor Lifs Denken und Fühlen gelegt hatte. Als sei ein Deich in ihrer Seele gebrochen, schossen schreckliche Bilder und Gefühle wie die tosenden Wassermassen einer Sturmflut durch ihren Kopf. Sie erkannte die Lagerfeuer der Sachsen an der Aller, den Sänger und dann den Pfeil, der blutig und so schnell das Lied zerschnitt. Entsetzt riß sie ihre Augen auf. Aber wohin sie auch blickte, ob auf den Forst oder die Gefährten: das Bild mischte sich mit dem schrecklichen Anblick der aus dem Dunkel anstürmenden Franken, der schnell fallenden sächsischen Krieger. Wie von Ferne hörte sie die Stimme Böers, der ihren Namen rief. Sie stöhnte auf, fühlte gerade noch, wie seine Hände stützend nach ihr griffen – sah die grausamen Szenen von der Wiese der Verhandlungen, hörte überall das höhnische Triumphgeschrei des Feindes widerhallen, bis ihr der Kopf zu platzen schien.

»Lif, was ist mit dir?« hörte sie Böer über sich schreien.

Die Bilder zerplatzten. Lif schloß die Augen.

»Ich höre dich«, preßte sie mühsam heraus.

»Was ist mit dir geschehen?« bedrängte er sie.

Langsam öffnete sie die Augen. Sie lag am Boden. Böer hielt sie in den Armen. Sie erblickte sein Gesicht dicht über ihrem. Widukind, Abbio und die anderen beugten sich stehend über sie.

»Ich habe gesehen, was geschehen ist«, stammelte sie benommen.

»Erzähle es uns«, forderte Widukind sie erregt auf.

»Gebt mir etwas Zeit«, erwiderte sie angestrengt.

Dankend ergriff Lif den Becher mit kühlem Wasser, den Abbio ihr reichte.

»Es geht schon besser«, stellte sie fest, nachdem sie getrunken hatte. »Ich habe gesehen, was in Verden geschehen ist.«

Sie erzählte den Freunden, was sie wußte.

»Bei Donar«, flüsterte Widukind bestürzt. Der Heerführer war leichenblaß geworden. Abbio wandte sich entsetzt ab.

»Bentan«, rief Böer aus und riß die Hände vor das Gesicht.

»Das ist doch nicht möglich«, zweifelte Widukind mit zitternder Stimme. »Ein solcher Verrat kann doch nicht geschehen sein. Ist es sicher oder haben wir noch Hoffnung?«

Langsam schüttelte Lif den Kopf.

»Nein«, stellte sie knapp fest. »Ich glaube nicht. Es war noch nie so stark, so drängend, hat mich noch nie so überrascht.«

»Aber es könnten doch auch Trugbilder gewesen sein«, rief Abbio hoffend. »Wäre es nicht möglich?«

Lif antwortete nicht und schüttelte nur noch einmal leicht den Kopf.

»Aber wo waren wir?« wollte Servalis wissen.

Die Gefährten sahen sich an.

»Wir leben«, stellte Böer fest, »weil wir nicht in Verden waren.«

»Was ist mit uns geschehen«, bestürmte Abbio die Godin.

»Wotan selbst hat uns geschützt.«

»Nido war Odin«, sprach Widukind die Namen langsam aus. »Bei den Dänen heißt Wotan Odin.«

Lif fuhr fort: »Wir waren nicht mehr auf Mittelerde, sondern in einer anderen Welt mit einer anderen Zeit. Nur Wotan selbst konnte den Schleier über meine Sinne legen. Er wollte, daß wir leben.«

Die Freunde schwiegen einen Moment.

»Wir müssen nach Verden«, preßte Widukind zwischen zusammengepreßten Zähnen hervor, »und erfahren, was geschehen ist.«

»Es gibt keine Hoffnung mehr. Ich weiß es sicher«, sagte Böer leise. Er drückte Lif ans sich.

»Kannst du jetzt reiten?« wollte er wissen.

Die junge Frau nickte. Einen Moment später galoppierten sie nach Norden.

Kurz vor Marklohe erspähten sie die ersten Hütten sächsischer Bauern an diesem Tag. Die Katen duckten sich einen Steinwurf vom großen Pfad entfernt auf einer kleinen Lichtung im Schatten eines Eichenwaldes. Die Gefährten verließen den Weg und galoppierten auf die Siedlung zu. Einige Bauern hatten sie bereits gesehen.

»Die Godin«, hörten sie einen Mann erstaunt rufen, »und Widukind«, rief ein anderer hinzu, »sie leben.«

Nun blickten auch die anderen Menschen in ihre Richtung, schrien freudig auf und begannen, ihnen entgegenzulaufen.

»Bei Wotan, so stimmt es wirklich, sie haben uns für tot gehalten«, rief Abbio entsetzt aus.

Seine Stirn kräuselte sich.

Bestürzt sahen sich die Freunde an.

»Es muß nicht das Schlimmste heißen... «, schrie Euliset verzweifelt.

Einige Meter vor der kleinen Gruppe blieben die Bauern stehen. Die Gefährten ließen sich von den Pferden gleiten. »Was ist passiert, daß ihr so überrascht seid, uns lebend zu sehen?« richtete Widukind das Wort an die Männer.

»Ihr wart nicht bei den Verhandlungen?« schüttelte ein älterer Bauer ungläubig das graue Haupt.

»Nein«, knurrte Widukind, »wir waren nicht da. Fragt uns jetzt nicht warum. Was ist passiert?«

»Bei Donar«, fuhr ein anderer Bauer auf. »Seid froh, daß ihr ferngeblieben seid. Ihr lebt. Wir dachten, ihr seid tot.«

Widukind kniff die Lippen zusammen.

Wie ein Schlag trafen diese Worte die Freunde, zerstörten die schwache Hoffnung, die trotz der Worte Lifs noch in ihnen glomm.

»Wir ahnen, was geschehen ist«, fuhr Lif fort. »Ich sah Bilder von Verrat und Tod. Sagt, ob sie wahr sind?«

Die Männer blickten sich bestürzt an. »Ihr habt noch nicht davon gehört?« begann einer fragend zu sprechen.

Die Gefährten nickten.

»Es gab keine Verhandlungen«, fuhr der Bauer fort.

»Alle Sachsen bis auf einen wurden erschlagen«, unterbrach ihn ein anderer mit harter Stimme. »Und dieser eine Überlebende hat von dem Morden berichtet. Satrapen und Streiter, Männer und Frauen. Karl hat sie alle feige erschlagen lassen.«

In den Augen des Bauern leuchtete kalter Haß, während er sprach.

»So ist es wahr«, stellte Böer bestürzt fest. »Alle sind tot.«

Tränen stiegen in seine Augen. Plötzlich drehte sich alles in seinem Kopf, wurde ihm schwarz vor Augen. Sein Vater – er mußte an seinen Vater denken, der zu den Verhandlungen gegangen war, an Freunde und bekannte Krieger. Er konnte keinen klaren Gedanken mehr fassen. Mit einer letzten Willensanstrengung drängte er die Woge der Verzweiflung zurück, zwang sich, ruhig stehenzubleiben und dem Bericht der Bauern zuzuhören. Die Worte rauschten an ihm vorbei.

»Der Verhandlungsfrieden wurde gebrochen. Die Menschen erzählen, die Franken hätten nicht nur am Ort der Verhandlungen, sondern sogar nach Beginn der Gespräche gemordet.«

Eilig schlug er mit den Fingern das Zeichen vom Hammer Donars in die Luft.

»Es gab kaum Gegenwehr«, schilderte ein anderer Mann mit aufgeregter Stimme weiter. »Unsere Leute waren alle waffenlos. Bauern fanden am nächsten Tag die Leichen und den alten gefesselten Satrapen.«

»Wann ist es geschehen?« wollte Widukind wissen. Seine Stimme war hart, und Böer spürte, daß auch der Heerführer sich in seiner Verzweiflung nur schwer zu beherrschen wußte.

»Gestern morgen fand man die Leichen«, antwortete ein Bauer schnell.

Widukind schaute dem Mann in die Augen. Dann trat er vor und umarmte ihn still.

»Habt Dank«, sagte er leise, während er zurücktrat. Der Bauer hielt ihn am Arm.

»Wir wollen Rache«, forderte er zornig. In seinen Augen glomm ein unheimliches Feuer. Einen Moment lag war es still.

»Wir werden sie bekommen«, antwortete Widukind entschlossen und nickte. Er blickte die Freunde an.

»Nach Verden«, rief er ihnen zu.

Schon einen Moment später galoppierten sie nach Norden. Niemand sprach ein Wort, während sie über Felder und Auen rasten, auch nicht, als sie auf die Wiese der Verhandlungen an der Aller ritten und vor sich die Pfähle erspähten, von denen Bauern die Köpfe heruntergenommen und zu den Leibern gelegt hatten. Weinende Frauen und Männer saßen davor. Böer sah, wie stolze Krieger die Reihen der Leichen suchend abschritten und plötzlich abrupt einen Moment stehenblieben, um gleich darauf auf die Knie zu sinken. Er wußte, daß sie dann jemanden, den sie kannten oder gar liebten, gefunden hatten. Böer fröstelte, als er vom Pferd stieg. Seine Knie zitterten, während er den Toten näherschritt. Still ging Lif neben ihm. Sie hatte noch kein Wort zu ihm gesagt. Aber sie war bei ihm, und ihre Nähe war die Quelle, aus der er noch Kraft schöpfen konnte. Zum ersten Mal sprach Lif Böer jetzt seit der schlimmen Nachricht an. Er blieb stehen, und die Godin trat vor ihn, blickte tief in seine Augen, bevor sie ihn fest an sich drückte. Lange standen sie so da. Als Böer sich stark genug fühlte, setzen sie den Gang zu den Leichen fort. Es war ein grausiges Bild: Neben den Leibern lagen die Köpfe, und Böer mußte in so manches bekannte Gesicht sehen, in Augen, die ihn nun leer anstarrten, doch vor nicht allzu langer Zeit noch erfüllt von Leben und Wärme geleuchtet hatten. Ein jeder Anblick schnitt in sein Herz. Schließlich stand er vor seinem Vater. Der Anblick des vertrauten Gesichts, der geliebten Gestalt ließ den Damm in seinem Inneren brechen. Weinend fiel er auf die Knie. Lange saß er so neben der Leiche, wie lange vermochte er nicht abzuschätzen, interessierte ihn nicht mehr, denn die Zeit hatte ihre Bedeutung für ihn verloren. Und mit der Zeit waren auch Farben und Freude aus der Welt verschwunden, umgab ihn ein grauer Ozean aus Hoffnungslosigkeit und Leid. Wäre nicht Lif gewesen, der Gedanke an Nora, an Mutter, Brüder und Schwester, so hätte er gedacht, hinter dem Horizont dieses Meeres kein festes Land mehr zu finden. Als es schon dunkel geworden war, kam er wieder zu sich. Lif versammelte die Menschen an einem großen Feuer, betete mit ihnen zu Nerthus, Hel und Wotan und sprach ihnen Trost zu. Zusammen mit der Godin begaben sich die Gefährten schließlich zu ihrem Zelt, das sie am Tage aufgebaut hatten. Auch Widukind, Abbio, Thümir und die anderen hatten so manchen Freund und Bekannten unter den Toten entdeckt und mit dem greisen überlebenden Gausprecher gesprochen. In düsterer Stimmung saßen sie nur noch kurz beisammen und ließen sich bald in den Vergessen bringenden Schlaf fallen. Am nächsten Tag brachten sie die Leiche zu Böers Familie ins Waldsatiland. Seit der Kindheit hatte Böer seinen Bruder Brul nicht mehr weinen sehen. Nun trauerten beide gemeinsam um ihren Vater mit Bart, Syd und Halde, die stumm und voller Tränen bei ihnen saß und am nächsten Morgen verschwunden war. Erst am Abend kam sie wieder auf den Hof, ohne jemals zu sagen, wo sie gewesen war. Während Euliset, Rakus und Servalis bei Böer auf dem Hof im Waldsatiland blieben, ritten Widukind, Thümir, Warst und Salt zur Babilonie zurück. Schlimme Nachrichten erreichten sie schon auf dem Weg. Das Frankenheer hatte auf seinem Rückzug eine Spur des Blutes und des Feuers im Sachsenland hinterlassen. Jeden Hof am Rand ihres Weges hatten die Christen niedergebrannt, Männer, Frauen und Kinder erschlagen. Sofort ließ Widukind Boten mit den Runenstäben durch die Gaue reiten. Sie berichteten auch in den entferntesten Winkeln vom geschehenen Grauen, riefen die Menschen auf, sofort neue Gausprecher zu benennen und zahlreich zum nächsten Allthing zu erscheinen. Überall ergriffen Wut und Trauer die Menschen, die zumeist schon vor Ankunft der Boten von dem Frevel erfahren hatten und von denen ein jeder zumindest einen Toten zu beklagen hatte. Jeder Gau war mit einem Mal ohne Führer, selbst die Vertrauten der Gausprecher waren in den meisten Fällen in Verden gestorben, und ein Nachfolger stand oft deshalb in den Ländern nicht bereit. In fast allen Gauen waren zudem die besten Krieger, die die Satrapen begleitet hatten, auf der Wiese an der Aller gestorben. Vielerorts wandelten sich die Gefühle der Menschen in glühenden Zorn, fanden sich Männer und Frauen mit entschlossenen Gesichtern zusammen. Sie machten nicht viele Worte, sondern schritten mit grimmigen Mienen zu den christlichen Mönchen und erschlugen sie. Auch den beiden Priestern, Willehad und Folcard, die so lange von ihrem Glauben bei Lüdegast, Jöllund, Brul und Gimberich gepredigt hatten, erging es schlecht. Folcard wurde von Bauern getötet. Willehad gelang knapp die Flucht. Er wurde seitdem nicht wieder im Waldsatiland gesehen. So erging es vielen Gottesmännern der Franken. Wer von ihnen nicht durch die starke Hand der Landmänner den Tod fand, der floh versteckt im dichten Forst nach Süden, bis er das südliche Land erreichte.

TIR

ᛏ Ein eisiger Sturm fegte über die Hügel. Schneeflocken wirbelten in ziellosen Kreisen zwischen kahlen Baumstämmen umher. Schon seit einer Woche – solange der Wind aus dem Osten blies und klirrende Kälte mitbrachte – verließen die Bauern, die in diesen Wäldern wohnten, nicht mehr ihre Hütten.

Es war kein Wetter für Menschen. Selbst die Wölfe hatten die schlafenden Wälder verlassen und schlichen um die Siedlungen herum.

In finsteren Forsten aber, im dunklen Schatten der Tannen war es still.

Und doch trabte ein einsamer Reiter zwischen den Hügeln über einen verschneiten Pfad. Mit grimmigem Blick versuchte er, den Weg im Schneetreiben zu ergründen, sein roter Bart wehte im eisigen Wind, und ein mächtiges Schwert hing an seiner Seite. Auf dem Rücken des Mannes ruhte ein roter Schild, den das Bild eines weißen Drachens, der auf einem Stein saß, verzierte. Es war Baphet. Er trieb sein Roß zur Eile an. Unruhig spähte er über die Schulter zurück. Aber der Weg verschwand schon wenige Meter hinter seinem Pferd im Schneegestöber. Wenn auch seine Augen keinen Reiter entdecken konnten, so hatte er doch das Gefühl, verfolgt zu werden, spürte er die Nähe seines gefährlichsten Gegners: Ichtyo. Er fühlte keine Furcht vor dem schwarzen Frankenritter. Aber er wollte seine Aufgabe, die er einst erhalten hatte, als er an der Seite Lifs in die Brunnenhöhle geschritten war, erfüllen. Seit langem schlummerte die Weisheit des heiligen Wassers in seiner Brust, hatte er gewußt, daß der Tag, ihrem Ruf zu folgen, kommen würde. Nun war es soweit, und er ritt durch den eisigen Wind. Er mußte tun, was ihm aufgetragen war, seine Aufgabe duldete keinen Verzug und kein Versagen. Deshalb sorgte ihn die Nähe Ichtyos. Baphet zügelte sein Pferd. Suchend blickte er auf den Boden, zwischen die Tannen, die den Pfad an dieser Stelle eng umstanden. Hier, unter all dem Schnee, mußte der Weg, den er suchte, von der Hauptstrecke abweichen. Er ritt zwischen die Bäume und konnte den Verlauf eines Pfades erkennen, der sich steil den Hügel hinaufwand. Felsiger Boden klirrte unter den Hufen, als er das Tier wieder in den Trab zwang. In immer neuen Windungen führte der Weg steiler und steiler den Berg hinauf. Der Schnee fiel dichter, nun in dicken Flocken, die von eisigen Böen um die Baumstämme getrieben wurden. Je höher der einsame Reiter den Hügel erklomm, um so kälter wurde der Wind. Ein Geräusch ließ ihn aufschrecken. Im Wald über ihm knackten Zweige, flogen Krähen schreiend auf. Baphets Hand griff zum Schwert, umfaßte es kurz und ließ es wieder los. Er ritt weiter. Bald verlief der Weg so steil, daß er vom Pferd steigen und das Tier hinter sich am Zügel führen mußte. Dann wurde der Anstieg flacher, der Pfad verbreiterte sich und mündete schließlich in ein breites, flaches Plateau. Grimmige Kälte schlug Baphet entgegen. Prüfend sah der rotbärtige Reiter sich um. Hier war es fast windstill. Hinter den ruhig fallenden Schneeflocken hoben sich zu beiden Seiten mächtige schwarze Felsen ab, die ihn jetzt umgaben. Er schritt voran, so lange bis der Berg direkt vor ihm senkrecht in die Höhe ragte und den Weg versperrte. Baphet zog einen Handschuh aus und strich prüfend mit der Hand über das Gestein. Eisig biß die Luft in seine Finger, so stark, wie er es noch nie erlebt hatte.

Blitzartig schoß er herum, als er hinter sich den scharfen, pfeifenden Ton einer Axt hörte, die durch die Luft geschwungen wurde.

»Dein Weg ist hier zu Ende, Sachsenkrieger«, höhnte die tiefe Stimme Ichtyos durch das Felsental und hallte von den Wänden wider. »Diese Aufgabe wirst du nicht mehr erfüllen.«

»Bist du dir da so sicher?« rief Baphet zurück und zog seinen Schild vom Rücken. »Bei unserem letzten Treffen siegte ich, und du entkamst mir nur knapp.«

»Das ist lange her.«

Dröhnend lachte der kahlköpfige Riese.

»Sehr lange. Euer Kampf ist verloren. Das hat mich stark gemacht. Sehr stark.«

Baphet zog sein Schwert. Ihn aus funkelnden kleinen Augen musternd, kam Ichtyo langsam näher.

»Du willst das Tor öffnen«, stellte er fest. »Hier ist es also. Ich hätte es nie gefunden.«

»Du hättest es auch nie gesucht«, antwortete Baphet ruhig. »Es ist nicht deine Welt. Und du könntest den Eingang nicht öffnen.«

»Du auch nicht, denn ich bin da, um es zu verhindern.«

Mit einem Satz sprang Ichtyo vor und schlug mit seiner Axt nach Baphet. Dieser parierte den Schlag mit seinem Schild. Nun sauste sein Schwert auf den schwarzbärtigen Franken herab, der den Schlag ebenfalls blockierte. Lange wogte der Kampf hin und her, hallten die Schläge von Schwert und Axt von den Bergwänden wider. Je länger der Kampf aber dauerte, um so mehr setzte sich Ichtyo durch. Immer schwerer fiel es Baphet, die harten Angriffe zu parieren. Schließlich durchschlug die fränkische Axt seine Deckung und fuhr ihm in die Seite. Stöhnend sank Baphet zusammen.

»Du bist wirklich stark geworden«, stellte er grimmig fest.

Ein donnerndes Lachen Ichtyos war die Antwort. Langsam hob er seine Axt zum letzten Schlag, der den Sachsen töten sollte. Einen Moment lang hielt er in der Bewegung inne. Mit einem blitzschnellen Hieb, für den er alle Kraft gesammelt hatte, stieß Baphet sein Schwert nach oben. Ichtyo reagierte zu spät. Das Schwert drang dem schwarzen Hünen in die Schulter. Mit überraschtem Blick taumelte der Franke zurück, wankte einige Schritte, bis er zu Boden stürzte. Baphet stemmte sich mühsam auf die Beine, wandte sich taumelnd ab von seinem Widersacher und hob das Schwert, holte aus und stieß die Waffe gegen den Fels. Mit ungläubigem Blick stemmte sich Ichtyo in die Höhe. Er konnte es nicht fassen: Das Eisen prallte nicht ab, sondern durchschnitt die Wand, als wäre sie aus Nebel. Baphet wehte ein kalter Hauch aus dem Fels entgegen.

»Ein Schwert, das Stein schneidet...«, stammelte Ichtyo verwirrt. »Ich wußte nicht, wie du das Tor öffnen würdest.«

»Nicht jeden Stein«, stellte Baphet fest. »Nur diesen, für den es bestimmt ist. Deshalb konntest du mich nicht aufhalten – so stark du auch bist.«

Mit taumelnden Schritten kam Ichtyo langsam wieder näher.

»Aber nun kann ich dir ein Ende machen«, drohte er und hob seine Axt in die Höhe.

Baphet schwankte, kippte nach vorn gegen den Felsen. Aber er prallte nicht gegen die Wand, sondern sank durch sie hindurch und verschwand vor Ichtyos Augen. Der schwarze Franke taumelte zu der Stelle, wo sein Gegner verschwunden war, stockte kurz und trat ebenfalls durch den Stein. Er fand sich in einer Höhle wieder, deren Decke so hoch war, daß er ihre Höhe nicht ermessen konnte. Baphet hatte sich schon ein ganzes Stück vom Eingang der Höhle entfernt. Er wankte weiter, so schnell ihn seine Schritte tragen konnten. Ein unwirkliches Dämmerlicht, das von nirgendwoher zu kommen schien und doch überall war, erleuchtete die Grotte. Eine weiße Eisschicht, gebildet aus unzähligen Eiskristallen, bedeckte den Boden. An einigen Stellen ragten weiße Türme in die Höhe, wo sie im Dunkel verschwanden. Nur an wenigen Stellen war schwarzer Fels zu erkennen. Hinter sich hörte Baphet die Schritte seines fränkischen Gegners und wußte, daß er ihm gefolgt war. Er versuchte, schneller zu gehen, rutschte immer wieder aus. Blut lief an seiner Seite über die Stahlringe der schwarzen Rüstung. Von vorne drang ein leises Donnern an seine Ohren. Je weiter er voranschritt, um so lauter wurde das Geräusch. Hinter ihm näherten sich die Schritte Ichtyos, der, obwohl auch verwundet, doch schneller als Baphet war. Bald aber hörte er die Fußtritte seines Gegners nicht mehr. Der Lärm von vorn war zu laut geworden. Aber er wußte, daß Ichtyo immer noch näher kam. Er stolperte voran, bis er an eine Stelle gelangte, wo der eisbedeckte Boden plötzlich abbrach und in einen Abgrund stürzte. Baphet stockte. Soweit seine Augen reichten, sah er im Dämmerlicht schäumendes Wasser, das donnernd über vereiste Felsen jagte und dabei von besonders hohen und langen Klippen stellenweise über so lange Strecken zerschnitten wurde, daß es schien, als flösse dort nicht ein Fluß, sondern viele nebeneinander her. Staunend ließ er den Blick über die Wasser gleiten. Dann spürte er eine Bewegung, nur einen schwachen Luftzug hinter seinem Rücken. Er drehte sich um und starrte in das Gesicht Ichtyos. Der Franke war noch einige Schritte entfernt, doch er kam schnell näher. Schon holte er zu einem Axtschlag aus. Blitzschnell ließ sich Baphet fallen, stürzte über den Rand des Abhangs in die Tiefe. Ichtyo erreichte die Stelle, an der eben noch Baphet gestanden hatte. Er ließ die Axt sinken. Mit ungläubig geweiteten Augen betrachtete auch er die schäumenden Wasser. Dann suchte er den Sachsen. Tief unter ihm rollte Baphet über einen letzten Grat, und wurde ins Wasser geschleudert. Neben ihm spritzten Fels- und Eisbrocken, die er mit sich gerissen hatte, in den Fluß. Nirgends sah Ichtyo seinen Widersacher wieder auftauchen. Der Franke sank erschöpft auf die Knie, tastete nach seiner Wunde, die immer noch blutete. Mühsam verband er sich. Anschließend schritt er, so schnell er konnte, den Weg durch die Höhle zurück.

Noch lange, nachdem Bentans Leiche dem Feuer übergeben und seine Asche zwischen den Ahnen begraben worden war, blieb Halde still. An den Abenden, wenn die anderen noch beisammen saßen, zog sie sich früh zurück, und Böer, Brul, Bart und Syd wußten, wie schwer der Kummer an der Seele ihrer Mutter zerrte. Auch sie selbst konnten sich kein Leben ohne ihren Vater vorstellen. Oft überfiel sie die Erinnerung an sein Lachen oder seine Worte, wenn sie der Arbeit auf dem Hof nachgingen. An jeden Raum, jedes Werkzeug und jede Beschäftigung war das Bild des Vaters gebunden. Es minderte die Last, offen über die Trauer zu sprechen und sie mit den Geschwistern zu teilen. In dem gemeinsamen Leid verstanden sich auch Böer und Brul so gut wie niemals zuvor. Der ältere Bruder wurde für den jüngeren zu einem Freund und Vertrauten, was er früher nie gewesen war. Und Brul hörte so manches Mal auf Böers Rat. Als der erste Frost sich über das Land legte, blieb Halde am Abend bei ihren Kindern sitzen und sprach über ihren Mann. Von diesem Abend an ging es auch ihr besser. Wie ein Alpdruck lastete aber immer noch das Entsetzen über den Mord von Verden über der Familie. Euliset, Rakus und Servalis streiften während dieser Tage lange durch das Waldsatiland oder gingen der Familie bei der Arbeit zur Hand. Auch auf dem Hof von Wiebke, der Witwe Jöllunds, machten sie sich nützlich und halfen der älteren Tochter und ihrem Mann, die von dessen Hof zu Wiebke gezogen waren, um der trauernden Frau und ihren zwei verbleibenden kleineren Kindern beizustehen. Im ganzen Gau lebten die Menschen in diesem Winter still und zurückgezogen. Auf vielen Höfen waren Tote zu beklagen – häufig die kräftigsten Söhne oder der Bauer selbst. Die Männer und Frauen trauerten. Zu dem Schmerz über den Verlust von Angehörigen und Freunden gesellte sich die Verzweiflung über den Mord von Verden. Es war, als würde das ganze Land starr vor Entsetzen die Luft anhalten. Etwas Ungeheuerliches war geschehen, ein Verrat, so niederträchtig, daß er das Fassungsvermögen der Menschen überstieg. Der Mord schnürte jedem Sachsen die Kehle zu, der Aufschrei des Schmerzes vermochte sich nicht aus der Brust zu lösen. Es gab keinen Mann und keine Frau vom Greis bis zum Kind, die nicht von der fränkischen Tat wußten, die nicht den Schrecken spürten, ihn aber nicht zu greifen vermochten. Die Kunde hatte sie wie ein harter Faustschlag getroffen. Führungslos waren sie nun, führungslos auch in ihrem Schmerz, in dem sie angeschlagen und benommen wie in der dumpfen Welt eines Alptraumes taumelten.

Böer und Lif fanden zu dieser Zeit nur an Nora Freude. Ihre Tochter lief munter umher, plapperte lustig vor sich hin und entdeckte jeden Tag ungestüm einen neuen Teil einer faszinierenden großen Welt. Sie war ein fröhliches Kind, und ihrem Lächeln konnte keiner widerstehen. Böer war sehr stolz auf seine Tochter.

Dann folgte das Julfest. Die Familie hatte nie ein betrüblicheres gefeiert. Aber noch etwas anderes geschah an diesem Abend: Die Menschen erwachten aus ihrer Erstarrung. Sie versuchten, ihr Entsetzen über den Mord zu Verden in Worte zu fassen. Wut und Schmerz konnten sich nun ihren Weg bahnen. Der Winter deckte das Land mit einem weißen Mantel zu. Erst spät im Frühjahr taute es. Die Männer und Frauen im Waldsatiland kamen bei den alten Steinen in der Nähe vom Hof der Familie zusammen und bestimmten Böer zu ihrem neuen Thingsprecher. Mit glühenden Augen wurden Rachepläne geschmiedet, mit wütender Stimme das Geschehene diskutiert und Flüche gegen die Franken in den Himmel geschrien. Kurz darauf ritt ein Bote von der Babilonie auf den Hof. Er berichtete Lif und Böer vom blutigen Rückweg der Christen im vergangenen Jahr und der sächsischen Rache an den Mönchen.

Wenige Tage, nachdem der Bote erschienen war, machten sich Böer, Lif, Euliset, Rakus und Servalis auf den Weg nach Marklohe – zum Allthing. Bart ritt an ihrer Seite.

Bevor sie aufbrachen, hatte Angal Böer gebeten, besonders auf ihren Mann achtzugeben. Sie hielt es für möglich, wieder schwanger zu sein.

Als sie am heiligen Versammlungsort eintrafen, standen hier schon die Zelte vieler Thingbesucher. Überall auf den Wiesen schritten Krieger und Satrapen umher, diskutierten hitzig und traten ehrfürchtig und neugierig zurück, als die Godin und ihre Gefährten an ihnen vorbeiritten und sie begrüßten. Aber es lag noch etwas anderes in ihren Blicken, etwas das Böer unsicher machte: Erwartung. Böer erkannte unter all den Menschen, an denen sie vorüberritten, kein vertrautes Gesicht. Viel stärker, als es noch vor einem Jahr der Fall gewesen war, bestimmten junge Männer und Frauen das Bild am Versammlungsort. Sie hatten gerade ihr Zelt aufgebaut, als Böer eine wohlbekannte Stimme hörte.

»Wenigstens ihr seid mir nicht gänzlich unbekannt«, dröhnte Abbios tiefer Baß über die Wiese.

Böer drehte sich um und erkannte den schwarzbärtigen Recken, der an der Seite Widukinds, Thümirs, Salts und Warsts zu ihnen schritt. Freudig umarmten sie sich zur Begrüßung.

»Wie ist es euch ergangen?« wollte Widukind von den Freunden wissen.

Sie setzten sich an das Feuer, das vor dem Zelt brannte, und Böer berichtete kurz von den traurigen Wintertagen.

»Es steht nicht gut um uns«, brummte Thümir anschließend. »Nur unbekannte Gesichter. All die weisen Satrapen sind tot. Die besten Krieger noch dazu, all die Männer und Frauen, die sich in so vielen Schlachten bewährt haben, die mit uns den großen Sieg am Süntel teilen. Die neuen Gausprecher diskutieren hitzig. Aber ihren Worten fehlt die Weisheit des Alters.«

»Die jungen Satrapen müssen nicht schlechter sein«, gab Widukind zu bedenken und schlug dem alten Gefährten aufmunternd auf die Schulter.

»Sie kennen auch uns nicht«, warf Salt ein.

»Aber sie haben von uns gehört«, entgegnete Lif.

Widukind nickte. »Sie erwarten viel von uns.«

»Alles«, fuhr Lif fort. »All ihre Hoffnung auf die Zukunft, den Wunsch nach Rache legen sie in unsere Hand. Die Wut ist groß. Überall reden sich die Kämpfer in Rage, schmieden Rachepläne gegen die Franken, streiten darüber, erfinden neue und verwerfen alte. Je verwegener die Ideen, um so mehr Begeisterung finden sie. Wir aber sollen sie zum Sieg führen. Unserer Führung vertrauen sie, und sie bedürfen ihrer, wie es niemals zuvor bei unserem Stamm gewesen ist.«

»Nun«, knurrte Abbio, »so ganz durch Zufall haben wir uns unseren Ruf ja auch nicht erworben.«

»Das nicht«, erwiderte Widukind. »Trotzdem ist mir nicht wohl bei all der Hoffnung, die auf mir ruht. Die Verantwortung, die sonst so selbstverständlich war, lastet nun schwer auf uns – auf mir.«

»Wenn wir sie enttäuschen, ist alles verloren«, bemerkte Thümir. »Ihr und unsere Leben, unsere Freiheit und selbst die Zukunft unserer Kinder.«

Als die Dunkelheit sich über das Land senkte, schritten die Menschen zum heiligen Platz. Im schwankenden Fackelschein rief Lif die Götter an und gedachte der Ahnen. Am nächsten Abend versammelten sich Satrapen und Krieger, um über die Zukunft des Stammes zu sprechen.

Zunächst stellten sich die neuen Satrapen vor – achtzig an der Zahl – was bis spät in die Nacht dauerte und sich am nächsten Abend fortzog. Stolz und gleichzeitig unsicher traten sie vor die Versammlung. Vielen war anzumerken, daß sie sich ihrer Rolle nicht gewachsen fühlten. Am Abend darauf trafen sich die Gausprecher wieder. Widukind erhob als erster die Stimme.

»Eure Vorgänger haben mich zum Heerführer gewählt«, rief er in das Rund. »Wenn das so bleiben soll, steht auf.«

Beifall erscholl. Im ganzen Kreis erhoben sich die Menschen. Keiner blieb sitzen.

»Dann soll es so sein«, fuhr Widukind fort.

»Nun will ich hören, was ihr aus den Gauen zu berichten wißt.« Ein junger Mann stand auf.

»Wir in Albingien verloren unsere Gausprecher und die besten fünfzig Krieger, die gute Söhne und Bauern waren. Wir haben getrauert wie wohl überall die Menschen. Die Männer und Frauen in meinem Gau fordern Rache.«

Zustimmendes Gemurmel war zu hören. Ein anderer Gausprecher folgte.

»Viele Menschen in unserem Gau hatten die Franken bereits geduldet und ihren Frieden mit ihnen geschlossen. Die meisten Bauern ließen sich von ihren Priestern unter Wasser tauchen und nahmen so ihre Religion an. Auch ich gehörte dazu.«

Feindseliges Gebrumm ertönte im Kreis. Unsicher blickte sich der Mann um.

»Doch damit ist es vorbei«, rief er entschieden. »Ich entsage der Religion des Knechtgottes. Und so wie ich denken alle Menschen in unserem Land.«

Die Zuhörer stimmten begeistert zu.

»Unser Herz schlug höher«, erhob sich eine Frau, »als wir erfuhren, daß du, Widukind, lebst, daß die Godin nicht erschlagen wurde. Wie aber konntet ihr dem Verrat entgehen?«

Lif stand auf.

»Wotan selbst hat uns gerettet«, rief sie den Menschen zu.

Erstaunt diskutierten Krieger und Satrapen durcheinander. Es dauerte eine Weile, bis sie sich beruhigt hatten.

»Dann haben uns die Götter nicht verlassen«, frohlockte ein Mann in der Menge.

»Nein, das haben sie nicht«, nahm Lif wieder das Wort auf. »Sie waren stets bei uns. Nun aber hört, was ich zu berichten habe.«

Andächtig lauschten die Männer und Frauen, als Lif ihnen von dem einsamen Hof und Nido berichtete. Als Lif geendet hatte, erhob sich ein anderer Satrape.

»Nicht nur Trauer bewegt uns«, rief der Mann in die Runde, »sondern auch der Wunsch nach Rache. Wir sollten gegen die Feinde ziehen und den Verrat rächen.«

Beifall rufend standen die Sachsen von ihren Plätzen auf.

»Laßt uns in ihr Land einfallen und Hof für Hof heimzahlen, was sie uns angetan haben«, fügte er hinzu.

»Wie soll das geschehen?« grölte ein anderer Gausprecher. »Niemand kann das vergelten, was sie uns angetan haben. Das Frankenland ist groß. Um ihre Anführer zu töten, müssen wir bis zu den Mauren ziehen. Wer soll das schaffen?«

Er wurde entrüstet niedergeschrien.

»Verrat muß mit Verrat vergolten werden«, meldete sich ein Mann zu Wort.

»Damit wir wie die Christen werden«, unterbrach ihn ein anderer.

Überall im Kreis redeten die Gausprecher hitzig aufeinander ein. Ein jeder Redner hatte schnell Verfechter für seine Idee gefunden. Ein kräftiger Bauer stand auf.

»Ich bin für den ehrlichen Kampf«, begann er zu sprechen.

Die Menschen beruhigten sich.

»Südlich von Paderborn rechnen sie mit uns«, rief er. »Greifen wir sie aber weit im Westen an, werden wir sie überraschen.«

»Damit sie uns dann von Süden aus überfallen«, rief eine Frau dazwischen. Ein Krieger erhob sich.

»Wir im Norden verstehen uns auf die Seefahrt«, schlug er vor.

»Bemannen wir die Schiffe und ziehen zur Kriegsfahrt an die Küsten des Frankenlandes.«

Der Vorschlag wurde mit Beifall beklatscht. Langsam stellte sich Widukind hin.

»Die Feinde haben ein Heer«, erinnerte er seine Zuhörer

nüchtern. »Ihre Anführer sind klug und die Ritter erfahren im Kampf.«

Er musterte die Besucher des Thing prüfend.

»Unsere besten Kämpfer sind tot, die meisten Anführer erschlagen.«

Die Männer und Frauen sahen ihn betroffen an. Die meisten murmelten Zustimmung.

»Noch haben wir die Kraft, uns zu wehren. Aber wie lange noch?«

Entrüstet blickten einige Gausprecher auf.

Widukind fuhr fort:

»Noch sind wir stark. Aber auch getroffen und geschwächt. Verlieren wir die kommenden Schlachten, wird es kein Heer mehr geben, das uns vor den Franken schützen kann. Dann wäre alles verloren. Nun ist es wichtig, mit klugem Kopf zu planen. Wir müssen vorsichtig sein. Karl wird unsere Schwäche nutzen wollen und mit einem Heer nach Norden ziehen. Wollen wir unsere Familien, Felder und Hütten schützen, müssen wir abwarten, was der Gegner tut. Darum hört meinen Vorschlag: Wir stellen ein Heer auf. Jeder Gau schickt so viele Krieger, wie er entbehren kann. Bei der Babilonie sollen sich die Kämpfer versammeln. Greift ein fränkisches Heer an, werden wir kämpfen, um unser Land zu schützen. Siegen wir, ist immer noch Zeit, ihr Land anzugreifen. Wenn sie nicht kommen, werden wir in ihr Land einfallen. Seid ihr damit einverstanden?«

Beifall toste.

»So wollen wir das nun gemeinsam beschließen.«

»Halt«, donnerte eine Stimme über den heiligen Platz, so laut, daß sie selbst über den Beifall der Satrapen zu hören war.

Erstaunt schauten sich die Teilnehmer des Things nach dem Redner um. Ein Hüne hatte sich erhoben. Blondes langes Haar und ein wild wuchernder Bart zierten sein Gesicht. Vor der Brust blinkte golden ein Brustpanzer. An seiner Seite stand ein zweiter, etwas älterer Mann auf. Auch er war blond und bärtig, aber nicht so groß wie sein Nachbar.

»Ich bin Surbold, Herzog der Friesen, und mir zur Seite steht Herzog Unno. Seit es unsere Stämme gibt, haben Sachsen und

Friesen in Notzeiten stets nebeneinander gekämpft. So soll es auch jetzt sein. Wir haben vom Verrat zu Verden gehört und von den blutigen Morden. Friesen kämpften schon in der Schlacht am Süntel in vorderster Reihe. Aber es war ihr eigener Entschluß und aus Freundschaft und guter Nachbarschaft gewachsen. Nun wird der ganze Stamm der Friesen mit euch kämpfen. So hat es das friesische Allthing jetzt beschlossen, und ich habe keine Rast gemacht, um es euch selbst sofort mitzuteilen.«

Die Zuhörer sprangen begeistert von ihren Plätzen. Die, die den Friesenherzögen am nächsten standen, schlugen ihnen freudig auf die Schultern oder schüttelten ihre Hand.

Es gab nicht mehr viel zu besprechen. Das Allthing ging bald nach Erscheinen Surbolds und Unnos zu Ende.

Am nächsten Morgen ritten Böer, Bart und Lif an der Seite von Widukind, Abbio und den Gefährten zur Babilonie. In den folgenden Wochen füllte sich der Wall mit Menschen, die aus allen Teilen des Sachsenlandes zusammenströmten, um ein großes Heer zu bilden. Schließlich war die Zahl der Krieger erreicht, die vor einem Jahr die Franken am Süntel geschlagen hatte. Der Zustrom ebbte ab.

»Es ist ein Heer, mit dem wir siegen können«, frohlockte Thümir, als sich die Gefährten berieten. »Die Kämpfer sind nicht nur an Zahl, sondern auch an Siegeswillen dem Heer vom vergangenen Jahr gleichzustellen.«

»Aber die jungen Streiter haben nicht die Erfahrung der alten Recken«, brummte Widukind. »Und dieser Mangel wiegt schwer.«

»Aber sie sind voller Wut, vom Wunsch nach Rache getrieben. Das mag manches aufwiegen«, erwiderte Thümir.

Widukind nickte.

»Wir sind bereit. Wenn es möglich ist, greifen wir an. Etwas anderes würde ich nie in Erwägung ziehen«, betonte er grimmig. »Trotzdem bin ich froh, daß die Friesen uns verstärken. Ich denke, wir können mit ihrer Ankunft in den nächsten Tagen rechnen.«

Die verbündeten Kämpfer aber erschienen noch nicht auf der

Babilonie. Statt dessen meldeten Späher die Ankunft eines fränkischen Heeres südlich von Paderborn. Die Kundschafter schätzten die Zahl der christlichen Krieger auf rund dreißigtausend Mann. König Karl aber war nicht unter ihnen gesehen worden. Bei Paderborn rasteten die Franken, fällten Bäume und errichteten auf einem Hügel eine Befestigung. Ein Teil der Ritter besetzte die Eresburg, von der Widukind die Besatzung hatte abziehen lassen. Dann trafen achttausend Friesen auf der Babilonie ein.

»Wenigstens brauchen wir nicht zu überlegen, welche Richtung wir einschlagen, wenn wir das Feindesland betreten«, freute sich Surbold siegesgewiß, als Widukind ihm von dem gegnerischen Heer berichtete. »Nun haben wir einen Gegner, den wir in offener Schlacht zur Entscheidung zwingen können.«

»Unterschätzt den Christenkönig und seine Heere nicht«, mahnte Widukind den Friesen.

»Sie sind uns an Zahl überlegen, gut bewaffnet und verstehen zu kämpfen.«

»Karl ist bei dem Heer eingetroffen«, platzte ein Kundschafter plötzlich aufgeregt in das Gespräch.

»Also doch, ich hätte es mir nicht anders vorstellen mögen«, knurrte Widukind.

»Um so besser«, lachte Surbold. »So kann er die Niederlage selbst verfolgen.«

»Ich hoffe es«, sagte Widukind nachdenklich.

Surbold sah ihn erstaunt an.

»Wir müssen siegesgewiß in diesen Kampf gehen«, forderte er den sächsischen Heerführer auf.

Widukind nickte.

»Die Krieger sehnen den Kampf herbei. Ich aber habe dieses Heer zu führen und einen kühlen Kopf zu wahren.«

Er sah Surbold an.

»Weißt du, was diese Schlacht für uns bedeuten kann?«

Der Friese runzelte die Stirn.

»Die Gausprecher sind tot, die besten Krieger erschlagen. Wer soll das Land, seine Felder und Höfe vor den Franken schützen, wenn diese Männer und Frauen, die auf meinen Ruf hören, auch gefallen auf dem Schlachtfeld liegen? Dann wird es niemanden mehr geben, der den Feinden den Weg verstellt, wenn sie durch das Sachsenland ziehen. In diesem Jahr nicht und auch nicht in den kommenden. So sind wir am Ende.«

Einen Moment lang blickte Surbold seinen sächsischen Gefährten an. Er nickte bedächtig.

Der Bote räusperte sich.

»Das ist noch nicht alles«, fuhr er fort. »Die Franken haben Besatzungen auf der Eresburg und auf ihrer Befestigung in Paderborn zurückgelassen und marschieren nach Norden.«

»Es ist soweit«, kündigte Abbio an.

»Wenigstens verschanzen sie sich nicht in ihrer Burg, und wir müssen sie belagern«, frohlockte Salt.

Noch am selben Tag brachen sie auf. Am Mittag des folgenden Tages sichteten sie das fränkische Heer unweit einer kleinen Siedlung, die von den Bewohnern Detmold genannt wurde.

Die Soldaten Karls hatten auf einer weiten, ebenen Wiesenlandschaft Aufstellung genommen und erwarteten ihre Gegner, die gerade zwischen zwei Hügeln auf die Ebene marschierten. Kaum, daß die ersten Kämpfer die Ebene betreten hatten, stürmten fränkische Fußtruppen auch schon mit Geschrei auf sie ein. Der Kampf begann. Die Sachsen drängten mit Eile auf das Feld, konnten aber, eingeschnürt in dem Tal, ihre Kraft noch nicht entfalten. Mit Lurensignalen ließ Widukind die Reiter etwas abseits des Heeresstromes sammeln. Die, denen es gelang, im Getümmel zum Heerführer zu stoßen, führte Widukind kurz darauf im Galopp über einen Hügel ins Tal hinunter. Hier griffen sie die Franken in der Flanke an. Bevor diese ihnen Speere und Äxte zuwenden konnten, war schon eine beträchtliche Zahl ihrer Fußkrieger gefallen. Die anderen wichen zurück. Nun konnten sich auch die sächsischen Haupttruppen ihren Weg auf die Ebene bahnen. Immer mehr Kämpfer fluteten gegen die feindlichen Reihen, die sich zur Flucht wandten. Hörnersignale erschollen, neue Franken rückten vor und fingen ihre weichenden Kameraden auf. Die Schlacht wogte jetzt auf der Mitte des Feldes. Böer sah, wie Widukind die

Hand hob, um ihm und den Gefährten etwas zu zeigen. Hoch auf einem Hügel, der das Tal hinter den fränkischen Reihen begrenzte, waren einige Reiter zu sehen.

»Karl«, brüllte der Heerführer durch den Schlachtenlärm.

»Er hat etwas vor«, schrie Abbio. »Ich habe noch keinen seiner Reiter, keine Sacra Francesca, gesehen.«

»Dann wird er sich beeilen müssen«, brüllte Widukind. »Wir brechen durch.«

Er gab einem Lurenbläser ein Zeichen. Sogleich erscholl das Signal, das den Reitern das Zeichen zum Angriff gab. Überall auf der Ebene galoppierten Friesen und Sachsen nun gegen die fränkischen Reihen an. Bart jagte neben Böer und Lif dahin. Bereitwillig sprangen Fußkämpfer zur Seite, um ihre Reiter durchzulassen. Mit ungeheurer Wut prallten die berittenen Krieger gegen die Franken. Diese flohen. Mit lautem Geschrei folgte das ganze sächsische und friesische Heer. Die christlichen Ritter wurden bis zum Ende des Feldes gedrängt. Als die ersten vor ihren anstürmenden Gegnern Schutz in den nahen Bäumen der ansteigenden Hügel suchten, flog ein Pfeilhagel den Streitern Widukinds entgegen. Wieder und wieder surrten die Geschosse durch die Luft, sanken Reiter tot von den Rössern. Von einem Pfeil getroffen, starb Warst auf seinem Pferd. Entsetzt erblickte Thümir den toten Gefährten. Der Ansturm erlahmte. Schon wollte Widukind das Signal zum Rückzug blasen lassen, als von den Hügeln zu beiden Seiten Reiter der Sacra Francesca zum Angriff auf das Feld stürmten. Immer noch feuerten die Bogenschützen hinter ihrer sicheren Deckung im Wald.

»Sie haben von uns gelernt«, schrie Abbio. »Wir müssen zurück.«

Schon ertönten die Luren und mahnten zum Rückzug. Mit großer Wucht trafen fränkische und sächsische Reiter aufeinander. Mit einer blitzschnellen Bewegung konnte Salt mit seinem Schild gerade noch eine Axt abfangen, die für Bart bestimmt war. Böers Bruder drehte den Kopf, um sich mit einem Blick bei dem alten Recken zu bedanken, als er sah, wie ein anderer Ritter Salt mit einem tödlichen Streich die Brust spaltete. Auch Thümir hatte es gesehen. Mit einem Aufschrei, tobend vor Wut, stürzte er sich auf den Franken und erschlug ihn. Neue Reiter hieben auf ihn ein. Langsam zogen sich die Gefährten und mit ihnen die Reiterei zurück. Dann geschah etwas, mit dem Böer nicht gerechnet hatte. Das sächsische Fußvolk brandete auf die Reihe der vordersten Kämpfer zu Pferde. Die Männer und Frauen hatten das Rückzugssignal mißachtet. Mit ungeheurer Wut und lautem Geschrei rannten die Krieger mit ihren Speeren und Schwertern an den Rössern der Sachsen vorbei auf die fränkischen Streiter zu. Diese stutzten, starben und wurden in ihrem Vorwärtsdrang aufgehalten. Nun wankten die christlichen Reiter und setzten sich in den nahen Wald auf den Hügeln ab. Erst ein Hagel von Pfeilen brachte den erneuten sächsischen Ansturm zum Stehen. Widukind gab das Zeichen zum Rückzug. Am Abend lag Ruhe über dem Feld. Die Sachsen errichteten in den Hügeln auf der anderen Seite der Ebene ein Lager. In der Nacht wurden Böer und die anderen vom Signal der Wachen geweckt. Die Franken griffen an. Es gelang, sie zurückzuschlagen. Am ganzen nächsten Tag wogte der Kampf auf dem Feld hin und her, ohne daß es zu einer Entscheidung kam. Auch die Kämpfer aus dem Norden hatten nun ihre Bogenschützen in den Hügeln hinter sich postiert. Jedesmal, wenn die Reihen einer der Parteien wankten, zogen sich die Kämpfer in den Schutz der Bäume und Pfeile zurück. Die nächste Nacht blieb ruhig. Als sich die Sachsen aber am folgenden Morgen zum Kampf formierten, fanden sie außer einer Nachhut, die in der Nacht den Sachsen ein voll besetztes Lager vorgegaukelt hatte, keine Franken mehr vor. Kundschafter wurden ausgesandt und berichteten, daß Karl nach Paderborn zog. Sofort folgten die heidnischen Streiter dem christlichen Heerzug. Die Reiter mit Böer, Widukind und Abbio an der Spitze stießen als erste auf die Ritter, die sich aber geschickt im Gelände deckend und von starken Verbänden abgeschirmt nach Süden absetzten. Den ganzen Tag über bedrängten Sachsen und Friesen den Feind, konnten aber nicht verhindern, daß dieser schließlich Paderborn und die schützende Burg erreichte. Nun war auch das sächsische Fußvolk heran. Am Fuße der Befestigung lagerten die Angreifer für die Nacht. Am nächsten Tag begannen sie, die Burg zu berennen. Ein harter Kampf entbrannte. Die Franken hatten die Wälle geschickt auf dem Hügel plaziert. Holzpalisaden und Felsen wechselten einander ab, dichter Baumbestand diente ihren Bogenschützen zur Deckung. Das freie Feld, über das die Sachsen angriffen, lag stets unter einem Hagel von Pfeilen. Trotzdem gelang es ihnen, den feindlichen Wall zu durchbrechen. Vor einem zweiten, inneren Befestigungsring aber erlahmte ihr Ansturm. Ein fränkischer Gegenangriff warf sie zurück. Am Abend wichen die Belagerer erschöpft. Widukind rief Boten zu sich. Diese brachen kurz darauf auf, um im ganzen Land neue Krieger zum Kampf aufzurufen. Große Hoffnung verband der Heerführer vor allem mit den Boten, die sich auf den Weg machten, um die Runenstäbe ins Land der Friesen zu bringen. Surbold hatte versprochen, daß in den flachen Gauen dieses Stammes noch frische Heerscharen auf den Kampf warten würden. Die Tage vergingen. Immer aufs neue stürmten die Sachsen gegen die Festung. Sie eroberten den äußeren Wall, konnten Teile der zweiten Palisade, hinter der die Franken sich nun zurückzogen, in Brand stecken. Einen Tag später griffen die heidnischen Heerscharen erneut die innere Befestigungslinie der Verteidiger an. Hier stieg der Hügel auf felsigem Boden steiler als an seinem Fuße an. Die Krieger mußten einen Feind bekämpfen, der hoch über ihren Köpfen thronte und Felsbrocken auf sie niederrollen ließ. Als die sächsische Attacke ins Stocken geriet, stießen die Christenritter mit einem verzweifelten Gegenangriff nach. Widukind gab den Befehl zum Rückzug. Erschöpft trafen sich die Anführer zur Beratung.

»Wir schaffen es einfach nicht«, fluchte Abbio und wischte sich den Schweiß von der Stirn.

»Wir müssen«, schnaubte Widukind.

»Aber wie?« rief Abbio verzweifelt aus. »Wie sollen die Krieger bei dem steilen Boden die Palisade erstürmen? Wir kommen nicht dagegen an, so sehr wir uns auch anstrengen.«

Surbold ließ sich den Arm verbinden. Aus einem langen Schnitt floß das Blut.

»Niemand hat gesagt, daß dieser Sieg einfach wird«, knurrte er. »Wir sind doch schon vorangekommen. Die erste Linie haben wir genommen. Wir müssen uns Schritt für Schritt vorkämpfen.«

»Und dabei in Blut waten...«, schnaubte Abbio wütend. »Wie viele Männer sollen wir für einen Schritt Boden opfern?«

»Surbold hat recht«, fuhr Widukind dazwischen. »Wir treten nicht auf der Stelle, sondern kommen weiter, wenn auch langsam.«

Er sah Abbio an.

»Bedenke, worum es geht. Es ist das Hauptheer der Franken. Karl ist unter den Männern. Siegen wir in dieser Schlacht, haben wir den Krieg gewonnen. Verlieren wir aber, geht unser Stamm in die Knechtschaft. Wir müssen diese Befestigung erobern. Auch wenn es hart ist, es muß uns gelingen. Dieser Sieg ist die Opfer wert.«

»Aber wenn wir so weiterkämpfen, schmilzt unser Heer dahin«, wandte Abbio ein. »Dann gibt es in einigen Tagen keine Krieger mehr, die kämpfen können.«

»Wir sollten das Heer schonen«, bemerkte Lif. »Warum den Feind nicht schwächen, ohne daß es uns Opfer kostet?«

Skeptisch blickten sie die anderen an. Sie lachte.

»Habt ihr euch so in den Angriff verrannt, daß ihr das Nächstliegende nicht mehr seht? Belagern wir doch einfach die Franken, lassen wir sie auf ihrem Hügel in Ruhe. Hunger und Durst werden sie von alleine schwächen. Dann ist die Zeit für den letzten Angriff gekommen.«

Widukind und Surbold schüttelten überrascht die Köpfe.

»Vielleicht solltest du der Heerführer sein«, grinste der sächsische Anführer.

An den folgenden Tagen bildete das Heer einen eisernen Ring um den befestigten Hügel. Die Ritter versuchten einige Male einen Ausbruch, wurden aber jedesmal rasch von den Belagerern gestoppt, die ihrerseits ein paar Mal gegen die Palisaden anstürmten, um den Widerstand der Franken zu testen. Karl hatte großzügig Verpflegung auf der Burg deponieren lassen. Kundschafter beobachteten den Berg. Sie achteten auf Kleinigkeiten. Für lange Zeit sahen sie, daß die Besatzung guten Mutes ihren Dienst tat. Dann aber sank die Moral. Immer häufiger haderten die Wachen miteinander, kein Lachen war mehr zu hören, die Angriffe wurden ohne Elan zurückgeschlagen, und fränkische Vorstöße blieben ganz aus. Gefangene stürzten sich gierig auf ihre Mahlzeit und berichteten von Hunger unter den Franken. Mehrmals fingen die Wachen kleine Trupps mit Jagdausrüstung ab, die in der Nacht versuchten, durch ihre Linien zu gelangen. Die sächsischen Krieger bereiteten sich auf einen großen Angriff vor. Dann kam eine Nachricht, die Widukind vor Wut aufbrausen ließ: Späher meldeten die Ankunft eines weiteren starken fränkischen Heeres im Süden. In zwei bis drei Tagen würde es Paderborn erreicht haben. Der Anführer war Theoderich. Wenig später kamen die Boten aus Friesland zurück. Sie meldeten, daß die Friesen begannen, ein neues Heer zu sammeln, und planten, damit Widukind und Surbold zur Hilfe zu eilen.

»Es ist der entscheidende Kampf«, knurrte Widukind düster. »Beide Seiten rufen ihre letzten Reserven zusammen. Wotan möge uns schützen, wenn wir diesen Kampf verlieren.«

»Greifen wir an?« wollte Thümir entschlossen wissen.

Widukind schüttelte den Kopf. »Die Entscheidung wird nicht hier fallen. Wir werden länger als einen Tag brauchen, die Feste zu erstürmen. Bis dahin ist Theoderich hier – und den verstärkten Franken wären wir nicht gewachsen. Es steht zuviel auf dem Spiel. Wir müssen weichen und uns mit den Friesen vereinigen.«

Die Sachsen zogen nach Norden, anschließend nach Westen, um sich mit den Verbündeten zu treffen. Ein stetiger Fluß von Männern und Frauen aus allen Landen frischte das sächsische Heer auf. Wenige Tage später meldeten Kundschafter die Ankunft Theoderichs und seiner Männer in Paderborn. Gleich darauf machte sich das verstärkte fränkische Heer auf den Weg, die Gegner zu verfolgen.

Surbold hatte nicht zuviel versprochen: An einem Fluß mit Namen Hase, in einer weiten Heidelandschaft, reichten Widukinds Streiter dem neuen friesischen Heer die Hand. Immer noch, so versicherten die Freunde aus dem Westen, gebe es Reserven in ihrem reichen Land. Sie bauten ein Lager und bereiteten sich darauf vor, erneut auf den Feind zu treffen. Drei Tage später marschierte das Heer Karls auf. Auf offenem Feld prallten Sachsen, Friesen und Franken und deren Hilfstruppen aufeinander, zunächst die Reiter, dann die Fußkämpfer. Es war die entscheidende Schlacht, keine Seite mochte weichen. Die Soldaten aus dem Süden waren an Zahl, Erfahrung und Waffen überlegen. Die Streiter aus dem Norden aber fochten mit mehr Entschlossenheit und Wut, denn ein jeder Krieger spürte, daß nun das Schicksal seines Stammes entschieden wurde. Am Abend ruhte der Kampf, um am nächsten Morgen wieder aufzubranden. Am dritten Tag aber neigte sich das Kampfglück immer mehr zugunsten der Christen. Ihren Reitern gelang es, an einer Seite eine Bresche in das sächsische Fußvolk zu schlagen. Dort drangen die Ritter vor. Die hier kämpfenden Sachsen hatten nicht mehr die Kraft, die Franken zurückzudrängen. Anders als an den Tagen zuvor, konnte Widukind keine Kämpfer mehr aus einer ruhigeren Ecke des Kampfgeschehens gegen die neue Bedrohung verlagern. Langsam rissen an dieser Stelle die Reihen der Sachsen. Ein Lurensignal wies sie auf die Gefahr hin. Nun stürmten doch Reiter aus allen Teilen des Schlachtfeldes los, um die Franken zu stoppen. Mit wildem Geschrei ritt ihnen Thümir voran. Böer, Lif, Bart, Euliset, Rakus und Servalis folgten zusammen mit anderen Kämpfern. Hart prallten sie auf die Ritter, erbittert wurde gefochten. Da schoben sich fränkische Fußtruppen zwischen die Reiter um Thümir und Böer und den Rest des sächsischen Heeres, der gleichzeitig von anderen gegnerischen Einheiten zurückgedrängt wurde. Diese Linien zu halten, fehlte den dort Kämpfenden nun die Kraft der Streiter, die eben zuvor davongestürmt waren, die entstandene Bresche zu stopfen.

Böer und die Gefährten sahen sich von Feinden umgeben. Immer mehr Angehörige ihrer kleinen Gruppen fielen erschlagen von den Rössern. Thümir wütete wie ein Berserker unter den Franken. Da durchbohrte ein Speer seine Brust. Mit ungläubig geweiteten Augen sank der graue Recke vom Pferd. Böer blickte sich um, konnte seinen alten Freund nicht mehr entdecken.

»Wir müssen durchbrechen«, schrie er den anderen zu.

»Es geht nicht. Wir schaffen es nicht«, antwortete Bart, um trotzdem sogleich Böer zu folgen, der mit den wenigen verbliebenen Reitern versuchte, zum Hauptheer zu gelangen. Plötzlich traf ein Axthieb Barts Bein. Er verlor das Gleichgewicht und sackte auf den Hals des Rosses. Sofort packten ihn kräftige Feindeshände. Der junge Krieger wurde vom Pferd gezogen, und noch ehe er auf dem Boden landete, durchbohrte ihn ein Schwert.

»Bart«, schrie Euliset, der dicht hinter ihm ritt, erschrocken.

Böer hörte den Schrei, drehte sich überrascht um. Aber es war zu spät, sie konnten ihm nicht mehr helfen. Schon drangen von allen Seiten Franken auf sie ein, mußten sie sich gegen Beile und Speere wenden, während Bart im Getümmel hinter ihnen verschwand. Servalis, der nun an der Spitze der Freunde ritt, wurde hart von zwei Rittern attackiert. Böer und Rakus drängten an seine Seite, aber schon sank er vom Pferd. Mit wütenden Hieben erschlug Böer die nächsten Gegner, fing dann blitzschnell den stürzenden Freund auf, während Euliset, Rakus und Lif ihnen Deckung gaben. Gemeinsam brachen sie weiter durch die Reihen der Gegner, Böer nun mit dem leblosen Servalis auf seinem Roß. Nach hartem Kampf erreichten sie die Hauptmacht, die auf der ganzen Linie jetzt vor den Feinden zurückwich. Widukind, Abbio und Surbold fochten auf ihren Rössern inmitten der anrennenden Franken wie Felsblöcke, die sich einer anstürmenden Brandung entgegenstellen. Luren riefen zum Rückzug. Da öffnete Servalis die Augen. Die Freunde atmeten auf. Der stumpfe Schlag eines Schildes hatte ihn vom Pferd gerissen, er war nicht verletzt. Böer und die Gefährten kämpften sich zu den Heerführern durch.

»Wir haben wieder Boten losgeschickt«, informierte ihn Widukind, als er nahe neben Böer ritt. »Surbold meint, daß die Friesen erneut Krieger schicken können. Bis dahin setzen wir uns langsam nach Süden ab.«

»Warum nach Süden?« fragte Böer.

»Dort gibt es eine Furt durch die Hase. Wenn wir sie geschickt verteidigen, können wir uns absetzen und die Christen am Übergang aufhalten.«

Kämpfend gingen die heidnischen Heerscharen langsam zurück. Die Franken stürmten verbissen gegen ihre Reihen an, konnten sie aber nicht zum Wanken bringen. Es dämmerte und wurde Nacht. Der Kampf dauerte an. Endlich gelangten die Sachsen an den Fluß, der von Sumpfland umgeben wurde. Nur ein schmaler Weg führte durch das unwirtliche Gebiet, nur dieser Steg führte zur Furt durch den Fluß. Ihn mußte benutzen, wer nicht in den Sümpfen steckenbleiben wollte. Die besten Krieger sicherten den Übergang am Beginn der Sümpfe in einem starken Brückenkopf, während der Rest des Heeres über den Pfad zog und schließlich die Hase überquerte.

»Nach Westen, in Richtung auf die Friesen«, wies Surbold die Männer und Frauen auf der anderen Flußseite an und ritt selbst an die Spitze.

»Folgen wir ihm«, forderte Widukind die anderen auf. »Sorgt euch nicht um die Männer, die den Übergang sichern. Sie haben sich freiwillig aufgestellt und suchen den Tod.«

»Und wenn die Friesen kein neues Heer aufgestellt haben?« wollte Servalis wissen.

»Dann werden auch wir sterben. Dann ist alles verloren«, entgegnete Widukind.

Das Heer zog nach Westen. Nach drei Tagen trafen sie auf Friesen, die ihnen bereits entgegenkamen. Mittlerweile rückten ihnen auch die Franken nach. Inmitten saftiger Wiesen stellten sich Sachsen und Friesen erneut zur Schlacht.

»Es sind nicht viele Krieger, die uns nun verstärkt haben«, stellte Widukind verzweifelt fest, als sie in der Dämmerung zusammensaßen und Karls Heer erwarteten. »Es steht schlecht um uns.«

»Wir wissen aber nicht, wie groß die Verluste der anderen Seite waren. Wer weiß? Vielleicht wird sich das Blatt noch wenden«, sagte Abbio, aber auch seiner Stimme fehlte im Klang die Hoffnung, die er mit seinen Worten verbreiten wollte.

»Falls wir verlieren«, betonte Lif, »sollten sich die Überlebenden auf der Babilonie sammeln.«

Widukind nickte. Er ließ die Kämpfer zusammenrufen und trat vor sie. Männer und Frauen sanken erschöpft vor ihrem Heerführer zu Boden. Seit Tagen hatten sie gekämpft, kaum gegessen und geschlafen. Mit Blut und Dreck verschmiert hockten sie auf der Wiese, die Kleidung zerrissen, die Waffen schartig, und blickten mit glanzlosen Augen zu ihrem Anführer auf.

Noch einmal leuchteten ihre Blicke, als Godin und Heerführer vor sie traten. Widukind gab den Kriegern Anweisungen für den Kampf und den Treffpunkt danach. Ein großes Feuer wurde entzündet. Lif sprach zu den Männern und Frauen und rief die Götter an.

Am nächsten Morgen waren die Franken da. Entsetzt sahen die Sachsen, in welch großer Zahl sie sich rasch näherten. Noch einmal rafften sie sich auf und stellten sich ihren Feinden entgegen, stürmten die frischen Friesen wütend auf das christliche Fußvolk ein. Der Kampf wogte heftig. Zwar waren auch die Feinde erschöpft, aber ihre Überzahl wog schwer. Schon bald erlahmte die Kraft der Streiter aus dem Norden, immer mehr Tote bedeckten die Wiese. Surbold und Unno starben. Schließlich löste sich die Linie der kämpfenden Parteien auf – der Kampf war verloren. Nur noch vereinzelt fochten Sachsengruppen, während sich ein Großteil des christlichen Heeres schon wieder zurückzog. Böer wurde für einen kurzen Moment von den anderen getrennt. Als er dann auch noch einer Horde Ritter ausweichen mußte, die direkt auf ihn zu galoppierte, verlor er die Freunde gänzlich aus den Augen. Er ritt durch ein kleines Birkenwäldchen, trieb sein Pferd durch einen kleinen Bach und raste anschließend über freies Feld. Die Reiter waren ihm nicht gefolgt und hatten wohl ein lohnenderes Ziel entdeckt. Nun galt es, die Gefährten zu finden. Während Böer auf dem Rücken des Rosses verschnaufte, ließ er seinen Blick suchend über das Schlachtfeld gleiten. Noch einmal erblickten seine Augen das verhaßte Bild: Auf einem Erdhügel, am Rande der Schlacht, thronte Karl auf seinem Schimmel, Schultern und Rücken von einem himmelblauen Umhang bedeckt. Mit leicht über den breiten Schultern nach vorn gezogenem Kopf verfolgte er den Kampf, drehte sich plötzlich zu einem Begleiter, wendete sein Pferd und ritt davon. Widukind, Abbio und Lif aber konnte Böer nirgends entdecken. Er trabte in den Schatten eines kleinen Birkenhains – das Risiko, von einem umherziehenden, plündernden Frankentrupp gestellt zu werden, erschien ihm auf offenem Feld zu groß. Aus seiner Deckung suchte er die Ebene nach seinen Freunden ab. Sorgen beschlichen sein Herz. Unruhig wandte er immer wieder den Blick. Noch immer konnte er nichts von ihnen sehen.

»Komm«, hörte Böer hinter sich eine Stimme, so wohlbekannt, daß ihm vor Freude das Herz hüpfte.

Er hörte Widukind. Böer drehte sich um. In dem Gestrüpp am Rande des Wäldchens richtete sich langsam die große Gestalt des Recken auf, in der zerrissenen Kluft eines einfachen Fußkriegers gekleidet, über und über mit Dreck und Blut beschmiert.

»Was siehst du mich so zweifelnd an?« grinste der Heerführer. »Sieh zu, daß du dir ebenfalls andere Kleidung besorgst. Oder glaubst du, die Franken lassen uns in prachtvoller Rüstung vom Schlachtfeld reiten?«

Überrascht schüttelte Böer den Kopf.

»Mach schon, komm ins Gebüsch, hier ist noch etwas zum Anziehen«, knurrte Abbio aus dem kleinen Wald.

Böer sprang vom Pferd und führte das Tier unter die Bäume. Hier sah er gleich darauf Lif, Abbio, Euliset, Rakus und Servalis auf dem Boden hocken – alle ebenfalls in einfacher Tracht gekleidet. Lachend nahm Böer Lif in die Arme. Anschließend zog er sich um. Abbio warf ihm die Kleider eines einfachen Bauern zu.

»Die haben wir den Toten genommen. Mach dir nichts daraus«, erklärte er leise.

Sie warteten im Hain, bis es dunkel wurde. Dann krochen sie an seinen Rand.

»Nichts würde die Christen so freuen, als uns in ihre Hände zu bekommen«, knurrte Widukind, während er in die Dunkelheit spähte. »Aber diesen Gefallen werden wir ihnen nicht tun. Könnt ihr irgendwo Anzeichen für Franken erkennen?«

Die Freunde schüttelten den Kopf. Abbio wies auf den Horizont, wo sanfter Feuerschein den Himmel erleuchtete.

»Die feiern ihren Sieg«, bemerkte er bitter. »Brechen wir durch.«

Die Gefährten bestiegen ihre Pferde. Leise ritten sie langsam über das Schlachtfeld. Immer wieder traten die Rösser gegen Leichen.

»Halt, wer da?« rief ihnen eine Stimme zu.

»Schnell, folgt mir«, schrie Widukind, stieß einen Schrei aus und galoppierte los. Mit donnernden Hufen stürmte der kleine Trupp mitten durch eine fränkische Patrouille, die entsetzt über den plötzlichen Angriff zur Seite sprang. Den meisten stand die Überraschung noch ins Gesicht geschrieben, als sie tot ins Gras sanken.

»Sachsen, Alarm«, hörten sie schon weit hinter sich Stimmen schreien. Wachen hatten den Lärm gehört.

Im Schutz der Dunkelheit jagten sie weiter, so lange, bis die Pferde drohten, erschöpft zusammenzusinken. Nach einer kurzen Rast setzten die Freunde die Flucht fort. Als der nächste Morgen graute, waren sie schon weit vom Schlachtfeld und den Franken entfernt. Nun ritten sie etwas ruhiger. Nach drei Tagen erreichten die Gefährten Widukinds Hof in Enger. Geva und die Töchter des Heerführers schlossen sich der kleinen Gruppe an. Niemand zweifelte daran, daß Karl den Hof, dessen Lage er wohl kannte, plündern lassen würde. Als sie bald darauf die Babilonie erreichten, hatten sich bereits einige überlebende Krieger auf der Burg eingefunden. In den folgenden Tagen kamen weitere hinzu. Unter ihnen war Aural, der Bote, der auch die vergangenen Schlachten überstanden hatte.

Die versprengten Krieger, die einzeln oder in kleinen Gruppen auf die Babilonie kamen, freuten sich, ihre Anführer noch am Leben zu sehen. Aber sie brachten schlimme Nachrichten mit. Viele von ihnen hatten lange Umwege reiten und sich oft verstecken müssen, weil feindliche Einheiten überall durch das Sachsenland streiften. Dabei plünderten die Christen die Höfe der Bauern, steckten die Hütten in Brand, töteten das Vieh und vernichteten Felder und Ernten. Immer wieder hatten die Ritter die Bauern nach Widukind und den anderen Anführern gefragt. So mancher Landmann starb, weil er nichts sagen konnte. Vielerorts aber wußten die Menschen durch diese Taten, daß die sächsischen Anführer noch am Leben waren. Dann war es soweit: Ein Trupp von hundert fränkischen Soldaten erreichte die Nähe der Babilonie. Die Wachen im Wald vermochten den Feind nicht aufzuhalten. Der Trupp erschien kurz vor dem Wall der Burg. Schon hatten sich hastig Bogenschützen gesammelt, stürmten auf die Wälle und schossen einen Hagel von Pfeilen auf die Reiter. Sofort zogen sich diese in den Forst zurück. Ein Reitertrupp, der ihnen sogleich nachjagte, konnte die Franken nicht mehr einholen und zum Kampf stellen. Nun kamen auch die Familien des Umlandes in die Befestigung. Sie alle wußten, daß die Feinde bald angreifen würden. Tausend Krieger hatten sich schließlich in der Babilonie verschanzt, dazu noch einmal so viele alte Menschen und Kinder. Wenig später erschien eine Streitmacht von dreitausend Rittern vor den Wällen. Der Kampf begann. Tapfer ließen die Bogenschützen Pfeil auf Pfeil gegen den Feind surren, mutig schlugen die Streiter auf den Palisaden den Feind jedesmal zurück, wenn er in die Burg eindringen wollte. Ihr Verbündeter war der Berg, mußten die Franken doch bei ihren Angriffen gegen den steil ansteigenden Hügel anrennen. Doch auch die christlichen Angreifer und Bogenschützen fanden Deckung. Wald breitete sich zu Füßen des Burghügels aus. Mit jedem Tag, den der Kampf tobte, starben mehr Kämpfer auf den Wällen, getroffen von Pfeilen. Die Zahl der Sachsen schmolz dahin, während ihre Gegner durch stetig neu hinzukommende Einheiten verstärkt wurden. Am dritten Tag drangen Christen über die Wälle der Hauptburg, erst nur an einer Stelle, die sich aber immer mehr verbreiterte. Die Verteidiger zogen sich auf die Spitze des Hügels, den ein separater Wall mit starken Holzpalisaden gegen die Vorburg abgrenzte, zurück. Am Nachmittag flogen die ersten Feuerpfeile gegen den Wall und in die Dächer der Hütten. Die Brände konnten bald nicht mehr gelöscht werden. In der Dämmerung stürmten die Franken durch die Palisaden der Hauptburg. Der Widerstand brach zusammen. Im Schutz der einsetzenden Dunkelheit und des Rauches scharten sich die Getreuen um Widukind.

»Uns bleibt nur die Flucht«, stellte der Herzog fest. »Es gibt einen alten Stollen im Berg, den älteren unter euch ist er bekannt. Hoffen wir, daß er noch begehbar ist.«

Widukind führte die anderen in eine Hütte. Der Boden des Hauses bestand aus Felsen. Mit Hilfe von Abbio und Böer löste der Heerführer einen großen Gesteinsbrocken und rollte ihn beiseite. Darunter gähnte schwarz der geheime Gang. Mit einer Fackel stieg Widukind hinein, die anderen folgten, Männer, Frauen, Kinder und einige alte Leute darunter. Die letzten Krieger verschlossen den Gang wieder.

Vorsichtig tasteten sie sich vor, sorgsam die Schritte um jede Biegung setzend. Die Kinder schrien, die Alten versuchten sie zu beruhigen, während Männer und Frauen wachsam die Decke beobachteten. Abbio pirschte nun an der Spitze. Widukind bildete den Abschluß der Gruppe. Er hielt seine beiden Töchter Ravena und Ida an der Hand, Tekla ging weiter vorne neben Geva. An einigen Stellen rieselten Sand und Gestein auf die Flüchtlinge nieder. Einmal mußten sie laufen, um nicht verschüttet zu werden. Plötzlich schrie Ravena laut auf und rannte zurück. Widukind setzte ihr nach, doch schon riß die Decke hinter ihm entzwei. Gestein und Erde warfen ihn zu Boden. In einer Biegung des Ganges sah er noch, wie Ravena ebenfalls von Gestein und Erdmassen niedergerissen wurde. Geistesgegenwärtig stieß Böer Ida zurück, griff den Heerführer und zog ihn aus dem fallenden Erdreich in den noch stehenden Stollen. Wenig später war der Gang hinter ihnen mit Erde gefüllt. Der Bereich, in dem sie standen, aber hatte gehalten. Schon wollte Böer Widukind beim Aufstehen helfen, als er erkannte, daß der Heerführer weinte. Geva stürzte zu ihm. Böer drehte sich um und gab den anderen, die ihnen schon zu Hilfe kommen wollten, ein Zeichen, fortzubleiben. Neben Lif ließ er sich auf den Boden sinken. Sie ruhten eine ganze Weile.

»Wir müssen weiter«, sagte Widukind schließlich mit müder Stimme, und sie brachen wieder auf.

Endlich erreichten sie das Ende des Ganges am Fuß des Hügels. Im Schutz der Dunkelheit und eines dichten Buschwerks traten sie ins Freie. Die Gruppe trennte sich. Einige der Menschen wollten zu entfernt wohnenden Verwandten aufbrechen. Aural ging zum Hof seiner Sippe nach Ostfalen. Geva und ihre beiden noch lebenden Töchter machten sich auf den

Weg zu Gevas Vater, dem dänischen König. Widukind versprach, zum Winterbeginn zu folgen. Zuvor mochte er das Sachsenland nicht verlassen. Böer, Lif, Abbio und die Wanderer beschlossen, an seiner Seite zu bleiben. Nach der Trennung zogen die Gefährten nach Westen. Hier hofften sie, einige versteckt liegende Wallanlagen zu finden, die der Feind noch nicht entdeckt hatte. In einem einsam gelegenen Dorf baten sie um Pferde. Überrascht umringten die Dorfbewohner die Freunde, als sie erfuhren, wer sich in ihrem Dorf aufhielt, hatten hier doch die meisten mit dem Tod der Anführer gerechnet.

Nachdem die Bauern ihnen die besten Rösser ausgesucht hatten, führte Widukind die Tiere zu einer Schmiede.

»Was hast du vor?« fragte Böer überrascht, als sie auf den Hof traten.

»Du wirst es gleich sehen«, lachte der Heerführer.

Der Schmied trat ihnen mit ernstem Gesicht zur Begrüßung entgegen. Es war ein kräftiger Mann, so groß wie Widukind, dabei aber fast doppelt so dick.

»Was kann ich für euch tun? Wenn ich euch bei der Flucht irgendwie helfen kann, sagt es mir.«

»Ihr wißt, es kann euch den Kopf kosten, uns zu unterstützen«, warnte Widukind den braven Mann.

»Das laß mal meine Sorge sein«, grinste dieser. »Ihr kennt doch das alte Sachsenwort: Lieber tot als Sklave.«

Widukind nickte.

»Dann beschlag uns die Tiere«, forderte er den Mann auf.

»Aber die Hufeisen sind noch gut«, stelle der Schmied erstaunt fest, als er sie sich besah. »Hab ich selbst erst vor wenigen Wochen geschmiedet.«

»Du kannst sie ruhig weiterverwenden«, grinste Widukind. »Aber schlag sie uns verkehrt herum an die Hufe.«

Der Schmied grinste schelmisch.

»Allein für diesen Gedanken würde uns der Sieg gebühren«, lachte er. »Das dürfte gehen. Aber ich muß die Eisen zunächst noch etwas biegen, sonst werden sie euren Pferden nicht gut bekommen.«

»Wird die Spur trotzdem zu lesen sein?« wollte Widukind wissen.

»Vertraut auf meine Kunst«, antwortete der Schmied und schwang auch schon den Hammer.

Die Freunde übernachteten in dem Dorf. Am nächsten Morgen waren die Rösser mit den verkehrten Hufeisen versehen. Sie setzten ihre Flucht fort. Im weichen Sand am Rand eines Baches ließen sie die Pferde langsam gehen und waren erstaunt über die Echtheit der Spuren.

»Als ob wir in die andere Richtung reiten würden«, freute sich Abbio. »Nur die Tiefe der Abdrücke stimmt nicht ganz. Ein erfahrener Spurenleser wird sich wundern.«

»In Karls Gauen gibt es aber keine guten Kundschafter«, lachte Widukind. »Denk daran, wie lange sie die Babilonie nicht fanden. Und wir reiten ja auch nur selten in so weichem Sand.«

Sie trabten weiter. Am Abend erreichten sie die Wälle der Burg Schagen. Wie Widukind vermutet hatte, waren die Franken noch nicht da gewesen. Bauern und Krieger aus dem Umland hatten sich aber auch nicht zusammengefunden. Sie ritten allein zwischen die überwachsenen Wälle der Schutzbefestigung für den umliegenden Gau.

»Seltsam ist die Ruhe schon«, stellte Böer fest.

»Zu ruhig«, überlegte Abbio. »Laßt uns außerhalb des Walles im Wald schlafen.«

In Sichtweite der Burg bauten sie ihr Lager auf. Es ging schon auf den Morgen zu, als Abbio, der Wache hielt, die anderen weckte. Von der Burg waren Stimmen zu hören, Hufe und das Geklirr von Waffen.

»Franken«, knurrte Abbio nur kurz.

»Dann war es Verrat«, mutmaßte Servalis. »Irgend jemand muß ihnen unsere Ankunft gemeldet haben.«

Die Gefährten brachen ihr Lager ab und ritten noch in der Nacht davon. Bald nach ihrem Aufbruch kam die Sonne hinter den Bergen hervor. Sie beschlossen, nach Süden zu reiten, denn weiter im Westen wären sie auf die Wittenheide und damit das unheilvolle Schlachtfeld, auf dem sie kurz zuvor Thümir, Warst, Salt und Bart verloren hatten, gekommen. An der Hase, nicht weit entfernt von der Stelle, an der sich die Furt befand, an der das Heer vor noch nicht allzu langer Zeit über den Fluß gezogen war, rasteten sie. Erst kurze Zeit war vergangen, seit sie die

Schlachten geschlagen hatten. Böer ließ sich am Fluß in das weiche Gras fallen. Die Sonne schien warm von einem strahlend blauen Himmel. Ruhig zog das dunkle Wasser des Flusses dahin, Mücken summten und Vögel zwitscherten. Wie selten waren diese friedlichen Momente in seinem Leben geworden. Mit einem Mal spürte Böer den Schmerz der Trauer über den Tod seines Bruders und all der Freunde, die er in so kurzer Zeit verloren hatte. In den vergangenen Tagen hatte es nicht einen Augenblick gegeben, in dem er über das Geschehene nachdenken konnte. Auch in diesem Moment war nur wenig Zeit. Schon bald würden sie wieder aufbrechen und weiterreiten. Sie ritten im Kreis. Er fragte sich wozu, wußte aber sogleich, daß sie nicht davonlaufen oder sich den Franken stellen konnten. Die Menschen waren in Not. Wenn überhaupt, so brauchten sie jetzt Führer und Ziele. Gleichzeitig fiel Böer ein, wie wenig sie den Sachsen halfen. Sie irrten doch nur verloren im Land umher, stets auf der Flucht und darum bedacht, ihr eigenes Leben zu retten. Er blickte zu den anderen herüber. Wie er hatten sie sich an den Fluß gesetzt. Nur Widukind und Lif standen bei den Pferden. Sie alle wirkten erschöpft und geschlagen, trugen noch die zerrissenen Kleider, die sie den gefallenen Kriegern nach der Schlacht an der Hase abgenommen hatten. Böer stand auf und ging zu Lif und Widukind. Die beiden sahen ihn an. Lif, deren Augen trotz Erschöpfung immer noch mit einer ruhigen, ungebrochenen Kraft angefüllt waren, und Widukind, um den Böer sich seit dem Verlust der Schlachten und dem Tod seiner Tochter zunehmend sorgte. Zwar überlegte er bedacht wie stets zuvor, war derjenige unter ihnen, der noch am ehesten scherzte, doch Böer erkannte in seinen Augen einen tiefen Riß, den die vergangenen Wochen in seine Seele geschlagen hatten. Als der Heerführer ihn jetzt ansah, wurde sich Böer dessen besonders bewußt.

»Wir können nichts für die Menschen tun«, stellte Böer fest, als er bei den beiden stand. Widukind nickte.

»Aber wir können sie auch nicht allein lassen«, erwiderte er. »Wir sollten nicht zuviel erwarten. Vielleicht ist es schon gut, wenn wir uns im Land zeigen, sehen, wie es den Menschen ergeht.«

»Wir treiben nur so daher«, fuhr Böer unbeirrt fort und wies auf den Fluß, »getrieben wie dieses Stück Treibholz dort. Früher wußten wir, was zu tun war, jetzt haben wir allen Tatendrang verloren.«

»Es ist zu früh«, wandte Lif ein und umarmte ihn. »Noch können wir nicht viel tun. Es kommt darauf an, zu retten, was nur möglich ist.«

»Aber was können wir machen?« wollte Böer von ihr wissen.

»Wir müssen die Menschen wissen lassen, daß wir leben. Das allein schon wird ihnen Kraft geben. Nicht nur wir, sondern der ganze Stamm braucht jetzt Ruhe. Die Menschen sollen jeden unnötigen Streit mit den Feinden vermeiden und ruhig auf ihren Abzug warten. Im nächsten Frühjahr wollen wir Weiteres planen«, schlug Lif vor. »Und bis dahin haben wir Zeit, die Lage zu bedenken. Vielleicht geben uns die Götter einen Hinweis auf unseren Weg.«

»Dann müssen wir die Runenstäbe für die Boten schnitzen und sehen, ob wir noch Menschen finden, die sie durch das Land tragen«, stellte Böer fest.

Widukind nickte. In der Nähe ihrer Raststätte lag eine Siedlung, zu der sie aufbrachen. In der Ferne stieg eine einsame Rauchsäule zum Himmel. Als sie den Hütten schon nahe waren, hörten sie hinter sich das Geräusch galoppierender Pferde.

»Franken«, schrie Abbio, der den Feind als erster gesehen hatte. Schon jagten sie wieder vor ihren Häschern davon. Die Hütten der Siedlung kamen näher. Widukind lenkte sein Roß nach links.

»Weg von dem Dorf. Wir gefährden sonst die Menschen dort«, schrie er den anderen zu. In diesem Moment liefen Bauern aus dem Ort auf die Wiesen, den Freunden entgegen. Mit den Armen gaben sie Zeichen, näherzukommen.

»Sind die denn verrückt geworden?« rief Abbio.

»Vielleicht ist das unsere einzige Chance«, reagierte Lif schnell und hielt auf die Dorfbewohner zu. Die anderen galoppierten hinterher.

»Schnell, ins Dorf«, brüllten ihnen die Menschen entgegen.

Sie sprengten hinter die Hütten, kamen auf einen Platz inmitten des Dorfes – und stutzten überrascht. Hunderte von Bauern standen dort, die meisten bewaffnet mit Speeren, einige mit Schwertern. Ein paar Krieger auf Pferden waren darunter.

»Bei Donars Hammer«, staunte Abbio. »Ihr wollt euch doch nicht den Franken entgegenstellen.«

»Was denn sonst?« rief ein kräftiger Bauer zur Antwort. »An Osnabrück sollen sie sich nicht so schnell schadhaft halten. Jetzt aber macht, daß ihr in den Schatten der Häuser kommt.« Immer noch verwirrt folgten die Freude seinen Anweisungen. Zwischen den Hütten sahen sie, wie die fränkischen Reiter schnell näher kamen. Die Bauern auf dem Feld waren wieder verschwunden, in der Siedlung drückten sich die Männer und Frauen an die Wände der Hütten, so daß der Platz frei war. Mit siegessicherem Geschrei galoppierten die Ritter – es mochten wohl an die Hundert sein – in das Dorf. Kaum waren sie vollends auf dem Platz, da hagelten auch schon Pfeile aus den Hütten. Die Rösser stiegen, warfen ihre Reiter ab, andere sanken tot zu Boden. Von Geschossen getroffene Franken stürzten in den Staub. In diesem Moment der Verwirrung drangen die Bauern mit lautem Gebrüll auf die Christen ein. Der Kampf war kurz und heftig, die Angreifer in kürzester Zeit erschlagen. Große Freude brach unter den Dorfbewohnern aus, als sie erfuhren, wen sie da als Gast in ihrer Siedlung hatten. Von den verlorenen Schlachten wußte alle. Niemand aber hatte auch nur gehofft, daß Widukind und die Godin am Leben waren. Der Anführer bewirtete die Freunde am Abend in seinem Haus.

»Und was macht ihr, wenn sie sich rächen wollen?« fragte Widukind den Mann nach dem Essen.

»Sind es soviele wie heute, dann machen wir sie nieder. Ansonsten«, er zuckte mit den Achseln, »müssen wir fliehen. Es gibt große Wälder hier in der Nähe. Und ewig können die Christen nicht bleiben. Das Umland wird von jungen Burschen beobachtet. Sobald Franken kommen, entzünden sie ein Feuer.«

»Wir müssen den Menschen mitteilen, daß wir noch leben«, wandte sich Widukind an den Mann.

Dieser nickte ernst.

»Eure Siedlung ist groß. Habt ihr junge Krieger, die die Runenstäbe über das Land tragen können?« Der Mann strahlte.

»Natürlich«, sagte er stolz, »soviel ihr wollt. Ruft damit auch gleich zum Kampf in allen Dörfern auf.«

»Wir wollten die Menschen eher zur Ruhe mahnen«, gab Abbio verlegen zu. Ihr dicker Gastgeber sah sie irritiert an.

»Nun gut, ihr seid die Anführer. Es ist wohl besser so«, kratzte er sich am Kopf. »Die Boten sollen sich noch morgen auf den Weg machen.«

Die Freunde blieben eine Nacht. Anschließend ritten sie nach Osten. Sie waren sich mittlerweile einig, daß weitere Ritte durch das Land sinnlos geworden waren und sie im Moment nichts mehr tun konnten. Sie beschlossen, bald ins Waldsatiland zu reiten und sich dort zu trennen. Widukind und Abbio planten, nach Dänemark zu reisen. Im nächsten Frühjahr wollten sie sich auf Böers Hof treffen. Zahlreiche Feindestruppen querten ihren Weg. Die Gefährten mußten nach Süden ausweichen und im Schutz tiefer Wälder reiten, um den Feinden nicht in die Hände zu fallen. Dabei kamen sie durch eine seltsame Gegend. Obwohl es noch Sommer war und die Tage erfüllt vom warmen Sonnenschein, ohne daß es eine längere Dürre gegeben hätte, ließen die Bäume am Wegesrand ihre Zweige hängen. Selbst Blumen und Büsche sahen verdorrt aus. Wie Böer an den welkenden Blättern erkennen konnte, hatte der Tod hier noch nicht lange Einzug gehalten. Es war still, kein Vogel sang. Dann aber hörte Böer den Schrei einer Elster und wußte, wo er war: im Vogelwald. Das Ende des Stammes hatte begonnen.

»Er wird wieder blühen und die Vögel wieder singen«, sagte Lif leise zu ihm. »Dann, wenn die gute alte Zeit wiederkommt.«

»Wie lange wird es dauern?« wollte Böer wissen.

Lif zuckte mit den Achseln.

»Lange«, flüsterte sie.

Sie ritten an der Babilonie vorbei. Bauern hatten die Toten des Kampfes verbrannt. Die Burg aber war verfallen und zerstört. Nach einer Rast ritten sie weiter. Erneut stießen sie auf einen Frankentrupp. Sie flüchteten in östlicher Richtung. Wie schon so oft, verloren die Ritter auch diesmal ihre Spur, nachdem sie die Verfolgten nicht mehr sehen konnten.

»Sie werden irgendwann dahinterkommen«, mahnte Rakus die Freunde.

»Ja«, pflichtete Euliset bei, »wenn sie einmal auf die Idee kämen, auf unsere Spuren zu achten, wenn sie uns noch im Blickfeld haben.«

»Spurenleser sind immer erst gefragt, wenn das Auge keine Verfolgten mehr sieht«, meinte Servalis. »Aber diese kleinen Trupps haben sicher nicht einmal einen Fährtensucher dabei.«

»Wir sind nicht mehr weit von der Weser«, stellte Abbio fest. »Ich kenne dort eine Höhle. Noch aus meiner Jugendzeit. Ich glaube, dort könnten wir in Sicherheit rasten und die Nacht verbringen.«

Die anderen willigten ein. Die Höhle war nicht weit entfernt, so daß sie sie bald fanden. Es gab im Umkreis sehr viel Wild. Bald hatten sie ein Reh mit dem Bogen geschossen. Es kam ihnen zum Abendessen gerade recht.

»Es ist eine heilige Höhle«, stellte Lif nach der Mahlzeit fest. »Hier wurden früher Nerthus Opfer dargebracht.«

»So kennst du die Grotte?« wollte Böer wissen.

»Ich war nie hier, aber ich habe davon gehört«, erwiderte Lif. »Ich würde mich gerne einmal draußen umsehen.«

»Im Dunkeln«, stutzte Rakus.

»Ich brauche dazu nicht viel zu sehen – mit den Augen«, stellte Lif fest und verschwand auch schon im Eingang.

»Ich werde frische Luft schnappen«, kündigte Widukind an. »Wer möchte mich begleiten?«

Nur Böer erklärte sich bereit.

Sie schritten eine ganz Weile über einen alten Pfad durch den Forst, bis sie sich weit von der Höhle entfernt hatten. Widukind sprach von den kommenden Monaten in Dänemark, auf die er sich freute. Über seine Trauer aber wollte er nicht reden. Böer dagegen erzählte von seinem Vater und Bruder, die er so kurz hintereinander verloren hatte. Schließlich drehten sie um. Es war still, als sie sich der Höhle näherten. Böer beschlich das Gefühl, daß irgend etwas nicht stimmte. Auch Widukind blickte sich unruhig um. Sie kamen der Höhle näher, bemerkten, wie sich einige Schatten daraus lösten. Schon wollten sie ihre Freunde begrüßen, als Fackeln vor der Grotte aufflammten und sie vor fränkischen Soldaten standen. Blitzschnell drehten Böer und Widukind sich um. Aber auch zu allen anderen Seiten leuchteten Fackeln auf, traten christliche Krieger zwischen den Bäumen und Büschen hervor. Schallendes Gelächter ertönte. Böer erkannte Theoderich, der langsam auf sie zutrat. Aus der Höhle wurden gebundene Gefangene geführt. Böer sah, wie zuerst Euliset, dann Rakus in den hellen Schein der Fackeln gezerrt wurden. Besorgt fürchtete er, daß gleich Lif folgen könnte, atmete auf, als er Servalis erkannte, Abbio, und nach diesem die letzten Ritter aus der Grotte traten. Lif war also nicht in die Hände der Gegner gefallen, stellte Böer erleichtert fest.

»Legt die Waffen ab«, herrschte Theoderich sie an. Widukind und Böer taten, wie ihnen befohlen wurde.

»Nicht schlecht – der Trick mit den Hufeisen«, grinste Theoderich. »Ich habe gute Spurenleser. Sie kommen aus den südlichen Bergen unseres Landes und haben mir schon oft gute Dienste geleistet und das Lob des Königs eingebracht. Für sie war es einfach, euch zu folgen. Die kleinen Waldläufer stutzten sofort, als sie eure Spuren bemerkten, und wiesen mich auf die Besonderheiten hin. Als ich erfuhr, daß die flüchtigen Krieger, die ich aus den Augen verlor, einen solch guten Trick anwandten, wußte ich, daß nur ihr es sein konntet.«

Er lachte höhnisch.

»Dabei wähnten wir euch schon am Hofe des Dänenkönigs.«

Er sah Widukind grinsend an.

»Und nun liegt dein Hals in der Schlinge.«

»Ist es am Hofe Karls üblich, dem zu spotten, der seine Freiheit nicht missen mag?« warf der Sachsenherzog ihm stolz entgegen.

Theoderichs Augen funkelten. Aber er erwiderte nichts.

»Abführen«, kommandierte er seinen Männern.

Lif war nicht unter den Gefangenen. Böer frohlockte bei dem Gedanken. Theoderich hätte sie sicherlich auch in den einfachen Gewändern sofort erkannt. Und es wäre ihr schlecht ergangen. Der Graf aber erwähnte Lif mit keinem Wort. Überhaupt sprach er nicht mehr mit ihnen. Mit einem Kahn wurden sie über die Weser gesetzt, nach Süden geführt und in einem fränkischen Lager eingesperrt. Nicht lange, denn bald darauf brachten Ritter die Freunde nach Paderborn. Hier hatte die Hauptmacht des Heeres ihr Lager aufgeschlagen. Zu Füßen der Befestigung, um die Sachsen und Franken so erbittert gerungen hatten, reihte sich Zelt an Zelt. Die Soldaten stießen sie in eine Hütte am Rande des Lagers. Es drang schnell zu ihnen durch, daß Karl unter seinen Truppen weilte. Drei Tage lang wurden sie nicht einmal aus ihrem Gefängnis geführt. Dann, am Abend, öffneten einige Wachen die Tür und nahmen den Gefährten die Fesseln ab. Theoderich trat in den Raum. Verwirrt starrten ihn die Freunde an. Ironisch grinsend verbeugte sich der fränkische Graf.

»Darf ich bitten, meine Herren«, sprach er freundlich. »Schaut mich nicht so an. Karl veranstaltet zur Feier eurer Gefangennahme ein Festmahl. Dabei dürft ihr nicht fehlen.«

»Wir sehen keinen Grund zum Feiern«, erwiderte Widukind lächelnd. Theoderichs Gesichtsausdruck gefror.

Er zog sein Schwert.

»Ist euch das Grund genug?« »Ihr werdet als Gefangene vorgeführt und nicht als Gäste geladen. Speise und Trank werdet ihr nicht bekommen, denn dann wärt ihr die Gäste des Königs, und er könnte euch nicht mehr töten lassen.«

»Wir hätten auch nichts angerührt, denn sonst hätten wir Karl als Gastgeber nicht mehr schaden können«, erklärte Widukind ruhig.

Blitzschnell trat Theoderich vor und hielt Widukind das Schwert an die Kehle.

»Es ist genug«, stieß er wütend hervor. »Du solltest froh sein, überhaupt noch am Leben zu sein. Schon so mancher Gefangener wurde erschlagen, weil er weit weniger freche Worte zu einem gemeinen Frankenritter sagte.«

Abbios Augen funkelten wütend.

»Ist es für dich eine große Tat, waffenlosen Männern zu drohen?« fragte er knurrend.

»Eine große Tat nicht«, schnaubte Theoderich, »aber es kann helfen zu erreichen, was ich will.«

Beruhigend legte Widukind Abbio den Arm auf die Schulter.

»Fürchte dich vor dem Tag, an dem du mir gegenüberstehst und auch ich ein Schwert halte«, drohte dieser und erhob sich zusammen mit den Gefährten.

»Dazu wird es wohl kaum mehr kommen«, grinste Theoderich. »Noch heute abend wird Karl über euch richten.«

Unter starker Bewachung wurde die kleine Gruppe zwischen die Zeltreihen geführt und neugierig von den Soldaten beäugt. Das Lager endete an einer großen Wiese, an deren Rand ein kleiner Bach entlangfloß. Auf diesem Platz standen zahlreiche Tischreihen, an denen sich schon die Christen drängten. An der Stirn des Platzes aber saß Karl, umgeben von seinen Herzögen, Beratern und Priestern. Es war ein farbenfrohes Bild: Die mit aufpolierten Rüstungen und Waffen versehenen Ritter saßen redend und lachend an weißgedeckten Tischen unter den bunten Fahnen und Wimpeln, die ihre Wappen zeigten. Unter ihnen breitete sich das saftige Grün der Wiese aus. Einen seltsamen Kontrast dazu bildeten die schäbig gekleideten, schmutzig aussehenden Menschen, die die Festwiese an ihren Rändern säumten. Als Widukind, Böer, Abbio und die Wanderer auf den Platz geführt wurden, erstarb das Gemurmel. Die Ritter drehten sich nach ihren Widersachern um, stolz marschierten die Freunde zwischen die sitzenden Reihen.

»Karl will etwas von uns«, raunte Böer seinem Heerführer zu. Widukind nickte.

»Sonst hätte er uns schon lange erschlagen lassen.«

»Was machen wir?« wollte Abbio wissen.

»Wir warten ab«, zuckte Widukind mit den Achseln. »Was sollen wir sonst tun? Nun ist es an den Franken zu handeln.«

»Unser wichtigster Gast«, kündigte Karl mit lauter Stimme an. »Widukind, Herzog der Sachsen, mit seinen Streitern.«

Eisiges Schweigen folgte den Worten. Nur vom Rand des Platzes, wo die armen Zaungäste standen, war ein Raunen zu hören.

»Schafft endlich diese Bettler weg«, brüllte Karl wütend.

»Wozu befehlige ich ein Heer, wenn es nicht einmal diese waffenlosen Gestalten vertreiben kann.«

Theoderich gab sofort einem Unterführer ein Signal. Der Mann lief eilends in die fränkische Zeltstadt.

»Es tut mir leid, mein König«, entschuldigte sich Theoderich demütig. »Wir haben sie schon mehrfach vertrieben. Aber sie kommen immer wieder. Die Straßen von Paderborn sind voll von ihnen. Und es werden immer mehr.«

»Ach was«, dröhnte Karl, »schafft sie mir vom Hals.«

Schon marschierten Soldaten am Rand der Wiese auf. Als sie ihre Waffen zogen, löste sich die Menschenversammlung auf.

»Und nun zu euch«, wandte sich der König den Freunden zu. »Setzt euch.«

Die Gefährten wurden zu einem Tisch inmitten der Ritter geführt. Die Männer, die ihnen am nächsten saßen, beäugten sie mit unverhohlener Neugier.

»Diese zerlumpte Gestalt soll der sagenhafte Widukind sein«, grölte ein kräftiger Soldat ungeniert.

Seine Kumpane brüllten vor Lachen.

»Habt ihr diesen namenlosen Knecht verstanden?« fragte Servalis so laut, daß die Franken es hören konnten.

»Ich nicht«, erwiderte Abbio. »Aber die Worte eines Knechtes sind auch zu gewöhnlich, als daß ich ihnen zu lauschen pflege.«

»Du sächsischer Schweinehirt«, schrie der Franke so wütend auf, daß sein Speichel bis zu den Freunden spritzte. Krachend schlug er mit der Faust auf den Tisch und sprang von seinem Platz.

»Wagt es nicht«, donnerte sofort des Königs Stimme über den Platz.

»Ich will bei meinem Festmahl keinen Totschlag. Setz dich hin.«

Unsicher blickte sich der Franke um, ließ sich dann langsam wieder auf seinen Platz sinken. Abbio warf er von diesem Moment an haßerfüllte Blicke zu. Unterdessen zogen sich die Soldaten vom Rand des Platzes zurück. Böer stellte mit Vergnügen fest, daß es nicht lange dauerte, bis sich die ersten schäbig gekleideten Männer und Frauen wieder einfanden. Nach dem Essen erhob sich ein Mönch. Böer erkannte ihn. Dieser Mann hatte einst die Axt gegen die Irminsul geschwungen. Er war alt geworden, wirkte noch schwächlicher als an jenem finsteren Tag. Die Kette mit dem mächtigen Kreuz vor der Brust schien jetzt nicht nur den Kopf zu Boden zu ziehen, sie drohte auch den dürren, faltigen Hals des Priesters abzuschnüren.

»Gott ist barmherzig«, begann der Mönch seine Rede mit heiserer Stimme. Mit abwesenden Augen sahen die Ritter zu, abwartend die Freunde.

»Ein Mann, der in wahrem Glauben zu unserem Herrn findet, wenn auch erst spät, ist ihm lieber als zehn wohltönende Diener, die im Herzen nicht an ihn glauben.«

Er blickte aufreizend in die Runde.

»Nun gut, ihr stimmt mir sicher alle zu.«

Sich räuspernd fuhr er fort und spähte auffordernd in Richtung der Sachsen: »Darum wollen wir niemanden verdammen, ohne ihm die Möglichkeit gegeben zu haben, sich zum einzigen Glauben zu bekennen. Wenn ihr euch taufen laßt und den Unholden, die ihr verehrt, abschwört, könnt ihr am Leben bleiben. Das garantiere ich euch.«

»Viel hat uns Karl aber nicht anzubieten«, brummte Abbio.

Widukind hob die Hand. Böer starrte ihn erstaunt an.

»Du willst doch nicht ernsthaft darüber reden«, fuhr Böer ihn an.

»Man kann auch mit Worten fechten«, entgegnete der Heerführer, »und damit zeigen, daß wir noch lange nicht geschlagen sind.«

Der Priester nickte ihm aufmunternd zu.

»Darf ich etwas sagen?« fragte Widukind laut. In die glasigen Augen der Ritter kam interessiertes Leben.

»Nur zu, mein Sohn. Wer zu fragen beginnt, ist dem Glauben nicht mehr fern.«

Widukind stand auf.

»Ich kenne eure Religion nicht. Wie kann ich mich zu etwas bekennen, von dem ich nichts weiß. Würde ich es tun, wäre es Lüge und nur hohler Schein. Das aber«, er blickte den Mönch an, »würde eurem Gott nicht gefallen, wie ihr eben betontet.«

»Wie lange schon laufen unsere Missionare durch euer Land?« fragte der Priester mit süßlicher Stimme.

»Das weiß ich nicht«, antwortete Widukind achselzuckend. »Mich hat nie einer angesprochen.«

»Hättest du den Drang zum Herrn, dann wärst du zu ihnen gegangen«, fuhr Karl barsch dazwischen.

Der Mönch hob beruhigend den Arm, und der König schwieg.

»Wir haben lange über dich gesprochen«, fuhr der Priester fort, »und würden dich gerne in Zukunft als lebenden Christen sehen«, erklärte er. »Noch immer steht mein Angebot. Christus wird dich gerne in seinen Armen aufnehmen. Er ist auch bei euch. Er selbst sagte, daß er unter den verirrten Seelen, den Bettlern und Ärmsten der Armen zu finden ist.«

»Wenn das euer Christus spricht, mit welcher Stirn wollt ihr uns gebieten, den stolzen Nacken zu beugen vor dem, den ihr selber im Staube vor eurem Lager liegen laßt und dem ihr nicht die geringste Ehrerbietung erweist?« Schockiert setzte sich der Priester. Böer sah, wie einige Ritter grinsten.

»Es hat keinen Sinn«, schnaubte Karl wütend zu dem Mönch herüber.

Dann blickte er zu Widukind.

»Morgen zur Mittagszeit werdet ihr sterben. Führt sie ab.«

Er winkte den Wachen. Wenig später kauerten die Freunde wieder in ihrem dunklen Gefängnis. Vom Lager hörten sie reges Treiben. Als es allmählich verebbte, wußten sie, daß es spät in der Nacht war. Ein leises Kratzen an der hinteren Wand der Hütte riß sie aus ihren Gedanken. Böer klopfte gegen die Wand. Ein leises Klopfen war die Antwort. Dann war das Geräusch von brechendem Holz zu hören, wenig später schoben schwielige Hände die letzten Bretter der Rückwand des Gefängnisses entzwei.

»Folgt uns, leise«, flüsterte eine Stimme.

Einer nach dem anderen krochen sie durch das Loch und fanden sich im spärlich erleuchteten Raum eines anderen Hauses wieder. Fünf Männer umstanden sie – vom Staub der Straßen bedeckt und ärmlich gekleidet.

»Bleibt leise, überall können Franken sein«, flüsterte einer.

Er kicherte.

»Merkt euch eins. Wenn sie siegessicher sind, werden sie sorglos und machen Fehler. So wie auch in der Schlacht am Süntel.«

»Du kennst die Schlacht am Süntel«, fragte Abbio leise.

»Ich wohnte nicht weit davon entfernt«, erklärte der Mann. »Ich bin Sachse wie ihr, wie hier die meisten von uns.«

Er sah in die Runde, dann zu Boden.

»Aber ich habe alles verloren. Frau und Kinder wurden erschlagen, der Hof ist abgebrannt. Es geschah vor wenigen Wochen. Allen Nachbarn ging es so. Alle sind tot oder so wie ich geworden. Die, die wir noch leben, wußten nichts anderes zu tun, als für unseren Lebensunterhalt zu betteln oder uns von Verwandten und Freunden, denen es nicht so schlimm ging, helfen zu lassen. Schließlich erfuhren wir vom Lager des fränkischen Königs in Paderborn. Es hieß, er residiere hier in großer Pracht. Erst waren es nur einige Männer und Frauen, die es zu diesem Lager zog. Aber ihr Gang sprach sich schnell herum. Als ich davon hörte, entschloß ich mich sofort, es ihnen gleichzutun – und wie ich, dachten viele. So zogen wir nach Paderborn, ein schweigsamer Marsch der Menschen, denen dieser König alles genommen hat. Sollen uns doch die Franken zu essen geben.«

»Und wenn das Lager hier abgebrochen ist?« wollte Widukind wissen.

»Noch haben wir unsere Freunde und Verwandten«, erwiderte der Mann. »Die Sachsen sind in Notzeiten stets eng zusammengerückt. Sorgt euch aber nicht um uns. Nehmt diese Waffen und flieht.«

Die Männer reichten ihnen Speere und Dolche. Dann schritten sie voran, um ihnen den Weg zu weisen. Am Rande des Dorfes zeigten sie auf einen Wald. In diesen flüchteten die Gefährten. Am nächsten Tag überfielen sie eine fränkische Patrouille und stahlen die Pferde, auf deren Rücken sie nach Norden ritten.

Rauch stieg in der Ferne zum Himmel auf. Die Freunde hatten sich bald an diesen Anblick gewöhnt, der sie den ganzen Weg ins Waldsatiland über begleitete. Sie wußten, die Ursache waren dieses Mal nicht die Signalfeuer sächsischer Bauern, sondern Gehöfte und Dörfer, in die Franken die Brandfackel geworfen hatten. Meistens beobachteten sie nur entfernt aufsteigenden Qualm, einige Male aber lagen die verrußten Reste zerstörter Hütten auch direkt neben dem Pfad.

Oft war in der Nähe kein Mensch zu sehen. Nur selten kauerten verzweifelte Gestalten zwischen den Trümmern oder mühten sich hilflos, den Schutt beiseite zu räumen. Die meisten Bauern, die sie so sahen, blickten nicht einmal auf, als der kleine Trupp auf dem Weg an ihnen vorüber ritt. Zweimal brannten Höfe direkt am Weg lichterloh. Schreiend rannten Männer und Frauen um die Hütten, versuchten mit Wassereimern den Brand zu löschen und ihre Habseligkeiten und Tiere aus den Räumen zu retten. Die Gefährten halfen diesen Menschen so gut sie konnten. Sie erfuhren, daß die Franken zumeist erst kurz zuvor abgezogen waren.

Die Besuche der Ritter verliefen stets gleich: Überraschend erschienen sie auf dem Hof, töteten, wer sich zu wehren wagte, erschlugen das Vieh, vergewaltigten die Frauen, stahlen, was ihnen wertvoll erschien, steckten die Gebäude in Brand und zerstörten auch, was auf Feldern und Äckern wuchs. Verzweifelt ritten die Kameraden weiter nach Norden. Auch hier nahm die Zahl der Rauchfahnen nicht ab, Menschen irrten mit verstörten oder leeren Gesichtern in den Wäldern oder auf dem Pfad umher. Oft mußten sie sich vor grölenden und lachenden Christentrupps, die über den Weg galoppierten, im Wald verbergen. Auf einmal stellten sie in einem dichten Hain fest, daß Rakus, der bis zu diesem Zeitpunkt am Ende der kleinen Gruppe geritten war, fehlte. Nachdem die Gefährten eine ganze Weile vergeblich auf ihn gewartet hatten, suchten sie ihn. Es war die donnernde Stimme des alten Freundes, die sie schließlich zu ihm führte.

»Ein Bauer?« rief Rakus entrüstet, »ihr haltet mich für einen Bauern?«

»Was treibst du sonst hier auf diesem Hof?« fragte eine

scharfe Stimme, und die Getreuen wußten, daß die Franken ihren Begleiter gefangen hatten.

»Ich bin ein Wanderer«, trompetete Rakus stolz.

Sie schlichen durch das Unterholz, bis sie die Ritter sehen konnten. Rakus stand gebunden zwischen den Ruinen eines Hofes. Dreißig Mann lümmelten sich zwischen den Hüttenresten herum, während zwei Männer zu Rakus sprachen. Die Freunde konnten nichts anderes tun, als versteckt auf den Einbruch der Dunkelheit zu warten. In ihrem Schutze schlichen sich Servalis und Euliset zu ihrem Freund und befreiten ihn. Leise flohen sie aus der Nähe der Feinde.

Schließlich erreichten sie das Waldsatiland. Böer hatte Schlimmes befürchtet, aber gehofft, den Hof so vorzufinden, wie er ihn kannte. Er irrte sich. Auf der einst so friedlichen Wiese lagen nur noch verkohlte Balken, dort, wo einst die Hütte und die Nebengebäude gestanden hatten. Es roch nach Ruß. Sie stiegen vom Pferd. Kein Mensch war zu sehen. Die Reste eines Scheiterhaufens am Rand der Aue kündeten davon, daß hier Leichen verbrannt worden waren. Ob von Menschen oder vom Vieh, vermochte niemand zu sagen. Da schlurfte eine geduckte Gestalt mit zwei Eimern in den Händen aus dem nahen Forst auf die Wiese, blickte kurz hoch und ließ dann die Eimer fallen. Es war Brul. Er rannte auf die Gefährten zu.

»Böer, du lebst«, rief er freudig.

Seine Augen glänzten, Tränen liefen über seine Wangen, als er seinen Bruder in die Arme schloß.

»Wir hatten gedacht, du wärst tot«, preßte er mit tränenerstickter Stimme hervor.

»Wir? Wer ist noch am Leben?« schrie Böer Brul an.

»Alle«, antwortete Brul leise, »wir konnten uns in den Schutz der Bäume retten, weil die Franken zunächst den Hof von Lüdegast in Brand steckten.«

»Euch ist nichts geschehen«, rief Böer freudig aus und preßte seinen Bruder wieder an sich. »Komm, wo sind Nora, Halde und Syd? Bring mich zu ihnen.«

Brul führte die Angekommenen in den Wald. Böer war überglücklich, als er seine Mutter, Syd und seine Tochter in die

Arme schließen konnte. Noch froher aber wurde ihm ums Herz, als er auch Lif sah und umarmte.

»Und Bart?« fragte Halde unsicher, und Angal trat an ihre Seite. »Ist er tot?«

Erst in diesem Moment bemerkte Böer die junge Frau seines Bruders. Auf den Armen trug sie einen Säugling. Böer nickte. Verzweifelt drehte sich Angal um. Bevor sie aber davonlaufen konnte, hielt Halde sie fest, gab Böer das Kind und drückte Angal fest an sich. Sich aneinander haltend weinten beide Frauen. Schließlich wischte sich Halde die Tränen ab. Sie blickte Böer mit traurigen Augen an.

»Sie hat sich so über das Kind gefreut. Und jetzt hat Bart es nicht einmal gesehen.«

Angal warf sich an seine Brust und weinte erneut.

»Er wäre so stolz gewesen«, preßte sie zwischen Tränen hervor. »Warum mußte er sterben, warum Bart?«

»Und es ist noch nicht zu Ende«, sagte Halde leise mit verzweifelter Stimme. »Wann endlich endet dieser böse Traum, den wir Leben nennen?«

Sie blieben noch drei Tage im Wald versteckt, denn noch immer zogen marodierende Franken über die Wege im Waldsatiland. Dann gingen sie zurück zum Hof, räumten die verkohlten Balken weg und schauten nach, ob in der Ruine noch etwas Brauchbares zu finden war. Auch auf den Nachbarhöfen sah es nicht besser aus. Die Höfe von Lüdegast und der Frau Jöllunds waren niedergebrannt. Aber auch hier waren die Menschen noch einmal davongekommen. Lüdegast hatte die Reiter schon aus der Entfernung gesehen und seine Familie gerade noch vor ihnen in Sicherheit bringen können.

Noch waren die Tage lau und warm. Bald aber würde der Herbst anbrechen und mit ihm Stürme und Regen über das Land kommen. Eilig machten sich die Freunde an die Arbeit, eine Hütte zu bauen, die ihnen den nötigsten Schutz vor den Unbilden der kalten Jahreszeit geben würde. Die Nachbarn halfen einander dabei. Oft weilte Lüdegast mit seinen Söhnen und Töchtern auf Böers Hof, unterstützten sie Jöllunds Witwe Wiebke auf ihrem Anwesen. Als die ersten kalten

Tage anbrachen und die Landschaft in einem Nebel verschwand, der sich selbst an den Nachmittagen nicht lichtete, war die Behausung fertig. Nun lasen die Gefährten Brennholz auf und suchten nach Kräutern und Wurzeln, um für die kommenden Monate Vorräte zu haben, denn selbst den kleinen Kräutergarten am Haus hatten die Hufe fränkischer Pferde zertreten.

An manchen Tagen ritten die Gefährten los, um ihren Speisekorb durch frisches Wild zu bereichern. Aber nur selten hatten sie Erfolg. Rehe, Hirsche, Hasen und Wildschweine waren durch den Krieg und die große Zahl jagender Sachsen so selten geworden, daß an einigen Abenden Wolfsrudel nahe um die Hütte schlichen und nach Knochen im Abfall wühlten.

Selbst die kleine Nora half mit, Eßbares für die Familie zu finden. Bald konnte sie sich die richtigen Beeren merken und sie für die Familie im Forst sammeln. Selbst Pilze las sie auf, und das schien ihr eine besondere Freude zu bereiten. Sie lernte schnell. Als Lif eines Abends die Früchte aus einem Korb, den Nora aus dem Wald mitgebracht hatte, sortierte, staunte sie. Zum ersten Mal war kein giftiger Pilz darunter. In der folgenden Zeit zeigte sich, daß die Kleine sogar so ähnliche Gewächse wie den Rötenden Wulstling und den Pustel-Wulstling auseinanderhalten konnte. Während dieser Tage brachen Widukind und Abbio auf und ritten weiter an den Hof des dänischen Königs. Der Winter begann. Sie mußten hungern. Alle ertrugen es, ohne zu murren. Selbst Rakus, dem das Essen eine große Leidenschaft war, klagte nicht. Syd und Lif saßen an den Abenden oft zusammen. Häufig sprachen sie dabei über die Götter, ihr Wirken, die Welten und ihr Schicksal, während sich Nora auf den Schoß ihrer Mutter kuschelte.

Syd war sehr wißbegierig. An einem klaren Wintertag ritt sie zum ersten Mal gemeinsam mit Lif zu den heiligen Steinen. Später verschwanden die beiden Frauen immer häufiger zusammen im Wald. Als der Schnee wieder taute, setzte Regen ein, der gar nicht mehr aufhören wollte. Der Boden der Wiesen und Wälder wandelte sich in einen zähen Morast, der Bach schwoll an.

»Es ist, als würden die Götter um unser Schicksal weinen«, bemerkte Syd eines Abends.

»Dann würden wir Tau vorfinden«, erwiderte Lif lächelnd.

Immer häufiger kamen während dieser Tage Gilbrand, der Sohn Gimberichs, und seine Frau als Gast zu Böer und Lif. Der Hof Gimberichs war als einziger im weiten Umkreis unversehrt geblieben. Noch häufiger als früher stritten sich Vater und Sohn, denn der Vater machte aus seiner Bewunderung für König Karl keinen Hehl. Er verdammte den sächsischen Kampf und lobte den Christenglauben. Sein Stamm, so betonte er gegenüber seinem Sohn, werde erst Frieden finden, wenn er Kirche und König der südlichen Nachbarn offen anerkenne.

Es regnete immer noch ohne Unterlaß, als eines Mittags, kurz vor Beginn des Frühjahrs, Widukind und Abbio auf den Hof von Böer ritten. Vor Nässe triefend betraten die beiden Recken die Halle, freudig von den Freunden begrüßt. Hungrig schlangen sie eine heiße Suppe herunter, die Halde ihnen reichte.

»Eure neue Halle ist gemütlich«, munterte Widukind die Familie auf, »wirklich, ich meine es ernst. Wer seit Tagen durch den Regen reitet, weiß die Wärme eines Feuers und eine heiße Mahlzeit zu schätzen und sieht das Innere von Häusern mit einem ganz anderen Auge als zuvor.«

»Das Innere von Häusern«, spottete Brul ironisch. »Früher hätten wir so etwas Stall genannt.«

»Du solltest froh sein, überhaupt im Warmen zu sitzen«, bemerkte Abbio ernst. »Auf unserem Ritt haben wir Familien in beklagenswerterem Zustand gesehen. In manchen Wäldern zelten die Bauern, andere leben dicht gedrängt in kleinen Räumen bei Nachbarn. Zu essen haben alle kaum.«

»Die Zeiten haben sich eben gewandelt«, sagte Halde nüchtern.

»Ja, das haben sie«, nickte Widukind. »Und die Menschen sich ebenso.«

Widukind war alt geworden. Jedenfalls erschien es Böer nun so. Er bewegte sich langsamer als früher, manchmal fast vorsichtig. Falten hatten sich tief in sein Gesicht gegraben, vor allem um den Mund und auf der Stirn. Auch ging er nicht mehr so aufrecht wie früher, sondern gebeugter.

Wie ein weit älterer Mann, dachte Böer im stillen bei sich und war erschrocken über die Wandlung Widukinds. Seine Worte waren nicht mehr so energisch wie früher, er sprach leiser, bedächtiger, und das Feuer in seinen Augen war erloschen. Böer bemerkte, daß der Blick Abbios auf ihm ruhte, während er Widukind musterte. Er sah auf, und seine Augen begegneten denen des alten Kämpfers. Da wußte Böer, daß auch Abbio die Veränderung ihres Anführers mit Sorge bemerkt hatte.

»Habe ich Schuld?« fragte Widukind unvermittelt in die Runde, »trage ich die Verantwortung an all dem Leid, dem Elend im Sachsenland?«

»Warum?« fragte Lif.

»Weil ich der Heerführer bin«, brauste Widukind plötzlich laut auf.

Dann sprach er langsamer weiter:

»Vielleicht habe ich falsch entschieden? Es gab so viele Entschlüsse zu fällen. Häufig ging es dabei um Leben und Tod von Menschen. Ich habe so manches Mal schnell entschieden, viel Zeit blieb mir nie. Oft sehe ich unser Land vor mir, wie es war und wie es ist, sehe die zerstörten Höfe, höre die Namen der toten Männer und Frauen. In den Nächten kann ich nicht schlafen, weil mich die Sorge drückt, gefehlt zu haben. Wieder und wieder denke ich alte Entscheidungen noch einmal durch. Aber ich kann keinen Fehler darin finden. Und doch muß irgendwo einer sein, sonst wären die Hütten nicht verbrannt und die Menschen nicht tot.«

»Wir haben gekämpft, weil wir kämpfen mußten«, erwiderte Lif ruhig. »Die Kraft, die wir dabei fühlten, war auch die Stärke unserer Götter, die uns beistanden, solange wir auf unsere Herzen hörten. Sag ehrlich, was du von den Franken und ihrer Art zu leben hältst. Hätten wir uns ihnen kampflos unterwerfen sollen?«

Widukind schüttelte den Kopf.

»Ja, das alles habe ich schon bedacht. Wir konnten nicht anders handeln, können es immer noch nicht. Dennoch fühle ich die Kraft der Götter nun nicht mehr, plagen mich die Zweifel.«

»Es ist schwer für einen Menschen, in dessen Brust die

Gefühle miteinander hadern«, fuhr Lif fort. »Aber es wird nicht ewig dauern, und auch darin findet sich das Wirken der Asen. Zumeist entsteht aus dem Widerstreit Gutes, wird eine neue Haltung oder Einstellung zum Leben daraus geboren – oder vielleicht auch die alte tiefer bekräftigt. Nur du kannst für dich die Lösung finden. Sieh dabei aber nicht nur Leid und Elend der Menschen, sondern auch ihre Herzen. Für alle bist du immer noch Vorbild. Sie sprechen von dir wie von den alten Helden der Sagen. Gleichrangig mit Hengist und Horsa stehst du da. Und das nicht nur, weil du stark und mutig, klug und geschickt bist oder du die Menschen begeistern kannst, dir zu folgen. Du hast deine Entscheidungen stets aus Liebe zu deinem Stamm und deinem Land getroffen und nicht aus Eigennutz wie so viele Anführer sonst auf Mittelerde. Das spüren die Männer und Frauen, das weißt auch du. Diese Liebe lenkte deine Entschlüsse zielsicher und richtig.« Sie sah Widukind an. Er nickte bedächtig.

»Würdest du dich nicht töten lassen, wenn du wüßtest, daß du deinen Stamm dadurch retten könntest?«

»Ja«, erwiderte Widukind ruhig, »ich würde alles für die Menschen in unseren Gauen tun.«

»Was wollen wir in diesem Jahr machen?« fragte Böer.

»Wir ziehen ein Heer zusammen«, antwortete der Heerführer bestimmt. Böer war überrascht. Nach den vorangegangenen Worten Widukinds hatte er mit einer so klaren Entscheidung nicht gerechnet.

»Das führt doch zu nichts«, warf Halde in die Runde. »Nur zu noch mehr Tod.«

Widukind blickte sie verzweifelt an.

»Dann sag mir, was wir sonst machen können. Unsere Höfe plündern lassen und demütig vor den Rittern knien? Sie waffenlos bitten, nicht erschlagen zu werden? Oder sollen wir uns fortan dauernd in den Wäldern verstecken?« Halde wich seinem Blick aus.

»Du hast recht«, pflichtete ihm Abbio bei. »Wir haben keine Wahl. Wer weiß, vielleicht bietet sich uns ja auch eine Chance. Vergeßt nicht: Wenn die Franken siegessicher sind, machen sie Fehler.«

»Wir werden von hier aus Boten mit den Runenstäben über das Land schicken«, ordnete Widukind an.

»Die Menschen sollen sich an einem einsamen Platz sammeln, gut versteckt und möglichst weit im Süden. Im Dreingau gibt es einen Höhenzug, an dessen Rand die Siedlung Beckum liegt. Zu diesen Hügeln sollen Männer und Frauen mit Waffen eilen.«

Leise fuhr er fort:

»Und wenn die Nornen mir bestimmt haben, daß auch die Toten dieses Waffenganges wieder meine Gedanken quälen, so bin ich doch als Heerführer gewählt und habe danach zu entscheiden.«

Schon am nächsten Tag brachen junge Bauernsöhne aus dem Waldsatiland mit den Runenstäben nach Süden, Westen, Osten und Norden auf. Bald darauf schärften auch die Freunde ihre Waffen und zogen nach Süden, begleitet von Gilbrand, der nun seinem Herzen folgen und für die Sachsen kämpfen wollte. Die Frau des jungen Kriegers hielt es allein bei Gimberich nicht aus. Sie zog für die Zeit des Feldzuges zurück in ihr Elternhaus.

Es regnete immer noch, während sie zum Treffpunkt ritten. Naß bis auf die Haut und durchgefroren erreichten sie den Höhenzug im Land der Westfalen. Erst wenige Kämpfer hatten sich in den stillen Wäldern eingefunden. Aber an jedem Tag kamen einige hinzu. Da die Dörfer zerstört, die Bewohner geflohen waren, dauerte es lange, bis die Nachrichten der Boten alle Menschen erreichten. Obwohl auch die sich nun Sammelnden seit Tagen unter Nässe und Kälte litten, war im Lager kein Murren zu hören. Kaum jemand hoffte auf einen schnellen Sieg über die Franken. Alle aber waren froh, kämpfen zu können. Viele Männer und Frauen hatten mit den Plünderungen der Ritter alles verloren: Familie, Hof und Gut. Viele Männer waren sehr still. Sie wußten, ihre Stunde würde kommen. Die Hoffnung auf Rache hielt ihren Haß zurück. In der Schlacht aber würde dieses Gefühl offen in ihnen aufflammen und sie bis in den Tod treiben. Die Gefährten ahnten, was in vielen ihrer Streiter vorging. Es erfüllte sie mit Sorge. Nur die wenigsten hatten Erfahrung im Kampf gesammelt. Zudem würden sie im Haß unbedacht kämpfen. Die Männer Karls dagegen waren erfahrene Soldaten und fochten mit kalten Herzen.

Auch Aural fand sich im Lager ein. Die Kameraden freuten sich, wenigstens einen der Recken aus den alten Tagen wiederzusehen. Die Monate vergingen. Widukind sprach während dieser Zeit nur wenig. Oft glitt sein Blick in die Ferne, und Böer fragte sich, woran der Heerführer wohl denken mochte. Eine stete Unruhe schien ihn ergriffen zu haben. Schon auf ihrem Ritt nach Süden hatte er die Freunde oft verlassen, kaum daß sie am Abend ein Lager aufgeschlagen und das Feuer entfacht hatten. Er lief dann ziellos in der Nähe ihres Rastplatzes umher und hing dabei seinen Gedanken nach. Hier, am Treffpunkt der Krieger, sattelte er oft sein Pferd und verschwand in den Wäldern. Schweigsam kehrte er von diesen Ausritten zurück und sprach mit niemandem über das, worüber er wohl nachgedacht haben mochte. Späher beobachteten unterdessen ein fränkisches Heer. Es war unter Karls Führung spät im Sommer ins Land der Westfalen gekommen und hatte dieses erneut verheert. Widukind mußte froh sein, daß sein Lager nicht entdeckt wurde, denn die Zahl seiner Streiter war bei weitem zu klein, um die Feinde anzugreifen. Im Norden, an der Weser schließlich, teilte sich das feindliche Heer. Eine Hälfte zog mit Karl weiter nach Osten. Der andere Teil unter Theoderichs Führung ritt in die Gaue der Westfalen. Die Soldaten näherten sich auf ihrem Marsch nach Süden schnell dem sächsischen Lager. Unter ihnen befand sich auch ein Junge, er mochte wohl zwölf Jahre alt sein. Es war einer der Söhne Karls. Obwohl sich das feindliche Heer geteilt hatte, verfügte Theoderich immer noch über mehr Leute als Widukind. Als der Heerführer davon Nachricht erhielt, rief er die Sachsen zusammen, deren Zahl nun durch den steten Strom neuer Männer und Frauen gewachsen war. Dumpf vor sich hinbrütend saßen die Kämpfer auf dem Platz. Es war still. Erst als Widukind vor sie trat, hoben sie erwartungsvoll ihre Köpfe. Müde betrachtete der Heerführer seine Krieger. Das waren nicht mehr die Kämpen, mit denen er die Franken einst am Süntel geschlagen hatte. Es waren gebrochene Menschen, die in einem verzweifelten Kampf Rache und Tod suchen würden. Er dachte daran, wie er diesen Menschen glich. Mit einem Mal überlegte Widukind, ob nicht auch er längst gebrochen, nur auf der Suche nach dem Tod, durch die Lande irrte. Und doch fühlte er noch diese Zweifel an sich selbst in seiner Brust, den nagenden Vorwurf, Schuld am Untergang des Volkes gewesen zu sein. Denn, daß alles verloren war, daran zweifelte er nun nicht mehr, nicht nachdem er in die leblosen Augen seiner Männer gesehen hatte. Tief unter den Vorwürfen und der Trauer, die er in seinem Herzen fühlte, spürte er die alles durchdringende Liebe zu seinem Land und seinen Menschen. Dieses Gefühl nährte den Kampf in seiner Seele, all seine Trauer. Immer noch wußte er nicht, wie er handeln, zu welcher Entscheidung ihn dieses Wissen um seine Gefühle leiten sollte.

Er begann zu sprechen:

»Theoderich rückt mit einem Heer heran. Ihr alle wißt, daß es zu einer Schlacht kommen wird.«

Die Kämpfer auf der Wiese nickten stumm.

»Ich kann euch keinen Sieg in diesem Kampf versprechen, denn die Franken sind uns an Zahl weit überlegen.«

Viele Krieger zuckten mit den Achseln, und Widukind wußte, daß sie gar nicht mit einem Sieg rechneten.

»Nicht ihre Zahl allein aber macht mir Sorgen. Sie fechten auch mit besseren Waffen, haben einen klugen Anführer, und ihre Ritter kämpfen mit der Erfahrung vieler Schlachten. Deshalb sollten wir uns zurückziehen.«

Die Versammelten murrten.

»Du willst, daß wir fliehen«, stellte ein dicker Kämpfer mit wallendem Bart und klarer Stimme fest. »Ich werde nicht vor ihnen weichen.«

Die anderen nickten zustimmend.

»Ich werde kämpfen, auch wenn es meinen Tod bedeutet.«

»Es macht keinen Sinn, in eine Schlacht zu ziehen, die nur verloren werden kann«, fuhr Widukind fort.

»Du bist unser Heerführer«, erhob sich jetzt langsam ein älterer Mann, dessen Kopf schon graues Haar zierte. »Deinem Rat sind bisher alle Streiter gefolgt, ohne zu widersprechen. Und sie haben recht damit getan. Dieses Mal aber wollen wir dich bitten: Laß uns an den Franken Rache nehmen. Ich habe alles in diesem Krieg verloren, Frau und Kinder wurden erschlagen, der Hof verbrannt. So geht es hier den meisten.«

Die Krieger murmelten Zustimmung.

»Nun wollen wir uns den Feinden entgegenstellen. Wir bitten dich, uns diesen Kampf nicht zu verwehren. Laß uns Rache nehmen und in Würde sterben.«

Einen Moment lang war es wieder still auf dem Platz. Hilflos sah Widukind seine Streiter an.

»Denkt ihr alle so?« richtete er das Wort an sie. »So sei es denn«, sprach er, als alle zustimmend nickten.

Müde ging er zu den Freunden.

Dann bereitete er die Schlacht vor: Er plante, die Franken zum Angriff auf die bewaldeten Hügel zu reizen und sie im Schutz der Bäume mit einem Pfeilhagel zu empfangen. Aber daraus wurde nichts. Kaum war das christliche Heer auf der Ebene vor den Hügeln aufmarschiert, als die Sachsen auch schon mit lautem Gebrüll ihre Deckung verließen und auf die Feinde zustürzten. Der Angriff wurde mit ungeheurer Wut geführt, sie kämpften wie einst die Berserker, drangen in die fränkischen Reihen ein, bevor sich diese zu Verteidigungslinien aufstellen konnten. Wirr liefen die Soldaten durcheinander. Bald war der Boden unter den Füßen der Kämpfenden von ihren Leibern bedeckt. Entsetzt wichen die christlichen Ritter zurück, versuchten in wilder Flucht ihr Leben zu retten. Theoderich aber behielt einen kühlen Kopf. Schon ertönten fränkische Signalhörner über dem Schlachtfeld, fielen Reiter der Sacra Francesca, die bisher hinter dem Schlachtfeld gewartet hatten, ihren Gegnern in die ungedeckten Flanken. Der Schwung des Angriffs erlahmte. Der Kampf wurde mit unerbittlicher Härte geführt. Todesmutig stürmten die Sachsen den Franken entgegen, auch noch, als diese längst das Geschehen des Kampfes bestimmten und den Sieg sicher in den Händen hielten. Kaum ein Krieger aus dem Heer Widukinds überlebte. Aber auch Theoderich hatte mehr als die Hälfte seines Heeres verloren. Als Gilbrand an der Seite Böers von einem Speer getroffen tot vom Pferd sank, wichen die Freunde in die nahen Wälder. Wieder waren sie auf der Flucht.

»Der Kampf hat keinen Sinn mehr«, stellte Widukind fest, als sie am Abend ihr Lager aufschlugen.

Er hustete.

»Wie soll ich siegen, wenn meine Kämpfer nicht mehr auf mich hören und nur noch den Tod suchen?«

Verzweifelt blickte er in die Flammen.

»Es gibt nur noch eine Möglichkeit, diesen Krieg zu führen«, schlug Abbio vor. »Wir müssen in die Wälder gehen und die Franken aus dem Hinterhalt angreifen, wo immer wir sie treffen. Würde das im ganzen Land geschehen, könnten wir ihnen den Aufenthalt in unseren Gauen so teuer machen, daß sie sich zurückziehen müßten.«

»Auf jeden Fall ist die Zeit der offenen Schlachten vorbei«, stellte Böer fest.

In einem Hustenanfall krümmte sich Widukind zusammen. Besorgt schaute Böer auf den Heerführer.

»Hätte ich es ändern, das Leben dieser Menschen retten können?« wollte Widukind von seinen Gefährten mit leiser Stimme wissen.

Mit leerem Blick starrte er ins Feuer.

»Es war gut so«, erwiderte Lif fest. »Du weißt, daß sie es so wollten.«

Die anderen schwiegen.

»Aber was soll ich tun? Soll ich nun auch den Tod suchen? Oder zum Vater von Geva nach Dänemark fliehen?«

»Meinem Vorschlag folgen«, forderte Abbio.

»Ich weiß nicht.«

Widukind schüttelte langsam den Kopf, stand auf und wankte zu seiner Ausrüstung. Besorgt blickten sich die anderen an. In eine Decke gewickelt schlurfte Widukind ans Feuer.

»Mir ist kalt«, stellte er fest.

»Es ist zwar Herbst, aber doch noch überraschend warm«, lachte Rakus. Böer aber sah, daß ihr Heerführer vor Kälte zitterte.

Erneut krümmte er sich hustend. Dann ließ er sich neben Lif zu Boden sinken. Sie spürten, daß er mit der Godin alleine reden wollte, und setzten sich etwas abseits der beiden zusammen.

»Kann das der Wille Wotans sein?« fragte Widukind, nachdem er eine ganze Weile still dagesessen hatte, und sein Blick glitt in die Ferne. »Für ihn haben wir doch gekämpft. Warum läßt er jetzt seine Schildwächter allein?«

Er schüttelte den Kopf.

»Er ist bei uns, bei dir«, antwortete Lif, »in meinen Worten, aber auch in deinen Zweifeln. Wotans weise Nähe findet oft schwierige Wege, um dem Menschen Erkenntnis zu verschaffen.«

Widukind sah die Godin mit glasigen Augen an.

»Sag, habe ich die Götter verraten? Habe ich etwas falsch gemacht, hätte ich vielleicht den Tod all der Krieger verhindern können, wenn ich stärker auf sie eingewirkt hätte? Ich bin der Heerführer. Habe ich stets als solcher richtig gehandelt?«

»Es war richtig, was du getan hast, sonst wäre ich dagegen eingetreten«, erwiderte Lif.

»Warum hast du es nicht getan?« wollte Widukind wissen. »Oder handelst auch du längst abseits des Willens der Götter?«

Lif blickte traurig in sein Gesicht.

»Hast du nicht stets aus Liebe zu Land und Leuten gehandelt? Hast du nicht die Kraft gespürt, die du daraus schöpfst? Du hast recht getan, Donars Kraft, Wotans Weisheit und Zius Mut halfen dir dabei. Die Götter wollen, daß wir nach unserem Willen handeln. Kommt unser Wollen von Herzen, handeln wir in ihrem Sinn«, sagte sie ruhig.

Widukind zitterte nun heftig.

»Der Kindsgott der Christen ist stark. Vielleicht hat er unsere Götter besiegt.«

Lif schüttelte den Kopf.

»Götter kämpfen nicht wie Menschen gegeneinander. Die Christen spüren dasselbe Göttliche wie wir. Sie haben es nur anders benannt und Regeln darüber aufgestellt, an die sie sich halten und in denen vieles enthalten ist, was weniger göttlich, dafür um so menschlicher ist. Doch genug davon. Du solltest dich schlafen legen.«

Widukind nickte zögernd.

Am nächsten Morgen ritten sie weiter. Ihr Ziel war die Limburg, eine alte Wallanlage, die die Franken noch nicht entdeckt hatten. Widukinds Zustand hatte sich verschlimmert. Er hustete nun häufig. Gegen Mittag bekam er Fieber. Lif brühte dem Heerführer Kräuter dagegen auf. Aber selbst die vermochten ihm keine große Linderung zu verschaffen. Nach der ersten Nacht in der Limburg war das Fieber zwar besser geworden, der Husten aber hatte zugenommen. Als eine Patrouille die Burg entdeckte, mußten die Freunde ihren Anführer auf der Flucht an sein Pferd binden. Aus eigener Kraft konnte er sich nicht daran festhalten. Noch einmal konnten sie die Franken abschütteln und lagerten in der Burg Reineberg, einer anderen verlassenen Wallanlage. Eines Morgens schrie Widukind erstaunt auf, nachdem er erwacht war. Große braune Flecken bedeckten seinen Körper überall. Nur das Gesicht blieb davon verschont. Am Nachmittag verschlimmerte sich wieder das Fieber. Einige Tage später gefror zum ersten Mal der Boden. Der Heerführer wurde immer schwächer, konnte sich schließlich nicht mehr vom Lager erheben. Obwohl Lif ihm viele Kräuter gab, besserte sich sein Leiden nicht. Sie konnte die Beschwerden immer nur für kurze Zeit lindern. Immer häufiger phantasierte Widukind während der immer wiederkehrenden Fieberschübe, redete dabei von Göttern und Riesen, gedachte vergangener Zeiten. Das Jahr war bereits weit fortgeschritten, die Tage des Julfestes brachen an.

»Es wird immer schlimmer«, wandte sich Abbio verzweifelt an die Godin. Lif nickte traurig.

»So muß er denn sterben?« wollte der alte Recke wissen.

»Nein«, sagte Lif entschieden. »Er ist stark und kann die Krankheit aus eigener Kraft überleben – wenn er den Lebensmut dazu hat. Auch haben die Götter es so eingerichtet, daß in der Natur gegen jedes Leiden ein Mittel zu finden ist.«

»So kennst du seine Krankheit?«

Lif nickte.

»Ich habe sie noch nie zuvor gesehen, aber davon gehört. Sie trifft oft Menschen in Zeiten des Krieges. Dieses Fieber dauert lange, und die meisten, die es bekommen, sterben daran. Zu allen Zeiten gab es aber Männer und Frauen, die es überstanden. Kaum jemand gelangte danach jedoch zu seiner alten Stärke zurück. Die Überlebenden müssen Anstrengungen meiden, und der Geist von so manchem, der die Krankheit überlebte, soll nie wieder klar geworden sein.«

»Bei allen Trollen«, fluchte Abbio. »Können wir denn nicht mehr für ihn tun?«

»Ich werde es versuchen«, kündigte Lif an. »Ich habe von unserem Getreide Körner genommen und sie feucht beiseite gelegt. Nun hat sich Schimmel gebildet. Heute Nachmittag und an den folgenden Tagen wird Widukind davon essen. Es mag sein, daß ich ihm damit helfen kann. Aber ich kann nicht sagen, ob sein Körper das Gift verträgt, hoffe aber, daß es seine Leiden lindert. Es ist das letzte Mittel, das ich kenne. Helfen aber kann es auch nur, wenn Widukind den Willen zum Leben, Hoffnung auf die Zukunft hat. Der Kampf, der in seiner Seele tobt, wütet jetzt auch in seinen Gliedern.«

Kurz darauf ritt ein Bauer zum Lager der Freunde. Atemlos berichtete er davon, daß sich viele Sachsen an der Emmer, einem Fluß weiter im Süden, gesammelt hatten – empört und verzweifelt über die fränkischen Plünderungen. Immer mehr Männer und Frauen würden sich in diesem Lager sammeln und darauf warten, sich einem feindlichen Heer zur Schlacht zu stellen. Mit glasigen Augen hörte Widukind die Rede.

»Wir müssen zu ihnen«, preßte er zwischen seinen geschwollenen Lippen hervor.

Abbio beugte sich über ihn.

»Du wirst nicht gehen können«, stellte er liebevoll fest. »Wir werden zu den Kriegern stoßen.«

»Aber sie dürfen nicht ...«, stammelte der Heerführer, dann versagte seine Stimme, und er versank wieder in fiebrigen Träumen.

Die Nacht über warf er sich so heftig wie nie zuvor auf seinem Lager herum, schrie manchmal entsetzt auf, wenn die Bilder in seinen Träumen ihn zu sehr plagten. Mehrfach gab Lif ihm von dem verschimmelten Korn zu essen. Auch die Gefährten schliefen in dieser Nacht unruhig. Als sie am nächsten Morgen erschöpft erwachten, glaubten sie ihren Augen nicht zu trauen. Am ganzen Körper vor Schwäche zitternd, saß Widukind auf seinem Lager und grinste sie an.

»Es ist vorbei«, stellte Lif fest.

Widukind nickte schwach und sank sogleich in sich zusammen. Sofort legten sie ihn erneut hin. Das Fieber war verschwunden. Er schlief den ganzen Tag und auch die folgende Nacht. Am nächsten Morgen bestand er darauf, mit den Freunden zum Frühstück am Feuer zu sitzen, und aß sogar einige Happen Fleisch.

»Die Luft ist kalt«, stellte er verwundert fest, »und der Boden gefroren. Ist der Winter tatsächlich schon angebrochen?«

Böer nickte.

»So habe ich sehr lange gelegen«, schüttelte Widukind den Kopf. »Es kommt mir wie ein Traum vor, ein unendlich langer Traum.«

Schmal und ausgezehrt saß er neben den anderen. Schwarze Ringe lagen unter seinen Augen, das früher glänzende Haar wirkte wie Stroh, und unter der Haut schimmerten die Knochen, nicht mehr die Muskeln hindurch. Aber sein Blick war wieder klar und seine Worte ebenso, wenn er auch noch leise und vorsichtig sprach. Vor Freude stürzten sich die Getreuen auf ihren Heerführer und umarmten ihn.

»Nicht so eifrig, ihr werdet mich noch zerbrechen«, scherzte Widukind. Dann wurde er ernst.

»Ich hörte die Worte des Bauern. Auch sie kamen mir wie ein böser Traum vor. Wir müssen aufbrechen und dieses sinnlose Sterben verhindern.«

»Du mußt dich ausruhen«, erwidete Abbio.

»Ja«, sagte Widukind betrübt. »Wir alle müssen uns ausruhen, der ganze Stamm. Aber es gibt keinen Frieden für uns. Ich täte alles dafür, ihn zu erreichen. Aber ich weiß nicht wie. Auch wenn ich mir über so vieles nicht im klaren bin, so weiß ich doch, daß wir die Bauern von einem Angriff abhalten müssen.«

»Wir reiten aber nicht heute, sondern erst morgen«, ordnete Lif an. Widukind nickte.

Am nächsten Morgen ritten sie zu den versammelten Kriegern, die sie am Abend erreichten. Erstaunt blickten die Männer und Frauen den abgemagerten Widukind, den sie kaum erkannten, an. Dieser kümmerte sich nicht darum. Er ließ sich von Kundschaftern die Lage melden. Die Franken hatten mittlerweile von dem Zusammenzug der Sachsen erfahren und ihre plündernden Truppen bei Paderborn gesammelt. Dort war erst vor zwei Tagen ein weiteres Herr mit dem König an der Spitze aus dem Süden eingetroffen. Am nächsten Tag machten sich die Angreifer auf den Weg nach Norden, in Richtung auf das sächsische Lager. Kaum jemand unter den Männern und Frauen zweifelte daran, daß die Sachsen sich den Franken entgegenwerfen würden.

»Genau das werden wir nicht tun«, knurrte Widukind, als er mit den Gefährten am Abend die Lage besprach.

»Was sonst?« wollte Abbio wissen. »Auch diese Menschen hier haben alles verloren ...«

»Ich bin Heerführer und nicht Scharfrichter«, brummte Widukind. »Ich habe keine Lust, die Menschen meines Stammes tatenlos in den Tod zu führen. Wir müssen den Kampf ändern, so fechten, wie du es vorschlugst, bevor ich ins Fieber fiel. Laßt sie nun zusammenrufen.«

Als die Männer und Frauen zu Widukinds Füßen saßen, forderte der Heerführer sie zum Rückzug auf. Sie murrten.

»Seht euch um«, rief er den Bauern zu. »Liebt ihr dieses Land ebenso wie ich, seine Wälder, Weiher und Wiesen? Betet ihr zu Asen und Wanen? Dafür lohnt es sich zu kämpfen, aber nur, wenn die Schlacht nicht ohnehin verloren ist. Im offenen Kampf können wir sie nicht besiegen. Darum ziehen wir uns zurück.«

»Wir wollen kämpfen«, brüllten einige Krieger.

Widukind nickte.

»Diese Worte höre ich nicht zum ersten Mal. Ihr wollt sterben. Auch in der letzten Schlacht hatten die Kämpfer diesen Wunsch und erfüllten ihn sich. Genutzt hat es aber den Franken, die weiter geplündert und verbrannt haben. Wollt ihr das? Wollt ihr mit eurer Sehnsucht nach Rache und Tod dem Feind nützen? Wenn ihr, die sächsischen Streiter, alle gefallen seid, dann wird das Land schutzlos vor den Christen liegen. Die Verteidiger, die es schützen müßten, sind in unsinniger Schlacht gefallen, statt klug den Gegenschlag zu planen. Denkt an die Wiesen und Wälder des Sachsenlandes, an eure Familien und

Freunde, wenn ihr euch eure Antwort überlegt. Und denkt an die Toten. Wie viele sind schon für die Freiheit des Stammes in der Schlacht gestorben? Könnt ihr vor diesen Männern und Frauen bestehen, wenn ihr den Entschluß faßt, verzweifelt den Tod zu suchen. Ist es wirklich das, was ihr wollt?«

Unwillig schüttelten die Männer und Frauen den Kopf.

»So hört auf meine Worte: Wir weichen, teilen uns auf und greifen sie überraschend aus dem Schutz der Wälder an, überfallen ihre Patrouillen und plündernden Truppen bis sie zermürbt heim ins Frankenreich ziehen.«

Zum ersten Mal flackerte Hoffnung in den leeren Augen auf. Widukind hatte ihnen wieder ein Ziel geben. So zog sich noch am Abend das kleine Heer zurück und teilte sich in viele kleine schlagkräftige Truppen. Schon am nächsten Tag meldeten Kundschafter Widukind die ersten Überfälle auf fränkische Späher und einzeln reitende Kolonnen. Die Christen erreichten den verlassenen Sammelpunkt der Sachsen an der Emmer. Hier rastete Karl. Dann brach das Heer nach Norden auf. Jetzt schlugen die Franken zu. Da sie auf kein Heer stießen und auch die Krieger der kleinen Einheiten, die sie angriffen, nicht stellen konnten, plünderten, verbrannten und töteten sie, was in ihrer Nähe lag. Die Vergeltungsschläge der Sachsen wurden härter, wieder und wieder attackierten sie Patrouillen und kleinere Abteilungen des Heeres. Die Rache der Christen aber wuchs mit jedem Schlag, den sie einstecken mußten. Mit der Wucht ihrer Wut trafen sie unschuldige Bauern, friedliche Gehöfte, Frauen und Kinder. Das gegnerische Hauptheer zog sich in die Eresburg zurück. Größere Frankentrupps aber ritten in alle Teile des Landes und verwüsteten diese. Nun wurden auch Gaue verheert, die bisher verschont geblieben waren. Je heftiger die Sachsen ihre Gegner aus dem Hinterhalt überfielen, um so härter wüteten die Soldaten auf den Höfen wehrloser Bauern. Selbst fliehende Familie wurden gnadenlos bis in die tiefsten Wälder verfolgt. Auch die dunklen Haine boten keinen Schutz mehr vor den Rittern. Karl führte immer neue Soldaten heran, die selbst die Wälder durchkämmten, so daß die Flüchtlinge keinen Schutz und die Kämpfer keine Deckung für ihre Angriffe mehr fanden. Zudem herrschte überall im

Land der Hunger, Krankheiten rafften viele Menschen darnieder. Den Getreuen sank der Mut, als sie merkten, daß ihre Angriffe nicht die Soldaten Karls, sondern die eigenen Leute zermürbten. Ihre neue Taktik war gescheitert, kaum daß sie richtig begonnen hatte. Für jeden Toten aus ihren Reihen erschlugen die Franken viele Gegner. Die fränkischen Krieger konnten sich in sicheren Burgen ausruhen und bei gutem Essen stärken, während Widukinds Getreue stets auf der Flucht waren und hungerten. Fränkische Einheiten, die schon lange im Kampf standen, wurden häufig von frischen Truppen abgelöst, die gierig darauf waren, Ruhm und Sieg zu erringen. Erschöpft erlahmte schließlich der sächsische Kampf. Es war kurz vor Beginn des Frühjahrs. Verzweifelt zogen die Gefährten nach Norden, verabschiedeten sich von Aural, der zu seiner Sippe nach Ostfalen wollte. Wieder ritten sie an brennenden Höfen vorbei, hörten von immer neuen Grausamkeiten der Feinde. Auf Böers Hof im Waldsatiland trennten sie sich. Widukind und Abbio zogen weiter nach Dänemark, Euliset, Rakus und Servalis blieben bei Böer und Lif.

NYD

Auch Brul, Halde, Syd und Nora hatten nicht geruht im vergangenen Jahr. Böer staunte, als er sah, wie die Hütte gewachsen war. Auch stand sie nun stabiler auf dem Boden, und sein Bruder versicherte ihm, daß sie auch wetterfester sei. Stolz zeigte Brul die Vorräte an geräuchertem Wildfleisch, die die Familie für den Winter angelegt hatte. Sogar ein wenig Korn hatten sie ernten können. Alle aber waren besonders stolz auf die Milchkuh, die Brul zusammen mit dem Saatgut bei Gimberich gegen einige Werkzeuge getauscht hatte.

»Wegen der Kinder«, lachte Brul, und Böer klopfte dem Bruder auf die Schulter.

Die Nachricht vom Tod Gilbrands nahm der alte Sachse ohne sichtbare Regung auf. Vater und Sohn hatten schon lange miteinander abgeschlossen.

Obwohl der Winter in diesem Jahr schon weit fortgeschritten war, schneite es noch nicht. Das Wetter blieb lange mild. Das erleichterte den Sachsen das Überleben. Dann aber packten über Nacht die Frostriesen das Land mit ihrem eisigen Griff. Sogar das Wasser des kleinen Baches gefror. Schnee blieb aber weiter aus.

Ein eisiger Wind pfiff Böer ins Gesicht, als er eines Morgens ausritt, um zu jagen. Er war noch nicht weit vom Hof entfernt, als er im Augenwinkel eine Bewegung zwischen den Bäumen des Waldes in der Ferne ausmachte. Eine Frau rannte so schnell sie konnte zwischen den Stämmen hindurch. Es dauerte einen Moment, bis Böer sie erkannte. Die Frau hatte vor einigen Wochen aus dem Süden kommend bei ihren Verwandten auf einem Nachbarhof Unterschlupf gefunden. Böer wendete und ritt in ihre Richtung. Erschrocken riß sie die Augen auf, stürzte, taumelte wieder auf die Beine und versuchte, vor Böer zu fliehen. Dieser sprang vom Pferd und warf sie zu Boden.

»Ich bin ein Freund«, rief er sie an. »Warum fliehst du?«

»Tu mir nichts«, stammelte die Frau in einem plötzlichen Weinkrampf. »Bitte laß mich gehen.«

»Ich bin Böer, Sohn Bentans, und wohne nicht weit von hier«, redete Böer auf sie ein.

Aber die Frau hörte nicht, sondern starrte ihn nur mit angstvoll geweiteten Augen an. Böer packte sie und zerrte sie auf sein Pferd.

Er wußte, vor wem die Frau floh. Im Galopp ritt er zurück zum Hof.

»Franken«, schrie er Brul, der ihm vor der Hütte entgegenkam, zu. Erschrocken liefen die anderen aus dem Haus, verschwanden aber sofort wieder, um die nötigsten Dinge für eine Flucht zusammenzupacken. Halde nahm sich der unbekannten Frau an, verließ sie kurz, um ihr aus der Hütte einen warmen Umhang zu holen. Während die Familie die Flucht vorbereitete, galoppierte Böer erneut los, das Umfeld des Hofes zu erkunden. Keinen Augenblick zu früh, denn schon erkannte er in der Ferne einen Trupp fränkischer Reiter, der schnell näher kam.

»Lauft, so schnell ihr könnt«, schrie Böer, als er zurück in den Hof kam. »Laßt alles stehen und liegen. Rennt sofort in den Wald.«

Die jungen Frauen verließen mit den Kindern auf den Armen die Hütte, Brul führte sie in den Forst zu der Grube, die er als Versteck im vergangenen Jahr vorbereitet hatte. Euliset, Rakus und Servalis rannten zu der unbekannten Frau, die allein auf dem Hof kauerte.

»Wo ist Halde?« brüllte Böer sie an.

Hilflos wendeten sich die Gefährten um. Da kam Halde aus der Hütte.

»Ich wollte doch nur ...«, waren die letzten Worte, die Böer verstand.

Dann galoppierten die Franken auf den Hof. Sofort zog Böer sein Schwert, auch die Freunde hatten die Waffen in der Hand. Sofort waren sie von Rittern umgeben, von allen Seiten preschten sie über den Hof, überritten die entsetzt schreiende Frau in der Mitte des Platzes. Böer erschlug einen Angreifer mit dem Schwert, brachte einen zweiten zu Fall. Er warf einen Blick auf die anderen, die Rücken an Rücken zu Fuß gegen die sie umzingelnden Feinde fochten. Er wollte ihnen zu Hilfe eilen, galoppierte an und sah im letzten Moment, wie ein Soldat Halde mit der Axt niederschlug.

»Mutter«, brüllte er, wendete sein Pferd, spürte einen Stich in seinem Rücken und fast zugleich einen gewaltigen dumpfen Schlag an seinem Kopf. Zusammen mit seinem Roß stürzte Böer zu Boden, riß einen Gegner mit sich und blieb unter dem Tier liegen. Mit entsetzten Augen bemerkten Euliset, Rakus und Servalis, daß Böer im dichten Gewühl des Kampfes zu Boden fiel. Gerade hatten sie die Widersacher ein Stück zurückgedrängt. Sie ließen für einen Moment die Schwerter sinken.

»Ihr seid keine Sachsen«, donnerte ein Christ mit tiefer Stimme. »Laßt die Waffen fallen, und ihr bleibt am Leben.«

Einen kurzen Moment lang blickten sich die Wanderer an. Dann glitt ihr Blick in die Runde. Dreißig Äxte und Speere senkten sich drohend in ihre Richtung. Euliset nickte, und ihre Schwerter fielen klirrend zu Boden.

»Sie sehen interessant aus. Vielleicht können sie sogar schreiben«, spekulierte einer der Angreifer, nachdem die Gefangenen gebunden waren. »Vielleicht bekommen wir eine Menge für sie.«

»Du sowieso nicht«, höhnte ein anderer. »Den größten Anteil bekommen die Altgedienten von uns – und nicht solche Grünschnäbel wie du.«

Nun machten sich die Christen über die Hütte her. Ein Mann führte triumphierend die Kuh heraus.

»Nichts, rein gar nichts hat dieses Pack sonst von Wert«, beschwerte sich ein Franke lautstark polternd in dem Haus.

Der Anführer ritt zu der Kuh, schwang blitzschnell seine Axt und schlug sie dem Tier in den Hals. Laut brüllend sank das Rindvieh zu Boden.

»Schafft den Kadaver in die Hütte und steckt sie an«, befahl der Ritter. Einen Moment später schossen die ersten Flammen aus dem trockenen Holz.

»Sollen wir den Wald durchsuchen?« brüllte einer der Plünderer gegen den Lärm des prasselnden Feuers an.

»Hab ich es dir befohlen?« donnerte der Anführer. »Es ist niemand entkommen. Selbst die Frauen haben wir doch erwischt.«

Schon packten die Soldaten die Leichen ihrer toten Kameraden auf einige Lastpferde, schwangen sich auf ihre Rösser, formierten sich und ritten davon. In ihrer Mitte liefen Euliset, Rakus und Servalis, mit einem Seil an einen Schimmel gebunden und bemüht, bei dem schnellen Tempo der trabenden Rösser nicht zu stürzen. Böers Pferd nahmen sie mit.

Erst in der Dämmerung trauten sich Lif, Brul und die beiden anderen Frauen mit ihren Kindern aus ihrem kalten und nassen Versteck in der Erde. Die Hütte war zusammengefallen, die Flammen verloschen. Aber noch immer stieg Rauch aus dem glühenden Holz in den Himmel. Auch aus der Richtung, in der die Hütten der Familien Jöllunds und Lüdegasts lagen, wehten Rauchschwaden zum Himmel. Nur in der Richtung von Gimberichs Halle war der Himmel klar.

Lif rannte zu Böer, beugte sich über ihn und streichelte sein Gesicht. Plötzlich schrie sie vor Freude auf. Seine Haut war warm.

»Er lebt«, jubelte die Godin, und die anderen eilten sofort herbei. Sofort untersuchte ihn Lif. Böer war nicht so schwer verletzt, wie er, blutverschmiert, ausgesehen hatte. Sein Rücken war durch einen Axthieb aufgerissen, am Kopf hatte er eine große Platzwunde.

»Es war wohl der Schild eines Franken«, stöhnte Böer vor Schmerzen, als er aus der Bewußtlosigkeit erwachte. Neben Kopf und Rücken schmerzte auch noch seine Brust, wenn er die Luft einsog, und ihm wurde übel, als er sich aufzurichten versuchte. Nora warf sich ihrem Vater besorgt an den Hals.

»Ist Papa schlimm krank?« blickte sie Lif betrübt an.

»Das wissen wir gleich. Ich will ihn untersuchen«, erwiderte Lif und betastete seinen Leib. »Einige Rippen sind gebrochen«, schloß sie schließlich. »Sonst hast du Glück gehabt. Wenn du dich schonst, werden sie in einigen Wochen geheilt sein. Die Übelkeit vergeht schon bald, wenn du ruhig liegenbleibst.«

»Was ist geschehen?« seufzte Böer. »Ich weiß nur ...«

Lif küßte ihn zärtlich.

Dann erzählte sie ihm von der Plünderung. Tränen rollten über Böers Wangen.

»Halt mich bitte fest«, bat er Lif, als sie ihm alles erzählt hatte.

Zu der Trauer gesellte sich die Sorge um das Schicksal der drei Wanderer.

In dieser Nacht zündeten sie kein Feuer an, aus Angst, die Angreifer könnten wiederkommen. Am nächsten Tag nahmen sie Abschied von Halde, riefen die Götter an und verbrannten die Leiche der alten Frau. Ihre Asche setzten sie im nahen Wald bei. Dann begann es zu schneien. Brul, Lif, Angal und Hild arbeiteten hart, um möglichst bald wieder zumindest ein Dach über dem Kopf zu haben. Zum Glück hatten sie noch die Pferde, die während des Überfalls auf einer Wiese im Forst gegrast hatten. Als dann auch noch Lüdegast und einige andere Nachbarn, die sich alle vor den Franken hatten retten können, zu Hilfe kamen, war die Hütte schnell fertig – geflochten aus Ästen und Zweigen in mehreren Lagen. Auch wenn der kalte Wind durch alle Ritzen pfiff, fanden sie doch Schutz vor dem Schnee und ein wenig Wärme, die das Feuer im Inneren der Hütte erzeugte. Zum Glück mußten sie nicht hungern, denn Brul hatte vor dem Überfall Vorräte in ihrem Waldversteck angehäuft. Abwechselnd halfen sie sich jetzt mit den Nachbarn aus – beim Bau von Unterkünften oder der Verteilung von Eßbarem. Auch wenn die gemeinsame Arbeit getan war, blieb Syd häufig noch mit Jomat, einem Sohn von Wiebke und Jöllund, der in ihrem Alter war, zusammen. Auch mit Lif verbrachte Böers Schwester viel Zeit. Gemeinsam ritten sie durch das Waldsatiland und besuchten viele Höfe. Wenig später sichtete eine Tochter Lüdegasts Soldaten. Nur kurze Zeit nach dieser Meldung waren die Höfe in der Umgebung wie ausgestorben, hatten sich die Bewohner erneut in der Wildnis versteckt. Aber die Feinde waren nicht gekommen, um zu plündern. Sie trabten geradewegs auf den Hof von Gimberich. Hier blieben sie drei Tage, bevor sie wieder davonritten. Wenig später trabte Gimberich zu Lif und Böer, schwang sich vom Pferd und stolzierte auf sie zu.

»Seid gegrüßt«, rief er ihnen fröhlich entgegen.

»Sei du uns besonders willkommen«, empfing ihn Lif, »sehr oft warst du in vergangener Zeit ja nicht unser Gast.«

»Wir dachten schon, die Christen hätten dich verschleppt, bis wir sie mit dir plaudern sahen«, fügte Brul mit gespielt sorgenvoller Miene hinzu.

»Karls Mannen – mich verschleppen?« stutzte Gimberich.

Dann grinste er breit.

»Sie vertrauen mir, wir haben Freundschaft geschlossen.«

»Mit den Christen?« rief Angal entsetzt.

Gimberich nickte väterlich. »Daraus wird auch euch noch Gutes erwachsen. Ich habe ja schon immer gesagt, daß wir ihre Ordnung anerkennen müssen. Sie sind nun einmal die neuen Herren im Land.«

»Und darüber hast du mit ihnen gesprochen?« fragte Brul mißtrauisch. »Kommst du nun, um mit uns darüber zu reden?«

»Unsere Hütte steht nämlich schon. Zum Bau kommst du zu spät«, bemerkte Hild spitz.

Abwertend musterte der dicke Sachse die Behausung.

»Nun ja«, murmelte er, »ihr habt es euch ja selbst zuzuschreiben.«

»Das wagst du ...«, fuhr Brul auf.

Lif hielt ihn zurück, ehe er auf Gimberich losgehen konnte.

»Du solltest ruhig Blut bewahren, mein Sohn«, sagte er kühl. »Die Franken haben mich soeben zum Grafen über das Waldsatiland ernannt. Ich bin euer Herr, ihr meine Knechte.«

»Ich werde dich erschlagen, du Graf ...«, spuckte Brul verächtlich aus und drehte sich um.

»Das habe ich noch einmal überhört«, ließ sich Gimberich großzügig vernehmen.

»Du solltest aber vorsichtig sein«, ergänzte Nora ernst. »Mein Onkel ist nämlich ganz stark, fast so wie mein Vater.«

Verblüfft sah Gimberich die Kleine an und schritt mit hoch erhobenem Kopf zu seinem Wallach. Anschließend ritt er zum nächsten Hof.

Als die Tage des Winters zu Ende gingen, waren die Vorräte der Familie verbraucht, ebenso war es auf den Höfen der Nachbarschaft. Sie mußten hungern, denn die Beute, die Böer, Lif und Brul auf der Jagd machten, reichte nicht aus, um die Familie zu ernähren. Da nahm Angal all ihren Mut zusammen und ging zu Gimberich, um ihn um etwas Eßbares zu bitten. Der aber wollte davon nichts wissen.

»Lernt daraus«, mahnte er die junge Frau. »Denn ihr habt die Franken schließlich dazu gereizt.«

Angal wollte schon gehen, als Gimberich sie aufhielt.

»Und eilt euch, bald die Felder zu bestellen. Denn einen Teil der Ernte werdet ihr im Herbst mir geben. Einen weiteren bekommt die Kirche.«

Diese Worte klangen Angal noch im Kopf, als sie die Familie erreichte. Am nächsten Tag erschien der dicke Graf erneut bei den Bauern und verkündete die Bestimmungen, die König Karl kurz vor der Schlacht am Süntel in Lippspringe für die Sachsen erlassen hatte. So sei des Henkers, wer seine Toten verbrenne oder in ungeweihter Erde begrabe, drohte Gimberich. Auch die christliche Taufe müsse angenommen werden. Die bald erscheinenden Priester habe jedermann im höchsten Maße zu ehren. Wer ihnen Schaden zufüge, werde sofort sterben. Das mehrte die Wut in den Herzen der Menschen. Sie wagten es aber nicht, ihre Hand offen gegen den neuernannten Grafen zu erheben, zu frisch waren die Wunden, die die Gegner ihnen geschlagen hatten, zu nah die Erinnerung an die Stärke der Ritter und die eigene Schwäche. Lüdegast aber huschte am Tag darauf grinsend mit einem Sack auf der Schulter auf den Hof von Böer. In der Hütte ließ er den schweren Beutel auf den Boden plumpsen und öffnete den Knoten, der den Inhalt verschlossen hielt. Überrascht umringte ihn die Familie.

»Torebert und ich kamen gestern zufällig in der Abenddämmerung auf Gimberichs Hof vorbei«, erklärte Lüdegast bedächtig, während er den Sack langsam öffnete. »Und dabei verirrten wir uns in die prall gefüllte Getreidekammer, deren Tore weit offen standen. Da unser Magen knurrte und Mundraub bekanntlich nicht verboten ist, beschlossen wir, ein wenig Wegzehrung mit nach Hause zu nehmen. Vielleicht wollt auch ihr davon kosten?« Dankbar nahm die Familie das Geschenk an. Auch in den folgenden Wochen bedienten sie sich gelegentlich bei ihrem dicken Nachbarn, aber stets nur so, daß dieser keinen Verdacht schöpfen konnte. Zuerst vermutete der neuernannte Graf sogar eine Mäuseplage und ließ auf allen Höfen im Umland vor den kleinen Nagern warnen. Erst später richtete sich Gimberichs Verdacht gegen die Nachbarn. Diese wurden vorsichtiger, und er konnte ihnen nie etwas nachweisen.

Der Termin des Ostarafestes rückte schnell näher. Trotz des Elendes und der fränkischen Bedrohung wollten die Menschen im Waldsatiland es feiern und sich dabei zum Thing versammeln, so wie noch vor wenigen Jahren die Gausprecher sich an diesem Fest in Marklohe beim Allthing getroffen hatten. Heimlich, in der Dunkelheit, huschten Boten von Hof zu Hof. Sie verbreiteten die Nachricht, kündigten den Ort des Festes an. Gimberich erfuhr von all dem nichts. So trafen sich die Menschen am Vorabend des großen Festes auf einem geheimen Platz im dichten Wald. Feierlich entzündete Lif das riesige Feuer. Dann aber trat nicht sie, sondern Syd in den Gewändern einer Godin vor, um Donar, den mächtigen Donnerer, anzurufen. Als das geschehen war, blieben viele still noch eine Weile stehen und sprachen stumm zu dem Asen. Nach einer Weile spielte Musik auf, und die Menschen tanzten. Es war das erste Mal seit langem, daß Lif die Männer und Frauen lachend und scherzend sah. Wenigstens für eine Nacht, dachte sie, konnten sie das Unglück vergessen. Zu einigen aber ging Lif und versammelte sie etwas abseits am Feuer. Darunter waren Jana, eine Tochter Jöllunds und Wiebkes, Toregast, der jüngere Sohn Lüdegasts, eine alte kräuterkundige Frau und andere junge und alte Männer und Frauen aus dem Gau. Lif sprach mit ihnen über die Asen und Wanen und den Grund des Festes. Am nächsten Morgen schritten überall im Waldsatiland einzelne Menschen über die Felder. Es waren die Männer und Frauen, mit denen Lif am Abend zuvor gesprochen hatte. Sie segneten die Erde und baten um eine gute Ernte. In den folgenden Wochen trafen sie sich oft mit Lif und Syd wieder auf der versteckten Lichtung im Wald.

Im Monat Wandelmond ging die Kunde von einem anrückenden fränkischen Heer von Hof zu Hof.

»Was sollen die Franken bei uns noch mit einer Armee?« überlegte Böer und mochte das Gehörte zunächst kaum glauben.

Schließlich ritt er selbst los. Überrascht konnte er schon bald aus der Deckung die scheinbar endlosen Kolonnen feindlicher Krieger beobachten, die in Richtung auf den im Osten vom Waldsatiland liegenden Bardengau zogen. Staunend erkannte Böer das blaue Banner mit den gelben Lilien über dem Heer, denn es besagte, daß Karl den Zug anführte. Nachdenklich ritt er zurück zum Hof. Auch Lif konnte sich keinen Reim auf Böers Erzählung machen.

»Niemand wehrt sich hier mehr. Selbst von den Albingiern an der Grenzen zu den Dänen sind keine Gerüchte von Aufruhr zu uns gelangt. Und damit seine Männer plündern können, braucht Karl nicht mit seinen Truppen so weit nach Norden zu ziehen«, überlegte Böer.

»Vielleicht haben wir nur nichts von einem neuen Sachsenheer im Norden erfahren«, warf Brul ein.

»Das glaube ich nicht. Kampf, Aufruhr und Schlachten sprechen sich schnell herum. Außerdem ist Widukind nicht weit von den Albingiern entfernt und würde uns die Runenstäbe schicken.«

»Und wenn ihm etwas geschehen ist?« überlegte Angal. »Er hätte doch schon längst bei uns sein müssen.«

Böer warf Lif einen sorgenvollen Blick zu.

Die Godin schüttelte den Kopf.

»Auch davon hätten wir erfahren. Es wissen genug Leute im Norden, wo wir zu finden sind.«

Auch in den nächsten Tagen hörten sie nichts von Widukind und Abbio. Dafür zogen wieder plündernde Christenhorden durch das Land. Die Familien der Nachbarschaft taten sich zusammen und ließen Tag und Nacht im Wechsel Wachen in den Wäldern patroullieren. Es nützte nichts. Die Morgendämmerung war gerade angebrochen, als Böer eines Morgens vom Geräusch stampfender Hufe und dem Geklirr von Waffen und Rüstungen aus dem Schlaf gerissen wurde. Sofort war er hellwach. Er weckte die anderen, riß sein Schwert aus der Scheide und stürmte zur Tür.

»Welch ein tapferes Bäuerlein«, begrüßten ihn die Soldaten grölend.

Böer hob das Schwert.

»Halt«, rief ihm ein blonder Ritter zu.

Es schien der Anführer zu sein.

»Wenn du kämpfst, wirst du sterben. Läßt du die Waffe fallen, wird dir nichts geschehen.«

Böer blicke ihn unsicher an. Noch hielt er das Schwert fest umklammert. Der Franke erwiderte seinen Blick.

»Wir werden nicht einmal deine armselige Hütte in Brand stecken. Unsere Vorgänger waren schon gründlich genug.«

Mit einem entschlossenen Ruck warf Böer die Waffe fort. Der Befehlshaber nickte zufrieden.

Lif versuchte unterdessen, die anderen an der Rückseite der Hütte ins Freie und zum Wald zu führen. Böer zuckte zusammen, als Waffengeklirr aus dieser Richtung zu hören war. Auch der Befehlshaber drehte sich um.

»Da wollten wohl Weib und Kinder fliehen«, grinste ein blonder Soldat breit.

Einen Moment später wurden Lif, Brul, Angal, Hild und die Kinder nach vorn geführt. Beim Anblick von Lif stutzte der Franke, als hätte er sie schon einmal gesehen. Auch Lifs Blick verriet, daß sie den Mann kannte.

»Die Godin«, staunte er und fuhr sich mit der Hand über die Stirn. »Lif, so war doch dein Name?«

Sie nickte.

»Dann haben wir ja genau den richtigen Hof getroffen. Verwirrt beobachteten die anderen Männer ihren Anführer.

»Godin?« brummte einer mit zusammengekniffenen Augen, »so ist sie wichtig?«

Ihr Befehlshaber nickte.

»Sehr. Und eine alte Bekannte. Sie kannte Roland sehr gut.«

Überrascht rissen die Männer die Augen auf. Er wandte sich erneut Lif zu.

»Du erinnerst dich doch, ich bin Amalwin, Rolands Freund. Wir lernten uns kennen, als du Theoderichs Gefangene warst.«

»Ich weiß, ich weiß«, lächelte Lif. »Ich kann mich wohl an dich erinnern.«

Der Franke sprang vom Pferd.

»Er ist tot. Schon seit langem.«

»Auch das ist mir bekannt«, sagte Lif. »Du aber lebst und brennst die Höfe armer Bauern nieder.«

»Deshalb bin ich nicht hier. Mein Auftrag lautet anders«, stellte er entschlossen fest.

»Dein Auftrag lautet anders …«, wiederholte Brul. »Aber er lautete auch auf Brandstiftung, oder täusche ich mich?«

Für einen Augenblick funkelten Amalwins Augen zornig.

Dann blickte er in die Runde, senkte den Blick und nickte.

»Karl hat es befohlen.«

Er sah finster drein.

»Aber du kannst mir glauben, Spaß habe ich nicht dabei – und meine Männer auch nicht. Wir erfüllen unseren Eid gegenüber dem König und zerstören, was dem Widerstand gegen die Franken dienen könnte. Mehr nicht.«

»Ob ihr mit dem Herzen dabei seid oder nicht, macht kaum einen Unterschied«, bemerkte Böer. »Das Feuer verbrennt stets gleich die Hütten.«

Amalwin starrte ihn durchbohrend an.

»Was erwartest du von mir? Soll ich um Vergebung bitten? Ich kämpfe für meinen König, meinen Stamm. Nichts anderes habt ihr auch getan. Warft nicht auch ihr Sachsen die Brandfackel in Höfe und Kirchen bis zur Mosel? Ich weiß nicht, ob dir das gefallen hat. Für nichts auf der Welt aber hättest du doch Widukind verraten. Verachte mich nicht, weil ich treu zu meinem Heerführer stehe.«

Böer schaute ihn prüfend an.

»Das Feuer brennt stets gleich«, bemerkte Lif. »Und doch entscheidet das Herz, wohin die Brandfackel geworfen wird. Als Theoderich mich gefangenhielt, gewann ich Roland und Amalwin zu Freunden. Ihr habt mir geholfen, soweit es euch möglich war.«

Böer nickte zustimmend.

»Darum würden wir uns freuen, wenn du heute unser Gast wärst«, forderte Lif Amalwin auf.

Dieser nickte.

»Gern, doch zum Essen möchte ich euch einladen.«

Die Familie stimmte beschämt zu. Gemeinsam mit Amalwin aßen sie in ihrer Hütte, während seine Krieger im Hof lagerten.

»Ich möchte euch nicht bei den Nachbarn in Verruf bringen«, sagte Amalwin nach dem Essen. »Sieht es nicht seltsam aus, wenn ihr Franken bei euch bewirtet?«

»Sie vertrauen ihrer Godin«, lachte Lif.

Dann wurde sie wieder ernst.

»Wir haben uns durch Wachen versucht zu sichern. Wie seid ihr unbemerkt zwischen ihnen hindurchgekommen?«

Amalwin zuckte mit den Achseln.

»Wachen? Ich haben keine gesehen. Die Nacht war dunkel, und wir sind im Galopp durch den Wald geprescht. Vielleicht haben wir sie überrascht und waren schneller an ihnen vorbei, als sie Nachricht geben konnten.«

Nachdenklich schüttelte Böer den Kopf. »Wir werden die Posten wohl in größerer Entfernung zu unseren Siedlungen aufstellen müssen«, bemerkte er.

Amalwin grinste. »Das wäre auch mein Rat als erfahrener Kämpfer.«

»Berichte uns aber nun«, fuhr Böer fort, »was euer Heer so weit nach Norden treibt.«

»Wenn es noch Widerstand in eurem Volk gibt, dann hier im Norden. Dem wollen wir mit unserem Heer vorbeugen. Viel wichtiger aber ist: Wir suchen Widukind.«

Verblüfft sahen ihn die Familienmitglieder an.

»Mit einem ganzen Heer«, staunte Brul. Amalwin nickte.

»Mit einem Heer. Wir wissen, daß er sich im Norden aufhält. Entweder bei den Dänen oder«, er spähte in die Runde, »bei euch.«

»So wichtig ist euch ein einzelner Mann«, stellte Böer fest.

»Karl sieht in ihm seinen Hauptgegner«, berichtete der Franke. »Er hofft auf ein Ende des Widerstandes in eurem Land, wenn er Widukind ausschaltet. So falsch schätzt er die Lage doch aber auch nicht ein, oder?«

»Widukind ist wichtig«, wog Böer seine Worte wohl ab. »Denn er ist ein guter Heerführer. Der Wille zum Kampf aber kommt aus dem Stamm. Widukind hat ihn nur in kluge Bahnen gelenkt. Will Karl seinen Tod?«

»Um Gottes willen, nein«, beeilte sich der Ritter zu sagen. »Das ist es, wovor ihm besonders graust. Die Kirche fordert seinen Tod. Karl aber weiß, daß er damit nur einen Helden schafft, der den Widerstand erst recht entfachen kann.«

Er machte eine Pause und sah Lif an.

»Er will Widukind lebend – als Christ.«

»So wollt ihr unserem Heerführer diese Nachricht unterbreiten?«

Amalwin nickte.

»Er wird eure Absicht durchschauen und vielleicht lieber sterben«, bemerkte Lif. Amalwin schüttelte den Kopf.

»Er würde für seinen Stamm sein Leben opfern«, sagte er nachdenklich. »Das wissen auch wir. Aber nicht sein Leben soll er retten, indem er sich taufen läßt, sondern das der Menschen eures Stammes. Plünderungen und Mord werden sofort ruhen, wenn Widukind ein Christ geworden ist.« Erschüttert sahen sich Böer und Lif an.

»Er ist nicht im Waldsatiland«, stellte Böer fest. »Wir erwarten ihn auch schon seit einer Weile. Mehr kann ich dir nicht sagen.«

Amalwin blieb noch den ganzen Tag und auch die folgende Nacht.

»Können wir ihm trauen?« wandte sich Böer an Lif, als er mit ihr alleine war, »wissen wir, daß er dich nicht verraten wird?«

Die Godin lächelte.

»Ich kann in sein Herz sehen. Er wird es nicht tun«, antwortete sie.

»Und seine Männer?«

»Er weiß um die Gefahr. Ich nehme an, daß sie sich in ihrer Treue erst ihm und anschließend dem König verpflichtet wissen.«

Die Nachbarn wunderten sich wirklich sehr über die friedlichen Gäste im Waldsatiland. Am Nachmittag aber kamen schon einige von ihnen neugierig zu Besuch. Unter ihnen war Lida, eine Tochter von Jöllund und Wiebke. Als Amalwin sie begrüßte, schauten sie einander so tief in die Augen, daß es selbst die Umstehenden bemerkten. Böer blickte Lif fragend an. Sie zuckte mit den Achseln und antwortete lachend: »Seltsam ist oft der Faden, den die Nornen gewoben haben.«

Da mußte auch Böer lachen. Er sah das verschmitzte Funkeln in Lifs Augen, und wieder einmal wurde ihm bewußt, wie sehr er seine Frau liebte. Gerade in diesem Moment erschien sie ihm reizvoller denn je. Am nächsten Morgen rückten die Besucher ab. Lida sprach in den folgenden Wochen oft von dem stolzen und großen Ritter.

Es wurde wärmer, der Sommer kündigte sich an. Noch immer gab es keine Nachricht von Widukind. Dann aber, an einem lauen Nachmittag, wurde ein Reiterzug, der aus Sachsen und Franken bestand, im Waldsatiland gemeldet. Böer ritt den Männern entgegen. Seine Hoffnung hatte nicht getrogen. Unter den Kriegern befanden sich Widukind, Abbio, Geva und ihre Töchter. Begleitet von Amalwin und seinen Kameraden waren sie auf dem Weg zu Böer und Lif. Die Freunde begrüßten sich herzlich. Dennoch wirkte Widukind niedergeschlagen und traurig. Abbio blickte so mürrisch drein, daß, wer ihn nicht kannte, sich vor dem alten Recken gefürchtet hätte. Auf dem Hof umarmte Lif die Kampfgefährten.

»Wundert ihr euch nicht über meine Begleitung?« fragte Widukind müde nach dem Essen.

»Wir ahnen, warum du in den Süden reitest«, antwortete Lif traurig.

»Ich werde mich taufen lassen.«

Unsicher musterte er die anderen.

»Es bleibt mir keine andere Wahl.«

Böer nickte.

»Sie haben mir versprochen, unter dieser Bedingung das Land zu schonen. Was hätte ich tun sollen? König Göttrik von Dänemark ist zu schwach, um uns zu helfen. Trotzdem zürnt er mir so über meine Entscheidung, daß ich ihn als Christ nie wieder besuchen soll.«

»Mein Vater ist ein Dickschädel«, brummte Geva. »Er will alles daransetzen, schon bald gegen die Christen in den Kampf zu ziehen. Dabei könnte er selbst kaum einen Einfall der Franken abwehren.«

»Er macht viele Worte«, winkte Widukind ab.

»Aber ihr wart bei ihm sicher«, bemerkte Böer.

Der Heerführer nickte.

»Ich, Geva und die Kinder. Aber nicht mein Volk.«

Zermürbt starrte er auf den Teller, der vor ihm stand.

»Sie ließen sogar Geiseln für meine Sicherheit bei Göttrik. Glaubt mir, ich hatte keine Wahl. Sollen die Menschen in unserem Land deshalb weiterbluten, weil ein einzelner zu stolz ist, nachzugeben. Wenn ich die Sachsen so retten kann, werde ich diese letzte Schlacht für die Menschen schlagen.«

»Glaubst du an unseren Gott?« wollte Amalwin wissen.

»Unsinn«, knurrte Widukind. »Aber wenn der Schein Karl zufriedenstellt.«

»Es wird ihm reichen«, bemerkte der Franke.

»Immerhin schwören wir mit der Taufe auch unseren Göttern ab. Und Karl weiß, welchen Wert wir auf unser Wort legen«, knurrte Abbio dazwischen.

»Warum begleitest du Widukind?« mischte sich Brul ein.

»Soll ich ihn allein ziehen lassen, wo ich ihm doch stets den Rücken gedeckt habe? Aber glaubt mir: Gefallen tut mir das alles nicht.«

»Mir auch nicht«, fuhr Widukind auf. »Trotzdem weiß ich in meinem Herzen, daß es der einzig richtige Weg ist.« Er sah Lif an.

»Ich fühlte mich erleichtert, nachdem ich die Entscheidung getroffen hatte. Auch wenn die Erinnerung an die alten Zeiten unseres Stammes mich schmerzt, so kann ich es doch ertragen, da ich sicher bin, das Richtige zu tun.«

Jetzt stand Amalwin auf.

»Der Hof eurer Nachbarin Wiebke, wo finde ich ihn?« wollte er überraschend wissen. »Liegt er in dieser Richtung?«

Er wies nach Süden. Böer nickte. Dann entschuldigt mich. Ich möchte dort jemanden besuchen. Kurz darauf war er verschwunden. Als er am Abend wiederkehrte, strahlte er überglücklich. Am nächsten Tag ritt die kleine Gruppe weiter. Widukind trat seinen schweren Gang an, der ihn zur Taufe nach Attinach ins Frankenland führen sollte.

Es folgten bedrückende, aber auch ruhige Jahre. Die Familie baute Haus und Hütten auf, säte, erntete und erwarb sich wieder einen bescheidenen Wohlstand. Wie Gimberich angekündigt hatte, mußten die Bauern in jedem Herbst einen Teil ihrer Ernte an den neu ernannten Grafen und die Kirche abtreten. Da Gimberich für so viel Getreide keine Verwendung hatte, wandelte er die Verpflichtung für viele Familie um. Sie mußten ihm statt dessen Waffen schmieden, Kleider nähen, töpfern oder jagen. Die so hergestellten Waren verkaufte der dicke Sachse an herumfahrende Händler oder ließ sie zu weit entfernten Märkten fahren. Auch den Anteil der Kirche trieb er ein und zahlte ihn deren Vertretern mit Geld aus. Er wurde reicher und reicher. Sein Hof wuchs. Schließlich warb er fränkische Ritter gegen Bezahlung an, auch wenn es zu seiner Sicherheit gar nicht nötig war, da Karl überall im Land Stützpunkte seines Heeres errichten ließ. Gimberichs Söldner lungerten im Waldsatiland herum und sorgten hier und da für Unruhe, wenn sie Bauern um Kleinigkeiten bestahlen oder sich an deren Töchtern vergingen. Von Jahr zu Jahr schwärmten mehr Mönche durch das Land. Schließlich war es soweit: Auch Böer und Lif mußten sich von einem Christenpriester untertauchen lassen. Es war eine lieblose Handlung, bei der sie in einer langen Schlange mit den Männern und Frauen aus der Nachbarschaft standen und lange warteten, bis ein dicker Mönch sich ihrer annahm. Amalwin besuchte sie noch zweimal. Beim ersten Mal berichtete er ihnen von Widukind und

Abbio. Auch die beiden waren getauft worden. Anschließend hatte sich Karl großzügig gezeigt. Der Anführer der Sachsen durfte sein Anwesen in Enger behalten. Als Taufgeschenk hatte Karl ihm einen Schimmel gegeben. Dieser sollte die Abwendung vom Heidentum verdeutlichen.

Doch der Heerführer ritt weiter auf seinem Rappen.

Abbio bekam einen Nachbarhof zugewiesen. Ansonsten wohnten nur Franken in ihrer Nähe. Rund um die beiden Höfe hatte Karl zwölf bewährte, besonders erfahrene fränkische Ritter und ihre Familien siedeln lassen. Diese Männer, die Sattelmeier, erhielten das Land als Lohn für ihre Ergebenheit zum Ende ihrer Dienstzeit vom König und mußten sich verpflichten, ein wachsames Auge auf Widukind und Abbio zu werfen.

Bei seinem zweiten Besuch, ein Jahr später, nahm Amalwin Lida mit nach Süden. Sie sollte seine Frau werden. Obwohl die Mönche sie nun Mitbrüder und Christen nannten, beteten die Menschen im Waldsatiland und überall sonst nach wie vor zu Donar, Wotan und Nerthus und hielten auch die anderen Asen und Wanen in Ehren. Auch die alten Feste wurden gefeiert – allerdings heimlich, auf verborgenen Plätzen im Wald. Die Menschen pflegten weiter ihre Bräuche, denn sie merkten schnell, daß die Mönche sie so genau nicht kontrollieren konnten und es wohl auch gar nicht wollten, nachdem der erste Eifer erloschen war, die Taufen vollzogen und die Abgaben regelmäßig flossen. Nur gelegentlich gab es Nachrichten von einzelnen Kämpfen, meist weit im Osten oder Norden. Hier lehnten sich vereinzelt Sachsen noch ab und an gegen die Franken auf. Die Nachricht davon erhielt Böer meist von den Menschen, die nun häufig auf dem Hof im Waldsatiland gasteten. Sie kamen aus allen Teilen des Landes. Männer befanden sich darunter und Frauen, junge und alte, und sie kamen allein oder in kleinen Gruppen. Sie alle hatten Lif und Syd gesucht. Manche lange, da sie nur Gerüchten über den Ort, an dem die Godin zu finden war, folgen konnten. Zu anderen war die Godin mit ihrer Begleiterin auch geritten. Diese Menschen verband die alte Religion. Die Gründe dafür waren verschieden. Viele waren neugierig, andere wollten die Heilkunst erlernen, um Freunden und Nachbarn helfen zu können. Mancher aber war auch auf der Suche nach dem alten Wissen. Mit ihnen und vielen anderen hielt Lif den Kontakt. Oft ritt sie – ebenso wie Syd und später Jana und Toregast – über das Land und blieb viele Tage fort vom Waldsatiland. Oft kam sie niedergeschlagen von ihren Reisen wieder.

»Die Kraft unseres Stammes zerfällt«, sagte Lif eines Abends verzweifelt zu Böer.

Sie starrte in die Kerze, die auf dem Tisch brannte.

»Brüder befehden sich und fällen einander,
Geschwister sieht man die Sippe brechen.
Der eine schont den anderen nicht mehr.
Unerhörtes ereignet sich, großer Ehebruch.
Beilalter, Schwertalter, Schilde krachen,
Windzeit, Wolfszeit, eh die Welt einstürzt.
Viel weiß der Weise, sieht weit voraus,
der Welt Untergang, der Asen Fall.«

Bestürzt blickte Böer sie an und ergriff ihre Hand.

»Es ist aus einem alten Lied«, erklärte sie traurig. »Aus ihm scheint die Wahrheit zu sprechen.«

Sie sah auf.

»Es steht schlecht um unseren Stamm. Sogar Franken sind nun Grafen in sächsischen Gauen. Den Menschen geht es nicht überall so gut wie uns. Viele müssen tagaus tagein für ihre neuen Herren arbeiten und besitzen dennoch selbst nicht genug. Im Süden haben die Christen begonnen, den Wald zu roden. Hier sollen Höfe für Siedler aus den südlichen Landen entstehen. Sachsen helfen ihnen. Einen alten heiligen Hain haben sie dabei zerstört. Nichts ist ihnen mehr heilig, die Menschen verlieren ihren Stolz, ihre Ehre und gleichzeitig den Glauben an die Götter. Schon jetzt meinen viele, die Asen hätten sie im Stich gelassen. Weißt du, wie es ist, allein zu sein?«

Böer nickte.

»So werden sich bald immer mehr Menschen fühlen. Was bleibt ihren Kindern und Enkeln, die nicht mehr wissen, wie Religion gelebt wird? Nur der Knechtsgott der Christen. Und der wird ihnen auch nicht helfen. Kaum jemand versteht das leere Geschwätz seiner Priester. Diese Worte können das riesige Loch, das dann in den Menschen klafft, nicht füllen. Wie die Menschen, so wird auch Mittelerde enden. So wird geschehen, was mit dem Fall der Irminsul begann. Schon jetzt sind überall die Spuren der Riesen, die gegen die Burg der Asen stürmen, zu sehen. Die Götterdämmerung hat begonnen. Alles gerät aus dem Lot und wird weiter und weiter ins Ungleichgewicht stürzen.«

»Wir müssen etwas tun«, forderte Böer hilflos.

»Ich«, stellte Lif fest. »Ich habe schon zu lange gewartet, nach Liveles Aufforderung zu handeln.«

»Du warst in Asgard«, warf Böer ein.

»Aber ich habe die Verbindung der Welten nicht wiederhergestellt.«

Tränen traten aus Lifs Augen. Böer zog sie in seine Arme.

»Ich weiß nicht, wie ich es anstellen soll. Keine Rune, kein Gott kann es mir sagen. Laß mich einen Moment allein.«

Lif löste sich aus Böers Umarmung. Sie stand auf und schritt aus der Tür auf den Hof, ging zum Bach, wo die Pferde auf saftiger Wiese grasten. Obwohl es warm war, spürte sie einen kalten Hauch. Er kam aus dem Wald. Die Godin fröstelte, und sie wollte sich gerade umwenden, denn eine schreckliche Ahnung befiel sie. Da löste sich ein Schatten zwischen den Bäumen.

»Endlich«, triumphierte Ichtyo mit dunkler Stimme, »endlich habe ich dich gefunden.«

Lif rannte los, der schwarze Franke galoppierte an. Ohne auch nur stehenzubleiben, sprang Lif auf ihr Pferd. Böer hörte den plötzlichen Lärm, stürzte aus der Tür und erblickte gerade noch, wie Lif vom Hof stürmte. Er schrie entsetzt auf, als er ihren Verfolger erkannte. Zusammen mit Brul lief er zu den Rössern und nahm die Verfolgung auf. Lif und Ichtyo konnten noch nicht weit sein. Trotzdem sahen Böer und Brul nichts mehr von ihnen. Spät in der Nacht brachen sie ihre Suche ab und kehrten niedergeschlagen auf den Hof zurück.

Am nächsten Tag machten sie sich mit vielen Nachbarn noch einmal auf die Suche. Erfolglos. Die Spuren der beiden waren auf den viel begangenen Pfaden nicht zu erkennen. Böer fühlte sich einsam und elend. Unstet strich er an den folgenden Tagen über den Hof, wanderte immer noch auf der Suche nach seiner Frau durch die Nachbarschaft. An Lifs Tod wollte er nicht glauben, tief im Innersten wußte er, daß sie noch lebte. Der einzige Mensch, der dieses Gefühl mit ihm teilte, war Nora, die sich unbeirrbar auf die Rückkehr ihrer Mutter freute.

Schließlich hielt Böer es nicht mehr aus. Der Anblick des Hofes, der Bäume und des kleinen Baches schmerzten zu sehr, riefen Erinnerungen hervor, die er nicht mehr ertragen konnte. Er beschloß, sein Pferd zu satteln und über das Land zu reiten, wo immer das Tier ihn auch hintragen würde. Mochten ihn die Götter lenken. Er sattelte das Roß und stieß dabei mit dem Fuß auf etwas Hartes, das im Gras der Wiese lag. Es war der schwarze Stein, den Livele Lif beim Fall der Irminsul gegeben hatte. Er steckte ihn ein und ritt los. Bis zum Herbst ließ er sich auf den Wegen treiben. Er mied Menschen und ihre Häuser, ging schließlich jeder Ansiedlung aus dem Weg. Er irrte umher, bis er an einem regnerischen Tag durch einen dichten, dunklen Forst ritt. Tropfen rannen ihm durch den Bart und die Kleidung, er fror jämmerlich und war mit Schlamm vom durchweichten Weg bespritzt. An diesem Tag hatte er genug. Böer wollte wieder unter Menschen sein. Er kehrte um und ritt zum Hof seiner Familie. Weinend brach Böer in den Armen Syds zusammen. Nun konnte er die Last des Lebens wieder tragen. Aber sie war ihm schwer geworden. Die Familie, Nachbarn und Freunde hörten ihn nur noch selten lachen. Eines aber gab Böer nie auf, und es erstaunte sie so sehr, daß sie ihn nach einiger Zeit schon für ein wenig wunderlich hielten: Er wähnte Lif immer noch am Leben.

Die Jahre vergingen. In jedem Herbst erhöhte Gimberich die Abgaben, die er von den Bauern verlangte. Als Mönche entdeckten, daß eine Familie eine Tote nach altem Brauch verbrannt hatte, ließ Gimberich von seinen Schergen Männer, Frauen und Kinder töten. Haß glomm in den Herzen der Sachsen, wütend blickten sie dem Grafen nach, wenn er hochmütig an ihnen vorbeiritt, und sie vom Weg springen mußten. Aus

Angst um ihr Leben, um die Menschen, die sie liebten, und ihre Höfe aber versiegelten sie diesen in ihren Seelen. Die Wut wuchs noch, als die Bauern von Mönchen verpflichtet wurden, auf dem alten Thingplatz des Gaus ein Haus für den Christengott zu bauen. Nach der harten Arbeit auf den Feldern mußten sie Baumstämme für die Priester schleppen und sich schließlich in dem fertigen Bau zu einem Gottesdienst treffen, der nur aus Worten bestand, deren Sinn sie nicht verstanden. Von Lifs Schicksal erfuhr Böer nichts. Auch Mühsal und Arbeit auf dem Hof konnten ihn nicht von seiner Trauer ablenken. Um Leben zu können, verschloß er den Kummer tief in seinem Herzen. In so manch einsamer Nacht aber brach die Erinnerung schmerzlich aus ihrem Gefängnis hervor. Seine ganze Freude war Nora, die ihrer Mutter immer ähnlicher wurde. In vielen Bewegungen, Blicken oder auch der Art zu reden fand Böer Lif wieder. Auch interessierte sie sich immer mehr für das Wirken der Götter, und Syd verbrachte immer mehr Zeit damit, ihr zu lehren, was Lif ihr einst vermittelt hatte. Während das Mädchen zu einer jungen Frau heranwuchs, zeigten sich an Böer immer mehr die Spuren des Alters. Überrascht stellte Brul fest, daß Fremde schon bald nach dem Verlust Lifs Böer und nicht ihn für den älteren Bruder hielten. So durchzogen immer mehr graue Strähnen Böers Haar. Tiefe Falten gruben sich in sein Gesicht, und ein mächtiger Bart war ihm gewachsen. Seine Gestalt war immer noch aufrecht, aber längst nicht mehr so stolz wie zu alten Zeiten, die Schritte hatten an Sicherheit verloren und der Blick an Festigkeit. An einem Tag aber leuchteten seine Augen wie zu früheren Zeiten auf. Ein Besucher ritt auf den Hof. Es war Aural, der einst die Runenstäbe über das Land gebracht hatte. Böer erkannte ihn sofort. Wie stets saß er aufrecht auf dem Pferd. Den Kopf hoch erhoben, spähte er aufmerksam über den Hof, als er den Schritt des Rosses verlangsamte. Die blonden Haare hatte der Gefährte zu einem Zopf zusammengebunden. In seinem Gesicht traten über seinem schmalen Mund, unter klaren Augen, die Wangenknochen scharf hervor. Der Gefährte hob die Hand zum Gruß. Erst jetzt sah Böer auch in Aurals Gesicht die Spuren des Alters. Falten hatten sich vor allem um den Mund gelegt, um Lippen, die in diesem Moment fröhlich lachten und den Freund begrüßten.

»Wahrlich, das Leben ohne Kampf ist dir gut bekommen«, stellte Böer anschließend anerkennend fest. »Offensichtlich ist es dir in all den Jahren gut ergangen.«

Der alte Freund nickte. Trauer ließ seinen Blick schwer werden.

»So wie es Sachsen in diesen Zeiten gutgehen kann. Unser Hof wurde zerstört. Als Frieden in das Land einkehrte, bauten wir ihn wieder auf. Seitdem lebe ich als Bauer. Wir haben genug zu essen, auch wenn der fränkische Graf in unserem Gau ständig mehr von uns verlangt.«

Er zuckte die Achsel.

»Was sollen wir tun? Einmal drohten ihm einige Männer. Er hatte ihre Frauen gezwungen, nachts bei ihm zu liegen. Mit Waffen drängten seine Kriegsknechte unsere Bauern zurück. Zwei Wochen später kamen Ritter aus dem Süden, erschlugen die Männer und brannten ihre Hütten nieder. Seitdem hat niemand mehr gewagt, dem Grafen auch nur zu widersprechen. Im stillen aber wächst die Wut. Abends sitzen die Bauern beieinander und überlegen, wie sie dem Franken schaden können. Du weißt sicher, daß es in einigen Gauen größere Aufstände gegeben hat.«

Böer nickte.

»Aber die Christen haben sie jedesmal niedergeschlagen und grausam wie nie zuvor gewütet. Ganze Landstriche sollen entvölkert sein.«

Aural nickte. Besorgt betrachtete er Böer.

»Auf deinen Schultern scheint eine große Last zu liegen. Eurem Hof aber geht es gut, wie ich sehe. Ist es Lif, die dir fehlt? Wir alle haben vom Tod der Godin gehört. Hast du ihn noch nicht überwunden?«

»Es reicht, um leben zu können«, stellte Böer fest. »Es ist schon lange her. Doch oft muß ich noch an sie denken. Daß sie tot ist, glaube ich aber nicht.«

Die anderen kamen hinzu, um den Gast zu begrüßen.

»Dann bist du die neue Godin unseres Stammes«, sagte Aural zu Syd, nachdem er sie umarmt hatte.

»Für die Menschen bin ich es«, antwortete Böers Schwester. »Doch weiß ich vieles nicht, was die Goden früher wußten, wovon Lif mir noch hätte erzählen können.«

»Sulva leitet in unserem Gau die Feste. Sie hat es von dir gelernt und war oft mit dir zusammen.«

Syd nickte.

»Ich kenne sie gut. Anderen Menschen das weiterzugeben, was ich weiß, ist das, was ich für unseren Stamm tun kann.«

Am Abend feierten sie das Wiedersehen. Aural beschloß, für längere Zeit bei Böer zu gasten.

Eines Tages zur Mittagszeit galoppierte ein junger Krieger auf den Hof. Atemlos sprang er von seinem Pferd, aus dessen Maul Schaum tropfte, so hart war er es geritten.

»Wohnt hier Böer, Bentans Sohn?« rief der Mann Brul fragend an.

Dieser wies auf die Hütte. Da traten auch schon Böer und Aural vor die Tür.

»Ich bin Böer«, stellte der alte Recke sich vor. »Und das ist Aural.«

»Bei Wotan«, stöhnte der junge Besucher erleichtert auf. »Habe ich dich endlich gefunden und noch dazu Aural, einen anderen der alten Helden. Ich bin Ulstatt und komme aus dem Bardengau.«

»Was hat dich so zur Eile getrieben?« wollte Aural wissen.

»Wir handeln rege mit den Abotriten auf dem anderen Ufer der Elbe«, berichtete der Mann eilig. »Wie ihr wißt, verstanden sie sich noch nie mit uns Sachsen. Gefeilscht haben wir aber trotzdem schon seit Urzeiten mit ihnen. In diesem Jahr aber weisen sie an den Elbfurten alle unsere Männer und Frauen zurück. So etwas hat es noch nie gegeben.«

Böer runzelte die Stirn.

»Das klingt wahrlich seltsam. Habt ihr mit ihnen gesprochen?«

Der Mann schüttelte den Kopf.

»Sie haben uns ein Gespräch verweigert. Darauf schwammen einige unserer Krieger durch den Fluß und spähten in ihren Wäldern. Die Abotriten ziehen überall Kämpfer zusammen. Ihr König Witzin will uns angreifen.«

Entsetzt sahen sich Böer und Aural an.

»Es gibt nur noch wenige schlachterfahrene Recken«, fuhr der Mann fort.

»Ihr habt die Heere gegen die Franken mit angeführt. Deshalb komme ich zu euch. Die Menschen im Bardengau erwarten eure Hilfe. Was sollen wir tun, wenn die Abotriten angreifen?«

»Darüber müssen wir beratschlagen«, antwortete Böer und führte den Mann in die Halle.

Sie beschlossen, Gimberich zu der Bedrohung zu befragen und danach ihr Vorgehen zu beschließen.

Am nächsten Tag standen sie vor dem Grafen. Dieser war längst ein alter Mann. Gebeugt, auf einen Stock gestützt, trat er vor sie.

»Die Abotriten wollen uns angreifen?« funkelte er Böer und Aural an.

»Ihr König Witzin hat Boten zu Karl geschickt und dem König berichtet, daß Sachsen sein Land überfallen haben und er sich zur Wehr setzen will. Karl hat ihm das Recht dazu erteilt. Er ist dem östlichen Stamm zu Dank verpflichtet, denn er schützt uns vor anderen slawischen Völkern.«

»Dann glaubst du mir nicht«, fuhr Böer Gimberich an.

»Achte auf deinen Ton«, erwiderte dieser. »Ich weiß, auf wessen Worte ich in dieser Sache zu achten habe. Außerdem: Was geht es uns an. Die Grenze im Osten ist weit.«

Mit dieser Auskunft schritten Aural und Böer davon. Am selben Abend aber noch nahmen junge Burschen die Botenstäbe und brachten sie von Hof zu Hof. An einem geheimen Treffpunkt in dichtem Wald strömten alte und junge Waffenträger zusammen und machten sich auf den Weg nach Osten, um ihren Stammesgefährten im Bardengau zu helfen. Dort, nahe der alten Felsenburg Hliuni, in deren Gestein Salz zu finden war, vereinigten sich die Trupps der Gaue. Auch aus anderen Ländern kamen Krieger herbei, so daß schon bald ein stattliches Heer bereitstand. Kundschafter meldeten den Aufbruch der Abotriten. Gerade, nachdem diese die Elbe auf einer altbekannten Furt überschritten hatten, stellten die Sachsen sie zur Schlacht. Wer von den Abotriten nicht erschlagen wurde, floh entsetzt über den Fluß. Die Sieger ließen sie ziehen, wollten sie doch nur ihr Land verteidigen und keinen neuen Haß säen oder Land erobern. Unter den Toten des östlichen Stammes war auch ihr König Witzin. Die Kunde vom Sieg sprach sich schnell herum. Von neuem Mut getragen, erhoben sich überall im Land die Menschen gegen Grafen und Mönche, taten sich zusammen, um fränkische Truppen zu überfallen.

Böer und Aural gasteten noch im Bardengau. Zuerst waren es nur einzelne Taten, von denen die Nachricht Böer hier erreichte. Aber die Erfolge ließen den Stolz der Sachsen schnell wachsen, überall fanden sie jetzt den Mut zum Kampf. Nun öffnete sich das Siegel, das Wut und Haß bisher in den Herzen der Menschen verschlossen hatte. Alte Recken gürteten wieder ihre Schwerter, junge Männer trugen stolz die Schilde, mit denen ihre Väter einst für ihre Freiheit gestritten hatten. Das ganze Land fing Feuer. Überall brannten die Kirchen, Kastelle und Höfe der Franken. Auch im Waldsatiland. Bald waren vom neuerbauten Gotteshaus nur noch verrußte Trümmer zu sehen. Wie auf ein Zeichen versammelten sich junge und alte Bauern vor dem Hof Gimberichs. Es kam zu einem kurzen Kampf, als die Söldner des senilen Grafen aus der Halle stürmten und wahllos mit ihren Schwertern auf die Menschen einschlugen. Bald lagen alle Wachen tot am Boden. Aber auch elf Männer und Frauen der Angreifer waren gestorben. Zornig rannten die Bauern auf Gimberichs Halle zu. Plötzlich gebot ihnen eine donnernde Stimme halt. Überrascht wichen die empörten Menschen zurück. Lüdegast trat vor. Längst zeigte das Alter deutliche Spuren an ihm. Seinen Kopf trug er nach vorn gebeugt, er stützte sich auf einen Stock. Seine Stimme aber hatte nichts von ihrer alten Kraft eingebüßt. Langsam humpelte er an den Menschen vorbei, blieb dicht vor der Tür zu Gimberichs Halle stehen.

»Komm raus, Graf. Ich habe was mit dir zu regeln«, rief er ins Innere des Hauses. »Ich bin es, Lüdegast. Mich solltest du ja wohl noch kennen.«

»Der alte Unruhestifter«, sagte Gimberich bitter, trat vor die Tür und musterte Lüdegast und die Menschenmenge mit einem scheelen Blick. Auch er stützte sich mit einer Hand auf einen Stock, in der anderen hielt er ein Schwert. Seine Knie und Hände zitterten.

»Wir hätten unseren Zwist früher austragen sollen«, stellte Lüdegast fest. »Aber du weißt ja: Bei mir brauchen die Dinge Zeit, um zu reifen.«

Auch er zog jetzt ein Schwert.

»Du Schandmaul«, zischte Gimberich wütend und hob langsam seine Waffe. Mit einer langsamen, zitterigen Bewegung stach er nach Lüdegast, der ohne große Mühe ausweichen konnte. Nun stieß dieser zu. Mit einer Hand stützte er sich auf seinen Stock, mit der anderen führte er das Schwert, das Gimberich in einer schnellen Bewegung tief in die Brust drang. Mit ungläubig geweiteten Augen fiel der dicke Graf zu Boden. Die Menschen jubelten.

Bald darauf kehrten Böer und Aural ins Waldsatiland zurück. Stolz jagten junge Krieger auf ihren Pferden über die Pfade. Obwohl Böer sich sorgte, weil Karl schon bald ein Heer in ihr Land entsenden würde, war er froh. Sie hatten die Abotriten besiegt, die Franken verjagt. Er fühlte sich befreit, hatte zum ersten Mal seit Jahren wieder das Gefühl, frei atmen zu können. Sie würden nicht mehr heimlich im Wald zu den alten Göttern beten und auf ihre Worte gegenüber dem Grafen achten müssen. Die Sachsen waren wieder frei. Aber er wußte, daß sie dafür noch würden kämpfen müssen.

»Karl wird ein Heer schicken«, überlegte Böer nachdenklich, als er mit seinen Freunden zusammensaß. »Und auch die Abotriten werden es vielleicht noch einmal versuchen. Wenn sie uns besiegen, werden sie furchtbare Rache nehmen.«

»Und wenn schon«, knurrte Brul. »Wir konnten so nicht weiterleben.«

»Die Menschen haben diesen Kampf selbst gewählt«, bemerkte Aural.

»Ja«, erwiderte Böer. »Niemand konnte diese Knechtschaft ertragen. Bereiten wir uns auf kommende Schlachten vor.«

Die Feinde ließen auf sich warten. Der Herbst kam, der Winter folgte. Karl sandte keine Soldaten nach Norden. Währenddessen schickte Böer die Runenstäbe über das Land. In allen Gauen sammelten sich Krieger zu kleinen Heeren. Sie sollten bereitstehen und auf weitere Nachrichten warten, denn noch konnte niemand sagen, ob Franken oder Abotriten angreifen würden. Im Frühjahr brachen überall im Land neugewählte Gausprecher auf nach Marklohe. Sie trafen sich zum Allthing, der nun wieder stattfand. Syd rief am ersten Abend die Götter an. Um sie herum standen zwölf Goden, Männer und Frauen, mit denen sie sich oft getroffen hatte. Die längst vergangene Hoffnung, daß vielleicht doch noch nicht alles verloren war, keimte in Böer. Er war stolz auf seine Schwester. Auch wenn ihr Anblick schmerzliche Erinnerungen an Lif wachrief, fühlte er doch in diesen Tagen, wie die alte Kraft und Stärke in ihm wiederkehrte. Als die Männer und Frauen über die Zukunft des Stammes sprachen, rechneten die meisten mit einem Angriff der Franken. Aber es kam anders. Wenige Tage nach der heiligen Versammlung meldeten Kundschafter aus dem Bardengau den Anmarsch eines Heeres der Abotriten. Böer schickte die Runenstäbe über das Land, um die sächsischen Kämpfer aus dem ganzen Land im Bardengau zusammenzuziehen. Noch bevor dies geschehen war, hatten die Abotriten unter Führung ihres Fürsten Thrasko die Elbe überschritten. Schlimmer aber noch war die Kunde aus dem Süden. Karl marschierte mit einem Heer an Paderborn vorbei. Schon bald riß der Zufluß frischer Streiter aus den südlichen Gauen ab. Die Männer und Frauen dort sammelten sich eilig, um der neuen Gefahr zu begegnen und sich den Franken entgegenzustellen. Trotzdem war im Bardengau eine stolze Streitmacht versammelt. An einem sonnigen Tag im Frühling griffen die Abotriten an. Mit gewaltiger Übermacht stürmten die Slawen gegen die Reihen ihrer Gegner. Drei Tage wogte die Schlacht, dann lagen viertausend erschlagene Sachsen auf dem Feld, der Kampf war verloren. Auch Aural war tot. Böer aber hatte sich zusammen mit Brul und Lüdegasts Sohn Torebert retten können. Die Abotriten plünderten und brandschatzten darauf den Bardengau und das Land der im Norden lebenden Albingier. Aus dem Süden kamen ebenso schlimme Nachrichten. Die christlichen Truppen hatten die sich dort wehrenden Sachsen besiegt und überfielen die Höfe. Wenig später brannte erneut die Hütte von Böer und Brul, wurde ein neuer Graf – diesmal ein Franke – für das Waldsatiland ernannt. Kurz darauf gab der Graf die Krönung Karls zum Kaiser bekannt. Des Kämpfens müde und ohne Hoffnung baute Böers Familie den Hof auf. Hohe Abgaben lasteten schwer auf den Bauern. Widerstand, und sei es nur mit Worten, wurde von dem neuen Grafen gnadenlos gebrochen. So blieb es anscheinend ruhig im Land. In abgedunkelten Hallen aber saßen die Menschen abends bei Bier und Met zusammen und schmiedeten Rachepläne gegen ihre verhaßten Unterdrücker. Aber es blieb zunächst bei den Worten. Auch als eines Tages die Kunde von einem feindlichen Heer an Böers Ohr trat, sorgte er sich nicht. Er wußte, daß es keinen Grund für die Soldaten gab, die Menschen im Waldsatiland anzugreifen. Die Franken errichteten bei Hollenstedi, nicht weit entfernt von Böers Hof, ein befestigtes Lager. Karl war unter seinen Männern. Der fränkische Graf des Waldsatilandes ritt zu der Armee aus dem Süden, um den König zu begrüßen. Schon bald erfuhren die Menschen, warum die Christen so weit nach Norden gekommen waren. Sie hatten sich in Hollenstedi mit einer Abordnung der Abotriten getroffen. Wie ein Lauffeuer verbreitete sich das Ergebnis der Gespräche im nördlichen Sachsenland. Die Menschen waren entsetzt: Karl hatte den Fürsten Thrasko zum König über die Abotriten ernannt und ihm zudem das gesamte Gebiet der Albingier, von der Elbe bis zum Reich des Dänenkönigs, geschenkt.

»Was zuviel ist, ist zuviel«, knurrte Böer wütend, als er davon erfuhr.

Brul schüttelte wütend die Faust. Noch einmal bäumten sich die Menschen auf. Die Hoffnungslosigkeit war vergessen, das Maß der Schmach, das sie ertragen konnten, voll. Die Stärke des Feindes zählte für die Bauern nicht mehr. Obwohl das gegnerische Heer mitten im Norden ihres Landes stand, warfen die Menschen die Angst, die sie jahrelang gefesselt hatte, ab. Noch am selben Abend stürmten wütende Bauern den Hof des Frankengrafen und erschlugen ihn samt seiner Wachen. Die

Mönche mußten ihre Bündel packen, wollten sie nicht getötet werden, und fränkische Patrouillen rasten im panischen Schrecken durch dunkle Wälder, bevor sie in einem Hinterhalt aufgerieben wurden.

Die Freiheit währte nur wenige Tage. Zu kurz, um die Aufständischen zu einem Heer zu vereinen. Böer, Brul und Torebert sammelten so viele Krieger, wie ihnen möglich war, und schlugen ein Lager im schützenden Forst auf. Dann erschien eine Abteilung von tausend Soldaten im Waldsatiland. Die Sachsen griffen die Vorhut an, vernichteten sie und zogen sich anschließend sofort in den Schutz der Bäume zurück. Häufig überfielen sie so die Gegner überraschend in den nächsten Tagen. Aber die Christen entdeckten bald darauf, wo Böer und seine Begleiter sich versteckten. Nachdem sie Verstärkung erhalten hatten, kreisten sie das Waldgebiet großzügig ein und zogen den Ring immer enger. Böer wußte, daß es zu seiner letzten Schlacht kommen würde, und er rechnete damit zu sterben. Aus dieser Umzingelung würde er nicht durch Flucht entkommen können. Nun, da der Kampf dem Ende entgegenging, war sein Zorn verraucht. Er fühlte sich alt – so alt wie er mittlerweile mit seinem ergrauten Haar aussah –, niedergeschlagen und verzweifelt. Der Kampf, der so lange gewährt hatte, war verloren.

Er dachte zurück an sein erstes Thing, wie er das Schwert erhielt und stolz vor den Versammelten stand. Noch einmal erblickte er seinen Vater vor sich, wie er ihm nach dem Überfall der Räuber Tips für den Kampf gab. Vor seinem inneren Auge tauchten Bilder auf von einem sonnigen Frühlingstag, als er mit Lif über die Wiese bei Marklohe lief. Er weinte, versuchte die Erinnerungen, die ihn so schmerzten, fortzuwischen. Aber es gelang ihm nicht. Die Bilder kamen wieder. Als er aufschaute, erkannte er, daß auch über Bruls Wangen Tränen rannen. Seit der Kindheit hatte er den Bruder nicht mehr weinen sehen. Behutsam legte er tröstend seinen Arm um ihn.

»Erinnerst du dich noch daran, wie wir kurz vor meinem Weggang zusammen sprachen – über die Liebe zum Vater und unsere Ziele?«

Brul nickte.

»Wer hätte da gedacht, daß wir einst gemeinsam am Feuer sitzen und auf die letzte Schlacht – unseren Tod warten?«

»Wenn wir auch verschieden sind, so wollten wir doch letztlich dasselbe«, stellte Brul leise fest.

»Nur, daß die Nornen uns andere Aufgaben bei der Erreichung des einen Zieles zugewiesen haben – als Landmann und als Krieger, so wie auch Schmied und Seilmacher verschiedenes tun, ihr Wirken am Ende aber einem ganzen Dorf dient.«

»Der Faden hat uns endgültig zusammengeführt«, stellte Böer fest.

»Die Zeit der feinen Unterscheidungen ist vorbei«, fuhr Brul fort. »Jetzt, da unser Stamm im Sterben liegt, zählt nur noch der Urgrund unseres Strebens. Der Kreis hat sich geschlossen. Wir sitzen gemeinsam am Feuer und warten auf den letzten Kampf. Aber das Leben war schön. Wenn ich es vor meinen Augen vorbeiziehen sehe, weine ich wegen der Schönheit seiner Augenblicke. Doch bin ich zufrieden mit dem, was ich erleben konnte, eben wohl auch deshalb, weil ich – wie du – stets das tat, was meinem Wesen entsprach.«

Böer nickte. Auch er tauchte wieder ein in das Gewesene. Die Worte seines Bruders trafen auch auf ihn zu. Und trotzdem: Der Schmerz drohte ihn zu zerbrechen. Jedes der schönen Bilder versetzte ihm einen Stich, den er kaum ertragen konnte. Er versuchte sie fortzuwischen, aber seine Kraft ließ nach. Die Erinnerungen zerrissen ihm fast die Seele. Er konnte sich nicht mehr wehren. Erschöpft gab er schließlich auf, wehrte sich nicht mehr, sondern überließ sich ganz der Trauer, fürchtete nicht mehr zu zerbrechen, denn dann würde er um so leichter sterben können. Vielleicht war das der Tod, der vor dem Ende des Lebens lag, erklärte das die Todesverachtung so manchen Kämpfers, die er bisher nie verstanden hatte. Vielleicht nahm er jetzt Abschied von seinem Leben. Doch der Schmerz der Erinnerung ebbte ab. Eine ruhige Kraft durchdrang seine Seele. Er trauerte immer noch, aber es war ein anderes Gefühl als er erwartet hatte, nicht mehr verzweifelnd und stechend, sondern ruhig und voller Wehmut, aber auch Dankbarkeit für das Erlebte. Dennoch war dieses Gefühl nicht die todesverachtende Kälte, mit deren Kommen er gerechnet hatte. Das Feuer in seinem Herzen war nicht erloschen. Böer wunderte sich über die Kraft, die mit einem Mal durch ihn floß. Er wollte leben, spürte den sanften Wind, der durch seine Haare wehte, roch die würzige Waldluft und sah zum Himmel. Leuchtend blinkten ihn die Sterne an, groß und rund stand der Mond am Firmament. Er umfaßte den Stein, den er immer bei sich trug, seit er ihn nach Lifs Flucht gefunden hatte. Warm lag er in seiner Hand. Plötzlich hörte er einen unbestimmten Ruf nach Hilfe, der tief in seiner Seele widerhallte und nun, da er sich darauf konzentrierte, ganz klar zu vernehmen war. Nur von wo und von wem er kam, wußte Böer nicht einzuschätzen. Er betrachtete den Stein, so, wie er es schon häufiger getan hatte. Mit einem Mal aber begannen Nebel vor seinen Augen zu kreisen. Undeutlich formten sich darunter Schemen, wuchsen zu einem verschwommenen Bild zusammen, dessen Konturen immer aufs neue verwischten. Er erkannte einen Menschen, eine Frau. Die Linien wurden klarer, und Böers Herz schlug schneller. Es war Lif. Dann blickte er in ihr Gesicht, sah, wie sie ängstlich und unruhig nach einem Ausweg, nach Hilfe suchte. Er erschrak. Sofort zerriß das Bild, zerstob in unruhigen Nebelschwaden. Böer schloß die Augen, öffnete sie erneut und blickte auf den Stein. Silbern spiegelte sich das Mondlicht auf der Oberfläche.

Er war sich sicher, Lif gesehen zu haben. Noch immer hatte er das Bild vor Augen, jenen kurzen Augenblick, noch immer empfand er den Schreck und das Entsetzen, als er an Lifs hilfesuchende Augen dachte. Er mußte ihr helfen. Wieder fiel sein Blick auf den Stein, auf den Mond, der sich darauf spiegelte. Böer mußte an die Götter denken. Vielleicht konnte Wotan ihm den Weg weisen. In der Nähe gab es einen alten Steinkreis. Er hatte oft gesehen, wie Lif die Götter anrief. Vielleicht würde der Ase ihm helfen, wenn er ihn um Rat bat. Brul war bereits eingeschlafen, als sich Böer leise erhob und zu dem heiligen Platz schritt. Er reckte die Arme hoch in die Luft, den Sternen entgegen, spürte, wie die Kraft der Erde in ihn floß, und rief Wotan um Hilfe an. Der Gott blieb still, aber ein Gefühl der Stärke strömte in Böers Herz. Er fühlte sich erfüllt von Energie, bereit, dem Hilferuf zu folgen und allen unbestimmten Gefahren, die sich ihm stellen mochten, zu trotzen. Böer wußte sicher, daß der weise Wanderer ihm antworten würde, wenn auch nicht jetzt, so doch dann, wenn die Zeit gekommen war.

Am nächsten Morgen wurden sie von den Wachen geweckt. Die Franken rückten heran. Der Kampf tobte heftig, die meisten Krieger suchten den Tod. Die Angreifer hatten hohe Verluste. Sie zogen sich mehrfach zurück, griffen aber immer wieder an. So schmolz die Zahl der Sachsen dahin. Böer verlor Torebert aus den Augen. Schließlich sank Brul von einem Speer in der Brust getroffen zu Boden. Noch einmal stürzte sich Böer voller Wut auf die Gegner. Der schützende Schild zerbrach unter dem Axthieb eines Franken, Böer stolperte, stürzte zu Boden und rollte zur Seite. Ein Soldat sprang hinterher, hob seine Axt über dem wehrlos am Boden liegenden und hielt plötzlich in der Bewegung inne.

»Steh auf«, herrschte ihn der Ritter an.

Böer tat wie ihm geheißen, wunderte sich nur kurz, noch nicht gestorben zu sein. Dann bemerkte er, wie still es geworden war. Der Kampf war zu Ende. Der Soldat fesselte ihm die Arme und führte ihn auf eine Lichtung, auf die schon andere gefangene Sachsen getrieben worden waren.

Am Tag darauf wurden sie von den Siegern zu einem großen Platz geführt. Nicht nur Krieger waren hier gefangen, sondern auch Frauen und Kinder. An jedem Tag kamen weitere hinzu. Von den Menschen erfuhr Böer, was geschehen war. Karl hatte sich diesmal nicht darauf beschränkt, die Hütten niederzubrennen. Männer, Frauen und Kinder waren überall zusammengetrieben und in Lager gesteckt worden, ganze Landstriche – große Teile des Waldsatilandes – nun entvölkert. Da die Christen die Bauern aufgefordert hatten, ihre Habseligkeiten mitzunehmen, kamen viele Menschen dicht bepackt in das Lager. Manche rumpelten sogar auf vollbeladenen Wagen heran. So glich der Platz bald immer mehr einer rastenden Wagenstadt.

Niemand wußte, was mit ihnen geschehen sollte. Böer erfuhr, daß die Soldaten auch an anderen Orten Sachsen gefangen hielten. Angal, Hild und die Kinder konnte er nicht unter den Mitgefangenen entdecken. Sie waren vermutlich auf freiem Fuß. Dafür sah er einige junge Frauen und Männer, mit denen Syd sich einige Male getroffen hatte. Sie erkannten Böer. Hatten sie auch in der Vergangenheit noch kein Wort miteinander gesprochen, so freundeten sie sich in der Gefangenschaft miteinander an. Besonders mit vieren von ihnen saß Böer bald häufig zusammen. Sie berichteten ihm von einem geheimen Treffpunkt der Goden und ihrer Schüler. Auf dem Weg dorthin waren die vier gefangen worden. Sie hatten sich zu spät auf den Weg gemacht. Zwei der Frauen waren dabei am schon verlassenen Hof von Böer vorbeigeritten, so daß Hoffnung bestand, daß sich die Menschen dort noch rechtzeitig hatten retten können, zusammen mit vielen anderen, wie überall gemunkelt wurde.

Tage später erhielten sie weitere Nachrichten von neuen Gefangenen oder redseligen Wachen: Im Land der Albingier war es zu großen Schlachten gekommen. Karl war mit seinem Hauptheer nach Norden gezogen. Einen zweiten Zug hatten die Abotriten gebildet. Zwischen diesen beiden Heeren waren die Kämpfer im Norden aufgerieben worden. Auch dort pferchten die Franken jetzt Männer, Frauen und Kinder zusammen. Dasselbe wurde auch aus anderen Teilen des Sachsenlandes gemeldet. Der dänische König hatte seine Truppen an der Grenze zusammengezogen. Vor den Küsten kreuzten seine Langboote. Viele Albingier, die nach den verlorenen Schlachten fliehen konnten, brachten sich zu den Dänen in Sicherheit. Die Nordmänner griffen aber nicht in das Kampfgeschehen ein.

Torebert lebte noch. Verletzt und ohne Bewußtsein war er auf dem Schlachtfeld für tot gehalten worden, hatte sich anschließend zu seinen Eltern geschleppt. Tränen flossen über die Wangen des alten Lüdegast, als er seinen verloren geglaubten Sohn in die Arme schließen konnte. Nun wurde Torebert gesund gepflegt.

Immer wieder fragten die Wachen nach einem Anführer namens Böer – ohne Erfolg, denn wer den alten Kämpfer kannte, verriet ihn nicht. Gleichmütig warteten die Menschen ihr Schicksal ab. Sie hatten alles verloren. Selbst der Tod konnte sie nicht mehr schrecken. Dann erfuhren sie, was der fränkische König mit ihnen vorhatte. Sie sollten nicht getötet, sondern ins Frankenreich gebracht werden und dort als Knechte Land für die Grafen bestellen. Die Sieger führten weitere Karren und Zugtiere heran. Schließlich mußten die Sachsen aufbrechen – in einem endlosen Zug in Richtung Süden. Wagen rumpelte hinter Wagen, dicht bewacht von Rittern.

EOHL

Das ferne Gemurmel an den Feuern war verschwunden. Nun, spät in der Nacht, schliefen die Menschen, vergaßen zumindest für kurze Zeit Leid, Trauer und Mühsal. Leise schnaubte in der Ferne ein Pferd, Metall klirrte kurz und verriet, daß die fränkischen Bewacher sich nicht zur Ruhe gelegt hatten. Der Rabe blickte auf, sah unruhig Böer an, anschließend in den Wald und wieder zu dem alten Krieger. Er krächzte laut. Böer zuckte zusammen. Langsam streckte der Vogel seine Flügel aus, so als wollte er sich vergewissern, sie noch benutzen zu können. Noch einmal fiel sein Blick auf den Stein. Einen Augenblick später erhob er sich mit kräftigen Schlägen in den Nachthimmel. Schweigend schaute Böer ihm nach, hörte noch einen Moment lang das weiche Geräusch seiner Schwingen. In der Entfernung hüstelte eine Wache. Da klang aus der Tiefe des Forstes das Krächzen des Raben an Böers Ohr.

Er wußte, was er zu tun hatte. Er mußte fliehen.

Es fiel ihm nicht schwer, an den Wachen vorbeizugelangen. Wieder krächzte der Rabe. Böer tastete sich in Richtung des Geräusches durch das Unterholz. In der Morgendämmerung erreichte er einen kleinen Pfad. Er blieb einen Moment unschlüssig stehen. Als er am sich aufhellenden Himmel weit in der Ferne einen fliegenden Raben entdeckte, wußte Böer, welche Richtung er einschlagen mußte. Der Weg sollte ihn nach Südwesten führen.

An den folgenden Tagen gab ihm der Vogel kein weiteres Zeichen. Trotzdem marschierte Böer frohen Mutes voran. Er erreichte die ersten sanften Hügelzüge, kam in ein liebliches Tal, in dem sich eine grüne Wiese erstreckte. Bienen summten um die zahlreichen bunten Blüten. Durch die Mitte der Aue schlängelte sich ein Bach, der schließlich zwischen den Stämmen des nahen Waldes am Fuße der Hügel verschwand. Das leise Plätschern des Wassers klang über das Gras zu Böer herüber. Es war um die Mittagszeit. Da er seit dem frühen Morgen gewandert war, beschloß er, sich auf dieser Wiese ein wenig auszuruhen und am Wasserlauf zu erfrischen. Fröhlich schritt Böer über die Aue und ließ sich in das Gras am Rande des Baches fallen. Aus seinen Taschen fingerte er einige Beeren, die er am Wegesrand aufgelesen hatte.

»Ob sich die mit dem kalten Wasser vertragen?« lachte plötzlich eine tiefe Stimme aus Richtung des nahen Waldes. Böer hob den Kopf. Tatsächlich erkannte er dort im Schatten der ersten Baumstämme eine Gestalt. Er stand langsam auf.

»Keine Angst, mein Freund«, hörte er die Stimme gutmütig sagen. »Ich will dir nichts Böses.«

»Wer bist du?« wollte Böer argwöhnisch wissen. Außer einem langen Stock besaß er keine Waffe. Er wußte, daß er einem guten Krieger unterlegen war.

»Ich habe viele Namen«, antwortete der Fremde. »Die Menschen haben im Lauf der Zeiten stets neue für mich erdacht. Aber was vermögen Namen schon zu sagen, was kümmern die Sterne die Worte, mit denen Menschen sie schmücken. Ich bin ein Wanderer, der über Mittelerde zieht, ein guter Geist, der sich die Welt besieht.«

Er trat auf die Wiese. Andächtig erstarrte Böer. Er ahnte, wen er vor sich hatte. Der Mann war groß. Ein blauer Umhang hing von seinen Schultern herab, ein ebenso gefärbter Hut beschattete das Gesicht. Der Mann trug keine Waffe, nur einen Stock wie auch Böer ihn sich für seine Wanderschaft gebrochen hatte.

»Du solltest wissen, wie ein Wanderer aussieht«, lächelte der Fremde, als er direkt vor Böer zum Stehen kam.

»Ja, das sollte ich«, murmelte der alte Recke.

Der Mann hatte nur ein Auge. Mit diesem sah er Böer freundlich an.

»Ich würde mich gern zu dir setzen.« Böer nickte und der Mann ließ sich neben Böer im Gras nieder.

»Alles wandelt sich, so wie dieser Bach stetig fließt«, seufzte der Fremde. Böer nickte.

Der Mann trank von dem kalten Wasser des Baches und erfrischte sich.

»Kannst du mir helfen?« fragte Böer nach einer Weile und schaute den Fremden offen an.

Sein Gegenüber lächelte.

»Viel habe ich gesehen und erfahren. Oft bin ich über Mittelerde gewandert, weit reichen meine Wege in die Zukunft. Auskunft gebe ich gern. Wem die Ehre gebührt, zu dem komme ich geschritten.«

»Ich wollte sterben«, begann Böer zu sprechen, »spürte aber die Kraft des Lebens in der größten Verzweiflung. Tief in meiner Brust hörte ich einen Hilferuf, undeutlich und schwach, so daß ich ihn nicht deuten kann. Ich werde gebraucht und weiß doch nicht, wie ich helfen soll.«

Der Fremde nickte.

»Ein Held ist nur, wer die Schatten besiegt und sich in die dunklen Höhlen seiner Seele gewagt hat. Ein solcher Mensch darf sich weise nennen. Er wird im Angesicht des Todes lächeln – nicht weil er das dunkle Tor nicht fürchtet, sondern gerade weil er das Leben so liebt. Wahre Dinge sind wie Tag und Nacht. Wer soll sie entschlüsseln? Nur der Weise vermag zu verstehen, weil er mit dem Herzen sieht. Wer aber als Held aus den Höhlen Hels zurückkehrt, der vernimmt manchen Ruf, den das laute Getöse der Welt sonst übertönt.

Nimm den Stein. Du hast ihn nicht umsonst gefunden – und sieh hinein.«

Böer zog seinen Fund aus der Tasche und nahm ihn in die Hand.

»Was werde ich sehen?« fragte er zögernd.

»Die Antwort auf deine Frage.«

Das Sonnenlicht spiegelte sich in tausend Funken auf der schwarzen Oberfläche des Steines, schien selbst in sein Inneres zu strahlen. Dort sah Böer einen winzigen Punkt leuchten, undeutlich und flackernd, dann stärker werdend, als er länger hinblickte. Um ihn herum verschwammen Wiese, Wald, Bach und Himmel, schließlich auch der schwarze Stein. Das warme Licht füllte Böers Blick, Schatten formten sich darin, gewannen Farbe und schließlich Gestalt.

Das Land schien zu schlafen. Ein bleierner Himmel lastete schwer über den Hügeln und Tälern. Keine Wolke bewegte sich. Bäume und Sträucher standen starr und ruhig, kein Ast oder Zweig schwankte im Wind, kein Vogel zwitscherte. Dorngestrüpp rankte sich über einen kaum erkennbaren Pfad, der sich an steilem Fels in die Höhe wand. Die stehende Luft schien ein Gewitter herbeizusehnen. In jedem Moment mußte der erlösende Blitz kommen und kam doch nicht. Unendlich lange Zeit war vergangen, seit die letzte Bewegung das Land hatte erbeben lassen. Und doch passierte das Ungeheuerliche: Eine kleine Gestalt bewegte sich langsam voran – ein Schauer der Erleichterung strich von Ast zu Ast. Es war ein Reiter. Er kam näher. Mit unsicher tänzelndem Schritt versuchte sich das Pferd im Unterholz vorwärts zu tasten. Wachsam spähte die Reiterin voraus. Es war Lif. Böers Herz schlug schneller, die Freude war so groß, daß das Bild zu zerreißen drohte. Für einen Moment erkannte er wieder das leuchtende Gras der Wiese, den blauen Himmel. Er tauchte erneut in das Bild ein, es wurde klarer. Lif ritt langsam weiter.

Die Dornen lichteten sich, gaben den felsigen Boden des Weges frei, als sie höher und höher ritt. Felswände ragten nun zu beiden Seiten des Weges steil in den grauen Himmel. Unruhig spähte sie in das Tal zu ihrem Rücken.

Weit in der Ferne bahnte sich das Tier eines zweiten Reiters einen Weg durch das Dickicht. Die Godin wurde verfolgt.

Sie hatte Angst, trieb ihr Roß noch einmal zu schnellerer Gangart an. Widerwillig begann das Pferd zu galoppieren – nur kurz, dann war der rasende Ritt zu Ende. Entsetzt richtete sich Lif auf dem Tier auf, als sie hinter einer Biegung das Ende des Weges erkannte. Die Felswände zu beiden Seiten des Pfades weiteten sich zu einem großen Kessel, schlossen sich ihr gegenüber in einer steilen Wand. Sie sprang vom Pferd. Ein eiskalter Hauch wehte ihr entgegen. Lif zog ihren Umhang enger um sich. Sie blickte sich unsicher um, schritt zaghaft weiter. Leise hallten galoppierende Hufe von hinten an ihr Ohr. Da riß der schlafende Himmel an einer winzigen Stelle auf. Ein Fächer aus Sonnenlicht strahlte auf den Felsen vor ihr. Lifs Blick klarte sich auf, entschlossen schritt sie vorwärts, direkt auf den Felsen zu. Ohne auch nur zu zögern, trat sie durch die steinige Wand wie durch einen Nebel.

Sie fand sich in einer Höhle wieder. Eis und Schnee bedeckten den Boden, unterbrochen nur an wenigen Stellen von schwarzem Felsgestein. Eis ragte in spitzen Türmen in die Höhe, wo es, wie die Decke dieser Grotte, im schummerigen Dämmerlicht verschwamm. Entschlossen schritt Lif weiter. Das tosende Geräusch von Wasser, das leise an ihre Ohren drang, mischte sich mit den energischen Fußtritten ihres Verfolgers. Sie hörte, wie ihr Widersacher zu laufen begann, und rannte nun ebenfalls. Die Schritte kamen näher. Dann hörte Lif sie nicht mehr, ihr Geräusch verschwand unter dem donnernden Lärm eines Flusses. Lif lief, auch als sie den gähnenden Abgrund vor sich sah, in dessen Tiefe ein gewaltiger Fluß dahinströmte, unterbrochen von felsigen Graten, die ihn teilten, so daß es schien, als würden zwölf Ströme nebeneinander fließen und ihre vom Gestein geteilte Gischt miteinander vermischen. Sie stutzte nicht einmal kurz, machte den Schritt, der sie über den Abhang stürzen ließ. Im eiskalten Wasser tauchte sie auf, sog Luft in ihre Lungen, bevor die Kraft der Fluten sie erneut in die Tiefe preßte. Wieder wurde Lif emporgehoben, ein hilfloser Spielball auf wildem Wasser, getrieben wie ein Stückchen Holz in einem schäumenden Bergbach. Dieser Strom aber riß sie nicht mit seinen Wassern. Lif wurde gegen den Fluß der Wellen gezogen. Nach einer Weile floß das Wasser ruhiger. Lif spürte die eisige Kälte, die noch zunahm. Aber es war seltsam. Je grimmiger sie fror, um so mehr Kraft schien sie daraus zu schöpfen. Sie fühlte sich stärker als sie jemals gewesen war. Eisschollen schwammen auf dem Wasser dahin, erst vereinzelt, dann immer mehr, vereinigten sich schließlich zu einer geschlossenen gefrorenen Decke über dem Strom. Mühsam kletterte Lif auf das Eis und lief ein Stück. Dann ließ sie erstaunt ihren Blick kreisen.

Eine endlose Wüste aus Eis breitete sich vor ihr aus und verlor sich im schimmernden Dämmerlicht der Ferne. In einiger Entfernung erkannte sie, wie die schwarze Gestalt ihres unheimlichen Begleiters auf das Eis kletterte, sich aufrichtete und sie weiterverfolgte.

Dieses Mal aber folgte Lif dem Impuls zu laufen nicht. Sie drehte sich um und zog ihr Schwert. Ichtyo kam schnell näher. Argwöhnisch funkelte er sie an, als er direkt vor ihr stand. Dann griff auch er seine Waffe, stürmte aber nicht sogleich auf sie ein, sondern zögerte.

»Was wartest du, unheimlicher Schatten?« rief Lif ihm zu. »Bist du es nicht gewöhnt, daß, wer vor dir flieht, sich schließlich doch zum Kampfe stellt?«

Knurrend kam der kahle Riese langsam näher, funkelte sie mit haßerfüllten Augen an. Mit einer blitzschnellen Bewegung riß er die Axt empor und ließ sie auf Lif niedersausen. Geschickt wich die Godin aus, hieb mit ihrem Schwert nach dem Hünen. Nur in dem er sich zu Boden fallen ließ und abrollte, konnte er dem Streich der Godin ausweichen. Fluchend erhob sich Ichtyo, griff erneut an. Eine Handbreit sauste seine schwere Waffe über Lifs Kopf. Nur mit Mühe konnte er dem folgenden Stoß vom Schwert der Godin ausweichen. Verstört wich er einige Schritte zurück. Nun ging Lif vor, machte plötzlich einen Ausfall. Ichtyo sprang zurück, schlug mit der Axt zu und verfehlte Lif erneut. Unsicher wankte der Riese rückwärts, voller Angst blickte er unruhig erst über die endlose Eiswüste und schließlich zu Lif. Blitzschnell griff diese an – tief drang ihr Schwert in die Schulter des Hünen. Brüllend ließ Ichtyo die Axt fallen, taumelte rückwärts und begann zu rennen, weg von Lif. Die Godin verfolgte ihn nicht. Er würde sie nie mehr angreifen. Sie steckte das Schwert in die Scheide und schritt vorwärts. Am Horizont erkannte sie vor sich ein Ende der Eiswüste. Der weiße Boden brach in der schwarzen Unendlichkeit einfach ab. Darüber aber zeichnete sich am dunklen Himmel ganz schwach der pulsierende Widerschein eines Feuers ab. Es wurde wärmer, je weiter Lif voranschritt. Bald glühte der Himmel in roter Farbe, so als wüte unter ihm in der Ferne ein gewaltiges Feuer. Leise und bedrohlich klang Donnergrollen zu ihr herüber, wurde mit jedem Schritt lauter. Der Abgrund lag nicht mehr weit von ihr, als sie ein Ende der Schlucht sah. Staunend verharrte Lif einen Moment. Hinter Rauchschwaden ragten dort schwarze Felsen empor, bildeten ein ebenes Plateau in derselben Höhe wie der gefrorene Boden, auf dem die Godin stand. Aber nicht Eis, sondern Feuer und Glut bedeckten die Ebene dort, soweit Lif sehen konnte. Langsam und zäh strömte die Lava dahin. In unendlich vielen Wirbeln drehte sich der feurige Fluß, Explosionen rissen Funken und glühendes Gestein weit in den schwarzen Himmel hinein. Ganz nah am Abgrund auf ihrer Seite, auf einem Eisbrocken, sah Lif eine Gestalt. Als sie näher kam, erkannte sie die Umrisse eines rotbärtigen Hünen, der nachdenklich auf einem Eisbrocken saß und über die Klamm schaute. Es war Baphet, der sich nun umdrehte und Lif anblickte. Mit dumpfem Donner hob sich auf der anderen Seite des steinernen Schlunds eine riesige Glutfontäne in die Luft. Funken stoben über die Tiefe, einige kamen immer näher an die Eisfläche heran. Dann krachte und zischte es, Rauch stob in die Höhe. Ein Feuerball hatte das Eis am Rande der Schlucht getroffen, es brach zischend und brodeln ab und stürzte in die Tiefe.

»So hast du deinen Weg hierher gefunden«, stellte Baphet lächelnd fest. »Ich habe dich erwartet, so wie ich einst das Tor geöffnet habe.«

»War es schon vor langer Zeit?« wollte Lif wissen.

Baphet schüttelte den Kopf.

»Wo alles erschaffen wird, wird auch die Zeit geboren.«

»Der Weg scheint hier zu Ende«, betonte Lif. »Wohin soll ich gehen?«

»Aus Eis und Feuer entsteht das Leben. Gehe dorthin, wo es niederfällt, um zu wachsen. Dort wirst du die Frucht der Esche finden und vollführen, was einst Saxnot gelang.«

»Eine neue Irminsul ...«, flüsterte Lif.

Dankend nickte sie dem roten Krieger zu – und stürzte sich in den Abgrund. Rasend jagten die Felswände an ihr vorbei, Funken kreuzten ihren Fall. Für einen winzigen Moment konnte Lif in die Tiefe spähen. Dort gähnte nur ein schwarzer Riß, kein Ende ihres Falls war zu erkennen. Sie bemerkte noch, wie sie sich zu drehen begann, immer schneller in ihrem rasenden Fall, bis die Schwärze der Bewußtlosigkeit mit einem Schlag ihre Sinne löschte.

Milde Sonnenstrahlen weckten die Godin. Sie lag auf einem Boden aus weichem Moos. Neugierig beäugte ein Reh sie, bevor es von Lifs Bewegung geängstigt blitzschnell mit einigen Sätzen im Gestrüpp verschwand. Dichter Wald umgab die Godin, uralte Bäume ragten in den Himmel, Vogelgezwitscher erfüllte die Luft. Sie stand langsam auf und schaute sich verwundert um. In der Nähe erkannte sie den riesigen Stamm eines Baumes, der alle anderen an Umfang übertraf. Es war eine Esche. Ehrfürchtig schritt Lif näher an den Riesen heran, berührte sanft das Holz und blickte an ihm hoch. Sie konnte kein Ende erkennen. Wenig über ihr huschte ein Tier über den Stamm, sprang auf einen der Äste, dann auf den nächsten, wo es ruhig sitzen blieb. Es war ein Eichhörnchen. Einen Moment lang beäugte es Lif neugierig, jagte plötzlich wieder los und sprang mit einem Satz auf einen Ast direkt über der Godin. Viele kleine Punkte lösten sich von dem Zweig und segelten, von kleinen Flügeln getragen, zu Lif herunter. Es waren die Samen der Esche. Lif griff nach den Enden ihres Umhangs und breitete ihn mit gestreckten Armen vor sich aus, um so viele wie möglich darin aufzufangen. Behutsam löste sie das Tuch anschließend an den Schultern, schloß den Stoff über den Früchten und verschnürte ihn zu einem Beutel. Dann begann sie durch den Wald zu wandern. Es gab keinen Pfad, und das Gestrüpp war dicht. Ziellos schweifte der Blick der Godin zwischen den Bäumen umher.

Plötzlich wußte Böer, daß sie selbst den Weg zurück nicht finden konnte. Die Bilder verblaßten.

»Ich muß ihr helfen, nach Midgard zu gelangen«, stellte er leise fest.

Der Fremde nickte.

»Wohin soll ich gehen?«

»Schreite in die Richtung, in der die Sonne versinkt. Wandere nach Westen, und du kannst Lif finden.«

»Wirst du mich begleiten?«

Der Unbekannte seufzte und schüttelte den Kopf.

»Nein. Aber auch wenn sich unsere Wege wieder trennen, mußt du nicht alleine gehen. Mach dich nun auf deinen Weg.«

Böer wanderte los. Nachdenklich blickte ihm der Einäugige nach. Weiter und weiter führten Böer seine Schritte nach Westen. Den nächsten Tag über wanderte er, in der Nacht schlief er auf einer versteckten Aue. Wasser und Nahrung fand Böer in der Natur, menschliche Siedlungen umging er aus Vorsicht. Als er am Nachmittag darauf Pferdehufen hinter sich vernahm, suchte er Deckung im nahen Unterholz des Forstes. Vorsichtig spähte er auf den Weg. Drei Reiter kamen schnell näher.

»Ich sag dir doch, die Bauersfrau hatte ein Auge auf mich geworfen«, schmetterte einer der Reiter, dick von Gestalt, laut durch den Wald. »Ich habe es ganz genau an ihrem Blick gesehen.«

»Und warum hast du nicht mit ihr das Lager geteilt?« fragte interessiert ein dünner Reiter.

»Hab ich doch, des Nachts kam sie zu mir geschlichen und führte mich in die Scheune.«

»Aha«, bemerkte kühl der Dritte. »So muß es wohl ein Troll gewesen sein, mit dem ich in der Scheune nächtigte. Er sah allerdings so aus wie die Bauersfrau.«

»Das ist doch ...«

Der Dicke schnappte nach Luft. Freudig stürmte Böer auf den Weg, den Reitern entgegen.

»Euliset, Rakus und Servalis. Ihr lebt.«

Die Wanderer stoppten ihre Rösser und starrten ihn entgeistert an.

»Böer«, trompeteten sie im Chor.

Bei der Begrüßung warf Böer die Freunde beinahe um.

Wenig später saßen sie zusammen am Feuer.

»Wir dachten, du wärst gestorben«, sagte Servalis.

Wie bei den anderen Wanderern, hatte die Zeit auch an ihm ihre Spuren hinterlassen. Zwar war sein Haar noch so voll und dunkel wie früher, dafür zogen sich tiefe Falten durch sein

Gesicht, und er war etwas schmaler geworden. Rakus dagegen hatte zugenommen. Das Haar auf seinem Kopf war lichter geworden.

»Ich war nur verletzt und zudem bewußtlos«, berichtete Böer. »Bald darauf ging es mir wieder gut.«

Er erzählte von all dem, was er erlebt hatte.

»Auch wir verbrachten schlimme Jahre«, erzählte Euliset.

Er hatte sich äußerlich am wenigsten verändert. Trotzdem schien es Böer, als könne er im Inneren des alten Freundes ein frohes Licht brennen sehen, wo zuvor nur trübe Hoffnung flimmerte.

»Die Franken brachten uns gebunden nach Süden bis ans Mittelmeer. Hier verkauften sie uns als Sklaven an einen arabischen Händler, der uns nach einer langen Seereise an einen Fürsten in Ägypten verkaufte. Es war unser Glück, daß wir zusammenblieben. Denn so konnten wir gemeinsam fliehen. Nach vielen Umwegen gelangten wir schließlich ins Sachsenland.«

»Vergißt du nicht etwas zu erzählen?« mischte sich Rakus ein.

Euliset lächelte.

»Erinnerst du dich, Böer, wie ich dir von meiner Schwester erzählte und davon, wie ich von ihr getrennt wurde? Ich traf sie wieder. Wir gasteten in einem kleinen Dorfgasthof. Es war so einfach, daß ich es zunächst kaum glauben konnte. Mit einem Mal stand sie vor unserem Tisch und fragte nach unseren Speisewünschen. Ich erkannte sie sofort und konnte es nicht fassen.«

»Er starrte die Frau an und sprach kein Wort«, kratzte sich Rakus am Kopf. »Uns gab die Frau Rätsel auf«, erinnerte er sich weiter. »Erst wirkte sie verwirrt, unsicher, und mit einem Mal schien sie der Schlag getroffen zu haben.«

»Beide starrten sich an, fielen sich mit einem Mal in die Arme«, ergänzte Servalis.

»Und dann strömten die Tränen. Wir wußten gar nicht wie uns geschah«, stöhnte Rakus.

»Bis uns die Geschichte mit der Schwester in den Sinn kam«, führte Servalis aus.

»Lisa, so ist der Name meiner Schwester, setzte sich schließlich zu uns. Es gab ja so viel zu erzählen. Sie arbeitet in einem Gasthof, seit ihr Mann, ein Langobarde, im Krieg, den Karl gegen dieses Volk in Italien führte, erschlagen wurde.«

»Warum bliebt ihr nicht zusammen?« wollte Böer wissen.

»Weil wir noch etwas zu erledigen hatten«, erklärte Euliset. »Wir hatten schon gehört, daß der Kampf der Sachsen verloren war, wollten aber sehen, ob noch etwas zu retten ist, ob vielleicht noch Freunde unserer Hilfe bedürfen. Auf dem Weg begegneten wir dir.«

»Zum Glück«, antwortete Böer. »Wo aber ist deine Schwester?«

»Sie ist auf dem Gasthof geblieben. Ich werde sie wiedersehen. Aber erst, wenn meine – wenn unsere Aufgabe – beendet ist. Das ist noch nicht der Fall. Selbst Rakus stimmte dem zu.«

Er grinste den dicken Gefährten an.

»Es ist seltsam«, fuhr Böer fort, »aber die Nornen scheinen unsere Fäden miteinander verwoben zu haben. Noch nie habe ich eure Hilfe so gebraucht wie jetzt. Ihr seid zur rechten Zeit gekommen.«

Er erzählte von der Aufgabe, die vor ihm lag.

»Wenn wir auch weit herumgekommen sind«, stellte Servalis fest, »das klingt nach einer Reise, die uns an das Ende der Welt führen ...«

»... und bis ans Ende unserer Tage dauern könnte«, vollendete Rakus knurrend den Satz.

»Um so nötiger bedarfst du unserer Hilfe«, betonte Euliset.

Böer nickte dankbar.

»Eines aber interessiert mich noch.«

Die Gefährten musterten ihn gespannt.

»Ihr sagtet eben, eure Reise führte euch auf Umwegen zurück. Ich kann mir nicht denken, daß ihr nur das Wiedersehen von Euliset und seiner Schwester damit meintet.«

»Doch«, nickte Rakus eifrig.

»Sonst ist eigentlich nichts Erzählenswertes geschehen.«

»Bis auf einige Kleinigkeiten«, erklärte Servalis mit sachlicher Stimme. Böer musterte die Freunde fragend.

»Nun, da war zum Beispiel die Geschichte mit der Bauersfrau«, grinste Euliset.

Rakus sah ihn finster an.

»Erzählen wir lieber von den wilden Reitern, die uns in Libyen begegneten«, forderte Servalis.

So saßen sie bis spät in der Nacht beisammen und erzählten von ihren Erlebnissen.

Gemeinsam trabten sie weiter nach Westen. Böer ritt mit auf dem Pferd von Servalis. Als ihm der Himmel auffiel, der bleiern über dem Land lastete, wußte er, daß sie ihrem Ziel nicht mehr fern waren. Bald hoben sich schroffe Felsen am Rand des Weges in die Höhe, ritten sie durch tiefe Täler, in die nur noch wenig Sonnenlicht fiel. Überall gähnten in den steilen Wänden Höhlen, manche von flackerndem Feuerschein erhellt. Ab und an klang leise ein Hämmern wie aus einer Schmiede zu ihnen herüber, meinten sie, kleine Gestalten in den Einstiegen der Grotten huschen zu sehen. Unbehaglich rutschte Rakus auf dem Sattel hin und her.

»Durch solch eine seltsame Gegend bin ich noch nie geritten«, argwöhnte er.

»Wirst du wohl auch kaum wieder«, bemerkte Böer.

»Weil wir hier vielleicht nicht lebend rauskommen«, unkte Servalis und grinste Rakus an.

»Und wenn doch, dann würde ich nie wieder hineinreiten«, stellte dieser fest.

»Seht«, rief Euliset plötzlich erschrocken aus und wies mit der Hand zu einem riesigen Höhleneinstieg, der dunkel nicht weit von ihnen entfernt gähnte. Böer konnte nichts erkennen. Aber als er den Blick in die Richtung gewendet hatte, war ihm kurz gewesen, als hätte er eine übergroße Gestalt gesehen, so hoch wie ein Baum, die mit einem schnellen Schritt in der Höhle verschwunden war.

Gerade führte nun der Weg durch ein tiefes Tal. An dessen Ende leuchtete goldener Glanz von den Felswänden wider. Als sie weiterritten, erkannten sie einen Abgrund, über den sich eine goldene Brücke spann, auf die der Pfad mündete. Dicht vor der Brücke trat ihnen eine stolze Frau entgegen. Prüfend schaute sie die Kameraden an.

»Ich bin Modguder«, begrüßte sie die vor ihr Stehenden

kühl. »Es ist nicht an euch, diese Brücke zu beschreiten. Euer Tag ist noch nicht gekommen, der Faden der Nornen noch nicht gerissen. Und wenn er reißt, wird dieses nicht die Welt sein, in der ihr rastet, bevor ihr erneut auf Mittelerde zurückkehrt.«

»Es ist auch nicht an Lif, in Helheim zu gasten«, stellte Böer kühn fest. »Sieh wie sich dort der schwarze Vogel erhebt. Ist das nicht ein Zeichen, daß er uns empfängt.«

Modguder drehte sich um. Mit schwerem Flügelschlag erhob sich ein schwarzer Schwan und kreiste über der Brücke. Bleich blickte die Jungfrau die Freunde an.

»So geht denn über die Brücke. Eure Pferde laßt stehen. Ob ihr aber wiederkommen werdet, vermag ich nicht zu sagen. Wacht darüber, daß Hels Tor sich nicht hinter euch schließt.«

Sie betraten die Brücke. Tief unter ihnen strömte träge ein schwarzer Fluß dahin. Sie waren etwa in der Mitte der Brücke, als ein Rudel schwarzer Hunde auf sie losstürmte. Sofort zogen die Gefährten die Waffen. Im selben Moment aber wußte Böer, daß sie die Tiere mit Schwertern nicht verletzten konnten. Verzweifelt dachte er an Lif und daran, wie er sie retten wollte. In dem Moment wichen die Hunde zurück. Böer erkannte ihre Chance. Die Hunde kamen wieder näher.

»Ihr könnt sie nicht verwunden«, brüllte Böer den Wanderern zu. »Denkt daran, was euch an das Leben bindet, welche Aufgabe ihr noch lösen wollt. Dann weichen sie.«

Ungläubig sah Rakus ihn an, schloß aber sogleich die Augen und marschierte ihnen zügig voran. Erschrocken wichen die Hunde aus, flohen, erst langsam, schließlich immer schneller laufend.

»Woran hast du gedacht?« wollte Servalis wissen, als sie das andere Ufer des Flusses erreicht hatten.

»Nun, es gibt vieles, was ich schon immer auf Mittelerde erledigen wollte: weniger trinken und essen, eine Gaststätte bewirtschaften und eine liebe Frau ehelichen. Nur bin ich noch nie dazu gekommen. Daran habe ich voller Inbrunst gedacht.«

»Große Ziele«, spottete Servalis.

»Wirksame Gedanken«, bemerkte Euliset, »tue es, wenn wir hier lebend rauskommen.«

Vor ihnen ragten steile Felsen in die Höhe. An deren Fuß öffneten sich die schweren Flügel eines großen Tores. Dunkelheit gähnte dahinter. Sie marschierten auf die Öffnung zu. Mit einem plötzlichen Ruck begannen sich die Torflügel wieder zu schließen.

»Schnell, das Tor«, schrie Böer.

Sie erreichten es und stemmten sich gegen die schweren Pforten. Knarrend kamen diese zum Stehen.

»Ich muß durch das Tor hindurch«, schnaufte Böer. »Wartet hier auf mich – auf uns.«

»Du willst Lif allein dort im Dunkeln finden?« fragte Servalis entgeistert. »Kommt gar nicht in Frage. Ich werde dich begleiten.«

»Es ist nicht mehr weit«, entgegnete Böer.

»Ich werde sie finden. Haltet nur die Tür offen.«

»Unsinn«, zischte Servalis. »Ich komme mit.«

»Und wer stemmt sich dann gegen das Tor?« brummte Rakus.

»Wir«, trompetete Euliset, »und du weißt und willst es auch.«

»Beeilt euch und hört auf, lange Reden zu schwingen«, knurrte Rakus, dem der Schweiß schon über die Stirn floß.

»Schafft ihr es?« wollte Böer noch wissen.

Euliset und Rakus nickten.

»Allerdings wohl nicht lange«, preßte Euliset zwischen den Zähnen hervor.

Böer und Servalis rannten los. Bald mußten sie feststellen, daß nicht völlige Finsternis sie umgab. Ihre Augen hatten sich schnell an die Dunkelheit gewöhnt, und zudem erhellte ein schwacher Lichtschimmer die Luft. Schemenhaft konnte Böer den Freund sehen, der neben ihm lief. Schon kurz dahinter aber verschwamm das wenige Licht in der unergründlichen Dämmerung, in die beide angestrengt spähten.

»Wie sollen wir sie hier nur finden«, rief Servalis verzweifelt aus. »Vielleicht sollten wir uns trennen.«

»Besser nicht«, erwiderte Böer. »Diese Welt ist unermeßlich groß. Wäre es nicht nach der Nornen Plan, daß wir Lif hier finden, so bräuchten wir es gar nicht erst zu versuchen. Wir aber werden sie finden, denn so ist der Weltenplan gewoben.«

Überrascht wendete Servalis mit einem Mal den Kopf nach links und spähte in die Ferne.

»Kannst du etwas sehen?« flüsterte Böer leise.

»Ich bin mir nicht sicher«, antwortete Servalis. »Aber eben schien es mir, als hätte ich eine Gestalt gesehen, die durch die Dunkelheit huschte.«

»Lif?«

Servalis schüttelte den Kopf.

»Nein, sie sah aus wie ein Franke, den ich am Süntel erschlug.«

Vorsichtig tasteten sie sich vorwärts.

»In dieser trostlosen Dämmerung gibt es nichts, an dem wir die Richtung unserer Schritte ablesen könnten«, fluchte Servalis.

»Wir können nicht einmal verhindern, im Kreis zu gehen«, pflichtete Böer ihm bei.

Kaum hatte er diesen Satz ausgesprochen, als leise ein Geräusch zu ihnen herüberklang. Beide hörten es. Sie stoppten und verharrten bewegungslos. Nun war es deutlicher zu vernehmen: der rasselnde, pfeifende Ton langsamer und gewaltig tiefer Atemzüge.

»Was kann das sein?« wollte Servalis wissen.

Böer schüttelte den Kopf.

»Vielleicht ist es besser, wenn wir es nie erfahren«, flüsterte er.

Auf Zehenspitzen schlichen sie weiter. Monoton drangen die Atemzüge an ihr Ohr.

Mit einem Mal war aber noch etwas anderes zu hören. Aus der Dunkelheit klangen unsicher Schritte zu ihnen herüber.

»Lif?« brüllte Böer in die Dunkelheit.

»Böer?« hörte er die Stimme der Godin fast wie ein Echo antworten.

Alle Vorsicht, die Angst vor dem seltsamen Atemgeräusch, waren vergessen. Böer und Servalis stürmten in die Richtung der Stimme.

Schon sahen sie Lifs weißes Gewand undeutlich vor sich, da

ließ plötzlich ein fürchterliches Gebrüll den Boden erbeben, dicht gefolgt von einem die Dunkelheit zerreißenden Lichtblitz. Erschrocken taumelten Böer und Servalis zurück, rissen schützend die Arme vor die Augen. Einen Moment später wagten sie nicht mehr, sich zu bewegen. Der grelle Schein hatte ihre Augen geblendet. Hilflos standen die beiden Freunde für eine scheinbare Ewigkeit vor der unbekannten Gefahr, unfähig, sie zu erkennen, bemüht, jedes unbedachte Geräusch zu vermeiden. Dann konnten sie wieder sehen – und schauderten. Eine riesige Gestalt löste sich aus der Dunkelheit und kroch auf sie zu. Es war ein Drache. Starr vor Entsetzten blickten Böer und Servalis ihm entgegen. Das Maul des riesigen Tieres öffnete sich langsam, hinter wulstigen Lippen wurden braune Zähne sichtbar, ein jeder so hoch wie ein ausgewachsener Mann. Noch immer konnten sich die beiden von dem Anblick nicht lösen. Da donnerte erneut das Gebrüll des Untieres durch die Unendlichkeit der dämmerigen Halle, zuckten einen Moment später Flammen aus dem Schlund des Lindwurmes, so hell, daß sie die Gefährten wieder blendeten. Endlich aber war die seltsame Erstarrung von ihnen abgefallen. Schritt für Schritt gingen sie zurück. Tief und kehlig knurrend kam der Drache langsam näher. Aber es war nicht der Ton, der sie weichen ließ, auch nicht nur die gewaltige Kraft des Ungeheuers, es waren die Gefühle grenzenlosen Hasses, die ihnen entgegenschlugen und den Atem nahmen.

»Bei Wotan, was sollen wir dagegen ausrichten?« stöhnte Böer.

»Es töten«, schrie Servalis wütend auf und seine Augen glühten in der Dunkelheit wie Böer es noch nie gesehen hatte.

Die Kameraden zogen ihre Schwerter. Servalis stürmte mit erhobener Waffe los. Böer folgte, den Blick ebenso gebannt wie sein Gefährte auf das Untier gerichtet. Schon hatte Servalis den Drachen erreicht. Mit aller Kraft holte er aus und stieß das Schwert gegen den faltigen Kopf. Schon einen Moment später hallte sein Schmerzensschrei über die dämmerige Ebene – die Waffe war wirkungslos abgeprallt. Wie ein zu heißes Eisen ließ Servalis sie fallen, metallisch scheppernd landete sie auf dem Boden. Da zerschnitt ein schreckliches Pfeifen die Luft. Böer riß den Blick in die Höhe, sprang im letzten Moment zurück, gerade noch rechtzeitig, um dem Schlag des Drachenschwanzes auszuweichen, der genau zwischen die beiden Gefährten krachte. Schon hob der Lindwurm seine mächtige Waffe erneut, um damit zuzuschlagen. Servalis lag am Boden, rollte geschickt zur Seite, als der Drache ihn mit den Zähnen packen wollte, griff nach seinem Schwert und stand auch schon auf den Beinen.

»Jetzt töte ich ihn«, brüllte er mit irrem Glimmen in den Augen.

»Nein«, schrie Lif, die verzweifelt versuchte, näher zu kommen. »Ihr könnt ihn nicht verletzen.«

Ein Brüllen des Untieres trieb sie zurück. Der beißende Fäulnisgestank reinen Hasses waberte über den Boden. Wieder wandte sich der Drache den Freunden zu. Servalis stürmte auf ihn ein, das Schwert hoch erhoben, bereit zu einem neuen Schlag. Da begriff Böer und setzte zu einem gewaltigen Sprung an. Schon öffnete das Ungeheuer das Maul, um damit nach Servalis zu schnappen, als Böer sich schützend vor den Gefährten warf, um mit seinem Leben das des Kameraden zu schützen. Da riß der Drache mit einem Ruck laut brüllend den Schädel zurück. Waffenlos schritt Böer langsam auf den Lindwurm zu, und genauso langsam verzog sich dieser knurrend auf dem Boden. Lif lief heran und warf sich Böer in die Arme. Der Drache verschwand in der Dunkelheit. Hinter ihnen sank Servalis erschöpft zu Boden. Mit einem Mal fielen Böer die Freunde am Tor ein.

»Kannst du laufen?« rief er Servalis fragend zu. Dieser nickte und stellte sich mühsam auf die Beine. Sofort waren Lif und Böer an seiner Seite und stützten ihn. Gemeinsam rannten sie, so schnell sie konnten, zum Tor. Die schweren Holzpforten hatten sich weiter geschlossen. Nur noch ein schmaler Spalt stand offen. Rücken an Rücken knieten Euliset und Rakus davor und hielten den Eingang offen.

»Es wurde Zeit«, knurrte Rakus unwirsch, als Lif, Böer und Servalis durch das Tor eilten und die beiden mit sich rissen.

Dumpf schlugen die schweren Flügel des Portals zu. Mit ihrem Klang umarmten sich Böer, Lif und Servalis lachend, während Rakus und Euliset erschöpft – und froh – auf ihre Knie fielen. Nur für einen kurzen Moment, denn sofort stellten die anderen sie wieder auf die Beine, um sie an ihrem Freudenreigen teilhaben zu lassen.

Bald stolperten sie und kugelten in einem wirren Haufen über den Boden. Servalis war der erste, der einen kühlen Kopf bekam. Er zwängte ihn zwischen Rakus' Beinen hindurch, blinzelte in die Runde und forderte die anderen auf, ihm zuzuhören.

»Wir sind immer noch in Hels Reich«, stellte er fest und kratzte sich an der Stirn. »Ich hatte nicht den Eindruck, als gerngesehener Gast hier eingelassen zu werden.«

»Vielleicht sollten wir die Gastfreundschaft nicht zu sehr strapazieren«, grummelte Rakus' Stimme hinter Böers Rücken.

»Also brechen wir auf, so schnell es geht«, forderte Euliset die anderen auf.

»Eilig, aber nicht hastig«, schlug Rakus vor, »Aufregung gab es heute wahrlich genug.« Er rollte beiseite und stand langsam auf.

Die Freunde taten es ihm gleich. Sie passierten die Brücke. Sie war verlassen, Modguder nicht zu sehen. Am anderen Ende fanden sie ihre Pferde vor. Auf ihrem Rücken ritten sie durch die dunklen Täler von Schwarzalbenheim nach Mittelerde. Erschöpft hielten die Gefährten auf einer Aue und stiegen von den Tieren. Böer schritt langsam zu Lif, die sich gerade von ihrem Roß gleiten ließ. Mit seinen immer noch starken Händen fing er die Godin auf und drückte sie fest an seine Brust. Er hielt sie fest, wollte sie in diesem Moment nie wieder loslassen, um zu verhindern, daß sie wieder verschwand. Lächelnd sah er Lifs Gesicht vor dem seinen. Das Licht der Sonne strahlte ihn aus ihren Augen an, warm strömten Liebe und Nähe aus ihrem Blick zu seinem Herzen, und Böer wußte, daß Lif genauso empfand. Erst jetzt erkannte er, daß die Godin nicht gealtert war, sie noch genauso aussah, wie er sie in Erinnerung hatte. Mit einem Mal erschien sie ihm reizvoll wie nie zuvor, schön wie sie selbst an jenem sonnigen Tag in Marklohe nicht gewesen war. Der Glanz in ihren Augen änderte sich für einen kurzen Moment. Dann hörte Böer ihre Stimme, die ihn aus seinen Betrachtungen riß.

»Was mußt du gelitten haben«, sagte sie mitfühlend und drückte ihn an sich. »Die Jahre der Einsamkeit, des verzweifelten Kampfes sind nicht spurlos an dir vorübergegangen. Trotz der Freude kann ich ihre Schatten in deiner Seele finden.«

»Und in meinem Gesicht«, bemerkte Böer trocken und stellte gleichsam fest, daß seine inneren Schatten durch Lifs Nähe wie von einer frischen Böe hinfortgeblasen wurden, was auch – das wurde ihm in diesem Moment bewußt – die äußeren mindern würde.

»Auch da. Ganz zu schweigen von deinem Haar«, mußte Lif lachen. »Trotzdem scheint es mir, als könnte dich eine geschickte Hand um Jahre verjüngen, als spiegelt die Barttracht ein Alter vor, das im Herzen nun nicht mehr zu finden ist.«

»Vielleicht, weil wir doch noch einen Teil des Alters gemeinsam verleben können«, flackerte in Böer eine wohlige Hoffnung auf.

»Etwa auf einem Hof, mit einem Leben als Bauer? So läßt sich das Alter doch nicht leugnen«, neckte sie ihn. »Als du auszogst, deine Träume zu finden, war es eben das, was dich am meisten schreckte.« Böer blickte ihr in die Augen. Ihre Köpfe berührten sich an der Stirn.

»Ich habe nie behauptet, mich nicht ändern zu können«, stellte er leise fest.

»Auch deshalb liebe ich dich«, flüsterte Lif.

In der Nacht – und am folgenden Tag – schliefen die Freunde so tief, daß nicht einmal ein vorbeistampfender Troll sie hätte wecken können. Böer träumte von Lif und sie von ihm. Als sie schließlich wieder ritten, schien es ihm, als ob er weiterträumte. Gemeinsam berichteten Böer und die Wanderer der Godin von ihren Erlebnissen.

Lif aber konnte nicht viel erzählen.

»Was für euch viele Jahre waren«, stellte sie fest, »kam mir wie Tage vor, die ich in Helheim verbrachte.«

Böer und Lif teilten sich ein Pferd, während Euliset und Servalis gemeinsam auf einem anderen saßen. Zärtlich küßte Böer Lif in den Nacken.

»So alt und noch so verliebt«, spottete Rakus.

Lif drehte sich zu Böer um und betrachtete ihn kritisch.

»Unsinn«, bemerkte sie fröhlich, »wartet ab, bis der wallende Bart fällt.«

Sie wies ihnen den Weg. Die Freunde wollten zu dem geheimen Treffpunkt reiten, den die Goden vor vielen Jahren vereinbart hatten. Am Abend, in der Dämmerung, sahen sie auf einem fernen Hügel eine große Gestalt. Es war ein Reiter. Im spärlicher werdenden Licht erspähten sie nur seinen Umriß. Schwarz und groß thronte er auf seinem Roß und schien sie zu beobachten.

»Baphet?« vermutete Böer, als sie in die Richtung blickten.

»Oder Ichtyo«, stellte Lif fest. »Beide ziehen seit ewigen Zeiten über Mittelerde. Sie werden bis zur Götterdämmerung in ferner Zukunft reiten.«

Die Gestalt wendete und verschwand im Wald.

Sie erreichten ein Dorf, das von den Franken niedergebrannt worden war. Es schien verlassen. Die Kameraden stiegen von den Pferden und sahen sich um. Böer war der erste, der den alten Mann bemerkte, der am Rande der Ruinen eine Hütte aufbaute. Sorgfältig schmierte er Lehm über das hölzerne Flechtwerk des Hauses. Bedächtig glitten seine Hände immer wieder über die Wand, tasteten über den nassen Baustoff, strichen fast zärtlich darüber, wenn sie eine unebene Stelle fanden. Er arbeitete sorgsam und mit Ruhe, führte die Bewegungen gekonnt aus, so daß Böer sofort die jahrelange Erfahrung erkannte, die sich hinter dem Wirken des Mannes verbarg. Und doch schienen die Bewegungen seltsam ungelenk, die Hände ein wenig zu langsam, zu oft und mit zuviel Bedacht über den Lehm zu streichen.

In der Betrachtung war Böer einen Moment stehengeblieben. Ohne daß er es sich erklären konnte, fesselte ihn der Anblick: Zuerst nur die Art, in der der Mann arbeitete, dann die Gestalt selbst, vielleicht, weil der Alte ihn an einen der längst gestorbenen Goden erinnerte. Das ergraute Haar wallte über seinen Kopf bis auf die Schultern, ein langer Bart zierte das wettergegerbte, von tiefen Falten durchzogene Gesicht. Völlig versunken in seine Arbeit zeigte es einen zufriedenen, selbstvergessenen Ausdruck, der die klare, ebenmäßige Schönheit der Züge nur noch verstärkte. Der Mann war kräftig. So groß wie Böer, hatte breite Schultern, und die ruhige Geschmeidigkeit seiner Bewegungen verriet den Einsatz gut gewachsener Muskeln. Seine ganze Erscheinung war stolz und voller Würde. Böer riß sich aus dem Anblick und schritt zügig näher, stieg über verrußte Trümmer, die am Boden lagen. Der Mann hielt in seiner Arbeit inne. Böer begrüßte ihn freundlich. Als der Alte sich umwandte, wußte Böer plötzlich, warum ihm die Bewegungen seltsam vorgekommen waren. Der Mann war blind. Auch die Gefährten kamen nun heran. Der Alte folgte aufmerksam ihrer Begrüßung, die Augen auf einen Punkt in der Unendlichkeit gerichtet. Ein schwaches Lächeln glitt über seine Lippen, als er sich vorstellte.

»Ich heiße Burstah«, sagte er leise mit wohltönender Stimme.

»Dieses ist der Hof meiner Familie, den schon meine Großeltern und Eltern bewohnten. Er wurde zerstört, und ich baue ihn auf.«

»Du lebst hier allein?« wollte Böer fassungslos wissen. Der Alte nickte.

»Haben dir die Franken das Augenlicht genommen?« fragte Rakus.

»Ich kann von Geburt an nicht sehen«, erwiderte der Alte. »Ich habe niemals die Bäume, das Gras oder die Sterne so erblickt, wie ihr es tut. Früh aber habe ich Dinge zu schauen gelernt, die andere Menschen niemals wahrnehmen werden. Seltsame Abenteuer habt ihr bestanden, kommt aus Helheim zurück nach Mittelerde, und sie ist unter euch, die Godin, von der ich wußte, daß sie nicht gestorben ist, wie es die Leute erzählten.«

»Du weißt, was geschehen ist«, stellte Lif erstaunt fest.

»Vieles«, nickte der Blinde, »von dem, was wichtig ist. Und vieles, was Menschen sonst nicht wissen können. Ich wußte, daß ihr kommen würdet – nicht wann und zu welcher Stunde, doch sah ich unser Treffen voraus.«

Er senkte seinen Kopf zu Boden, so als müsse er nachdenken.

»Ihr seid gekommen, mir eine Last abzunehmen, einen Traum, der stets wiederkehrt, Bilder, die vor meine Augen ziehen, bis ich euch davon berichten kann.«

Erneut glitt sein Blick in die Ferne.

»Dann erzähle uns davon«, forderte ihn Lif auf.

Er nickte. »Ich habe die Zukunft unseres Stammes gesehen, das Geschick der Sachsen in ferner Zeit. So wie diese Hütte unter meinen Händen wächst, so werden unsere Gaue schon bald zu neuer Stärke heranreifen, mächtiger als jemals zuvor.«

»So ist unser Volk nicht besiegt?« wollte Böer wissen.

Auf der Stirn des Alten kräuselten sich einige Falten. Einen Moment schien er zu überlegen.

»O doch«, knurrte er. »Wir sind geschlagen. Aber hört ein Volk deshalb auf zu bestehen?«

Unser Stamm erhebt sich schon bald zu neuer Größe. Aber es wird anders sein als jemals zuvor. Von nun an haben die Nornen den Faden unseres Volkes eng mit dem der Franken, aber auch der Alemannen und Bajuwaren verknüpft.«

»Was hast du gesehen?« wollte Lif wissen.

»Ich sah einen Kaiser, der Karl bald nachfolgen wird. Alle Stämme werden ihn achten, wegen seiner Gerechtigkeit, ihm folgen, wegen seiner Stärke, für ihn kämpfen und ihm vertrauen. Für sein Land wird er alles tun, denn er liebt es wie Widukind. Und das soll kein Wunder sein, denn es ist ein Nachkomme des Engernherzogs, der die Krone trägt.

Ich sah, wie der Sproß Widukinds als Kaiser regierte und die Franken ihm folgten.«

Ungläubig schauten ihn die Freunde an. Mehr wußte der Blinde über seinen Traum nicht zu sagen.

Sie gasteten einen Tag bei ihm, dann ritten sie weiter.

Der Ort des Treffpunktes war leer. In einen Baum aber waren Runen geritzt. Diese wiesen die Kameraden an, in ein nahes Dorf zu gehen. Sie machten sich auf den Weg. Von einer Wiese stoben einige spielende Kinder davon, als sie die Angekommenen erblickten. Sie waren gerade auf dem Dorfplatz angelangt, als Syd aus ihrem Haus trat. Die Kinder hatten ihr die Ankunft der Besucher längst gemeldet.

»Lif«, rief sie überrascht aus, als sie die Godin erkannte,

rannte freudestrahlend los und umarmte die alte Freundin. Einen Moment später trat Nora hinzu, kamen Hild und Angal. Freudestrahlend schlossen die Familie und Freunde sich nacheinander in die Arme. Später, als Syd sie durch das Dorf führte, begegneten sie vielen Menschen, denen Böers Schwester hier vom Wirken der Götter erzählte und die hier zusammenlebten, um die alten Bräuche und das Wissen nicht in Vergessenheit geraten zu lassen. Stetig trafen neue Männer und Frauen bei Syd ein, andere gingen in die Dörfer zurück, um den Menschen mit ihrem Wissen von der Heilkunst und den Kräutern zu dienen und, so gut es ihnen möglich war, die Gedanken an Wotan, Donar und die anderen Asen und Wanen aufrechtzuerhalten.

»Mehr können wir nicht tun«, schloß Syd traurig, als sie ruhig beisammensaßen und Böers Schwester vom Dorf erzählte. »Denn niemandem ist es je wie dir gelungen, zu den Göttern zu gelangen. Und die Irminsul steht nicht mehr.«

»Sie wird wieder wachsen«, lachte Lif und zeigte den Beutel, in dem sie die Früchte des Baumes bewahrte. »Auf diesem Hügel dort werden wir den Samen pflanzen.«

Am nächsten Morgen machten sie sich auf den Weg. Viele Menschen folgten Lif, Syd und den Freunden. Ein sanfter Wind strich durch die Blätter der Bäume, als sich die Menschen auf der Wiese, an der Spitze des Hügels, um sie versammelten. Die Godin rief Nerthus und Donar um Fruchtbarkeit an. Ein Windhauch zauste durch ihre Haare. Für einen kurzen Moment glitt Lifs Blick in die Ferne, so als hätte sie dort etwas gesehen, es aber sogleich wieder aus den Augen verloren. Behutsam öffnete sie das Band, das den Beutel zusammenhielt. Sie schlug den Stoff zurück, wog die Samen kurz in ihren Händen, lächelte und hob sie in einer langsamen, fast zärtlichen Bewegung über den Kopf.

Im selben Moment sah Böer, wie die Wipfel der Bäume in der Ferne von einer Sturmböe gepeitscht wurden, wie der Wind die Äste zauste und der Sturm mit einem Mal auf sie zuraste, Sand aufwirbelnd, Gras in die Höhe reißend und Baumstämme biegend. Schon heulte der Wind um ihn herum, erblickte Böer die entsetzten Gesichter der Freunde, fiel sein Blick auf

Lif, die regungslos verharrte, mit den Händen über dem Kopf verkrampft den Stoff festhaltend, der ausgebreitet wie eine Fahne im Sturm flatterte. Dann war es still. So schnell wie er gekommen war, verschwand der Wind. Nur ein sanfter Hauch blieb zurück. Die Früchte des heiligen Baumes aber waren weg, flogen, von ihren kleinen Flügeln getrieben, über das Land. Syd war die erste, die sie erspähte. Immer kleiner erschienen sie den Augen der Menschen, vom Wind immer höher und höher getragen, bis sie schließlich in der Ferne vom Hügel aus nicht mehr zu erkennen waren. Betroffen sahen sich die Männer und Frauen an.

»War es umsonst?« fragte Rakus unsicher.

Einen Moment lang schaute Lif noch über das Land zum Horizont, in die Richtung, in der die Samen verschwunden waren. Dann riß sie ihren Blick los. Sie schaute die anderen an, so, als sei ihr ein neuer, unfaßbarer Gedanke gekommen. Ihr Blick klärte sich. Lif schüttelte den Kopf und lächelte fröhlich. Zögernd begann sie zu sprechen.

»Nicht eine, sondern viele Eschen werden wachsen ...«, noch einmal wanderten ihre Augen über den Wald, der den Hügel umgab, »... irgendwo im Land. Wer dazu berufen ist, wird sie finden, wer es weiß, kann den Weg zu den Göttern gehen. Vielleicht ist der Tag, an dem Heimdall zum letzten Kampf in sein Horn stößt, noch fern, ferner als ich dachte. Die Welten sind wieder verbunden. Nun liegt es wieder bei uns, sie im Gleichgewicht zu halten.«

Die Freunde gasteten noch bis zum nächsten Frühjahr bei Syd im dem kleinen Dorf am Hügel, Angal und Hild beschlossen, hier für immer zu bleiben. Mit den ersten warmen Tagen aber packten Lif, Nora, Böer und die Wanderer ihre Bündel und zogen nach Norden. Im Waldsatiland bauten sie den Hof Bentans auf. Jeder der Nachbarn freute sich, sie wiederzusehen. Sie stellten sich bei dem neuen, sehr jungen fränkischen Grafen vor. Der war froh, nun auch vom schon wieder verwilderten, brachliegenden Land Bentans seinen Anteil zu bekommen, ermahnte sie mehrfach an ihre Abgabenpflicht und zeigte ansonsten kein großes Interesse an ihnen. Wie von allen anderen Bauern, so erwartete man auch von ihnen den regelmäßigen Besuch in der Kirche, die direkt über einem alten heiligen Platz erbaut worden war. So schloß Lif beim Gottesdienst oft lange die Augen, horchte in sich hinein und spürte, wie die Kraft des Ortes immer noch lebendig war, während der Priester bei ihr eine besondere Inbrunst des Glaubens vermutete. Die Worte seiner Predigt verstand ohnehin nur Servalis.

Schließlich kam der Tag, an dem sich Euliset, Rakus und Servalis verabschiedeten. Gemeinsam mit Eulisets Schwester zogen sie nach Süden – wie immer bei ihren Wanderungen auf der Suche nach einem Traum. Zum ersten Mal konnten sie diesen mit klaren Worten fassen: Servalis, der sich nach einem Leben in Italien sehnte, Rakus, der gerne eine Gaststätte betreiben wollte, und Euliset, der sich ein ruhiges Alter wünschte. Und so wunderte es niemanden, daß sie unter der Sonne des Südens, in einem kleinen Ort am Meer, schließlich die Tore einer Taverne öffneten und beschlossen, von nun an für immer seßhaft zu sein.

Lif und Böer waren die ersten, die im Waldsatiland davon erfuhren. Schon drei Jahre später standen die drei Wanderer eines Abends plötzlich vor ihrer Tür. Natürlich nur, um bei alten Freunden einmal nach dem Rechten zu sehen.

NACHWORT

Die Prophezeiung des blinden Sehers sollte sich bewahrheiten: Im Jahr 936 wird der Sachse Otto I. zum deutschen König gekrönt. Seine Mutter stammt von Widukind ab. Er tritt die Nachfolge seines Vaters, Heinrich I., »des Voglers«, an, der 919 als erster Sachse von fränkischen und sächsischen Adeligen zum König gewählt wird.

962 wird Otto I. in Rom zum Kaiser gekrönt. Weitere sächsische Kaiser folgen, bis 1024 mit Konrad II. wieder ein Franke den Thron besteigt.

Immer noch besteht ein scharfer Gegensatz zwischen Sachsen und Franken, der sich aber längst nicht mehr im Krieg entlädt. Eine größere Einheit, das deutsche Reich, ist entstanden. Schon bald gilt es, Einfälle der Ungarn abzuwehren, ist die Einheit der Stämme gefragt.

Bis heute aber läßt sich der Riß an der Grenze zwischen beiden Stämmen in Deutschland als Gegensatz zwischen Nord und Süd spüren.

Trotz Deportationen und Hinrichtungen rumort es auch nach den letzten Niederlagen der Sachsen 804 im einfachen Sachsenvolk weiter. Zu einem letzten Aufbegehren gegen die neue feudale und christliche Ordnung kommt es in den Jahren 841 bis 843 beim Stellinga-Aufstand, der große Bereiche Norddeutschlands erschüttert. Ein königliches Heer besiegt schließlich die sächsischen Bauern und hält ein furchtbares Strafgericht.

Zu den Personen: Böer und Lif sind frei erfunden. Dasselbe gilt für die Wanderer, für Thümir, Warst und Salt, für den Händler Riedwiesel und Böers Familie und Nachbarn. Die Personen sind aber so gezeichnet, daß sie gelebt haben könnten. Widukind, Geva, ihre Kinder sowie Abbio, Brun, Hassio, König Karl und seine Feldherren sind historische Figuren. Auch die christlichen Mönche, die eine Zeitlang das Waldsatiland heimsuchen, gab es wirklich.

Landschaft, Alltagsleben, Häuser, Kleidung, Waffen, Kampfweise und alles weitere entsprechen der historischen Realität, soweit sie uns heute bekannt ist. Das gilt auch für die politische Ordnung und die geistige Welt der damaligen Menschen.

Viele Orte, wie die Hohensyburg oder Marklohe, bestehen auch gegenwärtig unter diesem Namen. Die Eresburg ist der heutige Ort Obermarsberg, das Waldsatiland befindet sich zwischen Bremen und Hamburg. Der Standort der Irminsul gilt unter Fachleuten als umstritten. Klar ist, daß sich das Heiligtum in der Region um Paderborn und Detmold befunden haben muß. Viele Forscher nehmen den Berg Velmerstot als Standort an. Eine andere Möglichkeit sind die Externsteine, die den Sachsen allein schon optisch kaum entgangen sein dürften. Da sie in den Überlieferungen ansonsten keine Rolle spielen, ist es nicht unwahrscheinlich, daß dieser Ort mit der Irminsul identisch ist. Die Babilonie gibt es auch heute noch unter diesem Namen. Die Schutzburg steht in der Nähe des Ortes Lübbecke.

Der Ablauf der Geschichte entspricht den historischen Gegebenheiten. So fand die Schlacht am Süntel genauso statt wie die Auseinandersetzung mit den Abotriten und der Mord zu Verden, bei dem nach fränkischen Angaben viertausendfünfhundert Sachsen umgebracht wurden. Die Einnahme der sächsischen Sichtweise der Geschichte ergibt allerdings bei der Bewertung und Interpretation der Ereignisse ein anderes Bild, als es die traditionelle Geschichtsschreibung, die im wesentlichen auf den schriftlichen Zeugnissen der christlichen Mönche fußt, überliefert.

An vielen Orten lebt die Erinnerung an die damaligen Ereignisse heute noch fort. Nicht wenige Spaziergänger haben zu später Stunde Widukinds Tochter in der Babilonie gesehen. Und wer es vermag, kann dort während der Abenddämmerung immer noch das Palaver der sächsischen Krieger an den Lagerfeuern hören. Widukinds Gebeine wurden nachträglich in der Kirche der kleinen Stadt Enger bestattet. Für den Volksmund aber ist der Heerführer nicht tot. Er ruht in der Babilonie und sorgt sich immer noch um das Wohlergehen des Landes. In Zeiten größter Not steigt er aus dem Berg empor und reitet dann rastlos auf seinem Rappen über das Land. Schon so mancher Wanderer hat in stürmischer Nacht einen geheimnisvollen Reiter in der Babilonie gesehen.